本书是以下项目的阶段性成果之一：

国家社科基金项目“唐代俗文学传播研究”（项目批准号：14XZW015）

陕西省社会科学基金项目“丝路沿线唐代通俗文化传播及丝路文化旅游开发研究”（项目编号：2020H019）

西安市社会科学规划基金项目“唐代俗文学中的儒家思想及其当代意义研究”（项目编号：2021ZDZT02）

西安文理学院2024年度本科人才培养建设项目（项目编号：JY2024JC05）

唐代俗文学传播概论

杨晓慧　等◎著

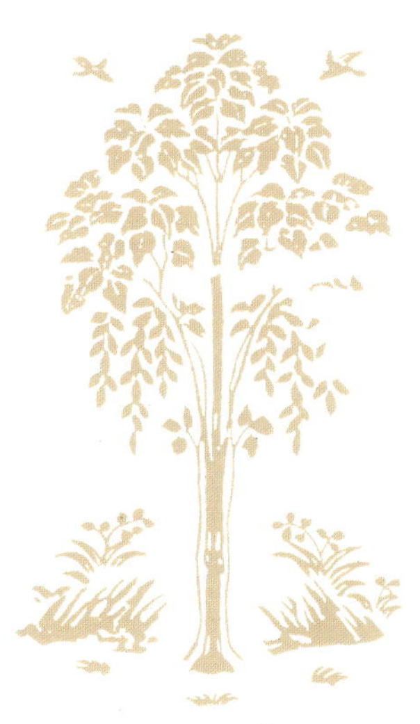

人民出版社

责任编辑：王　森
封面设计：王欢欢
版式设计：彭小艳

图书在版编目（CIP）数据

唐代俗文学传播概论 / 杨晓慧等 著 . — 北京：人民出版社，2024.11
ISBN 978 – 7 – 01 – 026041 – 9

I. ①唐…　II. ①杨…　III. ①中国文学 – 通俗文学 – 古典文学研究 – 唐代
IV. ① I206.2

中国国家版本馆 CIP 数据核字（2023）第 202216 号

唐代俗文学传播概论

TANGDAI SU WENXUE CHUANBO GAILUN

杨晓慧 等　著

人民出版社 出版发行
（100706　北京市东城区隆福寺街 99 号）

北京九州迅驰传媒文化有限公司印刷　新华书店经销

2024 年 11 月第 1 版　2024 年 11 月北京第 1 次印刷
开本：710 毫米 ×1000 毫米 1/16　印张：28.75
字数：395 千字

ISBN 978 – 7 – 01 – 026041 – 9　定价：130.00 元

邮购地址 100706　北京市东城区隆福寺街 99 号
人民东方图书销售中心　电话（010）65250042　65289539

目 录

前　言

唐代诗歌、散文等雅文学的发展可谓如日中天，但唐代文学的发展也有一种日益俗化的趋势，至中晚唐时期，各种俗文学活动热闹纷繁、异彩纷呈，尤其是在民间如火如荼地发展着，开创了后世俗文学的繁荣。可是，由于俗文学历来不受重视，因而文献记载较少，加之有些俗文学形式乃口传心授，本不易流传，所以俗文学的研究既受到观念的影响，也受到资料匮乏的羁绊。而唐代雅文学与俗文学是唐代文学母体的双翼，要全面深入地研究唐代文学，俗文学之研究自然不可忽视。

近年来，随着敦煌文献的发掘，唐代俗文学研究日益丰富深入，但总体来说多为具体篇目的探究或文献辑校等，整体深入的研究较少。而且，俗文学的意义多体现在它的传播接受中。它实现了作品自身价值的最大化。本书主要以传播学理论为依据，探究唐代俗文学传播过程以及这种传播活动的影响，主要是研究其传播环境、传播主体及内容、传播目的、传播媒介与途径、受传者、传播效用、对后世的影响等，以揭示其传播的基本情况。

本书研究的唐代俗文学就是指唐代流行的通俗文学，是除正统雅文学如诗歌、散文、赋等以外的所有文学形式及文学活动，是被正统雅文学拒之门外的。它主要包括小说、俗讲变文、曲子词、俗诗、民谣、谚语、竹枝词、俗赋、词文等。它可以是集体创作，也可以是个人署名；可以流行于民间，也可以流行于官方。

唐代小说大体可分为文言小说与白话小说。

唐代文言短篇小说，一般用散体或骈散相间的形式，较白话小说而言，文辞更为华丽丰赡，其内容主要有志怪、爱情、侠义、历史、世情等。唐传奇的作者主要是文人学士。很多唐传奇作品都是文人士子在宴饮娱乐、友朋相聚时征奇话异而后被加工创作的。所以也可以说，传奇作品也往往是因为文人间聚会时“说话”（即讲故事）而形成的，这从很多唐传奇作品的作者自叙其创作经历中可以看出来。

白话小说亦始于唐代，白话小说或者说以白话小说为底本的通俗表演活动，在唐代尤其是民间已广为流传。

唐代的白话小说主要有市人小说、话本以及其他通俗小说等。

唐代小说的传播主要是在寺院道观等宗教场所，幕府宴集、皇家禁苑、戏场、街头要路与歌楼酒肆等环境，也有一些是在以私人娱乐为目的的民间私人府宅等。唐代小说的传播内容与其环境的关系密不可分，不同的传播环境中其传播内容也往往有所侧重。

唐代小说的传播主体来自社会各个阶层，有官吏、文士、宗教人士、艺人以及普通大众等。文人士子以文言小说传播为主，而僧人、艺人及普通大众等则以白话小说传播为主。这些人往往既是接受者，又是创作主体和传播主体。

唐代小说所传播的思想内容极为丰富，可谓纷繁复杂、包罗万象，有幕府、科举、婚恋、游侠、梦幻、志怪、政史、宗教、谐谑、异域、科学等诸多主题。

唐代小说在当时广为传播，真实地反映了当时人们的社会传播目的，即或娱乐玩谑，或尚奇求异，或影射现实，或呈才扬名、补史致用等。

由于社会发展水平的限制，唐代小说的传播媒介主要还是抄本和口语。雕版印刷虽然已经产生，但还不发达，所以主要用来印刷主流文化作品，小说在当时不属于主流文化，因此主要是通过口语以及抄本媒介来进行传播的，而口头传播主要借助于文人等的宴集聚谈、艺人的口头表演、宗教人士的俗讲等。文字传播则主要通过文人撰著，行卷、温卷等科举活动，寺庙传抄等进行。

唐代很多文言小说往往在文人士子及幕府群僚的宴饮聚会中逐渐酝酿而成，所以文言小说的传播对象主要是文人士子和幕府聚谈者。

唐代白话小说的传播则与唐代的讲唱活动等密不可分，相比于文言小说的“贵族客厅”式传播模式，白话小说的传播则更为广泛、热闹。它多在寺庙、广场、街头要路等场所传播，同样得到了君臣、文人士大夫乃至于庶民百姓的喜爱。

唐代小说在当时产生了广泛的社会影响，有广泛的传播与接受群体。由于传播效果相当显著，所以它对当时的社会文化也必然会有或多或少的影响。它与其他文体之间也相互浸润、相互影响，共同促进，丰富了当时人们的娱乐文化活动，也必然会或多或少地影响着人们的思想观念。它是贵族客厅的谈资与娱乐，是寺院、闹市、街头要路上百姓的精神享受，对后世文学及海外文学也产生了重要影响。

俗讲是佛教僧徒向世俗大众通俗讲解佛经的一种讲唱形式。变文起初指俗讲的文本，但在传播的过程中，逐渐适应中国传统社会的需要，变经为俗，开始演绎中国历史民间传奇故事等，其传播的场所首先是佛寺、道观，其次是寺院之外的民间戏场、变场、宫廷、府宅、郡县、通衢要路等公众活动的场所；传播者则主要为僧人和民间艺人；传播的内容包括佛经故事、历史故事、民间传说、寓言杂赋故事和当时当地人物故事等，因题材不同传播目的也有所区别，包括对宗教观念、儒家观念等的宣扬，如因果报应观念、忠孝观念、贞节观念、天命观念等的宣扬；传播时有一定的讲唱仪式，有说有唱、散韵结合，同时常常辅以图像解说，图文并用；因其传播对象包括上自皇帝、王公贵族，下至普通百姓的极为广泛的群体，在中唐以后成为十分流行的民间娱乐活动。

唐代俗讲变文的广泛传播，不仅丰富了人们的生活，也深刻影响了人们的思想，唐代佛教的繁荣发展与俗讲变文等的传播发展有重要的关系。它对唐人的其他观念也必然会产生重要影响。正如郑振铎先生所言，千余年来支配着民间思想的宝卷、鼓词、弹词、平话等都与俗讲变文有着一脉相承的重要关系。可见，俗讲变文对后世俗文学活动的传播与发展起着巨大作用。

曲子词是唐代俗文学中重要的一类。其中“曲”主声，指音乐；“词”主文，指文字。唐宋以降，它逐渐脱离了音乐而成为一种独立的文学形式。对唐代曲子词发展起决定作用的是隋唐燕乐的发展和广泛流行。词与燕乐的搭配准则是倚声填词。唐代曲子词源于民间，题材广泛，表现了普通人的命运与生活，其语言通俗浅切，形式灵活，缘情而发，率真质朴。

初、盛唐和平稳定的政治环境、繁荣的国内外经济环境和文化环境促进了曲子词的民间传播。曲子词的传播主体主要集中于两类人群：一类是创作者兼传播者，其身份各异，有王公贵戚，有庶民百姓，有文人学士，也有僧侣信众；另一类是表演机构和表演人群，如教坊、乐工歌伎等。

曲子词的传播方式主要是口头传播和文字传播。其中，乐工歌伎的演唱、民间佛曲宣唱等都属于口头传播方式，传播媒介主要是音乐和口语。唐代俗乐机构的加工、乐工歌伎的创作、文人群体的酬赠创作以及民间的传抄整理等，都属于文字传播方式，其媒介主要是抄本。

曲子词流露出世俗的审美趣味，深受人们喜爱，上自帝王将相，下至民间百姓，都是其传播对象，传播效果非常显著。曲子词的广泛传播，促进了唐代文学、音乐、宗教文化的发展，而词学在后世更是走向繁荣。

曲子词的海外传播，主要集中于深受汉文化影响的日本、朝鲜、越南等国。日本词作者最多，作品也相对丰富，朝鲜和越南的词人少，保留下来的作品也相对较少。

唐代俗诗是指那些与文人雅诗趣味不同的通俗诗歌创作，其语言通俗易懂，不事雕琢，充满民间审美趣味，形式上灵活多变，没有严格的诗律限制，大多表现了下层劳动人民的情趣喜好。它受到了社会各阶层的喜爱，其传播环境多元立体，主要有寺院、旅馆酒店、公共园林、皇家禁苑、市井街衢、乡校等公共空间，也包括私人府宅以及普通老百姓中间，其传播主体则主要有文人、百姓和僧人等。

唐代俗诗不仅数量多，而且题材广泛，内容丰富，或直接反映当时的社会时事及现实问题，或宣传佛教思想，或描摹世情，或反映民间习俗，或抒发内心情怀，等等。其传播媒介也主要是口语和文字，传播方式主要有题壁与传抄、口传与歌谣等。其传播范围广、影响大，传播效果显著，在社会上造成了巨大的影响，对后世诗歌以及人们的思想都产生了重要的影响，受到了各阶层的热爱。其作用主要表现在娱乐怡情、讽时教化以及对俗文学的推动等。

民谣是指流行于民间的歌谣，是民间诗歌创作的一部分。但从其狭义来看，“歌”长于抒情，“谣”长于叙事，“歌”的文学色彩和抒情意味都要比“谣”浓厚。谚语是民间大众创作并口耳相传，反映民众生产、生活经验，思想智慧的定型化的语言艺术结晶，是民众在长期的生产劳动过程中总结并经过验证的诗意化的生产、生活的经验表述，具有一定的科学性、哲理性、诗意性。竹枝词是中国古代地方特色突出，充满乡土气息、具有悠长情韵的山歌，古时又称“竹歌”“竹枝”“竹枝歌”“竹枝曲”等，是一种诗歌体裁。

唐代民谣既流传于民间，又流传于统治阶层。传播主体主要为僧侣、道士、儿童、封建统治者、文人学者、普通百姓等。传播内容主要有政治谶语类民谣、褒贬统治阶层的民谣、评价社会显赫人物的民谣、科举考试的民谣等。传播方式和媒介主要表现为口耳相传、文字记载、碑刻、题壁等。传播对象包括统治阶层、文人、黎民百姓等。唐代民谣渗透民众生活的各个方面，既惩恶扬善、褒贬善恶，又以其强大的舆论力量影响着民众生活，调整着社会秩序。

唐代谚语的传播环境和民谣类似。传播内容关乎农业生产经验和人们的生活经验。传播主体主要为普通群众、商贾、学者、官员等。传播方式和媒介主要表现为互通有无、代代相传、引谚入书等。谚语是文化在民间的通俗表现，是文化散播在民间的种子。谚语承载着民众的思想和智慧，世代相传、经久不衰，以历史的巨大惯性蓬勃发展。

唐代竹枝词的传播环境和民谣、谚语类似。传播内容涉及对爱情的向往和追求、对亲人的思念、思乡愁旅，以及刻画风土民情、风俗景致等。传播主体主要为普通百姓、贸易商人、遭贬文人等。竹枝词以其强烈的艺术感染力和独特的艺术形式引起文人们的高度关注与效仿。

唐代的俗赋主讲故事和传说，用通俗口语和对话写就，句式散漫，协韵宽泛，代表了一种与传统的文人赋相区别的文体。我们现在所看到的俗赋，主要来自敦煌遗书。

俗赋的传播者既包括创作俗赋的文化层次不高的民间人士或底层文人，也包括讲诵俗赋的诵者、抄写俗赋的书写者。俗赋的传播方式基本上有两种：一种是通过讲诵或讲唱的方式在民间传播；另一种则是通过抄本的方式流传四方。俗赋的传播对象分为三个群体：一类是民间普通百姓，一类是文人群体，一类是帝王贵胄。总体来看，俗赋具有广泛的传播基础。唐代以后，民间娱乐日益多样化，俗赋逐渐退出历史舞台，但影响力并未消失，它附着在变文、小说、戏曲等其他通俗文艺之上，在民间传播。

俗赋也同其他俗文学一样，为周边受汉文化影响的国家所接受。俗赋《孔子项讬相问书》在唐后期辗转传播到越南、日本等国。这显示了海外对中国俗赋的接受和继承。

词文也是唐代民间讲唱文学中的一种，是在我国古代民间歌谣的基础上形成的一类通俗文学。其名源于敦煌文书《季布骂阵词文》，该文体基本上全篇为纯韵文唱词，偶尔杂以散说，唱词基本都是七言，其间不再穿插说白。用韵灵活自由，或一韵到底，或中间换韵，或邻韵通押，不避重韵。其篇幅一般较长，故事曲折，长于抒情。表演者为“词人”。

词文的传播内容是通过讲唱的方式演绎历史或民间故事的，也有个别宗教内容。传播方式主要有两种：一种是口头传播，即通过民间艺人的讲唱传播；另一种是抄本传播。在敦煌遗书中现存有10个抄卷，都没有署名，抄写者社会地位应该不高。

词文的传播者，大致可以分为两类。一类是作者。根据词文写作的特点，如语言浅近通俗，对话多，故事扣人心弦，善于迎合大众喜好等可以推断，其作者应是下层文人。还有一类就是表演的艺人，他们在戏场酒肆、市井街衢，通过自己声情并茂的讲唱吸引百姓，直接推动了词文的民间传播。

后世一部分讲唱艺术如评话、弹词、大鼓书唱词等的体式与词文类似，后人推测多渊源于此。

杨晓慧

2024 年 10 月

绪　论

第一节　选题原因及意义

文学的最初状态是通俗的。鲁迅先生曾说："在文艺作品发生的次序中，恐怕是诗歌在先，小说在后的。诗歌起于劳动和宗教。"① 这就是说，诗歌的起源在先，而诗歌是源于人们劳动中发出的有节奏的口号，这显然不可能是什么雅文学。从人类社会发展的历史长河来看，是在发生了体力劳动与脑力劳动的分工后，雅文学才在俗文学的基础上逐渐诞生的。诞生之后的雅文学也不是独立发展的，而是不断吸取俗文学的养分，在俗文学不断滋养之下趋于完善的。《诗经》历来被视为中国诗歌的源头，然而《诗经》中的很多作品都是当时民间俗而又俗的歌谣。《楚辞》中的一部分也是来自民间的口头创作。文人五言诗也是从民间诗歌中产生并发展起来的。辉煌的唐诗之源头可以追溯至汉代的乐府民歌。敦煌曲子词更是唐五代文人词的滥觞。宋元明清的杂剧、戏曲、小说等莫不渊源于唐代的俗讲变文、话本、传奇等俗文学。中国文学史上的拟话本、拟弹词等之所以要加一个"拟"字，就是因为它是文人学习、模拟民间的很多文体而形成的。可见，雅文学孕育于俗文学中，而雅文学一旦确立，便高高在上，以

① 鲁迅：《中国小说的历史的变迁》，见《鲁迅全集》第8卷，人民文学出版社1963年版，第315页。

正统自居，轻视甚至歧视俗文学，因而历朝历代的文学著作及文学史往往不给俗文学以应有的地位。所以，俗文学常被称为“文学的不登大雅之堂之母”。

在文学之树上，正是由于俗文学的枝繁叶茂、郁郁苍苍，才孕育并发展了千姿百态、气象万千的雅文学。而俗文学不仅孕育了雅文学，更是一个社会中占绝大多数的普通百姓的精神食粮。在更多的时候，它受到了上自皇帝、下至黎庶的广泛欢迎。它如水银泻地般无孔不入地深深渗透民间。

所谓海纳百川，有容乃大。人类的生活是千姿百态、丰富多彩的，文学作为人类生活的反映，也应该具有极大的包容性，应该百花齐放、百家争鸣，应该允许各种题材内容、风格流派互相促进、共同发展，以满足人类不同层次的精神需求。也只有这样，文学的大树才能枝繁叶茂、郁郁葱葱，文学的园苑才能百花齐放、绚烂多姿。

俗文学哺育了雅文学，同时也培育了广大市民阶层的受众。俗文学作品中往往积淀着深厚的民族心理、民族精神、民族习惯，传承着民族文化传统。它使民众趋向真善美，远离假恶丑。俗文学以其生动形象的语言、诙谐幽默的故事，在娱乐大众的同时，默默地提升着人们的道德素养、审美水平与社会历史文化知识。很难想象，一个民族如果只有雅文学，那么民众的精神食粮该是多么单调呀！

传承人类精神文明是文学义不容辞的重大历史使命，雅、俗文学应该共同承担这一历史使命。缺了任何一个，这个历史使命都是无法完成的。雅俗文学中既有精品，又有糟粕。一些优秀的俗文学作品，往往在人们喜闻乐见的形式之中孕育着丰富的思想内容，它能让读者在获得阅读美感的同时，净化心灵，陶冶情操，增长知识，开阔视野。如武侠小说，在看似简单的二元对立的故事情节中，向人们宣示着做人的基本价值准则：重然诺、轻生死，讲气节，救人厄难，匡扶正义；当国家、民族受到外来侵犯时，义无反顾，挺身而出，并为之作殊死的斗争。它使读者深深地感悟到中华民族精神壮美、阳刚的一面。言情小说，也并非只有缠绵悱恻、卿卿我我。它引领读者体会爱情的种种滋味，张扬敢爱敢恨的个性，从而冲破藩篱，把握住自己的命运，大胆地去追求幸福。在古代，城市市民是知识相对贫乏的社会阶层，他们接触雅文学的机会相对较少，他们的知识更多来自社会人生，来自通俗文学。他们在街谈巷议、看戏听书中消解了疲乏，宣泄了情绪，开阔了视野，增长了智慧，洞悉了人生，看清了社会，了解了历史。如，电视连续剧《大染房》中的商业奇才陈寿亭，就是在传统俗文学的熏陶中一步步成长起来的。他本是一个沿街乞讨、目不识丁的孤儿，但是爱听说书。历史演义中的关云长、诸葛亮深深地启发了他的心智，塑造了他的性格，使他足智多谋、处变不惊。古代的许多爱国志士、民族英雄熔铸了他的民族气节。陈寿亭虽然是作家塑造的一个艺术形象，但从他身上使我们看到了俗文学对市民的深远影响。都市俗文学不仅培养了市民读者，也在无形中塑造着中华民族的灵魂与脊梁。

长期以来，轻视甚至蔑视俗文学，是世界文学的“流行病”。但是，随着社会的进步和文化的觉醒，世界各国都逐渐地对俗文学重新进行了价值的肯定与重视。

中国古代文学史对俗文学基本采取了“总体蔑视”与“分体升格”的态度，当俗文学作品因影响深远而不得不被重视时，雅文学便毫不客气地把它们归入自己的阵营，承认它们是经典，而忘记了之前对它们的鄙夷与蔑视。或者用“奇书”之类的名分，冲淡它们的俗文学本质。如，《三国演义》《水浒传》《西游记》等就是如此。但歧视仍然是对大量类似的其他俗文学作家与作品所采取的态度。

即便是在现代文学史上，继承中国白话小说传统的俗文学作家仍然被新文学作家所否定。然而，即便是在俗文学被轻视的时代，一些有真知灼见的先贤还是肯定了俗文学的价值，《中国小说史略》《中国俗文学史》《白话文学史》《平民文学概论》等就是他们颇具慧眼的明证。随着人类社会的发展以及文化认识水平的提高，20 世纪 80 年代，一些具有远见卓识的文学工作者才重新思考中国俗文学的价值，肯定了它们曾经发挥的重要作用。

俗文学研究的园苑毕竟不再荒芜，但与满园春色的雅文学花园比，还不免萧瑟岑寂。在俗文学研究领域默默耕耘的国内学者毕竟还寥若晨星。此外，传统俗文学的个案整理与研究在不断深入，而传统俗文学的整体深入研究相对滞后，这种现象在唐代俗文学研究中的表现尤为突出。

在大环境的影响下，对唐代文学艺术的研究中，诗歌、散文的研究独领风骚，相比之下，俗文学的整理研究相当滞后。随着敦煌藏经洞的发现，唐代俗文学研究以敦煌文学为核心，多集中于汇辑考释、体制辨析、思想内容、艺术特色、历史影响诸方面，较少涉及俗文学的传播。已有的研究固然重要，但俗文学的意义多体现在它的传播接受中。正如传播学理论所指出的，在作品与读者之间有一个传播环节，传播实现了作品共享，从而在一定程度上对社会人生、审美愉悦甚至再创作等产生影响，实现了作品自身价值的最大化，故从传播角度研究俗文学非常必要。首先，它开拓了唐代文学研究的领域，填补了唐代俗文学研究中的传播空白，开拓了唐代俗文学研究中的新视野、新方法。其次，丰富了传播学的理论与实践，开辟了俗文学传播研究的新领域。最后，在今天，研究唐代主要流行于民众中的俗文学，无疑也对繁荣社会主义先进文化并弘扬主旋律有重要的借鉴意义。故而本书主要以传播学理论为依据，探究唐代俗文学传播过程及这种传播活动的影响，包括其传播环境、传播主体及内容、传播目的、传播媒介与途径、受传者、传播效用、对后世的影响等，以揭示其传播的基本情况。同时，以此与唐代诗歌、散文的研究成果互补，从而形成对唐代文学更全面、更系统的研究，以推动唐代文学研究的不断深化。这些都是本书研究的意义所在。

第二节　俗文学研究发展概况及现状

一、俗文学研究概况

俗文学创作在我国历史悠久，而其种类也纷繁复杂。早期的神话、民谣，先秦的寓言故事，汉魏以来的乐府民歌、志怪小说，唐代的俗讲变文、传奇、话本、曲子词、俗赋、词文、俗诗，宋元的话本、杂剧、诸宫调、南戏，明清的俗曲、小说、弹词、鼓词等，都是俗文学中的重要形式。不仅在当时深受广大士庶的喜欢，而且流传千古，至今仍然活在人民大众的心中，并且成为中华民族深沉的心理积淀。①

在中国古代封建社会，俗文学一直为统治阶级以及学士文人所轻视，这必然形成俗文学理论研究滞后的局面。这同历史悠久、异彩纷呈的俗文学实践是极不相称的。当然，我国历史上也有很多著名的作家都身体力行地支持过俗文学，如白居易、关汉卿、冯梦龙、金圣叹等。他们以自身的创作实践，提高了俗文学的艺术品位。

19 世纪末是中国俗文学研究的滥觞，很多前辈学者开始提倡并着手整理俗文学作品，诸如王国维、鲁迅、郑振铎、刘半农、杨荫深、孙楷第、赵景深等著名学者。在他们的努力下，俗文学逐渐发展成为一门独立的学科。1918 年，刘半农先生等倡议组成北京大学歌谣征集处，加之新文化运动的摇旗呐喊，使俗文学逐渐形成一种运动。自 20 世纪 20 年代，北大歌谣研究会创办《歌谣周刊》，致力于俗文学的搜集、整理工作，为俗文学爱好者提供了研究平台。鲁迅先生的《中国小说史略》对唐代传奇给予了足够的重视，其中的很多论断至今还为人所引。“俗文学”这个名

---

① 参见吴同瑞、王文宝、段宝林编:《中国俗文学概论》，北京大学出版社 1997 年版，第 2 页。

称是1929年由郑振铎先生首次提出的，他在《小说月报》第20卷第3期上发表《敦煌俗文学》一文，文中把敦煌所藏的各种通俗文学作品统称为“俗文学”。

20世纪三四十年代，郑振铎、赵景深等前贤就致力于俗文学的整理研究。20世纪30年代末郑振铎先生的《中国俗文学史》是学术界早期研究俗文学的重要成果之一。全书以曲艺为主，为各种传统曲艺提供了丰富的史料，并对其源流变化做了系统的研究。从变文、鼓子词、诸宫调到宝卷、子弟书等，均做了全面的论述，是一部俗文学的奠基之作。20世纪40年代，世界书局出版了杨荫深的《中国俗文学概论》，这是一部俗文学概述性质的书，全书按类别对不同的俗文学种类进行论述，对小说、戏曲也做了重点考述，比较全面和系统。与此同时，傅芸子先生创办了《俗文学》刊物，组织一批专家撰写文章，自己也撰写了数量颇多的俗文学论文，其中有关于敦煌俗文学研究的论文，有整理敦煌俗文学的目录，有校勘敦煌俗文学的作品，有探讨敦煌俗文学的讲唱方式，有对敦煌俗文学进行分类和个案研究，等等。这些都对俗文学的整理研究作出了重要贡献。20世纪50年代前后陆续出版了敦煌学家孙楷第先生的《俗讲、说话与白话小说》《傀儡戏考原》，任二北先生的《敦煌曲校录》《敦煌曲初探》，叶德均先生的《宋元明讲唱文学》，等等。这些论著都为唐代及其后俗文学的研究奠定了重要基础。对唐代及其以后之曲词、变文、小说、戏曲等进行有益探索的，还有叶德均先生的《戏曲小说丛考》[①]、关德栋先生的《曲艺论集》、任二北先生的《唐戏弄》等。

总的来说，中国俗文学研究的开创，首先离不开诸多前辈学者奠基性的收集整理与研究工作。郑振铎先生由于曾在英、法等国研读了大量流落海外的我国古代变文、戏曲、小说等俗文学作品，加之有机会了解并翻译了一些国外的民俗学理论，如《民俗学概论》《民俗学浅说》等，因此他

① 该书在1978年始得出版。

的俗文学理论既受到了西方民俗学原理的启发，更得益于中国古代以来的俗文学文献资料。

新时期，我国的俗文学研究工作取得了跨越式发展。1984年，全国性的俗文学组织——中国俗文学学会成立。学会以繁荣俗文学创作和开展俗文学理论研究为目标，以系统研究和探讨中国俗文学的发展规律为主要任务，把全国各地的俗文学工作者组织起来，在我国俗文学发展史上具有里程碑意义。20世纪80年代以来，学者们首先致力于曾经被中断的俗文学研究传统，对俗文学研究中的基本理论与基本问题进行了反思。与此相应，出版了很多俗文学著作，如《俗文学论》《中国俗文学七十年》《中国俗文学发展史》《中国俗文学词典》等。大陆人文社科界开始关注俗文学的研究论文和史料整理，台湾地区和香港地区的学术界对俗文学著作也表现出了极高的热情。伴随着人民群众日益增长的精神文化需求，与俗文学理论的研究相适应，各种俗文学实践活动也如火如荼地展开了。

新时期俗文学研究的焦点主要集中在俗文学的定义、特征、俗文学史等基本理论方面。郑振铎先生在《中国俗文学史》中说："何谓'俗文学'？'俗文学'就是通俗的文学，就是民间的文学，也就是大众的文学……差不多除诗与散文之外，凡重要的文体，像小说、戏曲、变文、弹词之类，都要归到'俗文学'的范围里去。"① 这是国内最早的关于俗文学的定义，郑振铎先生对俗文学的定义有开创之功，惜乎稍显笼统。

《中国俗文学史》是一部对后世俗文学研究影响极大的著作，其在大陆地区曾经先后6次出版。台湾商务印书馆到20世纪80年代止，至少再版过7次。自《中国俗文学史》问世后，其中关于俗文学的定义就得到广泛响应，诸如杨荫深先生1946年出版的《中国俗文学概论》中就基本沿用了郑振铎先生关于俗文学的定义，认为俗文学就是"通俗的文学""平民的文学""白话的文学"。《华北日报》1948年6月4日发表吴晓铃先生

① 郑振铎：《中国俗文学史》，上海书店1984年版，第1—2页。

的《俗文学者的供状》中也谈到了俗文学的定义。《俗文学者的供状》在主体继承郑氏俗文学定义的同时，又从语体视角出发，对俗文学的定义进行了必要的补充。

俗文学研究在新时期得到恢复后，学界首先对基本理论问题进行了全面的反思，如中国俗文学学会出版的《俗文学论》（黑龙江人民出版社1987年版）是一部论文集，共收集了20多篇当时在国内较有代表性的俗文学论文，而其中关于俗文学概念和含义的就有10篇。这些论文多带有总结性，同时又具有一定的突破性，是郑振铎先生之后学界对俗文学内涵探究的一次大总结。在此，姜彬先生认为，以前的俗文学定义是在一定社会历史及学科发展条件下形成的，有一定的历史局限性。[①] 陈钧先生则强调，俗文学不仅“流行于民间，也可流行于官方”[②]。

吴同瑞等先生认为，俗文学既可以是民间加工，也可以是文人创作，关键在于它是否弘扬了民族精神，是否表现了大众的思想情趣等。[③]

与之相应的是范伯群等主编的《通俗文学十五讲》，其中对俗文学的外延更做了详细而明确的划分。他们明确指出，俗文学应包括通俗文学子系、民间文学子系、曲艺文学子系等。[④] 至此，俗文学有了相对明确稳定的内涵与外延。

二、唐代俗文学发展概况

唐代国家统一，政治开明，经济发达。统治者实行对外开放政策，中

① 参见姜彬：《对俗文学的再认识》，见中国俗文学学会编：《俗文学论》，黑龙江人民出版社1987年版，第25页。

② 陈钧：《俗文学的概念与特征》，见中国俗文学学会编：《俗文学论》，黑龙江人民出版社1987年版，第46页。

③ 参见吴同瑞、王文宝、段宝林编：《中国俗文学概论》，北京大学出版社1997年版，第5页。

④ 参见范伯群等主编：《通俗文学十五讲》，北京大学出版社2003年版，第4页。

外文化交流频繁，这一切都促进了唐代文化的繁荣。

中华民族五千年的历史，创造了辉煌的中华文化，唐代文化是其中最灿烂的部分之一。唐前期一百多年的开拓发展，造就了被后代一再称道的盛唐气象。盛世造就士人的恢宏气度、进取精神、开阔胸怀。而国家的繁荣昌盛、经济的繁荣富强，使唐人不惧怕任何外来文化，因而形成了文化上的中外融合、思想上的兼容并包，这为唐代文学艺术等的全面繁荣创造了非常有利的环境。而安史之乱的发生，又使唐人从巅峰坠入谷底。历尽流血杀戮与艰难坎坷之后，唐人在渴望中兴的道路上艰难跋涉。这种纷纭复杂的社会变迁及悲欢离合的社会生活，为文学的发展提供了丰厚的土壤。这些都客观上为文学的繁荣准备了必要的条件。而魏晋南北朝文学的发展使唐文学的繁荣水到渠成，这是文学自身发展的结果。魏晋南北朝是文学的自觉时代，无论从内容还是形式上考察，唐代文学的繁荣都离不开魏晋南北朝文学的深厚积淀。“唐文学的繁荣，表现在诗、文、小说、词等的全面发展。”①

纵观唐文学的发展，有一种日益俗化的趋势。这不仅表现在各种俗文学作品的日益繁荣，还表现在诗歌的日益俗化。最初的 90 年左右，是唐诗辉煌成就的准备阶段，接着便是唐诗在开元、天宝时期的繁荣。安史之乱前后，社会矛盾激化，部分诗人开始写民生疾苦，代表这一时期的最伟大的诗人，就是诗圣杜甫。他以叙事手法写时事。这种叙事手法，正是俗文学最主要的表现手法。这是唐诗发展中的一种新变。

大历年间是盛唐诗风向中唐诗风演变的过渡期。大历诗风，指的是大历至贞元年间活跃于诗坛上的一批诗人的诗歌风格。安史之乱以后，社会急剧衰败，诗人们也失去了盛唐昂扬向上的心态。诗中多秋风夕阳、寂寞情思。在大历诗风的主流之外，还有一位诗风俗、奇的诗人——顾况。顾况留下来的诗中，乐府和古诗占多数。他的诗，无论古体还是今

① 袁行霈主编:《中国文学史》第二卷，高等教育出版社 2005 年版，第 208—209 页。

体，都受着江南民歌的明显影响，格调通俗明快，语言则有如白话。[①] 顾况诗俗的一面影响了张籍、王建以及元、白诗派，怪奇的一面影响了韩、孟诗派。

到贞元、元和年间，伴随着社会政治改革的步伐，革新之风也吹向了诗坛。除了奇崛险怪的韩、孟诗派，元、白等则汲取乐府民歌的养料，使诗歌更为趋俗，形成元、白诗派。

随着社会的发展变化，人们的需求也相应地发生了变化，而文学自身也是随着社会的发展而发展的，在魏晋南北朝志怪小说和杂史杂传的基础上，新的文体——传奇小说在唐代诞生了。据不完全统计，唐人小说今天可以找到的还有 220—230 种。[②] 佛教在民间广泛传播，布道化俗，出现了俗讲和变文。而由于燕乐的盛行、宴饮的需要，出现了一种新的诗歌体式——词。此外，唐代俗文学种类还有话本、俗诗、俗赋、词文、谣谚、俚语、竹枝词、杂戏等。

俗文学活动的参与者上自帝王贵戚，下至平民百姓，无所不包。唐代俗文学活动在当时红红火火，但俗文学作品及艺人却不被重视，因而俗文学作品及艺人的生平很少流传，但随着敦煌文献的发掘，唐代俗文学的光彩得以重现。

俗文学作品的分类是个颇有争议的问题，造成这种现象的原因，一方面缘于俗文学本身的丰富复杂，另一方面也缘于我国文学分类传统的复杂，现存的分类实践中常有标准不一的现象。如，台湾三民书局出版的曾永义先生的《俗文学概论》中，就罗列了 34 种分类方法。然而分类总是相对的，更何况我国历史上的俗文学活动总是处在不断的发展变化中，所以分类中的交叉现象也是难免的。结合唐代俗文学的实际情况，参照赵景深先生的观点，笔者将唐代俗文学按照表现形式分为口承俗文学活动和笔

① 参见朱丹：《浅谈顾况诗歌的艺术特色及其对韩孟、元白诗派的影响》，《商情（教育经济研究）》2007 年第 4 期。

② 参见袁行霈主编：《中国文学史》第二卷，高等教育出版社 2005 年版，第 174 页。

传俗文学活动。[①] 口承俗文学活动作品主要包括俗讲、变文、话本、杂戏、民谣、谚语、词文等。笔传俗文学活动作品主要包括俗诗、俗赋、曲子词、唐传奇、竹枝词等。当然，这种分类并不是绝对的，有些文学形式兼有两者的特点，如俗讲、变文之类，兼有口、笔两者的特点，但是考虑到俗讲、变文主要是用来讲唱的，故把它归在口承作品中；而曲子词、竹枝词虽然原先是口头的，但被文人借来创作以后却成了专供阅读的了，故也将其划在笔传作品之列。

三、唐代俗文学研究现状

除了前面论及的成果，唐代俗文学研究的成果还有很多。卞孝萱先生的《唐传奇新探》主要就《兰亭记》《上清传》《河间传》《补江总白猿传》《任氏传》等唐代传奇小说进行了新的思想发掘。而卞孝萱先生的《唐人小说与政治》另辟蹊径，一改前人考证生平、分析内容、艺术特色、注释、辑佚、赏析等做法，以小说的时代背景为出发点，文史互证，考察作者与作品的真正意图。

向达先生的《唐代长安与西域文明》讲述了由于唐帝国的强盛，当时居于大西北的游牧民族被迫或主动归附大唐，此后，这些民族的文化习俗与中原民族的文化融合发展，并对中原民族产生影响，尤其是使唐长安呈现出一种多元文化的现象。作者对这种文化现象从多方面进行了考察。此外，本书还收录了作者关于中西文化交流史等方面的一些论文，其中就包括作者对唐代佛曲、俗讲等问题的考证与研究。

周绍良先生的《敦煌变文汇录》共收集了36篇变文，每篇题后均加了简要说明，有的还做了考订，无论是考订的准确性还是内容的丰富性都可谓是敦煌变文中的奠基之作，这部著作至今仍是敦煌文学研究的重要文

---

① 参见赵景深：《曲艺丛谈》，中国曲艺出版社1982年版，第269页。

献资料。周绍良先生的《敦煌文学刍议》是关于变文的一部学术力作，其史料翔实、观点独特。周绍良、白化文两先生主编的《敦煌变文论文录》作为论文集，把半个多世纪中有关变文的重要论文全部收录，其中有王国维、向达、孙楷第、陈寅恪、傅芸子、关德栋、容肇祖、王重民等知名学者的论文，有很多真知灼见。这些论著是当时俗文学研究的奠基之作，尽管随着敦煌文献资料的进一步发掘，有些论断还有争议，但那是起步阶段在所难免的。此外，其中还收录了国内第一次发表的流散于苏联的重要文献资料。周绍良先生的《唐传奇笺证》分为两部分内容，一部分是唐传奇简说，另一部分是唐传奇笺证。在简说中，作者简要介绍了“传奇”的由来，唐代不同时期传奇的代表作家与作品，以及传奇的地位和对它的评价。在第二部分，作者对十几部唐传奇作品做了笺证，为唐传奇的进一步研究奠定了良好的基础。

程毅中先生的《唐代小说史》按体裁与时间顺序，对唐五代小说及小说化的传记、杂史等作了爬梳，颇有见地。李时人先生的《全唐五代小说》为断代小说总集，所收作品除现存各种单篇和成集的唐及五代的小说，还包括从有关诸家别集、文章总集、丛书类书、佛藏道藏、稗史地书、后人纂集之小说总集和敦煌遗书中所收罗的所有唐及五代时期的小说和接近小说规制的叙事作品。[①]所收作品起讫断限大致与《全唐诗》相同，是研究唐五代小说的重要文献资料。《唐五代笔记小说大观》也是笔记小说中的精品，作品收录较全，因其所选底本较好，加之校勘的认真，所以也是一本很好的唐小说文献。钟敬文先生的《民间文学概论》等对民间文学的概念、特征、类别，其与社会生活和作家的关系，其搜集、整理、传播等情况，都做了详尽的介绍，对提高俗文学尤其是民间文学的认识颇有意义。

---

① 李时人编校，何满子审定：《全唐五代小说》第1册，陕西人民出版社1998年版，第1页。

近些年来，在唐代俗文学研究方面的专著还有：

程国赋先生的《唐代小说嬗变研究》以新颖的角度探讨了唐代小说在后世文学体裁中的演变情况，探讨了各种文体之间的交融互渗，对唐人小说的流变以及在小说史中的意义进行了深入开掘。胡光舟先生的《唐传奇赏析》为唐传奇的文本整理及研究打下了坚实的基础。张鸿勋先生的《敦煌俗文学研究》是一部论文集，其中对敦煌民间词文和故事赋、敦煌讲唱伎艺、敦煌赋等的研究考证很见功力，体现了近些年来敦煌学的一些新研究成果，但由于是论文集系统性稍显不足。徐翠先女士的《唐传奇与道教文化》分两大部分，上半部分主要是唐传奇产生发展的道教文化背景及其文体艺术定位，下半部分探讨唐传奇的道教文化蕴涵，这种研究方法有点类似于卞孝萱先生的《唐人小说与政治》的研究方法。江守义先生的《唐传奇叙事》侧重于运用叙事学理论对唐传奇展开研究，主要论述了唐传奇的叙事主体、小说命名、叙事视角等内容，角度独特。李德龙先生的《敦煌文献与佛教研究》是一部研究敦煌文献和佛教问题方面的论文集，其中敦煌遗书所反映的寺院僧尼财产世俗化以及唐后期寺院经济特点等论题颇见功力。张涌泉先生的《敦煌小说合集》中搜集整理了敦煌保存的古体小说、通俗小说、话本等文献资料，对中国古代小说史、民间信仰、佛教等相关课题的研究有积极意义。富世平先生的《敦煌变文的口头传统研究》围绕变文的口头传统，探讨了变文的渊源、分类，并对变文的文本类型、特点、审美风格与审美特征等做了较为系统的阐释。钟海波先生的《敦煌讲唱文学叙事研究》论述了敦煌讲唱文学的流变、叙事学特征及其对后世的影响等，对研究敦煌讲唱文学颇有借鉴。龙榆生先生的《词曲概论》源流论部分关于唐五代民间词等的研究对唐代俗文学的研究也很有帮助。田兆元、范长风先生主编的《中国传奇》谈到了传奇作为国家非物质文化遗产的价值。周思源主编的《中国古代小说简史》勾画了自先秦两汉、魏晋南北朝、隋唐五代、宋元至明清的小说发展脉络。陈维昭、张兵先生主编的《中国文学研究》第11辑对唐传奇中的爱情故事等进行了探究。吴怀东先生的《唐诗与传奇的生成》探讨了先唐“小说”传统对于唐传奇的影响，以及唐传奇的世俗性、现实性等，并由此探讨了诗歌在唐传奇中的功用等。

此外，各种版本的《中国文学史》也都不同程度地对唐代有代表性的俗文学进行了专章的分体论述。如袁行霈先生主编的《中国文学史》对唐传奇与俗讲变文、词等俗文学体裁有专章论述。王红、周啸天等主编的《中国文学·魏晋南北朝隋唐五代卷》对唐五代词、唐小说、敦煌俗文学等也都有论述。郭预衡先生的《中国古代文学史》中对唐传奇、词曲、敦煌通俗文学与诗僧等都有专章论述。章培恒、骆玉明先生主编的《中国文学史新著》中也加强了对俗文学的论述，如“体现新倾向的唐代俗文学与传奇”、词等的专章分体论述。张燕瑾教授等主编的《20世纪中国文学研究论文选·隋唐五代卷》中收有多篇前贤研究唐代俗文学的论文，如王国维《敦煌发现之唐代通俗诗及通俗小说》、汪辟疆《唐人小说在文学上之地位》、向达《唐代俗讲考》、任半塘《唐代“音乐文艺”研究发凡》等，对后世研究俗文学都有一定的启示。袁行霈《中国文学概论》在小说部分论述了唐传奇的源流演变、体制风格等。这些论著对俗文学研究都很有借鉴，但多为简述，未能充分展开。

与此同时，有些俗文学史或民俗史论著也在民间文学等部分对唐代有代表性的俗文学进行了专章的论述。如郑振铎先生的《中国俗文学史》对各种俗文学体裁进行了分类论述，由于材料的局限，关于唐代俗文学只论述了唐代的民间歌赋与变文。钟敬文先生主编的《中国民俗史·隋唐卷》由于侧重于民俗学主要论述了唐代的各种民俗活动，俗文学活动只涉及了民间文学的一部分。门岿研究员、张燕瑾教授的《中国俗文学史》是一部较全面的中国俗文学通史，有一章专门介绍唐代俗文学，但由于是通史，所以对唐代俗文学的研究未能全面系统地展开。

期刊方面的成果主要有：

熊海音《唐人小说与大众文化》，崔际银《唐诗与唐人小说用诗流程之互观》，姚春华、苏珊珊《试论旗亭与唐代文言小说》，黄仁生《论唐传奇在中国文学史上的演进与贡献》，孙岩《论唐传奇是“小说的自觉”》，成松柳、张跃生《佛教文化与唐代传奇小说》，刘彦钊《唐代传奇小说简论》，李剑国《唐传奇校读札记》，赵一霖《从精怪小说看唐人小说创作的娱乐诉求》，李娟、叶帮义《〈李娃传〉与〈杜十娘怒沉百宝箱〉结尾之比较》，李作霖《唐传奇的叙事成规》，杨文榜《论唐传奇小说兴起与繁荣的原因》，王子今《竹枝词的文化品质》，高月《雅与俗的二度转变——论唐代文人竹枝词的发展演变》，孟晋《唐代长安休闲娱乐文化的盛衰及影响》，雷乔英《〈石州〉曲的流传及其文学影响》，成松柳、彭琼英《唐代娱乐文化与唐传奇演变》，左汉林《论教坊曲与唐代文学的关系》，袁凤琴《诗中有“戏”——唐人绝句戏剧性因素初探》，胡杨《论唐代寺院讲经变文的产生及对中国古代白话小说的影响》，伍晓蔓《从〈庐山远公话〉看早期话本的文学渊源》，王宜早《论打油诗》，陈海涛《敦煌变文与唐代俗文学的关系》，马丽娅《试论汉魏六朝以后俗赋的传承》《俗赋传播的途径与方式》，伏俊琏《敦煌俗赋的类型与体制特征》，吴功正《初唐丽化与俗化并生现象论析》，翟翠霞《汉唐俗赋浅说》，曾云《唐代俗谚正误三则》，王文宝《民俗语言在俗文学作品中的重要地位》，薛若邻《目连戏的思想内涵与民俗特征》，王运熙《中国中古文人对俚俗文学与时俗文学的态度》，艾丽辉《中国古代通俗小说的滥觞——唐代敦煌话本》等，从不同内容、不同体裁对唐代俗文学的某一侧面做了相应研究。

博士学位论文方面的相关研究主要有：

南京大学陈依雯2016年的博士学位论文《唐代小说的传播与接受》主要从传播、接受两个视角探讨了唐代小说的发展，其主要研究对象是唐代的笔记小说与传奇小说。论文主要探讨了唐代小说的传播背景，以长安为个案的传播环境，作为小说传播主要载体的诗歌，与小说传播相关的诸要素、传播方式以及在宋元明清的传播接受情况。上海大学周兴泰2010年的博士学位论文《唐赋叙事研究》以叙事学的眼光审视唐代赋体文学，与以往重在历史发展、社会功用、艺术构思等角度的研究形成互补，其中关于俗赋、寓言赋等的研究对唐代的俗文学研究有一定的借鉴意义。陕西师范大学王早娟2010年的博士学位论文《唐代长安佛教文学研究》中，对佛教俗讲变文及通俗诗有所涉及。南开大学张同利2009年的博士学位论文《长安与唐小说》论述了长安与唐小说的关系，对长安的历史文化及地域文化等特征做了详细分析，并以此为背景探讨了唐小说及小说家与长安的关系，在此基础上界定并分析了“长安小说”以及“唐小说里的长安城”的特征。华东师范大学鲍震培2004年的博士学位论文《中国俗文学史论》，类似于唐代及金元时期的一部俗文学断代史论，选题非常好，对唐代俗文学的研究重点在唐传奇以及张鷟的《游仙窟》，惜乎中间未论及宋代俗文学，对敦煌俗文学的研究也未能展开。山东大学樊庆彦2008年的博士学位论文《古代小说与娱乐文化》重点考察了古代小说的娱乐功能及其娱乐文化考论，抓住了娱乐文化对小说的催生功能。陕西师范大学武彬2008年的博士学位论文《唐传奇中的佛、道观》揭示了小说中所呈现的佛道观念及世态人情，以及佛道观念对当时社会的影响。西北大学宇恒伟2009年的博士学位论文《唐宋时期印度佛教的中国民间化研究》关于唐时印度佛教的中土化传播一节中，论及了俗讲变文在唐代的传播方式及路径。陕西师范大学李锦2006年的博士学位论文《唐代幽默文学研究》也涉及了一些唐戏及唐代俗诗的内容。武汉大学赵成林2005年的博士学位论文《唐赋分体研究》对俗赋的研究较为简略。四川大学汤君2003年的博士学位论文《敦煌曲子词地域文化研究》从地域文化视角辨析了敦煌曲子词的地域文化特征及其在词史上的地位等问题。上海师范大学俞晓红2004年的博士学位论文《佛教与唐五代白话小说》主要探讨了佛教中俗讲变文与唐代白话小说之间的观念、材料等互动关系。西北师范大学伏俊琏2001年的博士学位论文《俗赋研究》中有他对魏晋以前的俗赋的研究。这些论文角度不同，而且都是针对唐代俗文学中的某一类别进行的研究。

在相关硕士学位论文中，韩洪波在《唐代变文对明清神魔小说的影响》（2010 年）一文中经过辩证分析认为，变文对其后的许多文学样式如诸宫调、弹词、鼓词、宝卷、戏曲、小说等都产生了重要影响，尤其对神魔小说产生了深刻的影响。徐芳在《陇右文化与唐传奇》（2009 年）中通过对陇右文化的解析，梳理了陇右文化与陇籍唐传奇作家的关系，指出陇右文化为唐传奇提供了丰富的素材。李拜石在《敦煌说唱文学与古代信息传播》（2007 年）中，从传播学的角度，结合对敦煌说唱的实证分析，探讨了部分敦煌说唱内容对于古代信息传播的意义。刘子芳在《唐代寓言赋的艺术特色及地位研究》（2008 年）中通过文本的分析比较，探讨了唐代寓言赋中所体现的唐人心理、精神风貌以及创作方面的艺术特点等。王巧玲在《唐代小说的史料价值》（2005 年）中认为，唐代小说受到史传文学的深刻影响，带有传记性，有重要的史料价值。张介凡在《论唐代文学观念与小说创作》（2002 年）中从儒家小说观念、史家小说观念和文家审美小说观念的层面上探讨唐代小说创作。白军芳在《唐传奇中的女性形象》（2001 年）中，从唐传奇对女性形象的重塑入手，探讨传奇所塑造的女性身份的心理根源和社会影响等。梁建华在《元代婚恋剧与唐代爱情传奇作品的比较研究》（2000 年）一文中，通过元代婚恋剧与唐代爱情传奇作品的比较研究，提出了在婚恋主题创作中具有历史性突破的新的爱情标准，发掘了元代婚恋剧呈现出的进步思想倾向和特征。

港澳台地区方面，台湾地区学者许雪玲的《唐代游历仙境小说与长安文化之关系》[①] 一文，重点讨论了唐长安道教思想对游仙小说生成及发展的作用。台湾地区文美英 1997 年的硕士学位论文《唐人小说中的长安

---

① 参见《第二届唐代文化研讨会论文集》，（台湾）文津出版社 1995 年版，第 61—73 页。

城——以传奇为主》，重点探讨了唐人小说中呈现出来的长安社会生活与人们的精神风貌。

海外方面，最早研究中国俗文学的，当推日本的狩野直喜（1868—1947年）博士，他曾于1910年在日本京都帝国大学人文科学学报《艺文》上发表《水浒传与中国戏曲》，此后又相继发表了《元曲的由来与白仁甫的〈梧桐雨〉》《试论以琵琶行为题材的中国戏曲》等；[①]1916年，他又在《艺文》上发表了《中国俗文学史研究的材料》（第7卷第1、3期），并断言中国俗文学之萌芽显现于唐末五代。法国保罗·戴密微（P.Demieville）曾将《云谣集》诸作译成法文，其《唐代的入冥故事——〈黄仕强传〉》对敦煌小说做了进一步研究。日本金冈照光曾把《凤归云》译成日文，日本金丸邦三的《观音故事与观音信仰研究》也以俗文化为中心对中国传统俗文学进行了探讨。美国学者梅维恒（Victor H.Mair）著《绘画与表演》，为变文的研究提供了世界上其他地方类似表演的旁证。日本姝尾达彦有《唐代后期的长安与传奇小说——以〈李娃传〉的分析为中心》一文，以唐传奇《李娃传》作为重点分析对象，通过对唐传奇作品的具体分析，探讨了唐传奇中体现出来的长安庶民文化的一些特征，并对当时长安城的布局进行了初步探讨，重新分析了《李娃传》的特点等。日本荒见泰史的《敦煌讲唱文学写本研究》重点探讨了变文散韵相兼的讲唱体的演变过程。韩国苏仁镐的《韩国传奇文学的唐风古韵》探讨了韩国传奇文学与唐传奇之间千丝万缕的联系。国外对唐代俗文学的研究虽不止于此，但比之国内，自然偏少，而且研究的范围相对狭窄。

基于以上分析考察，可以看出，唐代俗文学的研究已取得了很多可喜的成绩，表现出逐渐繁荣的趋势。

---

① 参见王文宝：《民俗语言在俗文学作品中的重要地位》，《民俗研究》1997年第4期。

第三节 对论题的界定

一、关于唐代俗文学的界定

本书研究的时间范围是唐五代。研究对象的文化界定是“俗文学”。关于这一概念，前面已多有论述，此处再补充20世纪80年代以后一些工具书中的描述如下：

> 俗文学也称为通俗文学，同纯文学或雅文学相对而言。其特点为通俗性，为广大的读者所喜闻乐见。它大体包括歌谣、话本、平话、戏曲、地方戏、弹词、鼓词以及民间传说、笑话、谜语等。俗文学在过去的时代里是不被重视的。半个世纪以前，郑振铎对俗文学有论述：“凡不登大雅之堂，凡为学士大夫所鄙夷，所不屑注意的文体都是‘俗文学’。俗文学起源于人民群众的口头文学，后来由文人加工整理写成文字，流传下来，成为大众化的文学。五四新文化运动以来，俗文学在我国文学史上的地位发生巨大变化，它发展到今天，已成为我国整个新文学的重要组成部分。”①

> 俗文学一般指内容和形式为人民群众所喜闻乐见的文学作品。包括民间文学作品和文人作家创作的通俗说唱体裁的文学作品。如话本、章回小说、戏曲剧本、变文、弹词、子弟书、小曲唱词、灯谜、相声、鼓词、宝卷等。②

> 俗文学是近代人对中国古代通俗文学的称呼。可包括：(1) 歌、谣、曲子。(2) 讲史、话本。(3) 宋元以来南北戏曲及地方戏。(4) 变文、弹词、鼓词、宝卷等讲唱文学。(5) 民间传说、笑话、谜

---

① 朱子南主编：《中国文体学辞典》，湖南教育出版社1988年版，第24—25页。

② 段宝林、祁连休主编：《民间文学词典》，河北教育出版社1988年版，第508页。

语等杂体作品。近人郑振铎有《中国俗文学史》。[①]

俗文学是古代通俗文学的总称。由近人郑振铎提出，为治中国古代文学的学者所沿用。大体包括民歌、民谣、曲子，讲史、话本等通俗小说，宋元以来南北戏曲、地方戏，变文、弹词、鼓词、宝卷等讲唱文学，民间传说、笑话、谜语等杂体作品。[②]

结合前面的回顾与总结，笔者以为，郑振铎先生对俗文学内涵的定义虽稍显笼统，但确立了俗文学的基本内涵。而范伯群等先生又进一步明确指出，俗文学可以是集体创作，也可以是个人署名；可以流行于民间，也可以流行于官方。

结合以上论断，唐代俗文学主要包括俗讲变文、小说、俗诗、曲子词、俗赋、词文、竹枝词、民谣、谚语等。在本书中，小说包含了文言小说和白话小说。笔者以为，唐代文言小说即唐传奇实际是流行于文人圈子的通俗读物，它更大程度上是文人宴集、娱乐的产物。虽然文人们也可能用它行卷、温卷，但在时人心目中，它是不登大雅之堂的。

二、关于传播的几点说明

文学传播研究是21世纪文学研究的重要方向之一，至少在古代文学研究方面有这样的倾向。这是因为在作品与读者之间有一个传播环节，这个传播环节实现了作品的共享，从而在一定程度上对社会人生、审美愉悦甚至再创作产生影响，从而实现了作品自身价值的最大化，故而对文学作品的传播分析是非常有意义的。本书主要对唐代俗文学传播进行探讨。这主要是因为唐人首先有强烈的传播意识。其次，唐代俗文学传播活动的基

① 胡敬署、陈有进、王富仁等主编：《文学百科大辞典》，华龄出版社1991年版，第152—153页。

② 钱仲联、傅璇琮、王运熙等编：《中国文学大辞典》，上海辞书出版社1997年版，第1751页。

本要素都已具备，俗文学的传播活动异彩纷呈，俗文学的价值也主要体现在它的传播接受之中。

（一）传播的基本要素

所谓传播的基本要素，主要包括传播主体、传播环境、传播内容、传播媒介或方式以及传播对象与效果等几个方面，它们是使得传播活动得以成立的前提。①

传播主体，指的是传播行为的发出者，他既可以是个人，也可以是群体或组织。②他并不是一个单一、稳定不受任何影响的“理想态”，而是受到各种因素影响或制约的“复杂体”。唐代俗文学的传播者，从身份角度看主要包括官僚仕宦、文人学士、宗教人员、艺人、百姓等；从创作角度则可以分为创作者和非创作者。而且有时传播者本身还存在多重身份的情况，这样他就拥有了多途径传播的可能。如《玄怪录》的作者牛僧孺曾是地方藩镇幕主，后官至宰相，又是党派之首、文坛名士，这些都会促进其在文学作品传播中的作用。这也使得唐代俗文学的传播情况显得更为复杂。

受传者，即传播对象，是传播者的作用对象，可以是个人，也可以是群体或组织。③传播过程建立的前提是双方必须有共通的意义空间，这样一来对受传者以及传播媒介便产生了一定要求。比如，唐传奇主要反映幕府及文人士子的生活，加之主要以文言为主，因而对受传者的文化水平有一定要求，故其受传者主要是文人学士。而白话小说或者王梵志的俗诗由于内容及语言都贴近普通大众，因而对文化水平的要求则极低，所以其接受对象就包含普通百姓。

需要强调的一点是，传播者与受传者的角色并非固定不变。在一般传

① 参见郭庆光:《传播学教程》(第二版)，中国人民大学出版社2011年版，第48页。

② 参见郭庆光:《传播学教程》(第二版)，中国人民大学出版社2011年版，第49页。

③ 参见郭庆光:《传播学教程》(第二版)，中国人民大学出版社2011年版，第49页。

播过程中，两者能发生角色转换或交替。一个人在发出讯息时是传播者，在接受讯息时则转换为受传者。比如在唐代小说的创作与传播过程中，很多文人在宴集时听闻故事，此时听者是接受对象，而当他在听后进行创作并把作品展示于人时，他则成了传播者。

讯息就是指传播的内容或对象。本书主要对唐代小说、曲子词、俗诗、俗赋、词文、俗讲变文、竹枝词、笑话、谣谚等的传播内容进行探讨。在传播过程中，同一题材内容可能也会以不同的形式进行传播。比如，小说在形成文本之前，可能会以故事的形式进行口头传播，如在各种宴会聚会上，文人们相互谈奇说异，《任氏传》《离魂记》等的写成皆是如此。故事不完全等同于小说，故事更倾向于事件发生的过程，侧重于情节，常适合口头讲述。小说则更加细致，适合于文本阅读。但这并不意味着在传播过程中，小说会随媒介的改变而发生巨大改变。所以它们同样也有着密不可分的关系，分析唐代小说的传播内容就必须把其中故事的传播也考虑进去，二者共同构成唐代小说的传播内容。与此同时，同一题材也可能以不同的形式进行传播。如，李杨爱情的内容就以小说和诗歌的不同形式在传播着。

媒介，“又称传播渠道、信道、手段或工具。媒介是讯息的搬运者，也是将传播过程中的各种因素相互连接起来的纽带”①。古代社会的传播媒介受科技水平限制较为缺乏，且唐代小说作为当时的边缘文学，其所能利用的传播媒介更是单一，基本只有口语和抄本两种。另外，同一小说故事在面对不同受传者时，其传播媒介也不尽相同。对于文化素养相对较高的受传者，可以直接以抄本形式传播；而文化素养相对较低的受传者，更多可能通过说话、俗讲等相对通俗的口语媒介来接受。当然传播媒介的选择有时也会考虑传播时所在环境，如宴饮聚会时使用口语媒介更为便捷，而不一定是受传者文化素养低的问题。当然，有时也与不同的欣赏目的等因

① 郭庆光:《传播学教程》(第二版)，中国人民大学出版社 2011 年版，第 49 页。

素有关。白居易召集好友，在家听“一枝花话”就是例子。

传播效果，是指传播活动所产生的效果或反映，主要指受传者对传播活动的反应或回应。它在一定意义上是传播者比较重视的因素，在文学世界尤为如此。当作品被创作者创作之后，他最期望的效果就是得到更多人的赞扬和肯定，从而使得自身的声名得以传播。即便不理想，没有得到肯定，也可以通过收获负面性的批评来进行改进。而作品的传播效果也会促进作品更进一步的传播，张鷟的小说即如此。《旧唐书》中记载：“新罗、日本东夷诸蕃，尤重其文，每遣使入朝，必重出金贝以购其文。”① 其小说的传播效果就是在这种良性循环中进一步加强和彰显的。

（二）唐人的传播意识

唐代俗文学的传播活动在当时异常繁荣，这首先与当时社会强烈的传播意识有关。一方面，统治阶级认识到了俗文学传播活动对于主流意识形态领域的重要作用，因此加强了思想文化作品的整理传播，例如通过整理、编订《五经正义》作为科举等活动的标准，来对儒家经典进行重新整理传播。另一方面，以文人为代表的个人出于保存、传播等方面的考虑，也积极编写文集，主动传播自己的作品。

文人强烈的传播意识，首先体现在诗歌方面。白居易《宣武令狐相公以诗寄赠传播吴中聊奉短草用申酬谢》② 一诗，就表现了令狐诗歌在当时的传播情况，白居易更是在诗题当中直接使用了“传播”二字：

> 新诗传咏忽纷纷，楚老吴娃耳遍闻。尽解呼为好才子，不知官是上将军。
>
> 辞人命薄多无位，战将功高少有文。谢朓篇章韩信钺，一生双得不如君。

---

① （后晋）刘昫等：《旧唐书》，中华书局 1975 年版，第 4024 页。

② 参见（清）彭定求等编：《全唐诗》，中华书局 1960 年版，第 5025 页。

除此之外，元结《箧中集》的序文中“欲传之亲故，冀其不忘于今”[①]一句，更显示了其编写此书的目的，也体现了他强烈的传播意识。更多传播意识的体现则与文人名扬天下、千古流传的理想愿望有关。杜甫名句“文章千古事，得失寸心知”[②]，与曹丕《典论·论文》中“文章经国之大业，不朽之盛事”[③]一样，都渴求文章声名得以长久的传承。为了久远地传播，白居易更是在生前多次亲自编纂、传抄自己的文集，并存放于多处。这些文人在传播方面的努力，足以见出当时传播活动之盛，所以民间才出现了“童子解吟长恨曲，胡儿能唱琵琶篇”的盛况，可见传播活动之兴盛。

而唐代小说作为唐诗之外的又一代表文学，虽尚未成为主流文学，处于文坛“小道”，但其传播活动也异常活跃。以俗讲变文为例，正是由于传播者强烈的传播意识和对传播效果的极度关注，所以才会有内容的俗化和声情并茂的表演，才会有“听者填咽寺舍”[④]的热闹，才会有“每日中，聚观之徒，通计不下三万人……”[⑤]的盛况，也才会有姚合诗中所描绘的“远近持斋来谛听，酒坊鱼市尽无人”[⑥]的景况。

这种传播意识从唐代文言小说的蓬勃发展也可以看出来，唐代中期大量文言小说集的出现正是这种传播意识的深刻体现。如牛僧孺《玄怪录》、李复言《续玄怪录》、薛渔思《河东记》、韦绚《戎幕闲谈》、陈劭《通幽记》、谷神子《博异志》、薛用弱《集异记》、李玫《纂异记》、王

① （唐）元结编：《箧中集》，见纪昀：《景印文渊阁四库全书》第1332册，（台湾）商务印书馆1986年版，第14页。

② （清）彭定求等编：《全唐诗》，中华书局1960年版，第2509页。

③ （魏）曹丕：《典论·论文》，见（梁）萧统：《昭明文选》第6册，上海古籍出版社1986年版，第2271页。

④ （唐）赵璘：《因话录》卷4，上海古籍出版社1957年版，第94页。

⑤ （宋）李昉等编：《太平广记》卷394“徐智通”条引《集异记》，中华书局1992年版，第3148页。

⑥ （清）彭定求等编：《全唐诗》，中华书局1960年版，第5712页。

洙《东阳夜怪录》、薛调《无双传》、房千里《杨娼传》、段成式《酉阳杂俎》、张读《宣室志》、裴铏《传奇》、袁郊《甘泽谣》、高彦休《阙史》、范摅《云溪友议》等。此外，从文言小说作者所谈到的创作经历也可以看出文人们强烈的传播意识。如，沈亚之《异梦录》记载，当陇西公李汇讲完邢凤故事的时候，在座的人“皆叹息曰：‘可记’。故亚之退而著录”①。可见，大家在接受了这个故事之后还意犹未尽，想让这个故事传播得更广泛、更久远，希望把这个故事记载下来，所以才有了后面沈亚之的退而著录。而《任氏传》则是“众君子闻任氏之事共深叹骇，因请既济传之，以志异云”② 等，众人之所以要求把故事记下来，一个很重要的原因就是怕它失传，所以要记下来让它广泛久远传播。唐代文人的很多小说都是这样被记录、创作的。可见唐代文人们的传播意识是非常强烈的。

① （宋）李昉等编：《太平广记》，中华书局 1961 年版，第 2247—2248 页。

② （唐）沈既济：《任氏传》，见李时人编校，何满子审定：《全唐五代小说》卷 19，陕西人民出版社 1998 年版，第 541—542 页。

第一章　唐代小说的传播

小说自古以来就不受重视，因此班固说："小说家者流，盖出于稗官，街谈巷语，道听途说者之所造也。"[①] 郑振铎先生在《中国俗文学史》中说："何谓'俗文学'？'俗文学'就是通俗的文学，就是民间的文学，也就是大众的文学……差不多除诗与散文之外，凡重要的文体，像小说、戏曲、变文、弹词之类，都要归到'俗文学'的范围里去。"[②] 当代学者陈钧先生则强调，俗文学不仅"流行于民间，也可流行于官方"[③]。吴同瑞先生等也认为，俗文学既可以是民间加工，也可以是文人创作，关键在于它是否弘扬了民族精神，是否表现了大众的思想情趣等[④]。唐代小说正是这样一种俗文学，无论是文言还是白话，无论是文人创作还是民间加工，都是不登大雅之堂的，反映了一定人群的思想情趣、社会思潮等。它的源头可以追溯到远古神话与先秦史传文学，经魏晋南北朝的酝酿，至唐代而趋于成熟。

---

① 鲁迅：《中国小说的历史的变迁》，见《鲁迅全集》第9卷，人民文学出版社2005年版，第312页。

② 郑振铎：《中国俗文学史》，上海书店1984年版，第1—2页。

③ 中国俗文学学会编：《俗文学论》，黑龙江人民出版社1987年版，第46页。

④ 参见吴同瑞等编：《中国俗文学概论》，北京大学出版社1997年版，第5页。

第一节　唐代小说概述

一、唐代小说概念释义

中国古代“小说”的概念纷纭复杂，尽管人们对它的界定还持有不同的看法，但就文体性质及语言特征来看，大体可分为文言小说与白话小说。对于唐代小说的界定，笔者在此采用较为概要的广义与狭义的说法。狭义的唐代小说一般是指后人所说的主要以文言形式创作的、多流行于文人士子间的“唐传奇”。广义的唐代小说包括“文言小说”和“白话小说”，而白话小说主要指唐代用白话文或半文言半白话的语体创作的通俗小说，其中有很大一部分是随着民间通俗讲唱艺术活动的兴起而逐渐蓬勃发展的，以口语体或半文言半白话的语体创作的，作为诸多俗文学表演艺术活动的文学底本而流行于社会各阶层，尤其是普通大众中的俗讲、说话等活动的底本，即变文、话本、市人小说等白话小说。

中国古代小说在魏晋南北朝时期以文言小说为主，至唐代文言小说和白话小说同时并存且此消彼长，宋元以后则以通俗小说为主。可以说，在以古体为主的魏晋南北朝小说和以通俗为主的宋元小说之间，唐代小说无疑是重要的发展过渡阶段，其古体小说基本达到了成熟的阶段。唐代小说对后世的影响是深刻而广泛的，这与它广泛的传播密不可分。唐代文言小说和白话小说各有特色，其传播环境、传播主体、传播内容与目的、传播方式与媒介、传播对象等同中有异，但共同承担了唐代社会不同阶层的文化娱乐功能。它们在当时都是不登大雅之堂的非主流文学，其功能也是以娱乐为主，多产生或表演于宴集娱乐环境之中，故一并纳入俗文学活动中进行探讨，以期对唐代小说传播全貌有较为全面的了解。

二、唐代小说总论

远古的神话传说应该是我国小说的源头，而先秦以来的各种历史散文、史传文学则直接滋养了小说的发展，魏晋南北朝时期的志人、志怪小说更是中国小说的雏形。至唐代，人们才刻意为小说，正如鲁迅先生所说："小说亦如诗，至唐代而一变。虽尚不离于搜奇记逸，然叙述宛转，文辞华艳与六朝之粗陈梗概者较，演进之迹甚明，而尤显者乃在是时则始有意为小说。"① 小说也因此而蔚为大观。

（一）唐代文言小说

唐代文言小说即指唐传奇，它是唐代的文言短篇小说，一般用散体或骈散相间的形式，较白话小说而言，文辞更为华丽丰赡，其内容主要有志怪、爱情、侠义、历史、世情之类。唐传奇大致分为三个时期，初、盛唐为发轫期，不仅作家作品都很少，内容也基本不脱六朝志怪之藩篱。中唐为全盛期，不仅作家和作品数量多，而且唐传奇的优秀作品几乎都出于此期。如沈既济《枕中记》《任氏传》、李公佐《南柯太守传》《谢小娥传》、白行简《李娃传》、蒋防《霍小玉传》、元稹《莺莺传》、李朝威《柳毅传》、许尧佐《柳氏传》、沈亚之《古岳渎经》、陈鸿《长恨歌传》等。从晚唐开始，唐传奇逐渐走向没落。唐传奇是中国文言小说成熟的标志。

唐传奇的作者主要是文人学士。很多唐传奇作品都是文人士子在宴饮娱乐、友朋相聚时征奇话异而后被加工创作的。所以也可以说，传奇作品也往往是因为文人间聚会时"说话"（即讲故事）而形成的，这从很多唐传奇作品自叙其创作经历中可以看出来。在自叙创作经历中，很多传奇作品中往往都写到友朋间"昼宴夜话"（《任氏传》）、"话及此事"（《长恨歌

---

① 鲁迅：《中国小说史略》，见《鲁迅全集》第9卷，人民文学出版社2005年版，第73页。

传》）、“宵话征异”（《庐江冯媪传》）、“因话奇事”（《续玄怪录·尼妙寂》）等，而后记录下来形成该小说。可见，传奇跟友朋间“说话”有着重要的联系，因此其传播范围也主要是文人学士的圈子。

由于传统观念的影响，这些作品在当时还都是不登大雅之堂的非主流文学，是文人宴饮娱乐时的谈资，因此不受重视，也不被收入文人文集之中，多是在文人间进行口头或书面传播。而这种书面传播也多限于手抄本，这不仅因为小说在当时不属主流文学，也因为印刷术的发展水平在当时还是有很大局限性的。后来也有一部分被写入佛教经书之中进行口头或书面传播教化，来宣扬验证佛教义理，当然其中更多的是志怪类传奇故事。

唐传奇历经初盛唐的发轫期、中唐的繁荣期和晚唐的衰落期，使文言小说走向了成熟。唐传奇内容丰富复杂，有神鬼怪异、世情历史、侠义爱情等，表现了广阔的社会生活场景。

前期的唐传奇作品不仅数量少，质量也远不及中后期作品，内容基本不脱离六朝志怪余绪，但其叙事的细致完整已远超六朝志怪小说。相传为隋末唐初人王度所创作的《古镜记》就是这样的作品。小说以古镜为线索，写王度、王绩兄弟俩因为宝镜而多次化险为夷、降妖避害的经历。小说中的细节描写与人物对话已不同于六朝志怪小说的粗陈梗概，可以明显看到传奇小说的发展进程。《补江总白猿传》的作者不详，一般认为是唐前期的作品，内容属于志怪一类，情节完整也比较曲折，在艺术方面比六朝志怪小说明显有所提高。这两篇作品是六朝志怪小说向唐传奇过渡的形态。唐高宗、武则天时张鷟的《游仙窟》，以自叙体形式叙述作者奉使出行中夜投大宅，巧遇两女子宴饮调戏之事，实际是狎妓生活的反映。这篇小说文辞华美，骈散相间，多杂有诗文韵语，似为受到民间讲唱文学之影响的文士之作。盛唐诗歌达到顶峰，但此时传奇小说并无大的发展。史籍记载当时张说曾创作传奇作品。王仁裕《开元天宝遗事》卷上“鹦鹉告事”条载：长安豪民杨崇义被妻子刘氏及其情夫所害，但缺乏证据，无法破案，后因家中所养鹦鹉之言，案件得以告破。朝廷也因此“封鹦鹉为绿衣使者，付后宫养喂之，张说后为《绿衣使者传》，好事者传之”[①]。同书卷下“传书燕”条载：长安豪民郭行先之女绍兰嫁与富商。后其夫南下经商，经年不归。绍兰系诗燕足托燕传信，其夫竟收到了消息并于次年如愿返家。“后文士张说传其事，而好事者写之。”[②]然而张说原文已失传。此外，《虬髯客传》《说郛》《虞初志》等也托名张说所作，但有待进一步考证。《游仙窟》和《绿衣使者传》虽有些微离奇情节，但描绘了世俗人情。可见，小说已逐渐在题材上超越六朝志怪传统，向世俗领域发掘。

在《太平广记》中还保留了一些唐前期的小说集，如唐临《冥报记》、戴孚《广异记》（顾况《戴氏广异记序》）、赵自勤《定命录》等。大多延续六朝传统，无甚突破，个别篇章情节曲折。而牛肃的《纪闻》中部分记述有一定文采。例如，《吴保安》写朋友间的珍贵友谊，充满侠义精神，感人至深，突破了六朝志怪传统，后其事被收入《新唐书》《忠义传》。[③]

中唐是唐传奇的鼎盛时期，名家名作风起云涌。鲁迅先生曾指出：“惟自大历以至大中中，作者云蒸，郁术文苑，沈既济、许尧佐擢秀于前，蒋防、元稹振采于后，而李公佐、白行简、陈鸿、沈亚之辈，则其卓异也。”[④]这段时期的传奇作品内容广泛，爱情、志怪、侠义类等题材皆有。

神怪类小说是讲神仙鬼怪一类的故事。这类故事沿袭六朝题材，但内容、形式都远超六朝志怪小说。如沈既济《枕中记》、李公佐《南柯太守传》都通过对梦境的描写反映富贵荣华的虚幻与人生的无常。而《庐江冯媪传》《古岳渎经》《周秦行纪》《三梦记》等也是述异志怪，或记奇幻异梦。而沈既济《任氏传》、陈玄祐《离魂记》、李朝威《柳毅传》、李景

① （五代）王仁裕等撰：《开元天宝遗事十种》，上海古籍出版社1985年版，第71页。

② 丁如明等校点：《唐五代笔记小说大观》（下），上海古籍出版社2000年版，第1737页。

③ 参见张家塘：《唐代传奇》，见https://www.sohu.com/a/452075441_99925737，2021年2月23日。

④ 鲁迅校录：《唐宋传奇集》，齐鲁书社1997年版，第2页。

亮《李章武传》则融志怪与爱情故事于一体，创造了深挚、凄婉的动人故事。这些作品以神怪为外衣，实则描写感人的爱情故事。而沈亚之《湘中怨解》《异梦录》《秦梦记》也是这类作品，在简约的叙事中夹杂富有情韵的诗歌。

爱情类作品除以神怪形式为外衣之外，也有直接反映世俗爱情的。如许尧佐《柳氏传》，反映诗人韩翊与柳氏几经乱离终得团聚的离合故事。孟棨《本事诗》也有记载。而白行简的《李娃传》也描绘了荥阳大族郑生与长安娼女李娃波澜起伏的爱情故事。蒋防的《霍小玉传》反映了陇西李益与长安娼家霍小玉之间的爱恨情仇，李益始乱终弃，登第后背信弃义，是负心才子的代表。这些作品反映了唐代的社会风貌，揭示了下层妇女尤其是娼女的悲剧命运。李娃虽恋慕郑生，但为了郑生的前途而自愿离开。霍小玉虽深爱李益，但不敢有更高的奢望，只求八年的恩爱时光，但在残酷的现实面前却永远无法实现，只能含恨而终。这深刻反映了森严的等级制度和女性的悲剧命运。元稹的《莺莺传》则反映了真挚深情的贵族女子的悲剧命运。

历史类作品以陈鸿的《长恨歌传》和《东城老父传》为代表。《长恨歌传》叙述了唐玄宗与杨贵妃的爱情故事，也反映了唐朝政治与社会的变迁，委婉细腻。《东城老父传》写少年贾昌因擅长斗鸡而得宠于玄宗，最后因安史之乱而凄苦飘零，不得不依靠佛门度命的故事，也反映了时事的变迁。这些小说既反映了历史，也反映了唐玄宗截然不同的政治作为和多面性。唐人诗文、笔记、小说中也有许多与玄宗有关的书写。此外，历史小说还有吴兢《开元升平源》（一说陈鸿作）、郭湜《高力士外传》等，但文学性都明显逊色。

侠义类小说在中唐较少，晚唐较盛。李公佐的《谢小娥传》塑造了智勇双全、女扮男装替父、替夫报仇雪恨的谢小娥的光辉形象。沈亚之的《冯燕传》刻画了一个充满矛盾性格而又勇于担当的侠士形象——冯燕。此外，《柳毅传》中的钱塘君、《柳氏传》中的许俊、《霍小玉传》中的黄衫客都是侠士形象。

唐后期传奇逐渐趋于没落，单篇较为有名的是薛调《无双传》，无名氏《灵应传》《东阳夜怪录》等。传奇专集有牛僧孺《玄怪录》、李复言《续玄怪录》、郑还古《博异志》、薛用弱《集异记》、张读《宣室志》、袁郊《甘泽谣》、裴铏《传奇》、康骈《剧谈录》、皇甫枚《三水小牍》等。这些传奇专集除一部分写得比较细致生动外，多数篇幅短小，叙事简略，记述神怪，文学成就则远逊于中期的单篇传奇，有一些则明显模仿唐中期的作品。

神怪故事中，《灵应传》描写龙女九娘子在节度使周宝的帮助下成功反抗小龙的逼婚，情节曲折，有《柳毅传》的影子。《东阳夜怪录》写秀才成自虚途中夜投荒宅，遇各种物怪，化人而与之赋诗畅谈的故事，似乎也受到《游仙窟》的影响。《续玄怪录》中的《定婚店》是关于"月下老人"掌管婚姻的故事。《传奇》中的《裴航》是关于秀才裴航在蓝田驿巧遇仙女，后历经坎坷终得团圆的故事。《续玄怪录》中的《杜子春》虽宣扬道教出世思想，却有着较高的文学成就。皇甫枚《三水小牍》中的《步飞烟》等则是后期著名的爱情小说。而裴铏《传奇》中的《昆仑奴》虽以爱情为线索，但却充满了侠义的成分。

唐后期的侠义小说较多，《甘泽谣》中的《红线》和《传奇》中的《聂隐娘》，都借侠女形象揭示藩镇跋扈以及相互之间钩心斗角的现实状况，也反映了当时的历史状况。柳珵的《上清传》也记述了唐德宗对宰相窦参"蓄养侠刺"的谴责。而这些作品中的主人公都充满了侠肝义胆，武艺高强，对其超人本领的塑造已经出现了神化的倾向，是后世武侠小说的滥觞，虽立足于现实内容，却也有神怪小说的影子。此时的传奇专集中还有一些艺术性一般但具有进步思想的篇章，如《三水小牍》中的《却要》表现了面对强暴时，被压迫女子不甘凌辱、机智勇敢的反抗精神，虽不是侠义小说，却与侠义小说的反抗精神一脉相承。

唐代文化发达，文人众多，文人的逸闻逸事非常丰富，因而产生了不少关于文人及其创作的传说和故事，有些富有传奇色彩。单篇中如许尧佐《柳氏传》、沈亚之《秦梦记》，专集中如《集异记》中的《王维》《王涣之》等均属此类。晚唐范摅《云溪友议》、孟棨《本事诗》则更多记载了诗人诗作的相关故事。

总的来说，唐代文言小说的内容丰富多彩，反映了广阔的社会生活，有文人士子的爱恨情仇、科场蹭蹬的失魂落魄、宦海沉浮的理想与幻灭，对豪侠与正义的歌唱与礼赞等，大都具有积极意义。当然，也有宣扬女人是尤物、祸水，宣扬愚忠，宣扬封建迷信等糟粕思想的内容。

晚唐陈翰把唐传奇的优秀篇章编成《异闻集》10卷，原书已佚，后部分收入《太平广记》。宋初李昉等所编的《太平广记》500卷，分类编纂汉、魏以迄宋初的小说、野史、杂记等，取材宏富，是保存汉魏六朝和唐代小说的渊薮。明清时代所编的《说海》《五朝小说》《唐人说荟》等书，则往往“妄制篇目，改题撰人”[①]，需要仔细甄别。五四运动以后，鲁迅据《文苑英华》《太平广记》等书，去伪存真，专采唐、宋单篇传奇为《唐宋传奇集》一书，末附《稗边小缀》，对所收各篇传奇及其作者进行考订，为小说的现代研究做了奠基性工作。后汪辟疆又编《唐人小说》，除单篇外，还选录了部分专集中的代表作品，各篇均有说明考订，可与《唐宋传奇集》相辅并行。唐传奇的专集，今人亦在分别加以校点整理中，已经出版的有《博异志》《集异记》《传奇》等。

（二）唐代白话小说

白话小说亦始于唐代。1920年4月，王静庵就曾在《东方杂志》上指出：“伦敦博物馆又藏唐人小说（《唐太宗入冥记》）一种，为宋以后通俗小说之祖。”[②]鲁迅先生也认为：“用白话作书者，实不始于宋”，“仍为唐

---

① 鲁迅：《唐宋传奇集·序例》上册，上海《北新周刊》第51、52期合刊。

② 王国维：《敦煌发见唐朝之通俗诗及通俗小说》，《东方杂志》第17卷第8期，1920年4月。

人之作也”。[①] 其依据主要是敦煌藏经洞中的各种白话小说。这种观点后来为学术界所普遍接受。它是适应市民阶层的壮大，以及伴随而来的旺盛的娱乐消费需求而产生的，也是唐代宗教世俗化的必然结果。唐代白话小说的内容既与民间街谈巷语间流传的世情及历史故事等有密切关系，也与唐代的宗教及其他各种说唱表演活动的内容密不可分。除了街谈巷议的丛残小语之外，很多白话小说最初源于各种说唱表演活动的底本，往往是在各种口头表演艺术的基础上经过加工整理而成的。李剑国、陈洪先生主编的《中国小说通史》认为:“先秦至隋有很多活动尤其是俳优艺术，与后世说书很相似，或者说已经包含了说书的萌芽，这成为后来说话艺术产生的基础和土壤，也可以说是说话艺术的源头，当然也就是白话小说的源头……到唐代，‘说话’和‘俗讲’都已成为民间流行的艺术活动……虽然唐代‘说话’的具体情况不很清楚，但两宋的民间‘说话’肯定是由它发展而成。”[②] 应该说，白话小说或者以白话小说为底本的通俗表演活动，在唐代尤其是民间已广为流传。

唐代的白话小说主要有市人小说、俗讲变文、话本以及其他通俗小说等。

“市人小说”，应指民间艺人讲说的各类故事。段成式《酉阳杂俎》续集《贬误》篇记载他在其弟生日时观杂戏，其中就提到讲名医扁鹊故事的“市人小说”。

“俗讲”一词最初出现于贞观初年，是佛教僧徒将与佛教相关的内容针对普通大众所作的通俗性表演活动，其文字底本是变文。这种表演是与以佛教徒为演讲对象的僧讲相对而言的。《续高僧传·唐衡岳沙门释善伏传》载:“贞观三年，窦刺史闻其聪敏，追充州学，因尔日听俗讲，夕思佛义。”[③]

---

① 鲁迅:《中国小说史略》，东方出版社1996年版，第81页。

② 李剑国、陈洪主编:《中国小说通史》，高等教育出版社2007年版，第126页。

③ （唐）释道宣:《续高僧传》卷26《释善伏传》，见《大正藏》第45册，东方出版社2014年版，第328页。

日本沙门圆珍《佛说观普贤菩萨行法经记》："言讲者，唐土两讲：一、俗讲。即年三月就缘修之，只会男女，劝之输物，充造寺资，故言俗讲（僧不集也云云）。二、僧讲。安居月传法讲是（不集俗人类，若集之，僧被官责）上来两寺皆申所司［京经奏，外申州也。一日（月）为期］。蒙判行之，若不然者，寺被官责。"[①]明云二者之不同，俗讲针对普通百姓，僧讲针对僧徒；且俗讲目的是吸引俗众，获得布施。胡三省《通鉴·唐纪·敬宗纪》注说得更明白："释氏讲说，类谈空有，而俗讲者又不能演空有之义，徒以悦俗邀布施而已。"[②]正因为此种吸引资金的目的，因此其"悦俗"的成分更重，必然会适应普通百姓，讲一些他们喜闻乐见的内容，因而成为一种娱乐民众的活动。

变文最初为佛教讲经中俗讲的文本，有广义、狭义之分。狭义的变文指敦煌遗书中明确标有"变"或"变文"字样的作品。如《破魔变》《大目乾连冥间救母变文》《汉将王陵变》等。文体上，或散韵相间，演说佛教或历史民间故事，或通篇韵文或散文。它既是吸收了印度佛教文学散韵结合体式的结果，也是在中国传统文学中五七言体或杂言体诗歌以及骈文文体的文学背景下产生的，是一种骈散相间、图文相配、说唱结合的文学样式。

变文在传播的过程中，逐渐适应中国传统社会的需要，变经为俗，从取材于佛经中的神变、变幻故事，慢慢开始演绎为中国历史故事、民间传说故事、世情故事等。这就是广义上的变文。本书所讲即广义的变文。

学界对于变文的研究，在辑佚、校勘、注释以及一些具体篇目的认识上，成果十分丰富。

辑佚、校勘方面主要有王重民《敦煌变文集》，潘重规《敦煌变文集新书》，黄征、张涌泉《敦煌变文校注》等著作。整理的变文作品 80 余

① 《佛说观普贤菩萨行法经记》卷上，见《大正藏》卷 56，第 227 页。

② （宋）司马光编著：《资治通鉴》，中华书局 1956 年版，第 7850 页。

种，后之学者亦陆续有订补之作。注释方面则主要有蒋礼鸿《敦煌变文字义通释》、项楚《敦煌变文选注》等。对于具体作品的研究，包括题材的溯源、演变、创作时间、思想内容方面都有相当多的研究，几乎每一篇作品都有专文讨论，有的作品甚至有数篇研究论文。此外，关于变文的名称、来源、体制、分类亦是持续不断的研究热点。

根据目前的研究分类，现存的变文内容一般分为五类，即佛经故事类、历史故事类、民间传说类、寓言杂赋故事类和当时当地人物故事类。

其中，佛经故事类取材于佛教故事，选取佛经中最有故事趣味的部分，加以铺陈敷衍、渲染发挥，其题名多为“讲经文”“因缘”“变文”等。题名为“讲经文”和“因缘”的全部为佛经故事，题名为“变文”的则只有一部分是佛经故事。这类作品主要有：《维摩诘经讲经文》《盂兰盆经讲经文》《太子成道经》《父母恩重经讲经文》《无常经讲经文》《佛说观弥勒菩萨上生兜率天经讲经文》《妙法莲花经讲经文》《佛说阿弥陀经讲经文》《金刚般若波罗蜜经讲经文》《双恩记》《欢喜国王缘》《丑女缘起》《目连缘起》《难陀出家缘起》《十吉祥》《四兽因缘》《频婆娑罗王后宫彩女功德意供养塔生天因缘变》《降魔变文》《太子成道变文》《八相变》《破魔变文》《大目乾连冥间救母变文》《地狱变文》《庐山远公话》等。① 而当时的讲经活动广受欢迎，姚合《听僧云端讲经》《赠常州院僧》以及韩愈《华山女》等诗对此都有生动描绘。

历史故事类取材于历史记载，大多以一个历史人物为主，截取历史事件片段，广泛吸收民间传说，进行再加工创造。这类作品主要有：《伍子胥变文》《王昭君变文》《李陵变文》《汉将王陵变》《季布骂阵词文》《晏子赋》《韩擒虎话本》等。王建《观蛮妓》、吉师老《看蜀女转〈昭君变〉》都描述了女艺人的讲唱活动，足见这些民间艺人讲述历史故事已经是一种比较普遍的现象。

① 参见徐志啸：《敦煌文学之“变文”辨》，《中国文学研究》1997 年第 4 期。

民间传说类，演绎的全是流传民间的逸闻传说。这类作品主要有《舜子至孝变文》《刘家太子变》《秋胡变文》《孟姜女变文》《董永变文》《韩朋赋》等。

寓言杂赋故事类主要指故事赋和词文中的一些作品，内容驳杂，但涉及生活面很广，有相当的知识性和趣味性，主要有《燕子赋》《百鸟名》《丑妇赋》《齖魺书》《茶酒论》《下女夫词》《孔子项讬相问书》等。

敦煌当时当地人物故事类主要有《张议潮变文》和《张淮深变文》。以当时坚守瓜沙、保境安民的归义军首领张议潮叔侄的事迹为题材，反映当时重大历史事件，具有鲜明的时代气息。

话本是说话艺人的底本，一般是指用通俗易懂的白话文来讲述历史、世情故事等，后人也把杂戏、傀儡戏等的底本称为话本。话本虽以白话文为主，但中间也会穿插一些文言及诗词歌赋，同时也会借助演唱、绘画等手段来辅助表演，以追求声情并茂、形象生动，更富于吸引力，其语言一般较为通俗易懂、生动活泼，故事性强，为普通俗众所喜闻乐见，其表演者多为职业艺人。其传播对象也多是普通大众，如元稹和白居易在新昌宅自寅至巳历时 8 个小时所听的《一枝花话》、敦煌所藏的《庐山远公话》《叶净能话》《韩擒虎话（原卷写作“画”）本》《大唐三藏取经诗话》《唐太宗入冥记》等。敦煌藏卷中标明话本的作品并不多，后人的研究也相对较少。其艺术上虽有不成熟的地方，但对后世白话小说的创作却有重要的开创价值。

唐代的这些白话小说大多以散文体叙述为主，语言通俗易懂，文白结合，多用口语，有些还往往加入一些民间谚语，适合大众口味。其情节曲折，故事性强，如“秋胡故事”“叶静能故事”等都有着引人入胜的故事情节。而有些人物形象的塑造也是非常成功的，比如《唐太宗入冥记》中的崔子玉和太宗形象，《秋胡变文》中的秋胡及其妻子的形象，《韩朋赋》中的韩朋及其妻子的形象等，都具有典型的代表性。对后世话本及章回小说都有重要的开拓意义。

综上所述，在文学发展史上，小说作为一种文体从先秦的萌芽到明清的蔚为壮观，经历了从短篇到长篇的衍变、从文言到白话的变革、从笔记体至传奇体再到章回体三个阶段的发展与革新，而唐代小说恰好处于每一衍变过程的中间阶段，所以唐代小说在中国小说史上具有承前启后的重要意义。[①] 尤其是小说内容从最初的街谈巷议、丛残小语、道听途说者之所造也等，到唐代成为较为成型的文体，且形式多样，作品繁富，生活气息浓郁，传播广泛，为宋、元、明、清小说的逐渐发展与鼎盛在理论和实践上做了充分的准备，从而使中国古代小说在明清走向辉煌，也使中国古代小说不断向域外传播，在世界范围内产生了极其深远的影响。

第二节　唐代小说的传播

一、唐代小说传播环境

唐代小说主要是在寺院道观等宗教场所、幕府宴集、私家宴集、皇家禁苑、戏场与歌楼酒肆，或以私人娱乐为目的的民间私人府宅等环境中传播。唐代小说的传播内容与其环境的关系密不可分，不同的传播环境中其传播内容也往往有所侧重。

（一）皇家禁苑传播

中唐以后，通俗文学形式讲经、变文、话本等空前兴盛，“街东街西讲佛经，撞钟吹螺闹宫庭”，这些俗文学不仅吸引了大批世俗男女，而且引起了皇宫之内各色人等的极大关注；不仅活跃于市井街衢，而且通过各种渠道进入朱门深禁。

---

① 参见柯卓英：《唐代的文学传播研究》，陕西师范大学博士学位论文，2006 年。

禁苑，本是园林之统称，后特指皇家园林。自古皇家园林的最主要作用就是为统治者提供休闲娱乐的好去处，唐代禁苑也不例外。唐代禁苑面积巨大，苑内的园林建筑众多，是唐代皇家休闲娱乐的首选场所。如西内苑的观德殿，是唐之射殿。唐代帝王也在此举行庆典活动。含光殿是西内苑的一处重要的娱乐场所，1956年冬在此遗址处发现了“含光殿及毬场等，大唐大和辛亥岁乙未月建”的石志，考其时间，为唐文宗大和五年（831年）十一月①，该石志的发现说明此殿曾是举行政治活动以及打马球游戏之处。从其相对位置来看，应在禁苑之中。②樱桃园、梨园、葡萄园等应是禁苑内郊游和宴饮的场所，而观德殿、蚕坛亭和龙首池等则为庆典、祭祀、祈祷场所。当然，每个活动场所的功能也不是绝对只有一种。

禁苑既是唐代皇家休闲娱乐的场所，当然也为皇室及百官臣僚提供了俗文学活动的场地。梨园位于禁苑的南面，唐玄宗李隆基在此创办了皇家艺术学校，教习俗乐歌舞。男女艺人300人，得玄宗亲为点授，号称“皇帝梨园弟子”。当然，梨园也经常举行打马球比赛及其他体育活动。据史书记载，景龙四年（710年）二月，唐中宗李显“御梨园球场，命文武三品以上抛球及分朋拔河”，其中“韦巨源、唐休璟衰老，随絙踣地，久之不能兴，上及皇后、妃、主临观，大笑”③。唐玄宗时，“每赐宴设酺会，则上御勤政楼。金吾及四军兵士未明陈仗，盛列旗帜，皆帔黄金甲，衣短后绣袍。太常陈乐，卫尉张幕后，诸蕃酋长就食。府县教坊，大陈山车旱船，寻撞走索，丸剑角抵，戏马斗鸡。又令宫女数百，饰以珠翠，衣以锦绣，自帷中出，击雷鼓为《破阵乐》《太平乐》《上元乐》。又引大象、犀牛入场，或拜舞，动中音律。每正月望夜，又御勤政楼，观作乐。贵臣戚里，官设看楼。夜阑，即遣宫女于楼前歌舞以娱之”④。在这里，角抵百

① 参见中国科学院考古研究所：《唐长安大明宫》，科学出版社1959年版，第51页。

② 参见耿占军：《唐代长安的休闲娱乐文化》，西安地图出版社2000年版，第170页。

③ （宋）司马光编著：《资治通鉴》卷209，中华书局1956年版，第6596页。

④ （唐）郑处诲：《明皇杂录》卷下，中华书局1994年版，第26页。

戏、俗歌乐舞无所不包。《旧唐书·音乐志》中也记载，玄宗在位多年，善音乐，“若宴设酺会，即御勤政楼……太常乐立部伎、坐部伎依点鼓舞，间以胡夷之伎”①。参见上引《明皇杂录》中的“丸剑角抵”等材料，可知这“胡夷之伎”应包括百戏等俗文学活动。

安史之乱以后，玄宗郁郁寡欢，常在住处请艺人“转变”“说话”，以排解烦闷。唐代郭湜《高力士外传》记载：“太上皇移杖西内安置，每日上皇与高公亲看扫除庭院，芟薙草木；或讲经论议、转变说话，虽不近文律，终冀悦圣情。”② 可见，通俗小说的讲唱早已深入皇家禁苑。

除明皇之外，唐代其他的皇帝也好尚俗文学活动，并在禁苑中欣赏俗文学。禁苑中的鱼藻池，应是以池水山色为主的一组风景区。唐代的皇帝与臣僚常在此处举行欢宴，如元和十五年（820 年）九月辛丑，穆宗“观竞渡、角抵于鱼藻宫，用乐”③。其中的“角抵”应是角抵戏之类，属百戏之一。长庆元年（821 年），穆宗“观杂伎乐于麟德殿，甚欢”④。大和六年（832 年）二月己丑寒食节，文宗“宴群臣于麟德殿。是日，杂戏人弄孔子”⑤。《全唐诗》中对皇帝赐宴时歌舞百戏助兴的场面也有精彩描述，如张籍《寒食内宴》即描绘了麟德殿宴会的情景，诗云：“朝光瑞气满宫楼，彩纛鱼龙四周稠。廊下御厨分冷食，殿前香骑逐飞球。千官尽醉犹教坐，百戏皆呈未放休。共喜拜恩侵夜出，金吾不敢问行由。城阙沈沈向晓寒，恩当令节赐余欢。瑞烟深处开三殿，春雨微时引百官。宝树楼前分绣幕，彩花廊下映华栏。宫筵戏乐年年别，已得三回对御看。”⑥ 从诗歌的描述中我们可以看出，宴会时殿堂内热闹非凡，不仅有“殿前香骑逐

① （后晋）刘昫等：《旧唐书》卷 28，中华书局 1975 年版，第 1051 页。
② 转引自胡士莹：《话本小说概论》，中华书局 1980 年版，第 19 页。
③ （宋）欧阳修、宋祁：《新唐书》卷 8，中华书局 1975 年版，第 120 页。
④ （后晋）刘昫等：《旧唐书》卷 16，中华书局 1975 年版，第 485 页。
⑤ （后晋）刘昫等：《旧唐书》卷 17 下，中华书局 1975 年版，第 544 页。
⑥ （清）彭定求等编：《全唐诗》卷 385，中华书局 1960 年版，第 4337 页。

飞球”等体育竞技，而且“百戏皆呈未放休”。从“间以胡夷之伎”“观竞渡、角抵”“观杂伎乐”“杂戏人弄孔子”“百戏皆呈”等描述中，我们可以清楚地看出，转变说话、百戏等通俗艺术、文学活动在禁苑中也是相当流行的。

（二）幕府僚属宴集传播

唐代幕府是小说创作与传播的重要场所，其传播者主要是幕府节帅、官吏、幕僚以及来往幕府的其他文士友朋。

中唐是唐代社会发展中的一个变革时期。安史之乱后节镇幕府大量出现，士人争相入幕成为常态，而唐代文人大量创作小说也是在中唐以后，这与文人大量的幕府活动密切相关。

初盛唐时期，幕府多设于边地，及至中晚唐，内地也方镇林立。安史之乱后，各地方镇拥兵自重，甚至叛乱滋事相互攻伐，唐政府势单力薄，难以掌控，不得不在藩镇之间借力镇压，因而藩镇的权力也不断扩大，随之而来的各种事务性工作也越来越多，因此需要招募大量的德才之士从事各种工作。加之唐代社会文士们虽有科举之路，但这条道路极其艰辛，对于绝大部分文士来说都是难以行得通的。而幕府之中所需人才较多，待遇又相对优厚，而且很多幕府节帅又往往是雅好文学之士，所以文化氛围也比较浓郁，因此是比较适合文人任职的环境，于是幕府就天然形成了文人集团。因其文化氛围浓厚，并且生活丰富，交往频繁，故而营造出一种良好的传播与创作交流环境。很多才学之士在幕府这个特殊的环境中创作了很多颇有特色的小说。

幕府的环境相对宽松自由，迎来送往或闲来无事的宴饮活动也比较多，“闲话”之间各种传奇故事自然少不了。府主、幕僚、宾客在觥筹交错中自然会引出各种真真假假的奇闻逸事。《玄怪录》《传奇》里的故事就是幕僚讲述的奇闻怪事。

所以唐代很多小说作品都来自幕府宴集娱乐的闲谈。因此可以说，幕府宴集为小说提供了素材，也使小说故事得以传播，而幕僚文士的创作使小说作品进一步得到了更为广泛久远的传播。

最典型的例子莫过于沈亚之《异梦录》的形成过程：

> 元和十年，亚之以记室从陇西公军泾州，而长安中贤士皆来客之。五月十八日，陇西公与客期，宴于东池便馆。既坐，陇西公曰："余少从邢凤游，得记其异，请语之。"客曰："愿备听。"陇西公曰："凤，帅家子……后凤为余言如是。"是日，监军使与宾府郡佐，及宴客陇西独孤铉、范阳卢简辞、常山张又新、武功苏涤，皆叹息曰："可记。"故亚之退而著录。明日，客有后至者，渤海高允中、京兆韦谅、晋昌康炎、广汉李瑀、吴兴姚合，洎亚之，复集于明玉泉，因出所著以示之。于是姚合曰："吾友王炎者，元和初，夕梦游吴，侍吴王……"①

从这段记述中我们可以看出，沈亚之《异梦录》源于幕府宴饮聚会时的各征异话。沈亚之当时任陇西公李汇幕府的掌书记。在一次幕府宴会上，众宾客征奇话异，热闹非凡，众人听闻了邢凤梦遇"弓弯美人"的故事，都惊叹不已，认为值得记录，于是沈亚之便退而著录，把这个故事写了下来。第二天，又一批幕僚友朋聚会，沈亚之拿出所记的故事与大家共享，其间姚合受此故事的影响，又讲述了其友王炎的另一个因梦而生的故事。于是，沈亚之又整理记录了后一个故事，最终形成了梦幻主题的《异梦录》这部小说。而参加这次聚谈的有幕府节帅陇西公李汇、监军使与宾府郡佐及宴客，如"陇西独孤铉、范阳卢简辞、常山张又新、武功苏涤"等长安来的贤士。而第二天又来参加的宾客有"渤海高允中、京兆韦谅、晋昌康炎、广汉李瑀、吴兴姚合"等。可以说，没有幕府宴集的传播，可能就不会有沈亚之的这篇小说，也正是如此才更有利于小说故事的搜集与传播。

---

① （宋）李昉等编：《太平广记》，中华书局1961年版，第2247—2248页。

又如南唐刘崇远《耳目记》有云："镇冀节度使王镕，唐乾符之际……初秉节钺，方延多士，以广令名。时有李复郎中、莫又玄秘书、萧王垧员外、张道古、并英儒才学之士，咸自四集于文华馆。故待诏之琴棋，亦见礼于宾榻。"[①] 由此可知，幕府集会中必有各方文士参加。

李公佐《古岳渎经》中的故事，也是源自浙西节度使薛苹为幕僚和其他文士举办的宴会闲谈之中。他在《古岳渎经》中叙及该书来历时说他自己"偶遇征南从事弘农杨衡"，两人留宿佛寺，"征异话奇"，才得知此故事。后来，他"自常州饯送给事中孟简至朱方，廉使薛公苹馆待礼备。时扶风马值、范阳卢简能、河东裴蘧，皆同馆之，环炉会语终夕焉。公佐复说前事……"[②] 云云。

李公佐《庐江冯媪传》也是他从事幕僚期间，来往于京城办差时与友朋"宵话征异，各尽见闻。钺具道其事，公佐为之传"而成的小说。小说的结尾叙说了参加的人员："元和六年夏五月，江淮从事李公佐使至京，回次汉南，与渤海高钺、天水赵赞、河南宇文鼎会于传舍。"[③]

韦绚在《刘宾客嘉话录》这部小说集的原序中说，他自己在白帝城任刘禹锡幕府僚属时，"士人剧谈，卿相新语，异常梦语，若谐谑卜祝，童谣佳句，即席听之，退而默记"[④]，写成了这部小说集。可见，这部小说集也产生于幕府宴集环境。

唐代文人好奇尚异，幕府之中此种风气更为盛行。李德裕的幕僚大都"喜见未闻言，新书策"，有着崇奇好异的共同特征。[⑤] 其幕僚韦绚的《戎幕闲谈》就是志怪传奇小说集。另一僚属张周封的《华阳风俗录》也主要

---

① （唐）张鷟：《朝野佥载》，上海古籍出版社 1980 年版，第 86 页。

② 李时人编校，何满子审定：《全唐五代小说》卷 23，陕西人民出版社 1998 年版，第 647 页。

③ 李时人编校，何满子审定：《全唐五代小说》卷 23，陕西人民出版社 1998 年版，第 646 页。

④ 丁如明等校点：《唐五代笔记小说大观》（下），上海古籍出版社 2000 年版，第 792 页。

⑤ 参见周勋初：《唐人笔记小说考索》，江苏古籍出版社 1996 年版，第 229 页。

讲述怪奇之事。而历任五镇节帅的高骈，其幕僚裴铏、崔致远、高彦休分别有传奇作品《传奇》《双女坟记》《阙史》等。段成式的《酉阳杂俎》就记录了他在做幕府执事期间所见所闻的各种趣事、怪事。而牛僧孺《玄怪录》的主要内容也基本来自其做节帅幕主期间的征奇话异。牛僧孺作为幕府节帅及士林领袖，在文坛上有广泛的引领作用，其作品传播之后，对士林自然会产生较大的影响，李复言的《续玄怪录》就是明证，他是因循牛僧孺《玄怪录》而作的。

更由于幕府中宴饮聚会非常多，所以文人们常常在聚会之时征奇话异，讲述奇异故事，以相娱乐，而后由工诗善文之人把这些故事润色完善，形成小说，一方面显扬自己的才能，另一方面进一步传播。这种情况在唐人的作品中多有记载。

由此可见，幕府宴集环境是催生小说传播与形成的重要场所，因为在公共场合，人们往往只谈正事，即便寒暄也都是很简单、很冠冕堂皇的问候，而宴会这种交际娱乐的场合，因为是公共场合，人多嘴杂，一般不适合重要事情的交谈，而以叙友情助娱悦为主，因而此时讲八卦娱乐、梦幻奇异之事最为适合，既无伤大雅，又无须顾忌，最重要的是能助人娱乐解忧，又令人耳目一新。所以幕府中征奇话异的小说传播是比较盛行的。

（三）科举士林宴集传播

唐代教育发达，教育形式多种多样，尤其是统治者实行科举取士，因而造就了很多文人才士，形成了以科举为中心的士林环境。而科举士子们投谒名人，行卷、温卷，宴集游赏时的征奇话异，得意时的春风马蹄、风流韵事，失意时的辛酸潦倒、幻觉梦境都化为了小说故事，在口头传播中逐渐形成了传奇小说，进而更为广泛地传扬，也形成了以科举士子为核心的士林传播环境。

唐代的很多传奇作品，往往是文人士子在宴饮聚会、宵话征异中听闻了故事，然后再记录加工形成小说作品的，而后这个小说作品再进行更为广泛的传播。这从唐代小说的作者身份和作品内容中，可以明显看出。从作者来看，据李时人《全唐五代小说》统计，在约 70 人的小说作者中可以确定为进士出身的大约有近 30 人，分别为沈既济、刘复、郑权、韩愈、柳宗元、许尧佐、白居易、杨嗣复、陈鸿、牛僧孺、白行简、李公佐、韦瓘、崔蠡、沈亚之、卢弘止、崔龟从、王洙、郑还古、卢求、房千里、钟辂、赵璘、郑处诲、卢肇、曹邺、薛调、张读；确知进士举子身份者5人，分别为南卓、李复言、温庭筠、李玫、罗隐；确知明经出身者 2 人，分别为赵业、元稹；直接制举登第者 1 人，为李景亮。以上有科举背景者共计 36 人，占当时文言小说作者的一半以上。而有些无名氏的作品现在已无法考证。由此可见，科举士子已成为文言小说创作和传播的主力军，科举士林成为文言小说传播的大背景和大环境。[①] 唐代的科举虽然为普通士子提供了上升的机会和通道，但也存在一些问题，比如因为不糊名，因为人情关系、知名度等因素而形成的不太公平的现象，加之每年科举取士的比例也比较少，基本在 2%左右，所以文人们除了苦读之外，也通过各种手段各显神通，为叩开科举大门做铺垫。比如，以自己的诗文、小说等文学作品去投献给名公巨卿，以博取对方的好感，抬高身价，提升知名度，以便在科举取士中脱颖而出，因此也就有了行卷、温卷。正如宋赵彦卫《云麓漫钞》所说，“唐代士人行卷，逾数日又投，谓之‘温卷’，如《幽怪录》《传奇》等皆是也”[②]。因为小说能够多方面显示作者的史才、诗笔、论议等才能，又有趣味性、娱乐性，比较吸引读者，所以士子们也往往愿意用小说，一般是传奇小说来呈现给主司或名人。这是小说在士子与官吏、名人之间的传播。

此外，在科举士子们之间也经常有交游宴集活动。在这种时候，士子

---

① 参见俞钢：《论唐代文言小说繁荣与科举制度盛行的关系》，《上海师范大学学报（哲学社会科学版）》2007 年第 3 期。

② （宋）赵彦卫：《云麓漫钞》卷 8，古典文学出版社 1957 年版，第 111 页。

们也往往征异话奇，互相讲述奇闻逸事，进行口头传播，而后再由其中的某人进行撰述，形成文字的作品进一步传播。这从很多小说作者的自述中都可以看到：

> 贞元岁九月，执事李公垂宿于予靖安里第，语及于是，公垂卓然称异，遂为《莺莺歌》以传之。①
>
> 贞元中，予与陇西公佐话妇人操烈之品格，因遂述汧国之事。公佐拊掌竦听，命予为传。乃握管濡翰，疏而存之。②
>
> 元和中，颍川陈鸿祖，携友人出春明门，见竹柏森然，香烟闻于道，下马觐昌于塔下，听其言，忘日之暮，宿鸿祖于斋舍，话身之出处，皆有条贯。③

可见宴集与闲谈都是传奇小说题材搜集的重要场合。以单篇传奇而言，诸如《任氏传》《离魂记》《庐江冯媪传》《非烟传》《长恨歌传》《冯燕传》等，都经历了由“昼宴夜话，各征其异”到“握管濡翰，疏而存之”的过程。这反映出长安市民文学样式对唐代小说传播的推动作用。④

总之，为了金榜题名，唐代士子不得不奔走干谒，结交权贵，以求得援引关照，因而小说往往成为展示自我的媒介。也因为科考，举子们旅途羁游，风餐露宿，或科场得意，或寂寞寥落，触景生情，自然会诉诸笔端。同时，各地举子因为科举得以聚会长安，他们或以亲朋引见，或以志趣文名，或以籍里乡亲，形成非常亲密的关系，在科举士子交游活动过程中形成了一个传奇小说的创作传播环境。如，元稹、白行简、白居易、陈鸿、李绅等科举士子的交游和诗文唱和活动就是一个文学交流发展的传播过程。

---

① 吴伟斌：《新编元稹集》，三秦出版社 2015 年版，第 417 页。

② （宋）李昉等编：《太平广记》卷 484《李娃传》，中华书局 1961 年版，第 3991 页。

③ （宋）李昉等编：《太平广记》卷 485《东城老父传》，中华书局 1961 年版，第 3662 页。

④ 参见王伟：《唐代长安传奇小说创作嬗变之空间解读与群体分析》，《中南大学学报（社会科学版）》2016 年第 6 期。

（四）寺庙、道观等宗教场所的传播

宗教场所如寺院、道观等也是唐人文化传播的主要场所。由于这些地方是公共场所，不设任何门槛，所以这里人员流动非常广泛，上至皇亲国戚，下至平民百姓都可以随时光顾，因而形成了一个大众文化娱乐中心，也成了唐代转变、说话等俗文学活动的重要传播场所。敦煌藏经洞中各种俗文学作品的大量保存，也进一步说明了俗文学作品与宗教的密切关系。

据史籍记载，唐代的皇亲国戚经常亲临寺院欣赏俗文化表演。唐代最著名的俗讲僧是文溆。文溆为蜀郡（今四川）人，从宪宗元和末到懿宗初都有他的活动身影，日僧释圆仁《入唐求法巡礼行记》中记载："会昌元年，及敕于左右街七寺开俗讲……右街三处，会昌寺内供奉、三教讲论、赐紫、赐引驾起居大德文溆法师讲《法华经》，城中俗讲此法师为第一。"[①]从皇帝赐给他的"内供奉、三教讲论、赐紫、赐引驾起居大德"这些尊贵头衔就可以看出其地位。而且皇帝们也常亲临寺院听其讲经，《资治通鉴》就记载，宝历二年（826 年），唐敬宗曾亲临兴福寺听他的俗讲。唐懿宗也常至安国寺听其俗讲，并赐给讲经僧人两座珠宝装饰——高二丈的沉香宝座。

唐代更多常设的戏场则是以寺庙为中心建立起来的，一般是建在寺庙周围的广场上。

唐代"戏场"设在寺院中是普遍的现象。慈恩寺的戏场非常有名，《南部新书》记载："长安戏场多集于慈恩，小者在青龙，其次荐福、永寿，尼讲盛于保唐，名德聚之安国。"[②]《资治通鉴》记载，唐宣宗万寿公主小叔郑颢病危，宣宗派人探视，"还，问'公主何在？'曰：'在慈恩寺

① ［日］释圆仁撰，白化文、李鼎霞、许德楠校注：《入唐求法巡礼行记校注》，花山文艺出版社 1992 年版，第 389 页。

② （宋）钱易：《南部新书》戊，中华书局 2002 年版，第 67 页。

观戏场'"①。王孙公主亦被戏场吸引，由此可见，长安戏场是具有强大的吸引力的。

唐代各地寺院设戏场应是比较普遍的现象，即使较为偏远的地方也设有戏场。如南海番禺，《太平广记》载，"贞元中，崔（炜）居南海……中元日，番禺人多陈设珍异于佛庙，集百戏于开元寺"②。"(唐楚州龙兴寺）寺前素为郡之戏场"③。越州宝林寺在宝历中也"军吏州民，大陈伎乐"④。可见，戏场各地都有。

唐代寺院由于政府的支持，加之寺院经济发达，有些寺院本身就供养伎乐。寺院供养的伎乐除用于自己做法事等宗教活动或自娱外，还经常组织乐舞百戏演出，这样也就自然而然地形成了寺院自身的戏场。有些寺院的伎乐是由皇家供养的，如长安近郊玉华山，曾随侍玄奘译经的大慈恩寺僧人嘉尚曾云："夜睹玉华寺内，广博严净，伎乐盈满。"⑤玉华寺在唐高祖及太宗时本为玉华宫，内置伎乐。唐高宗改宫为寺，所以，此寺内的伎乐应承自玉华宫的皇家伎乐。皇室赏赐给寺观的伎乐供养，对以寺院为中心的文化活动自然有很大的促进作用。

戏场除了组织歌舞伎乐之外，还有各种百戏、杂技表演。唐初僧人释道宣在《量处轻重仪》中讲到佛寺的各种财物时，就专门列出"戏具"与"杂剧戏具"两类物品。⑥这表明当时的佛寺戏场经常上演各种百戏、杂剧。唐人赵璘《因话录》记载："有文溆僧者，公为聚众谭（谈）说，假托经论，所言无非淫秽鄙亵之事。不逞之徒，转相鼓扇扶树。愚夫冶妇，

① （宋）司马光编著：《资治通鉴》卷248，中华书局1956年版，第8036页。

② （宋）李昉等编：《太平广记》卷34《崔炜》，中华书局1992年版，第216页。

③ （宋）李昉等编：《太平广记》卷394"徐智通"条引《集异记》，中华书局1992年版，第3148页。

④ （宋）李昉等编：《太平广记》卷41《黑叟》，中华书局1992年版，第259页。

⑤ （宋）赞宁：《宋高僧传》，中华书局1987年版，第73页。

⑥ 参见（唐）释道宣：《量处轻重仪》第1卷，见大正新修《大藏经》第45卷《诸宗部》，第848页。

乐闻其说，听者填咽寺舍，瞻礼崇奉，呼为‘和尚’。”① 文溆所宣讲的内容，即所谓“淫秽鄙亵之事”，应该是一些世俗故事。正因为如此，他的讲唱才受到人们的喜爱。这说明长安寺院还流行俗讲。日本僧人释圆仁《入唐求法巡礼行记》对此也有详细的记载。② 除了僧人的俗讲之外，还有尼讲。保唐寺的尼讲几乎每月都要举行，连平康里的妓女都被深深吸引，每逢开讲之日，就会花钱买个方便，前去听讲。据孙棨《北里志》说：“诸妓以出里艰难，每南街保唐寺有讲席，多以月之八日，相牵率听焉。皆纳其假母一缗，然后能出于里。”③

综上所述，唐代戏场一般是指表演杂技百戏的场所。有些戏场设在宫殿前面的广场或其他比较宽阔的场地上，这一般是在重大的节日或大型仪式庆典活动时临时设置的。还有一类较为固定的戏场，是以寺院为中心，设在寺院内外的广场上。这些戏场具有布道、游戏、娱乐和竞技等多种功能。

唐代更多更常见的固定戏场多以寺院为中心，设在寺院内外的广场上。究其原因主要有以下几方面：

第一，唐代寺院有雄厚的经济实力。景龙中，辛替否上疏中有“十分天下之财，而佛有其七八”④ 之语。以长安为例，长安郊外土地大量被寺院所占有。例如，西明寺建立时“赐田园百顷，净人百房，车五十辆，绢布二千匹”⑤。清禅寺是“水陆庄田，仓廪碾磑，库藏盈满”⑥。

寺院强大的经济实力一方面源于魏晋六朝以来统治阶级对寺院的支持，另一方面源于寺院自身的经营活动。

---

① （唐）赵璘：《因话录》卷4，上海古籍出版社1957年版，第94页。

② 参见［日］释圆仁撰，白化文、李鼎霞、许德楠校注：《入唐求法巡礼行记校注》，花山文艺出版社1992年版，第403页。

③ （唐）孙棨：《北里志》，古典文学出版社1957年版，第25页。

④ （后晋）刘昫等：《旧唐书》卷101《辛替否传》，中华书局1975年版，第3158页。

⑤ （清）董诰等：《全唐文》卷257《长安西明寺塔碑》，中华书局1983年版，第2597页。

⑥ （唐）释道宣：《续高僧传》卷29《慧胄传》，见《大正藏》第50册，第697页。

唐长安重要的佛寺几乎全是隋、唐两朝敕建的，就是一些贵族所施建的，也经朝廷敕额即经过朝廷批准，带上了“官寺”的性质。唐高祖分别为沙门昙献和景晖立了慈悲寺和胜业寺；慈恩、西明两大寺是朝廷为玄奘所建。青龙寺本为隋废寺，龙朔二年由城阳公主再建；资圣寺是龙朔三年为文德皇后资福而建；大荐福寺本为英王宅，文明元年高宗崩后百日立为寺，中宗时又大加整饰；大安国寺本是睿宗在藩旧宅，景云元年改立为寺，诸如此类的例子不胜枚举。日本佛教学者道端良秀也指出：“据《唐会要》《长安志》《两京城坊考》等资料所见，长安城内百余所寺院，几乎都是由贵族显宦等统治者之手所造，并由他们所支持。地方的寺院也同样，多由当地的豪族统治阶层所经营。”① 得到朝廷和贵族的大力支持，既加强了对宗教的管理，严密地控制了寺院及其活动，也给长安寺院从事文化活动创造了必要的物质条件。

除了统治阶级的支持，寺院自身也有很多营利经营，如庄园、农牧产品等基本产业之外，还有邸店、碾硙、油坊、车坊、典当、药品、珠宝、服玩等奢侈品，经像等宗教用品等。唐高祖武德九年的诏书中便说：“猥贱之侣……嗜欲无厌，营求不息……”② 唐代后期的另一份诏书也说：“富商大贾，并诸寺观，广占良田，多滞积贮，坐求善价，莫救贫人。”③ 再以当时重要的灌溉和粮食加工设施碾硙论，广德元年户部侍郎李栖筠曾“奏请拆京城北白渠上王公、寺观碾硙七十余所，以广水田之利，计岁收粳稻三百万石”④。可知碾硙也是寺观聚敛资财的方法。唐初的三阶教，在化度寺（还有洛阳的福先寺）设无尽藏，曾聚敛了大量钱财，“名为护法，称

① 转引自孙昌武：《唐代长安的佛寺》，见觉醒主编：《觉群·学术论文集》，商务印书馆2001年版，第3页。

② （后晋）刘昫等：《旧唐书》卷1《高祖纪》，中华书局1975年版，第16页。

③ （宋）宋敏求：《唐大诏令集》卷117《遣使宣抚诸道诏》，商务印书馆1959年版，第554页。

④ （宋）王溥：《唐会要》卷89，中华书局1955年版，第1619页。

济贫弱，多肆奸欺，事非真正”[1]，“舍施钱帛金玉，积聚不可胜计”[2]。早在武后时，朝廷已下制派人检校，到开元年间终于禁断。当然，寺观聚财也从事一些社会福利事业，如营建悲田坊、救助老病之人等。

正是由于统治阶级的支持及寺院自身的经营活动，使寺院有足够的经济实力去承办各种大型活动，而寺院在这些活动中也获得了更大的利益。比如，寺院在各种宗教活动或庙会期间进行各种商业经营活动以获利，或利用各种俗讲、转变等活动吸纳善男信女、广进钱财等。

第二，唐代寺院多建于大城市或州府所在地，这些地方一般交通发达、经济繁荣，同时周围人口密集，这就为它形成大型文化活动中心提供了经济基础和人力资源。以长安、洛阳为例，唐前期全国寺院最密集的中心是长安，据李映辉先生《唐代佛教寺院的地理分布》一文统计，长安有124所寺院（其中可能有个别重复计数的情况，另有更多不知名的兰若、经坊、佛堂等遍布市内，忽略不计），占全国总数的15%；整个京兆府有寺162所，占全国总数的19.4%。河南府56所，其中东都洛阳29所、嵩山6所。成都府30所，扬州18所。唐后期由于战乱等原因，见于文献记载中的寺院比前期少。分布在北方五道的寺院有299所，南方365所，与前期的分布情形正好相反，南方超出北方，这可能与唐后期北方遭受战乱较多有关。京师集中分布了79所寺院，还是第一大中心，终南山7所，整个京兆府的寺院占全国总数的14.3%。河南府共28所，其中洛阳14所、嵩山7所。成都府19所，扬州20所。[3]而长安、洛阳、成都、扬州都是当时的政治、经济、文化中心，交通发达，人口稠密，因而以寺庙为中心的俗文学活动也极为发达。如，长安各大寺院里有专门的“戏场”。

第三，唐代寺院经济繁荣，寺院建筑宏伟奢华、环境优美，所以往往

① （清）董诰等：《全唐文》卷28《元宗九》，中华书局1983年版，第319页。

② （宋）李昉等编：《太平广记》卷493《裴玄智》，中华书局1959年版，第4047页。

③ 参见李映辉：《唐代佛教寺院的地理分布》，《湘潭师范学院学报（社会科学版）》1998年第4期。

是旅游胜地，加之寺院的大门是免费向所有士庶开放的，因而吸引了无数的王公贵族、文人墨客及士女百姓。而唐代寺院占地广阔，寺院前一般都有较大的广场，能容纳众多游人，这也为俗文学活动提供了重要的活动场地。

以长安寺院为例，唐中宗时人辛替否曾经指出："今天下之寺盖无其数，一寺当陛下一宫，壮丽之甚矣！"① 在其《陈时政疏》中对此描述曰："方大起寺舍，广营第宅，伐木空山，不足充梁栋；运土塞路，不足充墙壁。"②《旧唐书·韦嗣立传》也记载："比者营造寺院，其数极多，皆务取宏博，竞崇瑰丽。大则费耗百十万，小则尚用三五万余，略计都用资财，动至千万以上。"③ 具体来说，大兴善寺占靖善坊一坊之地，据实测，兴善寺所在的靖善坊面积约为261082平方米④，这里"寺殿崇广，为京城之最，号曰大兴佛殿，制度与太庙同"⑤。大荐福寺已占开化坊南部的一半，而其塔院还占了南面安仁坊的部分面积；开明坊主要被光明寺占有；大安国寺占长乐坊东部大部分土地；大慈恩寺占晋昌坊东部的一半，其建筑宏伟壮观："瞻星睽地，像天阙，仿给园，穷班倕巧艺，尽衡霍良木，文石梓桂橡樟栟榈充其材，珠玉丹青赭垩金翠备其饰。"⑥ 大庄严寺占永阳坊东部的一半与和平坊南北街以东的部分；大总持寺的规模与之大体相当。长安的坊、寺大小不等，慈恩寺所在的晋昌坊面积约为1022米×520米，慈恩寺占其一半，则为1/4平方公里多。⑦ 慈恩寺初建时，"重楼复殿，云阁洞

---

① （后晋）刘昫等：《旧唐书》卷101《辛替否传》，吉林人民出版社1995年版，第2005页。

② （清）董诰等：《全唐文》卷272辛替否《陈时政疏》，中华书局1983年版，第2760页。

③ （后晋）刘昫等：《旧唐书》卷88《韦嗣立传》，吉林人民出版社1995年版，第1817页。

④ 参见宿白：《隋唐长安城和洛阳城》，《考古》1978年第6期；王亚荣编著：《大兴善寺》，三秦出版社1986年版，第15页。

⑤ （宋）宋敏求：《长安志》卷7，《丛书集成初编》本，中华书局1991年版，第3209页。

⑥ （唐）慧立、彦悰著，孙毓棠等点校：《大慈恩寺三藏法师传》，中华书局1983年版，第149页。

⑦ 参见王亚荣编著：《大兴善寺》，三秦出版社1986年版，第4页。

房，凡十余院，总一千八百九十七间”；而西明寺“廊殿楼台，飞惊接汉，金铺藻栋，眩目晖霞。凡有十院，屋四千余间。庄严之盛，虽梁之同泰、魏之永宁，所不能及也”。① 章敬寺是鱼朝恩用所赐庄园为唐代宗母亲章敬太后冥福所建，“穷极壮丽，尽都市之材不足用，奏毁曲江及华清宫馆以给之，费逾万亿”②。总持寺“复殿重廊，连甍比栋，幽房秘宇，窈窕疏通”③。1973年，考古人员对青龙寺遗址进行了发掘，估计青龙寺应占新昌坊的1/4。④ 自1992年开始，西北大学对校园所处的唐太平坊和其中的实际寺进行了发掘，根据出土文物和钻探材料，可推算实际寺的面积约为220米×230米，即50000平方米。⑤ 而实际寺在唐代属于规模较小的寺院。其他地方的寺院也都光彩夺目，如五台山的金阁寺，“铸铜为瓦，涂金于上，照耀山谷”⑥。

唐代长安寺观不仅建筑辉煌宏伟，还十分注意园林绿化。寺观一般都遍植花草树木，环境优美，景色宜人，是人们游览观光的好去处，因而也具有极大的吸引力。如西明寺“廊殿楼台，飞惊接汉，金铺藻栋，眩目晖霞……青槐列其外，绿水亘其间”⑦。清禅寺是“九级浮空，重廊远摄，堂殿院宇，众事圆成，所以竹树森繁，园圃周绕”⑧。

---

① （唐）慧立、彦悰著，孙毓棠等点校：《大慈恩寺三藏法师传》，中华书局1983年版，第149页。

② （宋）司马光编著：《资治通鉴》卷224《唐纪四〇·大历二年》，中华书局1956年版，第7195页。

③ （清）董诰等：《全唐文》卷81唐宣宗《重建总持寺敕》，中华书局1983年版，第849页。

④ 参见中国科学院考古研究所西安工作队：《唐青龙寺遗址发掘简报》，《考古》1974年第5期。

⑤ 参见柏明：《唐长安太平坊与实际寺》，西北大学出版社1994年版，第36页。

⑥ （后晋）刘昫等：《旧唐书》卷118《王缙传》，吉林人民出版社1995年版，第2173页。

⑦ （唐）慧立、彦悰著，孙毓棠等点校：《大慈恩寺三藏法师传》，中华书局1983年版，第214页。

⑧ （唐）释道宣：《续高僧传》卷30《慧胄传》，见《大正藏》第50册，第697页。

寺观因环境优美，所以往往是赏花的好去处，有些寺观还栽培名贵花木售卖或吸引游客。道教玄都观的桃花因为有刘禹锡以诗得罪而为后人所知。佛寺中更有盛产名花的。其中慈恩寺“竹木森邃，为京城游观之最”①。而自天宝年间，长安盛赏牡丹。“兴唐寺有牡丹一窠，元和中著花一千二百朵。……又有花叶中无抹心者，重台花者，有花面径七八寸者。兴善寺素师院，牡丹色绝佳。”②可见其培植技术之专精。赏花是京城一项重要的游艺活动，白居易《秦中吟》里所写的全城如痴如狂的赏花热潮主要在寺观里，所以当时才有“执金吾铺官围外寺观种以求利，一本有直数万者”③的事。段成式于毁佛后有诗云：“前年帝里探春时，寺寺名花我尽知。今日长安已灰烬，忍能南国对芳枝。”④他对花木零落表示无尽的遗憾。

寺院不仅有牡丹，还有别的花卉，一年四季游客不断。姚合《春日游慈恩寺》：“年长归何处，青山未有家。赏春无酒饮，多看寺中花。”⑤耿湋《春日游慈恩寺寄畅当》：“浮世今何事，空门此谛真。死生俱是梦，哀乐讵关身。远草光连水，春篁色离尘。当从庾中庶，诗客更何人。”⑥白居易《三月三十日题慈恩寺》：“慈恩春色今朝尽，尽日徘徊倚寺门。惆怅春归留不得，紫藤花下渐黄昏。”⑦刘得仁《夏日游慈恩寺》⑧说明夏天慈恩寺风

---

① （宋）司马光编著：《资治通鉴》卷199《唐纪一五·贞观二十二年》胡注引《西京杂记》，中华书局1956年版，第6264页。

② （唐）段成式：《酉阳杂俎》卷19，中华书局1985年版，第157页。

③ （唐）李肇：《唐国史补》卷中，上海古籍出版社1957年版，第45页。

④ （清）彭定求等编：《全唐诗》卷584段成式《桃源僧舍看花》，中华书局1960年版，第6772页。

⑤ （清）彭定求等编：《全唐诗》卷500姚合《春日游慈恩寺》，中华书局1999年版，第5727页。

⑥ （清）彭定求等编：《全唐诗》卷268耿湋《春日游慈恩寺寄畅当》，中华书局1999年版，第2977页。

⑦ （唐）白居易著，朱金城笺注：《白居易集笺校》，上海古籍出版社1998年版，第736页。

⑧ 参见（宋）李昉等编：《文苑英华》卷237，中华书局1966年版，第1196页。

景亦引人入胜，游客也很多。白居易《慈恩寺有感》："李家哭泣元家病，柿叶红时独自来。"[①]柿叶红，在北方为秋季，故这首诗可以作为秋季游慈恩寺诗的代表。岑参《雪后与群公过慈恩寺》[②]，说明慈恩寺冬季亦不乏游客。再如鹤林寺的杜鹃花品种最好，"繁盛异于常花"。每当花开时，"节使宾僚官属，继日赏玩。其后一城士女，四方之人，无不载酒乐游纵，连春入夏，自旦及昏，闾里之间，殆于废业"[③]，其奢游不逊于长安。

唐代寺院环境优美、幽静雅致，因而一些帝王也把游览寺院作为他们的休闲方式之一。他们率领百官行幸寺院，常去的寺院有慈恩寺、荐福寺、安国寺、章敬寺等。唐德宗贞元七年七月，"幸章敬寺，赋诗九韵，皇太子与群臣毕和，题之寺壁"[④]。正是由于寺院占地广阔，景色宜人，因而吸引了无数的王公贵族、官僚士庶前去游玩观赏，而佛教苦海慈航、普度众生教义所决定的寺院对所有俗众的接纳，使寺院具有旺盛的人气，而旺盛的人气又给寺院带来了经济与文化的繁荣，从而使寺院在某种程度上具有了公共游赏场所的性质。

第四，寺院还具有丰富的人文资源。人们到寺院中来，除了满足宗教生活的需要外，还能获得多种层次、多种形式的文化享受和艺术熏陶。因为寺院除体现了高水平的建筑艺术外，还因为荟萃了诗歌、雕塑、绘画、书法等多种艺术形式，犹如丰富多彩的综合艺术馆，供人们瞻仰礼拜、观赏游览、切磋研习。

在雕塑方面，寺院的造像，无论是泥塑木雕，还是铁铸铜浇，都栩栩如生，精妙绝伦。净土宗大师善导擅长造像，他曾受命赴龙门建造大卢舍

---

① （唐）白居易著，朱金城笺注：《白居易集笺校》，上海古籍出版社1998年版，第1264页。

② 参见（唐）岑参著，陈铁民、侯忠义校注：《岑参集校注》，上海古籍出版社2004年版，第470页。

③ （宋）李昉等编：《太平广记》卷52《殷天祥》，中华书局1961年版，第321页。

④ （后晋）刘昫等：《旧唐书》卷13《德宗纪》，中华书局1975年版，第372页。

那佛像，开凿了佛教东传以来最大的像龛，即龙门奉先寺大像。密教大师善无畏长于工巧艺术，相传他制造模型，铸成金铜灵塔，备极庄严，所画密教曼陀罗精妙绝伦。而敦煌莫高窟、洛阳龙门石窟、大同云冈石窟、甘肃麦积山、重庆大足的佛教雕塑，都是中古寺院雕塑高超艺术的明证，成为雕塑艺术的宝库。

在绘画、诗文、书画等方面，寺院藏品也是琳琅满目。魏晋隋唐间的名画家，无一不在寺院壁画中留下杰作。唐代阎立本的醉道士图、吴道子的神鬼变相，皆为绘画史上的不朽之作。各地大大小小寺院的墙壁上，也不乏丹青高手的精心之作。因而寺院留题、留画等也成为寺院一景，成为人们寻赏的目标之一。温庭筠的诗是文人士子寻赏寺院的最好例证，其《题西明寺僧院》云："为寻名画来过院，因访闲人得看棋。"① 可见，寺院不仅以优美的自然景观吸引人们游览，更以其丰富多彩的人文景观吸引游客，如"荐福寺既有武则天书额，又有当时名画家吴道玄、张躁、毕宏之作，还有戏场，当是唐长安文化重地之一"②。荐福寺因有这些文化景观，必定非常吸引游客。德宗时曾让周昉在章敬寺画神像，"都人观览，寺抵国门，贤愚必至"③，寺院艺术作品对游人强烈的吸引力由此可见。寺院以其收藏的杰出的绘画、书法等艺术作品，成为一座座艺术博物馆。

雕塑、书画之外，唐代寺院还有很多诗文佳话。唐初文豪宋之问游江南灵隐寺，留下了月夜与老僧谈文的佳话。中晚唐著名诗人元稹、白居易、刘禹锡等更是屡屡在各处寺院唱和，以致凡所至寺观台阁林亭歌咏处，向来名公诗版潜自撤去。文学史上著名的诗人杜甫、高适、岑参等曾同登慈恩寺塔，并共赋华章。《全唐诗》中关于名人因游览寺舍而留下的诗歌不胜枚举。文人学士多在寺院题诗寄情，这些题咏中不但有李、杜、

① （唐）温庭筠撰，刘学锴校注：《温庭筠全集校注》，中华书局2007年版，第320页。

② （宋）张礼撰，史念海、曹尔琴校注：《游城南记校注》，三秦出版社2006年版，第10页。

③ （宋）李昉等编：《太平广记》卷213《周昉》，中华书局1961年版，第1631页。

元、白等巨匠的翰苑佳篇，也有一般文人士子的吟诗作赋、寺院留题。文人士子到寺院诗酒唱和、题咏游览是当时普遍的社会风气，唐代诗坛要是离开文人在寺院的活动，不知要逊色多少。

第五，寺院也是应酬交往、歌酒饮宴的地方。如萧颖士闻时名，李林甫欲见之，正值萧居丧，于是便“请于萧君所居侧僧舍一见”[①]。大历四年，握有朔方重兵的“郭子仪入朝，鱼朝恩邀之游章敬寺”[②]。时章敬寺刚刚竣工，鱼朝恩的邀请自有炫耀之意，因为此寺是他为章敬皇后追福而建，但更重要的是为了加深二人的关系，所以宰相“元载恐其相结”[③]。寺院因是公共场所，也成为人们传递信息的地方。《太平广记·华州参军》记载：“氏族崔氏女欲嫁柳生，崔母乃命（侍女）轻红于荐福寺僧道省院达意。”[④]此外，寺院也是歌酒饮宴的地方，有时也充当送别亲朋好友的场所。如“姜皎常游禅定寺，京兆办局甚盛，及饮酒，座上一妓绝色”[⑤]。王维曾在资圣寺送朋友甘二远行。[⑥]白居易南下任职，刘禹锡等在福先寺为他送行。[⑦]

第六，寺院的俗文化活动也吸引了庞大的受众。隋唐时期寺院的俗文学活动非常频繁，“每至节日，设乐像前，四远同观，以为欣庆”[⑧]，有的寺院还形成了固定的戏场，用以表演歌舞百戏节目，如“长安戏场多集于

---

① （唐）赵璘：《因话录》卷3，上海古籍出版社1957年版，第90页。

② （宋）司马光编著：《资治通鉴》卷224《唐纪四〇·大历四年》，中华书局1956年版，第7206页。

③ （宋）司马光编著：《资治通鉴》卷224《唐纪四〇·大历四年》，中华书局1956年版，第7206页。

④ （宋）李昉等编：《太平广记》卷342《华州参军》，中华书局1961年版，第2713页。

⑤ （宋）李昉等编：《太平广记》卷362《姜皎》，中华书局1961年版，第2877页。

⑥ 参见（宋）李昉等编：《文苑英华》卷234《资圣寺送甘二》，中华书局1966年版，第1178页。

⑦ 参见（唐）刘禹锡著，瞿蜕园校点：《刘禹锡全集》，上海古籍出版社1999年版，第244页。

⑧ （唐）释道宣：《续高僧传》卷29《慧胄传》，见《大正藏》第50册，第697页。

慈恩，小者在青龙，其次荐福、永寿”①。京外州郡的寺院也有戏场，如楚州龙兴寺“素为郡之戏场，每日中，聚观之徒，通计不下三万人”②。观戏之人，上至王公贵戚，下至贩夫走卒。如记载万寿公主于慈恩寺戏场观戏之事③。《太平广记》也记有普通人对观戏的热情：

> 濮阳郡有续生者，莫知其来……每四月八日，市场戏处，皆有续生。郡人张孝恭不信，自在戏场，对一续生，又遣奴子往诸处看验。④

四月八日是佛诞日，也是佛教六斋日之一，因斋会而形成市场戏场，可知这市场戏场即是在寺院的广场上设置的。寺院中的演戏活动日益成为百姓生活中不可或缺的内容。

唐代寺庙或道观内外的广场中聚集了大量人群，在唐后期逐渐成为新的开放性经济交流场所，也是俗文学活动的重要场所。

寺院中另一重要文化活动是俗讲。俗讲“假托经论，所言无非淫秽鄙亵之事”，然而听者如云，“不逞之徒，转相鼓扇扶树。愚夫冶妇，乐闻其说，听者填咽寺舍，瞻礼崇奉，呼为‘和尚’”⑤。这样，俗讲逐渐演变为普通俗众喜爱的文艺形式，甚至“教坊效其声调，以为歌曲”⑥。而听俗讲的人不惟百姓、官员，甚至皇帝，亦为之着迷。如《续高僧传》记载云：“贞观三年，窦刺史闻其聪敏，追充州学，因尔日听俗讲，夕思佛义。博士责之。”⑦《资治通鉴》载：“宝历二年（826年）六月己卯，上幸兴福寺

---

① （宋）钱易：《南部新书》戊，中华书局2002年版，第67页。

② （宋）李昉等编：《太平广记》卷394“徐智通”条引《集异记》，中华书局1992年版，第3148页。

③ 参见（宋）司马光编著：《资治通鉴》卷248《唐纪六十四》，中华书局1956年版，第8036页。

④ （宋）李昉等编：《太平广记》卷83“续生”条引《广古今五行记》，中华书局1961年版，第532页。

⑤ （唐）赵璘：《因话录》卷4，上海古籍出版社1957年版，第94页。

⑥ （唐）赵璘：《因话录》卷4，上海古籍出版社1957年版，第94页。

⑦ （唐）释道宣：《续高僧传》卷26《释善伏传》，见《大正藏》第45册，第328页。

观沙门文溆俗讲。”[①]

长安保唐寺每月三个逢八日举行俗讲的时候，附近的妓女也趋之若鹜。[②] 由此也吸引了大批士子前来观光，故而每逢开讲，寺内犹如盛大节日一般，热闹非凡。不少寺院自身也有专门的舞乐班子，即伎乐供养，因而在节庆之日开展一些文化娱乐活动也是轻而易举的事情。清禅寺，“寺足净人，无可役者，乃选二十头令学鼓舞。每至节日，设乐像前，四远同观，以为欣庆”[③]。寺院的法事，如斋会、祀祷、迎送经像等，都是鼓乐喧天，热闹异常，美国学者薛爱华直接把它们说成是“收入丰裕的佛寺中举办的各种大型的节日活动、舞会以及戏剧演出等”[④]。这些活动实际上像是一种欢乐喜庆的集会，对一般民众而言，宗教的意味虽已很淡薄，但世俗娱乐的喜悦对民众的吸引力却与日俱增。

第七，寺院作为宗教祭祀场所也有相当的吸引力。唐代社会风气自由开放，包容性强，对各种宗教都很宽容。不管是皇帝、大臣还是一般百姓，或佛或道，他们大都有所信仰，虽然信仰但宗教迷狂的色彩却日渐淡漠。也有些贵族或其子女出家修行，而许多不出家的人也是谙熟佛道义理，掌握宗教精髓。当时佛教已经有很大的势力，加之人类内心深处对天命的畏惧，对精神超脱的渴求，因而希望能找到超越现实的力量，所以，唐代佛教拥有广泛的群众基础。

唐人对于宗教信仰的虔诚有深厚的社会传统、思想基础和心理因素。唐人沿袭前朝的文化传统，在各种现实文化的激荡下，人们对各种神秘力量产生崇拜。尤其在思想领域内，承袭六朝以来的佛道思想，并表现出家族思想的延续性。比如，武则天的母亲杨氏家族有崇佛传统，较有名的还

① （宋）司马光编著：《资治通鉴》卷 243《唐敬宗纪》，中华书局 1956 年版，第 7850 页。

② 参见（明）陶宗仪：《说郛三种》，上海古籍出版社 1988 年版，第 3612 页。

③ （唐）释道宣：《续高僧传》卷 29《慧胄传》，见《大正藏》第 50 册，第 697 页。

④ ［美］谢弗：《唐代的外来文明》，吴玉贵译，中国社会科学出版社 1995 年版，第 36 页。

有萧氏家族与尉迟家族也有崇佛传统。佛教传统形成了深厚的心理积淀，对个人产生了潜移默化的深刻影响。但不同阶层的人对于佛教的接受心态是同中有异的。对生存和安全的需要以及求神佛护佑，消灾祈福，应该是士庶百姓共同的渴望，也是最基本的需求。于是，希冀借助于佛法来掌握自己的命运，积攒福德，以求趋利避害、遇难成祥，就成为共同的消灾祈福心理。达官贵人及文人学士希冀通过佛教来实现其现实功利性或灵魂超越性的需求。各种现实需要、精神需求的强烈渴望，以及种种渴望的难以实现，迫使人们在现实努力的基础上，不由得把目光转向了宗教，希冀借助宗教的神秘力量，为人生解除烦恼。因而寺院对唐人有着巨大的吸引力。寺院往往成为王公贵族、士女百姓心向往之的场所。因而唐代寺院的人缘香火极为旺盛。

此外，有些意外或偶然的因素也会加强人们对宗教的崇信，增加宗教的向心力。如《太平广记》记载越州宝林寺曾发生过这样一件事情。

> 唐宝应中，越州观察使皇甫政妻陆氏，有姿容而无子息。州有寺名宝林，中有魔母神堂。越中士女求男女者，必报验焉……（皇甫政）祈一男……两月余，妻孕，果生男。政大喜，构堂三间，穷极华丽。陆氏于寺门外筑钱百万，募画工，自汴、滑、徐、泗、杨、润、潭、洪，及天下画者，日有至焉……政大设斋，富商来集。政又择日。率军吏州民，大陈伎乐……百万之众，鼎沸惊闹……①

百万之众，可能过于夸张。但越州素称富庶，宝林寺作为一州文化活动的中心，遇有大斋会或其他节庆活动，四面八方的士庶前来聚会，僧俗数以万计是完全可能的。皇甫政作为越州观察使，其求子成功只是一种巧合，但由于时代的局限性，包括皇甫氏在内的人们以为是神佛应验，这种所谓的应验无疑增加了神佛在人们心目中的分量，使人们对神佛的崇敬色彩更加强烈。这种迷信崇敬的思想更进一步促使人们常来寺院，从而也客

① （宋）李昉等编：《太平广记》卷41《黑叟》，中华书局1990年版，第259页。

观上促进了寺院流动人口的增加，活跃了寺院经济，为各种文化娱乐活动提供了受众。当此之时，商人、艺人、士女百姓云集，于是便形成了宝林寺斋会期间红红火火的庙会与戏场。

此外，佛教的很多宗教活动热闹非凡，这本身就吸引了周围的百姓。如，送玄奘入慈恩寺的场面就极其恢宏热闹。而自唐初朝廷即举行的一种颇具游乐色彩的法会盂兰盆会，还有多次举行的奉迎佛骨活动，都成为长安城里群众性游艺活动的重要部分。随着佛教的世俗化，佛教徒为了吸引善男信女，在原本庄严的佛事活动中，加入了许多歌舞百戏杂技的内容，使佛教的很多仪式活动更带上了喜庆娱乐的色彩。民众通过这些仪式游戏活动既满足了他们的宗教心理，又满足了他们对休闲娱乐生活的渴望，因而寺院作为娱乐文化活动中心具有得天独厚的条件。

除了僧尼俗讲外，道士也有类似的讲唱活动。《入唐求法巡礼行记》记载，唐会昌元年（841 年）正月九日，“又敕开讲道教，左街令敕新从剑南道召太清宫内供奉矩令费，于玄真观讲《南华》等经；右街一处，未得其名。并皆奉敕讲……会昌元年五月一日，敕开讲……两观讲道教”[①]。唐代虽然实行三教调和的政策，但佛、道二教的斗争却一直存在，这种斗争有时也表现在讲唱活动中。僧尼及道士都利用讲唱艺术来吸引和招徕底层信徒，以募集资财，扩大宗教势力范围。韩愈的诗《华山女》就反映了这种状况[②]。

敦煌写本记载有敦煌僧侣、使节与内地的文化互动。敦煌高僧悟真与归义军使节李琬抄录内地高僧酬赠、送别诗作，在敦煌盛传，分别被 P.3720、P.3886、S.4654 和 P.3676 传抄，是僧侣使节传播诗歌的直接证据。S.5648 是寺院杂写本，吴僧政是抄写人之一，此卷《道情诗》是说唱者执

---

① ［日］释圆仁撰，白化文、李鼎霞、许德楠校注：《入唐求法巡礼行记校注》，花山文艺出版社 1992 年版，第 389 页。

② 参见（清）彭定求等编：《全唐诗》，中华书局 1960 年版，第 3823—3824 页。

大拍板表演唱词，被观看人记录在写本的。[①] 敦煌写本中有很多学士郎都是在寺院中学习并传播小说及其他俗文学作品的。如出于S.214的《燕子赋》写本末题记有："癸未年（923年）十二月廿一日永安寺学士郎杜友遂书记之耳"，可见这是永安寺的学士郎抄写的[②]；出于P.2633的《牙可（这两个字不正确，都要加齿字在左）创新妇文·书仪·酒赋·崔氏夫人要女文·杨满山咏孝经》的背题记有："壬午年（922年）正月九日净土寺南院学士郎□"，此为净土寺南院学士郎手书的；出于S.785的《李陵与苏武书》背题为"灵图寺学郎曹延叶题记之耳"；出于P.3197的《捉季布传文》背题为《新撰时务纂集珠玉要略抄一卷》，其抄写人为"圣教伎术院学士敦煌礼生翟奉达"。[③]

（五）戏场闹市与街头要路等的传播

唐代中后期有些说话转变的娱乐场所可能也设于戏场闹市、街头要路。戏场主要分为两类，一类是因为重要的节日或大型的仪式庆典活动等临时设置的，另一类是约定俗成而日益固定的，如设于寺庙的戏场。中古时代是一个相对落后而封闭的时代。广大农村散布着的是一个个简陋、孤立的村落，农民们为衣食而奔波不暇，难得问津文化娱乐活动。城市里虽有巍峨的宫殿、高大的官衙，以及各种歌楼酒肆，但那多是贵族、官僚或文人雅士的去处，并不能成为普通百姓开展文化娱乐活动的场所。相比之下，寺院道观作为宗教的实体，却有着得天独厚的条件，兼具宗教和政治、经济等社会职能，发挥了重要的文化功能，堪称当时社会的文化活动中心，吸引着上自皇亲国戚，下至黎民百姓的广大受众。[④]

① 参见张利亚：《唐五代敦煌诗歌写本及其传播、接受》，兰州大学博士学位论文，2017年。

② 参见颜廷亮：《关于〈燕子赋〉（甲）的写本年代问题》，《北京图书馆馆刊》1998年第2期。

③ 参见李正宇：《敦煌学郎题记辑注》，《敦煌学辑刊》1987年第1期。

④ 参见杨晓慧：《唐代俗文学研究》，陕西师范大学博士学位论文，2012年。

戏场主要位于宫殿前的广场或其他开阔的空地上，源于寺院的各种固定或不固定的仪式法会之类的表演因长期约定俗成，因而都设在寺院内外的广场上，时日久了，便成为固定的戏场。以寺院为中心的戏场后来往往都与庙会相结合，形成了综合性的商业文化中心。

戏场一般是指表演杂技、百戏的场所。隋唐时期的戏场，具有游戏娱乐等多种功能，其表演内容则多为歌舞、杂技、百戏等。隋代长安大兴善寺沙门僧琨曾言："'戏场'，则歌舞音声。"这种戏场一般是由朝廷下令临时设在宫殿前面的广场或其他比较宽阔的场地上。戏场至晚在汉魏时期就已经出现了。[①] 这种在宫殿前面的广场或其他比较宽敞的地方进行百戏杂技表演活动的情况，在魏晋南北朝一直传承不绝。但是直到隋代，史籍中才正式有"戏场"之称。《隋书》描述隋炀帝在元宵节设置戏场表演歌舞、百戏等的情况时，曾记载道：

> 每岁正月，万国来朝，留至十五日，于端门外，建国门内，绵亘八里，列为戏场。百官起棚夹路，从昏达旦，以纵观之。至晦而罢。伎人皆衣锦绣缯彩。其歌舞者，多为妇人，服、鸣环佩，饰以花耗者，殆三万人。[②]

《资治通鉴》则记载了一场隋炀帝组织大型外交活动时的戏场表演：

> 帝以诸蕃酋长毕集洛阳，丁丑，于端门街盛陈百戏，戏场周围五千步，执丝竹者万八千人，声闻数十里，自昏达旦，灯火光烛天地；终月而罢，所费巨万。自是岁以为常。[③]

政府出面组织的戏场，一般规模都很大，所表演的节目也非常丰富，有百戏、歌舞、杂技等。这种戏场与后代的专业戏场是不同的，它只是在

---

① 参见王永平：《唐代长安的庙会与戏场——兼论中古时期庙会与戏场的起源及其结合》，《河北学刊》2008 年第 6 期。

② （唐）魏徵、令狐德棻等：《隋书》，中华书局 1982 年版，第 349 页。

③ （宋）司马光编著：《资治通鉴》卷 181《隋炀帝大业六年正月条》，中华书局 1974 年版，第 5645 页。

重大节日或活动期间临时启用作为戏场的开阔广场，多位于宫殿门前或其他开阔地带。这样的戏场，在唐代继续保留，作为大型庆祝活动的必备节目。唐人郑棨在《开天传信记》中记载："上御勤政楼大酺，纵士庶观看。百戏竞作，人物填咽。金吾卫士白棒雨下，不能制止。"[①] 因"百戏竞作"而使"人物填咽"，拥挤不堪，即使"金吾卫士白棒雨下"，仍"不能制止"，可见其纷繁热闹的程度。所以，高力士建议召河南丞严安之"处分打场"。这样的戏场即是设在宫殿前的广场上。张九龄《奉和圣制南郊礼毕酺宴》也描写道："春发三条路，酺开百戏场。流恩均庶品，纵观聚康庄。妙舞来平乐，新声出建章。分曹日抱戴，赴节凤归昌。"[②] 这种临时设置的戏场，是与政府的大型节日庆典活动紧密相关的。

赵璘《因话录》卷 4 角部记载文溆僧俗讲时，"愚夫冶妇，乐闻其说，听者填咽寺舍，瞻礼崇奉，呼为'和尚'。教坊效其声调，以为歌曲"[③]。

正由于俗讲转变等广受欢迎，因而除僧人、尼姑之外，教坊艺人、民间艺人等也采用变文等形式讲唱故事，所谓"教坊效其声调，以为歌曲"[④]。可见这种俗文学传播活动已经被其他的社会表演团体所效仿。

俗讲活动广受欢迎，僧人们也就为此不殚劳苦，走出寺院，出入州县，巡历乡村：

> 近日僧徒，此风尤甚。因缘讲说，眩惑州闾；溪壑无厌，唯财是敛。津梁自坏，其教安施？无益于人，有蠹于俗。或出入州县，假托威权；或巡历乡村，恣行教化。因其聚会，便有宿宵；左道不常，异端斯起。[⑤]

---

① （唐）郑棨撰：《开天传信记》，中华书局 1985 年版，第 3 页。

② （清）彭定求等编：《全唐诗》，中华书局 1960 年版，第 595 页。

③ （唐）赵璘：《因话录》卷 4，上海古籍出版社 1957 年版，第 94 页。

④ （唐）赵璘：《因话录》卷 4，上海古籍出版社 1957 年版，第 94 页。

⑤ （清）董诰等编：《全唐文》卷 30，景印文渊阁四库全书本，（台湾）商务印书馆 1985 年版，第 792 页。

此虽为玄宗朝的《禁僧徒敛财诏》，但从“因缘讲说，眩惑州闾”“或出入州县，假托威权；或巡历乡村，恣行教化”中可以看出，僧徒的俗讲活动等已经超越寺院，深入州县乡村、街头要路。

唐人王建的《观蛮妓》也描述了一位艺妓的讲唱表演：“欲说昭君敛翠蛾，清声委曲怨于歌。”[①] 吉师老的《看蜀女转〈昭君变〉》也描述了一位女艺人的讲唱活动：

> 妖姬未著石榴裙，自道家连锦水濆。檀口解知千载事，清词堪叹九秋文。翠眉颦处楚边月，画卷开时塞外云。说尽绮罗当日恨，昭君传意向文君。[②]

这些艺人的表演应该是在戏场闹市与街头要路等公共场合。其表演应该也是非常频繁的，这从李商隐《骄儿诗》中可以略窥一二，李商隐此诗写他的四岁儿子衮师的各种憨态，“或谑张飞胡，或笑邓艾吃”，“忽复学参军，按声唤苍鹘”。[③] 四岁的孩子已经开始学习模仿三国故事中的人物形象及参军戏中的角色表演，可见当时的说三国故事非常流行，参军戏等伶伦百戏的表演也非常频繁，否则四岁的孩子很难达到模仿的程度。这也足见民间说书艺人的小说传播在当时很盛行。

《酉阳杂俎》前集卷5《怪术》载：“虞部郎中陆绍，元和中，尝看表兄于定水寺，因为院僧具蜜饵时果，邻院僧右邀之。良久，僧与一李秀才偕至，乃环坐，笑语颇剧。”因而院僧呵斥秀才：“望酒旗玩变场者，岂有佳者乎！”[④] 此“变场”则是指街头闹市的变场。这种变场有时也设于要路口，《太平广记》记载：“杨国忠为剑南，召募使远赴泸南，粮少路险，常无（常无原作韦先，据明抄本改）回者。其剑南行人，每岁，令宋昱、韦儇为御史，迫促郡县征之。人知必死，郡县无以应命。乃设诡计。诈令僧

---

① （清）彭定求等编：《全唐诗》卷301，中华书局1960年版，第3434页。

② （清）彭定求等编：《全唐诗》卷774，中华书局1960年版，第8771页。

③ 冯浩：《玉溪生诗集笺注》，上海古籍出版社1979年版，第413页。

④ （唐）段成式：《酉阳杂俎》前集卷5《怪术》，中华书局1985年版，第43页。

设斋，或于要路转变，其众中有单贫者即缚之。置密室中，授以絮衣，连枷作队，急递赴役。”[①]从“或于要路转变”中可见，俗讲转变等活动的场地有时也随意设在要路口。

（六）歌楼酒肆的传播

自从词产生以来，词的传唱本身就是一种娱乐活动。这从词的产生即可看出，词是伴随燕乐而产生的，燕乐本来就是宴飨娱乐之用的，因而词也是宴饮娱乐之际娱宾佐欢之用的。“‘词’为文人娱宾遣兴之资……且于宴饮时游戏出之，故易流行于士大夫间也。”[②]

而随着唐代商品经济的繁荣与商业城市的发达，文人与歌伎的关系越来越密切，对歌楼酒肆的光顾越来越频繁。很多歌伎舞女成为唐宋文人创作灵感的触媒，文人们描写歌儿舞女的作品也不计其数。如“齐歌送清扬，起舞乱参差”[③]即描写歌伎以歌舞助酒的现象。白居易的《醉后题李马二妓》诗曰：“行摇云髻花钿节，应似霓裳趁管弦。艳动舞裙浑是火，愁凝歌黛欲生烟。……疑是两般心未决，雨中神女月中仙。”[④]杜牧《遣怀》云：“落魄江湖载酒行，楚腰纤细掌中轻”[⑤]。徐凝的《汉宫曲》则把眼前的歌伎比作赵飞燕：“水色帘前流玉霜，赵家飞燕侍昭阳。掌中舞罢箫声绝，三十六宫秋夜长。”[⑥]妓女因其“才”“情”“色”“艺”等颇能迎合文人心理，所以常被文人青睐，歌楼酒肆也因此成为文人娱乐消遣与文艺娱乐中心。

文人与歌伎在歌楼酒肆中宴饮娱乐往往少不了笙歌乐舞、吟诗作词，

---

① （宋）李昉等编：《太平广记》卷269酷暴三“宋昱韦儇”条引《谭宾录》，中华书局1961年版，第2109页。

② 龙榆生：《中国韵文史》，上海古籍出版社2002年版，第71—77页。

③ （清）彭定求等编：《全唐诗》卷179，中州古籍出版社2008年版，第850页。

④ （清）彭定求等编：《全唐诗》卷431，中州古籍出版社2008年版，第2229页。

⑤ （清）彭定求等编：《全唐诗》卷524，中州古籍出版社2008年版，第2714页。

⑥ （清）彭定求等编：《全唐诗》卷474，中州古籍出版社2008年版，第2449页。

因而使歌楼酒肆成为诗词歌曲的重要创作园地及传播领地。

唐代城市本来实行宵禁制度，入夜之后，限制行人，关闭城门。随着社会的发展和商业活动的繁荣，许多城市中出现了夜市，笙歌曼舞通宵达旦，酒肆商铺也通宵营业。王建诗："夜市千灯照碧云，高楼红袖客纷纷。如今不似时平日，犹自笙歌彻晓闻。"① 就反映了唐中期扬州夜市的繁荣景象。储光羲《留别安庆李太守》云："初筵方落日，醉止到鸣鸡。"② 韦应物《饯雍聿之潞州谒李中丞》云："丝竹促飞觞，夜宴达晨星。"③ 曹松《夜饮》云："席上未知帘幕晓，青娥低语指东方。"④ 蒋肱《永州陪郑太守登舟夜宴席上各赋诗》亦云："月凝兰棹轻风起，妓劝金罍尽醉斟。剪尽蜡红人未觉，归时城郭晓烟深。"⑤ 白居易《望亭驿酬别周判官》："何事出长洲，连宵饮不休。……灯火穿村市，笙歌上驿楼。"⑥ 王建《寄汴州令狐相公》："水门向晚茶商闹，桥市通宵酒客行。"⑦ 张籍《寄元员外》："外郎直罢无余事……夜静坊中有酒沽。"⑧ 这些诗都展示出酒店夜间生意依旧红红火火。贺朝《赠酒店胡姬》对此更是描写得淋漓尽致，诗云："胡姬春酒店，弦管夜锵锵。……上客无劳散，听歌乐世娘。"⑨

歌楼酒肆不仅是文人雅士的创作园地、歌儿舞女的传播领地，也是有才学之歌伎的创作园苑。歌伎的主要任务是佐酒陪侍、献艺表演。她们的表演是多方面的，可以是歌舞乐器，也可以是文人学士创作的诗词

---

① （清）彭定求等编：《全唐诗》卷 301，中华书局 1960 年版，第 3430 页。
② （清）彭定求等编：《全唐诗》卷 139，中州古籍出版社 2008 年版，第 651 页。
③ （清）彭定求等编：《全唐诗》卷 189，中州古籍出版社 2008 年版，第 895 页。
④ （清）彭定求等编：《全唐诗》卷 717，中州古籍出版社 2008 年版，第 3698 页。
⑤ （清）彭定求等编：《全唐诗》卷 727，中州古籍出版社 2008 年版，第 3733 页。
⑥ （清）彭定求等编：《全唐诗》卷 447，中州古籍出版社 2008 年版，第 2298 页。
⑦ （清）彭定求等编：《全唐诗》卷 300，中州古籍出版社 2008 年版，第 1538 页。
⑧ （清）彭定求等编：《全唐诗》卷 385，中州古籍出版社 2008 年版，第 1963 页。
⑨ （清）彭定求等编：《全唐诗》卷 117，中州古籍出版社 2008 年版，第 547 页。

歌赋，偶尔也有她们自己的创作。如白居易《与元九书》中记载，歌伎因诵得他的《长恨歌》，便身价倍增。[①]《升庵诗话》补遗记载："吴二娘，杭州名妓也，有《长相思》一词云：'深花枝，浅花枝，深浅花枝相间时，花枝难似伊。巫山高，巫山低，暮雨潇潇郎不归，空房独守时。'白乐天诗'吴娘暮雨萧萧曲，自别江南更不闻。'又'夜舞吴娘袖，春歌《蛮子》词'。"[②]下面这首无名氏所作的词《望江南》，正是歌伎对自身生活的辛酸体验："莫攀我，攀我太心偏，我是曲江临池柳，这人折了那人攀，恩爱一时间。"[③]正如鱼玄机《赠邻女》中所道："易求无价宝，难得有心郎。"[④]

以上种种，都可见出歌楼酒肆由于其环境的特殊性，因而某种程度上也是文人学士与歌儿舞女的俗文学活动交流传播场所。

由于唐代俗讲等表演活动非常普遍又广受欢迎，所以几乎家喻户晓、尽人皆知。如前所说，李商隐四岁的儿子衮师都能模仿一二。[⑤]而唐代的妓女们也经常去听俗讲，比如当时的长安保唐寺每次有尼讲时，妓女们都可以去听。这些人中，有很多本来就聪明伶俐，擅长表演，一来二去也就学会了新的说唱表演。所以，在诗词、歌舞之外，妓院也有以说讲娱人者，"其中诸妓多能谈吐，颇有知书、言语者"[⑥]。

由此可以推知，唐代的歌楼酒肆除了传统的音乐歌舞之外，也有讲唱故事等表演活动。

---

① 参见夏承焘：《唐宋词论丛·四库全书词籍提要校议》，上海古典文学出版社1956年版，第216页。

② 王文才、万光治：《杨升庵丛书》（六），天地出版社2002年版，第149—150页。

③ 郭预衡主编：《中国古代文学史长编·隋唐五代卷》，北京师范学院出版社1993年版，第568页。

④ （清）彭定求等编：《全唐诗》卷804，中州古籍出版社2008年版，第4056页。

⑤ 参见冯浩：《玉溪生诗集笺注》，上海古籍出版社1979年版，第413页。

⑥ 王伟：《唐代长安传奇小说创作嬗变之空间解读与群体分析》，《中南大学学报（社会科学版）》2016年第6期。

（七）以私人娱乐为目的的民间私人府宅等的传播

由于百戏俗讲、转变说话等娱乐活动在社会上非常流行，所以民间的各种私人娱乐、庆祝活动也往往多有举办，而这种庆祝活动也往往以私人府宅为场地。当然，有些活动往往设在私人府邸门前的空地或马路上，如“唐营丘有豪民……每年五月，值生辰，颇有破费。召僧道启斋筵，伶伦百戏毕备，斋罢伶伦赠钱数万”[①]。营丘豪民于生日之时破财举行各种表演活动，应该是设在村中或家门口的空地上，这种风俗在现在的农村依然存在。人们遇到红白喜事，还会在家门口的空地上邀请舞乐班子进行表演。

诗人元稹《元氏长庆集》中的《酬翰林白学士代书一百韵》有“翰墨题名尽，光阴听话移”的诗句，其自注云：“又尝于新昌宅，说一枝花话，自寅至巳，犹未毕词也。”[②]“一枝花话”即《李娃传》，可见他与白居易出于娱乐需要而在新昌宅听一枝花话。能够演说如此长的时间，也应该是民间职业艺人的表演了。

段成式也在其弟生日时听市人讲扁鹊故事：

> 予太和末，因弟生日观杂戏。有市人小说，呼“扁鹊”作“褊鹊”，字上声。予令座客任道升字正之。市人言：“二十年前尝于上都斋会设此，有一秀才甚赏某呼‘扁’与‘褊’同声，云世人皆误。”予意其饰非，大笑之。[③]

这则材料说的是段成式在其弟生日这天与家人亲朋一起听市人小说的故事，而讲故事的人说他二十年前在其他地方说这个故事的情况，充分说明了市人小说早已流行的事实。而传播这种小说的应该是专业的艺人，即文中的“市人”。而这种传播应该是在府宅中进行的。李商隐也肯定经常听说三国故事，所以他的儿子衮师才经常会模仿故事中不同的人物言行。

---

① 墨白：《“酒”在古典戏曲中的艺术表现功能》，《文艺评论》2017 年第 11 期。

② 徐海容：《论唐传奇对碑志的文体渗透》，《社会科学家》2017 年第 7 期。

③ 萧欣桥、刘福元：《话本小说史》，浙江古籍出版社 2003 年版，第 36 页。

由于经常进行这些“剧谈”活动，有些文人由谈而记，甚至因为经常听看表演而学会了表演，从而亲自上阵表演。如“韦绶罢侍读，绶好诙戏，兼通人间小说”①。

唐代民间每遇喜庆之事，人们就会举行伶伦百戏等各种通俗演艺活动来进行娱乐。这些民间娱乐表演活动丰富多彩，其中也包括“说话”等表演活动。“说话”这种以小说表演为主的文学表演活动在文人的私人生活中非常普遍。人们出于娱乐等需求而进行的民间百戏及说话等活动也往往在私人府宅或私宅外的空地上进行。

综上所述，唐代的小说传播环境异常丰富，尤其是玄宗以后，其活动中心也以皇家禁苑、戏场、幕府、科举士林、私家府宅、寺院道观、歌楼酒肆、闹市要路等为主要场所。这些传播环境在民众的文化娱乐活动中发挥了极其重要的作用，也为唐代小说的全面繁荣奠定了坚实的基础。

二、唐代小说传播主体

唐代小说的传播主体来自社会各个阶层，有官吏、文士、宗教人士、艺人以及普通大众等。文人士子以文言小说传播为主，而僧人、艺人及普通大众等以白话小说传播为主。这些人往往既是接受者，又是创作主体和传播主体。以唐传奇为例，唐传奇的很多作者往往是先听到别人讲传奇故事，而后根据所听内容进行整理创作进而传播。所以他们既是接受者，又是创作与传播主体，是唐代小说繁荣的中坚力量。

（一）文士、官吏

唐代教育比较发达，统治者比较重视教育，唐太宗就多次去国学、太

① 王伟:《唐代长安传奇小说创作嬗变之空间解读与群体分析》,《中南大学学报（社会科学版)》2016年第6期。

学视察。中央及州、府都有公办的学馆供学子学习，也鼓励民间兴办私学，统治者的支持加之政局稳定、经济繁荣，所以社会的中、下级大众也往往有接受教育的机会。与此同时，唐代也确立了科举取士制度，这为出身寒门的普通士子提供了进身之阶。

唐代的科举取士重视文学。在各科中，以诗赋杂文为主要考试内容的进士科最受重视。由于唐代的科举考试采用非糊名制，因此考官在评卷时也受到很多人为因素的影响，所以士子们在科考之前，为博取声誉、扩大影响、增加科考入围的机会，常以所作诗文投献名公巨卿，当时称之为“行卷”。而传奇文因其“文备众体”，也常被用作“行卷”材料。宋赵彦卫《云麓漫钞》记载：“唐之举人，先藉当世显人，以姓名达之主司，然后以所业投献；逾数日又投，谓之温卷，如《幽怪录》《传奇》等皆是也。盖此等文备众体，可以见史才、诗笔、议论。至进士则多以诗为贽，今有唐诗数百种行于世者是也。”①可见，唐代后期传奇专集的大量创作，可能与“行卷”“温卷”的风气有重要关系。

唐代文言小说通常的创作方法有实录、寓言、传闻等几种形式。从很多传奇小说的自述中我们经常可以看到，小说的材料来自作者与友朋等相聚宴饮、宵话征异，或在一起听“说话”等，知道了小说中所描写的故事，然后依实记录，形成小说。

这些文言小说的作者主要是官吏、文士。这首先是因为只有识文断字、有一定文学修养的文士才有创作小说，尤其是文言小说的资本与可能。此外，唐代采用科举取士制度，所以很多官吏也往往是通过科举而走上仕途，因此本身就具有相当的学识。加之唐代科举以诗赋取士，因而文人一般都有着较高的文学修养，所以在文学创作方面有着得天独厚的条件。加之文人的聚谈及小说创作的风气，使得唐代的文士官吏成为小说创作的重要力量。

---

① （宋）赵彦卫：《云麓漫钞》，中华书局1996年版，第135页。

"小说，唐人以前纪述多虚而藻绘可观，宋人以后论次多实而彩艳殊乏。盖唐以前出文人才士之手，而宋以后率理儒野老之谈故也。"①鲁迅先生《唐宋传奇集》"序例"云："惟自大历以至大中中，作者云蒸，郁术文苑，沈既济、许尧佐擢秀于前，蒋防、元稹振采于后，而李公佐、白行简、陈鸿、沈亚之辈，则其卓异也。"②据李时人先生《全唐五代小说》统计，这一时期约计70人的作者中，近30人都是进士出身，如沈既济、赵璘、白行简、李公佐、沈亚之、陈鸿、薛调、张读、刘复、郑权、许尧佐、韦瓘、杨嗣复、李德裕、牛僧孺、郑处诲、韩愈、柳宗元等。③据俞钢先生统计，唐代文言小说作者约151人，作品2075篇。他根据各种统计结果认为：第一，唐代文言小说的重要作者是科举士子；第二，唐代进士举子构成科举出身类文言小说作者的主体；第三，唐代不详出身和生平者构成文言小说作者不可忽视的组成部分。④唐代许多官吏都编撰过小说，如《酉阳杂俎》的作者段成式"以荫入官，为秘书省校书郎。研精苦学，秘阁书籍，披阅皆遍。累迁尚书郎。咸通初，出为江州刺史。解印，寓居襄阳，以闲放自适。家多书史，用以自娱，尤深于佛书。所著《酉阳杂俎》传于时"⑤。《玄怪录》的作者牛僧孺在"穆宗初，以库部郎中知制诰。徙御史中丞，按治不法，内外澄肃。宿州刺史李直臣坐赇当死，赂宦侍为助，具狱上。帝曰：'直臣有才，朕欲贷而用之。'僧孺曰：'彼不才者，持禄取容耳。天子制法，所以束缚有才者。禄山、朱泚以才过人，故乱天下。'帝异其言，乃止。赐金紫服，以户部侍郎同中书门下平章事"⑥。而《次柳氏旧闻》的著者李德裕出身于官僚世家，从小即志向高远，且精通

① （明）胡应麟：《少室山房笔丛·九流绪论下》，上海书店出版社2001年版，第238页。

② 鲁迅校录：《唐宋传奇集·序例》，齐鲁书社1997年版，第1—2页。

③ 参见（唐）沈既济：《任氏传》，见李时人编校，何满子审定：《全唐五代小说》，陕西人民出版社1998年版，第541—542页。

④ 参见俞钢：《唐代文言小说与科举制度》，上海师范大学博士学位论文，2004年。

⑤ （后晋）刘昫等：《旧唐书》，中华书局1975年版，第4369页。

⑥ （宋）欧阳修、宋祁：《新唐书》，中华书局1975年版，第5229—5230页。

历史，开成“五年正月，武宗即位。七月，召德裕于淮南。九月，授门下侍郎、同平章事”[①]。《明皇杂录》的作者郑处诲，大和八年登进士第，释褐秘府，转监察、拾遗、尚书郎、给事中等。这些小说作者都长期为官，其小说作品也是唐代不可多得的重要史料。

毕竟封建文人的最终目的是科场及第，所以唐代小说家大多有科场经历。为科场及第而积累的文学素养也为他们的小说创作提供了得天独厚的条件。如《冥报记》中，作者唐临在多数篇章中都点明了传述者的姓名、身份，比如有卢承业、崔敦礼、岑文本、马周、韦琨等，可见在其周围形成了一个以文人为核心的圈子，这些人既为他的小说创作提供了丰富的素材，又是他的忠实读者。这种情况在唐代其他小说作者谈及的创作过程中也屡见不鲜，他们的周围都聚集了一大批文人学士，其创作也往往都是在文人聚谈中产生的。唐人在小说创作方面往往有一种实录的价值取向，故而他们的作品有时虽荒诞不经，但也往往曲折地反映了现实人生。

另外，唐代文言小说中许多作品作者不可考，这一方面是因为有些作者的姓名随着时间的流逝而失传，另一方面也可能是作者由于某种原因不愿留下姓名。如《会昌解颐录》《树萱录》等作品的作者都不可考，但这些作品却历经考验而流传至今。

到了中唐，很多“诗人参与了小说的创作，从而提高了小说的艺术性。前一阶段，史学家把小说看作史书的一个分支，有些作家也是以史家的姿态来写新型的传记文学的。但元才子（元稹）、吴兴才人（沈亚之）等却以诗人的身份来写作小说，创立了传奇这一新的文体。随后诗人参与小说创作的日益增多，特别喜欢在叙事文学中穿插诗歌辞赋，如《通幽记》《博异志》《集异记》《纂异记》都注重词章之美，为小说增加了文采”[②]。除此之外，像柳宗元、韩愈、温庭筠等也都是著名的诗人或词人，但他们

① （后晋）刘昫等：《旧唐书》，中华书局 1975 年版，第 4509、4521、4528 页。

② 程毅中：《唐代小说史话》，文化艺术出版社 1990 年版，第 214 页。

也都分别著有小说作品《龙城录》《毛颖传》《乾巽子》等。这无疑也增加了小说的艺术性。

由此可见，官吏、文士尤其是具有科举背景的才学之士，是文言小说创作与传播的重要组成部分。他们的出身、经历虽千差万别，但读书、科考却是他们人生中共同而重要的经历。科场的得意与失意也往往伴随着他们。这些共同的经历为他们创造了更多的共同语言、交流机会，友朋、亲朋、僚属的聚谈，又为他们提供了相互交流、相互切磋、搜集、传播小说素材的机会，而丰富的学识及文学修养又使得这种创作具有实现的可能性，所以他们必然而然地成为小说创作和传播的重要力量。

（二）宗教人士

唐代小说的传播主体除了文士、官吏，还有僧尼、道士等宗教人士。佛寺、道观是俗讲变文等通俗小说的发源地，俗讲最初的目的就是使那些深奥的佛理经义通俗化、趣味化，以招徕更多的听众，传播宗教教义，同时达到“悦俗邀布施”[①] 的目的。因而逐渐加强了通俗性、娱乐性，加入了时事、历史、民间故事等内容。因此僧人在最初和很长一段时间内都是俗讲的主要传播群体。

史料记载中有名姓的僧人，比如《续高僧传》中贞观年间的善伏、《酉阳杂俎》中的僧广等都是当时有名的俗讲僧人。中唐时期俗讲盛行时，以讲经闻名的僧人也越来越多，如僧次融、楚霄上人、益公等即是。

当然最著名的还是文溆，敬宗、文宗、懿宗都热衷于听他讲经。

文溆表演的突出特点在于他的声调动人，段安节《乐府杂录》载：“长庆中，俗讲僧文溆善吟经，其声宛畅，感动里人。乐工黄米饭依其念四声观世音菩萨，乃撰其曲。”[②] 所撰曲称“文溆子曲”，此曲后在唐、宋、

① （宋）司马光编著：《资治通鉴》，中华书局 1956 年版，第 7850 页。

② （唐）段安节：《乐府杂录》，中华书局 1985 年版，第 38 页。

元诸宫调中仍见采用。

史籍中也有文溆因几次得罪皇帝而被杖背流于边地的记载，如赵璘《因话录》载："有文溆僧者，公为聚众谈说，假托经论。……其氓庶易诱，释徒苟知真理，及文意稍精，亦甚嗤鄙之。近日庸僧，以名系功德使，不惧台省府县，以士流好窥其所为，视衣冠过于仇雠。而溆僧最甚，前后杖背，流在边地数矣。"[①] 好之者捧之，恶之者棒之。这也从一个侧面看出，这时的俗讲以及俗讲僧人已经带有更多的艺人色彩，佛家弟子严肃庄重的形象在他们身上已经减弱。而文溆的数次流于边地，又数次重回京城，依旧受到欢迎，也说明了俗讲这种艺术为民众喜爱的程度已经到了所谓士流不能用传统的道德观念所能打击的了。

另一个有名的俗讲僧是云辩。云辩主要活动于五代后晋至后周时期。《洛阳缙绅旧闻记》载："僧云辨（辩），能俗讲，有文章，敏于应对。若祀祝之辞，随其名位高下对之，立成千字，皆如宿构。少师（指杨凝式）尤重之。云辨（辩）于长寿寺五月讲……"[②] 以下所载为歌女杨苎萝嘲戏云辩体肥壮大，而云辩不以为忤，一座大乐。也可知云辩在当时的受欢迎程度。《敦煌变文集》收录云辩作品数篇，其中有两篇都是其俗讲的完整底本，一是《长兴四年中兴殿应圣节讲经文》，应圣节在九月九日，是后唐明宗的寿诞，中兴殿为其时宫廷主殿。所讲经为《仁王护国经》序品，正适合为皇帝暖寿颂德。其前半解经，有故事和说唱。后半转入对明宗为政成就之歌颂，结语云"磨砻一轴无私语，贡献千年有道君"[③]。第二篇是《故圆鉴大师二十四孝押座文》接《修建寺殿募捐疏头偈词十首》，为一次俗讲的前后文本。因崇夏寺要修佛殿，云辩受邀开讲募化，属于义演，阐明重建办法与意义，再请各位布施。"偈词十首，便是教化

---

① （唐）赵璘：《因话录》，上海古籍出版社 1979 年版，第 94—95 页。

② 张齐贤：《洛阳缙绅旧闻记》，见朱易安等：《全宋笔记》第一编第二册，大象出版社 2003 年版，第 152 页。

③ 潘重规：《敦煌变文集新书》，文津出版社 1994 年版，第 839 页。

疏头”[①]。

从文溆与云辩的俗讲活动可以看出，即俗讲变文发展到中唐以后，已经逐渐演变为一种民间娱乐活动，其所讲内容和民众世俗生活关系日益密切。

京城长安之外的佛寺，也是俗讲举行的主要场所。姚合《赠常州院僧》诗所记有常州毗陵寺之俗讲[②]；《入唐求法巡礼行记》卷2记有登州赤山院之俗讲[③]；刘禹锡《送慧则法师归上都因呈广宣上人》诗有“昨日东林看讲时”[④]，则为庐山东林寺之俗讲；《太平广记》卷34《崔炜》记贞元中崔炜居南海，“时中元日，番禺人多陈设珍异于佛庙，集百戏于开元寺”[⑤]；同书卷394《徐智通》记楚州“(龙兴) 寺前素为郡之戏场，每日聚观之徒，通计不下三千人”[⑥]。这里说的“戏场”，也有俗讲的演出。9世纪的《南部新书》《因话录》《北里志》等里面都有关于通俗讲经的记载，姚合《听僧云端讲经》《赠常州院僧》诗等对此也有生动描述。

无生深旨诚难解，唯是师言得正真。远近持斋来谛听，酒坊鱼市尽无人。

——《听僧云端讲经》[⑦]

一住毗陵寺，师应只信缘。院贫人施食，窗静鸟窥禅。古磬声难尽，秋灯色更鲜。仍闻开讲日，湖上少鱼船。

——《赠常州院僧》[⑧]

---

① 潘重规:《敦煌变文集新书》，文津出版社1994年版，第840页。

② 参见 (清) 彭定求等编:《全唐诗》卷497，中华书局1960年版，第5650页。

③ 参见［日］释圆仁:《入唐求法巡礼行记》，上海古籍出版社1986年版，第147—156页。

④ (清) 彭定求等编:《全唐诗》，上海古籍出版社1986年版，第896页。

⑤ (唐) 裴铏著，周楞伽辑注:《裴铏传奇》，上海古籍出版社1980年版，第14页。

⑥ (宋) 李昉:《太平广记》卷394“徐智通”条引《集异记》，中华书局1992年版，第3148页。

⑦ (清) 彭定求等编:《全唐诗》卷502，中华书局1960年版，第5712页。

⑧ (清) 彭定求等编:《全唐诗》卷497，中华书局1960年版，第5650页。

足见僧人的俗讲活动吸引了当地的各色人等，以至于开讲之日人们放下了手里的所有劳作。

佛寺之外，道观也有俗讲举行，其内容当与道教思想相关。《入唐求法巡礼行记》卷3记会昌元年正月开俗讲云："又敕讲道教……五月一日，敕开讲，两街十寺讲佛教，两观讲道。"[①]韩愈《华山女》诗云"华山女儿家奉道"[②]亦为其例。这在一定程度上说明佛教俗讲的盛行也推广至道教，亦用老百姓喜闻乐见的方式吸引信徒。现存的敦煌变文也有些作品反映出一定的道教思想，如董永故事、叶净能故事等，也说明了这一点。

（三）职业艺人及普通大众

任何一种文学样式都有其发展演变的过程，小说也一样。中国古代小说最初是以文言的形式出现的，因而其娱乐功能较为"雅化"，表现出一种内容"奇幻"、情趣"高雅"却又语言"谐谑"等相互融合的特征。伴随着文言小说的发展，大约自唐代开始，小说创作领域又出现了一种新的形式，即白话小说，它是在民间艺人及寺庙僧人等的"说话""俗讲""转变"等艺术形式的基础上产生的。这些说唱形式本身所带有的娱乐功能也同样影响着唐代白话小说的娱乐功能。因而，这时期的白话小说由文人化向世俗化转型，在一开始就显示出与文言小说大异其趣的娱乐功能。[③]

白话小说的产生与中国的说唱技艺紧密相关。"说话"是唐宋元明一直存在的民间说唱艺术形式。"故事之腾于口者，谓之'话'。取此流传之故事而敷衍说唱之，谓之'说话'。艺此者，谓之'说话人'。"[④]"说话"即叙说故事，"话"即故事，是叙说的内容。说故事可谓源远流长，劳动

① ［日］释圆仁：《入唐求法巡礼行记》，上海古籍出版社1986年版，第147—156页。

② （清）彭定求等编：《全唐诗》卷341，中州古籍出版社2008年版，第1733页。

③ 参见陈怀利、樊庆彦：《唐代话本小说娱乐功能探析》，《湖南师范大学社会科学学报》2010年第5期。

④ 孙楷第：《沧州集》（上），中华书局1965年版，第92页。

之余休息时说笑话，讲故事、趣事就是一种很好的消遣手段。唐以前，以“俳优小说”为代表的“说话”，主要是为宫廷和社会上层服务的滑稽娱乐，以短小的谐趣故事和议论逗人笑乐，有时也暗含讽喻。王公贵族有时也说故事、讲笑话以自娱，《三国志》裴注有记载说曹植曾“诵俳优小说数千言”①。而“说话”作为一种技艺为人表演，现在所知最早的记录是《太平广记》卷248引侯白《启颜录》：“白在散官，隶属杨素，爱其能剧谈。每上番日，即令谈戏弄，或从旦至晚始得归。才出省门，即逢素子玄感，乃云：‘侯秀才，可以玄感说一个好话。’”②《启颜录》类似于笑话集，侯白所讲内容与其后的说话有差异。但是，“话”的语义相同。

唐代的“说话”表演广受欢迎，上自皇亲国戚，下至文人士子、普通百姓都乐此不疲。唐代郭湜《高力士外传》记载：“太上皇移杖西内安置，每日上皇与高公亲看扫除庭院，芟薙草木；或讲经论议、转变说话，虽不近文律，终冀悦圣情。”③可以推测，能够为玄宗讲经论议、转变说话的应该是有一定水平的专业艺人。这时的“说话”也是以消遣娱乐为主，并且已经向长篇故事转变。

但是“说话”成为民间娱乐，却是唐代特别是中唐以后的事。中唐以后，城市商业经济飞速发展，人口集中，既有贵族、官僚、豪商富贾等上层居民群体，也有为这些人服务的庞大的市井居民群体。市井居民群体的谋生途径、生活方式乃至审美情趣等，均有自己的特点与要求，与贵族、官僚有所不同。唐代城市繁荣，市民阶层不断壮大，因此市民阶层的娱乐消费需求也很旺盛，适合这一阶层审美情趣的文艺活动，即内容通俗、演出简便，既能反映社会现实又能排忧解难、陶冶情趣的说唱艺术，往往就受到他们的青睐。因而，为满足市民娱乐需求的戏曲、说唱等民间艺术成为广泛流行的通俗文艺形式。唐代长安有东、西两市，

---

① （晋）陈寿：《三国志》，中华书局2009年版，第552页。

② （宋）李昉等编：《太平广记》卷248，中华书局1961年版，第1920页。

③ 胡士莹：《话本小说概论》，中华书局1980年版，第19页。

本是商贸之地，后又成为群众性的娱乐场所。而当时活动与市场，从事营利性表演的民间艺人，则被称为“市人”。而“市人”表演的“说话”技艺，即“市人小说”或称为“人间小说”，也就是艺人说书，其间夹杂着逗趣搞笑成分。

“此前处于时隐时现的说唱表演，出现了独具特色且相当成熟的表演形式，取材更加广泛，内容更加丰富；走出宫廷贵族、官僚豪家之门，更加贴近现实生活和庶民大众。此时已开始有了较为固定的演出场所和演出时间，有了以演出为谋生手段的专业演员，有为了娱乐消遣观看演出的一批观众，有了一批可供演出时用的成熟底本，演出有了一定的程式。”①而说话艺人为便于讲说参考或师徒传授，或有爱好者为之记录，于是便出现了用文字将“说话”所讲的故事记录下来的底本，这种底本称之为“话本”，标志着白话小说的诞生，小说的传播主体也日益大众化，从贵族宴饮逐渐进入市井闹市。

与此同时，上面所说的段成式，《观蛮妓》的作者王建，《看蜀女转〈昭君变〉》的吉师老，记录与白居易一起听“说话”的元稹，“或谑张飞胡，或笑邓艾吃”的衮师，甚至在“开讲日”放下手中活计而去听讲的百姓众庶，在后来的谈论中也都成了新的传播者，只是他们的传播活动可能是无意识的、较小范围的。

（四）其他传播主体

在敦煌地区，很多官吏、文士、僧人、学郎都是俗文学的传播者。据李正宇先生《敦煌学郎题记辑注》考订，在敦煌遗书、敦煌遗画以及莫高窟题记中，明确标为学郎题记的有 144 条，其所写内容五花八门，有《论语》《佛经》《燕子赋》《大目乾连冥间救母变文并图》《孝经白文》《大汉三年季布骂阵词文》《孔子项讬》《茶酒论》《捉季布传文》《目连变》《汉

① 姜昆、倪锺之主编：《中国曲艺通史》，人民文学出版社 2005 年版，第 106 页。

将王陵变》《李陵苏武往还书》《王梵志诗》等。① 从其中内容可以看出，除了经书、佛经之外，变文、词文、俗赋、俗诗等俗文学作品也是敦煌学郎传抄的重要内容，由此可见俗文学作品在敦煌的传播也非常活跃。而敦煌学郎是重要的传播群体。此外，像文人学士、孔目官、僧人等也是敦煌抄本文学的重要传播者。如写于 S.4057《佛经》之后的题记是“维大唐乾符六年（879 年）正月十三日沙州敦煌县学士张”②；出于 P.2718《茶酒论》之后的题记为“开宝三年壬申岁（970 年）正月十四日知〔伎〕术院弟子阎海真自手书记”③；出自 P.2566 背《礼佛忏灭寂记》之后的题记为“开宝九年（976 年）正月十六日抄写《礼佛忏灭寂记》，书手白侍郎门下弟子押衙董文受记”④；出自 S.1566《汉将王陵变》的题记为“太平兴国三年（978年）索清子孔目官学仕郎索清子书记耳”⑤；出于S.3011的《论语卷第六》末题为“金光明寺学郎□□□□□戊寅年（858 年）十一月六日僧马永隆手写论语一卷之耳”⑥ 等。可见，这些手抄传播者有佛门弟子，有官方小吏，有文士、学郎等。

这些小说、故事被传播之后，也会在广大接受者那里被接受之后进行新的传播，上面所举李商隐的《骄儿诗》就是例证，其子衮师接受了传播之后，在家里进行模仿表演，这也是一种新的传播，只是他的传播范围非常有限。不难推测，人们在欣赏了俗文学表演之后，也一定会有各种交流品评，这实际上也是一种新的传播。所以，唐代俗文学的传播主体主要包括文士官吏、说书艺人、俗讲转变艺人、僧侣、学郎等，也包括接受传播之后进行再传播的普通大众。其中很多人参与了小说接受、

---

① 参见李正宇：《敦煌学郎题记辑注》，《敦煌学辑刊》1987 年第 1 期。
② 李正宇：《敦煌学郎题记辑注》，《敦煌学辑刊》1987 年第 1 期。
③ 李正宇：《敦煌学郎题记辑注》，《敦煌学辑刊》1987 年第 1 期。
④ 李正宇：《敦煌学郎题记辑注》，《敦煌学辑刊》1987 年第 1 期。
⑤ 李正宇：《敦煌学郎题记辑注》，《敦煌学辑刊》1987 年第 1 期。
⑥ 李正宇：《敦煌学郎题记辑注》，《敦煌学辑刊》1987 年第 1 期。

创作、传播的完整循环。

三、唐代小说传播内容

唐代小说所传播的思想内容极为丰富，可谓纷繁复杂、包罗万象，有幕府、科举、婚恋、游侠、梦幻、志怪、政史、宗教、谐谑、异域、科学等诸多主题，但总体来说，在不同环境中，小说内容也有一定的侧重。幕府环境中的小说以梦幻志怪主题、幕府生活、人物逸事、婚恋题材等为主；科举士林中的小说主要是士子文人的爱情内容、科考的奔走与辛酸经历、理想的憧憬与幻灭等；寺院道观等传播环境更多与宗教内容、世俗故事、历史故事等有关。当然这也不是绝对的，很多内容在不同的环境与作者群中都经常出现，比如婚恋与奇幻志怪题材在各种环境中都是出现频率比较高的题材内容。

（一）梦幻与志怪主题

小说产生于“街谈巷语，道听途说”之言，最初就是靠述异志怪来吸引读者的。[①] 幕府文人是小说创作的重要成员。幕府工作枯燥烦冗，而闲暇之时又无事可做，于是宴饮、游玩、闲聊就成为业余生活的一大乐趣。闲谈时，大家都会把知道的逸闻怪事说出来，相互娱悦，正可谓“愿传博达，所贵解颜耳”。这可能也与幕府的环境有关。在幕府闲谈中，各方文士、幕僚、府主及其他官员是聚会常有的人员。而这些人员的关系明显比较冗杂，有上下级关系，有朋友关系，可能也有初次相识的，因此在这样的场合，深谈是不太可能的，而征奇话异则无伤大雅，也是所有人都能接受与参与的，所以这种主题相对较多。

---

① 参见张淑华：《试论唐代任侠小说兴盛原因》，《西北工业大学学报（社会科学版）》2000年第1期。

汉魏六朝人认为小说就是娱乐消遣，唐代人也继承了这种看法。所以陆希声在《北户录序》中云："近日著小说者多矣，大率皆鬼神变怪荒唐诞委之事，不然则滑稽诙谐，以为笑乐之资。"事实上，小说作者们这种以娱乐为目的的创作动机，经常会在作品的序言、结尾或是篇名中体现出来，如李肇《唐国史补》序中就明确指出"采风俗，助谈笑，则书之"①；段成式的《酉阳杂俎》、温庭筠的《乾巽子》中，"杂俎""乾巽"就是百味食品的意思，由此可见其内容应是纷繁芜杂、以休闲娱乐为主的。②

文言梦幻志怪小说的源头最初可追溯至远古神话、先秦叙事散文、诸子散文以及史传文学中的梦境怪奇描写，这些都是梦幻志怪小说潜滋暗长的生发期。宋人黄震在其《黄氏日钞》中云："庄子以不羁之才，肆跌宕之说，创为不必有之人，设为不必有之物，造为天下所必无之事，用以眇末宇宙，戏薄圣贤，走弄百出，茫无定踪，固千万世小说之祖也。"③因此要说庄子是梦幻小说之鼻祖一点也不为过，但梦幻小说的真正形成则是在六朝时期。

六朝时期是中国古典小说的发轫期，也是文言梦幻志怪小说的发轫期。我国古代巫风较盛，汉末时期又盛行神、巫之风，加之佛教流行，故而特多鬼神志怪之书。而梦境描写则以其光怪陆离、神秘莫测成为志怪小说不可或缺的组成部分。魏晋时期的《搜神记》辑录了40余则梦幻志怪小说，这些小说尽管梦象、梦境描写很简洁，但其内容却很丰富，涉及社会生活的各个方面，充满善恶观念、伦理道德、宗教情感，是当时人们心理活动的一种折射，也是当时社会生活的一种反映。南北朝时期，佛教、

① 伊赛梅：《唐代幕府与唐代文言小说的创作与传播》，《福建广播电视大学学报》2014年第3期。

② 参见伊赛梅：《唐代幕府与唐代文言小说的创作与传播》，《福建广播电视大学学报》2014年第3期。

③ （宋）黄震：《黄氏日钞卷55：读诸子·庄子》，见四库全书本（708），上海古籍出版社1987年版，第399页。

道教得到了空前的发展，特别是佛教思想被许多小说家自觉接受，因而此时的许多小说体现出一种“释氏辅教”的特色，如南朝刘义庆《幽明录》《宣验记》等。① 此外，像陶弘景的《冥通记》则宣传道教神仙思想。宗教的浸润使得此时的梦幻志怪小说明显地染上了浓浓的宗教色彩。这类小说对后世小说的艺术构思起了极大的启迪作用。六朝文言梦幻志怪小说为唐代梦幻志怪小说的诞生提供了宝贵的经验，奠定了坚实的基础。

鲁迅指出：“小说亦如诗，至唐代而一变，虽尚不离于搜奇记逸，然叙述宛转，文辞华艳，与六朝之粗陈梗概者较，演进之迹甚明，而尤显者乃在是时则始有意为小说。”②

唐代梦幻志怪小说在承袭魏晋基本模式的同时施之藻绘、扩其波澜，成为内容充实、意蕴深刻的作品。盛唐以后，黑暗的政治、动荡的时局、频仍的战争使得他们常常产生幻灭、无奈之感，也因此萌生出奇幻怪异的思想。这些思想中，有些是耳濡目染，长期受各种社会思潮的影响；有些是长期煎熬而难以实现梦想之后产生的精神补偿；有些可能就是道听途说；等等。

文士作为儒家思想最主要的体现者，他们最大的愿望莫过于期望政治清明、社会安定，经由读书仕进，实现理想，获取高官厚禄，福妻荫子。然而“人生失意无南北”，在封建社会，现实生活充满了坎坷与不平。在残酷的现实面前，一些文士往往把在现实生活中无法实现的理想愿望、无计施展的才干抱负诉诸笔端、放诸梦境，在梦幻志怪世界里自由地驰骋，使得现实与梦境相互慰藉，以梦幻补偿现实的遗憾。

盛唐以后，社会的动荡、政治的黑暗、朋党之间的互相倾轧，使得身在仕途的一些文人倍感危机，常常产生人生无常、祸福莫测的梦幻志怪心理。加之唐代宗教自由，佛道思想遍播士流。人生的无奈、仕途的艰险与

① 参见张桂琴：《明清文言梦幻小说研究》，东北师范大学博士学位论文，2006 年。

② 鲁迅：《中国小说史略》，上海古籍出版社 1998 年版，第 44 页。

佛道思想融合，极易产生“人生如幻化耳，寄寓天地间少许耳”[①]的梦幻志怪观。唐代梦幻志怪人生的作品比较多，如沈亚之《秦梦记》、沈既济《枕中记》、李公佐《南柯太守传》和无名氏《樱桃青衣》等，这些小说大都以“现实—梦幻志怪—现实”的结构形式来反映当时士子们厌弃浮华凶险的宦海生活的心态。

在唐传奇众多的梦幻志怪小说中，比较有代表性的有《枕中记》、《樱桃青衣》和《南柯太守传》等。这些作品的主人公最初的生活往往困苦不堪，功名难成。《枕中记》中的卢生“衣短褐，乘青驹”，衣装敝亵，乃长叹息曰：“大丈夫生世不谐，困如是也！”[②]《樱桃青衣》中的卢子“在都应举，频年不第，渐窘迫”[③]。这种处境与困顿正是唐代士子为博取功名，常年客居京师的现实，而梦中世界的幻游则是书生士子阶层在现实中难以实现的人生理想的补偿。《枕中记》里卢生入梦娶清河崔氏女，登第入仕，为官立功，“时望清重，群情翕习”。虽“大为时宰所忌”，“同列害之”，然终有惊无险，化险为夷，“再登台铉，出入中外，徊翔台阁，五十余年，崇盛赫奕”。《樱桃青衣》中的卢子亦于梦中娶“容色美丽，宛若神仙”的郑氏为妻，登甲科，任要职，“恩渥绸缪，赏赐甚厚”。与卢生、卢子不同[④]，《南柯太守传》的主角淳于棼，系“吴楚游侠之士，嗜酒使气，不守细行”，“因使酒忤帅，斥逐落魄”。[⑤]梦中为驸马、任太守、建功业、育儿女，全家“荣耀显赫，一时之盛”。如果说卢生、卢子在短暂的梦幻志怪中经历的理想婚姻、如意仕途、赫赫功业是文人士子所期盼的最高理想，是文官生活的还原与再现，那么淳于棼大槐安国的生活则可视为武将渴望的理想生活，然而一切不过是一场美梦。梦幻志怪中的主人公在

---

① 转引自方立天：《中国佛教哲学要义》，中国人民大学出版社 2002 年版，第 579 页。

② 李时人编校，何满子审定：《全唐五代小说》，陕西人民出版社 1998 年版，第 543 页。

③ （宋）李昉等编：《太平广记·异闻集·樱桃青衣》，中华书局 1961 年版，第 2242 页。

④ 参见张桂琴：《明清文言梦幻小说研究》，东北师范大学博士学位论文，2006 年。

⑤ （宋）李昉等编：《太平广记》卷 833《枕中记》，中华书局 1990 年版，第 3915 页。

享受理想生活的时候，如同世俗生活中的人们一样，会因高官厚禄“荣耀显赫”而沾沾自喜、扬扬得意，也会因遭遇挫折、受人毁谤而“惶骇不测”“哀恸发引”。而当他们由梦境回归现实，明了自己的辉煌人生原系美梦一场，于是从梦幻志怪当中得到启悟，遂改变原来热衷于功名利禄的人生态度，而否定曾经一心向往的荣华富贵。《枕中记》中的卢生说：“夫宠辱之道，穷达之运，得丧之理，死生之情，尽知之矣”①；《南柯太守传》中的淳于棼“感南柯之浮虚，悟人世之倏忽，遂栖心道门，弃绝酒色”②。而李公佐也在小说末尾告诫世人曰：“公佐贞元十八年秋八月，自吴之洛，暂泊淮浦，偶觌淳于生棼，询访遗迹，翻覆再三，事皆摭实，辄编录成传，以资好事。虽稽神语怪，事涉非经，而窃位著生，冀将为戒。后之君子幸以南柯为偶然，无以名位骄于天壤间云。前华州参军李肇赞曰：贵极禄位，权倾国都，达人视此，蚁聚何殊”③；《樱桃青衣》中的卢子醒后叹曰：“人世荣华穷达，富贵贫贱，亦当然也。而今而后，不更求宦达矣”④。遂寻仙访道，绝迹人世，充满了历经沧桑之后的大彻大悟。

作为生理和心理现象的梦是虚幻的产物，为了使人物观念上的根本性变化显得事出有因、合情合理，这些小说往往以梦境与梦外的反讽性对比为基本结构，注重梦境开始与结束的两个时间点上的对接与重合。人物在梦中的经历长达数十年，而于梦外只不过是短暂的瞬间，卢生入梦时“主人蒸黄粱为馔”，醒后“主人蒸黄粱未熟”⑤；淳于棼入梦时饮于古槐下，“因沉醉致疾，时二友人于坐扶生归家，卧于堂东庑之下，二友谓生曰：‘子其寝矣，余将秣马濯足，俟子小愈而去。’生解巾就枕，昏然忽忽，仿佛若梦”。醒时“见家之僮仆，拥篲于庭，二客濯足于榻，斜日未隐于西

① 汪辟疆校录：《唐人小说》，上海古籍出版社 1978 年版，第 47 页。

② 鲁迅校录：《唐宋传奇集》，齐鲁书社 1997 年版，第 51 页。

③ 汪辟疆校录：《唐人小说》，上海古籍出版社 1978 年版，第 99 页。

④ （宋）李昉等编：《太平广记》，中华书局 1961 年版，第 2244 页。

⑤ 杨义：《中国叙事学》，见《杨义文存》第一卷，人民出版社 1997 年版，第 162 页。

垣，余樽尚湛于东牖”；而《樱桃青衣》中的卢子梦前“尝暮乘驴游行，见一精舍中，有僧开讲”。醒后“见着白衫，服饰如故……出门乃见小竖捉驴执帽在门外立”。梦的起结间的时间差几乎是“零”。结合小说的思想内容不难发现，在以梦为人生譬喻的创作主旨指导下，短暂倏忽即逝的梦境形象准确地体现了“梦幻人生”的主题。同时，梦里梦外两种境界在时间和空间尺度上的巨大反差使人物在梦中所经历、所获得的一切显得微不足道，毫无意义①。

中晚唐时期，以离魂为题材的小说获得迅速发展，并因此而衍生出一个个精彩绝伦的爱情故事。陈玄祐《离魂记》的出现标志着因爱离魂这一类型的成熟。《离魂记》写天授三年清河张镒官于衡州，有女倩娘端妍绝伦，许以外甥王宙，二人“常私感于寤寐”。后镒将女另许宾僚。宙抑郁托词赴京，夜半倩娘徒步追来。二人避于蜀，五年生二子。因倩娘思念父母而举家返乡。镒闻女至大惊，因女已卧病数年闺中。室中倩娘闻之喜而出迎，二女“翕然而合为一体”，体现出恋爱带给青年男女心灵的震撼与反抗的动力。《离魂记》后，同类题材不断涌现，如张荐《灵怪集》之《郑生》，李冗《独异志》之《韦隐》等，皆不脱《离魂记》之窠臼。

唐代志怪梦幻小说难免离奇怪异，但也往往表达了人们对于邪不压正的朴素思想的崇尚，如《广异记》李暠的故事，就以志怪形式反映了人们对正义必然战胜邪恶的美好愿望：“唐兵部尚书李暠，时之正人也。开元初，有妇人诣暠，容貌风流，言语学识，为时第一，暠不敢受。会太常卿姜皎至，暠以妇人与之。皎大会公卿，妇人自云善相。见张说曰：‘宰臣之相。’遂相诸公卿，言无不中。谓皎曰：‘君虽有相，然不得寿终。’酒阑，皎狎之于别室。媚言遍至，将及其私。公卿迭往窥睹，时暠在座，最后往视。妇人于是呦然有声，皎惊堕地。取火照之，见床下有白骨。当时

① 张桂琴：《明清文言梦幻小说研究》，东北师范大学博士学位论文，2006年。

议者，以矗贞正，故鬼神惧焉。”①

唐代的志怪小说承袭六朝传统写法，但是在结构情节、人物事件的描写等方面都远远超越了六朝志怪小说。唐代志怪小说内容十分庞杂，涉及社会生活、伦理道德、宗教佛法、生死轮回、神仙道士等多方面的内容，是中国古代小说的重要组成部分，在小说发展史上具有十分重要的意义和价值。

此外，如《冥报记》《广异记》《酉阳杂俎》《宣室志》《夷坚录》《报应录》《乾巽子》《树萱录》《潇湘录》等，也都以神异怪奇之事反映了现实人生、道德伦理、佛教轮回、神仙道化等纷繁复杂的内容，是唐代小说梦幻志怪内容的重要代表。

唐传奇梦幻志怪小说，在魏晋南北朝“梦幻志怪人生”的基础上注入了生动的现实内容和时代思想，体现了中晚唐人对盛衰无常的时运的体验，对变幻莫测的命运的无奈，以梦幻志怪来满足人生欲望。让主人公满足一切欲望后乐极生悲，顿悟人生虚幻，从而委命于天，打消对功名利禄的执念。对于这种情况，台湾地区学者张汉良曾指出，此类范型的表层结构意蕴是出身贫寒、缺乏背景士子希望通过科举博取功名或通过与高门士族联姻跃升上层社会；其深层结构内蕴则是一种人生哲理的探求：主人翁受一使者的引导经过一扇门与一高门望族的女性结婚，再退出门槛，获得某种人生的认识。②这些作者借助小说创作寄托胸臆，反映社会人生，通过塑造形象表达自己的理想愿望。当然，在这些小说的叙述中也折射出作者对当时不辨贤愚的政治现实的不满。

（二）幕府生活主题

幕府是一个小社会，在中晚唐，幕府的地位尤其重要，它集一方的

① 柯卓英：《唐代的文学传播研究》，陕西师范大学博士学位论文，2006 年。

② 参见张汉良：《〈杨林〉故事系列的原型结构》，见温儒敏编：《中西比较文学论集》，北京大学出版社 1988 年版，第 110—111 页。

军、政、财、人事之大权，所以幕府在当时社会中有着举足轻重的作用。幕府之中也上演着各种各样的“故事”。文人对幕府生活自然非常熟悉，而幕府文人既身处其中，又大量参与小说创作，所以幕府生活也自然就成了小说创作的主要题材和鲜活内容之一。这些作品明显区别于以京城长安或大都市为背景的小说。如《柳氏传》叙写淄青节度使的幕僚韩翃和柳氏悲欢离合的爱情，情节曲折动人，而幕府世界的现实状况也在此得以呈现。柳氏被蕃将沙叱利霸占，后虽为许俊夺回，有情人终成眷属；但蕃将飞扬跋扈、肆意横行、强抢人妻，即便是当朝宰相也奈何不了他。而皇帝慑于蕃将势力，不仅不敢处分他，反而要给予大量金钱抚慰。这充分显示了当时社会藩镇跋扈、拥兵自重、恃强凌弱的丑恶现实，也反映了中央政府软弱无力、难以驾驭全局的混乱现实。这种状况在晚唐愈演愈烈，史载藩镇“喜则连横而叛上，怒则以力而相并”。一些藩镇势力为实现各种目的，不惜勠力火拼，甚至大力搜罗蓄养刺客，进行各种暗杀活动，为了达到目的而不择手段。

此外，幕府小说中对藩镇夺利的状况也有生动的描述。《红线》与《聂隐娘》就是在藩镇间相互夺利的大背景下展开的，主人公红线和聂隐娘作为身怀绝技的刺客都为自己的藩主立下了汗马功劳。这反映出中晚唐时期藩镇之间尖锐的矛盾斗争。这些在幕府背景下展开的小说与以京城为背景的作品有明显区别。如以京城为背景的爱情传奇《霍小玉传》《李娃传》《莺莺传》等作品不仅为我们勾勒出一幅生动的长安城市生活图景，也展示了长安进士狎妓的放浪生活。这就使得唐代小说作品的内容更加丰富多样。

当然，幕府闲谈内容广泛，因而所作小说中不仅有人物逸事、言谈，也有物理和风俗等，具有较强的娱乐性、虚构性和杂纂性。幕僚所讲的传闻逸事一是来源于平时对各色人物、地方俚俗鄙事的搜集。二是幕僚有出使任务，或入京奏事，或邻镇聘问，广闻博见，还有入幕、出幕的旅途，都给他们提供了搜集故事的机会。在这样的氛围里，甚至出现了闲话材料的汇编。李商隐大半生混迹于幕府，所撰《杂纂》就是有意搜集俚俗鄙事供幕府谈资的。这时也产生了专记地方长官闲话的专书，如《刘宾客嘉话录》。韦绚的《戎幕闲谈》就是记府主与幕僚的闲谈。因出身背景不同、使府经历不同，每个幕僚都成了精彩故事的携带者。段成式的《酉阳杂俎》里不但记录了府主李德裕所讲故事，而且幕府同僚韦绚、王旻、崔硕所讲逸事也都收录其中。可以说，闲谈的内容一定程度上影响着唐人小说的创作，府主、幕僚之间的闲谈内容往往是小说绝好的题材。而张固的《幽闲鼓吹》、康骈的《剧谈录》也都源于幕府生活。①

（三）科举风尚与士子生活主题

唐传奇标志着我国古代文言小说的发展成熟，它的发展历程与唐代科举制度的发展大致相同。唐代的科举制度对唐传奇产生了深远的影响，促进了唐传奇的发展。李唐在革除先唐选士积弊的基础上，立国肇始就以科举为手段逐步建构了知识官僚体系。科举作为有唐一代最为重要的文化事件，对唐代文化与文学的发展影响巨大。长安是科举制度的最终落实之地，当然也是科举文人的汇聚之地。无数士子跋山涉水、千里迢迢汇聚于此。长安借科举而对士子产生巨大的向心力，并左右一时文化风尚，从而成为影响唐代传奇小说创作的重要因素。

唐传奇就作品内容而言，更多地将科举风尚、士子生活、婚恋题材作为创作的主要内容，艺术地展示了当时科举盛行的社会现状。一方面，因为唐传奇作者主要是科举士子，他们最熟悉科举士子的生活，而科场的常年征战，也使他们看到了、经历了形形色色的人生，所以他们把士子们复杂的心路历程呈现在小说作品中；另一方面，科举士子在科考的道路上异常艰辛，多年征战，很多人背井离乡、抛妻别子，也有很多人早已到了婚娶的年纪，却无法拥有正常的婚姻家庭生活，这一切都造就了唐传奇对美

① 参见伊赛梅：《唐代幕府与唐代文言小说的创作与传播》，《福建广播电视大学学报》2014 年第 3 期。

满爱情婚姻生活的向往。

李宗为先生曾精辟地指出："正因为传奇作为进士文学的基本性质从来没有转变过，所以它紧紧地伴随着唐代进士集团的崛起、衰落而产生、衰微。"[①] 其中有科场的蹭蹬，有对妻儿亲人的思念，有对爱情的渴望与追逐。

唐传奇首先非常鲜明地表现了士人希望通过科举考试实现飞黄腾达的理想愿望。毕竟文学源于现实。如卢肇的《逸史·齐映》就赤裸裸地反映了士人的这种心理。齐映在登科之前道遇神仙，神仙问曰："要作宰相耶？白日上升耶？""齐公思之良久，云：'宰相'。"[②] 由此可以清楚地看出唐代科举士子对仕途高官的渴望。

然而唐代科举及第的比例非常低，基本上是百分之二三，所以落榜者也非常多，因而传奇作品中也有大量"举进士下第""频年不第"[③] 的描述。而累年不第与背井离乡、漂泊京城使得科举士子更为思亲念家，所以其作品中也自然有很多关于这方面的内容。如李玫的《纂异记·陈季卿》记述了辞家 10 年的科考士子陈季卿在名落孙山与思乡恋家的双重煎熬下痛苦不堪，后借助山翁奇术于奇幻中与家人小聚而后又转战科场的故事，反映了科举士子科场的艰辛，以及长久抛妻别子的辛酸与凄凉，是唐代科举士子真实境况与情感的写照。[④] 这与杜甫长安十年的困顿生活毫无二致。

长安作为国都，令文人士子心向往之，寄情声色、诗酒风流历来也是封建文人生活的一部分。在唐代，"长安有平康坊，妓女所居之地，京都侠少萃集于此，兼每年新进士以红笺名纸游谒其中。时人谓此坊为风流薮

---

① 李宗为：《唐人传奇》，中华书局 1985 年版，第 171 页。

② 李时人编校，何满子审定：《全唐五代小说》卷 52，陕西人民出版社 1998 年版，第 1449 页。

③ 李时人编校，何满子审定：《全唐五代小说》卷 73，陕西人民出版社 1998 年版，第 2015 页。

④ 参见俞钢：《唐代文言小说与科举制度》，上海师范大学博士学位论文，2004 年。

泽”[①]。文人的这种诗酒风流的生活也自然会进入他们的小说之中。以士子冶游经历为主题者首推张鷟《游仙窟》。小说自叙奉使河源途中的艳遇，实为青楼买笑的描写，是此类题材的早期作品。

此外，唐代小说还描写了科举士子生活中其他方面的内容，如薛用弱《集异记·王维》就记述了科举文士向贵胄请托的风尚。这也是科举生活的真实反映。

总之，唐代的文士、官吏是小说尤其是文言小说的重要作者，他们大多都有科举经历，所以他们的作品也大多反映了科举士子的心路历程和酸甜苦辣。

（四）婚恋主题

爱情婚姻是人类生活的永恒主题，所以婚恋主题也是文学作品中经久不衰的内容。唐代小说中传播婚恋主题的篇章极为丰富，唐传奇主要强调以传奇情奇事为主，因而其中许多爱情婚恋故事都极为经典。“在唐以前，中国向无专写恋爱的小说。有之，始自唐人传奇。就是唐人所作传奇，也要算这一类最为优秀。作者大都能以隽妙的铺叙，写凄婉的恋情，其事多属悲剧，故其文多哀艳动人，不似后代的才子佳人小说，其结局十九为大团圆，读后使人没有些回味可寻。”[②]可见唐传奇爱情婚恋主题内容丰富，以现实为依托，虽时有志怪灵异成分夹杂其中，但却折射出生活的本真来，在光怪陆离中引人深思，耐人寻味。

朱迪光在《唐传奇中情爱婚姻作品的结构因素及其组合模式》中认为唐传奇中的情爱婚姻有四种组合模式：一是书生落第或出游，遇上对象之亲友或对象本人，屡经磨难而成夫妻。二是书生进京应试，路遇对象或通过媒介人物介绍而结识对象，权威反对，终于离散，或得到权威认可而成

---

① 丁如明等校点：《唐五代笔记小说大观》（下），上海古籍出版社2000年版，第1725页。

② 郭箴一：《中国小说史》（上），商务印书馆1998年版，第137页。

为夫妻。三是书生与对象原有亲戚关系，青梅竹马，原有婚姻之议，后又改变，经磨难终成眷属。四是某书生遇到他人貌美之妻或妾，奋力追求得以欢会，结局不好。其中第一、三类是以传奇事为主，第二、四类是以传奇情为主。①

从传奇作品内容来看，唐传奇中的绝大多数作品都出自科举士子之手，故而在结构故事和塑造人物形象时，都以科举为背景，多多少少都与科举风尚有关，其故事也往往都以文士参加科举考试落第为发端而敷衍展开。唐传奇婚恋主题的名篇有很多。

李朝威的《柳毅传》记述落第文人柳毅路遇遭夫家虐待的洞庭龙女，出于侠义仁厚之心而帮其传信，最终成就了一段离奇又温暖的爱情故事。小说情节曲折，内容丰富，巧妙地将现实爱情与侠义灵怪熔于一炉，杂糅唐传奇内容与手法，是一篇较为有名的传奇小说。白行简《李娃传》叙述娼女李娃与贵公子荥阳生几经磨难，最终患难与共而终结良缘的爱情故事。小说展示了科举士子的多面生活，刻画了李娃的善良坚韧，展现了唐代社会婚姻生活中真实的门第观念，结尾的大团圆结局虽有违现实，但却反映了普通大众的美好愿望。故事凄婉动人，情节波澜起伏，人物形象生动贴切、栩栩如生，是唐传奇中的佳品，对后世的文学作品有广泛的影响。许尧佐的《柳氏传》记述了下层女子柳氏与文人韩翊真挚而又感人的爱情故事，也深刻揭示了科举文士落第的辛酸、妇女的悲惨命运以及安史之乱后深刻的社会矛盾。陈鸿的《长恨歌传》以李杨情事为题材，一般认为也是受了当时社会中人们颇多议论此话题的影响。与白居易诗歌相类，作者在批判李杨荒淫误国的同时，对他们的爱情悲剧也寄予了同情与理解，情节曲折，结构浑成，充满了强烈的悲剧意味。元稹的《莺莺传》记述相府小姐崔莺莺与张生凄婉动人的恋情故事，张生始乱终弃，却被作者赞为善改

① 参见朱迪光：《唐传奇中情爱婚姻作品的结构因素及其组合模式》，《衡阳师专学报（社会科学版）》1996 年第 4 期。

过也。然而就其客观效果而言，人们却更多地对莺莺表达了深切的同情，对张生忘恩负义、始乱终弃的行为进行了批判，使小说具有了浓郁的悲剧色彩。张读的《宣室志·谢翱》记述了科举士子谢翱在长安准备科举应试时，一天雨后傍晚眺望终南山峰，得遇一绝色美女，两人缠绵之后赋诗赠别，后来谢翱落第归家途中再遇女子，两人虽情意绵绵但不得不赠诗分别，谢翱归家后因思念成疾不久就离开了人世。故事虽简单，但同样描写了科举士子对爱情的强烈渴望。沈亚之的《秦梦记》记述自己在旅店之中白日做梦，梦中来到秦国，并在秦国攻取河西的战役中建立战功，为秦穆公赏识，并把公主弄玉嫁给他，而后弄玉无疾而死，自己黯然离开秦国之事。他的《异梦录》叙文人聚谈邢凤梦遇“弓弯美人”等故事，其《感异记》叙沈警与仙女间悲欢离合的故事，这些作品熔铸议论、史才与诗笔，手法灵活，情感凄美。鲁迅说沈亚之的作品“以华艳之笔，叙恍忽（惚）之情”[①]，可谓中肯。蒋防的《霍小玉传》叙妓女霍小玉与负心进士李益的悲情故事，具有深刻的现实意义，结尾以李益三娶皆不谐、终生不宁的恶果表达了对薄情士子的强烈谴责。他对人物心理的刻画尤为精当。[②] 由上可见，唐传奇中的婚恋故事数量众多，质量上乘，且多与科举风尚有关，虽杂有神怪灵异成分，但于离奇之中也深刻揭示了社会现实，与后世才子佳人小说中一贯的大团圆结局颇有不同，很多优秀作品令人读后回味悠长。

（五）游侠主题

唐传奇中游侠主题颇多，这首先得益于唐代帝王崇尚侠义。北方少数民族尚武任侠，李唐王朝的胡化程度较深，因而也深受其尚武任侠之风的影响。李唐王朝在夺取天下的过程中必须集聚豪侠、收买人心，以之为其效力，所以也必然要崇尚侠义。《旧唐书·太宗本纪》记载：“时隋祚已终，

---

① 鲁迅：《中国小说史略》，北新书局 1935 年版，第 48 页。

② 参见俞钢：《论唐代文言小说繁荣与科举制度盛行的关系》，《上海师范大学学报（哲学社会科学版）》2007 年第 3 期。

太宗潜图义举，每折节下士，推财养客，群盗大侠，莫不愿效死力。及义兵起，乃率兵略徇西河，克之。"《唐语林》："天宝已前，多刺客。"《唐国史补·李勉》："或说天下未有兵甲时，常多刺客。"[①] 其次，唐代后期时局动荡，藩镇割据愈烈，而藩镇之间为互相争权夺利，常常延揽文士，集聚刺客、豪侠之士为其效力，故而豪侠主题也自然多起来。最后，社会的动荡使人们对豪侠的渴望尤为强烈，人们对于豪侠精神也更为赞誉，因而小说中这类题材不断得以表现。据程国赋先生统计，仅《太平广记》"豪侠"类就记录了 24 篇唐五代小说。[②]

游侠主题自古以来就颇受重视，但也有一个发展演变的过程，"从司马迁为游侠作传到晚唐传奇中豪侠小说的崛起，在这近千年的发展过程中，侠客形象发生了根本的变化。这一变化过程依其表现形式及创作思想，大略可分为以《史记·游侠列传》为代表的实录阶段（两汉）、以游侠诗为代表的抒情阶段（魏晋至盛唐）和以豪侠小说为代表的幻设阶段(中晚唐)"[③]。

唐代游侠主题的小说，为我们塑造了一系列行侠仗义、重义轻利的侠士形象。《昆仑奴》中家奴磨勒外貌奇特又机智勇敢，替崔生分忧解愁，见其烦忧时曰："顾瞻郎君曰'心中有何事，如此抱恨不已，何不报老奴'。生曰：'汝辈何知，而问我襟怀间事。'磨勒曰：'但言，当为郎君释解，远近必能成之。'生骇其言异，遂具告之。磨勒曰：'此小事耳，何不早言之，而自苦耶。'"[④] 最终为崔生解开谜团，使有情人终成眷属。

杜光庭《虬髯客传》中塑造了虬髯客、李靖、红拂三位侠士的形象。虬髯客的形象最为光彩，虬髯客临别之际对李靖的肺腑之言表明了他对李世民成就大业的敬仰。当他送多年积蓄财物给李靖时说道："此

---

① （唐）李肇：《唐国史补》，古典文学出版社 1957 年版，第 1 页。

② 参见程国赋：《唐代小说嬗变研究》，南京大学博士学位论文，1994 年。

③ 陈平原：《江湖仗剑远行游——唐宋传奇中的侠》，《文艺评论》1990 年第 2 期。

④ 丁如明等校点：《唐五代笔记小说大观》(下)，上海古籍出版社 2000 年版，第 1115 页。

尽宝货泉贝之数。吾之所有，悉以充赠。何者？欲于此世界求事，当龙战三二十载，建少功业。今既有主，住亦何为？太原李氏，真英主也。三五年内，即当太平。李郎以奇特之才，辅清平之主，竭心尽善，必极人臣。一妹以天人之姿，蕴不世之艺，从夫之贵，以盛轩裳。非一妹不能识李郎，非李郎不能荣一妹。起陆之贵，际会如期，虎啸风生，龙吟云萃，固非偶然也。持余之赠，以佐真主，赞功业也，勉之哉！此后十年，当东南数千里外有逸事，是吾得事之秋也。一妹与李郎可沥酒东南相贺。”后来果然南蛮奏称：“‘有海船千艘，甲兵十万，入扶余国，杀其主自立。国已定矣。’公心知虬髯得事也。归告张氏，具衣拜贺，沥酒东南祝拜之。”李靖是有志之士的豪侠形象。而红拂虽为婢女，也是胆识过人的侠女。①

唐代小说中以女性为主角而塑造的一系列侠女形象光彩照人，如《谢小娥传》《聂隐娘》《红线》等小说中的女主人公都是如此。

（六）宗教主题

唐代社会儒、释、道三教并行，这在社会文化、政治经济以及人们的日常生活中都产生了极大的影响，也对小说产生了重要影响。唐代许多小说中均有宗教思想的内容，如《南柯太守传》《枕中记》等作品一定程度上就是宗教思想的反映。《太平广记》中收录的唐代小说包括神仙、道术、异僧、报应等各个方面，均是记载佛道等宗教内容的。

唐代最早的志怪小说集唐临《冥报记序》云：“昔晋高士谢敷、宋尚书令傅亮、太子中书舍人张演、齐司徒事从中郎陆杲（果），或一时令望，或当代名家，并录《观世音应验记》，及齐竟陵王萧子良作《宣验记》、王琰作《冥祥记》，皆所以征明善恶，劝戒将来，实使闻者深心感寤。临既慕其风旨，亦思以劝人，辄录所闻，集为此记，仍具陈所受及闻

① 参见柯卓英：《唐代的文学传播研究》，陕西师范大学博士学位论文，2006年。

见由缘，言不饰文，事专扬确，庶后人见者能留意焉。”[①]可见唐临本书的用意在于宣扬惩恶扬善的佛教因果报应思想。

在唐代，幽冥观念比较普遍，唐小说中出现的有关冥界的描写也越来越具体。在《冥报记》中有很多描写幽冥的小说，如《眭仁蒨》《大业客僧》《李山龙》《仕人梁》《孙宝》《郑师辨》等。以《眭仁蒨》为例，小说讲述了眭仁蒨与冥差相识结为好友，在他们的交往之中，为读者勾勒出一幅冥界官场运作的景象。[②]而《李山龙》详细地描绘了李山龙游历冥界的所见之景，冥界的社会状貌跃然纸上。小说中所描述的冥界无论是官场运作还是城市建筑都与人间大抵相同。从《冥报记》开始，唐代小说中涉及冥界的篇目越来越多，对冥界的描述也越来越生动具体。至中晚唐，越来越多的文人开始涉足幽冥领域的创作。这一时期是唐代冥界小说创作的黄金时期，大量优秀的冥界小说喷涌而出。李复言所编撰的《续玄怪录》中的《杜子春》为中晚唐时期冥界小说的代表之作。该小说讲述了杜子春耗尽家财后偶遇铁冠子并在铁冠子的多次救济下看破世俗，跟随铁冠子上昆仑山修道炼丹。铁冠子告诫杜子春不管经历何时何事都不得开口说话。杜子春经历了神将的威胁、冥界诸鬼的折磨、转世投胎后的苦楚等都坚守誓言，但最后孩子被摔死这一考验却没有通过。最后铁冠子出现，规劝杜子春打消修仙的举动。[③]在该小说中，冥界的恐怖与刑罚不仅体现了佛法之高深，弘扬了宗教文化，也表现了杜子春的意志与信念。小说的描述精彩纷呈，众鬼的呼号、妻子的哀号犹在耳畔，给世人展示了令人胆寒的冥界场景。冥界并不局限于某一地方，随处都可以是冥界。冥界跳出了区域的限制，成为恐怖的化身。这不仅扩大了冥界的情境范围，而且增加了读者的想象力，增强了作品的感染力。从这类冥界小说中，不难看出宗教的幽

① 侯忠义：《隋唐五代小说史》，浙江古籍出版社 1997 年版，第 162 页。

② 参见（宋）李昉等编：《太平广记》，中华书局 1979 年版，第 1579 页。

③ 参见李时人编校，何满子审定：《全唐五代小说》，陕西人民出版社 1998 年版，第 836 页。

冥观念对民众思想的影响，同时极大地扩充了小说创作的题材。

随着佛教文化在中华大地的广泛传播，因果报应这一思想在民众中也产生了极大的影响，这一影响最终也体现在小说作品当中。六朝小说中就有大量涉及因果报应情节的小说，如刘义庆所编撰的《宣验记》、王琰编撰的《冥祥记》中都收录了大量带有因果报应情节的作品。至唐朝，佛教思想的影响进一步深化，进而对小说的影响也进一步深化。带有因果报应情节的小说在六朝的基础上加以发展，其篇目不胜枚举，其情节、结构也发生了新的变化。如句道兴本《搜神记》中所辑录的《田昆仑》《梁元浩》《王子珍》等，不但在篇幅上较六朝小说有极大的超越，在情节和行文结构上也进一步发展。

唐代反映因果报应内容的小说大致分为三类，现报、生报及后报。

（1）现报即现世为善或是作恶现世就会得到报应。三报中现报最接近国人传统的道德观念，自然也最易被国人所接受。现报即今生为善抑或作恶，今生都会受到报应。自然是善有善报，恶有恶报。唐代小说中出现很多以现报为题材的篇目。《冥报记》中所收录的《冀州小儿》讲述了冀州城里有一小儿时常偷邻居家的鸡蛋烧了吃，而后遭到了现报，小儿在一座城池里遭受烈火的炙烤，直到父亲将他救出，救出后他的膝盖以下，大部分都被火烤焦。① 这种现报无疑是对作恶者的惩罚。再如，《霍小玉传》讲述了妓女霍小玉与负心书生李益的恋情。李益负心，霍小玉忧愤而死对之加以报复，最终李益家宅不宁，② 其中流露出强烈的因果报应色彩。李益在负心后遭到了现报。为恶者将会遭受恶报，这是当时的人民理想的社会状况，但是处于封建社会之中，金钱、权势往往有超乎寻常的作用。有权有势者抑或财力雄厚者为恶后并没有受到相应的惩罚。因此，在小说的创作中出现了这些现报的情节，以补偿、满足人们内心对理想社会状况的

① 参见李时人编校，何满子审定：《全唐五代小说》，陕西人民出版社 1998 年版，第 60 页。

② 参见（宋）李昉等编：《太平广记》，中华书局 1979 年版，第 4006 页。

追求，所以小说里恶有恶报、善有善报。如《广异记》中所收录的《席豫》讲述了席豫吃羊肝时心生不忍，为死去的羊超度的故事。正是因为超度的行为，席豫逃过了阴差的惩罚。①再如，《冥报记》中所收录的《陈严恭》讲述了陈严恭看到一艘满载的卖龟船，买下了所有乌龟并放生，同日卖龟船沉没。他感受到了佛教的因果报应，因抄写《法华经》最后大富大贵。②在这些小说中为善的人得到了善报，为恶者遭受了惩罚，小说以此劝勉人们多做善事，同时也促进了宗教思想的传播。

善恶到头终有报，为善者会得到善报，为恶者则会品尝自己酿下的苦果。但是这在现实生活中并不一定能够完全得到实现，因而小说家在小说中创造了一系列因果报应的情节。但是在有限的现世中作恶者不一定会受到恶报，为善者也不一定会得到善报，因而出现了生报和后报，以圆因果报应之说。

（2）生报即今生的因果到来生才会得到报应。在佛典中，有较多生报的作品。如《生经》卷四所收录的《水牛与猕猴》讲述了水牛王遭受猕猴们的欺侮，选择隐忍不发，猕猴们遭到了报应被修道之人收拾，水牛王却成佛的故事。菩萨因有罪转生为水牛王，隐忍修行最后才得以成佛。③此生所犯下的罪过会在来生遭到报应，这就极大地完善了佛教因果轮回的教义。

受佛教文化潜移默化的影响，唐代小说中也应运而生了许多关于生报的情节。如《续玄怪录》所收录的《韦氏子》中韦氏子不信佛法，她的大女儿嫁给了不信佛法的人，她的二女儿嫁给了信佛之人。大女儿死后在冥界受苦，家人为她修福才得以转生为鸟，二女儿因为信佛得以升上天宫。④

① 参见李时人编校，何满子审定：《全唐五代小说》，陕西人民出版社1998年版，第339页。

② 参见李时人编校，何满子审定：《全唐五代小说》，陕西人民出版社1998年版，第32页。

③ 参见陈允吉、胡中行主编：《佛经文学粹编》，上海古籍出版社1999年版，第329页。

④ 参见李时人编校，何满子审定：《全唐五代小说》，陕西人民出版社1998年版，第1165页。

《广异记》所收录的《张纵》中，张纵因为喜爱吃鱼，死后转生为鱼，亲身经受了鱼被捕被杀时的痛楚。① 生前作恶，来生受罪。由六道轮回中的人道转变成畜道。作恶者受到处罚由人变兽，为善者自然会受到福报。如《冥报拾遗》中所收录的《石壁寺僧》讲述的便是两只鸽子经常听僧人念《法华经》和《金刚般若经》，死后得以转生成为男子。② 亦如《广异记》中所收录的《荆州人》讲述了荆州人变成老虎而后被禅师降服带回寺中，半年后就变回了人，但是随后又被人所害重新变回老虎，荆州人坚持念经，最后又变回了人。③ 在这些小说中，作者弘扬佛教文化的用意极为明显。为恶就要受到惩罚，笃信佛教才能积累功德，摆脱沦为畜生的命运。

从生报的方式不难看出唐代小说是在我国传统文化的基础上再融入佛教文化。我国传统儒家文化认为“天地之性，人为贵”④。佛教文化中讲究众生平等，六道之间都是平等的，并无高低贵贱之分。转世为人和转世为动物都是相同的，并无差异。在佛经中尚有菩萨转世成为水牛王的情节，但是在唐代小说中，作恶就会由人沦落成低级的动物，积善则会由动物转世成为高贵的人。这一情节很明显也是受到了儒家传统文化的影响。

（3）后报即过去作恶，后世乃至后几世受报应。后报讲究前世抑或前几世积善作恶为后世埋下福祸。后报的时间是不定的，但是无论多久都会受到报应。这种不定的报应让人们的心里有所寄托，相信正义，同时也给恶人以警告。现世社会并不尽如人意，并非所有的恶人都遭到了恶报，也并非所有的善人都得到了善报。后报是现报、生报的弥补。今生作恶不一定会在今生就遭受到报应，但是后世甚至几世以后依然会受

① 参见李时人编校，何满子审定：《全唐五代小说》，陕西人民出版社 1998 年版，第 339 页。

② 参见李时人编校，何满子审定：《全唐五代小说》，陕西人民出版社 1998 年版，第 99 页。

③ 参见李时人编校，何满子审定：《全唐五代小说》，陕西人民出版社 1998 年版，第 3014 页。

④ （春秋）孔丘著，陈书凯编译：《孝经》，中国纺织出版社 2007 年版，第 100 页。

到报应。这不仅完善了佛教因果报应的教义，更为小说的创作提供了更为广阔的想象空间。《杂异篇》中所收录的《唐绍》讲述了唐绍因前世杀犬，而后今世被斩，行刑的刽子手就是前世的那条犬的转生。[①]而《博异记》所收录的《郑洁》中郑洁的妻子正是因为前世作恶导致今世被阴差所追捕。《卢叔伦女》中，小说的主角卢叔伦女三世前是贩羊客商，被王家所害；第二世为王家之子，常年生病，药不离口，年二十便因疾病去世，经年治病的消耗正好与羊的价值相抵；第三世就是现在的卢叔伦女，并且知晓三世的事情。因王家前几世作恶，受害者投胎至王家，耗尽王家作恶得来的不义之财。这些小说中为恶者前世所作之恶都在后世得到了相对的报应。

由现报、生报和后报共同构成的因果报应类型的小说，虽然小说中的人物、环境都大不相同，但是其情节上存在共通之处。这一类型的小说其情节大致上可以概括为人物作恶或积善，因而遭受报应，从而惩恶或劝善。虽然小说的具体情节大不相同，但是其情节发展的规律大致相同。

此外，唐代还有很多离魂、魂游及神通变化类内容的小说。

（1）最早出现的灵魂离体情节的小说当属六朝时期收录于《幽冥录》中的《庞阿》。石氏女爱慕庞阿，因不能相伴身旁，只能灵魂离体在夜间来到庞阿家中。[②]这篇小说属于离魂情节小说的开山之作。随着佛教的盛行，在唐代小说中离魂类型的小说更是屡见不鲜。例如《独异志》中所收录的《韦隐》讲述了韦隐和韩女结婚不久便因公务要两地分居，两人相互思念，韩女感受到韦隐的思念因而灵魂离体陪伴丈夫。[③]再如《灵怪录》中所收录的《郑生》讲述了郑生携带妻子柳氏回岳家，柳氏回家后身体与

① 参见李时人编校，何满子审定：《全唐五代小说》，陕西人民出版社1998年版，第530页。

② 参见（宋）刘义庆：《幽冥录》，文化艺术出版社1988年版，第16页。

③ 参见李时人编校，何满子审定：《全唐五代小说》，陕西人民出版社1998年版，第1424页。

灵魂方才合二为一。[①] 这些离魂的情节都是冲破肉体的束缚，通过离魂最终实现了自我的愿望和追求。

唐代离魂小说的代表著作为陈玄祐所著的《离魂记》。小说讲述了倩娘与王宙相互爱慕，自小订下婚约，但因父亲的干涉，两人无法相携。王宙为此只能黯然远行，半夜倩娘前来与王宙私奔，最后方知与王宙私奔的其实是倩娘的灵魂。五年后回家灵魂与肉体方得合二为一。[②] 本文以梦幻离魂的怪诞情节表现唐代的青年男女对爱情对婚姻自由的渴望与追求。相对于《郑生》与《韦隐》两篇小说，此文情节更加离奇，描写更加详尽。这些离魂的情节都是对自由的探求、对自我人格理想的追求。

（2）魂游类小说即在作者构建的虚拟世界中灵魂与身体短时间分离的小说。这类小说的离魂情节通常以梦境为依托，如《南柯太守传》《三梦记》，以及收录于《河东记》中的《独孤遐叔》等。《南柯太守传》中淳于棼醉酒入梦，在梦中体验人生百态，醒后才发觉梦中所游历的国家竟然是蚁穴。[③]《三梦记》中讲述了三个毫无关联的魂游故事，其情节各不相同。[④] 该文通过“梦”将三个毫无联系的魂游片段串联为一体，这种结构在唐代初期短篇小说中也是颇为罕见的。《独孤遐叔》中独孤遐叔离家两年，归来途中偶遇妻子在寺庙中被迫陪他人宴饮，于是用砖头砸向人群，砖头落地才发现眼前所见之景皆为虚空。归家后，其妻子讲述梦中所遇之景竟与独孤遐叔所见一般无二。[⑤] 这些小说所谓的梦境，实际上是借助梦

① 参见李时人编校，何满子审定：《全唐五代小说》，陕西人民出版社 1998 年版，第 554 页。

② 参见李时人编校，何满子审定：《全唐五代小说》，陕西人民出版社 1998 年版，第 532 页。

③ 参见李时人编校，何满子审定：《全唐五代小说》，陕西人民出版社 1998 年版，第 636 页。

④ 参见李时人编校，何满子审定：《全唐五代小说》，陕西人民出版社 1998 年版，第 632 页。

⑤ 参见李时人编校，何满子审定：《全唐五代小说》，陕西人民出版社 1998 年版，第 1031 页。

的形式灵魂与肉体相分离，即魂游。

在这类小说中灵魂借助梦境的形式与肉体分离并进行短时间的游历。在这个过程中，旁人乃至本人都无法分辨。灵魂在梦境中与身体分离时，灵魂虽然离开了肉体，但是肉体依然是鲜活的，往往只是暂时处于梦境之中。

唐代的离魂、魂游类小说所涉及的内容极为广泛。从小说人物来看，上至王侯将相、下至白丁俗客，各阶层皆有提及；从小说所涉及的内容来看，从生老病死到爱恨纠缠，世间百态皆有可能。实际上，这些离魂、魂游类小说都具有现实性。现世中受到挫折或者无法满足的欲望就要依托离魂或者魂游的形式来进行补偿。

（3）说到神通变化类小说，就不得不提到《西游记》。在小说中，孙悟空拥有七十二般变化，刀枪不入、水火不侵。孙悟空这一形象并非中国土生土长，而是较大程度受到佛教文化的影响。受佛教神通观的影响，孙悟空这一形象才被赋予如此多的通天本事。《西游记》是神通变化类小说的集大成之作但并非开山之作。受佛教神通观影响的小说在唐代就已露端倪。

“神通”一词本就是梵语的意译。佛经中经常提到的神通大致有六种，包括神变通、他心通、宿命通、天眼通、天耳通、漏尽通。佛典中出现最多的就是神变通。神变实际上是佛教“自神其教”的一种方式。在佛教传入中国的初期，那些来华的僧侣大多挟方术以自重，例如安世高就有很多神迹，佛图澄更是被称为圣僧。僧侣的这些行为更是加强了神变在人们意识中的影响。

神变这一观念被小说家所参考借鉴，唐代小说中开始出现神通变化的情节。唐代裴铏《传奇》所收录的《王居贞》中王居贞披虎皮化虎；① 唐代李复言《续幽怪录》所收录的《张逢》中张逢由人化虎；② 唐代张读

① 参见（宋）李昉等编：《太平广记》，中华书局 1979 年版，第 3465 页。

② 参见（宋）李昉等编：《太平广记》，中华书局 1979 年版，第 3486 页。

《宣室志》所收录的《李征》中李征发狂疾后化身为虎。[①] 以上王居贞、张逢、李征都是由人化作老虎，是通过法术将自己变为老虎。唐代神通变化型小说最为有名的当属《聂隐娘》。小说中写到聂隐娘与妙手空空斗法，聂隐娘化作蠛蠓避入节度使腹中，待空空儿走后才从节度使口中跃出。[②] 聂隐娘化作蠛蠓便是佛教神通观的体现。小说中更是提到聂隐娘的神通为幼年时一位神尼所传授，这里就含蓄地体现出聂隐娘的神通与佛教之间的关系。

由此可见，宗教的神通在很大程度上影响了唐代小说的创作。这种神通变化扩大了小说创作者想象联想的空间，使得唐代小说发散出一种奇妙的色彩。

（七）政史、异域、谐谑、反迷信等其他主题

除了上面所列举的内容以外，唐代小说中还有很多关于政史、异域风情与文化、谐谑幽默、反迷信等方面内容的小说。

文学是生活的反映，政治、历史都是社会生活中最重要的组成部分，所以政治、历史题材也是文学作品中不可或缺的内容。唐代小说同样也把目光投向了这类主题，如《长恨歌传》《东城老父传》《高力士外传》《安禄山事迹》《朝野佥载》《谭宾录》《幽闲鼓吹》《次柳氏旧闻》《明皇杂录》《开元天宝遗事》《唐国史补》《因话录》《隋唐嘉话》《大唐新语》等，主要反映因唐代政局变化而带来的各色人物，尤其是政治人物、政治环境等的变化，历史的变迁以及社会的变革等内容。

受史传文学传统的影响，不同历史时期逸事小说集在晚唐五代大量出现。张鷟《朝野佥载》记述了唐代前期特别是武后时期朝野的杂闻逸事，反映了当时政治的黑暗、吏治的腐败、民生的困苦等，揭露了社会现实，

---

① 参见（宋）李昉等编：《太平广记》，中华书局 1979 年版，第 3498 页。

② 参见李时人编校，何满子审定：《全唐五代小说》，陕西人民出版社 1998 年版，第 1791 页。

是当时历史的真实反映。李肇《唐国史补》分上、中、下三卷，承接刘𫗧《隋唐嘉话》记载唐开元至长庆一百多年的逸闻琐事，描述了这一段时期丰富复杂的历史画卷，为唐代历史和文学等的研究提供了非常宝贵的文献资料。郑处诲《明皇杂录》是作者在校书郎任时所作，记载“玄宗一代杂事，偶亦兼及肃、代两朝史实，颇有史料价值，然时见乖错”①。但是瑕不掩瑜，它们是人们了解唐代社会和文学发展的重要文献，具有很高的史料价值及文学价值。

唐代是中国古代国际交流的繁荣时期，当时的长安城是国际化大都市，国际交流频繁，对外传播极为活跃，这种现实必然也会在小说中呈现出来。如，《酉阳杂俎》中记载了许多古印度与中国在宗教文化、政治经济等方面的交流。唐代小说中记载异域风俗人情的内容相当驳杂，拓宽了人们的眼界，也为我们了解古代异域文明及政治、经济、文化等的交流提供了重要的文献资料。这方面的代表作如苏鹗的《杜阳杂编》就记载了神奇的“软玉鞭”：“上尝幸兴庆宫，于复壁间得宝匣，匣中获玉鞭，鞭末有文曰‘软玉鞭’，即天宝中异国所献。光可鉴物，节文端妍，虽蓝田之美不能过也。屈之则头尾相就，舒之则劲直如绳，虽以斧锧锻斫，终不伤缺”②。也记载了神异无比，以之烹饪能令人返老还童、百病不侵的“常燃鼎”：“（常燃鼎）容量三斗，光洁类玉，其色纯紫，每修饮馔，不炽火而俄顷自熟，香洁异于常等。久食之，令人反老为少，百疾不生。”③此外，《酉阳杂俎》卷四“境异”、杜环《经行记》等都有关于异域风情的描绘。

唐代小说故事中还有一些关于笑话、谐谑内容的作品，这些也是在六朝相关内容的基础上进一步发展的。刘纳言有《俳谐集》十五卷，已佚。何自然编纂《笑林》三卷。《云溪友议·序》云：“近代何自然续《笑林》，

① 丁如明等校点：《唐五代笔记小说大观》（上），上海古籍出版社2000年版，第953页。

② （唐）苏鹗：《杜阳杂编》卷上，中华书局1958年版，第19页。

③ 丁如明等校点：《唐五代笔记小说大观》（上），上海古籍出版社2000年版，第1372、1380页。

刘梦得撰《嘉话录》，或偶为编次，论者称美。”[①] 又如《太平广记》就曾记载了太宗朝臣之间的谐谑调笑内容：“唐太宗宴近臣，戏以嘲谑。赵公长孙无忌，嘲欧阳询曰‘耸膊成山字，埋肩不出头。谁家麟阁上，画此一猕猴。’询应曰‘缩头连背煖，漫裆畏肚寒。只因心溷溷，所以面团团。’帝敛容曰‘欧阳询，汝岂不畏皇后闻，赵公，皇后之兄也。’”[②]

唐代小说中也有很多神鬼怪异虚妄之事，但也有一些破除迷信思想，闪烁科学灵光的内容。陆长源字泳之，开元、天宝中尚书左丞、太子詹事余庆之孙，西河太守璪之子……贞元十二年，授检校礼部尚书、宣武军行军司马，汴州政事，皆决断之。[③] 其《辨疑志》就有明显的反迷信思想的倾向，其原书虽已亡佚，但《太平广记》等著作所选录其中的内容就明显对迷信思想进行了辨疑，其中一些篇章“辨俚俗流传之妄”，“小说专集在贞元、元和年间与单篇传奇并行发展，诸体纷陈，风格多样。如异军突起的《辨疑志》，一反‘明神道之不诬’的志怪传统，以见怪不怪、破除迷信为宗旨，在思想上很有特色，不过在艺术上尚欠新意”[④]。如其中的《润州楼》就赞扬了该地小吏不盲目从众，勇于探索，破除迷信的精神：“润州城南隅，有楼名万岁楼。俗传楼上烟出，刺史不死即贬。开元已前，以润州为凶阙。董琬为江东采访使，尝居此州。其时昼日烟出，刺史皆忧惧狼狈，愁情至死。乾元中，忽然昼日烟出，圆可尺余，直上数丈。有吏密伺之，就视其烟，乃出于楼角隙中，更近视之，乃蚊子也。楼下有井，井中无水，黑而且深，小虫蠛蠓蛛蝻之类，色黑而小。每晚晴，出自于隙中，作团而上。遥看类烟，以手揽之，即蚊蚋耳。从此知非，刺史亦无虑矣。”[⑤] 而《李恒》则赞扬了陈增善于探索，肯于钻研，以事实破除迷信的

---

① （唐）范摅：《云溪友议》，古典文学出版社 1957 年版，第 3 页。

② （宋）李昉等编：《太平广记》卷 248，中华书局 1981 年版，第 849 页。

③ 参见（后晋）刘昫等：《旧唐书》卷 145，中华书局 1975 年版。

④ 程毅中：《唐代小说史话》，文化艺术出版社 1990 年版，第 213 页。

⑤ （宋）李昉等编：《太平广记》卷 495，中华书局 1961 年版。

故事："陈留男子李恒家事巫祝，邑中之人，往往吉凶为验。陈留县尉陈增妻张氏，召李恒。恒索于大盆中置水，以白纸一张，沉于水中，使增妻视之。增妻正见纸上有一妇人，被鬼把头髻拽，又一鬼，后把棒驱之。增妻惶惧涕泗，取钱十千，并沿身衣服与恒，令作法禳之。增至，其妻具其事告增。增明召恒，还以大盆盛水，沉一张纸，使恒观之。正见纸上有十鬼拽头，把棒驱之，题名云，此李恒也。惭惶走，遂却还昨得钱十千及衣服物。便潜窜出境。众异而问，增曰'但以白矾画纸上，沉水中，与水同色而白矾干。'验之亦然。"①千载之下，这种思想依然值得我们深思和学习。

四、唐代小说传播目的

唐代小说在当时广为传播，真实地反映了时人的社会传播目的，即或娱乐玩谑，或尚奇求异，或观照现实，或朋聚影射，或逞才扬名等。传播目的能将人内心深处的最大欲望释放出来并加以升华，从而将现实欲望引导出去进而得到满足，使传播者和接受者获得极大满足和精神的愉悦。小说作为一种文学形式在传播过程中或给人带来快乐，或令人在故事中体验人生百相、人间百味，具有极高的社会价值，对当时和后世影响广泛而深远。②

（一）朋聚玩谑

唐代是小说创作的自觉时代，这与小说显著的娱乐功能是分不开的。

干宝《搜神记序》中就提到了这种特点："幸将来好事之士录其根体，有以游心寓目而无尤焉。"③《语林》中的很多材料都被《世说新语》收录，

① （宋）李昉等编：《太平广记》卷288，中华书局1961年版，第1357页。
② 参见柯卓英：《唐代的文学传播研究》，陕西师范大学博士学位论文，2006年。
③ （唐）房玄龄：《晋书》卷82，中华书局1974年校点本，第2150—2151页。

体现出了明显的谐谑娱乐倾向，故鲁迅先生也说："若为赏心而作，则实萌芽于魏而盛大于晋，虽不免追随俗尚，或供揣摩，然要为远实用而近娱乐矣。"①

小说发展至唐代，唐人的小说观念和理论有了较大发展，注意用让人们感到有趣的奇人奇事以反映世俗人情，认识到了小说应有娱乐性，思想性寓于娱乐性之中。这在唐人的创作实践及文学批评中都有鲜明的表现。

唐代著名史学家刘知几就看到了小说杂撰中的谐谑倾向，并且感受到了这种风气对史学著述也产生了影响，他在《史通·书事》中云："又自魏晋以降，著述多门，《语林》《笑林》，《世说》《俗说》，皆喜载调谑小辩，嗤鄙异闻，虽为有识所讥，颇为无知所说。而斯风一扇，国史多同。"② 足见这种风气之盛，影响力很大，已经波及史学作品。韩愈也肯定了文学的娱乐性：昔者夫子犹有所戏，《诗》不云乎："善戏谑兮，不为虐兮。"③ 他不仅在观念上肯定文学的娱乐性，而且在创作实践中身体力行，比如他的诗歌《嘲鼾睡》就以诙谐幽默的笔法讽刺了一位胖和尚酣睡时的窘态。而他的小说《毛颖传》也以幽默风趣的笔调为毛笔立传，借以表达对君主刻薄寡恩的讽刺之情，寓庄于谐。对此柳宗元也进行了充分的肯定："其大笑固宜，且世人笑之也，不以其俳乎？而俳又非圣人之所弃者。"④ 可见，他们都肯定文学的娱乐功能，或者说以娱乐的方式来表达思想。

唐代很多小说的作者在其作品的序言中就鲜明指出了其目的之一便是"助谈笑"等娱情悦性的目的。如李肇《唐国史补·序》曰："《公羊传》曰：'所见异辞，所闻异辞。'未有不因见闻而备故实者。昔刘悚集小说，

① 鲁迅：《中国小说史略》，见《鲁迅全集》第9卷，人民文学出版社1981年版，第60页。

② （唐）刘知几撰，（清）浦起龙释：《史通通释》，上海古籍出版社1978年版，第230—231页。

③ （唐）韩愈：《重答张籍书》。

④ （清）董诰等：《全唐文》，中华书局1983年影印版，第5922页。

涉南北朝至开元，著为《传记》。予自开元至长庆撰《国史补》，虑史氏或阙则补之意，续传记而有不为。言报应，叙鬼神，征梦卜，近帷箔，悉去之；纪事实，探物理，辨疑惑，示劝戒，采风俗，助谈笑，则书之。”[①]明确谈到了自己“助谈笑”的娱情目的。高彦休《阙史·序》云：“贞元、大历已前，捃拾无遗事，大中、咸通而下，或有可以为夸尚者、资谈笑者、垂训诫者，惜乎不书于方册，辄从而记之；其雅登于太史氏者，不复载录。”[②]也肯定了“资谈笑”的娱乐目的是其选材、创作原则之一。而《刘宾客嘉话录》原序也云：“传之好事，以为谈柄也。”[③]《大唐传载自序》亦云：“虽小说，或有可观，览之而喁而笑焉。”[④]《四库全书总目》论《大唐新语》曰：“唐刘肃撰《唐书·艺文志》……所记起武德之初，迄大历之末，凡分三十门。皆取轶文旧事，有裨劝戒者。前有自序，后有《总论》一篇，称：‘昔荀爽纪汉事可为鉴戒者，以为《汉语》。今之所记，庶嗣前修’云云。故《唐志》列之杂史类中。然其中《谐谑》一门，繁芜猥琐，未免自秽其书，有乖史家之体例。今退置小说家类，庶协其实。”[⑤]明确肯定了谐谑娱乐内容是小说应有的特性。

唐代很多小说的题目也明显揭示了小说的娱乐谐谑色彩，如唐刘纳言有《俳谐集》，俳谐即笑话故事一类的意思。《酉阳杂俎》序云：“夫《易》象一车之言，近于怪也；诗人南箕之兴，近乎戏也。固服缝掖者，肆笔之余，及怪及戏，无侵于儒。无若诗书之味太羹，史为折俎，子为醯醢也。炙鸮羞鳖，岂容下箸乎？”[⑥]其“及怪及戏，无侵于儒”明确表

① （唐）李肇：《唐国史补》，上海古籍出版社1979年版，第3页。

② （唐）高彦休：《阙史》，中华书局1985年版，第1页。

③ （唐）韦绚撰：《刘宾客嘉话录》（丛书集成本），商务印书馆1936年版，第1页。

④ 丁如明等校点：《唐五代笔记小说大观》，上海古籍出版社2000年版，第158、1327、792、883页。

⑤ （清）永瑢等：《四库全书总目》下卷140，中华书局1965年版，第1183页。

⑥ （唐）段成式：《酉阳杂俎·序》，丁如明等校点：《唐五代笔记小说大观》（上），上海古籍出版社2000年版，第557页。

达了这些怪异谐谑之谈无伤大雅，与儒教并行不悖。温庭筠《乾巽子》云：“能悦诸心，聊甘众口。”“庭筠著《乾巽子》，序谓‘语怪说宾，犹甘膜口’，与《杂俎》义正同，然前人无此说也，非庭筠自序，至今不知何谓，亦以为《天咫》《贝编》矣。”[①]《直斋书录解题》：“‘小说家类’著录《乾巽子》三卷，唐温庭筠飞卿撰。”《序》言“不爵不觥，非炰非炙，能悦诸心，聊甘众口，庶乎乾巽之义”，“‘巽’与‘膜’同，字从肉，见古礼经”。[②]同是以美味的享受来比喻小说给人们所带来的心理上的愉悦。

另外，唐代由于政治文化优势的吸引，四方士人群聚长安，其间虽有政治利益的考量，亦不乏文学旨趣的吸引。文人在交往的过程中出于自娱、娱人的目的，也往往促进了小说的形成与传播。唐人之间非常注重朋僚情谊，如李杜、元白、刘柳、韩柳等的真挚情谊是人所共知的。唐代文人之间有许多友好佳话。戴孚与顾况是肃宗至德初年进士，顾况曾亲自为戴孚的小说作序，其《戴氏〈广异记〉序》云：“谯郡戴君孚……至德初，天下肇乱，况始与同登一科。君自校书终饶州录事参军，时年五十七，有文集二十卷。此书二十卷，用纸一千幅，盖十余万言。虽景命不融，而铿锵之韵，固可以辅于神明矣。”[③]对其小说作了充分肯定。

中唐时期，白居易、白行简兄弟，元稹、李绅、陈鸿、李公佐等人就曾在聚谈中促进了小说创作。如白行简《李娃传》就是在与李公佐的聚谈中形成的：“贞元中，予与陇西公佐话妇人操烈之品格，因遂述汧国之事。公佐拊掌竦听，命予为传。乃握管濡翰，疏而存之。”[④]而陈鸿与白居易也共同成就了《长恨歌传》：“元和元年冬十二月，太原白乐天自校书郎尉于

① （明）胡应麟：《少室山房笔丛》卷35，上海书店出版社2001年版，第352页。

② 李剑国：《唐五代志怪传奇叙录》下册，南开大学出版社1993年版，第765页。

③ （唐）戴孚撰，方诗铭辑校：《广异记》，中华书局1992年版，第2页。

④ 李时人编校，何满子审定：《全唐五代小说》，陕西人民出版社1998年版，第623页。

盩厔。鸿与琅琊王质夫家于是邑，暇日相携游仙游寺，语及此事，相与感叹……乐天因为《长恨歌》……歌既成，使鸿传焉。”① 朋辈闲游间有感李杨故事当以“出世之才”传之后世，遂推白居易赋《长恨歌》志之，而陈鸿又以《长恨歌传》相配。莺莺故事的小说与诗歌体裁则是元稹与李绅友谊的见证：“予常于朋会之中，往往及此意者，夫使知者不为，为之者不惑。贞元岁九月，执事李公垂宿于予靖安里第，语及于是。公垂卓然称异，遂为《莺莺歌》以传之。”② 宴饮聚会为文人创作小说提供了素材，也使文人在有意无意中实现了小说的传播。

唐代的很多传奇故事就是在友朋相聚之时征奇话异、以恣欢谑的情境下诞生的，所以本来就带着强烈的娱玩目的。而在传播过程中，传播者与接受者都获得了愉悦感与友好亲近感。这也进一步促进了小说的创作与发展。

（二）尚奇求异

唐代是小说传播的自觉时代，唐代小说爱异向奇的审美心理与当时尚奇的文风不无关联。“元和已后，为文笔则学奇诡于韩愈，学苦涩于樊宗师。歌行则学流荡于张籍。诗章则学矫激于孟郊，学浅切于白居易，学淫靡于元稹。俱名为‘元和体’。大抵天宝之风尚党，大历之风尚浮，贞元之风尚荡，元和之风尚怪也。”③ 中唐韩孟诗派刻意求奇，以险怪作为审美标准。韩愈在《贞曜先生墓志铭》中称赏孟郊诡异诗风：“及其为诗，刿目𫐓心，刃迎缕解，钩章棘句，掐擢胃肾，神施鬼设，间见层出。”④ 这种

---

① （唐）白居易著，谢思炜撰：《白居易诗集校注》第2册，中华书局2006年版，第867页。

② （宋）李昉等编：《太平广记》卷488，中华书局1961年版，第4017页。

③ （唐）李肇：《唐国史补》卷下，上海古籍出版社1979年版，第57页。

④ 韩愈：《贞曜先生墓志铭》，见（唐）韩愈著，阎琦校注：《韩昌黎文集注释》（下），三秦出版社2004年版，第140页。

崇尚怪奇的倾向也影响到了小说创作。韩愈本人的小说《毛颖传》就令时人称奇。裴度就发出“昌黎韩愈，仆识之旧矣，中心爱之，不觉惊赏。然其人信美材也。近或闻诸侪类云：恃其绝足，往往奔放，不以文立制，而以文为戏，可矣乎？可矣乎？今之作者，不及则已，及之者，当大为防焉耳”① 的惊叹。柳宗元对其也进行了充分肯定，其弟子皇甫湜也继承了韩愈的奇崛之风。其《答李生第二书》云：“夫谓之奇则非正矣，然亦无伤于正也。谓之奇即非常矣，非常者谓不如常者。谓不如常，乃出常也。无伤于正而出于常，虽尚之亦可也。此统论奇之体耳，未以文言之失也。夫文者非也，言之华者也。其用在通理而已，固不务奇，然亦无伤于奇也。使文奇而理正，是尤难也。生意便其易者乎？夫言亦可以通理矣，而以文为贵者非他，文则远，无文即不远也。以非常之文通至正之理，是所以不朽也……秦、汉已来至今，文学之盛，莫如屈原、宋玉、李斯、司马迁、相如、扬雄之徒。其文皆奇，其传皆远。”② 可见奇崛之风在当时已颇具气候。这与中唐的现实环境有着密切的关系，中唐文人不可能再有盛唐文人的昂扬与从容，他们的内心充满了对现实的反思，这就使他们的作品往往有一种郁勃之气，欲关注现实，但又往往担心祸从口出。加之他们要突破盛唐，就必须另辟蹊径。于是，怪奇的内容因其无伤大雅又能吸引人而成为一种追求。

唐人在小说创作中往往刻意好奇，以博取他人的关注。这一点正如明人胡应麟所云：“凡变异之谈，盛于六朝，然多是传录舛讹，未必尽设幻语。至唐人乃作意好奇，假小说以寄笔端。”③ 而很多小说的命名也明显体现了这种思想：“六朝、唐、宋凡小说以‘异’名者甚众，考《太平御览》《广记》及曾氏、陶氏诸编，有《述异记》二卷、《甄异录》三卷、《广异记》一卷、《旌异记》十五卷、《古异传》三卷……大概近六十家，而李翱

① （唐）裴度：《寄李翱书》，见《全唐文》卷 538，中华书局 1983 年版，第 5462 页。

② （清）董诰等：《全唐文》卷 685，中华书局 1982 年版，第 7021 页。

③ （明）胡应麟：《少室山房笔丛》，中华书局 1958 年版，第 486 页。

《卓异记》、陶縠《清异录》之类弗与焉。"[①]唐李濬《松窗杂录序》云："濬忆童儿时即历闻公卿间叙国朝故事，次兼多语其遗事特异者……"[②]可见唐人有刻意求奇的倾向。

唐人尚奇的心理，追求的就是令人惊奇的艺术效果。事实上，好奇心是人类的天性，对新奇故事的渴望也是人类的天性，因而传奇故事更能吸引人。"凡聆征引，必异寻常。足广后生，可贻好事。遂纂集尤异者，兼杂以诙谐十数节，作《尚书故实》云耳。"[③]"今悉依当时日夕所话而录之，不复编次，号曰《刘公嘉话录》，传之好事，以为谈柄也。"[④]因为爱奇尚异的好事者众多，所以文人也就迎合这种审美倾向，在创作中征奇话异，以吸引读者、扩大传播。

好奇感是人的一种本能，人们具有一种强烈的欲望去探求新奇事物，在这个认知过程中人的内心会产生愉悦感。这种愉悦感又反过来促使人们不断追求更加奇异怪诞的事物，撰写者的积极性被极大地调动起来，传播者也在传播过程中获得快乐的享受，小说传播者的队伍遂逐渐壮大，至中唐而达到鼎盛。

（三）影射现实

小说中的梦境描写，是审美心理从无意想象到有意想象的发展。梦是人在睡眠状态中产生的无意识心理活动，虽是无意识，但往往与现实有着千丝万缕的联系，是现实生活与思想一定程度的影射。所以人常说，日有所思，夜有所梦。很多梦境是对现实生活中无法实现的理想愿望的补偿。因此，这种梦境不一定都是睡眠中的产物，也有很多可能就是白日梦，或

---

① （明）胡应麟：《少室山房笔丛》，上海书店出版社 2001 年版，第 363—364、371 页。

② （唐）李濬编，阳羡生校点：《松窗杂录》，转引自《唐五代笔记小说大观》，上海古籍出版社 2000 年版，第 1212 页。

③ （唐）李绰编：《尚书故实》，中华书局 1985 年版，第 1 页。

④ （唐）韦绚：《刘宾客嘉话录》（丛书集成本），商务印书馆 1936 年版，第 1 页。

者就是作者的理想或愿望，是借着梦境来表现、推演的。美国精神分析学家卡伦·霍尔奈指出，为补偿软弱感、无价值感和缺陷感，有些失意者在无奈的渴望中会自我想象出“理想化”的自我。“这个理想的自我比他真实的自我更加真实，这主要不是因为它有吸引力，而是因为它能满足他的全部迫切需要。理想化的自我成了他观察自己的视角，成了他衡量自己的尺度。”①

唐代诗人中就有因为现实的落魄而在创作中进行精神补偿的作家。以中唐“鬼才”李贺为例，其作品多充满了哀愤孤激之思，但也有一些洋溢着作者美好的憧憬，这些诗使我们在其痛苦的灵魂之外，看到了些许亮色。然拨去外在美好之光环，人们更多体会到的则是诗人在无奈与辛酸之后的精神补偿。李贺内向孤僻、体弱多病、仕途偃蹇，生活困顿却秉性高傲，且念念不忘自己“唐诸王孙”的遗老身份，于是在处处碰壁之后的绝望与压抑之下，幻化出了种种补偿心理。这表现在他对贵胄宴饮娱乐生活的精描细刻与称赏，对娼女和仙姝的恋情幻想，对仙界生活的深情渴望，以至于在弥留之际诗人还梦想着天帝要召他上天，为白玉楼的落成著文，足见诗人失落而又渴望的程度已经达到了痴迷状态。正是在这种如痴如醉的幻觉中，诗人的心灵才得以慰藉。

唐代小说中这种作品更多。如李玫的《纂异记·陈季卿》记述了辞家十年的科考士子陈季卿在名落孙山与思乡恋家的双重煎熬下痛苦不堪，后借助山翁奇术于奇幻中与家人辛酸小聚而后又转战科场的故事，反映了科举士子科场的艰辛，以及长久抛妻别子的辛酸与凄凉，是唐代科举士子真实境况与情感的写照。沈既济的《枕中记》、李公佐的《南柯太守传》和无名氏的《樱桃青衣》也是这类作品。主人公在现实中并不如意，但在梦中却尽享人间富贵，当然也经历了小小的沉浮，但最核心的是经历了人生

① ［美］卡伦·霍尔奈：《神经症与人的成长》，张承谟、贾海虹译，上海文艺出版社1995年版，第89页。

中孜孜以求的富贵，但这富贵都是傥来之物，在经历了宦海沉浮之后，主人公都有浮生如梦、随缘任运的感悟。比如《南柯太守传》中的淳于棼虽有家资但官场失意，入梦之前常与朋友在门前大槐树下饮酒解闷，梦中因为做了驸马而大富大贵，但当金枝公主病死，自己虽一直恪尽职守，但还是深受流言中伤、不被信任，最终被削职闲置。《樱桃青衣》中的卢子频年不第，至于窘迫，自从与郑氏结婚之后，在其姑姑的裙带关系下，科场及第，官场得意，后因直言进谏而被降职。《枕中记》中的卢生在现实中也是潦倒失意，自娶了清河崔氏之后，才家资丰厚，科场得意，做官之后廉洁奉公，并在边陲开疆拓土，颇受皇帝赏识，也因此受权贵嫉妒，被流言中伤几近自杀。小说中这些人物的升沉起伏虽然都是梦中的经历，但却是现实生活的翻版，是现实人情的梦境演绎，是对现实的影射，是作者通过创造性的想象，或通过对梦境中经历的详尽描述，表达自己对人生名利、宦海沉浮的看法。

唐代小说亦常成为党派之间相互攻击的政治舆论工具，而编撰者之间自然属于不同的党派关系。最早的党派小说是《上清传》，小说以德宗朝为背景，通过宰相窦参与陆贽之间你死我活的尖锐斗争，揭示了安史之乱后统治阶级内部的深刻矛盾，具有强烈的现实意义。而卢言《卢氏杂说》、韦瓘《周秦行纪》、刘轲《牛羊日历》以及皇甫松《续牛羊日历》等则反映了牛李党争的现实。

（四）逞才扬名

唐代科举制度与士人的行卷、温卷之风在一定程度上助推了唐代小说的发展。诗赋取士使得用文学作品进行干谒拥有了正当性与合理性。唐代的常科考试采取非糊名制，因此人为因素影响很大，加之科举取士的名额又特别少，基本上只有百分之二左右，所以士子们不得不提前进行干谒、行卷，以逞才扬名，为科举的顺利通过做铺垫。而这种干谒行卷之风在当时也是被广泛接受的，“在礼贤荐贤之风盛行的唐代，文人们自觉地将自己的干谒行为，上升到为国、为君、为民和为天下的心理高度，继而秉持一种进取皆出于公心的观念和理想，为自身的命运前途大胆追求其所思所欲，更是将'不屈己'的人格理想与'不干人'的现实需要尽可能地统一于一体"[①]，所以以文章逞才扬名的风气自然也就比较盛行。

唐人用来行卷的作品中小说更受青睐，赵彦卫《云麓漫钞》云："唐之举人，先藉当世显人，以姓名达之主司，然后以所业投献，逾数日又投，谓之温卷，如《幽怪录》《传奇》等皆是也。盖此等文备众体，可以见史才、诗笔、议论。至进士，则多以诗为贽。"[②]文人在参加科举之前，大多要将自己的得意之作，尤其是小说作品投献给名公巨卿及主司，以显扬自己的才华，从而为科考的顺利通过做铺垫。唐人有好奇尚异的审美倾向，而传奇正好用它离奇的故事情节和搜奇记异的描述满足了人们的阅读好尚，同时也显示了文人的史才、诗笔、议论的功力，可以说是一种非常恰当也极具表现力的手法。中唐时期，牛僧孺在应举前曾行卷于韩愈、皇甫湜，韩愈当面揄扬道："吾子之文，不止一第，当垂名耳。"[③]韩、皇甫二人又以回访不遇而署门的方式为其扬名，牛僧孺一下子名显京都。沈既济未知名时，也是得到吏部侍郎杨炎推重："雅善之，既执政，荐既济有良史才，召拜左拾遗、史馆修撰。"[④]唐代许多文学家都有干谒的经历，也都曾借助干谒而步入仕途，因而可以说干谒、行卷之风对唐传奇的兴盛起到了一定的促进作用。

（五）补史致用

小说自古以来便不受重视，被认为是"小道"，"街谈巷语之说"，但

---

① 王佺：《唐代干谒与文学》，中华书局2011年版，第37—38页。

② （宋）赵彦卫：《云麓漫钞》，中华书局1996年版，第135页。

③ （五代）王定保：《唐摭言》，中华书局1959年版，第64页。

④ （宋）欧阳修、宋祁：《新唐书》卷132，中华书局1975年版，第4538页。

人们也基本认识到了它裨补史阙的价值。如魏徵就认为:“小说者，街说巷语之说也。《传》载舆人之诵，《诗》美询于刍荛。古者圣人在上，史为书，瞽为诗，工诵箴谏，大夫规诲，士传言而庶人谤。孟春，徇木铎以求歌谣。巡省观人诗，以知风俗。过则正之，失则改之，道听途说，靡不毕纪。《周官》，诵训‘掌道方志以诏观事，道方慝以诏辟忌，以知地俗’；而训方氏‘掌道四方之政事，与其上下之志，诵四方之传道而观衣物’，是也。孔子曰:‘虽小道，必有可观者焉，致远恐泥。’”[①] 在这里，魏徵虽也认为小说乃道听途说，但也肯定了它知风俗、正过失的作用。而史学家刘知己虽不满小说的虚妄、谐谑之风对史学的影响，但也承认小说裨补史阙的作用，他把偏纪、小说分为十类，在第三类“逸事”类中，他明确提出了小说补史之阙的价值，“国史之任，记事记言，视听不该，必有遗逸。于是好奇之士，补其所亡，若和峤《汲冢纪年》、葛洪《西京杂记》、顾协《琐语》、谢绰《拾遗》。此之谓逸事者也”[②]。而刘悚的《隋唐嘉话》亦明确指出其作品虽不足以为正史，但也是记录旧闻，而非虚妄杜撰:“余自髫丱之年，便多闻往说，不足备之大典，故系之小说之末。”[③] 中晚唐时期这种观点依然流行，如李德裕就明确指出其小说《次柳氏旧闻》补史之阙的作用:“臣德裕非黄琼之达练，能习故事；愧史迁之该博，唯次旧闻。惧失其传，不足以对大君之问，谨录如左，以备史官之阙云。”[④] 而唐人孟棨的《本事诗》叙述了四十多个与唐诗有关的故事，在其序文中，作者也指出了其作品的史料价值:“其有出诸异传怪录，疑非是实者，则略之；拙俗鄙俚，亦所不取。闻见非博，事多阙漏，

① （唐）魏徵、令狐德棻:《隋书》卷 34，中华书局 1973 年版，第 1012 页。

② （唐）刘知几撰，（清）蒲起龙通释:《史通》，上海古籍出版社 2015 年版，第 246 页。

③ （唐）刘悚撰，恒鹤校点:《隋唐嘉话》，见丁如明等校点:《唐五代笔记小说大观》（上），上海古籍出版社 2000 年版，第 92 页。

④ （唐）李德裕撰，丁如明校点:《次柳氏旧闻》，见丁如明等校点:《唐五代笔记小说大观》（上），上海古籍出版社 2000 年版，第 464 页。

访于通识，期复续之。”[①] 而李肇《唐国史补》序中既肯定小说“资谈笑”的作用，也明确指出它“采风俗”的作用。[②] 可见唐人创作与传播小说还有裨补史阙、观风俗、知得失的目的。

五、唐代小说传播媒介与途径

由于社会发展水平的限制，唐代文学的传播方式主要还是书面文字传播和口头传播。雕版印刷虽然已经产生，但还不发达，所以主要用来印刷主流文化作品。小说在当时不属于主流文化，因此主要是通过口头以及手抄本的方式来进行传播的，其传播媒介也就是口语和文字。而口头传播主要借助于文人等的宴集聚谈、艺人的口头表演、宗教人士的俗讲等。文字传播则主要通过文人撰著，行卷、温卷等科举活动，寺庙传抄等途径进行。这些活动共同推动了唐代小说的传播发展。

（一）唐代小说的传播媒介

1. 抄本

中国历史上历代统治者都比较重视书籍的传抄。唐以前书籍的传播主要是通过传抄的方式进行的，隋朝时就有规模恢宏的官方抄书、藏书活动。唐太宗时期继承了这一传统，唐玄宗时更设立了修书院专门掌管抄书工作。[③] 修书院发展到后期，更是规模宏大，长安、洛阳的皇家图书馆抄录图书上万卷，集贤院每年耗纸更是达到 60000 张的惊人数量。[④] 不仅官

① （唐）孟棨撰，李学颖校点：《本事诗》，见丁如明等校点：《唐五代笔记小说大观》（下），上海古籍出版社 2000 年版，第 1237 页。

② 参见（唐）李肇：《唐国史补》，上海古籍出版社 1957 年版。

③ 参见戴笑诺、马光华、于艺璇：《中国最早的官府书院：长安大明宫之集贤殿书院——唐朝的出版社及国家图书馆考》，《大众文艺》2018 年第 18 期。

④ 参见潘吉星：《中国造纸史话》，商务印书馆 1998 年版，第 42 页。

方抄书，民间也抄书，甚至出现了专门以抄书为业的“经生”。这些情况说明了唐代社会从皇帝到百姓，已经充分认识到了抄本在文化传播中的重要性。

印刷术也是古代文学作品最重要的传播方式。但雕版印刷术的发明是公元7世纪的事情，可以说唐代中后期才逐渐流行，所以早期的技术还比较粗糙，也不够普及，因此也主要用来刊刻主流文学及文化作品。作为非主流文学的小说等俗文学作品被印刷的情况总体来说较少，到宋元时期活字印刷术发明，小说才被大量刊行。所以唐代小说的书面传播主要是手写传抄。

手写卷轴抄本是唐代小说传播活动中最基本的传播媒介。唐代顾况的《戴氏广异记序》中云：“此书二十卷，用纸一千幅，盖十余万言。”① 就是手抄本卷轴使用的一个证明。不只私人广泛使用传抄的方法，官方对书籍文献的传抄整理也相当重视。这在一定程度上也促进了手写传抄方式的推广和发展。

唐代小说作品较少收入作家的集子当中，现在可知的收录小说的集子主要有：《白居易集》里收了其《记异》和陈鸿《长恨歌传》；《河东先生集》卷一七载录了《李赤传》和《童区寄传》并附《龙城录》；《河东先生外集》卷上收载了《河间传》；《昌黎先生集》卷三六收录了《毛颖传》和《石鼎联句诗序》；《沈下贤文集》收录沈亚之《秦梦记》《感异记》《异梦录》《湘中怨解》《冯燕传》。唐代也很少见小说选集流传。作为唐代小说选集，陈翰的十卷本《异闻集》是比较独特的现象，收录40多篇唐代小说。

唐代类书也较少，关于唐代内容的类书宋人倒是编了不少，而为数不多的唐代类书中也很少收录小说内容，倒是宋人编的《太平广记》《太平御览》《文苑英华》等类书中收了不少唐人小说。唐代的笔记小说集较多，如刘悚《隋唐嘉话》、段成式《酉阳杂俎》、张鷟《朝野佥载》、孙棨《北

① （清）董诰等：《全唐文》，中华书局1983年版，第5369页。

里志》等，其中《北里志》主要反映长安城北平康里的妓女生活，也从另一个侧面反映了文人士子的生活。此外，崔令钦《教坊记》、段安节《乐府杂录》虽主要叙述教坊制度、音乐史料，但兼及一些逸事、百戏与俳优等的杂记史料。

此外，唐代小说的手写传播也往往会借助诗歌来进行。唐代文人的诗歌中往往会有意无意对小说中的人物、情节等问题进行叙述、品评，从而对小说起到传播作用。这可能也跟诗歌内容短小精悍、易于书写有关。当然，诗歌对小说的传播不是完整的，而是极其简练的概括，甚至只是只言片语的提及，这与诗歌简洁的形式有重要关系。

因为唐代是诗的国度，诗歌在唐代无处不在，正所谓“自衣冠士子，至闾阎下俚，悉传讽之”①。唐诗在唐代小说传播中自然而然、水到渠成地起到了重要作用。这主要表现在以下两个方面：

第一，唐诗推动了唐代小说的传播。唐代小说家、诗人借助诗歌传播小说，既扩大了小说的影响，也提升了诗歌的影响力。如白居易《长恨歌》和陈鸿《长恨歌传》，《长恨歌》本是源于《长恨歌传》的故事而起。但《长恨歌》的影响很大，也因此使《长恨歌传》为更多的人所了解。程毅中先生认为李杨故事因为《长恨歌》而家喻户晓，“陈鸿的《长恨歌传》还是附骥尾而得以并传的”②。此正为“诗因文起”，“文因诗传”。

又如沈亚之《湘中怨解》与韦敖《湘中怨歌》。沈亚之在其小说的首尾分别写道：

> 《湘中怨》者，事本怪媚，为学者未尝有述。然而淫溺之人，往往不寤。今欲概其论，以著诚而已。从生韦敖，善撰乐府，故牵而广之，以应其咏。③

---

① （后晋）刘昫等：《旧唐书》，中华书局1975年版，第4331页。

② 程毅中：《唐代小说史话》，文化艺术出版社1990年版，第138页。

③ 李新宇、周海婴主编：《鲁迅大全集30·学术编·1926—1931·附录》，长江文艺出版社2011年版，第144页。

元和十三年余闻之于之朋中，因悉补其词，题之曰《湘中怨》，盖欲使南昭嗣《烟中之志》为偶倡也。[①]

由此可知，小说是有感于诗歌而创作的，并且两者在思想情感、主要内容等方面基本一致，而且在传播过程中相互促进、相互推动。

另外，小说虽非叙诗歌本事，故事情节、人物形象等方面有较大差异，但二者选材大致同一，主题也基本相近，小说同样会在传播上得到诗歌的帮助。如中唐作者陈鸿祖有小说《东城老父传》，就深刻反映了玄宗朝政治的腐败混乱。而李白《古风·二十四》云："路逢斗鸡者，冠盖何辉赫。鼻息干虹蜺，行人皆怵惕。"萧士赟注曰："此篇讽刺之诗，盖为贾昌辈而作。"[②]两者虽然没有密切的因缘关系，但由于反映的是共同的社会问题，所以其在传播中的相互作用也必然是会产生的。

"诗缘文起"是指在小说诞生之后，又有诗人用诗歌的形式来表现这一故事，从而加快了小说的流传、传播。唐代有许多这样的诗歌，最为典型的即是元稹《莺莺传》和李绅《莺莺歌》。《莺莺传》结尾记载：

贞元岁九月，执事李公垂宿于予靖安里第，语及于是，公垂卓然称异，遂为《莺莺歌》以传之。[③]

李绅的《莺莺歌》是因了元稹的《莺莺传》而创作的，是"诗缘文起"的典型。除此之外，沈亚之的《冯燕传》和司空图的《冯燕歌》、沈既济的《任氏传》和无名氏作的《任氏行》、白行简的《李娃传》和元稹的《李娃行》、李公佐的《南柯太守传》和李肇的《南柯太守传赞》、裴铏的《传奇·杜秋娘》与杜牧的《杜秋娘诗》等都是诗为"传"作。

在此，诗歌因其短小而又合律，故而易于记诵，也易于书写，所以在

---

① 李新宇、周海婴主编：《鲁迅大全集30·学术编·1926—1931·附录》，长江文艺出版社2011年版，第144页。

② （元）萧士赟：《分类补注李太白诗》卷24，四部丛刊初编影印本。

③ （唐）元稹：《莺莺传》，见冀勤点校：《元稹集》外集卷6，中华书局1982年版，第677页。

传播上较为容易，因此它对小说的传播起到了重要的作用，推动了小说的传播发展。

第二，唐代小说的“诗化现象”[①]也客观上促进了小说的雅化，增加了小说的可读性，从而有利于小说的传播。唐代小说中也穿插了大量的诗歌。根据汪辟疆先生的《唐人小说》统计，其收录的68篇作品中就有44篇融入了诗歌，有些作品中还融入了大量的诗歌，而且这些诗歌的水平都比较高，如张鷟《游仙窟》就是典型的例子，全文包含80余首诗[②]。此外，像王度的《古镜记》、李景亮的《李章武传》等都掺杂了诗歌。而白行简的《三梦记》、韦瓘的《周秦行纪》、李公佐的《燕女坟记》、沈亚之的《湘中怨解》《秦梦记》《异梦录》《感梦录》等也都融入了诗歌，而《甘泽谣·圆观》还引入了《竹枝词》。

唐代小说中诗歌的融入，既反映了诗歌与小说的相互学习、相互借鉴，也反映了唐诗无所不在的旺盛生命力。小说中的诗歌在塑造形象、表达情感、推动情节、渲染气氛、营造意境、逞才使气等方面都有重要意义。正如沈既济所云：“著文章之美，传要妙之情。”[③]

除此之外，寺庙传抄也是小说书面传播的一个重要手段。

唐代寺院不仅是小说等其他俗文学活动口头传播的重要场所，也是小说书面传播的重要场所。一方面，寺院中的僧人有意搜集、传抄小说作品；另一方面，他们也把小说中的故事分类穿插编纂到经书中，或者直接抄写于经书中以辅助经文内容的传播。比如，唐临的《冥报记》早在唐代就传入日本，现在还被保存在日本的多家寺院之中，这当与寺院收集、传抄有重要关系。又如张读《宣室志·猿化妇人》本是志怪故事，但也被收藏于佛寺之中，其作者在文末记述故事来源时写道：“客有游于太原者，偶于铜锅店精舍，解鞍憩焉。于精舍佛书中，得刘君所传之事，而

① 阳建雄：《论唐代小说的诗化现象》，《社会科学辑刊》2008年第1期。

② 参见汪辟疆校录：《唐人小说》，上海古籍出版社1978年版，第258页。

③ （宋）李昉等编：《太平广记》，中华书局1961年版，第3697页。

文甚鄙。后亡其本。客为余道之如是。”[①]可见这个故事最初被收藏于佛书之中。而唐人小说《周秦行纪》也与佛教书籍一起被收藏于敦煌的藏经洞中。唐代典型的入冥小说《黄仕强传》至少有 3 个版本被收藏于敦煌藏经洞中，而这篇小说故事现存的 9 个版本中，绝大多数被抄写于《普贤菩萨说此证明经》的经文之前，个别的抄写于经文之后。唐代僧人道世撰著的佛教类书《法苑珠林》共引用各类书 400 余种，其中有很多出自志怪小说。可见寺院有搜集、传抄小说的传统，而这种传统大大促进了小说的传播与保存。

唐代的科举取士重视文学。在各科中，以诗赋杂文为主要考试内容的进士科最受重视。士人应试之前，常以所作诗文投献名公巨卿，以求称誉，扩大社会名声，为考中进士创造条件，当时称之为“行卷”。传奇文常常被用来“行卷”。因为它集小说、诗笔、论议于一体，能代表作者多方面的才华，又具有故事性和趣味性，能引起读者的阅读兴趣。传奇以叙事为主，文体近于野史，中间常穿插诗歌韵语，结尾缀以小段议论，即所谓“文备众体”。唐代后期传奇专集产生颇多，大约同这种“行卷”“温卷”风尚有关。而这种风尚客观上也促进了小说的书面传播，推动了小说的发展。

2. 口语

口语是人类自诞生以来最重要、最基本的传播媒介，尤其是在人类经济文化不甚发达的时代，口头传播在普通老百姓的生活中扮演着更为重要的角色。它不仅起着传递信息的作用，也承载着教育教化的作用。自古以来，人类文化基本是以口头方式来传承的。秦焚书，《诗》即以口传而得以不绝。敦煌文献中的说唱文学在唐代十分兴盛，“开始有了较为固定的演出场所和演出时间（戏场、寺院、变场、街头闹市等）；出现了以演出

---

① 李时人编校，何满子审定：《全唐五代小说》卷 11，陕西人民出版社 1998 年版，第 271 页。

谋生敛财的专业艺人（词人、俗讲僧、市人等）；有相当一批为了娱乐消遣而来的听众，演出成为乡镇居民的大众化娱乐方式”[①]。

以手抄本传播的唐代小说，往往局限于文人学士和达官显宦群体，影响范围较小。而口头传播是人类社会最基本的传播手段，从语言诞生的那一刻起，一直是最广大人群的传播方式，直到今天依旧发挥着重要作用。

唐代文人不仅通过诗文来交流思想、传递感情，也通过讲述而后再撰著传奇故事等来传播奇闻逸事，既相互娱乐、怡情悦性，又逞才邀赏、彰显实力。在这一过程中，很多故事往往都是在友朋相聚时通过“征奇话异”的口头讲述进行传播，而后由听者撰著进一步传播。这从很多传奇作者的创作经历都可以看出。

> 建中二年（781年），既济自左拾遗于金吴……浮颍涉淮，方舟沿流，昼燕夜话，各征其异说。众君子闻任氏之事，共深叹骇，因请既济传之，以志异云。[②]
>
> 贞元岁九月，执事李公垂宿于予靖安里第，语及于是，公垂卓然称异，遂为《莺莺歌》以传之。[③]
>
> 元和元年（806年）冬十二月，太原白乐天自校书郎尉于周至，鸿与琅琊王质夫家于是邑，暇日相携游仙游寺，话及此事，相与感叹……歌既成，使鸿传焉。[④]
>
> 贞元丁丑岁（797年），陇西李公佐泛潇湘、苍梧，偶遇征南从事弘农杨衡，泊舟古岸，淹留佛寺，江空月浮，征异话奇。杨告公佐……至元和八年（813年）冬……公佐复说前事，如前所云。[⑤]

---

① 张鸿勋编著：《说唱艺术奇葩——敦煌变文选评》，甘肃人民出版社2000年版，第62页。

② （唐）沈既济：《任氏传》，中华书局1991年版，第5页。

③ （唐）元稹：《莺莺传》，见《元稹集》外集卷6，中华书局1982年版，第677页。

④ 《白居易集》，中华书局1979年版，第237—238页。

⑤ 李时人编校，何满子审定：《全唐五代小说》卷23，陕西人民出版社1998年版，第647页。

元和六年（811年）夏五月，江淮从事李公佐使至京，回次汉南，与渤海高钺、天水赵赞、河南宇文鼎会于传舍。宵话征异，各尽见闻。钺具道其事，公佐为之传。①

贞元进士李公者，知盐铁院，闻从事韩准太和初与甥侄语怪，命余纂而录之。②

太和庚戌岁（830年），陇西李复言游巴南，与进士沈田会于蓬州，田因话奇事，持以相示，一览而复之。录怪之日，遂纂于此焉。③

结合上面这些例证我们可以看出，唐代文人士子在游玩、聚会之时喜欢征奇话异，以资欢谑、悦耳目，从而创造一种轻松欢愉的氛围，增强彼此间的情谊。而这种宵话征异，正是口头传播的好机会。经过这种传播活动，很多小说故事得以更广泛的传播，很多有一定才能的文人士子也自觉不自觉地在事后把这些口头传播的故事整理加工，形成小说文本，进行更广泛的书面及口头传播。

唐人也喜欢通俗的文学艺术表演活动，上至帝王，下至百姓，都乐此不疲。据大历时人郭湜所撰《高力士外传》记载，唐玄宗晚年在宫中每日与高力士一起“亲看扫除庭院，芟薙草木，或讲经论议，转变说话”④。可见听人说书成了玄宗消磨时日的重要方式。而官吏文士也有此好尚，“元和十年……韦绶罢侍读，绶好谐戏，兼通人间小说”⑤。段成式于大和末，

① 李时人编校，何满子审定：《全唐五代小说》卷23，陕西人民出版社1998年版，第646页。

② 李时人编校，何满子审定：《全唐五代小说》卷42，陕西人民出版社1998年版，第1158页。

③ 李时人编校，何满子审定：《全唐五代小说》卷42，陕西人民出版社1998年版，第1170页。

④ （唐）郭湜：《开元天宝遗事十种》，上海古籍出版社1985年版，第119页。

⑤ （宋）王溥：《唐会要》卷4，见《四库全书》第606册，上海古籍出版社1987年版，第33页。

因弟生日“观杂戏，有市人小说”。说话在唐代不是专有名词，一般朋友间讲故事也称说话，唐代的“说话”就是通过这种口头传播的方式，使小说故事在普通大众之间广泛传播。从以上材料我们可以得知，唐代民间说话常在各种筵席上表演。孙棨《北里志·序》云：“其中诸妓多能谈吐，颇有知书言话者。”[①]可见当时的妓女于歌唱之外也会“说话”技艺。传奇故事也经常充当说话的内容，特别是在宴饮之中。元稹《酬翰林白学士代书一百韵》中“翰墨题名尽，光阴听话移”下自注云：“乐天每与余游从，无不书名题壁。又尝于新昌宅说‘一枝花话’，自寅至巳，犹未毕词也。”[②]“一枝花话”是白行简的《李娃传》中所记录的故事，这也是可考的较为确切的唐人以传奇为“说话”内容的资料。“唐营丘有豪民……每年五月，值生辰，颇有破费。召僧道，启斋筵，伶伦百戏毕备，斋罢，伶伦赠钱数万。”[③]可见，在民间每遇喜庆之事，人们就会举行各种通俗演艺活动来进行娱乐。从“伶伦百戏毕备”以及段成式和元稹等听“说话”可以看出，这里的民间娱乐表演活动丰富多彩，而且也一定包括“说话”表演，足见“说话”是唐代小说口头传播的重要方式。

唐代也有职业艺人表演的说话，唐人王建的《观蛮妓》也描述了一位艺妓的讲唱表演：“欲说昭君敛翠蛾，清声委曲怨于歌。”[④]吉师老的《看蜀女转〈昭君变〉》也描述了一位女艺人的讲唱活动：“妖姬未著石榴裙，自道家连锦水渍。檀口解知千载事，清词堪叹九秋文。翠眉颦处楚边月，画卷开时塞外云。说尽绮罗当日恨，昭君传意向文君。”[⑤]而玄宗晚年以及段成式在其弟生日时所看的表演应该也是职业艺人的表演。

---

① （唐）孙棨：《北里志》，古典文学出版社1957年版，第22页。

② （唐）元稹：《酬翰林白学士代书一百韵》，见（清）彭定求等编：《全唐诗》第12册，中华书局1960年版，第4520页。

③ （唐）李昉等编：《太平广记》，中华书局1961年版，第2001页。

④ （清）彭定求等编：《全唐诗》卷301，中华书局1960年版，第3434页。

⑤ （清）彭定求等编：《全唐诗》卷774，中华书局1960年版，第8771页。

这些职业说话艺人的表演应该是非常频繁的，这从李商隐《骄儿诗》中可以略窥一二，李商隐此诗写他的四岁儿子衮师的各种憨态，“或谑张飞胡，或笑邓艾吃”，“忽复学参军，按声唤苍鹘”。[①]四岁的孩子已经开始学习模仿三国故事中的人物形象以及参军戏中的角色表演，可见当时的说三国故事非常流行。而参军戏等伶伦百戏的表演也非常频繁，否则四岁的孩子很难达到模仿的程度。这也足见民间说书艺人的小说传播在当时很盛行。此前处于时隐时现的说唱表演，出现了独具特色且相当成熟的表演形式，取材更加广泛，内容更加丰富；走出宫廷贵族、官僚豪家之门，更加贴近现实生活和庶民大众。此时已开始有了较为固定的演出场所和演出时间，有了以演出为谋生手段的专业演员，有为了娱乐消遣观看演出的一批观众，有了一批可供演出时用的成熟底本，演出有了一定的程式。[②]而说话艺人为便于讲说参考或师徒传授，或有爱好者为之记录，于是便出现了用文字将“说话”所讲的故事记录下来的底本，这种底本称为“话本”，由此标志了白话小说的诞生，[③]小说的传播主体也日益大众化，从贵族宴饮逐渐进入市井闹市。

除了职业艺人，唐代小说的口头传播也往往会借助宗教来进行。而佛寺、道观是俗讲变文等通俗小说的发源地。因为宗教传播者面对的是广大的普通俗众，其中有很多可能都是目不识丁的底层百姓，俗讲最初的目的就是使那些深奥的佛理经义通俗化、趣味化，以招徕更多的听众，从而进行宗教教化并“悦俗邀布施”。所以宗教传播者往往采用最容易被俗众接受的口头讲述，并且逐渐加强了通俗性、娱乐性，加入了时事、历史、民间故事等内容。因此宗教人士在最初和很长一段时间内都是通过俗讲等口头方式来进行传播的。

---

① （唐）李商隐：《玉溪生诗集笺注》，冯浩笺注，上海古籍出版社 1998 年版，第 413 页。

② 参见胡士莹：《话本小说概论》，中华书局 1980 年版，第 12—19 页。

③ 参见陈怀利、樊庆彦：《唐代话本小说娱乐功能探析》，《湖南师范大学社会科学学报》2010 年第 5 期。

唐代小说的内容受到佛教明显的影响。佛教和小说的结合，一方面促进了佛教世俗化的发展，另一方面也推动了小说的传播。唐代小说中所提到与佛教相关的小说，间接地为佛教宣传其教义教理，使佛教的思想通俗化，扩大了其信仰群体。佛教为小说的故事情节、人物形象、叙述结构提供了丰富的素材，对小说的发展和传播产生了巨大影响，并进一步开拓了小说的想象世界。唐代的小说中，以纯粹的仙境为背景的小说减少了，小说的作者大多反映人世间的故事。小说中的梦境也不是荒诞离奇、不可理喻了，而是以梦境为背景，结构现实内容。唐传奇中常借助梦幻志怪来使人经历世事，破除人们的贪念，最后达到解脱。很多小说的作者都宣扬了佛教的苦、空观。如《枕中记》《南柯太守传》《樱桃青衣》等都宣扬了人生如梦的思想，主人公梦醒后都幡然悔悟，弃绝红尘。①

而宣扬宗教教义的佛教故事也很多，如《目连救母变文》《父母恩重经讲经文》《维摩经讲经文》《太子成道经》《破魔变文》《降魔变文》等，这些讲经文的共同特点是讲经者根据“经文”内容，运用想象、夸张、虚构等艺术手法，给经文增添了富有人情味、世俗化的生动情节，用来吸引听众注意力，以达到宣传教义、劝善惩恶之目的。② 这种讲唱结合的唱导讲经形式，韵散结合，使佛教深入人心，将深奥的佛理通俗化、故事化，运用中土信徒所喜闻乐见的讲唱形式，使讲经变文故事更加被广大信徒所接受。唐代佛教俗讲唱导形式中的讲经文、押座文和佛赞、偈颂等文句结构形式，对宋代“话本小说”诗文结合、说唱结合的结构形式的形成有重要影响，极大地推动了唐代小说的形成和传播，使唐代寺院讲经变文成为中国古代叙事文学的源头和起点。

由此我们可以看到，俗讲变文发展到中唐以后，已经逐渐演变为一种

---

① 参见阎婷：《论传奇小说在唐代佛教世俗化过程的作用——以〈太平广记〉为研究中心》，山西大学硕士学位论文，2014 年。

② 参见胡杨：《论唐代寺院讲经变文的产生及对中国古代白话小说的影响》，《晋中学院学报》2007 年第 6 期。

民间娱乐活动，其所讲内容和民众世俗生活关系密切。

（二）唐代小说的传播途径

除了以上书面手写传抄和口头传播两种直接传播途径之外，还存在着很多间接或潜在的因素影响着传播情况。这部分传播因素大都是多种方式集中于某一载体，从而对传播活动产生影响。

1. 书籍传播

唐代的很多文学作品都是通过书籍来传播的。自古以来，书籍就是各种文学作品的重要传播途径。我们现在能够看到的最早的文学形式之一——神话故事之所以有不同的版本，就是因为不同的作者在不同的书里记录了不尽相同的故事。最早的诗歌总集《诗经》也因为不同的注者、不同的书而形成了著名的“四家诗”。这些都是书籍传播文学作品较早的例子。这种传播方式源远流长，至今不衰。所以唐代的很多小说作品也一样，通过不同的作者、不同的书籍得以传播。

敦煌遗书中这种以书籍来进行传播的小说作品非常多，有些作品传播的范围可能就限于某一种书，这种作品的传播范围就相对较小。有些作品就被多种书所收录，这种作品的传播范围自然也就相对更广泛。

敦煌遗书中有明确署名作者为句道兴的《搜神记》，其与干宝的《搜神记》以及稗海本《搜神记》有相同的故事，程毅中先生认为并非句本抄录其他两个，有些今本《搜神记》甚至是误把句本《搜神记》中的内容收进了干本。[①] 但句本《搜神记》（以下简称“句本”）与另外两本在有些作品上确实有承袭关系。句道兴生平不详，现在多认为作者应生活在唐代或唐前。根据句本文末所示的出处，如“出《地理志》”“事出史记”（此处的“史记”应是史书的泛称，而非专指司马迁的《史记》）、“事出《晋传》”“出《博物传》”等提示，一般认为这是辑录古书而成，其语言较为

① 参见程毅中:《唐代小说史话》，文化艺术出版社 1990 年版，第 78 页。

粗糙，口语化倾向明显，但程度还不及后来的唐代通俗小说，情节不同于六朝志怪小说，一般认为可以看成是唐代早期的“说话”艺人用来参考的底本。其中的有些条目只见于句本《搜神记》一书，传播范围较小，如关于刘寄的记述，句本原文末曰“事出《南妖皇记》”，但其书不可考，其他史籍亦未见本事。又如孔子一条，句本原文末未标出处，其他史籍亦未见本事。这些故事的传播虽也是通过文人的书籍进行的，但只见于一本书的记载，故而传播范围相当有限。而有些条目则多见于诸多书目的记载，故而传播范围非常广泛，其故事在传播的过程中也往往被加工得越来越生动形象。如句本中有一篇记录王景伯故事的，这个故事散见于各种史籍中，如《太平御览》卷577引《晋书》逸文：

王敬伯。会稽余姚人，洲渚中升亭而宿。是夜月华露轻，敬伯鼓琴，感刘惠明亡女之灵，告敬伯，就体如平生，从婢二人。敬伯抚琴而歌曰：“低露下深幕，垂月照孤琴，空弦益宵泪，谁怜此夜心。”女乃和之曰：“歌宛转，情复哀，愿为烟与雾，氛氲同共怀。”①

此处记载相对简单，较详尽的记载见《续齐谐记》，据项楚先生考订，这应当是王景伯与鬼女故事的最早出处。而其他史籍也多有关于这个故事的记载，只是人名略有不同而已，如《太平御览》卷577引《晋书》逸文、《乐府诗集》卷60引《续齐谐记》皆作“王敬伯”，《全唐诗》卷23、卷284亦收有李端《王敬伯歌》，《太平御览》卷579引吴均《续齐谐记》则作“王彦伯”，《太平广记》卷318引邢子才《山河别记》则作“王恭伯”，之所以如此，项楚先生认为乃是避讳君王及其先祖之名、字。②而句本中关于王景伯与鬼女故事的记载则比较详尽，故事情节完整，犹如民间绘声绘色地讲故事：

昔有王景伯者，会稽人也，乘船向辽水兴易。时会稽太守刘惠

① （宋）李昉等编：《太平御览》卷577，景印文渊阁四册本，第365页。

② 参见项楚：《敦煌本句道兴〈搜神记〉本事考》，《敦煌学辑刊》1990年第2期。

明当官孝满，遂将死女尸灵归来，共景伯一处。上宿忧思，月明夜静，取琴抚弄，发声哀切。时太守死女闻琴声哀怨，起尸听之，来景伯船外，发弄钗钏。闻其笑声，景伯停琴曰："似有人声，何不入船而来？"鬼女曰："闻琴声哀切，故来听之，不敢辄入。"景伯曰："但入，有何所疑。"向前便入，并将二婢，形容端正，或（惑）乱似生人。便即赐坐，温凉以（已）讫，景伯问曰："女郎因何单夜来至此间？"女曰："闻君独弄哀琴，故来看之。"女亦小解抚弄，即遣二婢取其毡被，并将酒肉饭食来，共景伯宴会。既讫，景伯还琴抚弄，出声数曲，即授与鬼女。鬼女得琴，即叹哀声甚妙。二更向尽，亦可绸缪。鬼女歌讫还琴，景伯遂与弹，作诗曰："今夜叹孤愁，哀怨复难休。嗟娘有圣德，单夜共绸缪。"女郎云："实若愁妾恩，当别报道得。"停琴煞（燃）烛，遣婢出船，二人尽饮，不异生人……①

两相对照，明显可以看出，句本中的王景伯故事叙述详备、语言通俗，充满了生活气息。如，都是描写月色，《太平御览》中云"月华露轻"，更显书卷气，其中两人所赋诗歌也充满了才子佳人的文人雅致；而句本则曰"月明夜静"，更为通俗平易，其中人物对答及所赋诗歌也更加通俗化、口语化，虽为幽婚故事，但充满了民间普通饮食男女的思想情感、富于生活气息。故而有人认为句本更接近于唐代初级阶段的说话人说话时参考的底本。而这种多版本的出现及民间声气的特色，正说明这个故事广为传播。

又如句本中的樊寮故事，在多种史籍中都有记载，而人名稍有出入，如《太平御览》卷412引《东观汉记》中人名为樊修，而《初学记》卷17引《东观汉记》则把樊寮写作"雍修"。干宝《搜神记》卷11、稗海本《搜神记》卷5又把人名记为"楚僚"。名虽不同，但事迹如一。句道兴本《搜神记》还有"焦华梦瓜"的故事，这则故事在《太平御览》卷4

① 程毅中：《唐代小说史话》，文化艺术出版社1990年版，第78页。

引《齐春秋》中就有记载，写焦华因至孝感动上苍，在违背自然规律的情况下得瓜救父之事。这个故事在《太平广记》卷277《宋琼》中也有记载，只是人名不同，故事一样。这则故事演变为后来的孝子故事，在民间广为流传。诸如此类的故事在句道兴《搜神记》中非常多，此可谓典籍传播的典型代表。

这种见载于书籍进而不断传播的小说在其他小说集中也非常多见，又如敦煌藏经洞（S.610）曾发现相传为侯白所著的《启颜录》，其内容类似于《笑林》，都是一些小故事、小笑话，程毅中先生认为这本书类似于早期说话艺人用来进行说话技艺的底本①。其中很多内容都见于唐宋的其他书目，如《启颜录》中有一篇类似于民间笑话的痴人买镜的故事：

> 鄠县董子尚村，村人并痴。有老父遣子将钱向市买奴，语其子曰："我闻长安人卖奴，多不使奴预知之，必藏奴于余处，私相平章，论其价直。如此者，是好奴也。"其子至市，于镜行中度，行人列镜于市，顾见其影，少而且壮，谓言市人欲卖好奴，而藏在镜中。因指麾镜曰："此奴欲得几钱？"市人知其痴也，诳之曰："奴直十千。"便付钱买镜，怀之而去。至家，老父迎门问曰："买得奴何在？"曰："在怀中。"父曰："取看好不？"其父取镜照云（之），正见须鬓皓白，面目黑皱，乃大嗔，欲打其子，曰："岂有用十千钱而贵买如此老奴！"举杖欲打其子，其子惧而告母，母乃抱一小女走至，语其夫曰："我请自观之。"又大嗔曰："痴老公，我儿止用钱十千买得子母两婢，仍自嫌贵！"老公欣然。释之余，于处尚不见奴，俱谓奴藏未肯出。时东邻有师婆，村中皆谓出言甚中，老父往问之。师婆曰："翁婆老人，鬼神不得食，钱财未聚集，故奴藏未出。可以吉日多办食求请之。"老父因大设酒食请师婆，师婆至，悬镜于门而作歌舞，村人皆共观之。来窥镜者皆云："此家王〔旺〕相，买得好奴也。"而悬镜

① 参见程毅中：《唐代小说史话》，文化艺术出版社1990年版，第75页。

不牢，镜落地分为两片。师婆取照，各见其影，乃大喜曰："神明与福，令一奴而成两婢也。"因歌曰："合家齐拍掌，神明大歆飨。买奴合婢来，一个分成两。"①

《启颜录》中记载的这个故事内容完整、情节曲折有趣、语言幽默生动，是一篇比较成熟完整的故事底本。而这个故事也被《太平广记》卷262记载，《太平广记》中此文引自《笑林》"不识镜"条，但内容非常简单，故事中不认识镜子的人换成了某郎之妻和其母，也没有了生动有趣、曲折幽默的情节，只有寥寥30多字。所以它的传播范围应该远不及《启颜录》中的故事。

应该说，书籍传播是一种简捷有效、传播面广泛、时效性久远且相对准确的传播方式，千载之下，我们更多是通过这种传播途径得以了解当时的情况。

2."行卷""温卷"

唐代小说的繁荣与科举制度及其形成的文化风气直接相关。行卷之风是直接促成唐代小说兴起发展的动力之一。虽然这一问题学界尚未达成共识，但笔者较为倾向于支持这一观点。

唐代虽实行科举考试，但科考的录取率比较低，基本上只有百分之二三，所以科考之路异常艰辛。与此同时，唐代科考不糊名，人情关系等在所难免，所以考生们除了苦读之外，往往会提前拜谒名人或把自己的诗文呈送考官，即"行卷""温卷"，以提高声誉，增加知名度，进而提升科考的命中率。

在"行卷""温卷"的过程中，诗文固然是要呈送的，但传奇作品更为新颖有趣，更具有故事性、趣味性，加之传奇小说本身就尚未完全脱离六朝小说的志怪特点，正好满足了唐人普遍的"好奇"心理，所以更有吸引力。再加上其文备众体，与诗歌、散文乃至策论等相比，又可以体现作

① 王利器辑录:《历代笑话集》，上海古籍出版社1981年版，第14—15页。

者多方面的才能，其集史才、诗笔、议论于一体的基本特征，使它更容易受到考官等的青睐，更容易成为干谒中的有效载体。因而文士们往往就会主动四处搜集、创作奇幻的小说故事，以博取考官的好感。

在这种行卷风气的影响下，士子与考官乃至显贵之间的传播链就得以建立。一方面，大量的小说作品在这两个群体之间传播，同时也会进而在各自群体之内传播；另一方面，创作小说所需要的素材，也使得士子文人们四处奔走，在奔走过程中也必然对小说传播起到促进作用。根据俞钢先生进行的作者身份统计，《全唐五代小说》151 位文言作家中有 56 人属于科举士子出身，可以说士子举人成了唐代小说创作的强大力量，这也是科举制度所带来的不同于以往的特殊现象。① 在这种特殊现象背后，对于唐代小说的创作与传播更为有益的是，它形成了一个特定的作者群和读者群，并且深深影响了小说创作的精神风貌和审美倾向。

3. 宴集雅会

唐代宴饮文化相当繁荣，上自皇亲贵戚，下至黎民百姓，可以说宴饮之风无所不在，宴饮场所无处不有，文人士子间的宴集活动更是频繁。这些活动极大地促进了唐代小说传播活动的繁荣。

唐代文人士子间时常昼饮夜宴，在这种自由疏放的环境中，文人们征奇话异、谈奇尚趣，迎来送往之间，以奇人逸事相互娱乐，传播催生了各种奇闻逸事，有心者再加以记录，形成小说文本，进行更广泛更久远的传播，以显示自己的才学和见识，无形中便推动了小说的迅猛发展。《太平广记》中记载了沈亚之《异梦录》的形成过程。这正好说明了小说的创作与传播的全过程，可以说是宴会对小说传播作用的一个佐证。与此相类似，沈既济在《任氏传》中也谈到了其作品正是由于友朋间宴饮闲谈、征异话奇而产生的。

---

① 参见俞钢：《论唐代文言小说繁荣与科举制度盛行的关系》，《上海师范大学学报（哲学社会科学版）》2007 年第 3 期。

再如李公佐的《古岳渎经》也是源于友朋宴集聚会的：

唐贞元丁丑岁，陇西李公佐泛潇湘、苍梧。偶遇征南从事弘农杨衡，泊舟古岸，淹留佛寺，江空月浮，征异话奇。杨告公佐云：永泰中，李汤任楚州刺史时，时有渔人，夜钓于龟山之下，其钓因物所制，不复出。渔者健水，疾沉于下五十丈。见大铁锁，盘绕山足，寻不知极，遂告汤。汤命渔人及能水者数十，获其锁……公佐至元和八年冬，自常州饯送给事中孟简至朱方，廉使薛公苹馆待礼备。时扶风马植、范阳卢简能、河东裴蘧，皆同馆之，环炉会语终夕焉。公佐复说前事，如杨所言。至九年春，公佐访古东吴。从太守元公锡泛洞庭，登包山，宿道者周焦君庐。入灵洞，探仙书。石穴间得古《岳渎经》第八卷，文字古奇，偏次蠹毁，不能解。公佐与焦君共详读之……即李汤之见，与杨衡之说，与《岳渎经》符矣。①

从这里我们可以看到，李公佐游览江湘之时，偶遇杨衡，于是两人在月夜征异话奇，杨衡为他讲了李汤遭遇的故事，之后李公佐在浙西受到廉使薛苹的款待，与其他幕僚友朋一起围炉夜宴，席间李公佐讲述了从杨衡处听闻的故事。这是李公佐在友朋宴饮间对该故事的口头传播。后来李公佐再游古东吴时，与太守在石洞中发现了《岳渎经》，其上所记内容与杨衡所讲李汤之遇一一符合，于是李公佐便将这些事情加工整理、丰富润色，最终创作了小说《古岳渎经》。可见，宴饮聚会是很多小说创作的发端。

此外，唐人小说之中有不少作品的题材、内容几乎相同。王建的《崔少玄传》、长孙巨泽的《卢陲妻传》以及道士王方古的《谪仙崔少玄传》，讲述的都是卢陲妻子崔少玄下凡的故事。王建的崔少玄故事结尾云："至景申年中，九疑道士王方古，其先琅琊人也。游华岳回，道次于陕郊。时

---

① 李时人编校，何满子审定：《全唐五代小说》卷 23，陕西人民出版社 1998 年版，第 646 页。

陲亦客于其郡，因诗酒夜话，论及神仙之事。时会中皆贵道尚德，各徵其异。殿中侍御史郭固、左拾遗齐推、右司马韦宗卿、王建，皆与崔恭有旧，因审少玄之事于陲。陲出涕泣，恨其妻所留之诗，绝无会者。方古请其辞，吟咏须臾，即得其旨。”①可见，王建、道士王方古是参加了这次宴会，得知了这个故事后，才创作《崔少玄传》《谪仙崔少玄传》的。而在长孙巨泽作品的结尾写其“聆于王君”②，又可知其从王方古处听说了这个故事，从而创作了小说《卢陲妻传》。虽然不是完全相同的小说文本，但却足以看出宴会作为传播平台的重要性。

文人的个性，使得小说故事不囿于一个面貌。文人的流动性，加之二次创作，更推动了小说的传播，从根本上促进了唐代小说的成熟发展。

4. 幕府宴集

“幕府”原指古代将军的府署，因军队出征使用临时帐幕为指挥所，故称军事指挥所为“幕府”。后世也将地方军政大吏的官署称作幕府。幕府中的事务从属人员则称幕僚，因此幕府制度又称幕僚制度。

唐代幕府制度的兴盛，出现在中唐。中唐以前，幕府主要设置于唐代国家疆域的边缘地区，主要预防敌国入侵。安史之乱后，地方势力增强，国内大量节度使藩镇出现，中央的影响力直线下降，幕府往往掌握着一方的军事、政治、财政等诸多权力，势力强大。

与此同时，文人入仕的机会也越来越少。唐代原有的科举制度虽为士人提供了入仕机会，但希望非常渺茫，一则唐代进士科选拔的人才非常少，二则进士考试不糊名，考试之外的很多人为因素对考试结果的影响也很大，所以文人通过科举及第的可能性也非常小。唐代很多非常著名的文人都有着辛酸的科考血泪史。即使费尽九牛二虎之力考中了进士，也不能马上被授予官职，还需参加吏部的铨选，考试及格后才有资格为官，但由

① （宋）李昉等编：《太平广记》，中华书局1961年版，第416页。

② （清）董诰等：《全唐文》，中华书局1983年版，第7379页。

于官员的职位有限，很多时候还需要等待补缺。加之中唐以后朝政昏暗，想通过科举实现仕宦之路更为艰难。

而此时方镇幕府不仅势力强大，更由于其权限增加、事务繁杂，因此也需要大量幕僚从事各种烦琐的事务。这就给文人带来了新的希望和机会。加之幕府在用人时不重资历，重真才明德，所以有真才实学的文士很容易脱颖而出。幕府为了培植自己的势力，也经常借机推荐僚属去中央任职，所以有些入幕的文士可能通过幕府就能迅速实现自己的仕途之路。事实上，唐后期大约一半以上的宰相都是从幕府中走出来的。对此，白居易在《温尧卿等授官赐绯充沧景江陵判官制》中就曾提到这一情况："今之俊乂，先辟于征镇，次升于朝廷。故幕府之选，下台阁一等，异日入为大夫公卿者，十八九焉。"① 加之幕府方镇之间相互角力，需要大量征募贤士。幕主为能够招贤，给出相当优厚的待遇，而此时受到安史之乱重创后的朝廷待遇微薄，甚至不能自给，"京官不能自给，常从外官乞贷"②。相较之下，地方任职的幕府僚属的地位明显更有吸引力。除了幕府待遇优厚，幕府的强大吸引力还在于幕主与幕僚之间的"雇佣关系"。这种关系不仅是行政上的附属统领，也在上下级关系之外，保持一种宾主关系，来去自由。此外，幕府所得人才的情况，也在一定程度上影响着幕府本身的声望，因而幕府也往往以所征辟贤才的情况相标榜。对于这种现象，德宗朝的宰相赵憬曾总结道："诸侯辟吏，各自精求，务在得人，将重府望。"③ 如此一来，文士的地位也就随之极大提升，文士的自尊感与价值感自然得以满足，因而"大凡才能之士，名位未达，多在方镇"④。

由于幕府职能的转变，有些幕府节帅也都是文官担任，这些文官自然也有文学雅好，这样就更加剧了文学氛围的形成。当然也有一些文武双全

① （清）董诰等：《全唐文》，中华书局 1983 年版，第 6734 页。
② （宋）司马光编著：《资治通鉴》卷 225，中华书局 2007 年版，第 23 页。
③ （后晋）刘昫等：《旧唐书》卷 138，中华书局 1975 年版，第 2369 页。
④ （后晋）刘昫等：《旧唐书》卷 138，中华书局 1975 年版，第 2369 页。

的幕主或武将也雅好文学，因而幕府之中文学氛围非常浓郁。比如李德裕历任地方大员，不仅自己著述颇丰，其属下也多有较高的文学成就。如历任李德裕幕府的段成式、韦绚、张周封等人分别著有《酉阳杂俎》《戎幕闲谈》《华阳风俗录》等小说作品。而历任西川等五镇节度使的高骈，其僚属中的裴铏、崔致远、高彦休等也都分别有著名的小说作品《传奇》《双女坟记》《阙史》等。牛僧孺的《玄怪录》也完成于节度使任上。① 因而，一方面文人间有共同的雅好，另一方面有些幕府府主本身也爱好文学，所以幕僚文人中就产生了许多著名的小说作家和作品。

正是由于科举不易，而幕府条件优渥，于是幕府就天然形成了文人集团。因其文化氛围浓厚，并且生活丰富、交往频繁，故而营造出一种良好的传播交流环境。在幕府中，经常有各种宴饮聚会，这种场合最有利于小说的传播。此时，文人雅士多加入到故事讲述、传播以及小说创作中来。

唐代文人好奇尚异，幕府之中此种风气更为盛行。李德裕的幕僚大都“喜见未闻言，新书策”，有着崇奇好异的共同特征。② 而裴铏的《传奇》、牛僧孺的《玄怪录》等都体现了尚奇好异的特征。更由于幕府中宴饮聚会非常多，所以文人们常常在聚会之时征奇话异，讲述奇异故事，以相娱玩，而后由工诗善文之人把这些故事润色完善，形成小说，一方面进一步传播，另一方面显扬自己的才能。这种情况在唐人的作品中多有记载。

又比如李公佐《古岳渎经》中的故事，也是源自浙西节度使薛苹为幕僚和其他文士举办的宴会闲谈之中。而段成式的《酉阳杂俎》更是记录了他在幕府执事期间所见所闻的各种趣事、怪事。而牛僧孺《玄怪录》的主要内容也基本来自其做节帅幕主期间的征奇话异。

李德裕门下幕僚韦绚撰写了小说集《戎幕闲谈》一书。除此之外，裴铏的《传奇》同样写成于入幕之时。这种文人集团成员的创作，首先就直

① 参见伊赛梅：《唐代幕府与唐代文言小说的创作与传播》，《福建广播电视大学学报》2014 年第 3 期。

② 参见周勋初：《唐人笔记小说考索》，江苏古籍出版社 1996 年版，第 229 页。

接传播于文人集团当中，也就促进了唐代小说的传播。

由此可见，幕府宴集环境是催生小说传播与形成的重要场所，因为在工作场合，人们往往只谈正事，即便寒暄也都是很简单很冠冕堂皇的问候，而宴会这种交际娱乐的场合，因为是公共场合，人多嘴杂，一般不适合重要事情的交谈，而以叙友情助娱悦为主，因而此时八卦娱乐奇异之事最为适合，既无伤大雅，又助人娱乐解忧，令人耳目一新。所以唐代很多传奇作品都来自幕府宴集娱乐的闲谈。因此可以说，幕府宴集为小说提供了素材，也使小说故事得以传播，而幕僚文士的创作使小说作品进一步得到了更为广泛久远的传播。

5. 宗教传播

唐代社会较为开明，宗教文化在当时大放异彩。道教、佛教、儒家相互融合、相互促进，在民间还有种种民间信仰的存在。宗教如诗歌一样，与人们生活息息相关。作为社会文化活动，对文学的发展、传播势必起到相当重要的作用。

道教因某些缘故，在唐代有着“国教”的名号。一方面，统治者利用道教维护自身的统治，道教徒也同样会利用统治者的这种心理，进行广泛传教。同时，更多的创作者也会积极接近道教，在自己的文本之中增加道教元素，从而扩大自己小说的传播面。另一方面，道教徒也会借鉴小说的创作方法，在自己传教的过程中加以运用。张鷟的《游仙窟》就可以看作是对道教文化的借鉴，从而促进了自己作品的传播。张鷟本人就受到了道教的影响，其名字正是因儿时梦仙得来。《游仙窟》一文，核心就是人仙恋。“余”主动寻仙，而后与仙姑相遇，最后相恋的故事。在二人的对话中，更是涉及许多神仙道术，可以说是一部以道教文化为背景的爱情传奇小说，这就在一定程度上不同于常规现实主义的爱情故事。裴铏的《传奇》则更是本直接宣传道教教理的小说集，他创作的目的正是要提高道教的地位，所以这类小说更能体现出宗教对其文本的传播作用。其中像《姚坤》这类以叙述佛教徒作恶为内容的故事，在当时道佛并行之时，利用两教竞争关系，在客观上极大地促进了小说的传播。牛僧孺的《玄怪录》也是出于个人成仙隐逸的倾向而创作的作品。在当时黑暗的社会，利用这种方式送去心灵安慰剂，传播道教的同时，也传播了小说。

佛教与道教并驾齐驱，除常规宣教的过程中利用小说之外，佛教寺院本身也是一个较为重要的传播场所。寺院因其经常在其中表演一些说话、转变等说唱活动，作用就类似于幕府当中的宴饮聚会，这种频繁的娱乐活动就使得佛教寺院促进了唐代小说的传播。除了口头传播这种方式之外，书面传播也在寺院传播小说的过程当中充当了重要角色。首先是寺院藏书。张读《宣室志》"陈岩"篇当中，就记录了一个猿猴化为妇人的故事，而作者在文末交代道："客有游于太原者，偶于铜锅店精舍，解鞍憩焉。于精舍佛书中，得刘君所传之事，而文甚鄙。后亡其本。客为余道之如是。"①这故事来源说明了佛寺当中的藏书也包括一部分与佛法无关的故事小说，并且留宿的过往旅客能够得书阅读，也是佛寺对小说潜在传播的例证。此外，在《法苑珠林》这类佛教类书当中，也收录了许多唐及唐前的志怪小说，这在纵向上也同为一种传播活动，这部分小说文本得以流传后世，促进了文学的进步。同道观中的道人一样，佛寺的僧人以及其他宗教人员，也都在宣传佛法的过程中借助了小说这一体例。僧人有着同道人一样的创作小说的行为，如唐代僧人释法海所撰的《报应传》。另外，在许多佛经当中也会发现有小说的存在，从而借由佛经传播了小说。如敦煌遗书的多部《金光明经》写本中，就有在经文前写有小说故事的。这种直接将小说写于佛经上的方法，多半都是出于宣传佛法的灵验的目的。因此这些故事内容基本相同，仅题目存在细微区别。这种意图强烈的传抄行为确实在客观上促进了小说的传播。

不论是道教还是佛教，也不论其意图目的是出于何种，但其传教的种种途径与唐代小说的密切关系，确实帮助了唐代小说的传播，有些小说甚

① （宋）李昉等编：《太平广记》，中华书局1961年版，第3633页。

至依赖于这些道经佛典才得以流传。如今本《冥报记》就是亡佚以后，由清末杨守敬通过日本三缘山寺所藏《法苑珠林》中的文本辑佚整理而出。

6. 族群等小群体内的传播

族群关系的传播现象主要是由于当时社会的传播水平远远不能达到广泛的大众传播层面。因而受制于传播媒介，在暂时不能完成更大社会结构的传播时，初级群体内的传播就成了主要途径，而这类初级群体最为直接的就是各种族群关系。

首先是最普遍的族群关系——家族关系的传播。整理各小说作者的身份不难发现，家族现象在其中较为普遍。张鷟、张荐、牛僧孺和张读，这几位小说作家同属一个家族体系。张鷟是张读的高祖，张荐是其祖父，而牛僧孺则是其外祖父。张氏三代又恰恰代表了唐代小说发展的三个阶段，可谓家族关系影响下的传播活动的代表。小说集《酉阳杂俎》和《乾巽子》的作者段成式与温庭筠也是类似情况，段成式儿子安节娶了温庭筠女儿，二人是儿女亲家关系。另外，白居易虽没有创作传奇小说的明确记载，但他与其三弟白行简之间的相互影响也是存在的。

其次是朋僚关系。唐代文人大都有着较为广泛的社交空间，也都较为重视朋僚情谊，如李杜、元白等我们所熟知的人物关系。这些朋僚关系有些是同事，有些是同年，有的则是朋友关系。戴孚与顾况属于同年进士，戴孚死后由顾况为其《广异记》作序。在序文中就肯定了其书“辅于神明”① 的价值。此外，元稹与李绅二人也有着多年的朋友之情。元稹作《莺莺传》后，李绅就写成了《莺莺歌》来与之相和。白居易与陈鸿类似于元、李，二人分别作《长恨歌》与《长恨歌传》来相互应和，共同创造了千古传诵的李杨爱情传奇。元李、白陈四人关系，其实是中唐以白居易、元稹为核心的传奇小说作家集团的体现，这个集团就是族群朋僚关系的典型代表。

① （清）董诰等:《全唐文》，中华书局 1983 年版，第 5369 页。

另外，还有党派关系。中唐时期著名的牛李党争，就使用了小说作为党派互相攻击的工具。牛党有《卢氏杂说》一书，李党方面则有《周秦行纪》与《牛羊日历》等。以捏造牛僧孺家中丑闻为内容的《牛羊日历》，在当时造成了相当的社会影响，甚至引得唐文宗亲自来为牛僧孺解释。① 这些情况也从另一角度体现出这种复杂的党派斗争对小说的传播在客观上的促进作用。

7. 诗歌典故等的传播

诗歌典故的传播与雅俗文化间的传播也是重要的传播形式。诗歌韵文的使用和节奏韵律的设计构造，在一定程度上就是为了便于传播。诗歌发展至唐代达到极度繁荣，在传播上的效果自然也达到了极致。唐诗几乎无处不在，而其内容更是包罗万象，可以说是在悄无声息之中对社会产生着影响。诗歌已然“飞入寻常百姓家”，那么小说作品自然也可以随着诗歌走近读者，这是顺理成章的情况。

借助诗歌带动小说传播，最为直接也最为简单的方式就是让小说出现在诗歌当中，也就是在诗歌当中使用“小说典”。所谓的“小说典”，就是将过去取自诗歌典故中的故事，换作为唐代小说中的故事。其效果与目的，与一般诗歌典故无异。唐代讲述“镜”的故事小说有多篇，但王度所写的《古镜记》是其共同源头。② 后有诗人以镜入诗，便多是受此篇小说影响。李商隐《李肱所遗画松诗书两纸得四十韵》中“我闻照妖镜，及与神剑锋”③ 一句就是如此。《古镜记》中的神镜，先后除掉了千年狐妖和紫身蛇王，在王度其弟游历山水途中更是神异频现，斩妖无数，故诗中才将其与神剑相提。又李群玉《古镜》中“阴沉蓄灵怪，可与天地永。恐为悲龙吟，飞去在俄顷”④ 几句，同样也应当来自《古镜记》：王度失镜之时曾

---

① 参见侯忠义：《隋唐五代小说史》，浙江古籍出版社 1997 年版，第 94 页。

② 参见汪辟疆校：《唐人小说》，北京联合出版公司 2016 年版，第 11 页。

③ （清）彭定求等编：《全唐诗》，中华书局 1960 年版，第 6241 页。

④ （清）彭定求等编：《全唐诗》，中华书局 1960 年版，第 6573 页。

有龙吟之兆，然后须臾之间神镜便消失无踪。李群玉此诗正是借神镜最终消失的结局来表达自己内心的忧虑。可见在这种情况下，就需要读者对王度的《古镜记》有一定的阅读基础，否则难以理解作者在其中想要传达的含义，也就诱使了部分读者前去阅读相关小说，从而扩大了小说影响，加快了其传播进程。

也有在同一诗歌中运用多处小说典故的情况，例如在王诜“佳人已属沙咤利，义士今无古押衙”① 诗句中，前句借《柳氏传》典，后句“古押衙”则是《无双传》中的故事人物。在《柳氏传》中，韩翊与其所爱柳氏因安史之乱两京沦陷而分隔两地，两京收复后柳氏却被朝廷蕃将沙咤利看中掳走，诗中前句所讲即为此景。《无双传》中王仙客与刘无双二人情笃意坚，却因刘无双家庭变故被没籍为宫女，二人相隔万里，无缘再见，后幸遇义士设计救出无双，终使二人得归故乡，相合终老。后句“今无古押衙”就是借此典来抒发自己如今没有义士古押衙相助，不能达成目的，只能遗憾终生的苦叹。

使用频次较多的小说典，还有《莺莺传》和《霍小玉传》等爱情故事之类。王涣《惆怅诗十二首》中就同时借用了二者故事。

> 八蚕薄絮鸳鸯绮，半夜佳期并枕眠。钟动红娘唤归去，对人匀泪拾金钿。(其一)
>
> 夜寒春病不胜怀，玉瘦花啼万事乖。薄幸檀郎断芳信，惊嗟犹梦合欢鞋。(其六) ②

前诗所写正是《莺莺传》中莺莺在红娘的帮助下与张生夜半相合之事，后诗则借用《霍小玉传》典故来抒发作者情感。在《霍小玉传》中，出身名门的进士李益背弃了与霍小玉之间的山盟海誓另娶他女，并断绝了与霍小玉的书信往来、隐藏行迹，霍小玉为此含恨而死，“薄幸檀郎断

---

① 许顗：《许彦周诗话》（丛书集成初编本），商务印书馆 1935 年版，第 12 页。

② （清）彭定求等编：《全唐诗》，中华书局 1960 年版，第 7919—7920 页。

芳信”即言此事。而“惊嗟犹梦合欢鞋”则出自霍小玉临死前对梦中所见“脱鞋”一事做的解梦之语：“鞋者，谐也。夫妇再合。脱者，解也。既合而解，亦当永诀。由此征之，必遂相见，相见之后，当死矣。”①

小说故事作为诗歌典故，就需要将原有长篇恢宏的叙事情节或者核心人物浓缩成为简练的词语，放置在诗歌词句的恰当位置。往往理解了这个词语的含义，也就明白了诗歌的意图。上述提到的使用小说典诗句的案例，也基本上吻合了这一情况。这种小说典的情况，对于诗歌本身而言也增添了几分别样情趣在里面。

从传播角度考虑，小说典较为频繁使用其意义不仅在于对小说本身的传播，而且还在于其促进了人们对小说这种文体的接受。它在一定程度上反映出当时人们对于小说的态度已经开始有所改观，虽然仍旧处于较为边缘的位置，但是已经可以看到这种中心化的趋势。从文学发展角度考虑，小说是通俗文学的代表，而诗歌是雅文学的典型，小说典的运用也可以看作是雅俗文学之间的一次新的交流，从而推动了唐代文学的繁荣。

此外，雅俗文化间的传播也是重要的传播形式之一。比如唐传奇中的《李娃传》，就是来自“市人小说”（或曰“人间小说”）中的《一枝花话》。这是不同文化层面中的两种小说形式相互影响、相互促进的典型例证。

六、唐代小说传播对象与效果

（一）文言小说的传播对象与效果

唐代小说的传播对象极为多样化，上自君臣、文人士大夫，下至庶民、妓女、孩童，莫不热衷于此。而唐代文言小说与白话小说的传播对象和传播方式既有明显区别，但亦有重合之处。

① （宋）李昉等编：《太平广记》，中华书局1961年版，第4010页。

唐代文言小说作家面对的是一个新的不同于其他时代的成熟的传播和接受群体。文言小说的传播对象主要是官吏文士。他们不仅是文言小说的传播对象，而且常常表现出参与创作的巨大热情，他们与作者之间有着非常密切的交流。倘若我们要寻找唐代小说传播过程所表现出来的特色，这种交流也许就是其中最突出的。交流多是在文人聚谈时完成。因此，唐代文言小说的创作和传播是在与读者的深度参与和交流中得以传播的。

唐代文言小说的成书往往是在文人宴饮聚谈时先有人讲述故事，而后再由其中一人进行撰述创作，形成作品。如：

> 余时在洛敦化里第，于庠集是博士渤海徐公说为余言之。岂曰语怪，以摭奇文，故传言之。①
>
> ——皇甫枚《三水小牍·王知古为狐招婿》

> 至景申年中，九疑道士王方古，其先琅琊人也。游华岳回，道次于陕郊。时陲亦客于其郡，因诗酒夜话，论及神仙之事。时会中皆贵道尚德，各征其异。殿中侍御史郭固、左拾遗齐推、右司马韦宗卿、王建，皆与崔恭有旧，因审少玄之事于陲。陲出涕泣，恨其妻所留之诗，绝无会者。方古请其辞，吟咏须臾，即得其旨。②
>
> ——王建《崔少玄传》

> 赞皇公博物好奇，尤善语古今异事。当镇蜀时，宾佐宣吐，不知倦焉。乃谓绚曰："能题而记之，亦足于资于闻见。"绚遂操觚录之，号为《戎幕闲谈》。③
>
> ——韦绚《戎幕闲谈》

在这些作品中，有些讲述者与撰著者是同一个人，有些讲述者与撰著者则不是同一个人。而传播者与接受者也因为不同的行为而不断转换着自

① （唐）皇甫枚：《三水小牍》，辽宁电子图书有限责任公司2000年版，第58页。

② 李时人编校，何满子审定：《全唐五代小说》卷22，陕西人民出版社1998年版，第599页。

③ 转引自（元）陶宗仪编：《说郛》第4册卷7，上海涵芬楼铅印本，1930年版，第14页。

己的身份。比如有些小说故事的讲述者在讲述故事时是传播者，在听故事或阅读了文本小说之后就由传播主体转换为传播对象。而且这种身份可能在以后的再传播过程中进行新的转换，所以很多传播者也是传播对象。有些故事初次讲述就被撰著，有些故事经多次辗转讲述才被记述，但往往都是先有“讲述”，再有“撰著”，也就是先有口头传播，再有文字撰著的书面传播。如沈亚之《异梦录》就是典型的例子，“故亚之退而著录……明日，客有后至者，渤海高允中、京兆韦谅、晋昌唐炎、广汉李瑀、吴兴姚合，洎亚之，复集于明玉泉，因出所著以示之”①。沈亚之在陇西公李汇处做幕僚时，在宴会上听李汇讲了邢凤的故事，此时他是这个故事的接受者。而当他把这个故事写下来，第二天又在另一场宴会中把所写的故事拿出来给大家看时，他就是新的传播者。

此外，文言小说的传播对象还常常包括与科举有关的官僚仕宦。这与“行卷”“温卷”的科举风气有密切关系。

因而总体来说，唐代文言小说的传播主体与传播对象往往都是文人士大夫。虽然很多传播最初的范围仅局限于少数的文士，但随着这些文士们参加新的各类活动，以及文本的创作，这个传播范围就会不断扩大，其传播时间也越来越久远。

而文言小说的传播效果也非常好，在文人士子中很受欢迎。元稹《酬翰林白学士代书一百韵》诗云：“翰墨题名尽，光阴听话移。”自注：“乐天每与余游从，无不书名题壁，又尝于新昌宅说‘一枝花话’，自寅至巳，犹未毕词也。”②“一枝花话”即《李娃传》故事，其历四个时辰，即今八个小时尚未结束，既可见故事讲述之委婉细致，又可见听者之投入、传播效果之好。

---

① 李时人编校，何满子审定：《全唐五代小说》卷25，陕西人民出版社1998年版，第687页。

② （唐）元稹：《酬翰林白学士代书一百韵》，见（清）彭定求等编：《全唐诗》第12册，中华书局1960年版，第4520页。

这种传播效果从唐代文言小说的蓬勃发展也可以看出来，正是因为它的传播广受欢迎，所以文人才有创作的兴趣，文言小说也才有长足发展。此外，从文言小说作者所谈到的创作经历也可以看到文言小说的传播效果非常好，能引起接受者的广泛关注与共鸣。如沈亚之《异梦录》记载，当陇西公李汇欲讲邢凤故事的时候，在座的人都异口同声地表示“愿备听”，充满了一种接受的渴望。而当李汇讲完之后，在座的人“皆叹息曰：‘可记’。故亚之退而著录”[①]。大家在接受了这个故事之后还意犹未尽，想让这个故事流传得更广泛、更久远，希望把这个故事写下来，所以才有了后面沈亚之的退而著录。可见当时的传播效果是非常好的。李公佐的《古岳渎经》也记载，他与友朋讲此故事时，大家都非常有兴趣，以至于“环炉会语终夕焉”[②]，足见传播效果也非常好。韦绚《戎幕闲谈》序中云：“宾佐宣吐，不知倦焉。”[③]正是因为传播效果好，所以虽然时间很长，但是大家都不知疲倦，可见接受对象都乐此不疲。《任氏传》记述，因为大家听了故事之后深受震撼，所以请求沈既济著文记录此事，才有了该小说：“众君子闻任氏之事，共深叹骇，因请既济传之，以志异云。”[④]足见小说的传播引起了传播对象深深的共鸣，所以才有了后面的撰述。从以上的这些例子都可以看出，正是因为有了非常积极良好的传播效果，所以口头传播又推动了新的更久远的书面传播。

在这个过程中，传播对象对小说的创作产生了重大的推动作用和影响，所以有人认为唐代小说带有“集体创作”的成分，应该说也是有一定道理的。

---

① （宋）李昉等编：《太平广记》，中华书局 1961 年版，第 2247—2248 页。

② 李时人编校，何满子审定：《全唐五代小说》卷 23，陕西人民出版社 1998 年版，第 647 页。

③ 转引自（元）陶宗仪编：《说郛》第 4 册卷 7，上海涵芬楼铅印本，1930 年版，第 14 页。

④ 李时人编校，何满子审定：《全唐五代小说》卷 19，陕西人民出版社 1998 年版，第 541 页。

唐代小说传播对象影响小说创作的情况，在谷神子《博异志·序》中也可见一斑：

夫习谶谭妖，其来久矣，非博闻强识，何以知之。然须抄录，且知，雌黄事类。语其虚则源流具在，定其实则姓氏罔差。既悟英彦之讨论，亦是宾朋之节奏。若纂集克备，即应对如流。余于志西斋，从宦北阙。因寻往事，辄议编题，类成一卷。非徒但资笑语，抑亦粗显箴规。或冀逆耳之辞，稍获周身之诫。只同求己，何必标名。是称谷神子。①

可见，文人的聚谈是故事最初的传播与小说的酝酿，又是小说的共同创作与润色阶段。从“英彦之讨论”可见文人在一起往往对所听故事进行热烈讨论，这种讨论必然会影响后来的创作，足见传播效果是非常积极有效的。

此外，唐代小说的读者不仅会对小说的创作提出重要的指导性意见，而且他们往往在听或读完故事后会激发灵感，产生进行再创作的兴趣，此即唐代小说的“重写”现象。这种再创作的作品可能是用同样的叙事性小说文体，如李复言《续玄怪录·尼妙寂》：

公佐大异之，遂为作传……大和庚戌岁，陇西李子复言游巴南，与进士沈田会于蓬州，田因话奇事，持以相示，一览而复之。录怪之日，遂纂于此焉。②

在此，李复言明确指出，其《尼妙寂》是在李公佐《谢小娥传》的基础之上改写而来的，是一次再创作。又如沈亚之《湘中怨解》，其篇首、篇末自叙创作过程云：

《湘中怨》者，事本怪媚，为学者未尝有述。然而淫溺之人，往往不寤。今欲概其论，以著诚而已。从生韦敖，善撰乐府，故牵而广

---

① 丁如明等校点：《唐五代笔记小说大观》（上），上海古籍出版社2000年版，第477页。

② 李时人编校，何满子审定：《全唐五代小说》卷42，陕西人民出版社1998年版，第1170页。

之，以应其咏。

元和十三年余闻之于之朋中，因悉补其词，题之曰《湘中怨》，盖欲使南昭嗣《烟中之志》为偶倡也。

据此知沈亚之乃感于韦敖《湘中怨歌》事与南卓《烟中怨解》事而作。

更多的再创作是转而用诸如诗歌或赋等另一种文体来进行描述，如李绅的《莺莺歌》，据元稹《莺莺传》结尾记载：

贞元岁九月，执事李公垂于予靖安里第，语及于是，公垂卓然称异，遂为《莺莺歌》以传之。①

李绅即是在听了元稹的《莺莺传》之后，为之感动，又产生了再创作的欲望，于是写作了命意与情节都基本同于原传的《莺莺歌》。晚唐司空图的《冯燕歌》也是如此。《冯燕歌》用七言诗的形式记录了《冯燕传》主要情节，歌中自述创作兴味的产生是“为感词人沈下贤，长歌更与分明说”②。又如元稹的《李娃行》与白行简的《李娃传》、李肇的《南柯太守传赞》与李公佐的《南柯太守传》、杜牧的《次会真诗三十韵》与元稹的《莺莺传》、白居易的《长恨歌》与陈鸿的《长恨歌传》等，也都是如此。③

如前所述，唐代很多文言小说往往在文人士子及幕府群僚的宴饮聚会中逐渐酝酿而成，所以文言小说的传播对象主要是文人士子或幕府聚谈者。又因为很多小说故事在传播过程中往往会引起传播对象强烈的共鸣或热烈的讨论，而后在聚谈过程中由大家建议或推举某人进行“记录”，这才有了该小说作品。这足以看出，唐代小说的传播效果非常好，其传播对象往往与作者一起参与或推动了作者的创作。而有的作者是在看到或听到

① 李时人编校，何满子审定：《全唐五代小说》卷24，陕西人民出版社1998年版，第655页。

② （清）彭定求等编：《全唐诗》卷634，中华书局1960年版，第3948页。

③ 参见邱昌员：《简论唐代的小说读者》，《赣南师范学院学报》2003年第1期。

别人的小说作品之后，有感而发，创作了同题材的其他小说或诗歌作品，使传播范围进一步扩大。而这种共同参与、共同创作，或者说良好的传播效果，也助推了唐代小说的繁荣发展。

（二）白话小说的传播对象与效果

唐代白话小说的传播则与唐代的俗讲、讲唱活动密不可分，相比于文言小说的“贵族客厅”式传播模式，白话小说的传播则更为广泛、热闹。它多在寺庙、广场、市井中传播，同样得到了君臣、文人士大夫，乃至于庶民百姓的喜爱。

讲唱活动自唐玄宗时起备受民众喜爱，已到全民痴迷的状况。上自皇帝下至庶民，几乎涵盖了社会的各个阶层。民众参与白话小说的热情在唐代史籍、诗文乃至敦煌讲唱文学中皆有记载。

唐玄宗酷爱世俗艺术，于太常寺之外专设管理俗乐的教坊机构，并于梨园亲自教习弟子，可见其对世俗音乐歌舞的喜爱。“优孟师曾见于史传，是知伶伦优笑，其来尚矣。开元中黄幡绰，玄宗如一日不见，则龙颜为之不舒，而幡绰往往能以倡戏匡谏者，‘漆城荡荡，寇不能上’，信斯人之流也。咸通中，优人李可及者，滑稽谐戏，独出辈流，虽不能托讽匡正，然巧智敏捷，亦不可多得……”①可见帝王对俚俗俳谐文学表演活动的好尚。《旧唐书·音乐志》载：“玄宗在位多年，善音乐，若宴设酺会，即御勤政楼……太常卿引雅乐，每色数十人，自南鱼贯而进，列于楼下。鼓笛鸡娄，充庭考击。太常乐立部伎、坐部伎依点鼓舞，间以胡夷之伎。”②“胡夷之伎”就包括很多民间的杂技百戏。此外，玄宗时还经常在节日期间举行一些大规模的百戏娱乐活动。唐人郑綮《开天传信记》载：“上御勤政楼大酺，纵士庶观看。百戏竞作，人物填咽。金吾卫士白棒雨下，不能

① （唐）高彦休：《阙史》卷下，影印文渊阁四库全书本。

② （后晋）刘昫等：《旧唐书》卷28，中华书局1975年版，第1051页。

制止。"[①] 以至于高力士建议召河南丞严安之"处分打场"。这样的戏场即是设在宫殿前的广场上。张九龄《奉和圣制南郊礼毕酺宴》也对歌舞百戏竞作的热闹场景做过精彩描述："春发三条路，酺开百戏场。流恩均庶品，纵观聚康庄。妙舞来平乐，新声出建章。分曹日抱戴，赴节凤归昌。"[②] 在唐代，通俗表演"说话"也深受欢迎，听"说话"曾风靡上层和民间，玄宗逊位后，晚年寂寞，高力士让他听"转变、说话"，解闷取乐。

《旧唐书》载，景龙中，中宗数引近臣及修文学士，与之宴集。尝令各效伎艺，以为笑乐。工部尚书张锡为《谈容娘舞》，将作大匠宗晋卿舞《浑脱》，左卫将军张洽舞《黄獐》，左金吾卫将军杜元琰诵《婆罗门咒》，给事中李行言唱《驾车西河》，中书舍人卢藏用效道士上章……以尚书之尊，作女子舞蹈之状，颇为调笑逗乐。[③] 宫廷中也有善演此戏而闻名者："苏五奴妻张四娘善歌舞，亦姿色，能弄踏谣娘。"[④] 亦可见民间歌舞戏对宫廷的影响。元和十五年（820 年）九月辛丑，穆宗"观竞渡、角抵于鱼藻宫，用乐"[⑤]。其中的"角抵"应是角抵戏之类，属百戏之一。长庆元年（821 年）穆宗"观杂伎乐于麟德殿，欢甚"[⑥]。唐敬宗"宝历二年（826 年）六月己卯，上幸兴福寺观沙门文溆俗讲"[⑦]。唐宣宗则明确地对优人祝汉贞说："我养汝辈，供戏乐耳。"[⑧] 大和六年（832 年）二月己丑寒食节，文宗"宴群臣于麟德殿。是日，杂戏人弄孔子"[⑨]。正所谓"上有所好，下必甚焉"。皇帝如此，公主王孙们更是热情不减。《资治通鉴》记载："大中

① （唐）郑綮：《开天传信记》，中华书局 1985 年版，第 3 页。
② （清）彭定求等编：《全唐诗》，中华书局 1960 年版，第 595 页。
③ 参见（后晋）刘昫等：《旧唐书》卷 189 下《郭山恽传》，中华书局 1975 年版，第 4970 页。
④ （唐）崔令钦：《教坊记》，辽宁教育出版社 1998 年版，第 3 页。
⑤ （后晋）刘昫等：《旧唐书》卷 28，中华书局 1975 年版，第 1051 页。
⑥ （后晋）刘昫等：《旧唐书》卷 16，中华书局 1975 年版，第 485 页。
⑦ （宋）司马光编著：《资治通鉴》卷 243《唐敬宗纪》，中华书局 1956 年版，第 7850 页。
⑧ （宋）王谠撰，周勋初校证：《唐语林校证》，中华书局 1987 年版，第 90 页。
⑨ （后晋）刘昫等：《旧唐书》卷 18 上《文宗本纪》，中华书局 1975 年版，第 544 页。

二年冬十一月，万寿公主适起居郎郑颢……颢弟颉，尝得危疾，帝遣使视之。还，问公主何在。曰：'在慈恩寺观戏场……'"① 祖咏《宴吴王宅》"连夜征词客，当春试舞童"②，阎朝隐《夜宴安乐公主新宅》"凤皇鸣舞乐昌年，蜡炬开花夜管弦"③ 描述的便是皇族夜宴音声助兴的盛况。统治阶级的好尚无疑给唐代的俗文学活动起了推波助澜的作用。

王公贵族之外，文人雅士对俗文学活动也趋之若鹜。唐代的王公贵族、文人士子不仅喜欢在歌舞筵宴中创作雅俗诗词，对其他的俗文学活动也兴味盎然。《唐会要》卷 4 载："元和十年……韦绶罢侍读。绶好谐戏，兼通人间小说。"④ 这里的"小说"，即指"说话"。元稹曾与白居易一起在新昌宅听说"一枝花话"，自寅至巳，历四个时辰，即今八个小时，"犹未毕词"⑤。白行简的《李娃传》即依据说《一枝花话》改编而成。孟棨《本事诗》嘲戏类亦载："诗人张祜未尝识白公，白公刺苏州，祜始来谒。才见白，白曰：'久钦籍，尝记得君款头诗。'祜愕然曰：'舍人何所谓？'白曰：'鸳鸯钿带抛何处，孔雀罗衫付阿谁，非款头何邪？'张顿首微笑，仰而答曰：'祜亦尝记得舍人《目连变》。'白曰：'何也？'祜曰：'上穷碧落下黄泉，两处茫茫皆不见，非《目连变》何邪？'遂与欢宴竟日。"⑥ 孟棨将此载入嘲戏类，"款头诗"今不知为何，但从祜闻之愕然上来看，其不为士大夫尊重可见，故祜亦以《目连变》反击之，可见他们对俗讲转变都很熟悉。段成式《酉阳杂俎》续集记载，他曾听过讲名医扁鹊故事的"市人小说"。韩愈的《华山女》诗就是根据自己听华山女俗讲而创作的。吉师老听蜀女《昭君变》而作《看蜀女转〈昭君变〉》，王建的《观蛮妓》

① （宋）司马光编著：《资治通鉴》卷 248《唐纪六十四》，中华书局 1956 年版，第 8036 页。
② （清）彭定求等编：《全唐诗》卷 131，中州古籍出版社 2008 年版，第 615 页。
③ （清）彭定求等编：《全唐诗》卷 69，中州古籍出版社 2008 年版，第 356 页。
④ （北宋）王溥：《唐会要》卷 4《杂录》，中华书局 1955 年版，第 47 页。
⑤ 《元稹集》卷 10，中华书局 1982 年版，第 116 页。
⑥ （唐）孟棨：《本事诗》，上海古籍出版社 1991 年版，第 24 页。

诗“欲说昭君敛翠蛾，清声委曲怨于歌。谁家年少春风里，抛与金钱唱好多”也描述了观看《昭君变》的感受。

上层社会如此，市民百姓对俗文学活动的热情则更为高涨。《太平广记》记载：“(唐楚州龙兴寺) 寺前素为郡之戏场，每日中，聚观之徒，通计不下三万人……巳午间……俄而霆震两声，人畜顿踣。及开霁……寺前负贩、戏弄、观看人数万众，发悉解散……”[①]唐代李冗《独异志》记载：“唐贞元中，有乞者解如海……长安戏场中日集数千人观之。”[②]钱易《南部新书》记载：“长安戏场多集于慈恩，小者在青龙，其次荐福、永寿。”[③]《太平广记》卷34载，“贞元中，崔（炜）居南海……中元日，番禺人多陈设珍异于佛庙，集百戏于开元寺”[④]。宝历中，越州宝林寺，“军吏州民，大陈伎乐”[⑤]。

长安保唐寺每月逢八日举行俗讲的时候，附近的妓女也想方设法前去观赏。孙棨《北里志》“海论三曲中事”条记载：

> 平康里入北门，东回三曲，即诸妓所居之聚也……诸妓以出里艰难，每南街保唐寺有讲席，多以月之八日，相牵率听焉。皆纳其假母一缗，然后能出于里。……故保唐寺每三八日，士子极多，盖有期于诸妓也。[⑥]

孙棨《北里志》序还记载：“其中诸妓多能谈吐，颇有知书言话者。”[⑦]“言话”指“说话”，当时的妓女于歌唱之外还能兼及说话，反映了唐代民间说话的普遍流行。

---

① （宋）李昉等编：《太平广记》卷394“徐智通”条引《集异记》，中华书局1992年版，第3148页。

② （唐）李冗：《独异志》卷上，见《丛书集成初编》，中华书局1985年版，第6页。

③ （宋）钱易：《南部新书》戊，中华书局2002年版，第67页。

④ （宋）李昉等编：《太平广记》卷34《崔炜》，中华书局1992年版，第216页。

⑤ （宋）李昉等编：《太平广记》卷41《黑叟》，中华书局1992年版，第259页。

⑥ （唐）孙棨：《北里志》，古典文学出版社1957年版，第25页。

⑦ （唐）孙棨：《北里志》，古典文学出版社1957年版，第22页。

对于俗讲在当时的风靡，姚合诗中描绘道："远近持斋来谛听，酒坊鱼市尽无人。"①不仅佛教有俗讲，道教也常以俗讲争夺信徒。韩愈《华山女》诗即是对这种情形的反映。

俗文学活动不仅盛行于成年人当中，在小孩子中间也相当流行，男女幼童几乎都能模仿演员的表演。元稹《哭女樊四十韵》云："骑竹痴犹子，牵车小外甥。……别常回面泣，归定出门迎。解怪还家晚，长将远信呈。说人偷罪过，要我抱纵横。腾蹋游江舫，攀缘看乐棚。和蛮歌字拗，学妓舞腰轻。……"② 李商隐的《骄儿诗》中也曾提到：

> 归来学客面，闱败秉爷笏。或谑张飞胡，或笑邓艾吃。豪鹰毛崱屴，猛马气佶傈。截得青篔筜，骑走恣唐突。忽复学参军，按声唤苍鹘。又复纱灯旁，稽首礼夜佛。……③

小孩子或模仿说书人口中张飞和邓艾的言行样貌，或模仿参军戏里参军和苍鹘的彼此打诨。显然，只有时常观戏才能进而模仿，可见俗文学活动在当时已非常普遍，并且深受男女老幼的欢迎。

唐代娱乐场所的名目颇多，有的称歌场，如《敦煌曲·皇帝感》："新歌旧曲遍州乡，未闻典籍入歌场。"④ 有的称变场，如《酉阳杂俎·怪术》："望酒旗、玩变场者，岂有佳者乎！"⑤ 有的称乐棚，元稹诗"攀缘看乐棚"⑥，还有的称"讲院"。依据敦煌伯2305号卷子（旧名《无常经讲经文》）记载："早求生，速抛此，莫厌闻经频些子，须知听法是津粮（梁），若缺津粮（梁）争到彼。劝即此日申间劝，且乞时时过讲院；莫辞暖热成持，希望开些方便。"可见俗讲的处所又名"讲院"。

---

① （清）彭定求等编：《全唐诗》卷502，中华书局1960年版，第5712页。

② （清）彭定求等编：《全唐诗》卷404，中州古籍出版社2008年版，第2053页。

③ （清）彭定求等编：《全唐诗》卷541，中州古籍出版社2008年版，第2819页。

④ 曾昭岷等编撰：《全唐五代词》，中华书局1999年版，第1206页。

⑤ （唐）段成式：《酉阳杂俎》前集卷5《怪术》，中华书局1985年版，第43页。

⑥ （清）彭定求等编：《全唐诗》卷404，中州古籍出版社2008年版，第2053页。

七、唐代小说传播对当时及后世文化的影响

唐代小说在当时产生了广泛的社会影响，首先由于它有广泛的传播与接受群体。如前所述，王公贵族、文人士大夫、宗教人士、艺人、普通大众等都是它的传播与接受者。其次，由于它的传播效果相当显著，所以它对当时的社会文化也必然会有或多或少的影响。在唐代，史籍的记载甚至都会受到它的影响。王公贵族以它消遣解闷，文人士大夫以它为聚谈之资，富贵人家以它为喜庆活动的内容，寺院以它化俗敛财，百姓对此喜闻乐见。因此我们完全可以推断，唐代佛教的发展壮大与宗教内容的小说传播有重要的关系。再次，它与其他文体尤其是诗歌文体之间也相互浸润、相互影响、共同促进。唐代的很多小说都有同题材的诗歌相伴随，诗歌中也常常使用“小说典”（前已论述，此不赘述）。这些都促进了不同文体间的共同发展。最后，唐代小说也丰富了当时人们的娱乐文化活动。它是贵族客厅的谈资与娱乐，是寺院、闹市、街头要路上百姓的精神享受。

唐代小说在传播过程中也深深影响了后世文学的发展。这一影响不仅仅局限于小说文体本身，诗词、戏曲及讲唱文学等文学样式也受到了其明显的影响。可以说在唐后的宋元明清各种文学体裁当中，都不难发现唐代小说的身影。这种情形既推动了后世各类文学的发展，也促进了唐代小说传播活动的进一步延续。

唐代的很多小说作品被多次改编成相同体裁或不同体裁的其他文学艺术作品。汪辟疆先生曾指出，元、明、清时期的很多传奇、戏曲作品都源自唐代小说，“唐人小说，元明人多取其本事，演为杂剧传奇”[①]。据程国赋先生统计，依唐代小说改编的元、明杂剧各有40篇、48篇，传奇83篇。[②]具体来说，其影响主要有：

---

① 汪辟疆校录：《唐人小说·序》，上海古籍出版社1978年版，第1页。

② 参见程国赋：《结构的转换——唐代小说与后世戏曲相关作品的比较研究》，《南京大学学报（哲学·人文科学·社会科学）》2002年第1期。

第一，唐代传奇小说对后世小说有较大的影响。

唐传奇在文体、人物、素材、情节以及许多创作技巧方面都对后世小说有所影响。传奇体成为宋以后历代文言短篇小说的主要样式，即使在白话小说兴起后，仍有一定势力。宋代就出现过不少传奇作品，虽然一般说来写得比较平实，缺少飞动的文采，但也有一些流传的佳篇，如鲁迅《唐宋传奇集》中收录的《绿珠传》、《杨太真外传》、《梅妃传》和《李师师外传》等。明代著名的传奇小说有瞿佑的《剪灯新话》、李祯的《剪灯余话》和邵景詹的《觅灯因话》。清代蒲松龄的《聊斋志异》更是继承并发展了唐传奇人物形象鲜明、故事情节曲折、语言华艳生动的特色，获得了巨大的文学成就。①

唐代小说塑造了一批较为典型的人物形象，这给后世的小说创作提供了借鉴，后世不少的小说人物都有唐代小说中人物的影子。女性形象在古代小说中较为常见，其中闺阁女子属于一类。这类女子受过较为良好的教育，知书达礼，却始终处于封建礼教与爱情自由的矛盾当中。性格坚强些的会直面困难，冲破束缚，而相对柔弱些的则会选择隐忍痛苦，《莺莺传》里的崔莺莺的形象就是这种矛盾下的悲剧典型。这种闺阁女子在后世的小说作品中也较为常见，其中最为著名的是《红楼梦》里的诸女子形象，无一例外地受到了唐代小说的影响。她们一方面忍受着传统封建礼教的压迫，另一方面则表现出对美好爱情生活的向往，这正是唐代小说中崔莺莺、张倩娘等女子形象的再现。除了凡间女子，非人的女子形象也比较常见，也影响着后来小说人物形象的创作。蒲松龄的《聊斋志异》就是受到了唐传奇中或人妖或人神相恋故事的影响，创作出一个又一个精彩绝伦的异女形象，成为文言小说的顶峰。

男子形象在后世小说中同样精彩，从唐传奇《离魂记》中的王宙到《聊斋志异》中的宁采臣，书生可以说是贯穿了后世小说的发展全过程。

---

① 参见冀运鲁:《〈聊斋志异〉叙事艺术之渊源研究》，上海大学博士学位论文，2010年。

此外，唐传奇中的侠客形象对后世小说也有重要影响，例如在众多唐代豪侠小说作家的共同努力下，“侠”与“武”的概念成功结合并成为后世武侠小说创作的圭臬，从明清公案侠义小说到21世纪新武侠小说，绵延不绝。除此之外，帝王将相、后宫嫔妃之类的故事人物，也给许多历史小说以及当代“穿越”“后宫”题材的网络小说树立了典范。

除了人物，唐传奇在情节题材方面对后世也有重要影响。唐代裴铏所撰小说集《传奇》中的《崔护》一文，讲述故事中的少女因情而死又因情复生的情节，更是在汤显祖手中发展为至情的表现。张云容所写的《薛昭传》与戴孚《广异记》中的《刘长史女》也有着类似的复生情节描写，后世文学经典《红楼梦》也受其影响，将木石前缘之类的转世复生因素运用其中。在《聊斋志异》中数不胜数的梦境、鬼怪和魂魄等元素，情节叙写十分精彩，这些同样也都可以在唐人小说中找到原型，更不用说其中的人鬼、人神、人妖相恋故事了，蒲松龄可谓深受唐代小说影响。

创作方法或艺术形式方面，《红楼梦》对唐代小说的学习较为明显，主要是唐人小说最为典型的诗词与小说结合的手法。小说中加入大量的诗词创作以及叙述本身带有的诗味，可以说是唐代小说的独创。《红楼梦》就成功运用了这一特点，做到了诗词跟故事情节、人物性格等各方面的完美融合，从而成为塑造人物形象不可或缺的必要部分，真正做到了诗词不游离于小说情节之外。

唐代文言小说对后世的白话小说也有直接影响。唐传奇对宋的话本小说也有显著影响，其人物形象和故事内容都被话本直接继承。据宋罗烨《醉翁谈录》记载，宋代已有不少根据唐传奇故事编成的话本，但多亡佚。[①] 明代的《清平山堂话本》、“三言”、“二拍”中，有很多都取材于唐传奇故事。唐传奇的结构特征、艺术手法也为后代小说所继承和发展。

第二，唐代通俗小说对后世通俗文学艺术的影响则更为显著。

---

① 参见黄霖、韩同文选注：《中国历代小说论著选》，江西人民出版社1990年版。

唐代文学与唐代宗教一样，都有一种俗化的趋势。在这样的大背景下，唐代“说话”“俗讲”“变文”等俗文学活动蓬勃发展，在当时的普通百姓生活中有着广泛而深刻的影响，也对后世的通俗文学艺术产生了深远的影响。正因为如此，唐以后的通俗文学艺术才能茁壮成长。

《敦煌变文集》中关于唐代“俗讲”“变文”的内容，大致可分为讲经文、变文、说话等。

讲经文即僧人讲经的“底本”。它不同于传统讲解章句文义的讲经方式，而是选择经书中较有趣味的内容加以扩充展演。如《维摩诘经讲经文》《阿弥陀经讲经文》《父母恩重讲经文》等，类似于“俗讲”。

变文分为两类，一类是演绎佛经故事的变文，不受经文的限制，往往摘录或摄取演绎其大意，形成较为完整的故事，如《八相变文》《破魔变文》《降魔变文》《大目乾连冥间救母变文并图一卷》等。另一类是采用“俗讲”形式的散、韵相间的变文，是变文的“底本”。内容有历史故事，如《伍子胥变文》《汉将王陵变文》《昭君变文》；传说故事，如《孟姜女变文》《秋胡变文》；当代故事，如《张义潮变文》《张淮深变文》等。

“说话”是说话人讲说故事的底本，如《庐山远公话》《韩擒虎话本》《叶净能诗（话）》《唐太宗入冥记》等。《庐山远公话》的标题已点明这是“话”，是讲故事的“底本”。而以赋名篇的如《晏子赋》《韩朋赋》等则是民间俗赋；以词文标题的如《大汉三年季布骂阵词文一卷》和全是唱词的《董永词文》；以问答体为题的《孔子项讬相问书》《茶酒论》等，也是唐代民间说书和讲唱文艺的底本，即“话本”。

唐代的“说话”“俗讲”“变文”等说唱文学对宋代的“说话”有直接的影响。[①] 宋代的话本《大唐三藏取经诗话》即源于唐代“俗讲”中的“经变”故事。宋代的“讲史”话本《新编五代史平话》《大宋宣和遗事》

---

① 参见王庆菽：《宋代“话本”和唐代“说话”、“俗讲”、“变文”、“传奇小说”的关系》，《社会科学》1982 年第 1 期。

等也源于唐代的“说话”和非宗教内容的“变文”等。唐代《季布骂阵词文》《董永词文》等则直接影响了宋代的鼓词、诸宫调等说唱文学。

唐代“说话”和“变文”题材广泛，多取材于历史故事、民间传说和现实社会生活，有不少优秀作品都被宋代话本所继承。在艺术上，唐代的“说话”“俗讲”“变文”的结构复杂宏大，故事情节曲折，想象力丰富，善于渲染和铺排，辞藻繁丽，描写细致，语言比较通俗，这些都对宋代“话本”和后代的民间文学产生了直接影响。以敦煌变文为例，它不但题材内容极为广泛，而且艺术成就也颇值得重视。不论是描写社会历史，还是构想佛国神话世界，均具有语言生动、情节曲折、引人入胜的特点。唐代变文在敷衍故事、想象情节、刻画人物方面的突出成就，对唐代小说乃至后世神魔小说等均有明显影响。如《李陵变文》对李陵降敌前的言行描写：

> 李陵言讫，长吁数声，报左右曰：“吾闻鸟之在空，由（犹）凭六翮，皮既不存，三（毛）覆（复）何依！须运不策之谋，非常之计，先降后出，斩虏朝天，帝侧（测）陵情，当不信。”于是获收珍宝，脱下翻（幡）旗，埋着地中，莫令贼见。左右李陵，各自信缘，若至天明，必当受缚。左右闻语，当即星分，恰至天明，胡兵即至。陵副使韩延年着箭洛（落）马身亡。李陵弓矢俱无，勒辔便走，搥凶（胸）望汉国，号咷大哭。赤目明心，誓指山何（河），不辜汉家明主。抛下弓刀，便投突厥。逡巡欲语恐畏嗔……①

较之《汉书·李陵传》的描写，变文更能揣测李陵此时复杂难耐的心情，因而虽是文学想象，却具有更高的艺术真实。

《降魔变文》中，作者想象如来的法力无边、神通广大：

> 如来涅而不死，槃而不生；搅之不浊，澄之即清；幽之不暗，暗

① 王重民、王庆菽、向达等编：《敦煌变文集》卷1《李陵变文》，人民文学出版社1957年版，第91页。

> 之即明；视之不睹其体，听之不闻其声；高而不危，下而不顷（倾），变江海而成酥酪，化大地为琉璃水精。拈须弥山，即知斤两，斫四海变成干坑。合眼万里，开眼即停。现大身周遍世界，或现小身，微尘之内藏形。如来将刀斫不恨恨，涂药著不该该，拾得物不欢喜，失却物不悲啼。大众里不觉闹，独自坐不恓恓，二心俱一种，平等阙然齐。分身百亿，处处过斋。一名悉达，二号如来，为天人师，具一切智，四生三界，最胜最尊。①

这种超尘脱俗的丰富想象，一方面使我们感受到《庄子》的神奇浪漫对其若隐若现的影响，另一方面则使我们联想到《西游记》《封神演义》等神魔小说对它的直接继承。

唐代敷衍历史的变文中，除了有丰富细致的心理描摹，还注意展示人物丰富复杂的性格特质。如《伍子胥变文》：

> 子胥行至颍水旁，渴乏饥荒难进路，遥闻空里打纱声，屈节斜身便即住。虑恐此处人相掩，捻脚攒形而映树；量久稳审不须惊，渐向树间偷眼觑。津傍更亦没男夫，唯见轻盈打纱女，水底将头百过窥，波上玉腕千回举。即欲向前从乞食，心意怀疑生游（犹）豫。进退不敢辄谘量，踟蹰即欲低头去。……子胥即欲前行，再三苦被留连，人情实亦难通，水畔蹲身，即坐吃饭。三口便即停餐，愧贺（荷）女人，即欲进发。更蒙女子劝谏，尽足食之。惭愧弥深，乃论心事。子胥答曰："下官身是伍子胥，避楚逃逝入南吴，虑恐平王相捕逐，为此星夜涉穷途。蒙赐一餐堪充饱，未审将何得相报！身轻体健目精明，即欲取别登长道。仆是弃背帝乡宾，今被平王见寻讨，恩泽不用语人知，幸愿娘子知怀抱。"②

---

① 王重民、王庆菽、向达等编：《敦煌变文集》卷4《降魔变文》，人民文学出版社1957年版，第361页。

② 王重民、王庆菽、向达等编：《敦煌变文集》卷1《伍子胥变文》，人民文学出版社1957年版，第4页。

此段文字“深入细致地刻画人物的一言一行和精神状态，从不同方面揭示人物的性格特征，在某种程度上避免了简单化和脸谱化的倾向，为后代白话小说的人物描写打下初步的基础”[①]。敦煌变文还善于运用夸张、对比、排比等修辞手法，大大增强语言的艺术表现效果。要之，敦煌变文突出的叙事成就不但使其具有独特的艺术魅力，而且在中国叙事文学发展史上也具有引人瞩目的地位。

另外，唐代“俗讲”“变文”的体裁和形式对宋代“话本”的影响很大。唐代“俗讲”“变文”开讲前有“押座文”，这与宋代“话本”里开首在正文之前有诗、词或由故事组成的“入话”有直接的渊源关系。

第三，唐代小说对后世杂剧、戏曲也有重要影响。

这种表现一方面是大量的人物形象及故事素材的继承与改编，另一方面则是在唱词或念白中使用小说典。元人杂剧戏曲中相当部分的作品是取唐人小说旧事，加以戏曲传唱。大凡唐代著名的传奇故事，在后代都各自产生了若干同一题材的杂剧或戏曲。如元代王伯成的诸宫调《天宝遗事》、白朴的杂剧《梧桐雨》和清代洪昇的传奇戏曲《长生殿》都出自唐传奇《长恨歌传》；而宋代赵令畤的《崔莺莺商调蝶恋花鼓子词》、元代王实甫的《西厢记》都是对唐传奇《莺莺传》的继承与改编；汤显祖的传奇戏曲“玉茗堂四梦”则是在唐传奇故事《霍小玉传》《枕中记》《南柯太守传》等基础上的改编创作；而郑光祖的《倩女离魂》和尚仲贤的《柳毅传书》，则分别是对唐代陈玄祐的《离魂记》以及李朝威的《柳毅传》的改编；等等。可见，唐代小说在故事情节、题材内容以及人物形象等各方面都对后代杂剧、戏曲产生了积极影响，是后世戏曲、小说汲取题材进行再创作的宝库之一，类似于希腊神话是欧洲文学的“武库”之说。

第四，唐代小说对后世诗词的影响。

① 吴庚舜、董乃斌主编：《唐代文学史》（下），人民文学出版社 1995 年版，第 560 页。

唐代小说对后世诗词也有影响。比如在诗词中采用小说典的形式，即将小说故事情节或人物浓缩为词语典故直接用于诗词，从而表达作者态度。这对宋人也有影响，宋代文人常在诗歌中引入典故，且喜新奇生僻的典故，这与唐人常用小说典入诗不无关系。以黄庭坚为首的江西诗派讲求“无一字无来处”的创作要求，其实也促进了其小说典的使用。汪辟疆先生就曾指出这种情况：“黄庭坚《赠王定国诗》‘百年炊未熟，一垤蚁追奔’。又《题太和南塔寺壁》‘万事尽还杯酒里，百年俱在大槐中。’则《枕中》《南柯》二记入诗矣。”[①] 这种情况不仅在宋代，在明清时期也十分显著。袁枚《哭唐静涵十二首·其三》中“不愧黄衫侠士名”[②] 的句子，就使用了《霍小玉传》黄衫客的典故。在霍小玉因含恨于李益的背叛而将死之际，正是黄衫客挟李益回到霍小玉家与小玉见了最后一面。除了这种较为常见的引小说典的方法外，还有直接以诗词形式概述小说情节的情况，这主要出现在宋词的创作之中。最为典型的是宋人赵德麟根据《莺莺传》创作的十二章组词《蝶恋花》，将词作与唐传奇原文采用对照的方式呈现，被认为是《西厢记》的先河。

而宋代“话本”也是在当时社会基础上，全面接受了唐代“说话”、“俗讲”、“变文”和传奇小说的题材及表现方法，更加适应宋代都市繁荣、市民阶层日益壮大的文娱要求，代表了当时广大市民群众的理想与愿望。

八、唐代小说的海外传播

唐代小说在域内的传播较为广泛，在域外则主要集中于日本、朝鲜半岛、越南等地，其传播效果同样深远。

① 《汪辟疆文集》，上海古籍出版社 1988 年版，第 609 页。

② （清）袁枚：《小仓山房诗文集》，中华书局 1927 年版，第 176 页。

（一）唐代小说的海外传播情况

1. 日本

据藤原佐世编撰的《日本国见在书目录》著录，公元9世纪日本存录的汉籍多达1568种、17209卷，其中有少量与唐代文学关系密切的，如唐小说集《冥报记》（3卷）等。此书目的编撰年代据考证当在唐僖宗乾符三年（876年）至中和四年（884年），而这些小说传入日本的时间当在目录编成之前。另据《旧唐书·张荐传》载，张鷟“下笔敏速，著述尤多……新罗、日本东夷诸蕃，尤重其文。每遣使入朝，必重出金贝以购其文”①。张鷟的“《游仙窟》在中国早成逸书，然而它渡海传到我国，在《万叶集》中已表现出它的影响（山上忆良的《沉疴自哀文》、大伴家持的《赠坂上大娘歌》等等），有古写本与刊本两种流传”②。11世纪初紫式部创作的《源氏物语》，就征引了许多唐代小说里的诗文，如《长恨歌传》、《李娃传》、《任氏传》、《章台新柳》、《周秦行纪》、权德舆作品各一句。③而且白居易的《长恨歌》对其影响最深。这些唐代作品当为10世纪前流传到日本，否则紫式部不可能如此熟悉地加以征引。

中国7、8世纪出现的唐代文言小说，在世界文学史上是较早出现的成熟短篇小说。而日本在中国古代小说的影响下，其小说文体得以“早熟”，并在其后不断更新发展，获得进步。日本最早的小说是8世纪的汉文小说《浦岛子传》，小说素材虽然是日本传说，但核心模式却是中国古代常见的“遇仙”故事。其中的语言文字明显借鉴《游仙窟》，如《游仙窟》写女子之美为“能使西施掩面，百遍烧妆；南国伤心，千回扑镜”，

---

① （后晋）刘昫等：《旧唐书》，中华书局1975年版，第4024页。

② ［日］前野直彬主编：《中国文学史》，骆玉明等译，上海古籍出版社1995年版，第193页。

③ 参见严绍璗：《中日古代文学关系史稿》，湖南文艺出版社1987年版，第269页。

“靥疑织女留星去，眉似姮娥送月来”。[①]而《浦岛子传》中的写法则为“玉颜之艳，南威障袂而失魂；素质之闲，西施掩面而无色”，“眉如初月出于峨眉山，靥似落星流于天汉水”。[②]继承关系非常明显。

而另一部用套用日语语法的变体汉文写成的第一部佛教小说故事集《日本国现报善恶灵异记》，则多以中国唐代及以前的文言小说为素材。甚至其在上卷序言中明确表明受到了《冥报记》和《金刚般若经集验记》的影响：“昔汉地造《冥报记》，大唐国作《般若验记》。”[③]除此之外，日本为阅读中国小说书籍，特意创立了“训点法”来使得汉文程度不高的人也可以理解小说内容。所谓“训点法”，就是用日本文字“假名”和各种符号对汉文原著中的词句、句序进行标注，在功能作用上近似于我国传统文献学中的“注疏”工作，从而降低了汉籍原著的阅读要求，进一步扩大了小说传播范围。可见，中国古代小说尤其是唐代文言小说的传播，对日本古代小说的影响是相当巨大的。

2. 朝鲜半岛

中国古代小说的域外传播除日本外，朝鲜半岛是另一重要地区。中国古代小说对其文学艺术也产生了较为重要的影响，前后所传入小说多达300余部。[④]传播手段和途径也相当丰富，有抄录、翻译、改作等。对其小说的具体影响，主要集中在朝鲜半岛汉文小说对中国古代小说的效仿。首先在题材上，有模仿段成式《酉阳杂俎》等小说的《破闲集》和《补闲集》这类稗官小说；有模仿韩愈《毛颖传》之类的寓言讽刺短篇《孔方传》等；有模仿《太平广记》的传奇体《金鳌新话》；受《莺莺传》影响的大量爱情小说；借鉴《枕中记》等梦幻小说的“梦”字命名的诸多小说等。[⑤]

---

① （唐）张文成撰，李时人等校注：《游仙窟校注》，中华书局2010年版，第4—7页。

② ［日］源显兼：《古事谈》卷15，东京经济杂志社1897年版，第2页。

③ ［日］远藤嘉基：《日本灵异记》，东京岩波书店1978年版，第54页。

④ 参见［韩］闵宽东：《中国古典小说在韩国之传播》，学林出版社1998年版，第5—8页。

⑤ 参见杨昭全：《中国古代小说在朝鲜之传播及影响》，《社会科学战线》2001年第5期。

韩国历史上有一些使用韩国文字创作的古小说被称为“活字本古小说”。这些活字本古小说中就不乏唐代小说的身影，被韩国学界称为“翻案小说”。韩国学者闵宽东对此做过详细的阐释：它是以中国古代小说的体裁、结构、内容、思想与背景为模仿对象的特殊文学作品，它的描写技巧是兼容并包的，它的内容采取翻译方式和创作方式，又有些部分与模仿、借用相似。由于初期小说创作的技巧不足，无法发挥个人的创意，因此当时朝鲜文人就以中国小说为底本，经过模仿、拟作并融合当时的社会现状与自我意识，将中国古典小说的故事情节加以改变、扩编、浓缩或删减变更，然后以新的面貌、新的名称推出，这就是韩国的翻案小说。① 由此可以看出，翻案小说属于一种翻译文学，却不尽同于翻译，它是“一种创作性背叛”，“是接受者的创作行为，是真正文学影响的开始”。如朝鲜翻案小说《伍子胥实记》，就明显受到唐代白话小说《伍子胥变文》的深刻影响。

再以《太平广记》为例，其中大量唐代传奇小说对多部朝鲜半岛汉文小说均有影响。《金鳌新话》中的《万福寺樗蒲记》一篇，郑女与梁生告别时作诗云：

一春心事已无聊，寂寞山中几度宵；不见蓝桥经过客，何年裴航遇云翘。②

这首诗的典故便出自《太平广记》中的唐代传奇小说《裴航》。小说中裴航在路过蓝桥时，因口渴求水而偶遇仙女云英，欲娶为妻。后裴航克服种种困难，完成考验得以成亲，最终与仙女双双升入仙界。郑女诗中以此为典，正是借“蓝桥之遇”表达内心作别时的心境。而朝鲜半岛汉文小说《周生传》则是《霍小玉传》的翻版，故事同为书生与名妓成婚，后书生高就与他人成亲，女主人公悲痛万分，枕在男主人公膝上而死。就连女

① 参见［韩］闵宽东：《中国古典小说在韩国之传播》，学林出版社 1998 年版。

② 金时习：《金鳌新话》，岳麓书社 2009 年版，第 6 页。

主人公成为妓女的原因，都同为家族内部变故沦落导致。同样在朝鲜半岛小说《九云梦》里，也是杂合借鉴了多部唐代小说的故事人物。其主题则基本等同于《枕中记》和《南柯太守传》这类梦幻故事。而其中的成婚部分，有着明显《柳毅传》的痕迹，皆为救助龙王之女，而后许配成婚。这种借助唐代小说中故事的主题或情节、人物，然后加以本土化修改的创作方式，就是朝鲜半岛小说文学初创时期的显著特征。①

除了小说之外，对朝鲜半岛的戏曲等其他形式的文学作品也有一定影响。朝鲜半岛经典名著《春香传》及其唱剧，就颇受中国《莺莺传》与《西厢记》的影响。总之，中国古代小说在朝鲜半岛得到了广泛而深远的传播，并对其文学发展产生了巨大影响，对其小说文学的萌芽、发展有着重要贡献。

3. 越南

中国古代小说的域外传播，越南是东南亚地区的重要传入地，越南的中国古代小说译本数量也相当丰富。不过相较于日本、朝鲜半岛，越南情况较为特殊。宋初以前，因为其始终与中国使用同一的汉文，其本国文字——喃文则尚未完全普及。所以，这也成为越南在接受中国古代小说时的有利条件。不过因独立于唐后，使得其小说传播错过了中国古代小说的第一次高潮，而主要集中在明清小说当中。就唐代小说的直接传播情况分析，对越南的影响不是十分明显。当然，如果我们从一个宽松的定义上说，对越南影响最大的中国古代小说《剪灯新话》，也可以算作唐人小说的传播影响。“与其说是向明代小说学习，毋宁说是通过时间差最近的范本借以向唐人小说学习，则更为恰切。”②这样，唐人小说在越南就有了较大的影响。越南的《传奇漫录》一书，是受到《剪灯新话》影响的作品，但其作者的笔力则直追唐人，甚至曾在一个短篇当中加入了40余首诗歌。

① 参见杨昭全：《中国古代小说在朝鲜之传播及影响》，《社会科学战线》2001年第5期。

② 刘廷乾：《中国古代小说对东亚小说影响的序列及模式》，《明清小说研究》2015年第3期。

这种诗歌与小说的融合，应当是唐人传奇小说的本质特点。越南将这点发扬光大，成为其小说文学史上的一个亮点，不能不说是深受唐代小说影响。

（二）唐代小说的海外传播群体

唐朝国力强盛、文化实力雄厚、思想宽松、政策开明，对外文化交流传播活跃，使得唐朝文明能够走向世界、影响广远。唐代小说的域外传播，主要借助于各国遣唐使、跨国商人以及赴外使节等群体力量。

遣唐使是一个相对特殊的现象，一般指的是公元7世纪至公元9世纪，日本、新罗等国出于学习中国、吸收唐代文化目的而派出的多批次的赴唐使节团。使节团除官员、文书、画师、翻译和工匠水手等必要随员外，还有一定数量的留学生和学问僧等。学问僧主要是向唐代学习佛教的僧人。在广义上，唐朝接纳朝贡的数十个国家的使节，都可以统称为“遣唐使”。此处为区分在传播上的不同作用，使用广义定义，同时将留学生、学问僧群体从遣唐使中剥离，另作具体考察。

遣唐使由于出于国家政治考虑，其行为就较多体现官方态度，作用效果也就更为明显。如张鷟在日本的知名度，就是遣唐使在传播唐代小说方面的体现。“鷟下笔敏速，著述尤多，言颇诙谐。是时天下知名，无贤不肖，皆记诵其文……新罗、日本东夷诸蕃，尤重其文，每遣使入朝，必重出金贝以购其文。”[①] 由此可以看出，张鷟因才情而名闻海外，其诗文等作品皆被看重，刻意出重金求购。这背后所反映出的则是相较于其他商品，遣唐使们更倾向于关注书籍文章，为之费尽心机和财力去搜集。这不单单是个人爱好的问题，更多的是因为官方的态度。当时的唐朝国力强盛，制度政策相对先进，文化活动相对充实，是为数不多的几个帝国之一，所以对比本国各方面情况，向唐朝积极学习是促进本国发展的最快方法。而学

① （后晋）刘昫等：《旧唐书》，中华书局1975年版，第4024页。

习经验最直接的办法就是引入大量图书，这就促使遣唐使向“求书使”的身份转变。在这个大量求书、购买、引回的过程中，类似《游仙窟》之类的唐代小说作品就获得了传播的机会。这些书就随着其他汉文典籍传到域外，从而获得跨文化的传播。

留学生和学问僧的情况与遣唐使有所区分，但其本质上仍属于在外国直接学习然后返回国内传播的方式。留学生和学问僧因为受到本国的高度重视，在日本其津贴甚至与副使官员基本相同，再加上当时实力雄厚的大唐王朝给予留学生的优厚补贴，使他们把足够的精力放在中国典章文化的学习上。这些留学生在唐朝学习期间，不仅对书本知识如饥似渴、发奋学习，而且更是与中国文人积极结交，建立起了深厚的情谊。像日本僧人阿倍仲麻吕在唐期间就与李白、王维、储光羲等著名唐朝诗人有着紧密关系。甚至当李白听信误传，认为阿倍仲麻吕遇难后，更是十分悲痛地写下了《哭晁卿衡》的名篇：“日本晁卿辞帝都，征帆一片绕蓬壶。明月不归沉碧海，白云愁色满苍梧。”[①]足见其情感的深厚。作为朝鲜半岛文学鼻祖的新罗留学生崔致远，虽是晚唐时人，但交友甚广，朋友包括杜荀鹤等唐末文人及幕府幕僚等。留学生们不仅熟读经史子集，擅长各种文体写作，在唐期间更是阅读了大量文学作品，从而也创作了许多自己的作品，为唐代小说的传播奠定了基础。另外，当他们学成归国时，还同遣唐使一样携带了大量唐代图书，其中不只是儒家经典，也包括文学、天文学等不同门类，为唐代小说的传播提供了新的便利。

学问僧的情况类似于佛教僧人在唐代小说传播中作的贡献。他们来唐的唯一目的就是学习佛法，而学习佛法就势必要对佛经典籍进行整理引进，其中会将一部分佛寺藏书中的小说和原本就直接写在佛经中的小说带回。《冥报记》在日本的重新发现就是一个很好的证明。

除了官方的传播交流途径外，民间的交流往来也十分频繁。9世纪日

① （清）彭定求等编：《全唐诗》，中华书局1960年版，第1886页。

本停止遣唐使派遣以后，民间交流尤其是商船便成了更为主要的传播途径。很多日本贵族文士对中国书籍的购买就是托付商船商人完成的。当然除了中日商人外，由渤海国、新罗等地商人携带过去的唐代书籍，也是一条渠道。在唐朝西向的“丝绸之路”上，类似的商业情况也有一定存在。虽然“丝绸之路”主要是物质之路，但在这种交流过程中势必携带着文化因素。部分唐代小说中如胡商及其西域宝物等异域元素的描写就与这种文化交流有关。波斯等西域各国的使节也曾先后多次来唐学习，部分久居中国的商人子嗣通晓汉文，文学素养极高，也有参与文学创作的情况。可以说这些民间交流传播，是官方途径外中外文化传播交流的有力补充。

总之，唐代小说传播至朝鲜半岛、日本等地区和国家，除了通过朝鲜半岛到日本的自然传播以外，各国遣唐使是主要传播者。他们归国之际总要携带大量汉文典籍和当时流行的诗文，以丰富本国的文化。从唐朝赴外国的使节、商人、僧侣等在文学的传播中也发挥着重要的作用。如鉴真东渡前往日本，曾携带佛教经书数百卷，同时还携带了一定数量的其他书籍。而鉴真的弟子则是赴日后在日本撰写佛经注疏。在撰写注疏中也理应进行佛法的宣讲，那么唐代佛教僧人讲授故事的行为就有可能出现其中。这种情况下使得赴日的僧团也成了潜在的唐代小说传播者。他们尽管有的名垂千古，有的默默无闻，但都在唐代文化对外传播中作出了杰出的贡献。

第二章　唐代俗讲变文的传播

第一节　唐代俗讲变文概述

俗讲是佛教僧徒向世俗大众通俗讲解佛经的一种讲唱形式。变文起初指俗讲的文本，但在传播的过程中，逐渐适应中国传统社会的需要，变经为俗，开始演绎中国历史民间传奇故事等。本部分所讨论的对象既包括作为俗讲文本的变文，也包括内容与佛经无关的变文，主要从传播主体、场所、内容与目的、方式与媒介、对象与效果等几个方面进行论述。变文传播的场所首先是佛寺、道观，其次是寺院之外的民间戏场、变场、宫廷、府宅、郡县、通衢要路等公众活动的场所；传播者则主要为僧人和民间艺人；传播的内容包括佛经故事、历史故事、民间传说、寓言杂赋故事和当时当地人物故事等，因题材不同传播目的也有所区别，包括对宗教观念、儒家观念等的宣扬，如因果报应观念、忠孝观念、贞节观念、天命观念等的宣扬；传播时有一定的讲唱仪式，有说有唱、散韵结合，同时常常辅以图像解说，图文并用；因其传播对象包括上自皇帝、王公贵族，下至普通百姓的极为广泛的群体，在中唐以后成为十分流行的民间娱乐活动。

一、唐代俗讲变文概念释义

变文初为俗讲的文本，逐渐变经为俗，演绎历史民间传奇故事，骈散相间、说唱结合，成为唐代社会雅俗共赏的通俗文化形式。

（一）何谓俗讲

佛教传入中国后，为了扩大影响、弘扬佛法，让更多的人信奉佛教，进而皈依佛教，佛教徒作出了大量努力，主要表现为以下几个方面：一是大量翻译佛教经典。史料显示，我国最早的译佛经出现在汉明帝时期，译者则是途经西域来到我国的外国僧人伽叶摩腾（也称摄摩腾）、竺法兰，他们共同翻译了《佛说四十二章经》，这被视为我国最早的汉译佛经。魏晋南北朝时期，佛教在我国得以广泛传播，对佛经的翻译也大规模展开，大部分汉译佛经就是在这一时期和隋唐时期完成的。二是大量修建寺庙。唐朝初年，朝野上下，崇尚佛教之风甚盛，据汤用彤先生的不完全统计，唐太宗时寺庙数为3716座，唐高宗时达4000座，唐玄宗时则上升到5350座。①

在最高统治者的推动下，佛教在唐代迅速发展，进入了鼎盛期，宗派林立，僧团膨胀，寺院经济实力强大。俗讲与变文在这种佛教氛围下，有了长足的发展。“俗讲”一词最初出现于贞观初年，《续高僧传·唐衡岳沙门释善伏传》载：“贞观三年，窦刺史闻其聪敏，追充州学，因尔日听俗讲，夕思佛义。”②9世纪的《南部新书》《因话录》《北里志》等都有关于通俗讲经的记载，姚合《听僧云端讲经》《赠常州院僧》诗以及吉师老《看蜀女转〈昭君变〉》诗等对此也有生动描述：

无生深旨诚难解，唯是师言得正真。远近持斋来谛听，酒坊鱼市尽无人。

——《听僧云端讲经》③

① 参见汤用彤：《隋唐佛教史稿》，中华书局1982年版，第52页。

② （唐）释道宣：《续高僧传》卷26《释善伏传》，见《大正藏》第45册，东方出版社2014年版，第328页。

③ （清）彭定求等编：《全唐诗》卷502，中华书局1960年版，第5712页。

一住毗陵寺，师应只信缘。院贫人施食，窗静鸟窥禅。古磬声难尽，秋灯色更鲜。仍闻开讲日，湖上少鱼船。

——《赠常州院僧》①

时俗讲活动盛况空前，民众对此趋之若鹜，不独佛教，道教俗讲亦趋盛行。韩愈《华山女》云："街东街西讲佛经，撞钟吹螺闹宫庭。广张罪福资诱胁，听众狎恰排浮萍。"②不惟百姓如此，连官员甚至皇帝亦为之着迷。

周绍良先生在《五代俗讲僧圆鉴大师》一文中谈到俗讲时说："寺庙俗讲，在唐代是极为盛行的。根据考定，大致可以推知，它肇始于开元初年，历久不衰，以迄五代末际，犹在举行。爱好之者，上至帝王卿相，下至一般庶民，都乐于聆听，可以说是一种极为普遍的娱乐。至于流行之广，从现在敦煌石窟所发现的卷子来说，必然在河西一带也极流行，所以会在那里保存下那么许多俗讲经文卷子。因之我们可以肯定，俗讲之流行，遍及中原以及边远地区，可以说在唐代一切民间娱乐中，是没法与它相比拟的。"

俗讲源于我国传统固有的说唱艺术，但六朝以来佛家讲道化俗的"转读"与"唱导"手段，更是其直接的源头。远在魏晋时代，佛教流行之际，产生了转读、唱导等讲经形式。转读又称咏经、唱经，指讲经时抑扬其声，讽诵经文。梁释慧皎《高僧传·经师论》谓："天竺方俗，凡是歌咏法言，皆称为呗。至于此土，咏经则称为转读，歌赞则号为梵呗。"③可见转读是随佛经传入，改梵为汉适应汉语声韵特点而产生的一种读经方法。唱导是宣唱法理、开导众心。通过"或杂序因缘，或旁引譬喻"④来宣扬佛法。佛教传入中国以后，相关经籍的翻译、讲说是一项重

① （清）彭定求等编：《全唐诗》卷497，中华书局1960年版，第5650页。

② （清）彭定求等编：《全唐诗》卷341，中华书局1960年版，第3823页。

③ （梁）释慧皎：《高僧传》卷13，中华书局1992年版，第508页。

④ （梁）释慧皎：《高僧传》卷13，中华书局1992年版，第521页。

要而艰巨的工作。为解决语言和接受习惯不同等方面的问题，我国僧人先是尝试用“转读”（咏经）、“梵呗”（歌赞）等方式“宣唱佛名，依文致礼”[①]。但这极易使听者疲劳，而且经文深奥艰涩而不通俗的问题也并没有得到有效改善。其后，僧人又采用“唱导”的方式来“宣唱法理，开导众心”。这种方式通过“杂序因缘”或“旁引譬喻”以引起听讲者的兴趣，比较注重因时制宜，因人施教，随俗化类，与事而兴，具有一定的灵活性。[②]后来为了使玄奥的佛理通俗化，招徕更多的听众，俗讲等宗教文学在直接秉承佛经以散文叙说、偈赞歌唱的方式，使经文教义故事化、通俗化的同时，又逐渐加进一些历史故事和现实内容，使之更易于传播开来。[③]例：

> 如为出家五众，则须切语无常，苦陈忏悔。若为君王长者，则须兼引俗典，绮综成辞。若为悠悠凡庶，则须指事造形，直谈闻见。若为山民野处，则须近局言辞，陈斥罪目。
>
> ——释慧皎《高僧传》[④]

> 于是阖众倾心，举堂恻怆，五体输席，碎首陈哀。各各弹指，人人唱佛。爰及中宵后夜，钟漏将罢，则言星河易转，胜集难留，又使遑迫怀抱，载盈恋慕。
>
> ——释慧皎《高僧传》[⑤]

俗讲是佛教僧徒将佛教相关内容针对普罗大众所作的通俗性演讲。这种演讲是与以佛教徒为演讲对象的僧讲相对而言的。日本沙门圆珍《佛说观普贤菩萨行法经记》记载，“言讲者，唐土两讲：一、俗讲。即年三月就缘修之，只会男女，劝之输物，充造寺资，故言俗讲（僧不集也云

---

① （梁）释慧皎：《高僧传》卷13《唱导科总论》，中华书局1992年版，第521页。

② 参见丁福保编：《佛学大辞典》“唱导”条，中国书店2011年版，第4418页。

③ 参见彭雪华：《唐代佛教文化对目连变文的影响》，《前沿》2010年第18期。

④ （梁）释慧皎：《高僧传》卷13《唱导科总论》，中华书局1992年版，第521页。

⑤ （梁）释慧皎：《高僧传》卷13《唱导科总论》，中华书局1992年版，第521—522页。

云）。二、僧讲。

这种活动至中唐时兴盛起来。唐文宗、武宗朝入唐的日本僧释圆仁在其《入唐求法巡礼行记》一书中记载："开成六年正月九日五更时拜南郡了，早朝归城，幸在丹凤楼，改年号，改开成六年为会昌元年，及敕于左右街七寺开俗讲……从大和九年以来废讲，今上新开。正月十五日起首，至二月十五日罢。"[①]所谓"开讲"，就是让俗众参加法会。大和九年废讲，当和该年年底举国震惊的政治事件"甘露之变"有关。这次血腥事件使全国阴云笼罩，作为娱众活动的俗讲自然被废，而次年年初改元，政治空气稍有缓和，俗讲即重新开放。《入唐求法巡礼行记》卷3又载：唐武宗会昌元年（841年）正月，"又敕于左右街七寺开俗讲"[②]；释海岸在资圣寺讲《华严经》；释体虚在保寿寺讲《法华经》；释齐高在菩提寺讲《涅槃经》；释文溆在会昌寺讲《法华经》；惠日、崇福二寺亦开讲。这是俗讲最为兴盛的时期。长安是当时全国的俗讲中心，城内寺院定时会奉敕举行俗讲活动，地方寺院则大都在农历正月、五月、九月这三个长斋月举行俗讲活动，俗讲成为自上而下喜闻乐见的一种日常娱乐活动。它的精华则在一定意义上导致了宋元以后说唱艺术的兴盛。

综上所述，"俗讲"是佛教文化和中国文化中某些实用艺术形态杂糅和融合而成的一种新的艺术形式。

（二）作为俗讲文本的变文

佛寺僧讲对经义作通俗讲解时所用的底本即是讲经文。讲经文是用来讲解经义的，所以文中每引一段经文而后讲解一段，讲解时有说有唱。讲经文由三个部分组成：一是经文，即在开讲的时候，由都讲把要讲的经文唱出来，也叫唱经；二是讲经，把唱出来的经文加以解释，或依据旧的注

① ［日］释圆仁：《入唐求法巡礼行记》，上海古籍出版社1986年版，第147页。

② ［日］释圆仁：《入唐求法巡礼行记》，上海古籍出版社1986年版，第147页。

疏义记，或结合当时的社会风尚，以引起听众的兴趣；三是唱词，把经文要义加以概括提炼并用歌赞重述演唱一遍。唱词是讲经文里最重要的部分，能够把讲经变成俗讲，使得佛经内容大众化。讲经文取材于佛经，其中的内容主要是佛教的因果报应、生死轮回、修持戒定慧等教义。讲经文有说有唱、散韵结合、语言通俗、文辞浅显，为了布道化俗、吸引僧众，其中的一些作品往往突破宗教藩篱，用通俗的语言把深奥的教义转化为生动的故事，以达到引人入胜的效果。如《维摩诘经讲经文》现存2个系统的7种8卷片段，规模宏大，想象丰富。

现存讲经文约有23种，保存较好的讲经文有《长兴四年中兴殿应圣节讲经文》《维摩诘经讲经文》《金刚般若波罗蜜经讲经文》《父母恩重经讲经文》《妙法莲华经讲经文》等。这些讲经文取材于佛经，将深奥的教义转化为世俗生活的展示、引人入胜，形式为说唱兼行、散韵结合。说为浅近文言或口语，唱为七言，也有三三句式，六言或五言的。

如《大唐大慈恩寺三藏法师传》载："其日（显庆元年十二月五日），法师又重庆佛光王满月，并进法服等。表曰：辄敢进金字《般若心经》一卷并函，《报恩经变》一部。"[①] 显庆为唐高宗年号。这里玄奘献给唐高宗的《般若心经》一卷，显然指佛教经典《心经》；而"《报恩经变》一部"，从名称上看，显然不是《报恩经》的原本，而应该是《报恩经》的俗讲经文。这就证明最早名为"变文"者，其实就是讲经文。现在所存敦煌写本中编号为"俄Φ96"的就是《报恩经变》，其内容确实是《报恩经》的讲经文。

讲经文本来是对佛经"变文易体"[②] 的，直到南宋理宗嘉熙年间由释宗鉴撰著的《释门正统》还把《开元括地变文》当作"非藏经所载不根经文"。《开元括地变文》，向达"疑即是唐代俗讲一类话本之遗

---

① （唐）释道宣：《续高僧传》，见《大正藏》第50册，东方出版社2014年版，第602页。

② 姜伯勤：《变文的南方源头及敦煌的唱导法匠》，见饶宗颐主编：《华学》第1期，中山大学出版社1995年版，第151页。

存”[1]。王文才则明确说是讲经文[2]。其和佛典的密切关系显而易见。

唐代与僧讲并行的还有“俗讲”“转变”，其底本就是讲唱“变文”。变文最初是佛寺中的俗讲僧进行宗教宣传时用来讲唱的底本。最早的变文内容都是宗教故事，后来随着宗教的世俗化，为了吸引听众，变文中逐渐加入了很多非宗教性的内容，如民间传说、历史故事和现实生活题材。讲唱者也由僧侣转变为僧俗兼有，民间还出现了一些讲唱艺人。讲唱的地点也不限于寺院。这样一来，原来进行宗教宣传的变文就成了民间的通俗文艺。“变”字的含义，诸家解释也不同。现在我们汇总诸家之说，以为“变”即“变更”“变易”之意。第一个提出“变文”名称的郑振铎说：“所谓变文之变，当是指‘变更’了佛经的本文而成为‘俗讲’之意。”[3]现在看来，郑振铎先生的解释仍然是最具启发性的。当然，由于变文以诱俗为目的，为了吸引听众，强调故事的奇异性，所以“变”字又更多地指奇异非常之变化，这就是孙楷第提出而为王重民所称道的“变即神通变化”[4]。白居易和他的弟子合编的《白氏六帖事类集》卷27有“变化”一门：阴阳不测，陶钧无方。生则有常，于何不有。虽变化之万端，未始有极。物既反常。周穆军士化为猿鹤，兽惟毛群，天马潜而在水，兽吸风而复生，鸟生杜宇之魄，妇化石以望夫，牛哀病以变虎，苌弘血而成碧，猿公用戏竹之，考其所由，何异野雀入水以成蛤，腐草化萤。虽变化之多端，怪物不敢惑，万异为一同。[5]白氏为中唐人，正是“俗讲”盛行之时。“变化”类所包含神妙奇异的内容，可以代表当时人

---

① 向达的《唐代俗讲考》最初刊于1934年12月的《燕京学报》第16期，其后不断补充修改，于1944年发表于《文史杂志》第3卷第9·10合期，1950年又刊于《国文季刊》第3卷第4号，后收入《唐代长安与西域文明》（生活·读书·新知三联书店1957年版）、《敦煌变文论文录》（上海古籍出版社1982年版）。

② 参见王文才：《敦煌曲初探序》，上海文艺联合出版社1955年版，第16页。

③ 郑振铎：《中国俗文学史》，作家出版社1954年版，第190页。

④ 伏俊琏：《敦煌文学文献丛稿》（增订本），中华书局2011年版，第53页。

⑤ 参见（唐）白居易等：《白氏六帖事类集》卷27，文物出版社1987年版。

对“变”字含义的理解。[①]

转变与俗讲的目的一样，都是用通俗的方法传播佛教教义以及教化内容，但二者在文本体制、演唱声腔、题材内容等方面有所差别。俗讲主要是讲经文，讲法过程中要咏经，但变文一般不引用经文，唱词末句也没有催经套语；俗讲的讲经文上往往有平、断、吟之类的词语，标示声腔唱法，变文则不标；俗讲以讲经为主，稍涉及佛教因缘、譬喻故事，变文则主要是讲故事。俗讲由于是演经的、释经的，不能离了经典而独立，这是俗讲与变文的主要不同。当然，俗讲和转变在讲唱内容上也存在联系，如目连故事不仅有说因缘文本《目连缘起》，也有转变文本《大目乾连冥间救母变文》。

变文最先出现于佛寺，是作为一种宗教宣传的工具，是俗讲僧为布道化俗向听众宣讲佛经中的神变故事。到隋唐时代，佛教得到进一步发展，佛寺禅门的讲经更加盛行起来，随着佛教的世俗化，涌现出专门从事俗讲的“俗讲僧”。转读经师吸收民间声腔，趋附时好，专以取悦俗众为务，转读遂向大众娱乐的方向发展。同时，讲经中的另一种方式唱导，也有了相当的发展。转读与唱导，以及偈颂歌赞的梵呗，融讲说、咏唱为一体，有说有唱，遂形成唐代的俗讲转变。后来，伴随着社会的发展和宗教的世俗化，变文中讲述的内容也不再限于佛经故事，而是加入了很多现实事件、历史故事以及民间传说等非宗教题材的内容。俗讲变文为了适应日益增长的民众需要，逐渐离经叛道，向非宗教的现实内容方向发展，讲唱者也不限于俗讲僧，同时产生了以转唱变文为职业的民间艺人，表演地也由寺院扩大到变场等地方。如唐人吉师老的《看蜀女转〈昭君变〉》，说的就是民间女艺人讲述昭君变文的故事。唐人李贺《许公子郑姬歌》诗云：“长翻蜀纸卷明君，转角含商破碧云。”[②]诗中“明

① 参见伏俊琏：《论“俗讲”与“转变”的关系》，《北京图书馆馆刊》1997年第4期。

② （清）彭定求等编：《全唐诗》卷393，中华书局1960年版，第4435页。

君”即指昭君，而“长翻蜀纸”是指郑姬在讲唱变文时，为配合讲唱内容而出示给观众看的画卷。唐代王建《观蛮妓》诗也描述了观看女子讲唱昭君变文时的情景：“欲说昭君敛翠蛾，清声委曲怨于歌。谁家年少春风里，抛与金钱唱好多。”[①]至此，变文也由宗教宣传文学变成了一种通俗文学娱乐作品。

另外还有“变相”之说，“变相”与“变文”都是唐五代间进行佛教宣传的手段，其内容都是演绎佛教中的神变故事，而“变相”用绘画来表现，“变文”用文字来表现，“转变”则是两者的结合。讲唱变文的时候，一般要辅以谓之“变相”的图画。现存的变文中可以看到或推测出“变相”的存在，如《破魔变文》卷子中就一面是图，一面为讲唱文辞；《大目乾连冥间救母变文并图一卷》，在题名中已显示有辅图；《王昭君变文》，文中有“上卷立铺毕，此入下卷”的辅图说明。另外，许多变文中都有“时”“处”等提示语言，显示出对照图画进行讲唱的迹象。唐代著名画家吴道子是画变相的高手，《东观余论》对其名作《地狱变相》的评价是：“视今寺刹所图，殊弗同。了无刀林、汤镬、牛头、阿房之象，而变状阴惨，使观者腋汗毛耸，不寒而栗。”[②]《唐朝名画录》中说：“京都屠沽渔罟之辈，见之而惧罪改业者，往往有之。”[③]变相给人以强烈的直观感染力，为转变增添了劝善化俗的效果。

（三）变文的狭义与广义

狭义的变文指敦煌遗书中明确标有“变”或“变文”字样的作品，如《破魔变》《大目乾连冥间救母变文》《汉将王陵变》等。文体上，或散韵相间，演说佛教或历史民间故事，或通篇韵文或散文，既是吸收了印度佛

① （清）彭定求等编：《全唐诗》卷301，中华书局1960年版，第3434页。

② （宋）黄伯思：《宋本东观余论》卷下“跋吴道玄地狱变相图后”，中华书局1988年版，第314页。

③ （唐）朱景玄撰，温肇桐注：《唐朝名画录》，四川美术出版社1985年版，第4页。

教文学散韵结合体式的结果，也是在中国传统文学中五七言体或杂言体诗歌以及骈文文体的文学背景下产生的，是一种骈散相间、图文相配、说唱结合的文学样式。

广义的变文起初为佛教讲经中俗讲的文本，但是在传播的过程中，逐渐适应中国传统社会的需要，变经为俗，从取材于佛经中的神变、变换故事，慢慢开始演绎中国历史民间传奇故事。这就是广义上的变文。

本书所讲即广义上的变文。

二、唐代俗讲变文总论

现在流传于世的变文，有50种左右。[①] 学界对于变文的研究，包括辑佚、校勘、注释以及一些具体问题的认识，成果十分丰富。

辑佚、校勘方面主要有三部著作：王重民的《敦煌变文集》、潘重规的《敦煌变文集新书》和黄征、张涌泉的《敦煌变文校注》。整理的变文作品80余种，后之学者亦陆续有订补之作。注释方面则主要有蒋礼鸿《敦煌变文字义通释》、项楚《敦煌变文选注》。对于具体作品的研究，包括题材的溯源、演变、创作时间、思想内容方面都有相当多的研究，几乎每一篇作品都有专文讨论，有的作品甚至有数篇研究论文。此外，关于变文的名称、来源、体制、分类亦是持续不断的研究热点。

根据目前的研究分类，现存的变文内容一般分为五类，即佛经故事类、历史故事类、民间传说类、寓言杂赋故事类和当时当地人物故事类。

其中，佛经故事类取材于佛教故事，选取佛经中最有故事趣味的部分，加以铺陈敷衍、渲染发挥，其题名多为“讲经文”、“因缘”和“变文”等。题名为讲经文和因缘的全部为佛经故事，题名为变文则只有一部

---

① 据王重民先生等辑校的《敦煌变文集》（人民文学出版社1957年版）以及潘重规教授编辑的《敦煌变文集新书》（文津出版社1994年版）整理而成。

分是佛经故事。这类作品主要有:《维摩诘经讲经文》《盂兰盆经讲经文》《太子成道经》《父母恩重经讲经文》《无常经讲经文》《佛说观弥勒菩萨上生兜率天经讲经文》《妙法莲花经讲经文》《佛说阿弥陀经讲经文》《金刚般若波罗蜜经讲经文》《双恩记》《欢喜国王缘》《丑女缘起》《目连缘起》《难陀出家缘起》《十吉祥》《四兽因缘》《频婆娑罗王后后宫彩女功德意供养塔生天因缘变》《降魔变文》《太子成道变文》《八相变》《破魔变文》《大目乾连冥间救母变文》《地狱变文》《庐山远公话》等。在讲述佛经故事的时候，变文比较自由，它可以灵活选择佛经故事中最热闹、最有趣味的一个片段切入，然后铺陈敷衍，渲染发挥。郑振铎先生说,《降魔变文》和《维摩诘经变文》是唐代变文里的双璧，前者想象力丰富奔放，后者则是伟大宏丽的叙事诗。①

历史故事类取材于历史记载，以一个历史人物为主，截取历史事件片段，广泛吸收民间传说，进行再加工创造，这类作品主要有《伍子胥变文》《王昭君变文》《李陵变文》《汉将王陵变》《季布骂阵词文》《晏子赋》《韩擒虎话本》等。历史故事类变文多以某一历史人物为主线，汇集逸事趣闻和民间传说，在细节上加以发挥。

民间传说类，演绎的全是流传民间的逸闻传说。这类作品主要有《舜子至孝变文》《刘家太子变》《秋胡变文》《孟姜女变文》《董永变文》《韩朋赋》等。讲述民间传说故事，主要就是假托历史人物，敷衍成篇。至于时人时事的讲述，是就地取材，通过曲折的人物情节来演说当代事件。

寓言杂赋故事类主要指故事赋和词文中的一些作品，内容驳杂，但涉及生活面很广，有相当的知识性和趣味性。这类作品主要有《燕子赋》《百鸟名》《丑妇赋》《齖𠵅书》《茶酒论》《下女夫词》《孔子项讬相问书》等。

敦煌当地人物故事类有两篇，即《张议潮变文》和《张淮深变文》。

① 参见郑振铎:《中国俗文学史》，上海书店1984年版，第225页。

以当时坚守瓜沙、保境安民的归义军首领张议潮叔侄的事迹为题材，反映当时重大历史事件，具有鲜明的时代气息。

第二节　唐代俗讲变文的传播

一、唐代俗讲变文的传播环境

（一）佛寺、道观

佛寺是俗讲变文的发源地，自然也是其最主要的演出场所。在敦煌的壁画中，我们多见许多设在寺庙大殿前面供表演歌舞用的、周边围有栏杆的露台，这应该就是俗讲的演出场所。

在京城俗讲演出的场所，据《南部新书》戊载："长安戏场多集于慈恩，小者在青龙，其次荐福、永寿。尼讲盛于保唐，名德聚之安国。"[①]这里所说的"戏场"为演出百戏杂技歌舞的场所，当然也包括俗讲的演出。从文中所说"尼讲"可知，这时候俗讲因男性僧人和女性僧人修行寺院的分别，既有尼讲，必然有男性僧人主讲的俗讲。保唐寺因为是女性僧人修行场所，其中进行的俗讲称为"尼讲"；其他男性僧人主讲的俗讲，当在"慈恩""青龙""荐福""永寿"等寺院进行。

其中，保唐寺的尼讲，孙棨《北里志》里有更详细的介绍。

日本僧人释圆仁在其《入唐求法巡礼行记》卷3中对长安城中的俗讲描述颇为细致：

> 会昌元年，及敕于左右街七寺开俗讲。左街四处，此资圣寺，令云花寺赐紫大德海岸法师讲《花严经》。保寿寺，令左街僧录、三教讲论、赐紫引驾大德体虚法师讲《法花经》。菩提寺，令招福寺内供

---

① （宋）钱易：《南部新书》戊，中华书局2002年版，第67页。

奉、三教讲论大德齐高法师讲《涅槃经》。景公寺，令光影法师讲。右街三处，会昌寺，内供奉、三教讲论、赐紫、赐引驾起居大德文溆法师讲《法花经》，城中俗讲此法师为第一。惠日寺、崇福寺，讲法师未得其名。

以上"海岸""体虚""齐高""光影""文溆"等御赐"赐紫""引驾""大德"称号的俗讲大师。法师"文溆"，更被称为"城中俗讲此法师为第一"①。

京城长安之外的佛寺，也是俗讲举行的主要场所。姚合《赠常州院僧》诗所记有常州毗陵寺之俗讲："一住毗陵寺，师应只信缘。院贫人施食，窗静鸟窥禅。古磬声难尽，秋灯色更鲜。仍闻开讲日，湖上少鱼船。"②

《入唐求法巡礼行记》卷 2 记载了登州赤山院之俗讲，对俗讲仪式描述颇细：

赤山院讲经仪式，辰时打讲经钟、打惊众钟讫，良久之会。大众上堂，方定众钟。讲师上堂，登高座间，大众同音称叹佛名。音曲一依新罗，不似唐音。讲师登座讫，称佛名便停。时有下座一僧作梵，一据唐风，即云何于此经等一行偈矣。……大众同音唱云："戒香、定香、解脱香"等。颂梵呗讫，讲师唱经题目，便开题，分别三门。释题目讫，维那师出来，于高座前，读申会兴之由，及施主别名、所施物色。申讫便以其状转与讲师，讲师把麈尾，一一申举施主名，独自誓愿。誓愿讫，论义者论端举问，举问之间，讲师举麈尾，闻问者语；举问了，便倾麈尾；即还举之，谢问便答；帖问帖答，与本国同……论义了，入文读经。讲讫，大众同音长音赞叹，赞叹语中有回向词。

---

① ［日］释圆仁撰，白化文、李鼎霞、许德楠校注：《入唐求法巡礼行记校注》，花山文艺出版社 1992 年版，第 369 页。

② （清）彭定求等编：《全唐诗》卷 497，中华书局 1960 年版，第 5650 页。

刘禹锡《送慧则法师归上都因呈广宣上人》诗中亦有“昨日东林看讲时”① 句，则为庐山东林寺之俗讲；《太平广记》卷 34《崔炜》记贞元中崔炜居南海，“时中元日，番禺人多陈设珍异于佛庙，集百戏于开元寺”②；同书卷 394《徐智通》记楚州“(龙兴) 寺前素为郡之戏场，每日中，聚观之徒，通计不下三万人”③。这里说的“戏场”，如上文所述，也有俗讲的演出。

可见全国的寺院普遍都有俗讲活动，这种状况一直延续到唐末五代，此类记载仍所在多有，如贯休《蜀王入大慈恩寺听讲》诗所记为天复三年 (903 年) 蜀主王建与百姓入成都大慈恩寺听俗讲；《维摩诘经讲经文》尾题云“广政十年 (947 年) ……于州中应明寺开讲”④，“广政”为后蜀孟昶年号，应明寺当为蜀中寺院；《洛阳缙绅旧闻记》卷 1 记有俗讲僧云辩于洛阳长寿寺开讲等。

佛寺之外，道观也有俗讲举行，其内容当与道教思想相关。《入唐求法巡礼行记》卷 3 记会昌元年 (841 年) 正月开俗讲云：“又敕开讲道教，左街令敕新从剑南道召太清宫内供奉矩令费，于玄真观讲《南华》等经；右街一处，未得其名。并皆奉敕讲……会昌元年五月一日，敕开讲……两观讲道教。”⑤ 韩愈《华山女》诗云“华山女儿家奉道”亦为其例。这在一定程度上说明佛教俗讲的盛行也推广到道教，道教亦用老百姓喜闻乐见的方式吸引信徒。现存的敦煌变文也有些作品反映出一定的道教思想，如董永故事、叶净能故事等，也说明了这一点。

佛寺作为俗讲的中心，是变文演出的最初也是最主要的场所，特别是

---

① (清) 彭定求等编：《全唐诗》，上海古籍出版社 1986 年版，第 896 页。

② (宋) 李昉等编：《太平广记》卷 34，中华书局 1961 年版，第 216 页。

③ (宋) 李昉等编：《太平广记》卷 394“徐智通”条引《集异记》，中华书局 1992 年版，第 3148 页。

④ 王重民、王庆菽、向达等编：《敦煌变文集》，人民文学出版社 1984 年版，第 1011 页。

⑤ [日] 释圆仁撰，白化文、李鼎霞、许德楠校注：《入唐求法巡礼行记校注》，花山文艺出版社 1992 年版，第 389 页。

寺院经济繁荣的唐代，寺院环境优美、场地空旷，是普通百姓游玩娱乐的一个中心。

（二）民间戏场、变场

随着俗讲变文的盛行，以及表演内容的世俗化演变，俗讲变文的演出场所也渐渐多了起来，寺院之外的民间戏场也成为变文的演出场所，俗讲同其他各种杂戏一起成为一种娱乐活动，在“戏场”演出。京城长安的“戏场”很多。《隋书》卷15《音乐志》载：“每岁正月，万国来朝，留至十五日。于端门外，建国门内，绵亘八里，列为戏场。百官起棚夹路，从昏达旦，以纵观之，至晦而罢。”①这里记载的是隋代的演出情况，唐代的盛况只有过之而无不及。《太平广记》卷341《李僖伯》载，元和初僖伯赴选长安，寓居兴道里，“无何，僖伯自省门东出，及景风门，见广衢中，人闹已万万，如东西隅之戏场”②。可知长安的戏场东西皆有。韩愈《华山女》：“街东街西讲佛经，撞钟吹螺闹宫庭。”③也可知道其在民间的演出盛况。长安之外，各郡亦各有众多戏场，如《太平广记》卷83《续生》载：“濮阳郡有续生者，莫知其来……每四月八日，市场戏处，皆有续生。郡人张孝恭不信，自在戏场对一续生，又遣奴子往诸处看验，奴子来报，场场悉有，以此异之。”④这里虽然讲的是续生的异行，但是从“诸处”“场场”可以看出其地戏场之繁多热闹。而在这些戏场里表演的节目，俗讲变文当是内容之一。

也有专门演出变文的所谓“变”场。《酉阳杂俎》前集卷5《怪术》中有这样一条记载：

> 虞部郎中陆绍，元和中尝看表兄于定水寺，因为院僧具蜜饵时

① （唐）魏徵、令狐德棻：《隋书·音乐志》，中华书局1973年版，第381页。

② （宋）李昉等编：《太平广记》，中华书局1961年版，第2722页。

③ （清）彭定求等编：《全唐诗》，中华书局1960年版，第3823页。

④ （宋）李昉等：《太平广记》卷83《续生》，中华书局1961年版，第532页。

> 果，邻院僧亦陆所熟也，遂令左右邀之。良久，僧与一李秀才偕至，乃环坐笑语颇剧。院僧顾弟子煮新茗，巡将匝而不及李秀才。陆不平曰："茶初未及李秀才，何也？"僧笑曰："如此秀才，亦要知茶味？"且以余茶饮之。邻院僧曰："秀才乃术士，座主不可轻言。"其僧又言："不逞之子弟，何所惮！"秀才忽怒曰："我与上人素未相识，焉知予不逞之徒也？"僧复大言："望酒旗、玩变场者，岂有佳者乎？"①

定水寺僧轻视李秀才，斥其为"望酒旗、玩变场者"。这说明当时鼎盛繁荣以后的变文演出，在城市中已有了固定演出场所，同时大概也有了固定的观众，已成为经常的商业性演出。而且由定水寺僧对"变场"的轻视，也可以看出它主要是各阶层市井小民聚集娱乐的场所，演出的内容当与变文最初的佛典演绎有了很大的距离，因而受到鄙视。

（三）宫廷、朝堂

宫廷里的皇帝妃嫔、王孙公主也需要娱乐活动，因此民间的很多娱乐方式都被搬演到了宫中，俗讲也是如此。关于俗讲在宫廷演出的最早纪录为郭湜《高力士外传》所载，云上元元年（760年）："太上皇移仗西内安置。……每日上皇与高公亲看扫除庭院，芟剃草木；或讲经、论议、转变、说话，虽不近文律，终冀悦圣情。"②这里所说的"转变"，有的学者认为，其实俗讲与转变本来就是一种东西，"就其原始意义而言，'转变俗讲'异名而同实；就敦煌通俗文艺而言，'转变'是从'俗讲'发展而来的"③。"实际上，所谓转变，主要是从伎艺之角度对变文俗讲的又一称呼。俗讲就是转变，转变即为俗讲，两者是同一之关系。"④另外，吉师老有《看

---

① （唐）段成式：《酉阳杂俎》前集卷5《怪术》，中华书局1985年版，第43页。

② （唐）郭湜：《高力士外传》，见《笔记小说大观》3编第3册，（台湾）新兴书局有限公司1977年版，第1466页。

③ 伏俊琏：《论变文与讲经文的关系》，《敦煌研究》1999年第3期。

④ 李小荣：《关于唐代的俗讲与转变》，《九江师专学报》2000年第4期。

蜀女转〈昭君变〉》的诗，中有“翠眉颦处楚边月，画卷开时塞外云”[①]之句。“转昭君变”即表演有关王昭君的变文。因此从唐肃宗时期俗讲变文已深入宫禁，乃至于被幽禁、与外界少有沟通的唐玄宗都可欣赏，其在宫廷中的盛行已可想见。

唐代的王公贵族、文人士子不仅喜欢在歌舞筵宴中创作雅俗诗词，对其他的俗文学活动如“转变”“说话”也兴味盎然。

唐人诗作中，关于宫中俗讲的记载很多，如姚合《赠供奉僧次融》诗有“开经对天子”[②]句；李洞《赠入内供奉僧》诗有“内殿谈经惬帝怀”[③]句；曹松《慈恩寺贻楚霄上人》诗有“入内谈经彻，空携讲疏还”[④]句；杨夔《题宣州延庆寺益公院》，诗题下注“咸通中入讲，极承恩泽”，诗有“讲经旧说倾朝听”[⑤]句；等等。这些诗歌中提到的僧人入内讲经，恐怕未必都是与皇帝讨论佛经，更多的应该是指俗讲转变之流。敦煌变文中《长兴四年中兴殿应圣节讲经文》正是后唐庄宗生日中兴殿俗讲的文本。

（四）府宅、郡县、通衢要路

唐代上至皇帝，下至王公贵族，多有热衷于俗讲变文者，因此达官贵人的府宅也会有俗讲的演出。

《酉阳杂俎》续集卷5《寺塔记》载：“李右座（按指李林甫）每至生日，常转请此寺僧就宅设斋。有僧乙尝叹佛，施鞍一具，卖之，材直七万。又僧广有声名，口经数年，次当叹佛，因极祝右座功德，冀获厚衬。”[⑥]“叹佛”即“开赞”“赞佛”，是俗讲开始时的仪式，《庐山远公话》

① （唐）吉师老：《看蜀女转〈昭君变〉》，见《全唐诗》下册，上海古籍出版社1986年版，第1915页。

② （清）彭定求等编：《全唐诗》卷497，中华书局1999年版，第5650页。

③ （清）彭定求等编：《全唐诗》卷723，中华书局1999年版，第8293页。

④ （清）彭定求等编：《全唐诗》卷716，中华书局1999年版，第8222页。

⑤ （清）彭定求等编：《全唐诗》卷763，中华书局1999年版，第8661页。

⑥ （唐）段成式撰，方南生点校：《酉阳杂俎》，中华书局1981年版，第253页。

里所说“开经已了，叹佛威仪，先表圣贤，后谈帝德”[1] 就指的是叹佛。李林甫为玄宗时权相，可知其时达官贵人常请僧人入府宅作俗讲表演。

又敦煌变文《破魔变》云：“伏惟我府主仆射，神资直气，岳降英灵，怀济物之深仁，蕴调元之盛业……次将称赞功德谨奉庄严国母圣天公主。伏愿山南朱桂，不变四时……又将称赞功德，奉用庄严合宅小娘子郎君贵位……然后衙前大将，尽孝尽忠；随从公僚，惟清与直。”[2] 从这段发愿词看，其对府主一家大小，包括衙前大将、随从公僚一一祝福来看，当演于归义军节度使曹议金府中。另外，《张议潮变文》《张淮深变文》，也有学者认为很有可能是在张宅进行表演的。

通衢要路之处，过往百姓人数较多，也是比较合适的俗讲表演场所。《太平广记》卷 269“宋昱韦儇”条载，“杨国忠为剑南，召募使远赴泸南，粮少路险，常无回者。其剑南行人，每岁令宋昱、韦儇为御史，迫促郡县征之，人知必死，郡县无以应命。乃设诡计，诈令僧设斋，或于要路转变。其众中有单贫者，即缚之”[3]。政府招募兵丁，无人应征，于是采取诡计，吸引民众聚集，乘机抓捕。而“要路转变”也成了手段之一。“转变”已如上文所述，为俗讲别称，而“要路”二字正说明了俗讲的另一常见场所，因其人群比较集中，也是一个较为合适的演出场所。

讲唱活动更是风靡市井。上文引述的会昌元年敕令左右街七寺开俗讲的记载以及释圆仁书中的“九月一日敕两街诸寺开俗讲”，“五月奉敕开俗讲，两街各五座”等，反映了长安俗讲活动的频繁和兴盛。而“不逞之徒，转相鼓扇扶树。愚夫冶妇，乐闻其说，听者填咽寺舍。瞻礼崇奉”，说明了民众对俗讲活动的痴迷，连教坊都效仿法师讲经的声调以为歌曲，可见其已成为一种时尚的指标。从唐玄宗开元十九年的《禁僧徒敛财诏》

---

① 黄征、张涌泉校注：《敦煌变文校注》，中华书局 1997 年版，第 515 页。

② 黄征、张涌泉校注：《敦煌变文校注》，中华书局 1997 年版，第 515 页。

③ （宋）李昉等编：《太平广记》卷 269 酷暴三“宋昱韦儇”条引《谭宾录》，中华书局 1961 年版，第 2019 页。

来看，俗讲活动已经超出长安一地，具有很大程度的普及了，僧人为此不殚劳苦，出入州县，巡历乡村：

> 近日僧徒，此风尤甚。因缘讲说，眩惑州闾；溪壑无厌，唯财是敛。津梁自坏，其教安施？无益于人，有蠹于俗。或出入州县，假托威权；或巡历乡村，恣行教化。因其聚会，便有宿宵；左道不常，异端斯起。自今以后，僧尼除讲律之外，一切禁断。六时礼忏，须依律仪，午后不行，宜守俗制。如犯者，先断还俗，仍依法科罪。所在州县，不能捉搦，并官吏辄与往还，各量事科贬。[①]

《旧唐书》卷118《王缙传》载王缙为相时，“给中书符牒，令五台僧数十人分行郡县，聚徒讲说，以求货利”[②]。王缙奉佛，他主持修缮宝应寺，又建造五台山金阁寺。为筹集资金，他利用宰相职权，发放中书符牒，令五台山的僧徒数十人分行郡县游说募捐。这些僧徒横行郡县，“聚徒讲说”，获得巨额钱财。寺成之后，“计钱巨亿万”。这些僧徒游说的手段“聚徒讲说”，应指俗讲演出，其行为有些类似于走州串府的艺人。那么，其演出的场所当不固定，其搜刮钱财的对象应该包括了郡县长官和普通老百姓，或主要为郡县长官，那么其演出的场所大概包括了郡县官衙、长官府邸、通衢要路、戏场、变场等所有以上提及的俗讲的民间表演场所。

二、唐代俗讲变文的传播主体

（一）僧尼

如前文所述，俗讲最初的目的就是使那些深奥的佛理经义通俗化、趣味化，以招徕更多的听众，后来为吸引听众布施财物，逐渐通俗性、娱乐

① （清）董诰等编：《全唐文》卷30，景印文渊阁四库全书本，（台湾）商务印书馆1985年版，第792页。

② （后晋）刘昫等：《旧唐书》卷118《王缙传》，中华书局1975年版，第3418页。

性加强，加入了历史、民间故事等内容。因此，僧尼在最初和很长一段时间内都是俗讲的最主要传播群体。

史料记载中有名姓的僧人，上文所引《续高僧传》中贞观年间的善伏，《酉阳杂俎》中的僧广就是当时有名的俗讲僧人。中唐时期俗讲盛行时，以讲经闻名的僧人也越来越多，如文溆、云辩、保宣等。

最著名的当是文溆。文溆为蜀郡（今四川）人，从宪宗元和末到懿宗初都有他的活动身影。

段安节的《乐府杂录·文溆子》、日本和尚释圆仁的《入唐求法巡礼行记》、唐人赵璘的《因话录·角部》及《卢氏杂说》等文献中对他都有记载。

文溆表演的突出特点在于他的声调动人，段安节《乐府杂录·文溆子》载："长庆中，俗讲僧文溆善吟经，其声宛畅，感动里人。乐工黄米饭依其念四声观世音菩萨，乃撰其曲。"[①] 所撰曲称"文溆子曲"，此曲后在唐、宋、元诸宫调中仍见采用。

另一个有名的俗讲僧是云辩。

晚唐五代保存下来的还有僧人保宣的《频婆娑罗王后宫彩女功德意供养塔生天因缘变》[②]，这是从敦煌遗书中发现的。王重民先生指出："保宣当是此变文的作者。"[③] 而敦煌研究院的李正宇先生又进一步考证保宣为晚唐五代时敦煌地区的俗讲僧人。[④]

从文溆与云辩的俗讲活动，也可以印证上节所论，即俗讲变文发展到中唐以后，已经逐渐演变为一种民间娱乐活动，其所讲内容和民众世俗生

---

① （唐）段安节：《乐府杂录》，中华书局 1985 年版，第 38 页。

② 这篇变文共发现两个抄本，一为英藏 S.3491 号，后部残缺；一为法藏 P.3051 号，前部残缺。王重民先生据二本整理成全本，并作有校记，收载于《敦煌变文集·下集》，人民文学出版社 1957 年版，第 765—771 页。

③ 王重民、王庆菽、向达等编：《敦煌变文集·下集》，人民文学出版社 1984 年版，第 769—771 页。

④ 参见李正宇：《敦煌俗讲僧保宣及其〈通难致语〉》，《社科纵横》1990 年第 6 期。

活关系密切。

除了俗讲僧以外，也有尼姑参与俗讲活动。长安保唐寺就是尼姑俗讲最兴盛的场所。钱易《南部新书》说："长安戏场多集于慈恩，小者在青龙，其次荐福、永寿，尼讲盛于保唐，名德聚之安国，士大夫之家入道，尽在咸宜。"①

后来，随着俗讲的日益世俗化，俗讲不但成为寺院的重要敛财方式，更成为部分不法僧人的敛财手段，他们巡行郡县，遍历乡村，聚会讲说，"溪壑无厌，唯财是敛"，结果遭到了统治者的禁绝。

（二）民间艺人

俗讲变文为了适应日益增长的民众需要，逐渐离经叛道，向非宗教的现实内容方向发展，讲唱者也不限于俗讲僧，同时产生以转唱变文为职业的民间艺人，表演地也由寺院扩大到变场等地方。

除僧人、尼姑之外，民间艺人开始采用变文的形式讲唱故事，所谓"教坊效其声调以为歌曲"②。显示出其强烈的故事性、世俗性特点，其演讲内容也不再局限于佛教故事，而更多地转向民间传说、历史故事，如王昭君故事。

吉师老《看蜀女转〈昭君变〉》诗云："妖姬未著石榴裙，自道家连锦水濆。檀口解知千载事，清词堪叹九秋文。翠眉颦处楚边月，画卷开时塞外云。说尽绮罗当日恨，昭君传意向文君。"③从诗题"转《昭君变》"可知是俗讲变文，讲的就是王昭君的故事。敦煌变文中有《王昭君变文》，虽取材于《汉书·匈奴传》《西京杂记》，但内容上有所取舍，并且发展了故事情节。二卷的上卷写昭君远嫁蕃王，终日郁郁不乐，蕃王百般讨其欢心而不能奏效；下卷写她随王出猎，一病不起，临死嘱王将其死讯报与

① （宋）钱易：《南部新书》戊，中华书局 2002 年版，第 67 页。

② （后晋）刘昫等：《旧唐书》卷 118《王缙传》，中华书局 1975 年版，第 3418 页。

③ （清）彭定求等编：《全唐诗》卷 774，中华书局 1960 年版，第 8771 页。

汉王。最后写汉哀帝发使和蕃，祭吊明妃。吉师老所描述的蜀女所讲当即此，“说尽绮罗当日恨，昭君传意向文君”①，正是对变文主题的概括。

唐人李贺《许公子郑姬歌》诗云：“长翻蜀纸卷明君，转角含商破碧云。”② 诗中“明君”即指昭君，而“长翻蜀纸”是指郑姬在讲唱变文时，为配合讲唱内容而出示给观众看的画卷。唐代王建《观蛮妓》诗也描述了观看女子讲唱昭君变文时的情景：“欲说昭君敛翠蛾，清声委曲怨于歌。谁家年少春风里，抛与金钱唱好多。”③ 李远《转变人》：“绮城春雨洒轻埃，同看萧娘抱变来。时世险妆偏窈窕，风流新画独徘徊。场边公子车舆合，帐里明妃锦绣开。”④ 这几首诗所记的都是王昭君故事的变文表演，可见王昭君故事是民间俗讲艺人中非常流行的题材。这些表演昭君故事的都是女性，且多为蜀人，因此也有学者认为《王昭君变文》源自蜀地⑤。

讲唱变文的场所，最开始是在寺院，后来出现了专门的“变场”。到了唐末，讲唱变文也在戏场和一些交通要道上进行，讲唱活动更是风靡市井，当然在这些场所讲唱变文的人多为民间艺人。至此，变文也由宗教宣传文学变成了一种通俗文学娱乐作品。

三、唐代俗讲变文的传播内容

如前所述，现存的变文从内容题材上有五类：佛经故事类、历史故事类、民间传说类、寓言杂赋故事类和当时当地人物故事类。其传播的内容与目的因题材不同而有所区别。

---

① （清）彭定求等编：《全唐诗》卷774，中华书局1960年版，第8771页。

② （清）彭定求等编：《全唐诗》卷774，中华书局1960年版，第4435页。

③ （清）彭定求等编：《全唐诗》卷301，中华书局1960年版，第3434页。

④ ［高丽］释子山夹注，查屏球整理：《夹注名贤十抄诗》，上海古籍出版社2005年版，第49页。

⑤ 参见朱利华：《敦煌本〈王昭君变文〉源自蜀地考》，见伏俊琏、徐正英主编：《古代文学特色文献研究（第一辑）》，上海古籍出版社2016年版。

（一）宗教思想

俗讲、变文作为寺院、道观辅教的手段之一，首先具有宣传教义和思想的功能。比如《悉达太子修道因缘》末尾讲道："更欲说，日将沈，奉劝门徒念佛人。合掌阶前听取偈（谒），总交（教）亲自见慈尊。"[①] 说唱者苦口婆心、劝恶扬善，希望听众勤念佛、修福善。《破魔变文》（P.2187）和《维摩变文》（P.3079）用象征手法描述释迦牟尼与维摩居士修炼过程中艰难的心灵历程，赞颂他们刻苦修炼的崇高精神。

《大目乾连冥间救母变文》（S.2614）则表现了佛教的六道轮回、地狱观念和因果报应观念。目连的父亲由于生前修十善五戒，死后升入天界。目连在俗未出家时，其母欺诳凡圣、不敬佛法，最后命终而堕入地狱。佛教常常把因果报应说与人们对佛教的信仰联系起来，宣扬广造庙塔、抄写经文、虔诚礼佛、布施僧侣就得福报，否则就坠入阿鼻地狱。信徒们为求福报，广泛宣传佛教文化，这样就扩大了佛教文化的影响。

另外，还有佛家的因果报应与孝亲思想结合，这一类的敦煌变文已经从佛经故事中脱离出来，而是融入了更多的社会生活背景。这一类型的变文多是遵循这样一个模式，主人公多是孝子，因为他们孝顺父母的行为种下善因，从而给自己带来意想不到的收获，因此改变了自己困窘的生活处境，最终获得俗世幸福的果报。[②]《董永变文》和《舜子变》是这一类型变文的典型代表，敦煌写本《孝子传》也是一本集中了许多孝子故事的写本。

道教亦开俗讲，传播道教思想，争夺信徒。唐代虽然实行三教调和的政策，但佛、道二教的斗争却一直存在，这种斗争有时也表现在通过讲唱宣传其思想的俗讲活动中。僧尼及道士都利用讲唱艺术来吸引和招徕底层

① 陈颖姮：《变文说唱的交流机制》，《湛江师范学院学报》2007 年第 4 期。

② 参见陈慧宇：《敦煌变文中的佛教"果报观念"》，湘潭大学硕士学位论文，2008 年。

信徒，以募集资财，扩大宗教势力范围。韩愈的《华山女》诗就反映了这种状况。①

（二）因果报应观念

佛教在中国化进程中所宣传的轮回报应观已远非佛教原有的报应观。佛教讲有因有缘则必得果，但个人前世之“业”却未必得报，《南本大般涅槃经·狮子吼菩萨品》：“若言诸业定得报者，则不得有修习梵行、解脱涅槃；当知是人非我弟子，是魔眷属。若言诸业有定、不定，定者现报、生报、后报；不定者缘合则受、不合不受。以是义故，应有梵行，解脱、涅槃，当知是人真我弟子，非魔眷属”②，意思即说业有定业（重业），也有不定业（轻业，不定得果）。因此所谓报应只是一种权教，人应勤于修行以出离此世，而不应贪报。《维摩经》道生注：贪报行禅，则有味于行矣。既于行有味，报必惑焉；大惑报者，缚在生矣。③但是这一理论却和中国人注重现世人生、强烈入世的文化心理格格不入，于是在其中国化过程中，其中的三报说由于对人们吸引力最大而被突出地强调了。传统报应理论把人的生命仅仅限制在由生而死的一期生存中，报应不施于此身，则施于子孙；而佛教的三报说给人们带来了来世的观念，丰富了传统的报应理论，善恶报应不施于此身，即施于来生后世。所以佛教报应说渐渐和传统的报应说结合，脱离佛教的本来面目，成为人们对善恶无征、报应不爽现象的一种新的解释，是中国传统报应观下的一种新的解说。俗讲变文产生的初衷是僧徒向俗众宣扬佛理、悦邀布施，也就以传播这一部分内容为主。

---

① 参见（清）彭定求等编：《全唐诗》卷341，中华书局1960年版，第3823—3824页。

② 《大般涅槃经》卷31，见《大正藏》第12册，（台湾）联经出版社1998年版，第551页。

③ 参见延寿：《宗镜录》卷2，见《大正藏》第48册，（台湾）联经出版社1998年版，第357页。

反映因果报应观念的变文，最典型的就是目连母亲题材的作品。《目连变文》中，目连母亲不敬僧礼佛，杀生纵欲，死堕阿鼻地狱，经目连设盂兰盆斋超度后，转生为狗，又经目连设斋礼忏，供养僧佛，方又转生上天。目连的父亲由于生前修十善五戒，死后升入天界。《金刚丑女缘起》的主题也宣扬因果报应观。作品讲丑女因前世不敬三宝、轻慢圣贤种下恶业，故今世得到恶报，长成奇丑无比的恶相，这是恶有恶报；而丑女之所以能生在国王之家，是因前世有布施的善行，这是因为善有善报。丑女因今世貌丑引起种种痛苦，她在佛前忏悔前世罪愆。“佛以慈悲之力，垂金色臂，指丑女身。丑女形容，当时改变。”[①]这是现世报。果报观在《伍子胥变文》《董永变文》《庐山远公话》中都有表现。这些故事集中体现了佛家果报观：今生修善德，来生升上天；今生行恶事，来生堕地狱。为了起到警醒世人、止恶行善的宗教效果，佛教构设了天堂与地狱世界，宣说行善则升天，行恶则堕地狱。

对于地狱的景象，《目连缘起》描写道：“其地狱者黑壁千重，乌门千刃（仞），铁城西面，铜狗喊呀，红焰黑烟，从口而出。其中受罪之人，一日万生万死。或刀山剑树，或铁犁耕舌。或洋（汁）铜灌口，或吞热铁火丸。或抱铜柱，身体焦然烂坏。枷锁桎械，不曾离身。牛头每日凌迟，狱卒终朝来拷。镬汤煎煮，痛苦难当。受罪既若不休，所以名为无间。”[②]而《大目乾连冥间救母变文》描写的地狱更加恐怖，充分展现出丰富的想象力，也成为后世长篇小说中“幽冥界”“阎罗殿”的描写范本。其描写阿鼻地狱：“且铁城高峻，莽荡连云，剑戟森林，刀枪重重。剑树千寻，似芳拨，针刺相楷。刀山万仞横连，巉岩乱倒。猛火掣浚似云吼，跳踉满天；剑轮簇簇似星明，灰尘模地。铁蛇吐火，四面张鳞；铜狗吸烟，三边振吠。蒺藜空中乱下，穿其男子之胸；锥钻天上旁飞，剜刺女人之背。铁

① 王重民、王庆菽、向达等编：《敦煌变文集》，人民文学出版社 1984 年版，第 792 页。

② 王重民、王庆菽、向达等编：《敦煌变文集》，人民文学出版社 1957 年版，第 701 页。

耙踔眼，赤血西流；铜叉锉腰，白膏东引。于是刀山入炉炭，骷髅碎，骨肉烂，筋皮折，手胆断。碎肉迸溅于四门之外，凝血滂沛于狱㘆之畔。声号叫天，岌岌汗汗。雷地隐隐岸岸向上，云烟散散漫漫向下。铁锵撩撩乱乱，箭毛鬼喽喽窜窜，铜嘴鸟咤咤叫叫唤。狱卒数万余人，总是牛头马面。"[①]这种对阿鼻地狱气氛的细致渲染和铺张描写，感染力极强，对俗众有极强的震慑和教育作用。

和地狱的恐怖相反，变文中的天堂（净土）是另一番祥和欢乐的景象。《大目乾连冥间救母变文》描绘的天堂是："目连一向（晌）至天庭，耳里唯闻鼓乐声。红楼半映黄金殿，碧牖浑沦白玉成。"[②]《目连变文》里描写的是："思衣罗绣千重现，思食珍馐百味香。足蹑庭台七宝地，身倚帏帐白银床。"[③]这是一个平等、富裕、祥和、光明、胜乐的世界。在这种对比和展示中，变文劝善修佛、止恶行善的宗教目的也就得以申说。

一方面，恶业恶果，善业善果。而获得善果的方法，就是要修善崇佛。今生无福，乃前世未修；今生修善，来生获善报。《庐山远公话》中崔相公为夫人说八苦时，即处处强调要修善崇佛以求善报的观念："前生不种，累劫不修。欲得世上荣，须是今生修福。""今年定是有来年，如何不种来年谷。今生定是有来生，如何不修来生福。""欲得后世无冤，不如今生修于净行。"[④]又《降魔变文》云："累历岁年枉气力，终日从空复至空。各自抽身奉仕佛，免被当来铁碓舂。"[⑤]只有一心向佛，今生所受之苦来生才能免除。

另一方面，佛的慈悲与法力带给人的祥和与温暖，也是俗讲变文传播的重要内容。在《八相变文》、《破魔变》以及《降魔变文》中，佛与魔

① 黄征、张涌泉校注：《敦煌变文校注》，中华书局1997年版，第406页。
② 黄征、张涌泉校注：《敦煌变文校注》，中华书局1997年版，第1024页。
③ 黄征、张涌泉校注：《敦煌变文校注》，中华书局1997年版，第1074页。
④ 王重民、王庆菽、向达等编：《敦煌变文集》，人民文学出版社1957年版，第884页。
⑤ 王重民、王庆菽、向达等编：《敦煌变文集》，人民文学出版社1957年版，第365页。

道的对抗，形象地反映出佛的威严和法力；在《目连缘起》中，佛是解救人们免受地狱之苦的唯一希望。在佛面前，一切灾难和果报都可以拔除。目连能够救出母亲，离不开佛的帮助。

因此人们要供奉佛、念佛，同时也要供奉佛在人间的代表——僧徒。《丑女缘起》讲公主因为前生怠慢了僧人，此生奇丑无比，因虔心向佛，后来容貌变好。其文末如来云："佛道此女前生，曾供养辟支佛，虽然供养，唯道面丑。供养因主王家，轻慢圣贤之业，感得面貌丑陋。信心布施，直须欢喜，若些些皴眉，则知果报不遂。"①

因此，在俗讲变文的传播过程中，不仅宣扬了因果报应观念，劝人向善，同时宣扬了佛法无边，人们应该通过追福、抄经、布施、念佛等这些可以操作的具体方法，获得来生的福报。至此，其最终的传播目的也就达到了。

（三）忠孝、节义观念

佛教在传播过程中为了吸引更多的中国民众，将其因果观念和中国传统的忠孝、节义等道德观念结合起来。告诫俗众如果不遵从世间的道德，来世必有恶报。如《破魔变文》《伍子胥变文》《汉王陵变文》《李陵变文》《王昭君变文》《舜子至孝变文》等，无不充斥着忠君报国、怀念故土、仁爱孝亲等儒家的伦理道德思想。

如在《破魔变文》中，借太子之口大力宣扬了忠君爱国的观念。太子遂生忿怨，雅责须达大臣："卿今应谋社稷，拟与外国相连，构扇君臣，离间父子，亡家丧国，应亦缘卿！夫为君子者，居家尽孝，奉国尽忠，恭谨立身，节用法则。斯保其禄位，终其富贵。岂容为臣不忠，出言亏信，非但殃身招祸，亦乃辱及先宗……"② 这里所宣扬的为臣之道就是以

① 王重民、王庆菽、向达等编：《敦煌变文集》，人民文学出版社 1957 年版，第 800 页。
② 王重民、王庆菽、向达等编：《敦煌变文集》，人民文学出版社 1957 年版，第 367 页。

忠为核心。同时，多数变文在押座文中都有对现世皇帝所作赞颂，这也是忠的观念的集中体现。如《破魔变文》所云："已（以）此开赞，大乘所生功德。谨奉庄严我当今皇帝贵位，伏愿长悬舜日，永保尧年，延凤邑于千秋，保龙国于万岁。"①《降魔变文》有："伏惟我大唐圣主开元天宝圣文神武应道皇帝陛下，化越千古，声超百王，文该五典之精微，武折九夷之肝胆。八表总无为之化，四方歌尧舜之风。"②

《董永变文》开宗明义，强调的是一个孝字。在一开篇就强调"人生在世审思量，暂时吵闹有何方（妨）；大众志心须净听，先须孝顺阿耶娘"③。《父母恩重经讲经文》写卷末尾有云"诱俗第六"④，据此可知演绎《父母恩重经》的变文，其根本目的在于劝谕世人孝敬父母。

宣扬孝道，并且和报应联系起来，在变文中也很普遍，如上述目连救母的一系列变文，目连为了救助地狱中的母亲，不畏艰险，透露出血浓于水的孝亲之情。又如《地狱变文》所云："五逆向耶娘，万般恶业累。"⑤《父母恩重经讲经文》："佛道如斯五逆人，莫觅托生好去处。""经道尊亲共语，应对违情，拗眼烈（裂）睛，不知恩义，此者并是辜恩负德五逆之人。"⑥五逆本是佛家语，谓害父、害母、害阿罗汉、破身、出佛身血。但从这些变文中来看，却专指不孝父母，类似于忤逆，如果不孝，则必有恶报。

而《佛说阿弥陀经讲经文》云："妻若邪淫抛儿婿，来生还感没丈夫"⑦，则是以恫吓方式要女人遵守贞节观念。

在其他非佛教故事的变文中，道德观念有更多的体现。《舜子至孝变文》

---

① 王重民、王庆菽、向达等编：《敦煌变文集》，人民文学出版社 1957 年版，第 531 页。
② 王重民、王庆菽、向达等编：《敦煌变文集》，人民文学出版社 1957 年版，第 345 页。
③ 王重民、王庆菽、向达等编：《敦煌变文集》，人民文学出版社 1957 年版，第 111 页。
④ 王重民、王庆菽、向达等编：《敦煌变文集》，人民文学出版社 1957 年版，第 686 页。
⑤ 王重民、王庆菽、向达等编：《敦煌变文集》，人民文学出版社 1957 年版，第 761—762 页。
⑥ 王重民、王庆菽、向达等编：《敦煌变文集》，人民文学出版社 1957 年版，第 686 页。
⑦ 王重民、王庆菽、向达等编：《敦煌变文集》，人民文学出版社 1957 年版，第 414 页。

就是有关孝道的集中展示。舜子面对父亲和后母的屡次迫害，始终持孝不变，最终感动父母开悟，并且“尧帝闻之，妻以二女，大者娥皇，小者女英。尧遂卸位与舜帝”[①]。为孝不仅能使家庭和睦，而且能成为一国之君。《董永变文》中，董永卖身安葬父母的举动感动了天女，亦是民间“行孝必得好报”的反映。《伍子胥变文》中伍子胥为了报父兄之仇可以弑君戮尸而仍得到人们的同情和理解，甚至赞赏。“百姓皆诣子胥之门，愿与仵相为兵伐楚”[②]，而吴王更是明白指出不伐楚便不是孝子：“吴王报曰：朕闻养子备老，积行拟衰。去岁拟遣相仇，虑恐仇心未发。比年清太，皆是仵相之功。今不仇冤，何名孝子？朕国兴兵伐楚，正合其时。”[③]对吴国伐楚的战争赋予了代孝子报仇的名义，看似荒诞，却反映了民众的真实观念。

《汉将王陵变》主要表现王陵对汉高祖的忠诚以及王陵之母的大义凛然，中间掺杂了孝道观念及英雄色彩。王陵对汉高祖的忠诚是他斫营的直接动力，也因此造成了其母遭楚军劫持的后果。王陵在忠君与孝母之间必须作出选择，当王陵之母受到折磨时，她却说：“阿娘长记儿心腹，一事高皇更不移。斫营拟是传天下，万代我儿是门楣。不见乳堂朝荣贵，先死黄泉事我儿。”[④]这是忠于君主的表现。当王陵得知母亲死去后，“王陵既见使人说，肝肠寸断如刀割。举身自扑似山崩，耳鼻之中皆洒血”[⑤]。这是孝道的表现。在这篇充满悲剧色彩的作品中，当忠孝不能两全时，忠的观念占了上风。王陵斫营，只以极少将士突入项羽60万大军当中，楚军“二十万人总着刀箭，五万人当夜身死”[⑥]。这是英雄观念的反映。又如《李陵变文》，李陵迫不得已投降了敌国，虽然身在敌国，但是念念不忘

① 王重民、王庆菽、向达等编：《敦煌变文集》，人民文学出版社1957年版，第134页。
② 黄征、张涌泉校注：《敦煌变文校注》，中华书局1997年版，第11页。
③ 黄征、张涌泉校注：《敦煌变文校注》，中华书局1997年版，第11页。
④ 王重民、王庆菽、向达等编：《敦煌变文集》，人民文学出版社1957年版，第45页。
⑤ 王重民、王庆菽、向达等编：《敦煌变文集》，人民文学出版社1957年版，第45页。
⑥ 王重民、王庆菽、向达等编：《敦煌变文集》，人民文学出版社1957年版，第124页。

回归大汉，始终心系大汉；《王昭君变文》中昭君眷念故国、思怀乡土的深情，实际上也是另一种方式的忠的表现。

《王昭君变文》对昭君不慕外邦荣华富贵、一心思汉的爱国精神给予了极力赞美。昭君既为阏氏，尽享荣华富贵，加之丈夫疼爱，纵使因不适应外族生活环境和风俗习惯而惆怅哀伤，可以看出她思念故都，那么其中就有一定的政治意味和爱国情感了。《王昭君变文》对昭君结局的改变也隐含着爱国主义倾向。在《汉书》与《后汉书》中，昭君做了呼韩邪单于父子两代的阏氏是不争的事实。而《王昭君变文》则让昭君嫁给单于后便郁郁而终，不可否认有传统道德的因素在起作用，但其中也含蓄地反映了爱国主题。这些内容完全是不同于宗教的现实世界中人们要面对的问题。

贞节观念也是变文中极力宣扬的一种道德观念，其中最具代表性的当属韩朋妻贞夫和孟姜女。在《韩朋赋》里，作者浓墨重彩地刻画了不贪富贵、不畏强暴、矢志不移、为爱情而献身的贞夫形象。她有着“死事一夫”的贞节观念，并且最终为之而死。《孟姜女变文》塑造出了孟姜女的勇敢坚强，她为送寒衣千里寻夫、哭倒长城、痛祭亡灵等情节，无一不表现了一个弱女子的坚韧和反抗。

《舜子变》是由两个残卷凑成的，一个是《舜子变》，另一个叫作《舜子至孝变文》，都是些舜的孝道故事。需要指出的是，变文讲唱者不止一次说舜子“归来书堂里，先念《论语》《孝经》，后读《毛诗》《礼记》”①。虽然时代错讹、殊觉可笑，但实际上反映了唐代教育对儒家经典的重视。

（四）天命观念

中国传统民间信仰中有着浓重的天命思想，谶纬符命、卜筮占梦有着深厚的民间基础。而唐代数术的发达，佛道二教在民间的流行，这两个因

---

① 刘惠萍：《在书面与口头传统之间——以敦煌本〈舜子变〉的口承故事性为探讨对象》，《民俗研究》2005 年第 3 期。

素使得人们预测命运的方式多样化，从而激发了人们预知命运的热情，同时这种热情也会反过来促使前两种因素的发展。因此在俗讲变文中也出现大量的谶纬符命、卜筮占梦的情节，反映出了时人对天命的限定感到悲怆莫名、无力措手，或承认天命，或认识到人生的局限所在，遂“乐安天命故不忧”。

首先，变文中有大量数术感应的描写。如《汉将王陵变》：“王陵眼瞤耳热，暂请卢绾入楚，探其陵母……陵母遂乃自刎身终。”①《韩擒虎话本》：“忽觉神思不安，眼瞤耳热。”② 原来是阎罗王派五道将军取韩作阴司之主。又《燕子赋》甲篇：“吾昨夜梦恶，今朝眼瞤，若不私斗，克被官嗔。”③ 眼瞤耳热更多的是凶兆，要用咒语或书符镇之。《伍子胥变文》中伍子胥感应到自己略通阴阳的外甥追他时，就插竹于腰、倒着木屐、卧于芦丛。诱使其外甥得“彷徨落水乃至死亡成冢”的结果，肯定母舅“若着此卦，必定身亡”④，放弃追逐。《前汉刘家太子传》也有类似的法术的描述：“王莽追杀太子，耕夫以土埋之，令其口含粳米，并衔竹筒透气。追兵不获太子，太使占卜，奏称：‘刘家太子今乃身死，在三尺土底，口中蛆出，眼里竹生。’于是收兵。”⑤ 可知这些思想在当时的民间却有着广泛的信仰。

其次，变文中有很多表达天命的词语，比较常见的有“天命”“命”等，如《降魔变文》：“须达应时顺命，更无低昂。”⑥《伍子胥变文》：“业也命也，并悉关天。”⑦《季布诗咏》：“耽人负战已数年，百战百伤命转

① 王重民、王庆菽、向达等编：《敦煌变文集》，人民文学出版社 1957 年版，第 45 页。

② ［美］梅维恒：《唐代变文——佛教对中国白话小说及戏曲产生的贡献之研究》，杨继东、陈引驰译，徐文堪校，中西书局 2011 年版，第 13—43 页。

③ 王重民、王庆菽、向达等编：《敦煌变文集》，人民文学出版社 1957 年版，第 249—266 页。

④ 潘重规编著：《敦煌变文集新书》，（台湾）文津出版社 1983 年版，第 838 页。

⑤ 潘重规：《敦煌变文集新书》，中华书局 1957 年版，第 1036 页。

⑥ 王重民、王庆菽、向达等编：《敦煌变文集》，人民文学出版社 1957 年版，第 370 页。

⑦ 王重民、王庆菽、向达等编：《敦煌变文集》，人民文学出版社 1957 年版，第 187 页。

然。”[①]《欢喜国王缘》：“夫人气色，命有五朝。”“受命岂论年与月，歌娱宁有是兼非。”[②] 共同表达出了天命思想。主要有如下几类[③]：

（1）“天分”“分”。如《韩擒虎话本》：“为随州杨坚，限百日之内，合有天分……”[④]《双恩记》：“不然，非汝家大小不垂情，自为无分矣，故不宜久住也。”“福深尽为多曾种，分薄都缘不广修。”“希求分外深为错，散失寻常不足哀。”[⑤] 据李剑国先生云：“定分或分定，古书中恒见此语。较早的用为确定名分（本分、职分）之意。（如《孟子·尽心上》：‘君子所性，虽大行不加焉，虽穷居不损焉，分定故也。’《荀子·非十二子》：‘上则取听于上，下则取从于俗……不可以经国定分。’《尹文子·大道上》：‘雉兔在野，众人逐之，分未定也；鸡豕满市，莫有志者，分定故也。’《后汉书·袁绍传》：‘万人逐兔，一人获之，贪者悉止，分定故也。’《三国志·郤正传》：‘忠无定分，义无常经。’）《宋书·顾觊之传》云：‘觊之常谓秉命有定分，非智力所移。’则用为命定、天定之意。”因此，时人用“分定”等作为天命同义语很普遍。[⑥]

（2）数。如《妙法莲华经讲经文》“如斯数满长无倦，能把因缘更转精”.“六十二亿恒河，数尽由尚未彻。”[⑦] 组词方式也更丰富一些，有天数、历数、定数、气数、冥数、运数、算等。古人认为，数是天帝或神灵的安排。人类的吉凶祸福都在神的控制之下，神就是用数来表达他的意志的，正所谓“神虽非数，因数而显”[⑧]。《周易》就是通过取数探知天神意志的

---

① 项楚：《敦煌变文选注》，巴蜀书社 1900 年版，第 770—771 页。

② 王重民、王庆菽、向达等编：《敦煌变文集》，人民文学出版社 1957 年版，第 774 页。

③ 参见李向菲：《敦煌变文中有关天命的词语集释》，《甘肃联合大学学报（社会科学版）》2012 年第 5 期。

④ 王重民、王庆菽、向达等编：《敦煌变文集》，人民文学出版社 1957 年版，第 197 页。

⑤ 黄征、张涌泉校注：《敦煌变文校注》，中华书局 1997 年版，第 930 页。

⑥ 参见李剑国：《宋代志怪传奇叙录》，南开大学出版社 1997 年版，第 71 页。

⑦ 王重民、王庆菽、向达等编：《敦煌变文集》，人民文学出版社 1957 年版，第 505 页。

⑧ （魏）王弼、（晋）韩康伯注，（唐）孔颖达疏：《周易正义》卷 7，（台湾）艺文印书馆 1982 年版，第 20 页。

书，所谓“天垂象，见吉凶，圣人象之”①。其流行更增添了数的神秘性。和数相关的“算”字，同样也是和神灵意志有关的一个概念。算又写为“祘”，由两个“示”字组成，而“示”部的字大多和神事有关，“示，神事也”②。所以在古人的观念里，可以说数是神人之间沟通的中介，所谓的“天数”“定数”之类乃是种天道天命运行的表现。数术中天文、历谱、五行、蓍龟、杂占、形法等形形色色的占卜活动像天文中的三光、四象、五星、十二次、二十八宿，历谱中的十干、十二支、二十四气、七十二候，都和数字有密切的关系，都是以数推测世界的过去与未来。

(3)“业”“缘”“业缘”“宿业”“业遇”“业因”等，这组词语在变文中出现最多。比如《大目乾连冥间救母变文》“千军万众定刑名，从头各自随缘业”③。《双恩记》“人之世间，贫富随业”，“阎浮提，随业力，但自安和莫煎逼”，“贵贱岂关今世作，短长皆自宿缘随”。④《丑女缘起》“此是布施因缘，得生于国王之家。轻骂圣贤之业，感得果报，元在于我大王夫人”，“姊妹三人总一般，端正丑陋系因缘”，“我缘一国帝王身，眷属由来宿业因”，“总王郎心里不嫌，前世业遇须要”，“我无怨恨亦无嗔，自嗟前生恶业因”。⑤《不知名变文》“儿觅富贵百千般，不道前生恶业牵”⑥。这一组是将佛教中相关术语移花接木用来表达天命。“业”，音译作“羯磨”，为造作之意，意谓行为、所作、行动、作用、意志等身心活动，或单由意志所引生之身心生活。就“业”与因果关系结合的意义而言，既指由过去行为延续下来所形成之力量，又含有行为上善恶苦乐等因果报应思想。过去的行为，即“业”，是今世命运的决定力量。在今世的命运已经

① 刘大钧、林忠军：《周易经传白话解》，上海古籍出版社2006年版，第293页。

② （东汉）许慎原著，汤可敬撰：《说文解字今释》，岳麓书社1997年版，第2页。

③ 王重民、王庆菽、向达等编：《敦煌变文集》，人民文学出版社1957年版，第714—755页。

④ 黄征、张涌泉校注：《敦煌变文校注》，中华书局1997年版，第930页。

⑤ 王重民、王庆菽、向达等编：《敦煌变文集》，人民文学出版社1957年版，第800页。

⑥ 王重民、王庆菽、向达等编：《敦煌变文集》，人民文学出版社1957年版，第814页。

前定这一层次上，就与“天命已定”思想联系在一起了，上文所引的“业也命也”的感叹即是此义。

（4）阴骘。如《故圆鉴大师二十四孝押座文》：“须忧阴骘相摩折，莫信妻儿说短长。”①“阴骘”一词最早出现于《尚书·洪范》：“惟天阴骘下民，相协厥居。”孔传：“骘，定也。天不言而默定下民。”② 唐人所言之“阴骘”常有二义，最常用的即如上所引，有时也用作阴德之意。

天命前定的观念中，人的命运前定而无关善恶，所谓的道德行为的强调也仅仅是一种权教，所谓的善、德只是修身之道，是对人之存在的一种制约规范，而不能决定现实的处境。这类变文所表现的主要基调乃在“事皆前定”。这也反映出了民间信仰的复杂性。

四、唐代俗讲变文的传播目的

俗讲变文的最初目的是用通俗的方法传播佛教教义，具有典型的教化作用。后来随着寺庙的日益功利化和世俗化，“悦俗邀布施”的作用越来越突出，成为寺庙道观的敛财工具，民间的职业艺人转唱变文则纯粹为了功利目的，这也推动了俗讲变文最终演变为唐代民间的娱乐活动。

（一）宗教教化功能

佛教自汉代从印度传入中国，经魏晋南北朝不断本土化、世俗化，至隋唐深入民间，流行市井。8世纪中叶，中国佛教达到全盛，成为中国独立的民间通俗信仰。广大民众对佛教的信仰更是趋之若鹜，以至武后时宰相狄仁杰惊叹“里陌动有经坊，阛阓亦立精舍。化诱所急，切于官征”③。

---

① 黄征、张涌泉校注：《敦煌变文校注》，中华书局1997年版，第1154—1155页。

② （汉）孔安国传，（唐）孔颖达疏：《尚书正义》，见（清）阮元刻：《十三经注疏》，中华书局1980年版，第187页。

③ （清）宋宗元：《正经》，吉林大学出版社2011年版，第265页。

而“坊巷之内，开铺写经，公然铸佛”[①]更是普遍。各种佛事活动纷繁复杂。但是，佛教的思想理念和修行方法传入我国后，在不能有效运用文字书籍的情况下，口头传播的重要性就尤为突出了。为了使佛教教义更加通俗易懂，佛教僧徒便使用了僧讲、俗讲等形式，利用通俗的方式传播教义。同时，随着佛教的本土化、世俗化，为了吸纳善男信女，广进财源，佛教界的种种活动逐渐演变成了假宗教之名融讲经、说法与乐舞、游艺等娱乐活动于一体的俗文化活动。原来晦涩枯燥的梵呗、赞颂、佛曲、转读、唱导等佛教仪式逐渐让位于通俗易懂、极具吸引力的俗讲、转变、百戏等世俗化活动。

为发展壮大、争取信众，佛教不断中国化。佛道之争也由义理之辨开始向以诵经争取下层信徒方向转化，从而形成宗派佛教的繁荣和信仰的社会化、通俗化（特别是净土信仰和禅的盛行）。唐时新兴的中国化佛教派系大量涌现，如天台宗初盛于隋唐，天台宗学说以《法华经》第一卷“方便品”为据，大开“方便法门”，以调和佛、道两家思想，实则开“中国化佛教”之先河。而净土宗则更为简捷，只须日诵“南无阿弥陀佛”，不必深研义理。而彻底中国化的南禅一派自慧能、神会以后，摒弃繁难义理，提倡顿悟，“不立文字”，“不落言筌”，一时扫荡天竺诸派，以致“十寺九禅”[②]。

佛教僧徒传播佛经教义时，面对普通百姓往往采取通俗易懂的艺术形式。僧讲的素材全为佛经，但讲述的过程中运用叙事、描绘抒情等手法，配以生动的故事情节，把深奥的教义转化为生活展示，映照出现实世界。变文，即转变的底本，是供民间艺人说唱用的，它是佛教传播的另一种有效形式。变文根据说唱的需要，说表与唱诵结合，叙事与代言并用，声情并茂地演述故事，对唐以后的通俗文学影响很大。俗讲与变文将深奥的教

① 陆永峰：《敦煌变文研究》，巴蜀书社2000年版，第57页。

② 杨晓慧：《唐代俗文学研究》，陕西师范大学博士学位论文，2012年。

义用通俗易懂的形式表达出来，在推动佛教的广泛传播中发挥了很大的作用。

如，《悉达太子修道因缘》末尾讲道："更欲说，日将沉，奉劝门徒念佛人。"[①]说唱者毫不掩饰自己的身份，还点明听讲的对象，苦口婆心、劝恶扬善，希望听众勤念佛、修福善。[②]

《破魔变文》和《维摩变文》用象征手法描述释迦牟尼与维摩居士修炼过程中艰难的心路历程，赞颂他们刻苦修炼的崇高精神，以指引人们修炼。[③]

俗讲作为一种带有宗教教化目的的宣传活动，其进行的场合大多是佛教之寺院。唐代在以皇帝为代表的上层人物的支持下，俗讲大兴，甚至出现了"奉敕开讲"的状况。最早的变文内容都是宗教故事，后来随着宗教的世俗化，为了吸引听众，变文中逐渐加入了很多非宗教性的内容。如民间传说、历史故事和现实生活题材，讲唱者也由僧侣转变为僧俗兼有。讲唱佛经故事的变文作品完全是宣传佛教教义，充满了因果报应、地狱轮回、佛法无边、人生无常等思想，并夹杂着封建伦理道德的宣传。这些作品又可分为两类：其一，直接说经——先引一小段经文，而后边讲边唱，敷衍铺陈。因是直接宣讲教义，有人就称这类作品为"讲经文"，如《维摩诘经讲经文》等。其二，间接说经——不引经文，开门见山讲唱佛经故事，如《降魔变文》。《降魔变文》的故事出于《贤愚经》，写作技巧高超，情节曲折紧凑，构思和语言都有可取之处，尤其是后半部分描写佛弟子舍利弗与"外道"六师斗法，令人惊心动魄。关于佛经故事的还有《破魔变文》《八相变》《维摩诘经变文》《频婆娑罗王后宫彩女功德意供养塔生天因缘变》《大目乾连冥间救母变文》等。在讲述佛经故事的时候，变文比

① 敦煌文物研究所：《1983 年全国敦煌学术讨论会文集·文史·遗书编》（下），甘肃人民出版社 1987 年版，第 12 页。

② 参见陈颖姮：《变文说唱的交流机制》，《湛江师范学院学报》2007 年第 4 期。

③ 参见钟海波：《敦煌讲唱文学中的佛教文化》，《唐都学刊》2004 年第 3 期。

较自由。它可以灵活选择佛经故事中最热闹、最有趣味的一个片段切入，然后铺陈敷衍，渲染发挥。

与佛教的隆兴同时，道教利用老子与唐帝室同姓的条件，也得以复兴。但道教的影响力不如佛教，理论体系也不够成熟。于是道教不仅吸收融合佛教的一些理论充实自己，而且效法佛教寺院的俗讲宣传道教，以招揽信徒，与佛教抗衡。但因为讲经的人数和对听众的吸引力都不如佛教俗讲，有时竟利用道教女冠色艺殊绝之优势来吸引听众，如韩愈《华山女》：

> 街东街西讲佛经，撞钟吹螺闹宫庭。广张罪福资诱胁，听众狎恰排浮萍。黄衣道士亦讲说，座下寥落如明星。华山女儿家奉道，欲驱异教归仙灵。洗妆拭面著冠帔，白咽红颊长眉青。遂来升座演真诀，观门不许人开扃。不知谁人暗相报，訇然振动如雷霆。扫除众寺人迹绝，骅骝塞路连辎軿。观中人满坐观外，后至无地无由听。抽钗脱钏解环佩，堆金叠玉光青荧。天门贵人传诏召，六宫愿识师颜形。玉皇颔首许归去，乘龙驾鹤来青冥。豪家少年岂知道，来往百匝脚不停。云窗雾阁事恍惚，重重翠幔深金屏。仙梯难攀俗缘重，浪凭青鸟通丁宁。①

这首诗是四句一绝，一韵到底。第一绝四句是叙述街东街西处处都有和尚在讲佛经、撞钟、吹法螺，使寺院里喧嚣热闹，“宫庭”是指寺院。和尚们讲经，听众像浮萍一样挤得满满的。第二绝和第三绝共八句，叙述黄衣道士讲道以对抗佛教，可是座下没有几个人听。这时来了一个华山女道士，她洗妆拭面、美艳照人，升座讲道，并叫人把大门关上，不许人开闭。第四绝和第五绝八句，叙述这位美艳的女道士讲道的消息不胫而走，如炸雷一般，使各个寺院里听讲佛经的人跑空了。道观里挤得水泄不通，后来的人因挤不进去而无由听讲。

---

① 程千帆、沈祖棻选注：《古诗今选》，陕西师范大学出版社 2019 年版，第 478 页。

后来，随着俗讲向世俗化、娱乐化的方向发展，俗讲变文也承担了社会教育的部分功能，在日常生活中除娱乐大众之外，还在各个领域对普通民众起着最初的无意识的教育普及作用，如宣传、传播儒家忠孝节义思想。敦煌变文中，特别是宣讲历史故事的民间传说的变文，其内容主旨大都反映了儒家的忠孝思想。如《伍子胥变文》《汉王陵变文》《李陵变文》《王昭君变文》《舜子至孝变文》等，无不充斥着忠君报国、怀念故土、仁爱孝亲等儒家的伦理道德思想。

俗讲变文这种说唱表演方式，虽然来自寺院的讲经，起初出自传播教义、寻求布施、辅助宗教的目的，但是在佛教愈来愈世俗化以及说唱变成一种喜闻乐见的娱乐表演方式之后，俗讲和变文也逐渐展现出了社会教育的功用。

综上所述，俗讲变文是佛道人士为了扩大佛教和道教在中国的影响而进行的宗教宣传活动，其宣传方式在发展过程中不断自我调整以适应民间社会，形成了俗讲变文世俗化的特点。高度世俗化的俗讲把佛教和道教的许多概念融入了中国民间思想教育体系之中，使佛教和道教的思想与伦理渗透到中国传统社会当中，深刻地影响了民间的文化与生活。俗讲在民间文化对佛教和道教思想的吸收融合以及发挥宗教社会教育功能方面发挥了重要作用。

（二）世俗敛财功能

唐代俗讲盛况空前，俗讲在当时非常受底层民众欢迎。俗讲之所以如此受欢迎是因为其所讲内容浅显易懂、俚俗娱乐，充分迎合了底层民众的娱乐需要。

文溆在当时是非常有名的俗讲僧人，连皇帝都慕名去听他的俗讲。可见，他的俗讲应该是有代表性的。

文溆俗讲的内容“俚俗鄙亵”，这是由他俗讲的目的决定的。其俗讲的目的如胡三省注曰：“释氏讲说，类谈空有，而俗讲者又不能演空有之义，徒以悦俗邀布施而已。”[①] 可见，“悦俗邀布施”正是俗讲这类俗文学活动的真正目的。

正由于“愚夫冶妇，乐闻其说，听者填咽”[②]，因而除僧人、尼姑之外，也开始有民间艺人采用变文的形式讲唱故事，所谓“教坊效其声调以为歌曲”[③]，显示出其强烈的故事性、世俗性特点。随着俗讲世俗性的一面日益突出，俗讲变文从源于佛教的传经布道的这种充满宗教色彩的活动转向开始带有强烈的世俗功利色彩。另外，自两晋南北朝以来，佛教寺院经济突飞猛进，隋唐时期达于鼎盛。但是随着佛教经济的世俗化发展，佛教社会的世俗化、庸俗化倾向也变得越来越严重了。与佛教普度众生的初衷大相径庭，有些行为甚至演变成了欺诈豪夺。高祖武德九年的诏书中就有：“猥贱之侣……嗜欲无厌，营求不息……聚积货物……估贩成业。”[④] 唐代后期有过之而无不及，宪宗所颁诏令亦称：“富商大贾，并诸寺观，广占良田，多滞积贮，坐求善价，莫救贫人。致令闾里之间，翔贵转甚。”[⑤] 唐武宗会昌五年正月三日《加尊号后郊天赦文》中提到“委功德使检责富寺邸店多处，除计料供常住外，剩者便勒货卖，不得广占求利，侵夺疲人”[⑥]。唐初的三阶教在化度寺（还有洛阳的福先寺）设无尽藏，曾聚敛了大量钱财，“名为护法，称济贫弱，多肆奸欺，事非真正”[⑦]。“舍施钱帛金玉，积聚不可胜计。”[⑧] 寺院一方面是大土地所有者，经营大量的田园、农牧产品及药品，珠宝、服玩等奢侈品，经像等宗教用品，同

---

① 向达：《唐代长安与西域文明》，中国书籍出版社 2022 年版，第 269 页。

② 程湘清主编：《隋唐五代汉语研究》，山东教育出版社 1992 年版，第 1 页。

③ 中国曲艺志全国编辑委员会：《中国曲艺志 · 陕西卷》，中国 ISBN 中心 2009 年版，第 685 页。

④ 吕思勉：《隋唐五代史》（下），安徽人民出版社 2019 年版，第 408—409 页。

⑤ （宋）宋敏求编，洪丕谟等点校：《唐大诏令集》卷 117《遣使宣抚诸道诏》，学林出版社 1992 年版，第 562 页。

⑥ 周绍良主编：《全唐文新编》第 1 部第 2 册，吉林文史出版社 2000 年版，第 955 页。

⑦ 周绍良主编：《全唐文新编》第 1 部第 1 册，吉林文史出版社 2000 年版，第 352 页。

⑧ （宋）李昉编著，墨香斋译评：《太平广记》，中国纺织出版社 2016 年版，第 287 页。

时经营各种商业借贷、邸店、商铺等。随着宗教势力日益猖獗，终于导致了统治者的反对。会昌五年（845年），唐武宗大举灭佛，下令不许天下寺置庄园，又令勘检天下寺舍、奴婢、财物、金银收付度支，铁像用铸农器，铜像钟磬用以铸钱。天下共拆寺4600余所，拆招提兰若4万余所，收膏腴上田数十万顷。还俗僧尼26.05万人。清查出“良人枝（投）附为使令者”[①]是僧尼数的一倍，即超过50万，收奴婢为两税户者，15万人。足见寺院之富有。寺庙的富有与寺庙的善于敛财密不可分。

寺院敛财的方式多种多样，而从俗文学活动的角度来看，寺院的一个重要敛财方式，便是通过俗讲转变等方式来进行敛财。这在很多文献中都有所提及。如从唐玄宗开元十九年的《禁僧徒敛财诏》来看，俗讲敛财活动肆无忌惮，僧人为此不殚劳苦，出入州县，巡历乡村。

唐宣宗大中年间，日本僧人圆珍来中土求法，他所撰的《佛说观普贤菩萨行法经记》中就明确提到俗讲的功利目的：

言讲者，唐土两讲：一、俗讲，即年三月就缘修之，只会男女，劝之输物充造寺资，故言俗讲（僧不集也，云云）。二、僧讲，安居月传法讲是（不集俗人类也，若集之，僧被官责）。[②]

从圆珍记载来看，俗讲的目的主要是“只会男女，劝之输物充造寺资”[③]。至于僧讲不集俗人与俗讲不集僧人，也许和当时特定的背景有关，一般情况下未必如此。

而《资治通鉴》亦云：“释氏讲说，类谈空有，而俗讲者又不能演空有之义，徒以悦俗邀布施而已。”[④]可见，俗讲变文的传播目的从最初的传播佛教教义转到了成为寺庙重要的敛财手段，开始充满了功利目的。

因为俗讲的重要目的是吸引听众和吸纳捐资，于是在讲授形式与内容

---

① 江耀琴：《中国古代史》，煤炭工业出版社2017年版，第310页。

② 李小荣：《敦煌道教文学研究》，巴蜀书社2009年版，第102页。

③ 李小荣：《敦煌道教文学研究》，巴蜀书社2009年版，第102页。

④ 向达：《唐代长安与西域文明》，河北教育出版社2001年版，第293页。

上都作了改革：形式上，利用图卷即“变相”进行形象教化，内容上力图通俗化甚至世俗化，不仅讲授演化经文，而且加上世俗的故事即“变文”进行演说。敦煌石窟中发现的变文，就是唐至宋初“俗讲”的话本，其中的代表作有《伍子胥变文》《李陵变文》《王昭君变文》《孟姜女变文》等，都是世俗性的故事。这样的传授，达到了很好的经济效果。“每使京邑诸集，塔寺肇兴，费用所资，莫非泉贝。虽玉石通集，藏府难开。及岩之登座也，案几顾望，未及吐言，掷物云崩，须臾坐没。”①

但是俗讲的媚俗化与商业化导致佛教传播的偏颇，也引起统治者的警觉。在唐玄宗开元十九年（731 年），就有《禁僧徒敛财诏》：“近日僧徒，此风尤甚。因缘讲说，眩惑州闾；溪壑无厌，唯财是敛。津梁自坏，其教安施？无益于人，有蠹于俗。或出入州县，假托威权；或巡历乡村，恣行教化。因其聚会，便有宿宵；左道不常，异端斯起。自今以后，僧尼除讲律之外，一切禁断。”②而俗讲之风并未断绝，文宗时有法师文溆“公为聚众谈说，假托经论，所言无非淫秽鄙亵之事”③，而“不逞之徒，转相鼓扇扶树。愚夫冶妇，乐闻其说，听者填咽寺舍，瞻礼崇奉，呼为‘和尚’”④。文溆因此被杖脊流放。但俗讲变文已尾大不掉，继续在民间流传发展，成为民间艺人们的谋生敛财手段。

五、唐代俗讲变文的传播方式与媒介

俗讲变文的传播媒介主要是音声与抄本。俗讲变文讲唱时，有一定的

① （唐）释道宣：《续高僧传·唐京师法海寺》，见王早娟：《唐代长安佛教文学》，商务印书馆 2013 年版，第 155 页。

② （清）董诰等编：《全唐文》，景印文渊阁四库全书本，（台湾）商务印书馆 1985 年版，第 792 页。

③ 徐湘霖：《净域奇葩——佛教艺术》，四川人民出版社 1995 年版，第 114 页。

④ 徐湘霖：《净域奇葩——佛教艺术》，四川人民出版社 1995 年版，第 114 页。

讲唱仪式，有说有唱；其讲唱是以讲述的散文与吟咏的韵文交替进行，散韵结合；同时在讲唱过程中，常常辅以图像解说，图言并用。俗讲变文也就通过这些方式和媒介将曲折动人的故事情节有效地传达给观众，从而达到说教的目的。

（一）有说有唱

俗讲变文的讲唱形式直接来源于佛家讲唱经文的体制。“讲唱经文之体，首唱经。唱经之后继以解说，解说之后，继以吟词，吟词之后又为唱经。如是回环往复，以迄终卷。此种吟词，与解说相辅而行。近世说书，尚沿用此格。今按其词，即歌赞之体，彼宗所谓梵音者。盖解说附经文之后，所以释经中之事；歌赞附解说之后，所以咏经中之事，用意不同，故体亦异也。”① 佛经文体就功能来说本可分为三类：一是长行，又称契经，即佛经中直接解说义理的散文；二是重颂，又称应颂，即重复叙述长行所说内容的诗歌；三是伽陀，又称偈颂，即与长行一样能够独立叙述义理的诗歌。②

据目前史料所见，俗讲的表演仪式也有一定的仪式，有说有唱，主要见于讲述佛教故事的变文中。讲唱这类故事的俗讲与僧讲在仪式上基本一致。僧讲中，除了主讲法师、都讲外，通常还设有维那、香火、梵呗三职。维那负责处理事务、维持秩序，香火、梵呗分别是行香、歌赞等人。③ 俗讲时，一般也有这些人物分别负责五种职责。俗讲一般由都讲咏经，法师说解经义。整个仪式包括作梵、押座、唱释经题、开经、说庄严文、说经题字、说经本文、唱佛赞、念佛号、发愿、回向及散场等程序。其仪式主要包括以下几个环节：唱诵押座文、唱经题目、诠释经题、讲唱

① 孙楷第：《唐代俗讲轨范与其本之体裁》，见孙楷第：《沧州集》（上），中华书局 1965 年版，第 8—9 页。

② 参见姜良存：《三言二拍与佛道关系之研究》，山东人民出版社 2014 年版，第 246 页。

③ 参见于向东：《敦煌变文讲唱的道具及其表演方式》，《艺术百家》2009 年第 5 期。

正文、回向发愿、散场，其间多次穿插念诵佛号之事。敦煌遗书 P.3849 记录了《温室经》与《维摩诘经》的俗讲仪式：

> 夫为俗讲，先作梵了，次念菩萨两声，说押座了。素旧（唱)《温室经》，法师唱释经题了，念佛一声了，便说开经了，便说庄严了。念佛一声，便一一说其经题（名）字了。便说经本文了，便说十波罗蜜等了。便念念佛赞了。便发愿了，便又念佛一会了。便回向发愿取散云云。夫受座，先启告请诸佛了。便道一文，表叹使主了，以后便说《温室经》，便说讲戒等七门事科了。便说八戒了，便发愿施主了，便结缘念佛了，回向发愿取散。
>
> 已后便开《维摩经》。讲《维摩》：先作梵，次念观世音菩萨三两声。便说押座了。便素唱经文了。唱曰（白）法师自说经题了。便说开赞了。便庄严了。便念佛一两声了。法师科三分经文了。念佛一两声，便一一说其经题名字了。便入经说缘喻了。便说念佛赞了，便施主各发愿了。便回向发愿取散。①

其内容大致包括“作梵—念佛（菩萨）—说押座文—唱经—法师唱释经题—念佛—开经—说庄严—念佛—说经题—说经文—说十波罗蜜—回向发愿—散座”这一程式。

如押座与散座。“押座文”，又有学者称为“解座文”，相当于话本前的入话，为吸引听众，使其安静下来听讲。“所谓押座文者，乃以谒颂若干叠构成，其体盖源于六朝以来之唱导文，或为经变之序辞，以赞颂而阐述一经大意；或作经题之催声，以高音而镇压座下听众。”②“押座文之押或与压字义同，所以镇压听众，使之能静聆也，又押字本有隐括之意，所有押座文，大都隐括全经，引起下文。缘起与押座文作用略同，唯视押座文

① 林世田、杨学勇、刘波：《敦煌佛典的流通与改造》，甘肃教育出版社 2013 年版，第 436 页。

② 傅芸子：《敦煌本〈温室经讲唱押座文〉跋》，见周绍良、白化文编：《敦煌变文论文录》，上海古籍出版社 1982 年版，第 486 页。

篇幅较长而已，此当后世入话、引子、楔子之类耳。”[①] 押座文以适用于讲唱的韵文为主，在内容上起到隐括全文、点明主旨的作用，同时还有镇压全场、使之静听的功能。现存敦煌文献中讲经文与变文大多残缺不齐，押座文一般出现在讲经文与演说佛经故事的变文当中。如《破魔变文》：

> 年来年去暗更移，没一个将心解觉知，只昨日腮边红艳艳，如今头上白丝丝。尊高纵使千人诺，逼促都成一梦斯，更见老人腰背曲，驱驱犹自为妻儿……一世似风灯虚没没，百年如春梦苦忙忙……闻达直须知觉悟，当来必定免轮回。欲问若有如此事，经题名目唱将来。[②]

这篇押座文在内容上点明了《破魔变文》的主旨——奉劝世人闻达知命，免受轮回之苦。最后一句“欲问若有如此事，经题名目唱将来”起到引起下文、镇压全场使之静聆的作用。这样的押座文在敦煌文献中还有很多，《敦煌变文集》卷7收录了很多单行卷的押座文，如《八相变文》《三身变文》《维摩经押座文》等，其体制和作用大体相同。

押座文多以较为整齐的七言韵文形式出现，内容一般都是宣扬人生无常、俗世苦短，奉劝勤修佛法、以证正果。《八相变文》卷首述如来本生，《降魔变》卷首言如来说法传经，《丑女缘起》卷首述佛本生及功德，《太子成道经》文首有七言诗叙太子托生，出生直至成道的经历。这些押座文的作用更多的是说教，引出下文的讲经。其末句常作：“便拟说经愿不愿？愿者检心掌待着。”“愿闻法者合掌着，都讲经题唱将来。”《维摩》《温室》二经及很多押座文末皆以“能者虔恭合掌着，经题名目唱将来”作结。

解座文与押座文对应，置于末尾，为解座散众之文，为整齐的七言韵文，一般来讲都是总结所讲内容，劝导听众修行，可视为讲唱经文结束之颂赞。“解座者，经讲功就卷文罢席之谓”，“开讲有梵，解座亦有梵。开

---

① 向达：《唐代俗讲考》，见周绍良、白化文编：《敦煌变文论文录》，上海古籍出版社1982年版，第51—52页。

② 王重民、王庆菽、向达等编：《敦煌变文集》，人民文学出版社1957年版，第344页。

讲之梵，其本既名押座文；则解座之梵以文论，亦可谓之解座文”。① 解座文与押座文在形式上相同，也是以韵文写就的颂赞，在内容上总结归纳全篇，并劝勉听众。如《无常经解经文》所说“说多时，日色蔽，珍重门徒从座起，明日依时早听来，念佛阶前领取偈”等语。

现存敦煌文献中没有解座文的单行卷流传于世，不过我们可以在保存完整的讲经文中看到这类颂赞。如《破魔变文》最后有颂赞云：

> 魔女忏谢却归天，欢喜非常礼圣贤。故知佛力垂加备，姊妹三人胜于前。女见魔王说本情，翟谈如来道果成，我等三人总变却，岂合不逐再归程……定拟说，且休却，看看日落向西斜。念佛座前领取偈，当来必定座莲花。②

再如《目连缘起》：

> 慈亲作狗受迍殃，恶业须交一一当，今朝若欲生天去，结净依吾作道场……孟宗泣竹，冬日笋生。王祥卧冰，寒溪鱼跃……今日为君宣此事，明朝早来听真经。③

这种押座文与解座文前后呼应的体制，使俗讲变文在结构上保持完整。

再如回向发愿，则主要是为君臣庶民祈求福佑，表示虔诚向佛之意。如《破魔变文》有：“已（以）此开赞，大乘所生功德。谨奉庄严我当今皇帝贵位，伏愿长悬舜日，永保尧年，延凤邑于千秋，保龙图于万岁……然后衙前大将，尽孝尽忠；随从公寮，惟清于（惟）直。城隍社庙，土地灵坛，高峰常保于千秋，海内咸称于无事。”④

① 孙楷第：《唐代俗讲轨范与其本之体裁》，见孙楷第：《沧州集》（上），中华书局1965年版，第54页。

② 王重民、王庆菽、向达等编：《敦煌变文集》，人民文学出版社1957年版，第354页。

③ 王重民、王庆菽、向达等编：《敦煌变文集》，人民文学出版社1957年版，第710—712页。

④ 王重民、王庆菽、向达等编：《敦煌变文集》，人民文学出版社1957年版，第345页。

《降魔变文》有："伏惟我大唐汉圣主开元天宝圣文神武应道皇帝陛下，化越千古，声超百王，文该五典之精微，武折九夷之肝胆。八表总无为之化，四方歌尧舜之风。加以化洽之余，每弘扬于三教。或以探寻儒道，尽性穷原；注解释宗，句深致远。圣恩与海泉俱涌，天开与日月齐明。道教由是重兴，佛日因兹重曜。宝林之上，喜贝叶而争开；总持园中，派（沛）法云而广润。"①

《频婆娑罗王后宫彩女功德意供养塔生天因缘变》有："内宫尔时以此开赞功德，我府主太保千秋万岁，永荫龙沙。夫人松柏同贞，长承贵宠。城隍泰乐，五稼丰登。四塞澄清，狼烟罢惊。法轮常转，佛日恒明。"②

再如《八相变文》："况说如来八相，三秋未尽根原，略以标名，开题示目。今且日光西下，座久延时。盈场并是英奇仁（人），阖郡皆怀云（文）雅操。众中俊哲，艺晓千端，忽（或）滞淹藏，后无一出。伏望府主允从，则是光扬佛日，恩矣恩矣。"③

又《破魔变文》："伏惟我府主仆射，神资直气，岳降英灵，怀济物之深仁，蕴调元之盛业……次将称赞功德谨奉庄严国母圣天公主。伏愿山南朱桂，不变四时……又将称赞功德，奉用庄严合宅小娘子郎君贵位……然后衙前大将，尽孝尽忠；随从公寮，惟清于直。"④这些愿辞有着相似的格式套语，应景颂扬。

在有关佛教故事的俗讲仪式中，都讲担任着必不可少的唱经角色。但到了以讲唱民间故事、历史故事等其他题材的变文讲唱时，已经不再需要都讲。其他的角色如维那、香火、梵呗等，有时可能也会被取消。与此同时，讲唱法师则承担了全部的讲唱任务。这些讲唱佛教故事的倡导仪式也

① 王重民、王庆菽、向达等编：《敦煌变文集》，人民文学出版社 1957 年版，第 361—362 页。

② 王重民、王庆菽、向达等编：《敦煌变文集》，人民文学出版社 1957 年版，第 765 页。

③ 王重民、王庆菽、向达等编：《敦煌变文集》，人民文学出版社 1957 年版，第 342 页。

④ 谢桃坊：《敦煌文化寻绎》，四川文艺出版社 2017 年版，第 104—105 页。

大大简化，只有部分仪式进行了继承和改进，但是都保留了有说有唱的方式。

（二）韵散结合

俗讲变文的体制与讲经文类似，只是其叙述的内容不是佛经故事而是神话故事和历史故事。它沿袭了讲经文的体制，采用韵散相间的叙述模式，一般包括散文与韵文两部分。散文部分又有骈俪成分，韵文部分则以七言为主，讲究押韵和对仗。这种文体特点，一方面无疑受到了佛经重视念颂这种体式的影响，另一方面是受到了中国传统的赋、骈文和诗歌的影响，充分体现了文化交流与融合的过程和成绩。

变文体式的韵散结合有几种类型，一是散文部分和韵文部分交替出现，韵文重复散文内容，二者循环往复至于终篇，在散韵交替之处有入韵套语；二是韵文内容与散文相连，而内容上不相重复，韵文承接散文描述情节发展，和散文一起共同完成情节展示，在散韵交替处仍然会有入韵套语；三是以韵语为主，这一类主要是诗话、俗赋等变文；四是以散文为主，又存在比重很大的诗歌。当然，大多数变文中，散文、韵文的比重相差不大，属于前两种类型。散文部分主要用于叙述故事和人物动作、行为，韵文部分主要为抒情绘景、描述形象、烘托渲染。二者相互配合，如同一种变调式的重复，起到了丰富情节的作用。如《孟姜女变文》：

> 哭之已毕，心神哀失，懊恼其夫，掩从亡没……咬指取血，洒长城已（以）表单（丹）心，选其夫骨。
>
> 姜女哭道何取此，玉貌散在黄沙里……一一捻取自看之，咬指取血从头试。黄天忽尔逆人情，贱妾同向长城死。①

作者采用韵散相间的语体模式，叙述了孟姜女与夫君别离的情景、夫

① 王重民、王庆菽、向达等编：《敦煌变文集》，人民文学出版社1957年版，第33页。

君惨死长城的经过、孟姜女悲伤痛苦的心情和滴血寻夫骨的过程。

变文的散文部分，“骈俪文”的使用所在皆是。有唐一代，骈文盛行，从表章奏疏、判词告身，到书仪文范、愿文碑志，无不运用骈体。虽然在中唐受到古文运动的冲击，但骈文的影响并没有消除，其重心逐渐下移，从庙堂走向民间。从应用功能来说，骈俪之文具有朗朗上口、易于记诵的特点，也自然为变文的讲唱所乐用。骈俪的部分主要用于描写景物、人物形象以及议论和发愿。如《破魔变文》中对于人物美貌与丑陋的刻画，魔女初现时极其美丽：“东邻美女，实是不如；南国娉人，酌（灼）然不及。玉貌似雪，徒夸落（洛）浦之容；朱脸如花，谩（漫）说巫山之貌。行风行雨，倾国倾城，人漂五色之衣，日照三珠之服。仙娥从后，持宝盖以后随；织女引前，扇香风而塞路。召六宫彩女，发在左边；命一国夫人，分居右面。”① 但是被世尊化为三个老母之后，变成：“眼如珠盏，面似火曹，额阔头尖，胸高鼻曲，发黄齿黑，眉白口青，面皱如皮裹髑髅，项长一似筋头锤子。浑身锦绣，变成两幅布裙，头上梳钗，变作一团乱蛇。身蜷项缩，恰似害冻老鸦。腰曲脚长，一似过秋鹘鹭。浑身笑具，甚是尸骸，三个相看，面无颜色。心中不分（忿），把镜照看，空留百丑之形，不见千娇之貌。”② 两相对比，十分形象。

《降魔变文》中描写舍利弗与须达见到未来精舍的景象：“去城不近不远，显望当途，忽见一园，竹木非常葱蔚，三春九夏，物色芳鲜；冬际秋初，残花蓊郁。草青青而吐缘，花照灼而开红。千种池亭，万般果药。香芬芬而扑鼻，鸟噪聒而和鸣。树动扬三宝之名，神钟震息苦之响。祥鸾瑞凤，争呈锦羽之晖；玉女仙童，竞奏长生之乐。”③ 对于祥和境地的描述，骈俪文的繁复渲染有很大表现力。

---

① 王重民、王庆菽、向达等编：《敦煌变文集》，人民文学出版社 1957 年版，第 351 页。

② 王重民、王庆菽、向达等编：《敦煌变文集》，人民文学出版社 1957 年版，第 532—533 页。

③ 王重民、王庆菽、向达等编：《敦煌变文集》，人民文学出版社 1957 年版，第 365 页。

又如《伍子胥变文》中对战争场面的渲染："闻臣兵至，出敌相交。臣遣骁兵褐（遏）后，猛将冲前，一向摩灭楚军，人马重重相压。横尸遍野，血染山川。由（犹）如鹘打鸦鹅，状若豹征狐兔。俗捧昆仑之押（压）卵，何得不摧：执炬火已（以）焚毛，如何不尽？昭王见兵退散，遂即奔走入城藏；臣乃从后奔驰，遂即城中擒获。臣已结恨尤深，即斩昭王百段。"① 同样对其惨状极尽渲染之能事。

再如《频婆娑罗王后宫彩女功德意供养塔生天因缘变》和《茶酒论》等作品中的议论，以及上文所引众多变文篇尾对于听众中官员的发愿之辞等，都是标准的骈体。

变文中骈俪文的使用具有渲染场面、生动感人的积极效果，但是这种骈俪文仅仅在押韵的形式上和传统骈文相近，内容却大相径庭。变文中的骈俪文比喻用典少，语言较为平实质朴，且一般只用于描摹物态和议论扬短，通俗整饬，完全可以为普通观众所理解和接受，它仍是俗文学的一部分而非雅文学。

变文中的韵文部分，如上所述，有的是散文部分内容的重复，如上文《降魔变文》中以散文形式描述了未来精舍的景象之后，继以韵文："乘象思村（忖）向前行，忽见一园花果茂。须达舍利乘白象，往向城南而顾望。忽见宝树数千株，花开异色无般当。祥云瑞盖满虚空，白凤青鸾空裹扬。"② 与前面散文的描述互相映衬。

又如《李陵变文》写到李陵与单于交战的情形：

> 李陵箭尽弓折，粮用俱无，亦心求于寸刃。李陵处分左右，火急交人拆车，人执一根车辐棒，打着从头面奄沙。李陵共单于斗战，第三阵处若为陈说：
>
> 狂胡北上振天涯，大汉南行路上赊。交兵欲□（得）风头便，对

① 王重民、王庆菽、向达等编：《敦煌变文集》，人民文学出版社 1957 年版，第 25 页。

② 王重民、王庆菽、向达等编：《敦煌变文集》，人民文学出版社 1957 年版，第 365—366 页。

敌生曾（憎）日影斜。

后军事急虽然战，汉将悬知力不加。不那弓刀浑用尽，遂搦空身左右遮。

临时用快无过棒，火急交人折破车。人执一根车辐棒，着者从头面奄沙。

登时草木遭霜箭（剪），是日山川被血荼。夜望胡星飞似电，朝看煞气状如霞。

今日为（谓）将黄髭虏，岁岁还同赤觜鸦。如何管敢行非里（理），遣我将军不见家？①

韵文前十二句，重复了散文所叙之事，但描写更加细致详尽；后八句则是战争气氛的渲染，并预示了战斗残酷、力战不胜的结局，抒发了对李陵命运的同情。

有的时候，韵文直接用于叙事，推动故事发展，如《伍子胥变文》中打纱女投河一节："语已含啼而拭泪，君子容仪顿憔悴。傥若在后被追收，必道女子相带累。三十不与丈夫言，与母同居住邻里。娇爱容光在目前，列（烈）女忠贞浪虚弃。唤言伍相物（勿）怀拟（疑），遂即抱石投河死。子胥回头聊长望，怜念女子怀惆怅，遥见抱石透河亡，不觉失声称冤枉。无端颍水灭人踪，落泪悲嗟倍凄怆：傥若在后得高迁，唯赠百金相殡葬！"②韵文部分不但描述了打纱女投河的悲怆，同时也揭示了故事的发展演进。

变文中的韵文具有几个特点，一是句式上以七言为主，其次为六言和五言，还有一些三言和多于七字的长句，但数量较少；二是押韵时韵脚邻韵通押，平仄不限；三是对仗不甚严谨整饬，灵活自由；四是近体诗格律基本接近律诗，但大部分不合律，多以四句或八句作为一个内容单元。如

---

① 王重民、王庆菽、向达等编：《敦煌变文集》，人民文学出版社1957年版，第88—89页。

② 王重民、王庆菽、向达等编：《敦煌变文集》，人民文学出版社1957年版，第7页。

《八相变》中的“因何不起出门迎，礼拜求哀乞罪轻。舍却多生邪见行，从兹免作鬼神形”[①]，又如《破魔变文》：“不是天作孽，都缘自作灾。娇容何处去，丑陋此时来。眼里睛如火，胸前瘿似魁。欲归天上去，羞见丑头腮”[②]，都是此类情况。

另外，散文和韵文结合之处常常有套语结合，如“……之时，道何言语”“……处，若为陈说”等。

变文韵散结合的形式不仅对唐人传奇有显著影响，对宋元以后的戏曲以及各种说唱文学也都有一定影响。变文中的很多故事材料，往往成为宋元明清戏剧、小说等俗文学活动中的素材。

（三）绘图辅助

从各类史料记载中，如《酉阳杂俎》卷5《寺塔记》：“佛殿内槽东壁维摩变，舍利弗角而转睐。元和末俗讲僧文溆装之，笔迹尽矣。”[③]提及俗讲僧文溆以维摩变图画装饰长安平康坊菩提寺佛壁一事，可以看出俗讲和图画有着密切的关系。

前引吉师老《看蜀女转〈昭君变〉》一诗，不仅诗题中用了“看”字，诗中还有“翠眉颦处楚边月，画卷开时塞外云”[④]之句，可知蜀女讲唱《王昭君变文》时配合使用了画卷。又李贺《许公子郑姬歌》“长翻蜀纸卷明君，转角含商破碧云”[⑤]，所谓“蜀纸”也是讲唱时展示的绘图。其他一些记载又有将这种绘图称为“画本”“图”等例。因此可以知道在俗讲变文的讲唱过程中，常以绘图为辅助媒介进行传播，图画是配合变文讲唱的

---

① 王重民、王庆菽、向达等编：《敦煌变文集》，人民文学出版社1957年版，第334页。

② 王重民、王庆菽、向达等编：《敦煌变文集》，人民文学出版社1957年版，第353页。

③ （唐）段成式：《酉阳杂俎》，中华书局1981年版，第252页。

④ （唐）吉师老：《看蜀女转〈昭君变〉》，见《全唐诗》下册，上海古籍出版社1986年版，第1915页。

⑤ （清）彭定求等编：《全唐诗》卷393，中华书局1960年版，第4435页。

基本道具。而且，敦煌变文中还频繁出现表示图画单位的“铺”等词语。如《汉将王陵变》：“二将辞王，便往祈营处。从此一铺，便是变初”，“汉八年楚灭汉兴王陵变一铺”，[①] 也可证明为达到更好的讲唱效果，俗讲变文的传播者以生动直观的图画来辅助讲唱故事，烘托现场气氛，增强表演的吸引力。

变文文本中与图画相配合的证据很多，除了上面所引，还有《降魔变文》原卷背面是变文文本，正面为图画，分别为金刚摧宝山变、狮子伏水牛变、香象踏宝池变、金翅伏毒龙变、天王伏二鬼变、风神摧巨树变共6次斗法，当是配合变文而作的绘图。《大目乾连冥间救母变文并图一卷并序》虽然并没有绘图流传下来，但从题目可以看出原卷当有图画相配。

至于变文演唱和画图如何配合，因史料缺乏难以确知，可以推测这些俗讲变文的演出者是根据故事内容绘制的图画进行说唱故事的。明代永乐年间随郑和下西洋的马欢曾撰《瀛涯胜览》，其中“爪哇国”条载：“有一等人以纸画人物鸟兽鹰虫之类，如手卷样，以三尺高二木为画杆，止齐一头。其人蟠膝坐于地，以图面立地，每展出一段，朝前番语高声解说次段来历。众人环坐而视听之，或笑或哭，便如说平话一般。”[②] 向达先生由此文推断敦煌变文演唱情形，“与唐代转《昭君变》之情形，亦甚相仿佛”[③]。

然而变文运用配合之图画与“变相”还是有一定区别的。变相是佛教题材的绘画。最初变相指佛教人物和故事的表现，有立体雕像，也有平面图像。后来图画逐渐占据变相主流。然而也仅限于宗教性而非世俗性的作品，大部分是绘画，小部分为线刻和浅浮雕，与世俗性的俗讲表演中所使

---

① 王重民、王庆菽、向达等编：《敦煌变文集》，人民文学出版社1957年版，第45页。

② （明）马欢原著，万明校注：《明钞本〈瀛涯胜览〉校注》，海洋出版社2005年版，第26页。

③ 向达：《唐代长安与西域文明》，商务印书馆2015年版，第321页。

用的图画并非一事。①

六、唐代俗讲变文的传播对象与效果

根据上文论述可知，俗讲变文在唐代，特别是中唐以后成为十分流行的民间娱乐活动，因此其传播对象包括了上自皇帝、王公贵族，下至普通百姓的极为广泛的群体，其传播的效果也毋庸置疑。

（一）以皇帝为首的宫廷贵族

唐代，在以皇帝为代表的上层人物的支持下，俗讲大兴，甚至出现了“奉敕开讲”②的状况。上文提及的杨夔《题宣州延庆寺益公院（咸通中入讲极承恩泽)》诗云：“嘿坐能除万种情，腊高兼有赐衣荣。讲经旧说倾朝听，登殿曾闻降辇迎。幽径北连千嶂碧，虚窗东望一川平。长年门外无尘客，时见元戎驻旆旌。”③延庆寺益公院俗讲能“倾朝听”，并使皇帝“降辇迎”，深受宫廷内听众的欢迎。姚合诗中的僧人次融也可以“开经对天子”④，在宫中开讲。上文也提及唐玄宗在宫中和高力士欣赏俗讲表演，唐敬宗、唐懿宗都曾前往寺院听讲。《资治通鉴》卷48还记载万寿公主也曾到“慈恩寺观戏场”⑤。

显然，以皇帝为首的宫廷贵族对俗讲变文的传播起着重要的导向作用，俗讲之所以能“街东街西讲佛经，撞钟吹螺闹宫庭”⑥，与王公贵族的推波助澜密不可分。同时，以皇帝为首的宫廷贵族也是俗讲变文的重要传

① 参见巫鸿：《什么是变相》，见敦煌研究院编：《段文杰敦煌研究五十年纪念文集》，世界图书出版公司1996年版，第83页。

② 胡士莹：《话本小说概论》，商务印书馆2017年版，第133页。

③ 黄勇主编：《唐诗宋词全集》第5册，北京燕山出版社2007年版，第2411页。

④ （清）彭定求等编：《全唐诗》卷497，中华书局1999年版，第5650页。

⑤ （宋）司马光编著：《资治通鉴》卷248，中华书局1956年版，第8036页。

⑥ （清）彭定求等编：《全唐诗》卷341，中华书局1960年版，第3823页。

播对象和消费人群。

（二）文人士大夫

文人士大夫也是俗讲的重点消费人群。刘禹锡《送慧则法师归上都因呈广宣上人》："昨日东林看讲时，都人象马蹋琉璃。雪山童子应前世，金粟如来是本师。"①云其入东林寺观赏俗讲事。元稹《答姨兄胡灵之见寄五十韵》诗述及年轻时与胡灵之等十数辈"为昼夜游"，云"尽日听僧讲，通宵咏月明"②，当然其主要兴趣在于娱乐而不在佛教教义，此"僧讲"还是指的"俗讲"。王建的《观蛮妓》诗"欲说昭君敛翠蛾，清声委曲怨于歌。谁家年少春风里，抛与金钱唱好多"③也描述了观看《昭君变》的感受。姚合诗中有："远近持斋来谛听，酒坊鱼市尽无人。"④李贺《许公子郑姬歌》诗云："长翻蜀纸卷明君，转角含商破碧云。"⑤吉师老《看蜀女转〈昭君变〉》："妖姬未著石榴裙，自道家连锦水濆。檀口解知千载事，清词堪叹九秋文。翠眉颦处楚边月，画卷开时塞外云。说尽绮罗当日恨，昭君传意向文君。"⑥说明刘禹锡、元稹、王建、姚合、李贺、吉师老等诗人都有观看俗讲的经历，并且留下了十分美好的印象，诉之于诗笔。

以上两类俗讲的传播对象，从包括皇帝在内的宫廷规则到文人士大夫，对待俗讲这种通俗文艺方式的态度也多有矛盾之处。他们一方面热衷，另一方面却也有着或打击或不屑的抗拒态度。如韩愈《华山女》云："街东街西讲佛经，撞钟吹螺闹宫庭。广张罪福资诱胁，听众狎恰排浮萍。"⑦说明韩

① （清）彭定求等编：《全唐诗》卷359，中华书局1960年版，第4048页。

② （唐）元稹：《元氏长庆集》卷11，见陆永峰：《敦煌变文研究》，巴蜀书社2000年版，第76页。

③ （清）彭定求等编：《全唐诗》卷301，中华书局1960年版，第3434页。

④ （清）彭定求等编：《全唐诗》卷502，中华书局1960年版，第5712页。

⑤ （清）彭定求等编：《全唐诗》卷393，中华书局1960年版，第4435页。

⑥ （清）彭定求等编：《全唐诗》卷774，中华书局1960年版，第8771页。

⑦ （清）彭定求等编：《全唐诗》卷341，中华书局1960年版，第3823页。

愈对这种吵吵闹闹的俗讲其实是非常反感的。

朝廷对俗讲的态度也曾发生360度的大转弯。史料中多次记载了朝廷屡次颁布的禁止、打击俗讲的诏令。开元十九年四月唐玄宗颁布《戒励僧尼敕》，认为俗讲僧尼巧言令说迷惑百姓、聚散财物，有害无益，因此禁止了除去“讲律”也即严肃的讲经之外的一切俗讲活动。元和十年五月，唐宪宗又发布诏令：“京城寺观讲，宜准兴元元年九月一日敕处分；诸畿县讲，宜勒停；其观察使节度州，每三长斋月，任一寺一观置讲，余州悉停。恶其聚众，且虑变也。”① 可知德宗兴元年间已禁止过一次，之后又重新开讲，现再次禁止，原因是“恶其聚众，且虑变也”，害怕俗讲时百姓聚集，引发民变。到了文宗大和年间，再次禁止“京城及诸州府，三长斋月置（俗）讲，集众戒忏”②。屡禁不止也说明了俗讲的活泼生命力和深厚的民众基础。俗讲的代表人物文溆僧，赵璘《因话录》称其：“公为聚众谭（谈）说，假托经论，所言无非淫秽鄙亵之事。不逞之徒，转相鼓扇扶树。愚夫冶妇，乐闻其说，听者填咽寺舍，瞻礼崇奉，呼为‘和尚’。”③ 文溆所宣讲的内容被视为“淫秽鄙亵之事”，评价是负面的，文溆虽以俗讲供奉宫廷，但亦前后几次获罪流放边地。

文人士大夫也一样，有乐此不疲的听讲者，也有轻视不屑者。孟棨《本事诗·嘲戏》中一则记载最能说明这种情况：“诗人张祜，未尝识白公，白公刺苏州，祜始来谒。才见白，白曰：‘久钦籍，尝记得君款头诗’。祜愕然曰：‘舍人何所谓？’白曰：‘鸳鸯钿带抛何处，孔雀罗衫付阿谁，非款头何邪？’张顿首微笑，仰而答曰：‘祜亦尝记得舍人《目连变》’。白曰：‘何也？’祜曰：‘上穷碧落下黄泉，两处茫茫皆不见。非

---

① 曹胜高编：《中国文学的代际》，商务印书馆2013年版，第250页。

② （宋）宋敏求编，洪丕谟等点校：《唐大诏令集》卷123，学林出版社1992年版，第542页。

③ （唐）赵璘：《因话录》卷4，上海古籍出版社1957年版，第94页。

《目连变》何邪？’遂与欢宴竟日。”[①] 张祜所指为白居易《长恨歌》中玄宗上天入地寻找贵妃的情节。文人之间以“目连变”相互嘲戏，一者说明变文在社会上流传之广，文人士大夫间都很熟悉，同时也说明了文人对俗讲变文等俗文学作品的态度还是比较轻视，提及时带有不屑的意味。

（三）普通民众

与以上两类受众的半推半就、欲拒还迎的矛盾态度相比，普通民众对于俗讲变文是无条件的喜爱，是忠实的听众，也是俗讲变文的主要消费人群和传播对象。在上面提及的文人诗中，民众对变文的热衷程度可以说是狂热的。如韩愈《华山女》：“街东街西讲佛经，撞钟吹螺闹宫庭。广张罪福资诱胁，听众狎恰排浮萍。”[②] 姚合《赠常州院僧》：“仍闻开讲日，湖上少鱼（渔）船。”[③]《听僧云端讲经》：“远近持斋来谛听，酒坊鱼市尽无人。”[④] 姚合《送敬法师归福州》：“斋为无钟早，心因罢讲闲。”[⑤]……每个俗讲之日，都是老百姓的狂欢节日。也正因如此，官府有时竟会利用这种情况来算计老百姓。如前引《太平广记》卷263《宋昱韦儇》所载：“杨国忠为剑南（节度使），召募（兵丁）使远赴泸南，粮少路险，常无回者。……人知必死，郡县无以应命。乃设诡计。诈令僧设斋，或于要路转变，其众中有单贫者即缚之。”[⑥] 官府利用民众对于俗讲的热爱，假俗讲之名来诱捕百姓。

综上，俗讲变文的传播对象主要为普通百姓，这些普通百姓成为俗讲

---

① 孟昭连：《白话小说生成史》，南开大学出版社2016年版，第191页。

② （清）彭定求等编：《全唐诗》卷341，中华书局1960年版，第3823页。

③ （清）彭定求等编：《全唐诗》卷497，中华书局1960年版，第5650页。

④ （清）彭定求等编：《全唐诗》卷502，中华书局1960年版，第5712页。

⑤ 林德保、李俊等注：《详注全唐诗》，大连出版社1997年版，第2122页。

⑥ 李彬：《唐代文明与新闻传播》，新华出版社1999年版，第348页。

变文的忠实拥趸，同时俗讲变文也受到宫廷贵族和文人士大夫的喜爱。以上所谈及的变文文体、传播媒介、方式等，其形成也是这种文艺形式不断大众化、世俗化过程中的产物，同时也是这几类人群共同成就的产物。因为缺少他们的参与，俗讲变文就失去了传播的土壤和互动的对象。虽然普通民众相对于宫廷贵族和文人士大夫来讲，其知识水平和文化素养相对较低，但任何一种文艺形式都首先产生于民间并服务于民间，后才能逐渐成为雅俗共赏的文艺形式。俗讲变文的产生和传播本身就是佛教世俗化的结果，民间的创造力量又是俗讲变文不断发展的强大推动力。

七、唐代俗讲变文的传播对后世文学的影响

俗讲变文这种边说边唱的文学样式，直接影响到宋元时期的词话、鼓子词、诸宫调、平话、宝卷等说唱文学以及杂剧、南戏等戏曲。俗讲变文对中国古代通俗小说也发挥着重要影响，是中国通俗小说发展史上不可或缺的一环。郑振铎对变文给予高度评价，认为如果没有变文很多文学现象都解释不通，他说：

> 敦煌写本里的最伟大的珍宝，还不是这些叙事歌曲以及民间杂曲等等。它的真实的宝藏乃是所谓“变文”者是。“变文”的发现，在我们的文学史上乃是最大的消息之一。我们在宋、元间所产生的诸宫调、戏文、话本、杂剧等等都是以韵文与散文交杂的组成起来的。我们更有一种宏伟的“叙事诗”，自宋、元以来，也已流传于民间，即所谓“宝卷”“弹词”之类的体制者是。他们也是以韵、散交组成篇的。究竟我们以韵、散合组成文来叙述、讲唱，或演奏一件故事的风气是如何产生出来的呢？向来只当是一个不可解的谜。但一种新的文体，决不会是天上凭空落下来的；若不是本土才人的创作，便当是外来影响的输入……而“变文”之为此种新文体的最早的表现，则也是无可疑的事实。从诸宫调、宝卷、平话以下，差不多都是由“变

文”蜕化或受其影响而来的。①

像郑振铎一样，很多学者也认为，俗讲和转变与后来的诸多说唱技艺，如宝卷、诸宫调、鼓词、弹词、讲经等有直接的联系。从现存的文本来看，唐代变文在艺术上还不够精致，略显粗糙，但作为一种适应民间娱乐需要而兴起的文学形式，它受到广泛的欢迎，显示了强大的生命力，对后世的民间讲唱文学和通俗小说都产生了深远的影响。变文内容具有世俗性，不管是佛教故事，还是历史传奇、神话传说、人间男女，都是普通民众感兴趣的题材，能够在传播佛典、劝善惩恶、劝导人心的同时给人带来快乐，比较有生活气息和现实意义，其形式具有雅俗共赏、浅显易懂的特性，有说有唱、韵散相间，将文学、音乐、表演融为一体，声情并茂地演述故事，情节曲折，跌宕起伏，具有很强的吸引力和娱乐性。特别值得一提的是，变文的想象力极为丰富，通过驰骋想象、夸张渲染，使一些比较简略粗疏的故事大大充实、丰富起来。如《史记·伍子胥列传》记子胥逃亡途中遇渔父一节，仅16个字，在《吴越春秋·王僚使公子光传第三》中扩展为409个字。而《伍子胥变文》却用了2500个字，通过描摹江边荒凉萧索的情境，映衬人物内心焦虑不安的状态，更加强化了伍子胥仓皇逃亡途中的惶恐、紧张和英雄末路的悲愤之情，具有极强的艺术感染力，极尽渲染之能事。②

再如《降魔变文》，叙舍利弗和六师斗法事，六师先后变化出顶侵天汉的宝山、莹角惊天的水牛、口吐烟云的毒龙等物。舍利弗从容镇定，变化出金刚、狮子和鸟王，战胜魔道。想象瑰奇，情节扣人心弦，与后世《西游记》中孙行者、二郎神的斗法相比，也毫不逊色。兹举两段：

六师闻语，忽然化出宝山，高数由旬。钦岑碧玉，崔嵬白银，顶侵天汉，丛竹芳薪，东西日月，南北参辰。亦有松树参天，藤萝万

① 郑振铎：《中国文学史》（上），北京联合出版公司2014年版，第379页。

② 参见王重民、王庆菽、向达等编：《敦煌变文集》，人民文学出版社1957年版，第187页。

段。顶上隐士安居，更有诸仙游观，驾鹤乘龙，仙歌聊（缭）乱。四众谁不惊嗟，见者咸皆称叹。舍利弗虽见此山，心里都无畏难。须臾之顷，忽然化出金刚。其金刚乃作何形状？其金刚乃头圆像天，天圆只堪为盖；足方万里，大地才足为钻。眉郁翠如青山之两崇，口暇暇犹江海之广阔。手执宝杵，杵上火焰冲天。一拟邪山，登时粉碎。山花萎悴飘零，竹木莫知所在。百僚齐叹希奇，四众一时唱快。故云，金刚智杵破邪山处。若为：六师忿怒情难止，化出宝山难可比，崭岩可有数由旬，紫葛金藤而覆地。山花郁翠锦文成，金石崔嵬碧云起。上有王乔丁令威，香水浮流宝山里。飞仙往往散名华，大王遥见生欢喜！舍利弗见山来入会，安详不动居三昧。应时化出大金刚，眉高额阔身躯礌。手执金杵火冲天。一拟邪山便粉碎。于时帝王惊愕，四众忻忻。此度既不如他，未知更何神变？①

其想象的丰富和意象的缤纷让人惊叹。变文散韵结合的体制，给唐传奇和宋元以后各类说唱文学和戏曲文学以相当大的影响，成为连接魏晋南北朝的赋体文学和宋元话本小说、说唱文学之间的桥梁。正如郑振铎先生所说："（变文的）精灵是蜕化在诸宫调、宝卷、弹词等等里，并不曾一日灭亡过。""然宋代有说经、说参请的风气，和说小说、讲史书者同列为'说话人'的专业，则'变文'之名虽不存，其流衍且益为广大的了。所谓宋代说话人的四家，殆皆是由'变文'的讲唱里流变出来的吧。"② 变文虽在唐以后逐渐消失不存，其实变文又在演化发展中得以永生，成为中华艺术宝库中的奇葩。

再如讲经文、变文中有押座文和散座文，押座文在文首，开宗明义，静摄观众；散座文在文末，总结全篇，规劝修行。二者多为七言韵文，而且逐渐形成俗套，有强烈的通俗技艺特征。"押座文"开启了后世话本小

① 郑振铎：《中国文学史》（上），北京联合出版公司 2014 年版，第 385 页。

② 郑振铎：《中国文学史》（上），北京联合出版公司 2014 年版，第 378 页。

说的“入话”和弹词的“开篇”先例，从其所处位置、语言形式、功能作用来看，对后世戏剧形成上场诗、下场诗的结构有影响。同时，变文中的一些故事情节，也为后世戏剧所吸收，如《汉将王陵变》故事，在元代被改编为杂剧《陵母伏剑》。而《大目乾连冥间救母变文》，在宋代就被改编为杂剧《目连救母》，明代人郑之珍编《目连救母行孝戏文》，无名氏编《目连救母劝善记》戏文，清人张照编《劝善金科》。《王昭君变文》故事更是被一用再用，除了元代马致远与张时起改编的《汉宫秋》《昭君出塞》杂剧外，明代人又将其改编为传奇《和戎记》《青冢记》等。民间目连戏一直流传至今，今天在四川、湖南等地还有此类演出活动。

另外，俗讲、转变和戏剧有一个共同之处，即普通民众是它们的主要受众，所以它们必须要通俗而有情趣，只有这样才能吸引大众。一旦背离了通俗和情趣，就会失去观众而逐渐衰亡，戏曲后来的所谓“案头剧”就属于这种情况。因为要吸引普通信众，所以一般都有较强的故事性，注重叙述和描写。王国维认为，戏曲就是“以歌舞演故事”①，今人曾永义定义中国戏曲为：“中国戏曲是在搬演故事，以诗歌为本质，密切融合音乐和舞蹈，加上杂技，而以讲唱文学的叙述方式，通过俳优装扮，运用代言体，在狭隘的剧场上所表现出来的综合文学和艺术。”②两者都提到了故事，说明这是一个很关键的因素。我国古代有散韵夹用的叙事传统，如唱歌谣、讲故事等，这从《吴越春秋》等书中可见大概，但叙事性的文学因素又发育得并不充分和健全。到了唐代，中国文学对叙事性开始重视。唐诗中出现了一大批叙事诗，如诗圣杜甫的“三吏三别”，白居易的《卖炭翁》《长恨歌》《琵琶行》等；同时，一些不同于律赋的俗赋，如《韩朋赋》《晏子赋》等，也在叙事方面表现出了更高的成熟度。另一个比较突出的现象是，唐代小说中也反映了作家已具有较为明确的虚构意识，在情节上

① 王国维：《戏曲考原》，见《王国维戏曲论文集》，中国戏剧出版社 1957 年版，第 201 页。

② 曾永义：《戏曲源流新论》，文化艺术出版社 2001 年版，第 9 页。

有意安排的成分增大。可以说，在唐代这一时间段里，中国文学的叙事技巧进一步完善，而相应地，在唐代大行其道的俗讲和转变，则在叙事性方面为戏剧的形成提供了营养。

俗讲变文要讲故事，尤其是变文，它通过散韵结合以及叙事与代言并用的方式讲唱故事，想象丰富、描写细致、情节曲折、语言生动，人物性格鲜明饱满。套用今人胡明伟的说法："叙事性或者故事性为戏剧成熟提供了一种外在的审美需要氛围，成熟的叙事技巧提供了戏剧艺术可以借鉴的经验，即如何虚构故事或借用故事。开展情节与安排情节，用故事情节吸引观众。"① 与歌舞戏和参军戏不同，俗讲和转变为戏剧的形成提供的是"骨架"一类的质素，而它们在唐代的发展以及广受民众欢迎，也更加强化了公众娱乐氛围的营造，培养了民众的一种习俗。经过南北朝时期以及隋唐时期，寺院越来越成为民众集会、贸易、游赏、娱乐的地方。随着时代的发展，民众对寺院表演技艺的要求势必越来越高，对专门的娱乐场所的需要也会越来越迫切，这都将使后世戏剧及勾栏瓦舍的出现，更加自然而水到渠成。

俗讲变文诗起诗结、韵散交错的文体形式对宋元话本小说文体形成与发展影响尤其巨大。以古典话本小说之集大成者"三言二拍"为例。话本小说发展到"三言二拍"已趋至境，其文体已形成一个固定的模式——以开场诗起，以散场诗结，其间韵文散文交错进行，这种诗起诗结的结构体制和韵散交错的语体模式深受俗讲变文的影响。话本小说以诗起、以诗结的结构体制，沿袭了俗讲变文的押座文与解座文。话本小说的开场诗就是沿袭押座文而来。所不同的是，话本小说发展到"三言二拍"，其开场诗经过文人的润色要比适用于民间讲唱的押座文更加规整，基本上以五、七言的诗、词为主，不过其隐括全文、镇压全场使之静聆的作用没有改变。如《范巨卿鸡黍死生交》的开场诗：

种树莫种垂杨枝，结交莫结轻薄儿。杨枝不耐秋风吹，轻薄易结

① 胡明伟：《中国早期戏剧观念研究》，学苑出版社2005年版，第22页。

还易离。君不见，昨日书来两相忆，今日相逢不相识！不如杨柳犹可久，一度春风一回首。①

在内容上点明全文主旨，表达真正友情的不易，反衬出范巨卿与张元伯之间真挚友情的可贵。再如《沈将仕三千买笑钱　王朝议一夜迷魂阵》的开场词：

风月襟怀，图取欢来，戏场中尽有安排。呼卢博赛，岂不豪哉！费自家心，自家力，自家财。有等奸胎，惯弄乔才，巧妆成科诨难猜。非关此辈，忒使心乖。总自家痴，自家狠，自家呆。②

说明赌博危害之深，劝诫世人不要赌博。

“三言二拍”所有小说都以诗或词开篇，可以说这种体制在话本小说中已经非常成熟，而且已经成为一种固定模式。

后世的话本小说也承袭了解座文这一体制，开场诗与散场诗前后呼应，不仅在内容上完整统一，而且在形式上有始有终。如《陆五汉硬留合色鞋》的散场诗：

赌近盗兮奸近杀，古人说话不曾差。奸赌两般都不染，太平无事做人家。③

奉劝世人不可赌博、行奸诈之事。

再如《屈突仲任酷杀众生　郓州司马冥全内侄》的散场诗：

物命在世间，微分此灵蠢。一切有知觉，皆已具佛性。……何不当生日，随意作方便？度他即自度，应作如是观。④

奉劝世人与人方便，为人做事不可太过苛刻。

话本小说在叙事的过程中夹杂了大量的韵文，这种韵散相间的语体模式，也是受到俗讲变文的影响而发展来的。现存敦煌出土的俗讲变文，大

---

① （明）冯梦龙编著：《喻世明言》，岳麓书社 2019 年版，第 157 页。

② （明）凌濛初：《二刻拍案惊奇》，天津古籍出版社 2004 年版，第 105 页。

③ （明）凌濛初：《初刻拍案惊奇》，中国戏剧出版社 2000 年版，第 433 页。

④ （明）凌濛初：《初刻拍案惊奇》，江西美术出版社 2018 年版，第 537 页。

都是采用韵散相间的语体模式来演说故事。这种韵散相间的语体模式在“三言二拍”中仍然保持着，但是韵文的功能已不单单是笼统的叙述，其体制由俗讲变文里类似于古风的长篇韵文发展为篇幅短小的五、七言诗、词和对仗工整的俗语、俚语，篇幅的缩短大大减弱了韵文的叙述功能。在俗讲变文中，韵文和散文起着同等重要的叙述功能，但演化为叙述的功能主要由散文来承担，韵文的功能偏于多样化。如《简帖僧巧骗皇甫妻》中，有词一首道：

知伊夫婿上边回，懊恼碎情怀。落索环儿一对，简子与金钗。伊收取，莫疑猜，且开怀。自从别后，孤帏冷落，独守书斋。①

该词起着成为故事展开的引子的作用，推动故事情节发展。

如《韩秀才乘乱聘娇妻　吴太守怜才主姻簿》中：

眉如春柳，眼似秋波。几片夭桃脸上来，两枝新笋裙间露。即非倾国倾城色，自是超群出众人。②

文中对朝霞的描摹主要起描摹人物、事物形态的作用。

又如《张溜儿熟布迷魂局　陆蕙娘立决到头缘》中，灿若在舟中独酌无聊，触景伤情所作之曲：

露滴野塘秋，下帘笼不上钩，徒劳明月穿窗牖。鸳衾远丢，孤身远游，浮槎怎得到阳台右？漫凝眸，空临皓魄，人不在月中留。③

韵文则表现了灿若独坐舟中的孤独寂寞之感。

自宋代开始，佛徒于法会道场等讲唱经文和演唱佛经故事，因其内容通俗易懂、形式为民众喜闻乐见，其文本逐渐成为民间宗教经典而广为流传，至明代始有宝卷之名。宝卷在宋元时期诞生、发展，在明清时期成熟、繁荣，而其渊源正是唐代寺院流行之俗讲。车锡伦先生的《中国宝卷的形成及其演唱形态》指出：“宝卷继承了唐代佛教俗讲讲经说法的传统，

① （明）冯梦龙：《喻世明言》，黑龙江人民出版社 2004 年版，第 326 页。

② （明）凌濛初：《初刻拍案惊奇》，中国文史出版社 2003 年版，第 129 页。

③ （明）凌濛初：《拍案惊奇》，光明日报出版社 2008 年版，第 146 页。

在宋元时期佛教信徒举行的法会道场中形成。”“它渊源于俗讲，同转变也有些关系，但它们之间的差别也很明显。这种差别，除了受宝卷形成的宗教文化背景影响外，也有文学形式的演进的影响。”[①] 值得参考。

总之，唐代俗讲变文具有独特的艺术价值，在中国文学史上地位不可或缺，是唐代通俗文学最重要的成果。它对宋元明清以来的说唱文学及戏曲艺术都产生了深远影响，正如郑振铎先生所说：“在变文没有发现以前，我们简直不知道：‘平话’怎么会突然在宋代产生出来？‘诸宫调’的来历是怎样的？盛行于明、清二代的宝卷、弹词及鼓词，到底是近代的产物呢？还是‘古已有之’的？许多文学史上的重要问题，都成为疑案而难于有确定的回答……发现了变文……我们才明白许多千余年来支配着民间思想的宝卷、鼓词、弹词一类的读物，其来历原来是这样的。”[②] 由此可见，俗讲变文对后世文学传播与发展所起的巨大作用。

① 车锡伦：《中国宝卷的形成及其演唱形态》，《敦煌研究》2003 年第 2 期。

② 郑振铎：《中国俗文学史》上册，商务印书馆 2017 年版，第 156 页。

第三章　唐代曲子词的传播

第一节　唐代曲子词概述

曲子词是唐代俗文学中重要的一类。其中“曲”主声，指音乐；“词”主文，指文字。唐宋以降，它逐渐脱离了音乐而成为一种独立的文学形式。对唐代曲子词发展起决定作用的是隋唐燕乐的发展和广泛流行。词与燕乐的搭配准则是倚声填词。唐代曲子词源于民间，题材广泛，表现了普通人的命运与生活，其语言通俗浅切，形式灵活，缘情而发，率真质朴。

初盛唐和平稳定的政治环境、繁荣的国内外经济环境和文化环境促进了曲子词的民间传播。曲子词的传播主体，主要集中于两类人群：一类是创作者，身份各异，有王公贵戚，也有庶民百姓，有文人学士，也有僧侣信众；另一类是表演机构和表演人群，如教坊、乐工歌伎等。

曲子词的传播方式主要是口头传播和文字传播。其中，乐工歌伎的演唱、民间佛曲宣唱以及诗人群体间的酬唱应答都属于口头传播方式，传播媒介主要是音乐和口语。唐代俗乐机构的加工、乐工歌伎的创作、文人群体的新词创作以及民间的传抄整理，都属于文字传播方式，其媒介主要是抄本。

曲子词流露世俗的审美趣味，深受人们喜爱，上自帝王将相，下至黎民百姓，都是其传播对象，传播效果非常显著。曲子词的广泛传播，促进了唐代文学、音乐、宗教文化的发展，而词学在后世更是走向了繁荣。

一、唐代曲子词概念释义

唐代曲子词就是我们现在所称的词，是可以和乐歌唱的杂曲歌词，当时称为“曲子”或“曲子词”。词有多种称呼，有称为“乐府”的，有称为“长短句”的，也有称为“乐章”的，还有称为“诗余”的。

（一）乐府

乐府本是汉代的官署名称，后世意思逐渐变化，演变成歌辞的名称，乐人演唱的“词”（歌辞），依然被称作“乐府”。在后世各种文献记载中将词称为“乐府”的例子不少：

> 世言东坡不能歌，故所作乐府词多不协。①
>
> 南唐宰相冯延巳有乐府一章，名《长命女》云：“春日宴，绿酒一杯歌一遍。再拜陈三愿：一愿郎君千岁，二愿妾身常健，三愿如同梁上燕，岁岁长相见。”②

后来又出现了“新乐府”“近体乐府”等称呼，是为了与人们常说的乐府相区别而采用的称呼方法，如“柳三变游东都南北二巷，作新乐府，骫骳从俗，天下咏之”③。

在歌辞这一点上，词具有与乐府一样的性质，所以后世多以乐府之名称呼词。

（二）长短句

“诗”也有杂言体，但“词”的特点就是“长短句”这一形态，所以经常也用长短句指代词。

> 唐初歌辞多是五言诗或七言诗，初无长短句。自中叶以后至五

① （宋）陆游撰，李剑雄、刘德权点校：《老学庵笔记》，中华书局 1979 年版，第 66 页。
② （宋）吴曾：《能改斋漫录》卷 17，商务印书馆 1941 年版，第 433 页。
③ （宋）陈师道：《后山居士诗话》，中华书局 1985 年版，第 7 页。

代，渐变成长短句。及本朝，尽为此体。[①]

王荆公长短句不多，合绳墨处自雍容奇特。[②]

东坡长短句云："无情汴水自东流……"[③]

（三）乐章

《旧唐书·音乐志》在叙述唐代宫廷音乐时，"乐章"一语屡见不鲜，例如"乃约诗颂而制乐章"。宋代将"词"称为"乐章"者也不少。

唐末五代，文章之陋极矣，独乐章可喜。[④]

柳耆卿《乐章集》，世多爱赏该洽。[⑤]

（四）诗余

认为"词"是由"诗"派生出来的，是诗人的余业，故称"诗余"。

谓之诗余者，以词起于唐人绝句，如太白之《清平调》，即以被之乐府。太白《忆秦娥》《菩萨蛮》，皆绝句之变格，为小令之权舆。旗亭划壁赌唱，皆七言断句。后至十国时，遂竞为长短句。自一字两字至七字，以抑扬高下其声，而乐府之体一变。则词实诗之余，遂名曰诗余。[⑥]

诗余之余，作赢余之余解。唐人朝成一诗，夕付管弦。往往声希节促，则加入和声。凡和声以实字填之，遂成为词。词之情文节奏，并皆有余于诗，故曰诗余。[⑦]

---

① （宋）胡仔：《苕溪渔隐丛话·前后集 4》，商务印书馆 1937 年版，第 734 页。

② （宋）王灼著，岳珍校正：《碧鸡漫志校正》，巴蜀书社 2000 年版，第 34 页。

③ （宋）吴曾：《能改斋漫录》卷 16，商务印书馆 1941 年版，第 415 页。

④ （宋）王灼著，岳珍校正：《碧鸡漫志校正》，巴蜀书社 2000 年版，第 32 页。

⑤ （宋）王灼著，岳珍校正：《碧鸡漫志校正》，巴蜀书社 2000 年版，第 36 页。

⑥ ［日］村上哲见：《唐五代北宋词研究》，杨铁婴译，陕西人民出版社 1987 年版，第 55 页。

⑦ （清）况周颐原著，孙克强辑考：《蕙风词话》，中州古籍出版社 2003 年版，第 3 页。

东坡先生以文章余事作诗，溢而作词曲。[①]

还有称曲子词为“琴趣外篇”“语业”“绮语”的，不赘述。

唐代之所以称其为曲子词，是因为和乐曲并称。保存较完整的敦煌写本《云谣集杂曲子》中多处标题为“曲子”，还用曲子作为词集名称。欧阳炯在《花间集叙》中也将这种音乐文学称为曲子词，“因集近来诗客曲子词五百首，分为十卷”。到宋时，王灼在《碧鸡漫志》中仍沿用此称呼，曰：“盖隋以来，今之所谓曲子者渐兴，至唐稍盛。今则繁声淫奏，殆不可数。古乐府变为今曲子，其本一也。”[②]“（王彦龄、曹组）作《红窗迥》及杂曲数百解，闻者绝倒，滑稽无赖之魁也。”[③]这里所说的“曲”主声，指音乐；“词”主文，指文字。可见，曲与词的关系在乐曲歌辞中是紧密联系的。唐宋以降，随着词体的发展，它逐渐脱离了音乐而成为一种独立的文学形式。

二、唐代曲子词的产生和发展

（一）唐代曲子词的产生

对唐代曲子词发展起决定作用的是隋唐燕乐的发展并广泛流行。

公元4世纪起，伴随东西方经济文化交流的发展，西域的音乐陆续传入中原一带，至隋唐时代在中国更加流行，融合了中原音乐、江南音乐，俗称燕乐，即“宴乐”，是隋唐宫廷中飨宴之乐。《旧唐书·音乐志》记载：“自开元以来，歌者杂用胡夷里巷之曲。”[④]所谓“杂用胡夷里巷之曲”，即指西域音乐与中原音乐相融合的现象。宋代沈括在《梦溪笔谈》卷5中说：“自唐天宝十三载，始诏法曲与胡部合奏，自此乐奏全失古法。以先

---

① （宋）王灼著，岳珍校正：《碧鸡漫志校正》，巴蜀书社2000年版，第34页。

② （宋）王灼著，岳珍校正：《碧鸡漫志校正》，巴蜀书社2000年版，第3页。

③ （宋）王灼著，岳珍校正：《碧鸡漫志校正》，巴蜀书社2000年版，第35页。

④ （后晋）刘昫等：《旧唐书》卷30，中华书局1975年版，第1089页。

王之乐为雅乐，前世新声为清乐，合胡部者为宴乐（燕乐）。”①“雅乐”是秦代以前的古乐；“清乐”是汉魏六朝的乐府。燕乐的兴起和广泛传播直接导致了曲子词的产生。燕乐的乐曲富于变化，节奏抑扬，适合长短参差句式的演唱，深受当时民众的喜爱。加之燕乐是供宫廷和士大夫娱乐的，中唐之前文人学士不屑作唱词，所以曲子词的创始者首先应该是乐工歌伎。乐工歌伎们的唱词和乐曲逐渐流传，仿照者渐繁。萌芽时期的曲子词，正是适应民间小调和西域音乐的通俗曲词。

词与燕乐的搭配准则是倚声填词，依据音调选择适合的歌词。

1. 填词

按照现成的曲调填写文辞，所以人们经常也把作词称作“填”词。例如：

> 王荆公筑草堂于半山，引入功德水，作小港其上，叠石作桥，为集句填《菩萨蛮》云：“数间茅屋闲临水，窄衫短帽垂杨里。花是去年红，吹开一夜风。梢梢新月偃，午醉醒来晚。何物最关情，黄鹂三两声。”②
>
> 东坡、山谷、徐师川既以张志和《渔父》词填《浣溪沙》《鹧鸪天》，其后好事者相继而作。③
>
> 然予观宋人填词，亦已有开先者。盖真见在人心目，有不约而同者。④

2. 倚声

指填写的歌辞要合乎曲调旋律的要求。例如：

> 时帝（唐懿宗）薄于德，昵宠优人李可及。可及者，能新声，自度曲，辞调凄折，京师媮薄少年争慕之，号为“拍弹”……为帝造曲，

① （宋）沈括著，李文泽译注：《梦溪笔谈选译》，巴蜀书社1991年版，第198—199页。

② （宋）吴曾：《能改斋漫录》卷17，商务印书馆1941年版，第427页。

③ （宋）吴曾：《能改斋漫录》卷17，商务印书馆1941年版，第433页。

④ （明）杨慎：《词品》，上海古籍出版社2009年版，第22页。

曰《叹百年》……倚曲作辞，哀思徘徊，闻者皆涕下。[①]

会有倚声作词者，本欲酒间易晓，颇摆落故态，适与六朝跌宕意气差近。此集所载是也。故历唐季、五代，诗愈卑而倚声辄简古可爱。[②]

3. 倚声填词

指按照声调，充填以词。

唐李白氏始作《清平调》《忆秦娥》《菩萨蛮》诸词，时因效之。厥后，行卫尉少卿赵崇祚辑为《花间集》，凡五百阙。此近代倚声填词之祖也。[③]

倚声填词不仅要遵循乐曲本身的音调、节奏、音高等变化，还要兼顾乐曲传达的抒情表意色彩。乐曲的曲调和表达的抒情色彩不同，搭配的词表达的情感和意象亦不同。唐代曲子词之所以通俗、生动、感人，缘于创作者恰当地处理了声与意、声与情之间的关系，既能以音乐感染人，也能用言辞唤起共鸣。但中唐之后，随着曲子词在民间的广泛传播，词的内容和其调名日渐背离，大量文人加入到词的创作队伍中，利用词句式灵活的特点，尽情抒发个人感情，而不受调名的约束。

（二）唐代曲子词的发展阶段

唐代曲子词经历了三段发展时期。

初、盛唐时期是萌芽时期。早期，如上文所言，曲子词的作者多为乐工歌伎，随着曲子词的流传，民间作者渐多，不断加工润色，有些曲子词也可能是文人学士假托俚俗口吻而作。但是从包罗万象、驳杂的内容来看，唐初曲子词大抵是处于社会底层的无名作者，这也扩大了词曲表达的内容。从敦煌曲子词描写的内容来看，“有边客游子之呻吟，忠臣义士之

① （宋）欧阳修、宋祁：《新唐书》卷181，中华书局1975年版，第5351页。

② （后蜀）赵崇祚：《花间集》，浙江古籍出版社2013年版，第464页。

③ ［日］村上哲见：《唐五代北宋词研究》，杨铁婴译，陕西人民出版社1987年版，第49页。

壮语，隐君子之怡情悦志，少年学子之热望与失望，以及佛子之赞颂，医生之歌诀，莫不入调。其言闺情与花柳者，尚不及半，然其善者足以抗衡飞卿，比肩端己”①。这时的曲子词在内容方面比较直截了当，语言质朴自然，用韵和字数、句数的多少比较随便自由，真实地表现了普通民众的命运与生活，保存了词的最早形态。

中唐时期是文人积极探索、自觉创作曲子词的时期，如白居易、刘禹锡、张志和、韦应物等人的词，在形式上已经比较成熟了。白居易、刘禹锡由于被贬被遣等原因，有机会接触到更为丰富的民间音乐，他们的创作为曲子词注入了新的活力。如刘禹锡的《踏歌词》：

春江月出大堤平，堤上女郎连袂行。唱尽新词欢不见，红霞映树鹧鸪鸣。

新词宛转递相传，振袖倾鬟风露前。月落乌啼云雨散，游童陌上拾花钿。

这是刘禹锡学习民间曲子词写作的。内容是记写当时四川民俗，每当春季，民间男女相聚会，联翩起舞，相互对歌的热烈场景。诗中的“新词”，即是当时流行民间的新曲子。诗人写出了曲子词在民间的流行状况——“新词宛转递相传”，新曲人人都能唱，并一递一句接连不歇。而诗人也明显受到民间文化的影响，用这种新曲子表达狂欢之后余韵犹在的意味。

唐时教坊有曲子名《望江南》，五句一首，如：

天上月，遥望似一团银。夜久更阑风渐紧，为奴吹散月边云。照见负心人。②

白居易活用曲名，句式不变，改为《忆江南》，并将原来弃妇的忧愤情绪转变为欣喜愉悦的观景心得。如：

---

① 王重民：《敦煌遗书论文集》，中华书局1984年版，第57页。

② 曾昭岷、曹济平、王兆鹏、刘尊明编撰：《全唐五代词·正编卷四·散见各卷曲子词》，中华书局1999年版，第934页。

江南好，风景旧曾谙。日出江花红胜火，春来江水绿如蓝。能不忆江南？

江南忆，最忆是杭州。山寺月中寻桂子，郡亭枕上看潮头。何日更重游？

江南忆，其次忆吴宫。吴酒一杯春竹叶，吴娃双舞醉芙蓉。早晚复相逢？

表达了诗人对江南山水的热爱，并开拓了词的意境，对以后文人词的发展产生了积极的作用。

唐末以降，是曲子词成熟的时期。曲子词生存空间进一步扩大，成为流行于世的娱情文化。文人写词者更众，词的情调一变早期的质朴自然，更为柔媚含蓄、多愁善感，词调成为文人新的抒情达意的工具。

三、唐代曲子词的辑录情况

唐代曲子词中能充分体现其民间性、通俗性特征的是敦煌曲子词，主要见于敦煌遗书保存的歌辞抄本。其中《云谣集杂曲子》原题共30首，这是现存唯一的敦煌曲子词选集，也是我国最早的民间词选集。时人王重民编《敦煌曲子词集》得曲子词161首，可说是较完备的敦煌曲子词汇集。任二北又根据罗振玉《敦煌零拾》、刘复《敦煌掇琐》、许国霖《敦煌杂录》、日本大正新修《大藏经》以及北京图书馆所藏部分抄件，辑出五集所未载的300余首，合计545首，为《敦煌曲校录》，收录敦煌曲子更为完备。在《敦煌歌辞总编》一书中，任二北全面收辑敦煌遗书内唐人写本歌辞，共收敦煌歌辞1300余首，为研究唐代曲子词提供了全面的资料。

敦煌曲子词既有汇编成集的，又有散篇。写卷中的曲子词大多是和其他文献联抄在一起的，如宗教活动文献，儒家、道家、摩尼教文献，还包括大量的民间法事应用文献、社会经济类文献，以及杂文献。如《云谣集杂曲子》，除抄曲子词外，还依次杂抄《二月八日（安伞文)》《患难月文》《维摩押座文》《鹿儿赞文》《印沙佛文》《燃灯文》《为亡人追福文》《优婆夷舍家学道文》《庆扬文》《赞功德文》《庆经文》《愿文》《患文》《难月文》《亡父母文》等。①

四、唐代曲子词的艺术特色

（一）语言通俗浅白、形式灵活

敦煌曲子词源于民间，是普通民众日常生活和思想感情的载体，用语俚俗，近于口语，形式自由，与歌诀无异，便于口耳传诵。

敦煌曲子词语言的通俗性体现在用词多口语化，比喻事物多使用简单直白的明喻。如多用“我”“郎”“妾”“君”“狂夫”“贱妾”“自家”“耶娘”“阿谁”“只见”“为甚”“争不敢”“不曾”“奈知”这些口语化的词语，如日常说话般亲切自然。喻人、喻事、喻物简单直接，如“妾身如松柏”“眉如初月”“天上月，遥望似一团银”“台上月，一片玉无瑕”等。除了上述这些方面，还巧用叠字来摹声、状貌、绘景、传情、渲染气氛和调整音节，如《菩萨蛮》:“霏霏点点回塘雨，双双只只鸳鸯语。灼灼野花香，依依金柳黄。盈盈江上女，两两溪边舞。皎皎绮罗光，青青云粉妆。”这首词中，叠字两两相对，节奏感强，朗朗上口，在音节的重叠反复中造成了音律的和谐，赋予人视觉上、听觉上的愉悦，也更便于口耳传诵。

敦煌曲子词形式上的灵活体现在押韵比较灵活自由，即是诗韵中许多音韵相近的韵都可以通押，要比唐宋以来的文人词随便得多。由于押韵自由，字数、句数的多少也较随便自由，后世《词谱》《词律》所定的四声格律，在敦煌曲子词中也就更谈不到了。如《凤归云》几首，字数不等，

① 参见伏俊琏:《敦煌文学总论》，甘肃教育出版社 2013 年版，第 247 页。

句数多寡不一。《倾杯乐》《破阵子》等也是如此。说明敦煌曲子词的字数、句数都比较灵活自由。

（二）缘情而发、率真质朴

敦煌曲子词反映了真实的人民生活，代表了老百姓的心声，其感情是纯真质朴的。抒情可以直抒胸臆，也可借物借景寓情，情景交融。前者如《菩萨蛮》（枕前发尽千般愿）一首，用浅白直露的口吻表现少女对爱情的执着和真挚的感情；后者如《浣溪沙》四首中（五两竿头风欲平），借助船夫眼中水波潋滟晴方好的图景，喻示他舒畅而愉快的心情，而这些情感又通过词中对景物的描述表达了出来。

敦煌曲子词这种真实、自然的艺术品格既源于普通民众直而露的情感表达方式，还源于创作者丰富的生活感受和生动细腻的描写，不愧是心灵之作。

五、唐代曲子词的作品整理

历来研究敦煌曲子词者，多参考这样一些研究资料，下面逐一作简介。

（1）《敦煌曲子词集》，王重民辑。王重民从伯希和劫走的17卷、斯坦因劫走的11卷，还有罗振玉所藏3卷以及日人桥川氏藏影片1卷中，集录、校补，编成《敦煌曲子词集》。该词集分上中下三卷，卷首有阴法鲁序。卷末除5首补遗外，还有王国维、朱孝臧等跋语作为附录。上卷所收曲子词最多，有107首，系唐五代之作，多为长短句；中卷收《云谣集杂曲子》，共30首，多为寄征夫、思远吏之作；下卷为乐府，多是五、七言乐府诗，共24首。内容比较广泛，多系抒情之作。《敦煌曲子词集》对研究唐代社会以及民间说唱文学有重要意义。商务印书馆1950年初版，内收敦煌曲子词162首。1956年再版时，将其中一首移入附录，还有曲子词161首。

（2）《敦煌曲》，香港中文大学饶宗颐、法国法兰西学院戴密微合著，属于资料论文汇编。全书分用中法两种文字著述。中文部分由饶宗颐撰写，着重就敦煌曲的时代、作者、某些敦煌曲的订补，以及词与佛曲的关系、词的异名、长短句的成立等问题进行详细的论述。本编录文还包括《敦煌曲子词集》《敦煌曲校录》未收的“新增曲子资料”和“新获佛曲及歌词”，共收敦煌曲 318 首。法国国家科学中心 1971 年出版。

（3）《敦煌曲子词欣赏》，高国藩著，选集。该书共收入词作 49 首，所选诗词多为名篇佳作。赏鉴词作，既有简要的校注，更有对作品的思想内容和艺术特色的探讨，深入浅出，南京大学出版社 1989 年出版。

（4）《敦煌曲初探》，任二北著，专著。以著者辑录的敦煌曲 545 首为基础，从辞、乐、歌、舞、演 5 个方面进行探讨，是全面研究敦煌曲词的第一部专著。全书共分五章，上海文艺联合出版社 1954 年出版。

（5）《敦煌曲校录》，任二北校录。全书依据敦煌遗书 70 多种唐人抄卷，校录出敦煌曲词 545 首，依次编为：第一普通杂曲，48 调 205 首；第二定格联章，4 调 11 套 286 首；第三大曲 32 首。书前列有《卷子编号一览表》，书末附“后记”，论述定格联章与大曲的体式以及校订曲词的补说，比较注意敦煌曲子词民间性、通俗性的倾向，进一步拓展了敦煌曲词的研究范围，上海文艺联合出版社 1955 年出版。

（6）《敦煌词话》，潘重规著，专著，收入 12 篇文章，比较全面地订正王重民、任二北、饶宗颐等在校录敦煌曲子词时误认误改等问题，使某些难字疑词得到初步澄清，对我国词学特别是敦煌词研究产生有益的影响，台北石门图书公司 1981 年出版。

（7）《敦煌词掇》，周咏先辑，资料汇编。内收《望江南》5 首，《长相思》3 首，《鹊踏枝》、《酒泉子》、《南歌子》、失调名各 2 首，《菩萨蛮》《虞美人》《杨柳枝》《渔歌子》各 1 首，共得敦煌曲词 20 首，为敦煌词的最早辑本，商务印书馆 1937 年出版。

（8）《敦煌掇琐》，刘复辑，资料汇编。本书收录敦煌忠实原卷。上集包括小说、杂文、小唱、诗、经典演绎、艺术等方面的材料46种，其中就收了《云谣集杂曲子》等，为敦煌文学和民间文学研究提供了极为罕见的珍本。

(9)《敦煌零拾》，罗振玉编，资料汇编。本书为收录敦煌遗书内唐人诗卷、残书小说、通俗韵语的最早辑本。内收韦庄《秦妇吟》《云谣集杂曲子》30首（实收18首），《季布歌》、佛曲、俚曲、小曲等各3种。此外，还附有王国维撰写的《秦妇吟》《云谣集》的跋语，为收录敦煌文学作品的珍贵辑本，东方学会1924年排印。

(10)《敦煌歌辞总编》，任二北编著。本书为全面收辑敦煌遗书内唐人写本歌辞的总集。包括杂曲六卷：云谣集杂曲子、只曲、普通联章、重句联章、定格联章、长篇定格联章和大曲一卷，另附补遗一章，共收敦煌歌辞1300余首。本书对收录作品逐一进行全面整理和综合校订，充分重视和汲取已有的研究成果。编末附载有关论文5篇，分别论述敦煌歌辞与宗教、音乐、方言的关系以及相关调名的考证，上海古籍出版社1987年出版。

(11)《云谣集》，总集，一卷。现存最早的唐敦煌曲子词集，共收30首，历代书目未见著录。清光绪二十六年（1900年）始发现于敦煌石室，旋为法国伯希和、英国斯坦因先后取走，写本分藏于巴黎国家图书馆、伦敦不列颠博物院。1924年，董康旅游伦敦，录归S.1441《云谣集杂曲子共三十首》残卷，存词18首，由朱孝臧校刊，收入《强村丛书》；刘复又从巴黎录归P.2838《云谣集杂曲子三十首》残卷，存14首，收入《敦煌掇琐》；朱孝臧取以校伦敦写卷所缺，去其重出2首，适符卷首所题之数，收入《强村遗书》。另有罗振玉据伯希和所赠原片刊行的《敦煌零拾》本。所录13调中，除《内家娇》外，其余调名《教坊记》均有著录。从内容、体格来看，多为盛唐产物。

第二节　唐代曲子词的传播

一、唐代曲子词的传播环境

文学传播环境可以分为软环境和硬环境。软环境主要指大的社会环境，如政治、经济、文化等方面的社会环境；硬环境主要指显性的小环境，即具体的传播环境，如歌楼酒肆、市井人群等。从大的社会环境即硬环境来说，初盛唐时期稳定、统一的政治环境保障了曲子词在民间的广泛传播和发展。唐代中央政府采取有效政策，维护国家的统一与民族和谐共处。科举制度进一步完善，为国家广纳贤才的同时缓和了国内的阶级矛盾。和平稳定的政治环境促进了经济文化的发展传播，也推动了曲子词的民间传播和发展。以下主要谈谈小的软环境。

（一）市井民间的传播

初盛唐时期政治上的统一和平，促进了国内经济文化事业的发展，促进了中原和边疆地区经济和文化事业的交流和发展，促进了民族间的交往和文化融合。以“丝绸之路”为例，唐朝的“丝绸之路”有陆路和海路之分。陆路“丝绸之路”均以长安（今陕西西安）为出发点，途经河西走廊在今敦煌一带分为三道，最终到达欧洲各地。经过这些道路的除了互访的使节和商人、僧侣等，还有乐工、舞者、学者等，正是他们把唐朝的文化传播到西域乃至欧洲，也把西域、西亚等地的音乐、舞蹈、宗教带给汉族人民。前面说过，曲子词的来源——燕乐中“胡夷”之乐占了很大的比重。“胡夷”之乐多源于西域诸天诸佛韵调，其特点是旋律明快，高低跳跃，乐章短小，可以多次连续演奏，深受唐朝民众的喜爱，流传甚广。而海路交通中，往来各地的船只稍大些的、旅程较长的，都在船上置备有酒食和歌伎，行船途中，借酒遣怀，按流行的燕乐曲调奏乐歌唱，以解寂寞之情。这些都使民间的曲子词得到广泛的传播。

唐代曲子词就是不同民族不同地域音乐文化融合的产物，其产生和发展的基础——燕乐（宴乐），其主体为西凉乐、高丽乐、天竺乐、扶南乐、龟兹乐、疏勒乐、康国乐、高昌乐等，这些都是由域外民族传来的新乐。它们融合了中原音乐，成为唐代最流行的音乐。“周、隋管弦杂曲数百，皆西凉乐也。鼓舞曲，皆龟兹乐也。唯琴工犹传楚、汉旧声及清调……”① 这些胡乐尤其是龟兹乐和西凉乐对唐曲子词的发展影响更大，它几乎渗入到诸乐的曲调中而被广泛使用。

同时，初盛唐时期的和平环境，也有利于民间文化的繁荣发展。作为唐代民间俗文学代表之一的曲子词，也在这个时期得到广泛传播，上自贵族王公，下至庶民百姓，人人喜爱，所以唐代曲子词内容丰富，表现了社会生活的各个方面。词最初产生于民间，现存最早的曲子词是敦煌发现的《云谣集》曲子词，其作者基本都是下层民众。所以其传播环境也肯定都在民间。敦煌曲子词反映了早期民间词所特有的思想感情与素朴风格，富于生活气息，反映百姓生活与情感。如《捣练子》其一借孟姜女的传说故事，突出了唐代徭役的繁重和人民苦难的深重：

> 孟姜女，杞梁妻，一去烟（燕）山更不归。造得寒衣无人送，不免自家送征衣。长城路，实难行，乳酪山下雪纷纷，吃酒则为隔饭病，愿身强健早还归。②

这首词用口头的语言，塑造了孟姜女这个善良坚强的劳动妇女形象，从思妇的角度揭露了繁重的徭役使劳动人民生活上和精神上受到的无尽折磨。

敦煌曲子词《长相思》则写到了做小买卖的商人孤苦凄凉、饱受欺凌的悲惨生活：

---

① 魏崇周：《中原传统乐舞文化发展史》，河南人民出版社 2017 年版，第 289 页。

② 龙榆生：《龙榆生讲词曲概论》，河海大学出版社 2021 年版，第 19 页。

哀客在江西，寂寞自家知。尘土满面上，终日被人欺。朝朝立在市门西，风吹泪点双垂。遥望家乡长短，此是贫不归。①

而《菩萨蛮》则表达了民间妇女对爱情的坚贞：

枕前发尽千般愿，要休且待青山烂。水面上秤锤浮，直待黄河彻底枯。白日参辰现，北斗回南面。休即未能休，且待三更见日头。②

敦煌曲子词中也有相当多的类似歌伎创作的表现其内心情感的词作，如《望江南》《抛球乐》等：

莫攀我，攀我太心偏。我是曲江临池柳，这人折了那人攀，恩爱一时间。③

珠泪纷纷湿绮罗，少年公子负恩多。当初姊妹分明道：莫把真心过与他。子细思量着，淡薄知闻解好么？④

这些作品中的女性大胆泼辣，与男性笔下的女性完全不同，是真正来自民间的真情真性之作。其形式短小，具有清新、明朗的生活气息，广泛的题材正反映了它的民间特色。

此外，民间的各种民俗活动也积极促进了大众中曲子词的广泛传播。

唐初至盛唐时期，文化繁荣昌盛，每逢节令穿插有丰富多彩的娱乐活动。官民士庶按照节日的习俗，进行种种歌舞欢娱活动，曲子词成为民众喜闻乐见的传情达意的歌曲。如元宵节，天子与民同乐。玄宗亲登勤政楼观灯作乐。府县教坊则大陈山车、旱船、走索、九剑、角抵、戏马、斗鸡等百戏。玄宗又令宫中女乐穿着各色鲜艳服装，载歌载舞，先后演奏《破阵乐》《太平乐》《上元乐》等曲。

---

① 杨庆存：《敦煌歌词新论》，见吴熊和、喻朝刚、曹济平等主编：《中华词学（第三辑）》，东南大学出版社2002年版，第78页。

② 刘大杰：《中国文学发展史》第二册，上海人民出版社1976年版，第493页。

③ 郭预衡主编：《中国古代文学史长编·隋唐五代卷》，北京师范学院出版社1993年版，第568页。

④ 赵仁珪等主编：《唐五代词三百首》，吉林文史出版社2002年版，第4页。

又比如，宫中和民间都重视的七月七日“乞巧”节。《开元天宝遗事》卷下《乞巧楼》载：“宫中以锦结成楼殿，高百尺，上可以胜数十人，陈以瓜果酒炙，设坐具，以祀牛女二星，嫔妃各以九孔针五色线向月穿之，过者为得巧之候，动清商之曲，宴乐达旦，士民之家皆效之。”[①]民间的少女少妇们也在此夕，在庭院中摆设香案，或在绣房中穿针乞巧，求得人生的幸福。曲子词充分反映了这种民俗活动，也借歌词唱出了闺阁女子的心声。例如《喜秋天》：“（一更）每年七月七，此时寿夫日。在处敷陈结交伴，献供数千般。今晨连天暮，一心待织女。忽若今夜降凡间，乞取一教言。”“（三更）女伴近彩楼，顶礼不曾休。佛前灯暗更添油，礼拜再三候。诸女彩楼畔，烧取玉炉烟。不知牵牛在那边，望作眼睛穿。”[②]民间集会时盛行的简易集体歌舞被称为“踏歌”。人们成群结队按节拍手拉着手，以脚踏地，边唱边舞。刘禹锡《踏歌词》：“春江月出大堤平，堤上女郎连袂行”，“新词宛转递相传，振袖倾鬟风露前”。张祜《正月十五夜灯》诗：“三百内人连袖舞，一时天上著词声。”《朝野佥载》载玄宗开元元年欢度元宵，长安宫女和教坊、民间女子各千人，在明亮的灯光下，夜以继日地连续踏歌整整三夜，蔚为壮观。张说在《十五夜御前口号踏歌词》二首之一中赞叹道：“花萼楼前雨露新，长安城里太平人。龙衔火树千灯艳，鸡踏莲花万岁春。帝宫三五戏春台，行雨流风莫妒来。西域灯轮千影合，东华金阙万重开。”[③]都是这种壮观的乐舞场面的写照。

唐代人们凡出门远行，民间习俗必朋友家人聚会，设酒宴以饯别，言语殷殷，叮嘱再三。在这种场合下，多在酒宴中吟唱带有离别伤感情调的曲子。如曲子《杨柳枝》，借春时折柳赠别以寄托离情别思。如：“春来春去春复春，寒暑来频。月升月尽月还新，又被老催人。只见庭前千岁月，

① 陆襄主编，朱福生编著：《中华传统节日诗词故事·七夕·中秋》，上海远东出版社2017年版，第5页。

② 何春环：《唐宋俗词研究》，中央民族大学出版社2010年版，第70页。

③ （唐）张说：《张燕公集》卷5，中华书局1985年版，第62页。

长在常存。不见堂上百年人，尽总化为尘。”[①] 白居易也依此曲作《杨柳枝》词：“一树春风千万枝，嫩于金色软于丝。永丰西角荒园里，尽日无人属阿谁？”这些作品都表达出感伤的情绪。

（二）宗教环境的传播

唐代是宗教发展的黄金时期，佛、道、神仙思想及巫术广泛地流行于民间，并支配着人们的生活。佛教在唐朝影响深远，帝王多礼佛，民间也多礼佛。佛教在传播过程中面临一个佛经及其注疏化繁入简的通俗化过程。很多僧侣通过讲唱的方式解说佛经、讲述修行、传达因果报应等，吸引市井男女。如《五更转》《十二时》，既是佛曲，也有俚曲的特点。《五更转·荷泽和尚五更转》就是盛唐时期著名禅师神会所作。再比如佛曲子《十二时》第 105 首“戒身心，少嗔妒，遮莫身为家长主。百般谗佞耳边来，冤恨且为含容取”[②]。第118首“弥陀佛，功力大，能为劳生除障盖，猛抛家务且勤求”[③]。唐穆宗长庆年间长安的俗讲僧文溆擅长讲唱变文，唐赵璘《因话录》中说听者效其声调，以为歌曲。《乐府杂录》载教坊乐工黄米饭采其声调编成歌曲，名曰“文溆子”。这些都是宗教环境中的曲子词传播。

（三）酒肆旅舍的传播

唐朝商业繁荣，城市的规模不小。都城长安是全国的政治、经济、文化中心，也是国际性的大城市。城市规模宏伟，有皇宫所在，也有平民居

① 曾昭岷、曹济平、王兆鹏、刘尊明编撰：《全唐五代词·正编卷四·散见各卷曲子词》，中华书局 1999 年版，第 893 页。

② 曾昭岷、曹济平、王兆鹏、刘尊明编撰：《全唐五代词·副编卷二·敦煌作品》，中华书局 1999 年版，第 1187 页。

③ 曾昭岷、曹济平、王兆鹏、刘尊明编撰：《全唐五代词·副编卷二·敦煌作品》，中华书局 1999 年版，第 1192 页。

住区，还有专门的贸易市场——市。东西两市全国有名，东市是四方财物的聚集处，西市居民多是西域、波斯、大食商人，是对外贸易的中心。洛阳是仅次于长安的第二大城市，街道纵横，有坊有市，店铺集中，管理井然。唐朝后期，随着经济的进一步发展，自两京到乡村，从城市中心到水陆交通要道都设立大小不等的市，商业发达。由于社会经济繁荣，主宾聚会、广开华宴已成为时代风尚。随之而来的歌舞酒令和曲子词也就在各种酒肆旅舍中传播开来。

唐代的酒肆旅舍遍布城乡。洛阳、长安是皇都所在，四方来使络绎不绝。酒肆更多，是人们通常聚会娱乐的场所。饮酒的同时，不论贵贱贤愚，都能自由地享受歌舞喧闹的场景。文人在聆听曲子的同时，有的还以其新诗能否入曲作赌。传说开元年间诗人王昌龄、高适、王之涣于冬日在旗亭小酌，忽见梨园伶官十几人来此表演。王昌龄说："我辈各擅诗名，每不自定其甲乙，今者可以密观诸伶所讴，若诗入歌词之多者，则为优矣。"①伶人分别演唱了王昌龄的绝句《芙蓉楼送辛渐》、高适的《哭单父梁九少府》、王之涣的《凉州词·黄河远上白云间》②。既显示了唐代诗歌入曲成为流行曲子词的现实，也说明当时酒肆已经成为曲子词传播的场地。

酒肆旅舍为招徕顾客，多雇用美貌胡姬当垆卖酒，表演歌舞。如李白诗《醉后赠王历阳》中云："书秃千兔毫，诗裁两牛腰。笔踪起龙虎，舞袖拂云霄。双歌二胡姬，更奏远清朝。举酒挑朔雪，从君不相饶。"③《前有一樽酒行二首之二》中云："琴奏龙门之绿桐，玉壶美酒清若空。催弦拂柱与君饮，看朱成碧颜始红。胡姬貌如花，当垆笑春风。笑春风，舞罗衣，君今不醉将安归？"④这种做法遍及长安、洛阳等城市。胡

① 徐中玉主编：《中国古典文学精品普及读本·小品笔记类选》，广东人民出版社2019年版，第325页。

② 《凉州词》，又名《出塞》，是为当时流行的曲子《凉州》配的唱词。

③ （唐）李白著，（清）王琦注：《李太白全集》，中华书局1977年版，第606页。

④ （唐）李白著，（清）王琦注：《李太白全集》，中华书局1977年版，第200页。

姬能歌善舞，善于应酬，有的才思敏捷，会吟诗行酒令。行酒令时，在乐曲的伴奏下，传送彩球或花枝柳条，伴随乐曲的骤停，接球之人便要依令受罚，这种抛球乐的娱乐在酒肆中非常受欢迎。唐代词人皇甫松在《抛球乐》词中写道：“红拨一声飘，轻球坠越绡。坠越绡，带翻金孔雀，香满绣蜂腰。少少抛分数，花枝正索饶。”正是热闹场景的描述。行歌令时，可以歌伎主唱，也可以主客互唱，可以连唱六七个曲子不停歇，现场气氛非常热烈。当时酒肆中传播的舞曲很多，比较著名的有《垂手罗》《回波乐》《兰陵王》《春莺转》《乌夜啼》《绿腰》《苏合香》《凉州》《甘州》《柘枝》《黄獐》《胡渭州》《达摩支》《剑器》《胡旋》《渔歌子》《山花子》《水仙子》《南乡子》《生查子》《杨柳枝》等，曲名不啻有百余种，也都可歌可舞。张祜《杂曲歌辞·春莺啭》云，“兴庆池南柳未开，太真先把一枝梅。内人已唱春莺啭，花下傞傞软舞来”[①]，便是形容边唱边舞的情景。

（四）官府等音乐机构的传播

唐代社会稳定、经济发展，音乐得到充分的发展，民族融合又为其增添了新的血液。唐代音乐分为雅乐和燕乐。用来祭祀天地、宗庙及朝会时用雅乐。而真正可以代表唐代音乐发展水平的是燕乐，就是指宴会时所用的音乐。唐代主要的音乐机构是太常寺，而专属宫廷的音乐机构则是教坊和梨园。教坊属太常寺，设立于唐初，主要负责乐舞的培训和教习。教坊是音乐的集中地，各种曲子词、舞蹈荟萃于此。开元二年（714 年）更置内教坊于蓬莱宫侧，学生多为供奉宫禁中的女子。此外，又在京都长安和洛阳各置教坊，培养教习男女俳优杂技等乐舞人才。两教坊统属于宫中，由皇帝任命宦官为教坊使进行管理。梨园则是培养歌舞艺人的地方，唐玄宗时设立，是专门教习内廷音乐歌舞艺人的地方。

---

① 杜兴梅、杜运通评注：《中国古代音乐文学精品评注》，线装书局 2011 年版，第 189 页。

选坐部伎子弟300人于此学习技艺，当时号称“梨园弟子”，又选宫女中才艺堪学者亦为梨园弟子。玄宗亲自为之教导指点，又在长安太常寺设“太常梨园别教院”，试奏艺人所创的新作品。洛阳太常寺设“梨园新院”，主奏俗乐，目的是使艺人在此学习提高。盛唐时期，单两京太常乐工即有上万人之多。乐人们在本司习业，常年有考勤。此外，在王公贵戚以及大官僚的家庭中，也养着私人伎乐。如玄宗为藩王时，即设有女乐一部。除此以外，肃宗时人崔令钦撰《教坊记》，对教坊中的制度、人事、音乐、歌唱、舞蹈、戏曲、百戏均有所记载，尤其详载各种曲子多达300余曲。晚唐人段安节撰《乐府杂录》，对唐代雅乐、歌舞、俳优有较系统的叙述，其中还列举多种曲子。晚唐人南卓《羯鼓录》记载源于西域、流行于盛唐的羯鼓乐器、乐曲以及有关人物擅长羯鼓的逸闻，其中所记羯鼓乐曲调就有150余曲。正是国家对音乐教育的重视，使得唐曲子词在民间快速地发展和传播开来。

（五）文人间的传播

唐人的诗歌创作可谓空前绝后。形式上，有古体，有律诗、绝句；内容上，咏事、吟物、抒情言志丰富多彩；风格上，或豪放粗犷，或清新脱俗，多种多样。“初唐四杰”王勃、卢照邻、杨炯、骆宾王，为旧诗开拓出新领域。盛唐时期，诗坛人物李白、杜甫、王维、孟浩然、高适、岑参、王昌龄等诗人各领风骚。中唐时期，白居易、元稹、刘禹锡、韩愈、孟郊、贾岛等人的诗则在艺术风格上和技巧上分成一派。不仅文人学士能诗，隐士、僧道、妇女、歌伎乃至儿童亦能诗。诗歌不仅流传于上流社会，也常常被吟诵于民间。

正是唐诗的辉煌成就造就了民间曲子词的发展。在唐诗的鼎盛时期，产生出诗歌中的新体裁——词。曲子词摆脱了诗歌整齐划一的格式，文字长短错落，音律的节奏性更强，更便于吟唱。作者只要倚声填词，便可以配合音乐歌唱。这样，词和音律更加紧密结合，更适于抒发感情。“开元、天宝间，为以绝句入曲之极盛时代……”[①]如上文提到诸伶以王昌龄、高适、王之涣等诗人的绝句入曲。中唐以后，文人在写诗之余也多依曲填词，提升了曲子词的格调和意境。如张志和的词《渔父》[②]：

西塞山前白鹭飞，桃花流水鳜鱼肥。青箬笠，绿蓑衣，斜风细雨不须归。

钓台渔父褐为裘，两两三三舴艋舟。能纵棹，惯乘流，长江白浪不曾忧。

白居易的《花非花》[③]：

花非花，雾非雾。夜半来，天明去。来如春梦几多时？去似朝云无觅处。

王建的《宫中调笑》：

团扇，团扇，美人病来遮面。玉颜憔悴三年，谁复商量管弦？弦管，弦管，春草昭阳路断。

韦应物的《宫中调笑》[④]：

胡马，胡马，远放燕支山下。跑沙跑雪独嘶，东望西望路迷。迷路，迷路，边草无穷日暮。

“戴叔伦同时有作，风气渐开；刘禹锡、白居易继之，始特注意。禹锡《忆江南》题云‘和乐天《春词》，依《忆江南》曲拍为句’(《刘梦得外集》四)，则已明言依曲填词矣。其一阕云：‘春去也！多谢洛城人。弱柳从风疑举袂，丛兰裛露似沾巾，独坐亦含颦。’”[⑤]民间词曲在文人的润色加工下，亦由俗而入文，走向声律柔和、文辞清丽的境地。到了五代时

① 龙榆生：《中国韵文史》，商务印书馆1935年版，第114页。

② 又名《渔歌子》《渔父乐》，本为唐教坊曲，张志和用为词调，借以描写渔隐之乐，表现其不与世俗同流的高洁情怀。

③ 《花非花》之成为词牌始于此诗。从七言绝句演变而来，用首句“花非花”为调名。

④ 韦应物运用词调的急促节奏和反复重叠句式，融合词的内在情绪，产生了很好的艺术效果。

⑤ 秦言编著：《中国历代诗词名句典》，中国商业出版社2011年版，第226页。

期，词愈益为文人学士所喜好。后世更为文人偏好，和唐诗并举，具有独立的艺术价值，而这要归功于唐诗的艺术感染力。

综上所述，初盛唐时期的各种文化娱乐活动的开展，不断丰富着曲子词的内容，使其既通俗，广播民间，又成为新的表达思想感情的载体。正是和平稳定的政治环境、繁荣发展的国内外经济环境和文化环境造就了唐代民间曲子词的繁荣发展。

二、唐代曲子词的传播主体

唐代曲子词的传播主体，主要固定在两大类人群：一类是指创作者，他们身份各异，可能是王公贵戚，也可能是庶民百姓、文人学士或是僧侣信众，他们以自己的写作向当时的社会传播新词；另一类是传播曲子词的机构和人群，例如教坊以及乐工、歌伎等，他们通过表演的形式向社会不同阶层传播曲子词。

（一）对曲子词创作者的不同认识

关于曲子词的创作者，以往的不同学者有不同的认识。

1. 认为作者主要就是乐工、伶人、歌伎

依据是《云谣集杂曲子》，从表达内容和语言形式看都俚俗浅白，应该为文化程度不高的乐工等民间艺人创作而成。持此观点者不在少数。

例如，王国维在《云谣集杂曲子·跋》中说曲子词在《乐府诗集》中是诗，而在《云谣集杂曲子》中是长短句，“盖诗家务尊其体，而乐家只倚其声，故不同也”①，看重这些民间艺人的倚声创作对于曲子词传播的重要作用。例如，《云谣集杂曲子·天仙子》：“燕语莺啼三月半，烟蘸柳条金线乱。五陵原上有仙娥，携歌扇，香烂漫，留住九华云一片。犀玉满头

① 《王国维文学论著三种》，商务印书馆2017年版，第234页。

花满面，负妾一双偷泪眼。泪珠若得似真珠，拈不散，知何限，串向红丝应百万。”① 王国维在《敦煌发见唐朝之通俗诗及通俗小说》中评价道：“此一首，情词婉转深刻，不让温飞卿、韦端己，当是文人之笔。其余诸章，语颇质俚，殆皆当时歌唱脚本也。”② 他据此认为，《云谣集杂曲子》中多数语言俚俗，都是出自乐工歌伎之手，是歌唱的脚本。

龙沐勋也持相同的意见，他在《词体之演进》一文中评价《云谣集杂曲子》说：“词俱朴拙，务铺叙，少含蓄之趣；亦足为初期作品，技术未精巧之证。且三十首中，除怨征夫远去，独守空闺之作外，其他亦为一般儿女相思之词，无忧生念乱之情，亦无何等高尚思想。”

阴法鲁也在王重民编辑的《敦煌曲子词集》序言中说：“真正原始的词应当是生动活泼的，出于乐工伶人之手的作品。可惜文献无可征考，乃常常引为憾事！《敦煌曲子词集》，今天恰恰弥补了这一段缺陷。”③ 他认为《敦煌曲子词集》中收录的词，正好佐证了曲子词的传播主体是乐工和伶人。

2. 认为作者主要是文人

郑振铎说《云谣集杂曲子》，“今日所知的敦煌的‘词’，有《云谣集杂曲子》一种，这已是文士们所编集的东西了，故多半文从字顺，相当雅致，和一般粗鄙的小曲的气息不同；但也还能看得出其初期的素朴的作风”④，谓其不能是里巷之曲。郑振铎又说：“所以‘词’在唐的末年，恐怕已是被执持在文士们的手里，而不尽是民间的通俗歌曲了。”⑤

3. 认为创作者来源于社会不同阶层、不同领域

王重民在《敦煌曲子词集》叙录中说，敦煌曲子词表现了“边客游子

① 王国维：《人间词话》，漓江出版社 2017 年版，第 318 页。

② 王国维：《敦煌发见唐朝之通俗诗及通俗小说》，《东方杂志》第 17 卷第 8 期，1920 年 4 月。

③ 郭预衡主编：《中国古代文学史长编》二，上海古籍出版社 2007 年版，第 985 页。

④ 郑振铎：《中国俗文学史》，岳麓书社 2011 年版，第 99 页。

⑤ 郑振铎：《中国俗文学史》，岳麓书社 2011 年版，第 99 页。

之呻吟，忠臣义士之壮语，隐君子之怡情悦志，少年学子之热望与失望，以及佛子之赞颂，医生之歌诀，莫不入调”①，显示了曲子词创作者的多样性。

任中敏依据王重民的观点，认为敦煌曲子词的创作者大抵有这么几大类：①“边客游子之呻吟”，作者就是边客游子；②“忠臣义士之壮语”，作者就是忠臣义士；③“隐君子之怡情悦志”，作者乃隐居之人；④“医生之歌诀”，作者乃医生；⑤抒发“被胁顺动，困守华州，郁郁不乐之辞”，作者就是皇帝与其从者；⑥表达毫无二心效忠唐王朝的情感的，就是臣服的蕃酋。敦煌曲子词内容繁杂，文人学士固然有写作的才华，但不可能具备如此丰富的社会经验和感受；乐工、伶人、歌伎之属，生活圈子狭窄，也不能书写如此丰富的社会内容。任中敏认为，敦煌曲子词应该是各个阶层、各种生活状态的作者凭借个人经验写成的。

（二）唐代曲子词的创作者

综合上述不同意见，我们认为，在近三百年时间内，曲子词的作者纷繁复杂，词作题材广泛，极富时代意义。据《旧唐书·音乐志》载，开元二十五年（737年），“时太常旧相传有宫、商、角、徵、羽燕乐五调歌词各一卷，或云贞观中侍中杨恭仁妾赵方等所铨集，词多郑、卫，皆近代词人杂诗，至绦又令太乐令孙玄成更加整比为七卷。又自开元以来，歌者杂用胡夷里巷之曲。其孙玄成所集者，工人多不能通，相传谓为法曲”②。“今依前史旧例，录雅乐歌词前后常行用者，附于此志。其五调法曲，词多不经，不复载之。”③由此内容可知，开元以来，有当时词人所作之杂诗。而胡夷里巷之曲的作者则复杂多了，根据其曲子所表达的内容看，作者可能是守边的士卒、隐士、歌伎、商人、乐工、医生、僧侣道士、文人

① 王重民：《敦煌遗书论文集》，中华书局1984年版，第57页。

② （后晋）刘昫等：《旧唐书》卷30，中华书局1975年版，第1089页。

③ （后晋）刘昫等：《旧唐书》卷30，中华书局1975年版，第1090页。

等。他们或以词遣性抒怀，或传播宗教，或娱乐调笑，或总结医学经验等，不一而足。

1. 乐工、歌伎

敦煌曲子词来自民间，多数作者已很难考证。在曲子词的初创期，从事表演的乐工、歌伎不仅演奏曲子词，肯定也有相当一部分人参与了曲子词的创作，采用的方法多是倚声填词。因为身份地位、文化水平的局限，这些作者已湮没无闻，但仔细研究敦煌曲子词，还是能发现这些作者的作品的。例如《郑郎子》："青丝弦，挥白玉。宫商角徵羽，五音足。何时得对圣明主，一弦弹却天下曲。"① 任中敏认为，此曲子乃乐工的行当语、自道语，不应是别人捉刀的。类似这样的还有一些曲子，语句看起来合于声韵，但细究之下文理不通，应该也是文化程度不高的乐工、歌伎们临时拼凑而成的。例如《虞美人》：

> 东风吹绽海棠开，香麝满楼台。香和红艳一堆堆，又被美人和枝折，缀金钗。金钗钗上缀芳菲，海棠花一枝。刚被蝴蝶绕人飞，拂下深深红蕊落，污奴衣。

任中敏认为"辞内似是而非"，"'和枝折'在可解不可解之间"，"'拂下'句亦难通。钗上一花而已，虽落，何至'深深'"。"既'下'，又'落'，亦复。"②

敦煌曲子词《望江南》应是歌伎之类的社会底层人物对负心汉及男权社会的控诉：

> 莫攀我，攀我太心偏。我是曲江临池柳，这人折了那人攀，恩爱一时间。③

而《望江南》也似被无情抛弃的女性歌伎的悲诉：

> 天上月，遥望似一团银，夜久更阑风渐紧，为奴吹散月边云，照

① 任二北：《敦煌曲校录》，山西人民出版社、三晋出版社 2018 年版，第 85 页。

② 任中敏：《敦煌曲研究》，凤凰出版社 2013 年版，第 26 页。

③ 班友书编注：《中国女性诗歌粹编》，中国文联出版公司 1996 年版，第 199 页。

见负心人。[①]

2. 文人学士

敦煌曲子词中只有极少数作品可考证是出自文人之手。任二北在《敦煌曲初探》中明确标示具体出处的文人作品有7人33首曲子词，其余都是未留下姓名的作者。这些人不管身份地位如何，从创作格调看，明显都受过良好的文学熏陶，其所作曲子词艺术水准较高。

下面3首考证是文人之作，虽无作者姓名，但从语言到意境都很讲究。例如《菩萨蛮》两首：

霏霏点点回塘雨，双双只只鸳鸯语。灼灼野花香，依依金柳黄。盈盈江上女，两两溪边舞。皎皎绮罗光，青青云粉妆。

清明节近千山绿，轻盈士女腰如束。九陌正花芳，少年骑马郎。罗衫香袖薄，佯醉抛鞭落。何用更回头，谩添春夜愁。[②]

还有《天仙子·燕语莺啼三月半》，王国维评价说："《天仙子》词特深峭隐秀，堪与飞卿、端己抗行。"[③]

有名姓的文人学士创作了这些曲子词。例如传为温庭筠所作之词《更漏子》：

金鸭香，红蜡泪，偏照画堂秋思。眉翠尽，鬓云残，夜长衾枕寒。梧桐树，三更雨，不道离愁正苦。一叶叶，一声声，空阶滴到明。[④]

传为欧阳炯所作之词《更漏长》：

三十六宫秋夜永，露华点滴高梧。丁丁玉漏咽铜壶，明月上金铺。红线毯，博山炉，香风暗触流苏。羊车一去长青芜，尘镜彩鸾孤。[⑤]

但唐代文人中有词作流传于世的非常多，如李白的《菩萨蛮》与《忆

---

① 任中敏：《敦煌歌辞总编》，凤凰出版社2014年版，第214页。

② 任中敏：《敦煌曲研究》，凤凰出版社2013年版，第27页。

③ 王国维：《人间词话》，漓江出版社2017年版，第318页。

④ 任中敏：《敦煌曲研究》，凤凰出版社2013年版，第69页。

⑤ 任中敏：《敦煌曲研究》，凤凰出版社2013年版，第69—70页。

秦娥》为“百代词曲之祖”。其中《菩萨蛮》：

平林漠漠烟如织，寒山一带伤心碧。暝色入高楼，有人楼上愁。玉阶空伫立，宿鸟归飞急。何处是归程？长亭连短亭。[①]

《忆秦娥》：

箫声咽，秦娥梦断秦楼月。秦楼月，年年柳色，灞陵伤别。乐游原上清秋节，咸阳古道音尘绝。音尘绝，西风残照，汉家陵阙。[②]

其中对词作者是否为太白，却有争议。但这两首小令以自然之语言唱出了天下人共通之情感，确为千古绝唱。

中唐文人词多从民间词汲取营养，其表现形式比较短小，具有清新、明朗、活泼之气，题材也较为广泛。写词较多的是白居易和刘禹锡，二人皆留意民间歌曲，作品的民歌风味也更为明显，如他们两人唱和的《忆江南》。白居易《忆江南》词之二：

江南忆，最忆是杭州。山寺月中寻桂子，郡亭枕上看潮头。何日更重游？[③]

刘禹锡《忆江南》，副题为“和乐天春词，依《忆江南》曲拍为句”，其词一为：

春去也，多谢洛城人。弱柳从风疑举袂，丛兰裛露似沾巾。独坐亦含颦。[④]

至晚唐，民间词所具有的朴素、明朗、自然的特点逐渐消失。词渐渐成为歌台舞榭、樽前花下的娱乐品。《花间集》是最早的文人词总集，奠定了“词为艳科”的基础。稍后的南唐词则较重抒怀，开启了曲子词由“伶工之词”到“士大夫之词”的重大转变。温庭筠、欧阳炯等人都是这一时期的重要代表。如前所举例证，他们富有才情，在作词时讲究意境、

① 吴熊和、沈松勤选注：《唐五代词三百首》，岳麓书社 1994 年版，第 1 页。

② 吴熊和、沈松勤选注：《唐五代词三百首》，岳麓书社 1994 年版，第 2 页。

③ 吴熊和、沈松勤选注：《唐五代词三百首》，岳麓书社 1994 年版，第 27 页。

④ 吴熊和、沈松勤选注：《唐五代词三百首》，岳麓书社 1994 年版，第 20 页。

辞采，表达的情调婉约轻和，能够体现文人词的特色。如温庭筠《菩萨蛮·蕊黄无限当山额》：

蕊黄无限当山额，宿妆隐笑纱窗隔。相见牡丹时，暂来还别离。翠钗金作股，钗上蝶双舞。心事竟谁知？月明花满枝。[①]

欧阳炯之《南乡子》（其一至其五），细腻地描绘出南国美不胜收的旖旎风光，景物、人情之美，令人神往：

嫩草如烟，石榴花发海南天。日暮江亭春影渌，鸳鸯浴，水远山长看不足。

画舸停桡，槿花篱外竹横桥。水上游人沙上女，回顾，笑指芭蕉林里住。

岸远沙平，日斜归路晚霞明。孔雀自怜金翠尾，临水，认得行人惊不起。

洞口谁家，木兰船系木兰花。红袖女郎相引去，游南浦，笑倚春风相对语。

二八花钿，胸前如雪脸如莲。耳坠金环穿瑟瑟，霞衣窄，笑倚江头招远客。[②]

3. 帝王将相

唐代帝王喜欢世俗娱乐，各种俗文学作品都有爱好者，用于佐欢伴唱的曲子词也是他们经常欣赏甚至创作的材料。传为唐昭宗李晔曾作之词《菩萨蛮》：

登楼遥望秦宫殿，翩翩只见双飞燕。渭水一条流，千山与万丘。野烟遮远树，陌上行人去。何处有英雄，迎归大内中。[③]

传为哥舒翰所作之词《破阵乐》：

西戎最沐恩深，犬羊违背生心。神将驱兵出塞，横行海畔生擒。

① 吴熊和、沈松勤选注：《唐五代词三百首》，岳麓书社1994年版，第45页。
② 吴熊和、沈松勤选注：《唐五代词三百首》，岳麓书社1994年版，第138—142页。
③ 吴熊和、沈松勤选注：《唐五代词三百首》，岳麓书社1994年版，第30页。

石堡岩高万丈，雕窠霞外千寻。一唱尽属唐国，将知应合天心。[①]

唐代 200 多年，蕃汉对峙，互有消长。此词与《定西番·事从星车入塞》，一夸军事一夸外交，皆播于声乐之歌词。《旧唐书·玄宗纪》："天宝八载六月……陇右节度使哥舒翰攻吐蕃石堡城，拔之。"[②]哥舒翰破石堡有功，撰写此词宣扬自己也是很合理的。

4. 工匠役卒等

敦煌曲子词中还有很多来自工匠役卒等下层百姓口中的作品，这些作品真实反映了他们的生活和情感。如传为修筑行宫的工匠应和唐昭宗韵所作之词《菩萨蛮》：

常惭血愿居臣下，明君巡幸恩沾洒。差匠见修宫，谒□无有终。奉国何曾睡，葺治无人醉。克日却回归，愿天涯总□。[③]

该曲子词语言质朴，表意真诚，似脱口而出，并未在意辞章技巧等，显得真率自然。

敦煌曲子词《捣练子》其二用平实口吻，从征夫的角度揭露了繁重的徭役使劳动人民骨肉分离、妻离子散的惨状：

堂前立，拜词（辞）娘，不角（觉）眼中泪千行，劝你爹娘小（少）怅望，为吃他官家重衣粮。词（辞）父娘了入妻房，莫将生分向爹娘。君去前程但努力，不敢放慢向公婆。[④]

这些作品来自民间，反映了最真实的百姓心声。

5. 戍守边疆的将士

敦煌曲子词中也有一些是对戍守边疆的将士们的深情描述，如《菩萨

① 任中敏：《敦煌歌辞总编》，凤凰出版社 2014 年版，第 272 页。

② 张柏等主编：《中国长城志·文献·上》，江苏凤凰科学技术出版社 2016 年版，第 193 页。

③ 任中敏：《敦煌曲研究》，凤凰出版社 2013 年版，第 31 页。

④ 曾昭岷、曹济平、王兆鹏、刘尊明编撰：《全唐五代词》，中华书局 1999 年版，第 889 页。

蛮》礼赞坚守敦煌、保卫边疆的将士：

敦煌古往出神将，感得诸蕃遥钦仰。郊节望龙庭，麟台早有名，只恨隔蕃部，情悬难申吐。早晚灭狼蕃，一齐拜圣颜。[①]

英武的将士虽与朝廷隔绝，但仍坚守阵地，充满了统一边疆的豪情壮志。

《生查子》则表达了将士们忠君爱国、建立功勋的忠诚之志：

三尺龙泉剑，匣里无人见。一张落雁弓，百只金花箭。为国竭忠贞，苦处曾征战。先望立功勋，后见君王面。[②]

士卒们在外守边，表情达意简单质朴，这首曲子词洋溢着爱国主义精神。类似这样的曲子词还有《何满子》其一：

平夜秋风凛凛高，长城侠客逞雄豪。执刚刀利如雪，腰间恒垂可吹毛。[③]

几句话便把一个手执大刀、守卫长城的士卒形象地刻画出来了。

《剑器词》：

丈夫气力全，一个拟当千。猛气冲心出，视死亦如眠。率率不离手，恒日在阵前。譬如鹘打雁，左右悉皆穿。[④]

此词写战士们英武雄壮，以一当千，视死如归。面对强敌，如同猎雁。语言通俗明快，气势却很雄壮。表现了士卒们豪迈慷慨、英勇善战的大丈夫气概。

6. 游子、医生等

敦煌曲子词由于是民间词，所以有各种身份、各种内容的作品，以游子身份抒发在外思归的曲子词并不鲜见，如《浣溪沙》：

---

① 曾昭岷、曹济平、王兆鹏、刘尊明编撰：《全唐五代词》，中华书局1999年版，第897页。

② 任中敏：《敦煌曲研究》，凤凰出版社2013年版，第50页。

③ 任中敏：《敦煌歌辞总编》，凤凰出版社2014年版，第1070页。

④ 任中敏：《敦煌曲研究》，凤凰出版社2013年版，第148页。

玉露初垂草木凋，雁飞南去燕离巢。寸步如同云水隔，月轮高。远客思归砧杵夜，庭前霜叶堕银绦。蟋蟀哀鸣阶砌下，恨长宵。①

词中描写的种种意象如草木凋残、大雁南飞、燕子离巢、月轮高挂、万户捣衣、庭前落叶纷纷、秋虫哀鸣，都表达了一个共同的主题——游子的孤独和思归。“恨长宵”很恰当地将游子彻夜难眠的孤苦心境揭示了出来。敦煌曲子词中也反映了为养家糊口而漂泊在外、孤苦伶仃而又备受欺凌的小商人的悲惨遭遇：

哀客在江西，寂寞自家知。尘土满面上，终日被人欺。朝朝立在市门西，风吹泪双垂。遥望家乡长短，此是贫不归。②

敦煌曲子词中还有一类是以医生口吻书写的疾病歌诀，是利用了曲子词的形式为医学宣传服务的。如《定风波》三首“阴毒伤寒脉又微”“夹食伤寒脉沉迟”“风湿伤寒脉紧沉”细致地描写了三种不同伤寒病症的身体表现、发病时日以及危险性，好让人们能够识别三种伤寒的症状。医生用此曲子形式，重点是宣传词的内容，有声有调，易于为平民百姓所接受和了解。

7. 道士、僧人

李唐王朝尊老子为始祖，特别崇奉道教。唐高祖在公元625年下诏叙三教先后：以道教为首，儒教次之，佛教最后。唐太宗、唐高宗以及后来的唐玄宗对道教更加崇奉和扶植。玄宗以后，唐肃宗、代宗、宪宗、穆宗、武宗、宣宗等不少皇帝都继续崇奉和扶植道教。在统治阶层的鼓励和扶植之下，文人学士、平民百姓都加入求仙问道的队伍中。像卢照邻、王勃、李颀、李白等著名诗人都不仅去学道，还在诗歌中尽情想象那云蒸霞蔚、龙飞凤舞的境界，创造出超越现实的图景。曲子词来源于民间，信道之人的虔诚信仰也通过这种艺术形式抒发出来。例如《谒金门》：

长伏气，住在蓬莱山里，绿竹桃花碧溪水，洞中常晚起。闻道君

① 任中敏：《敦煌歌辞总编》，凤凰出版社2014年版，第245页。

② 杨庆存：《敦煌歌词新论》，见吴熊和、喻朝刚、曹济平等主编：《中华词学（第三辑）》，东南大学出版社2002年版，第78页。

王诏旨，服裹琴书欢喜。得谒金门朝帝美，不辞千万里。①

仙境美，满洞桃花绿水，宝殿琼楼霞阁翠，六铢常挂体。闷即天宫游戏，满酌琼浆任醉，谁羡浮生荣与贵，临回看即是。②

《临江仙·不处嚣尘千百年》等抒写了道士修炼自我、追求洞天福地的美好愿望。

敦煌曲子词中宣扬佛教思想的所占比重不小。任二北编写的《敦煌曲校录》所选545首曲子词，佛曲就有293首。可见，佛曲在当时社会十分流行和普及。敦煌佛曲具有很强的实用性，任半塘认为佛曲："其声为僧侣所制，直接间接用以宣扬教义，而音乐性较强，不止于吟讽，且不附有说话等杂伎者。"③王小盾认为佛曲是佛教名义下的民间歌舞曲，是乐工之曲。④佛曲在传播过程中广泛吸收中土民间音乐，如《五更转》《十二时》《好住娘》等本属中国民间乐曲，经佛教传唱而"佛化"，被后人认定为"佛曲"。还有就是俗世流行的乐曲被佛教暂时套用，演唱偈赞等佛教歌辞形成的佛教乐曲。通过吸收各地流行曲调，并配以新制的通俗化曲辞，佛曲获得了空前的繁荣。民间表达佛家教义的曲子词也相应地要多一些，因此也相应地有不少写作并传播佛曲的作者留下了姓名。据任中敏《敦煌歌辞总编》统计，从事佛曲翻译和创作的僧人有如下这些人：释愿清、释真觉、释法照、释寰中、释贯休、释圆鉴、释悟真、释神会、释智严。例如，释愿清所作之《十恩德》（报慈母十恩德），写尽慈母养育孩儿之苦，宣扬孝悌之道。⑤《十恩德》是十首劝孝之曲，属于禅门系统，但为民间所用。释真觉所作之《证道歌》（道不贫），宣扬虔诚修行的重要意义——"道则心藏无价珍"。释寰中所作之《悉昙颂·俗流悉昙章》8首、《悉昙

① 任中敏：《敦煌歌辞总编》，凤凰出版社2014年版，第327页。

② 任中敏：《敦煌歌辞总编》，凤凰出版社2014年版，第328页。

③ 任半塘：《唐声诗》，上海古籍出版社2006年版，第449页。

④ 参见王小盾：《隋唐五代燕乐杂言歌辞研究》，中华书局1996年版，第387页。

⑤ 参见任中敏：《敦煌歌辞总编》，凤凰出版社2014年版，第477—478页。

颂·佛说〈楞伽经〉禅门悉谈章》8首，8首词同调，和声一致，内容相连贯。前8首针砭俗流，后8首警悟禅门。这16首佛曲都宣扬众生行善去恶、勉力修行、成就佛道等。

（三）唐代曲子词的表演者

唐代曲子词的创作者往往也是传播者，其作者可能是守边的士卒、隐士、歌伎、商人、乐工、医生、僧侣道士、文人等。他们或以词遣性抒怀，或传播宗教，或娱乐调笑，或总结医学经验等不一而足。这些人的作品在民间自由传播，相对于从事各种乐工歌伎，其传播范围要小得多。

唐代曲子词的传播主体除了大量有名无名的创作者外，主要是从事演出的乐工、歌伎、僧侣等，通过他们的表演、传唱，将曲子词的影响力不断扩大。

唐宫廷中从事乐舞表演的乐工、歌伎等，主要来自教坊。教坊是俗乐机构，在宫廷中作为乐人们集中训练、演出之地，其作法初见于隋朝。《隋书》卷15音乐志（下）载："自汉至梁、陈乐工，其大数不相逾越。及周并齐，隋并陈，各得其乐工，多为编户。至六年（大业），帝乃大括魏、齐、周、陈乐人子弟，悉配太常，并于关中为坊置之，其数益多前代。"① 武德年间，唐高祖在禁中设立了内教坊。《新唐书》百官志卷48载："武德后置内教坊于禁中，武后如意元年改曰云韶府，以中官为使。"②这是我国在宫廷禁中所设立的第一个俗乐机构。"中官"是宦官，表明这一机构的成立初期是由太常寺派遣的官员直接管理的。内教坊主要是教养女性，集中进行音乐训练、歌舞排演的地方。晚唐杜牧的《宫人冢》一诗载："尽是离宫院中女，苑墙城外冢累累。少年入内教歌舞，不识君王到老时。"这首诗就是对这些女子少时学习歌舞的一个描述。玄宗朝又设左右

① 郭威：《曲子的发生学意义》，上海音乐出版社2019年版，第83页。

② （宋）欧阳修、宋祁：《新唐书》，上海古籍出版社1986年版，第137页。

教坊及梨园等机构将俗乐的发展推向了巅峰，《资治通鉴》卷211载："旧制，雅俗之乐，皆隶太常。上精晓音律，以太常礼乐之司，不应典倡优杂伎；乃更置左右教坊以教俗乐。"① 明确将太常（司礼）、教坊（典倡优杂伎）教授、训练俗乐的功能作出区分，说明这一时期俗乐规模日益扩大，已经与太常所辖的礼乐势力均衡。与玄宗朝的左右教坊同时出现的梨园，专门教习和演出法曲，其中"乐工"是由太常寺坐部伎中精选出来的，而女伎则是内教坊中挑选出来的优异者，他们演奏技艺高超。玄宗皇帝又下诏，令道调法曲与胡部新声合作，至此，雅、俗、胡三乐得以高度融合。《旧唐书·音乐志》记载："自开元以来，歌者杂用胡夷里巷之曲。"② 所谓"杂用胡夷里巷之曲"，即指西域音乐与中原音乐相融合的现象。

唐宫廷中的乐工、歌伎们演出以散乐、杂技、俳优等为主。《新唐书》卷22礼乐12载："置内教坊于蓬莱宫侧，居新声、散乐、倡优之伎，有谐谑而赐金帛朱紫者。"③"新声"也谓之胡部新声。玄宗的内教坊比武德时的内教坊更加重视俗乐，出演的完全是丰富多彩、形式不一的纯粹是娱乐性的俗乐内容。据《教坊记》载，这些乐工、歌伎演出的乐曲曲名有300多种，其中如《抛球乐》《望江南》《定风波》《拜新月》《送征衣》《谒金门》《感皇恩》《定西番》《凤归云》《喜秋天》《菩萨蛮》《望月婆罗门》《生查子》《绿腰》《破阵子》等都为民间所喜闻乐见。

宫廷演奏的胡俗乐在民间也广泛流传，例如开元间贺朝《赠酒店胡姬》诗云：

> 胡姬春酒店，弦管夜锵锵。红毾铺新月，貂裘坐薄霜。玉盘初鲙鲤，金鼎正烹羊。上客无劳散，听歌《乐世娘》。④

---

① 叶伯和著，顾鸿乔编：《中国音乐史》，巴蜀书社2019年版，第52页。

② （后晋）刘昫等：《旧唐书》卷30，中华书局1975年版，第1089页。

③ 蔡仲德注译：《中国音乐美学史资料注译》（增订版），人民音乐出版社2004年版，第608页。

④ 任中敏：《敦煌歌辞总编》，凤凰出版社2014年版，第243页。

细致地描绘了夜晚诗人在酒店中欣赏胡姬歌唱《乐世娘》曲子的热闹场景。《乐世娘》也叫《乐世词》，是一种由西域传入的软舞曲，颇受酒店客商的欢迎。

唐朝帝王的爱好也促进了唐朝俗乐的传播。玄宗在位多年，善音乐，自身便是一个积极的艺术实践者与演奏家。"太常乐立部伎、坐部伎依点鼓舞，间以胡夷之伎。""玄宗又于听政之暇，教太常乐工子弟三百人为丝竹之戏，音响齐发，有一声误，玄宗必觉而正之，号为皇帝弟子，又云梨园弟子，以置院近于禁苑之梨园。"①"太常又有别教院，教供奉新曲……玄宗又制新曲四十余，又新制乐谱。每初年望夜，又御勤政楼，观灯作乐。"②也就是在玄宗朝，因为上层阶级的爱好和娱乐需求，俗乐在民间广泛流传，创作者和表演者日益多了起来，曲子词得到快速传播和发展。

另外，唐代佛教在民间发展深入，为了宣传佛法，僧人唱导，以宣唱为业，声音嘹亮，发挥苦乐参差、因果报应等佛家教义，以期洗去信徒心中污垢。像敦煌曲子词中的《百岁篇》，任中敏说："此调分明起于六朝僧侣唱导之用，创始更早；至晚唐，已为舞曲。"③曲子以每十岁为一首，历述人之幼小时、丁壮时、耄耋时的种种状态，而往往述及衰老之际，声辞悲切，读之凄怆。此调在唐代前后，多称为《百年歌》。僧侣的宣唱也可以视为一种表演，他们的演唱也使一部分曲子词在民间广泛地传播开来。

三、唐代曲子词的传播内容

现存敦煌曲子词虽然数量不多，但在题材内容上却是非常广泛的。

（1）称赞卫国英雄。如《何满子》："平夜秋风凛凛高，长城侠客逞雄

① （后晋）刘昫等：《旧唐书》卷30，中华书局1975年版，第1051页。

② （后晋）刘昫等：《旧唐书》卷30，中华书局1975年版，第1052页。

③ 任中敏：《敦煌曲研究》，凤凰出版社2013年版，第227页。

豪。手执钢刀利［如］雪，腰间恒垂可吹毛。”《剑器词》：“丈夫气力全，［一］个拟当千。猛气冲心出，视死亦如眠。弯弓不离手，恒日在阵前。譬如鹘打雁，左右悉皆穿。”①表达了将士保家卫国、视死如归的爱国主义精神。

（2）描写离愁别绪、感时伤怀的闺情。如《菩萨蛮》：“昨朝为送行人早，五更未罢金鸡叫。相送过鸿梁，水声堪断肠。唯愁离别苦，努力登长路。驻马再摇鞭，为传千万言。”②前两句以朴实的叙事口吻交代离别之际，感怀相聚日短、时间飞逝、金鸡促晓，于平实中寄寓愁苦。一路相送，过桥临水，潺潺水声似连绵不绝之忧思，让人闻之断肠。继而女子努力克制住自己的伤感，振奋精神，细细叮嘱行人路上珍重，关切之情溢于言表。

（3）写景状物。如《浪淘沙》：“五两竿头风欲平，张帆举棹觉船行。柔橹不施停却棹，是船行。满眼风波多闪灼，看山恰似走来迎。仔细看山山不动，是船行。”③这首曲子词以诙谐的语气摹写了顺风行舟时舟中人愉快的心情，作者仔细描绘了风吹帆张、水波动荡闪烁的状态，再以拟人和夸张手法描写舟行之快之稳，使人产生了错觉，仿佛远山长了腿脚，不断地朝人奔来。整首词洋溢着快乐轻松的情绪。再如《婆罗门·咏月》：“望月曲弯弯，初生似玉环。渐渐团圆在东边，银城周回星流遍。锡杖夺天门，明珠四畔悬。”④作者对月抒情，以月亮的圆缺来形容人世离合。月光之下，世界晶莹，诗人产生脱离尘世的渴求和逍遥天地的热望，直至物我两忘，直往西天净土而去。

（4）反映青楼女子的不幸。如《望江南》：“莫攀我，攀我太偏心。我

① 任中敏：《敦煌曲研究》，凤凰出版社 2013 年版，第 881 页。

② 任中敏：《敦煌曲研究》，凤凰出版社 2013 年版，第 907 页。

③ 东篱子解译：《婉约词全鉴》，中国纺织出版社 2019 年版，第 214 页。

④ 曾昭岷、曹济平、王兆鹏、刘尊明编撰：《全唐五代词·正编卷四·散见各卷曲子词》，中华书局 1999 年版，第 865 页。

是曲江临池柳，这人折去那人攀，恩爱一时间。”① 作者当为一青楼女子，不断遭遇男子践踏蹂躏、负心薄幸，她发出强烈的怨恨之情，看穿了她的可悲命运，不过被人当作一时的玩物，并没有什么恩爱可言。

（5）反映隐士的生活。如《浣溪沙》：“云掩茅庭书满床，冰川松竹自清凉。幽境不曾凡客到，岂寻常。出入每教猿闭户，回来还伴鹤归装。夜至碧溪垂钓处，月如霜。”②“山后开园种药葵，洞前穿作养生池。一架嫩藤花簇簇，雨微微。坐听猿啼吟旧赋，行看燕语念新诗。无事却归书阁内，掩柴扉。”③ 与世无争，隐居于大自然，与鸟兽为伴，与诗书结友，自娱自乐，怡然自得，岂不是每个避世的隐者都向往的自由境界。

（6）反映普通百姓的服役之苦。例如《捣练子》六首之一：“孟姜女，杞梁妻，一去燕山更不归。造得寒衣无人送，不免自家送征衣。长城路，实难行，乳酪山下雪纷纷。吃酒则为隔饭病，愿身强健早还归。”④ 既真实地描写了戍边服役的男子痛苦的生活，也借孟姜女揭示了广大妇女内心的悲苦和痛楚，显示了作者对普通百姓深切的同情。

（7）反映敦煌归义军事。如《望江南》：“边塞苦，圣上合闻声。背蕃归汉经数岁，常闻大国作长城，金榜有嘉名。太保化，永保更延龄。每抱沉机扶社稷，一人有庆万家荣，早愿拜龙旌。”⑤ 该词以从吐蕃治下归附于曹氏政权不久的边民的口吻，赞颂曹元忠晋封太傅，表达他们热爱祖国的感情。

（8）描写病情和药物。敦煌曲子词中独特的一类，有实用价值。例

① 曾昭岷、曹济平、王兆鹏、刘尊明编撰：《全唐五代词·正编卷四·散见各卷曲子词》，中华书局 1999 年版，第 890 页。

② 曾昭岷、曹济平、王兆鹏、刘尊明编撰：《全唐五代词·正编卷四·散见各卷曲子词》，中华书局 1999 年版，第 917 页。

③ 曾昭岷、曹济平、王兆鹏、刘尊明编撰：《全唐五代词·正编卷四·散见各卷曲子词》，中华书局 1999 年版，第 918 页。

④ 孙志升编著：《长城诗歌》，燕山大学出版社 2019 年版，第 71 页。

⑤ 孙志升编著：《长城诗歌》，燕山大学出版社 2019 年版，第 866 页。

如《定风波》三首之一："阴毒伤［寒］脉又微，四支厥冷最难医，更遇盲医与宣泻，休也。头面大汗永分离，时当五六日，头如针刺汗微微。吐逆黏滑全沉细，胃脉溃，斯须儿女独孤凄。"[①]作者细致地描绘了得了阴毒伤寒后可畏的症状，以及遇到糊涂医生后必然的可怕结局，有警醒世人的用意。

(9) 反映民间婚丧嫁娶、祈愿求福等仪式。比如《浣溪沙》："髻绾湘云淡淡妆，早春花向脸边芳。玉腕慢从罗袖出，捧杯觞。纤手令行匀翠柳，素咽歌发绕雕梁。但是五陵争忍得，不疏狂。"[②]这是求偶讲唱的底本。

《喜秋天》第四首："四更缓步出门听，直是到街庭。今夜斗末见流星，奔逐向前迎。此时难将见，发却千般愿。无福之人莫怨天，皆是少因缘。"[③]采用的是民间《五更转》的写法，表现少女求夫祈愿的情形，是民间七月七乞巧仪式上唱的歌。

(10) 宣传佛教教义，反映寺僧生活。如僧徒沿门募化冬衣时所唱的《沙门望赈济寒衣唱辞》："远辞萧寺来相谒，总把衷肠轩切说。一回吟了一伤心，一遍言时一气咽。话苦辛，申恳切，数个师僧门仍列。只为全无一事衣，如何御彼三冬雪。或秋深，严凝月，萧寺寒风声切切。囊中青缗一个无，身上故衣千处结。最伤情，难申说，杖笠三冬皆总阙，寒窗冷榻一无衣，如何御彼三冬雪……"语言诚恳朴实，将寺僧无冬衣御寒的可怜处境一一道来，唤起人们的同情与施舍。

总体来看，敦煌曲子词反映了广阔的社会内容，表现了普通人的命运与生活，是唐代民间通俗文学中不可忽略的一类。

---

① 孙志升编著：《长城诗歌》，燕山大学出版社 2019 年版，第 893 页。

② 曾昭岷、曹济平、王兆鹏、刘尊明编撰：《全唐五代词 · 正编卷四 · 散见各卷曲子词》，中华书局 1999 年版，第 810 页。

③ 曾昭岷、曹济平、王兆鹏、刘尊明编撰：《全唐五代词 · 正编卷四 · 散见各卷曲子词》，中华书局 1999 年版，第 832—833 页。

四、唐代曲子词的传播媒介与方式

唐代曲子词的传播媒介主要是口头传唱和文字传播。传播方式主要有乐工歌伎的演唱，佛曲的宣唱，诗人群体的酬唱应和，民间口传、传抄，俗乐机构的加工表演，文人的创作传播，等等。

（一）唐代曲子词的口头传播

有唐一代，上至宫廷、下至民间，聚会饮宴上乐工歌伎的演唱、民间佛曲宣唱、诗人群体间的酬唱应答以及民间的口耳相传等都属于口头传播，传播媒介主要是音声和节拍。

1. 乐工歌伎演唱

唐王朝社会经济繁荣，文化昌盛，帝国的开放包容以及君王对文艺的热爱，使文学艺术欣欣向荣。曲子词兼有文学和音乐的魅力，受到社会各个阶层的欢迎，在这个时期得到了广泛传播，而其传播又离不开歌伎、乐工等的演唱。伴随社会分工的细化，专门以娱乐歌唱为业的乐工、歌伎在这个时代大量涌现出来，他们的演出足以使曲子词传播久远，还激发了文人士子的创作活力，积极参与到民间词的创作中来。

唐代乐工、歌伎人数很多。盛唐时期，仅长安、洛阳两座大城市，从事演唱的乐人就有上万之多，受时代局限，能够留下姓名、有事迹可考的却不多。宋人王灼认为唐朝善歌者男子有陈不谦、谦子意奴等 15 人，女子有穆氏等 21 人。[①] 刘再生认为："不下二百余，其中多是歌者和乐手。"[②] 任半塘在《教坊记笺订》一书中列出盛唐时代有名姓男女乐伎 44 人，又在其所编《唐声诗》中列举歌者 46 人。整个唐代，诗歌音乐舞蹈艺术繁荣，歌楼酒肆林立，歌儿舞女也是不可胜计，可惜的是大量的乐工歌伎没

---

① 参见（宋）王灼著，胡传淮、刘安遇校辑：《王灼集校辑·碧鸡漫志》，巴蜀书社 1996 年版，第 19 页。

② 刘再生：《古代乐人介绍唐代的"音声人"》，《中国音乐》1984 年第 4 期。

有留下姓名。

这些乐工歌伎服务于不同的社会阶层，有的在宫廷和官府设立的音乐机构如教坊、梨园中接受培训，为皇帝、大臣及妃嫔们演唱；有的在各种公宴应酬活动进行表演。等级较低的歌伎，为维持生计，在民间演唱，其传播对象更为广泛，发挥的影响力更大。也有不少乐工歌伎进入私人宅邸，在家庭娱乐活动或者宴集活动中进行演唱，以满足贵族、文人的娱乐需要。孟浩然在《崔明府宅夜观妓》一诗中就描述了这样的演出场面："长袖平阳曲，新声子夜歌。"① 平阳曲流行于中国北方地区，曲调明亮、高亢，是久居北方的人惯常欣赏的。而《子夜歌》源自江南，属于吴声歌曲，曲调优美缠绵，主要抒发相思之情，诗中说其属于"新声"，当指其不同于北地歌曲的独特风格，也可以理解为家伎新学初唱的曲词。正是歌伎的模仿、取法、演出，促进了曲子词的民间流传。另外，唐朝对外持开放态度，边地少数民族以及外国商客纷纷前往大都市长安或者洛阳，使得城市商业非常繁荣，都城内外、通衢大道酒肆业发达，不少没有入乐籍的流浪艺人，自由奔赴或驻留在酒肆、旅店、人群密集处进行表演。贺朝"胡姬春酒店，弦管夜锵锵"② 就写出了酒肆演出热闹的场面。

安史之乱导致"世乱各东西"，很多人无家可归，许多宫廷乐工被迫流落民间，四处漂泊。柳宗元文中记载了南康歌伎马淑曾跟随李幼清漂泊到永州，李的旧日朋友"日载酒往焉。闻其操鸣弦为新声，抚节而歌，莫不感动其音……"③ 这些乐工歌伎的漂泊，使得曲子词在社会上下层、在全国各地、在文人群体中传播，其传播意义尤为突出。受过培训的乐工歌伎不再只为少数人服务，他们走向民间，用娴熟的技巧演唱文人的新词。他们对唐代曲子词的繁荣功不可没。

① （唐）王维、孟浩然著，田小平编：《王维·孟浩然诗全集》，海南出版社 1992 年版，第 97 页。

② 任中敏：《敦煌歌辞总编》，凤凰出版社 2014 年版，第 243 页。

③ 《柳宗元集》，中华书局 1979 年版，第 1350 页。

唐代大部分乐工歌伎都具有较高的演唱水平，他们已经注意到表演技艺的重要性。他们练声养气，注重发掘曲子词的内在情感，表演时努力做到以情动人。如段安节在《乐府杂录》中云："善歌者必先调其气，氤氲自脐间出，至喉乃噫其词，即分抗坠之音。既得其术，即可致遏云响谷之妙也。"[①]他指出演唱前练习气运丹田，才能使声音高亢有力，也才能使演唱更有感染力。书里还记载了开元时期宜春院名叫永新的歌伎，"善歌，能变新声"[②]，"遇高秋朗月，台殿清虚，喉啭一声，响传九陌"[③]，"任智方四女，皆善歌……四姑子发声遒润虚静，似从空中来"[④]。中唐时期，江南歌伎刘采春善唱《望夫曲》，她天生好嗓音，范摅在《云溪友议》卷下"艳阳词"中赞其"歌声彻云"。除了具备先天优势，刘采春在演唱时还能以情动人，唱出繁华的苏浙地区商人妇的寂寞和痛苦。她自创《望夫曲》，《全唐诗》收录了6首。因其歌喉动人兼能写词，得到诗人元稹的称赞。整个唐代，类似刘采春这样的歌伎为数不少。还有不少歌唱家术业有专攻，专擅某一首曲调，如《明皇杂录》载："开元中，乐工李龟年兄弟三人皆有才学盛名。彭年善舞，鹤年、龟年能歌，制《渭州曲》，特承顾遇。"[⑤]特指其擅长《渭州曲》。

综上，唐代乐工歌伎数量多，能够服务于社会各个阶层，演唱水平高，还能发挥曲子词音乐与诗词相结合而产生的强烈感染力量，这使曲子词在民间能够获得迅速而广泛的传播。

2. 佛曲宣唱

佛曲也是民间曲子，在佛事活动中常常宣唱以宣扬经义、善恶因果来

① （唐）段安节：《乐府杂录》，商务印书馆1936年版，第15—16页。

② （唐）段安节：《乐府杂录》，商务印书馆1936年版，第16页。

③ （唐）段安节：《乐府杂录》，商务印书馆1936年版，第16页。

④ （唐）崔令钦：《教坊记》，上海古籍出版社2012年版，第18页。

⑤ （宋）王灼著，胡传淮、刘安遇校辑：《王灼集校辑·碧鸡漫志》，巴蜀书社1996年版，第44页。

劝化四众依教修行，以达到警世济俗的目的，几乎每个法会都离不开佛曲。一般信众也在自己家中吟唱用于礼佛，所以佛曲在唐朝相当普及。从辑录下来的曲子词集，也可以看出佛曲在唐代的流行情况，例如任二北先生编写的《敦煌曲校录》中，曲子词有545首，佛曲就有300余首，占去一半多，之后任先生扩充敦煌歌辞范围集成《敦煌歌辞总编》，共收歌辞1248首，其中多半是佛曲，足见当时佛曲流传之盛。

佛曲既有偈赞体诗，也有套用佛曲演唱的文人诗、民间歌谣等，语言浅显，例如《孝顺乐》《求因果》《百岁篇》等，易为民间百姓接受。为了进一步吸引信众，佛曲吸收唐代各地流行的曲调，如《五更转》《十二时》《好住娘》等，配以宣扬孝道仁义、轮回报应、因果之义等世俗思想的新词，情感十分鲜明，更易于感发信众，使之日益流行。任中敏在《敦煌歌辞总编》中总结道："斯三七一一卷载《悉达太子修道因缘押座文》，其后讲经部分有'解题'一段，开端曰：'凡因讲论，法师便是乐官一般，每事须有调署曲词。'……此词乃合乐歌唱之曲词，必然有调名。"① 又举例说明演唱效果："无量阿僧只劫数，清冷雅调唱将罗！""都讲阇黎道德高，音律清冷能宛转，好韵宫商申雅调，高着声音唱将来。"②僧人少康唱偈赞时，巧用民间俗曲："康所述偈赞，皆附会郑卫之声，变体而作，非哀非乐，不怨不怒，得处中曲韵。"③任中敏认为："唐代佛徒惯用俗歌曲，以加深民间之迷信。"④确实如此，与讲经相比，借用俗曲宣唱佛教教义，更能唤起世俗信众的喜爱，传播范围更广。

讲经僧人如果善于宣唱，不仅能感染信众，还能有效地推广曲调。例如"长庆中俗讲僧文溆，善吟经，其声宛扬，感动里人。乐工黄米饭依其

① 任中敏：《敦煌歌辞总编》，凤凰出版社2014年版，第618页。

② 任中敏：《敦煌歌辞总编》，凤凰出版社2014年版，第619页。

③ （宋）赞宁撰，范祥雍点校：《宋高僧传》卷25，上海古籍出版社2014年版，第579页。

④ 任中敏：《唐声诗》，凤凰出版社2013年版，第5页。

念四声观世音菩萨，乃撰此曲”[①]。为了使梵音深入人心，僧众宣唱佛曲时还使用丰富的乐器，如当时乐工使用的箜篌、琵琶、古筝、古琴、云板、木鱼、三弦、钟、锣、箫、笛、觱篥、铙钹、铜鼓等，伴随宣唱，乐音嘹亮，曲尽其妙，易激发人们虔诚的信仰，也增进了人们对佛曲的喜爱。

借助流行的民间曲调，通过僧人动人的宣唱，不同民族的男女老幼在悠扬的曲子中潜移默化地接受了佛门的教化，也令曲子词获得广泛的传播。曲子词不仅流播民间，还进入宫廷成为帝王欣赏的曲子，如梨园就教授弟子《五更转》，又在帝王的喜好影响下流播到社会各个阶层。

3. 诗人群体酬唱应和

诗人群体传播也是曲子词口头或文字流传的重要方式。诗人创作可能是文字的东西，待其为歌伎、伶工演唱之时，往往是口头传播。唐代诗歌名家辈出，流派众多，风格鲜明。诗人群体唱和是交游往来的基础，也是社团活动的纽带，应和酬唱者多，而以白居易和刘禹锡最为瞩目。围绕他们，还有诗人崔玄亮、裴度、李德裕、牛僧孺、令狐楚、李绅、王起等，也相互唱和不断。他们创作的诗词，经乐工歌伎被声歌唱，流传于世，遂成词调。

白居易与刘禹锡应和酬答作诗无数，两人相和作了不少曲子词。

两人曾相和作《杨柳枝》。白居易《杨柳枝二十韵·序》：“《杨柳枝》，洛下新声也。洛之小妓有善歌之者，词章音韵，听可动人，故赋之。”[②]白居易《杨柳枝词八首》，其第一首“古歌旧曲君休听，听取新翻杨柳枝”[③]。刘禹锡和之，作《杨柳枝词八首》，之一为“塞北梅花羌笛吹，淮南桂树小山词。请君莫奏前朝曲，听唱新翻杨柳枝”[④]。两组曲子词立意相同，语言相似，实为应和之作。这种重新演奏的《杨柳枝》经过白、刘

① （唐）段安节：《乐府杂录》，商务印书馆 1936 年版，第 38 页。

② 陶敏、陶红雨校注：《刘禹锡全集编年校注》，岳麓书社 2003 年版，第 597 页。

③ 陶敏、陶红雨校注：《刘禹锡全集编年校注》，岳麓书社 2003 年版，第 602 页。

④ 陶敏、陶红雨校注：《刘禹锡全集编年校注》，岳麓书社 2003 年版，第 596 页。

相和后开始在洛阳文人群体中传播，后大行于世，晚唐薛能《柳枝词五首》自注中言："刘、白二尚书继为苏州刺史，皆赋《杨柳枝词》，世多传唱。"①经过如此传播之后，它便成为当时十分盛行的词调。中唐以后，绝大部分词人都创作过这一词调。

刘、白二人唱和的曲子词还有《竹枝词》。《新唐书·刘禹锡传》："宪宗立……禹锡贬连州刺史……倚其声作《竹枝辞》十余篇，于是武陵夷俚悉歌之。"② 刘禹锡在《竹枝词九首并引》中言："余亦作《竹枝词》九篇，俾善歌者飏之，附于末，后之聆巴歈，知变风之自焉。"③ 白居易应和作《竹枝词》4首，这些曲子词都在民间广泛流传。

白居易作《柘枝妓》，刘禹锡作《和乐天柘枝》："柘枝本出楚王家，玉面添娇舞态奢。"④ 白居易作《浪淘沙词》6首，刘禹锡应和作《浪淘沙词》9首。白居易作《忆江南词》3首，刘禹锡和之。

综上，以刘、白二诗人为例，诗人群体的酬唱应和使曲子词日益受到文人的重视，熟悉的旋律，应和不同的歌词，有利于诗人间增进情感交流和文学交流。他们依据民间词调进行创作，使曲子词传播面更为广泛。刘禹锡在《纥那曲》中说的"踏曲兴无穷，调同词不同"就是这个意思。

（二）唐代曲子词的文字传播

口头传播使曲子词的传播效果更直接、更广泛、更明显，但文字传播使曲子词的影响力更持久，艺术性得到进一步提升。这既依赖于唐代俗乐机构的加工、乐工歌伎的创作，也依赖于文人群体的新词创作，还得益于民间的传抄整理。俗乐机构、乐工歌伎和词人创作、抄本等是其传播的主要方式。

① 陶敏、陶红雨校注：《刘禹锡全集编年校注》，岳麓书社2003年版，第597页。
② 陶敏、陶红雨校注：《刘禹锡全集编年校注》，岳麓书社2003年版，第318页。
③ 陶敏、陶红雨校注：《刘禹锡全集编年校注》，岳麓书社2003年版，第317页。
④ 陶敏、陶红雨校注：《刘禹锡全集编年校注》，岳麓书社2003年版，第305页。

1. 俗乐机构的加工以及乐工歌伎的创作

唐代的俗乐机构——教坊和梨园不仅教新声，从事演出，还从事曲子词的加工整理，使里巷之曲、边地之音在此汇集，例如《采莲子》为里巷之曲，《回波乐》《破阵乐》是边地之音。它们经过乐人加工整理得以保存，同时又通过教坊在宫廷和民间广泛传播。

唐开元以前，大曲、杂曲在演奏时乐工歌伎多选取文人诗句，尤其是绝句，被声以歌。文人创作曲子词还属于偶然现象。积极推动曲子词传播和发展的反而是乐工歌伎，名诗人的诗句经过乐工歌伎的被声入歌后，广泛流播于民间。例如王维《送元二使安西》（曲子词《渭城曲》）、《相思》等在当时即播为乐曲，广为传唱。这些小诗都是五言或七言绝句。乐工歌伎们甚至还截取律诗入到曲子中演唱，杂曲歌辞《长命女》直接照搬诗人岑参五律《宿关西客舍寄东山严、许二山人时天宝初七月初三日在内学见有高道举征》前半首。为了更好地与曲子相配合，乐工歌伎甚至还对原诗中个别词语加以改动，使其便于演唱、易于流传。

另外，乐工歌伎的创作也对传播曲子词发挥了重要的作用。唐代诗歌繁荣，乐工歌伎参与词曲创作的机会很多。如《教坊记》中载："《春莺啭》。高宗晓声律，晨坐闻莺声，命乐工白明达写之，遂有此曲。"①《乐府杂录》载："尝有乐工自撰一曲，即古曲《长命西河女》也，加减其节奏，颇有新声。"② 在唐代浓郁的诗风浸染下，歌伎创作曲子词是必然的。例如，歌伎薛涛就和名诗人元稹、白居易等人唱酬交往，擅长写七绝，艺术水平还不低。元稹用"鹦鹉舌、凤凰毛"极赞薛涛诗才及辞令之美。孙棨说："比常闻蜀妓薛涛之才辩，必谓人过言，及睹北里二三子之徒，则薛涛远有惭德矣。"③《北里志》中记载有10余个有名姓的歌伎，她们大多隶籍教坊，善歌善舞，还有诗词才华。"颜令宾居南曲中，举止风流，好尚

① （唐）崔令钦：《教坊记》，上海古籍出版社2012年版，第14页。

② （唐）段安节：《乐府杂录》，商务印书馆1936年版，第18页。

③ 王汝涛编校：《全唐小说》，山东文艺出版社1993年版，第2326页。

甚雅，亦颇为时贤所厚。事笔砚，有词句。”①“其邻有喜羌竹刘驼驼，聪爽能为曲子词。”②曲子词《望江南》：“始自朱崖李太尉镇浰（浙）西日，为亡妓谢秋娘所撰。本名《谢秋娘》，后改此名。亦曰《梦江南》。”③可见在长安北里拥有曲词才华的乐人不少。

安史之乱后，宫廷、教坊和梨园的许多乐工歌伎流散到了民间，生活比之以前有更多的自由，活动范围愈加扩大，生活阅历也更加丰富，他们的创作活力被激发，不仅能歌唱流行的曲子，还能结合个人生活和情感，创作新词，开拓了传统诗歌表情达意的境界，对曲子词的传播起到了积极推动的作用。

2. 文人创作

中唐之前，文人创作曲子词是很偶然的。中唐之后，伴随大量乐工歌伎流落民间，很多文人可以经常接触到流行的曲子。民间广泛流传的新曲子受到文人学士的追捧，也因为其易于表情达意，富于音乐性，婉转动听，传播面广泛，激发了文人的创作热情，促使他们自觉地去创作曲子词。在这方面，具有代表性的文人有白居易、刘禹锡、韦应物、王建、张志和等。尤其是刘、白等人创作的曲子词流传更是广泛，受到乐工歌伎普遍的欢迎。除此之外，还有大量的没有留下姓名的文人，他们的创作提升了曲子词的艺术性，使之传播面和接受面更广泛。

文人创作曲子词，态度较为严谨，受民间影响，文辞通俗，但还是比民间词显得雅致，具有较高的艺术价值，既具有辞章之美、意境之阔，也具有音韵节奏之美。白居易有《忆江南词》3首，自注云：“此曲亦名《谢秋娘》，每首五句。”④指出其曲来自民间歌伎，后又因白氏词的影响颇大，世人遂改名《江南好》流传于世。

---

① （唐）崔令钦：《教坊记》，上海古籍出版社2012年版，第150页。

② （唐）崔令钦：《教坊记》，上海古籍出版社2012年版，第150页。

③ （唐）段安节：《乐府杂录》，商务印书馆1936年版，第39页。

④ （唐）白居易著，谢思炜选注：《白居易诗选》，中华书局2005年版，第200页。

我们以白居易《花非花》为例说明文人创作对于曲子词发展的贡献。“花非花，雾非雾。夜半来，天明去。来如春梦几多时？去似朝云无觅处。”[①]语言如其他白诗一样浅近，意境也很明显，但诗人巧用楚襄王梦巫山神女之典故，使用一连串的比喻“花”“雾”“春梦”“朝云”突出喻义，蕴含朦胧的诗意美。语言层面，诗人活用民间歌谣“337”句式，音韵兼有整饬与错综之美，类似于后来的小令，更易于表现人的心境。像白居易这样的创作，对曲子词的发展是很有利的。

晚唐城市经济发展迅速，市井文化繁荣，更多的文人重视并创作曲子词，并形成不同的风格，王灼在《碧鸡漫志》卷 2 中亦曰：“唐末五代文章之陋极矣，独乐章可喜。”[②]此处“乐章”即为曲子词。在此时期，曲子词人增多，曲子词作品及词牌数量增多。温庭筠以及其他“花间”词人，书写爱恨离别、伤春惜时等内容，情感细腻，善于表达普通人的感情世界，引发广泛的共鸣。至此，曲子词兼顾娱乐性、音乐性、艺术性，由民间词转为文人词，成为成熟的文学形式，真正被人们重视起来，蔚为大观。

3. 民间传抄

我们现在能够看到如此多的唐代曲子词，主要得益于民间的传抄。敦煌写本中记录的 1200 多首曲子词，民间特色十分明显。为了充分利用纸张，抄写内容比较驳杂，有时把看似毫不相干的文献杂抄在一起，还充分利用卷背、纸头抄写。字形不够工整，有时候文字还正、倒书写，有的内容也不是一人一时所写，个别写卷上还有涂写乱画的痕迹。个别写本上曲子词抄写成集，例如 S.1441、P.2838，集中抄写了《云谣集杂曲子三十首》；多数写本则只抄写个别曲子词。不管是集中抄写还是单篇抄写，这些曲子词都是和其他杂文抄在一起的。例如 S.1441 背后除抄有曲子词外，还抄

① （唐）白居易著，严杰编选：《白居易集》，凤凰出版社 2014 年版，第 175 页。

② （宋）王灼著，胡传淮、刘安遇校辑：《王灼集校辑 · 碧鸡漫志》，巴蜀书社 1996 年版，第 22 页。

有《二月八日（安伞文)》《患难月文》《维摩押座文》《鹿儿赞文》《印沙佛文》等，主要是佛教经律或宗教活动文献。P.2838背后除抄曲子词外，还抄有账目和各类佛事文献。

由敦煌写卷可以看出，有一部分抄写者文化水平不高，多为学郎或爱好者，抄录多有错字或同音替代的现象，书写多杂乱。但也有一些写本，抄写比较认真，抄者应当是受过一定教育的僧侣或者寺中学郎。卷子上记载宗教活动，抄写佛教经律，目的应是用于学习。抄写地契、账簿、帖状等，还有大量的民间法事应用文献，应该是为了保存记录。而抄写诗赋、曲子词，或是出于喜爱，或是释子为了更加有效地宣唱佛法，需要接受世俗曲子韵文的练习去演唱赞呗，从而通过记录保存文本。从散在敦煌写本各卷的曲子词数量可以看出，曲子词是当时敦煌地区民众喜闻乐见的一种通俗文学形式，专意传抄习诵使大量的民间曲子词得以保存和传播。

除了上述传播方式和传播媒介之外，相信在唐代，曲子词这种娱乐性、民间色彩极为浓厚的文学，还有别的传播方式，比如文人之间书信往来交流也应是常有的，囿于资料匮乏，不再列举。另外，唐代墙壁上题写曲子词或绘制演出场面应该也有，但目前能看到的更多的是绘制演出的场景，也是一种传播方式。例如唐代苏思勖（670—745年）墓室东壁为一幅由一胡人独舞、乐队伴奏组成的《乐舞图》。乐师所执乐器既有胡乐乐器如箜篌、觱篥等，还有汉族乐器琴、笙、排箫和拍板，共奏“胡部新声”。与此类似，西安碑林博物馆所藏《李寿石椁》上，也绘制有唐代教坊立部伎和坐部伎演出的精彩场面，乐器品类丰富，表演者服饰华美、姿态各异，生动形象地还原了当时的俗乐表演盛况。

五、唐代曲子词的传播对象与效果

唐代不论是繁华的大都市长安、洛阳，还是边地敦煌，曲子词都传播广泛，表达出当时人们共通的情感，流露出世俗的审美趣味，深受人们喜爱。上自帝王臣工，下至乐工歌伎，都是其传播对象，传播效果亦非常显著。

（一）唐代曲子词的传播对象

按照社会地位区分，传播对象有下面几大类。

1. 民间百姓

曲子词源自民间，又通过民间乐人的表演在民间传播，使大家喜闻乐见。虽然宫廷或者文人贵族家庭中常有歌伎演唱，但寻常百姓是很少能听到的，反而是通衢大道上、寺观广场上各种摆摊卖艺的，或大大小小的酒肆茶坊等，最能吸引民间听众。酒肆的经营者为了赢得顾客，使用各种手段向消费者宣传自己，其中一个重要手段就是请歌伎来唱曲子娱乐宾客。来到这里的各行各业的人都是民间曲子词的传播对象。唐代都市中酒肆业发达，酒肆中人流量大，人口流动频繁，所以曲子词在民间的传播面是很广泛的。许多诗人在诗歌中记载了歌伎演出的场面，如韦应物诗云："繁丝急管一时合，他垆邻肆何寂然。"① 贺朝诗云："上客无劳散，听歌《乐世娘》。"② 王建诗云："谁家年少春风里，抛与金钱唱好多。"③ 李白诗云："五陵年少金市东，银鞍白马度春风。落花踏尽游何处，笑入胡姬酒肆中。"④ 酒肆中的歌伎以歌助兴，其歌词要么是流行的曲子词，要么用诗人的名篇入歌词。白居易《杨柳枝词》云："《六幺》《水调》家家唱，《白雪》《梅花》处处吹"，"管急弦繁拍渐稠，《绿腰》宛转曲终头"。⑤ 我们可以想象，优美的曲调、婉转的歌喉，潜移默化中人们就自然成为曲子词的接受者和爱好者了。

---

① 《韦应物·刘长卿诗全集》，海南出版社 1992 年版，第 103 页。

② 任中敏：《敦煌歌辞总编》，凤凰出版社 2014 年版，第 214 页。

③ （唐）王建著，王宗堂校注：《王建诗集校注》，中州古籍出版社 2006 年版，第 466 页。

④ 《李白全集》，上海古籍出版社 1996 年版，第 53 页。

⑤ 《白居易集》，凤凰出版社 2014 年版，第 245 页。

在一些重要的节日或者社会活动中，民间百姓也是曲子词的传播受体。《乐府杂录》中多有所记载。例如贞元中，“始遇长安大旱，诏移两市祈雨。及至天门街，市人广较胜负，及斗声乐”①。在这场音乐比试中，东西两市各出一人登彩楼弹奏新翻制的《羽调录要》，使百姓领略了音乐艺术的魅力。又比如，“又一日，赐大酺于勤政楼，观者数千万众，喧哗聚语，莫得闻鱼龙百戏之音。上怒，欲罢宴。中官高力士奏请命永新出楼歌一曲，必可止喧。上从之。永新乃撩鬟举袂，直奏曼声，至是广场寂寂，若无一人”②。歌伎永新的演唱效果极好，不仅使“广场寂寂，若无一人”，而且还能使“喜者闻之气勇，愁者闻之肠绝”，说明她具有极高的演唱技艺，能使不同的人听到歌声时产生不同的艺术感受。著名歌伎刘采春也有这样的演唱技能，她“每一发调，闺妇行人莫不涟泣”③。

2. 佛教僧侣和信众

曲子词流行民间时，佛教僧侣为了吸引信众，先是学习老百姓熟悉的俗曲子，进行宣唱练习。这个阶段，他们的身份就是传播对象。学会后，僧侣们结合佛教经义，依曲调进行新词创作，之后在佛事法会中广为宣唱，使信众们易于接受。这个阶段他们的身份就是传播者，信众们就是他们的传播对象。经过僧侣们的宣唱，佛曲子如《孝顺乐》《求因果》《百岁篇》《五更转》《十二时》《好住娘》等，把佛教的抽象学说用通俗的曲调和世俗的说法宣唱出来，既能娱乐信众，也可以使其开解心中苦闷。这种形式在民间流传甚广。敦煌写卷中所记载的唐代曲子词，多数为佛曲，也充分证明了信众对这种音乐文学的喜爱。后来，流行的佛曲子曲调受到更多文人的喜爱，他们不仅接受，还参与到依调填词的创作活动当中，成为新的传播对象。

① （唐）段安节撰，亓娟莉校注：《乐府杂录校注》，上海古籍出版社2015年版，第79页。
② （唐）段安节撰，亓娟莉校注：《乐府杂录校注》，上海古籍出版社2015年版，第50页。
③ （唐）范摅：《云溪友议》，上海古籍出版社1987年版，第608页。

3. 乐工歌伎

乐工歌伎的主要任务是进行词曲、歌舞的表演。他们中有很多人也会自己创作词曲歌舞，如鱼玄机、薛涛等，但由于学养水平等的局限，绝大部分都是传唱文人或其他流行的曲词，所以他们必须首先学习曲词，这也就使得他们必须先成为曲词的传播对象。所以他们既传唱过往的曲子词，同时为提高层次、技艺等，也多采用著名诗人的诗篇、词曲配以流行曲调被声以歌，王维的《送元二使安西》，李白的《清平调》，王昌龄、王之涣诸人的七言诗，都是乐人广为传习的。中唐之后，文人积极参与到曲子词的创作中来，他们的诗作被乐人学习、模仿、演唱，在社会各个阶层广为传播。例如，白居易与刘禹锡唱和《杨柳枝》10余调，不仅在文人群体中传播，后来还传入教坊，流播宫廷。“《杨柳枝》白傅闲居洛邑时作，后入教坊。”[①] 所以他们既是重要的传播主体，又是重要的传播对象，而且他们往往决定着更广大范围的传播对象的接受内容与接受效果。而唐诗对歌舞宴饮场合的大量描述，对歌儿舞女引人入胜的各种表演的赞美之情，都无疑显示了这些乐工歌伎在接受之后又进行传播的良好效果。

4. 文人学士

安史之乱前，文人学士是曲子词主要的欣赏者，是曲子词的传播对象之一。中唐之后，不少文人加入到曲子词的创作队伍中来。他们学习民间曲调，倚声填词，关系密切的诗友之间以诗词相应和，或者在聚首欢会的场合，欣赏歌伎助兴添趣的曲子词。到这个时期，文人学士既是曲子词的传播主体之一，也是其传播对象。

酒会宴集上，歌伎们身着彩服，精心修饰，演唱曲子词以助兴，深得文人们喜欢。白居易诗云：“密坐随欢促，华尊逐胜移。香飘歌袂动，翠落舞钗遗。筹插红螺碗，觞飞白玉卮。打嫌《调笑》易，饮讶《卷波》

① （唐）段安节撰，亓娟莉校注：《乐府杂录校注》，上海古籍出版社 2015 年版，第147 页。

迟。”《调笑令》《卷白波》都是酒宴上传唱的曲子。像这样助酒兴的曲子词调还有《倾杯乐》《回波乐》《三台令》《杨柳枝》《醉花间》《醉公子》等。他在秋夜听到高调《凉州曲》，作诗云“楼上金风声渐紧，月中银字韵初调。促张弦柱吹高管，一曲凉州入泬寥”，细腻地写出他所观察到的乐人演奏前的室外景象和乐人的准备。孟浩然在崔明府宅欣赏了歌伎的表演，用诗歌记下她们演唱的曲子“长袖平阳曲，新声子夜歌”①。歌伎们既会唱北方民间的《平阳曲》，也会唱江南地区民间流行的《子夜歌》，这些都带给诗人文学与艺术上完全不同的审美感受。所以文人们在此时也都是忠实的传播对象。而这种传播对象的身份也必然促进了他们后来作为创作与传播主体的文化艺术水平的发展。

民间曲子词传播到文人这里，自然更会激发他们的创作热情。例如《新唐书》载：“宪宗立，叔文等败，禹锡贬连州刺史，未至，斥朗州司马。州接夜郎诸夷，风俗陋甚，家喜巫鬼，每祠，歌《竹枝》，鼓吹裴回，其声伧佇。禹锡谓屈原居沅、湘间作《九歌》，使楚人以迎送神，乃倚其声，作《竹枝辞》十余篇。”②刘禹锡作《竹枝词》是受民间《竹枝》曲子的影响。白居易有《忆江南词》3首，其一如“江南好，风景旧曾谙。日出江花红胜火，春来江水绿如蓝。能不忆江南”，自注云：“此曲亦名《谢秋娘》，每首五句。”③指出他的创作来自向民间学习。从文人对曲子词的欣然享受到积极学习，不断尝试创作，可见曲子词的传播效果是非常见效的，是深受文人所喜爱的。

5. 皇帝贵戚

唐代宫廷设有俗乐机构如教坊、梨园，拥有全国最优秀的乐工歌伎，还对其进行严格管理和训练。这些乐人除了在一些重要的仪式（如登基、册封、节俗等）上进行表演，平时也经常为皇帝贵戚进行娱乐表演。例

---

① （清）彭定求等编：《全唐诗》，中华书局1960年版，第1642页。

② （宋）欧阳修、宋祁：《新唐书》，中华书局1975年版，第5128—5129页。

③ （清）彭定求等编：《全唐诗》（增订本），中华书局1999年版，第5222页。

如《旧唐书·卷七·睿宗纪》载："上元日夜，上皇御安福门观灯，出内人连袂踏歌，纵百僚观之，一夜方罢。"[①]《开元天宝遗事》中载："宫伎永新者善歌，最受明皇宠爱。每对御奏歌，则丝竹之声莫能遏。帝常谓左右曰：'此女歌值千金。'"[②]《词谱》卷一曰："唐刘肃《大唐新语》：'景龙中，中宗尝游兴庆池，侍宴者递起鼓舞，并唱《回波词》。给事中李景伯亦起舞，歌词云云。'《乐府诗集》：'回波，商调曲，唐中宗时造，盖出于曲水引流泛觞也，后亦为舞曲。'《教坊记》谓之软舞。"[③]上有所好，下必甚焉。君王如此，臣僚百官也必然会欣赏学习词曲，词曲的传播效果也就不言而喻了。

（二）唐代曲子词的传播效果

曲子词的传播效果非常显著，传播的受众面非常广泛，上自帝王、下至孩童都乐此不疲。因为喜欢，唐代不少帝王雅好音律，热心于曲子词创作。唐玄宗具有多方面的音乐才能，乐器演奏和作曲亦相当出色。《乐府杂录·新倾杯乐》："宣宗喜吹芦管，自制此曲，内有数拍不均。"[④]大和年间（827—835年），文溆曾以俗讲供奉宫廷，后获罪流放边地。文宗皇帝熟悉音律，能根据文溆俗讲的声调作曲子，可见其喜爱之情。因此不管是宫廷的乐人还是民间乐人，都争相学习新曲子，还尝试创作新曲子。文人学士也在中唐之后，积极加入到曲子词的创作中来。王易《词曲史》中评价说："唐代声色冠绝！士耽骚雅，众习宫商。"[⑤]所言极是。唐代曲子词曲调丰富，配合的乐器种类繁多、旋律多变，具有鲜活的世俗情调和强烈

---

① （后晋）刘昫等：《旧唐书》，吉林人民出版社1995年版，第100页。

② （五代）王仁裕等撰，丁如明辑校：《开元天宝遗事十种》，上海古籍出版社1985年版，第99页。

③ （清）陈廷敬主编：《康熙词谱》（上），岳麓书社1997年版，第12—13页。

④ （唐）段安节撰，亓娟莉校注：《乐府杂录校注》，上海古籍出版社2015年版，第149页。

⑤ 王易：《词曲史》，东方出版社1996年版，第4页。

的艺术感染力，正是社会上下阶层对词曲艺术的喜爱、传播，使其在晚唐之后发展为独立的文学形式，并在文坛散发出夺目的光辉。

六、唐代曲子词的传播对当时及后世文化的影响

（一）丰富了唐代的文学

初盛唐时，唐朝吏治基本清明，社会经济高度繁荣昌盛，政府坚持对外开放政策，依靠“丝绸之路”联系东西方贸易，吸收各国各民族的优秀文化，加之帝王爱好和提倡文学艺术，思想禁锢少，为各种文学体裁的繁荣发展创造了良好的社会环境。

唐代文学体裁丰富，在继承前代文学的基础上，诗歌、文章、小说、戏剧等发展繁荣。唐代文学首推唐诗，可以说是中国古典诗歌的巅峰。不论是诗歌的题材、流派，还是风格、诗人数量，后世都难以超越。上自帝王将相，下至黎民百姓，都能作诗写诗。就文章而言，唐代散文成就最高，出现了代表性人物，如韩愈、柳宗元，他们的创作形式活泼、内容充实，为后世散文作出了表率和贡献。唐代小说分为唐传奇和变文。唐传奇满足文人阶层的文学需要，志怪志异，也讲爱情故事，故事普遍曲折动人，主人公形象鲜明，令人难忘。一些优秀的传奇作品如《莺莺传》《柳毅传》《枕中记》《霍小玉传》等脍炙人口，广为流传。变文是一种民间说唱艺术，也讲通俗故事，像《目连变文》《伍子胥变文》等为民间百姓所熟知。伴随丝路文化的传播，西域地区的民间戏剧以及古印度的梵剧促成唐朝戏剧的发展，当时有歌舞戏、参军戏、傀儡戏等。

在文学繁荣的大背景下，曲子词得到广泛传播，无名的作者非常多，表达的内容丰富多样，配乐歌唱，从宫廷到民间市井、酒肆茶铺，从长安到偏远边地，都可以听到不同的乐人歌伎演唱流行的曲子词。中唐之后，民间词受众越来越广泛，尤其是受到文人学士的喜爱，他们参与到词的创作中，为晚唐文人词以及之后宋词的发展开辟了新的途径。曲子词的发

展、传播丰富了唐代的文学样式，在原有文学的基础上，创造了表情达意的新方式，使得唐代文学呈现出百花齐放的繁荣景象。

（二）促进音乐艺术的发展

曲子词是音乐文学，在唐代更多是用来演唱的。为了达到最好的表演效果，往往广采博收来自民间和周边各地各民族的通俗乐舞养分，朝廷还设立专门的音乐机构对各种不同风格的音乐进行加工整理，并严格管理和培训乐人舞者。唐玄宗时内外教坊和梨园的设置，是盛唐音乐舞蹈艺术发展的必然需要。教坊和梨园集中了许多著名的乐工歌伎。他们技艺精湛，积极加工、创制新曲子，和民间广大的乐人一起促进了盛唐乐舞艺术的高度繁荣。如今，我们依然能够从《教坊记》《羯鼓录》等古籍中看到当时创制和流行的曲目，数目之多、来源之多样，可以充分想见当时乐舞之盛，各民族文化艺术交流之繁荣。其中，《教坊记》记载曲名 325 种，《羯鼓录》记载诸宫曲 131 种。五代以后至明清，掌握音乐艺术的教坊制度仍被历代统治者沿袭，对继承和发展中华音乐艺术产生了重要而深远的影响。

就关中地区而言，有一种古老的音乐表演艺术，叫西安鼓乐，也称“西安古乐”，遗有“唐大曲”风韵，兼有吹奏乐与锣鼓乐。表演形式类似于唐代宫廷演出中的立部伎与坐部伎，分为行乐与坐乐。鼓乐演奏的内容有散曲，有歌章，有佛曲，有道曲。这些都是唐代曲子词表演的内容，它们传播于民间，融入了民间音乐的精华，多数表达普通人的情感，为民众所喜爱，所以尽管朝代更迭、宫廷不断易主，其音乐传统却在民间得以生生不息而流传至今，影响深远。

（三）成为抒情言志的新载体

自古以来，中国的诗歌理论都一直在强调表情达意的重要性。优秀的诗歌作品都能做到理性与情感相和谐、相融合。“诗言志”是传统诗教的核心理论，对后世文学发展产生了广泛而深远的影响。那么什么是“志”呢？《毛诗序》解释说：“诗者，志之所之也，在心为志，发言为诗，情动于中而形于言。”[①]这个“志”就是诗人内心的思想感情，借用高度凝练的语言和一定的节奏、韵律，形象地表达作者丰富的情感，并集中反映当时的社会生活。南宋严羽《沧浪诗话》评价说：“诗者，吟咏性情也。”[②]也是强调诗歌是表达丰富的思想感情的。

唐代曲子词内容十分丰富，继承了中国传统诗歌表现社会生活的特质，以崭新的形式、更加灵活多样的表现手法，成为抒情言志的新载体。曲子词更得心应手地反映了唐代社会生活的各个方面。

现在留存下来的1000多首曲子词中，大都具有抒情言志的倾向，表达了或豪迈或婉约的不同感情基调，对后世的诗词发展产生了重要的影响。

有一类曲子词，表达豪迈的爱国激情，格调积极，情绪奋发向上，是后来宋词豪放派的源头，如《剑器词》就是歌唱为国杀敌、视死如归精神的。

其第一首：“皇帝持刀强，一一上秦王。闻贼勇勇勇，拟欲向前汤。应手三五个，万人谁敢当。从家缘业重，终日事三郎。”[③]表现了普通士兵学习秦王英勇杀敌，表达对国家的光荣感与自豪感。

第二首：“丈夫气力全，一个拟当千。猛气冲心出，视死亦如眠。弯弓不离手，恒日在阵前。譬如鹘打雁，左右悉皆穿。”[④]抒写将士的英雄气势和高超的技艺。

第三首曲子词描述了剑器舞浩大壮观的场面：“排备白旗舞，先自有由来。合如花焰秀，散若电光开。喊声开地裂，腾踏山岳摧。剑器呈多

① （汉）毛亨传，（汉）郑玄笺：《毛诗》，山东友谊出版社1990年版，第18页。

② （宋）严羽撰，普慧等评注：《沧浪诗话》，中华书局2014年版，第6页。

③ 任中敏：《敦煌曲研究·敦煌曲校录》，凤凰出版社2013年版，第148页。

④ 任中敏：《敦煌曲研究·敦煌曲校录》，凤凰出版社2013年版，第148页。

少，浑脱向前来。”[①]剑器舞舞出了将士的报国之情，百姓们跳的浑脱舞应和着剑器舞，热烈地表达效忠大唐的忠心。

三首词成为一个整体，将勇往直前的将士、忠诚的百姓真实地刻画出来，并抒发赴汤蹈火、视死如归、效忠大唐的崇高情操。

《菩萨蛮·敦煌古往出神将》：“敦煌古往出神将，感得诸蕃遥钦仰。效节望龙庭，麟台早有名。只恨隔蕃部，情恳难申吐。早晚灭狼蕃，一齐拜圣颜。”[②]表达了敦煌人民对大唐的忠贞之情。上片颂扬大唐的雄威，借用汉代以来对打通西域的功臣名将如张骞、苏武、班超等人，盛赞唐帝国的文治武功对诸蕃的震慑，使其产生钦佩仰慕之情。下片表达敦煌人民对大唐王朝的忠诚，情辞十分恳切。整首词感情豪放激越，表现了广大人民希望能够统一国家的愿望和决心。

表达同样豪放情感的还有《生查子·三尺龙泉剑》：“三尺龙泉剑，匣里无人见。一张落雁弓，百支金花箭。为国竭忠贞，苦处曾征战。先望立功勋，后见君王面。”[③]表现官兵渴望建功立业的愿望，洋溢着乐观精神。

这些词讴歌爱国主义的豪迈激情，对宋代词人苏轼、辛弃疾、岳飞等豪放派词人的创作产生了积极的影响。

唐代曲子词中抒写爱情的作品，其感情真挚直率，直抒衷曲。

如表现忠贞爱情的《菩萨蛮·发愿》：“枕前发尽千般愿，要休且待青山烂。水面上秤锤浮，直待黄河彻底枯。白日参辰现，北斗回南面。休即未能休，且待三更见日头。”[④]主人公擅长从生活中吸取形象，一连用6种非现实现象表达对爱情的坚贞不渝。

如谴责负心人的《南歌子·悔嫁风流婿》：“悔嫁风流婿，风流无准凭。攀花折柳得人憎。夜夜归来沉醉，千声唤不应。回觑帘前月，鸳鸯帐

① 任中敏：《敦煌曲研究·敦煌曲校录》，凤凰出版社2013年版，第148页。
② 任中敏：《敦煌曲研究·敦煌曲校录》，凤凰出版社2013年版，第148页。
③ 任中敏：《敦煌曲研究·敦煌曲校录》，凤凰出版社2013年版，第50页。
④ 任中敏：《敦煌曲研究·敦煌曲校录》，凤凰出版社2013年版，第28页。

里灯。分明照见负心人。问道些须心事，摇头道不曾。”[①]写一位女子面对负心丈夫的伤心与悔恨，深刻地刻画了她的软弱、矛盾、痛悔又无奈的心理感受。

当然，也有互敬互爱、琴瑟和谐、砥砺前行的夫妻。如《菩萨蛮·昨朝为送行人早》中的妻子就鼓励丈夫远行，拼搏前程："昨朝为送行人早，五更未罢金鸡叫。相送过河梁，水声堪断肠。唯念离别苦，努力登长路。驻马再摇鞭，为传千万言。"[②]作者用朴实无华的语言，既写出了夫妇之间离别时难分难舍之情，又可见其相互关怀、积极劝勉之意，感情质朴而又真挚。此外，写思妇、思夫情感的曲子词也不在少数，多在词中抒怀寄兴，对宋代婉约派词人表达个人情感也有直接的影响。

由上可见，唐代曲子词以新的长短句形式、灵活的表现手法、质朴的语言，成为抒情言志的新载体。它继承了传统诗歌抒情言志的传统，融入了民间生动丰富的生活，缘事而起，有感而发，表达了民众朴素、自然、率真的情感，具有强大的生命力，对后代的诗人和词人自由表达思想、热烈抒发情感产生了重要的影响，也发展了诗歌"言志"的传统，推动了后世词体的发展。

唐代曲子词对五代词、两宋词有着深远的影响。从留存下来的千百首曲子词来看，曲调丰富，题材多样，反映了广阔的社会生活，为唐五代词和宋词的发展都打下了坚实的基础。

文人词崛起。中唐之后，民间曲子词广泛流传，一部分文人如李白、张志和、韦应物、王建、刘禹锡、白居易等，开始了词的写作。虽然诗人们还较多地以写诗的手法来写词，但注意到民间曲子词表达上的浅白、直露、俚俗的特色，注意到词调的重要性，由于文人自身的社会环境和艺术修养，他们的词作在艺术上也渐渐地改变了民间曲子词俚俗的特色。如欧

① 任中敏：《敦煌曲研究·敦煌曲校录》，凤凰出版社2013年版，第61页。

② 任中敏：《敦煌曲研究·敦煌曲校录》，凤凰出版社2013年版，第28页。

阳炯在《花间集序》中强调的“名高《白雪》，声声而自合鸾歌；响遏行云，字字而偏谐凤律”[①]，这种观点极具代表性。文人词崛起后，更加重视音律，因为传统思想及生活阅历的局限，词人表达的题材往往狭窄，因其流连秦楼楚馆，所写艳情词甚多，与民间曲子词不同的是情感的表达日渐含蓄，往往借助所描绘的景物暗示心情，主题也比较隐蔽含蓄，而主题的含蓄导致了读者的多元解读，最终使得词的内涵得到扩展。

形式多样化。唐代曲子词形式多样，既有小令，还有长调、慢曲子，对宋词影响深远。长调是指体制上较长的曲调，在节奏上有快有慢；慢曲子节奏偏慢、舒缓。南宋王灼《碧鸡漫志》卷5考证《念奴娇》一曲时说：“唐中叶渐有今体慢曲子。”[②]唐、五代到宋初以小令最为流行，柳永学习民间曲子词中的长调、慢词，大力创作，将诸多小令扩展为慢词、长调，对后来的词人多有影响。在小令之外，慢词、长调的流行开拓了词的新形式。另外唐代曲子词常见一调多体，一调有齐言体、杂言体，字数或句数多有不同。在这个基础上，宋代词人就能比较自由地进行词体的加工改造。如《临江仙》，就有56字、58字、60字、62字、74字、93字诸体。这种多样性有利于词人的自由创作，也有利于词的发展。

讲究韵律。唐代曲子词是音乐文学，重视韵律，每种曲子都有自己独特的音乐旋律和节奏。这种韵律为宋词发展提供了音乐上的依据。宋代词人多数精通音律，他们按照音乐的规律自创新曲，播之民间后有效地推动了词的发展。例如，白石道人姜夔的词调继承了民间音乐的传统，对词调音乐的格律、曲式结构以及音阶的使用有新的突破，并且形成了独特风格。

唐代曲子词在民间的传播、发展，使词进入文人的视野，并成为抒情言志的新载体。随着词体的创作在内容和形式上日臻完善，终于在两宋时期使得词的发展达到了鼎盛。

---

① （唐）赵崇祚辑，李一氓校：《花间集校》，人民文学出版社1998年版，第1—2页。

② （宋）王灼著，岳珍校正：《碧鸡漫志校正》，巴蜀书社2000年版，第112页。

（四）促进佛教文化的传播

佛教沿着古丝绸之路自西向东，传入中国。僧侣为了宣传佛教思想、吸引更多的民间信众，不得不采用世俗化的方式，而曲子词这种世俗的音乐文学在佛教活动中发挥了重要的传播和推广作用。

普通百姓喜欢俗曲子，僧院在比较重要的法会或节庆时举办佛事活动。单靠僧人诵经等形式，很难长时间吸引信众，也很难让他们记住僧人宣讲的内容，所以僧院雇用社会上有经验有技能的乐人，使用多种民间乐器，演奏普通人耳熟能详的曲子词韵律，僧人宣唱阐释佛理和劝导人生的佛曲子，共同制造出梵铃声彻五天、佛声箫管同音、笙歌竞奏的热闹场面，很能吸引信众的注意力，也能感染信众。唐五代时期，节日法会必定演奏俗乐，在敬神礼佛之余既娱乐了大众，也宣扬了佛法。

佛教文化包含了大量音乐元素，例如赞呗音乐、唱导音乐、赞佛礼佛音乐。演奏佛曲子能充分宣扬这些佛教音乐的特质，广大信众熟悉并接受后，相当于扩大了佛教文化的影响力。僧侣们为了学习，经常将曲子词和佛经、佛寺账历、僧人度牒等僧用文书抄写在一起，有时也将曲子词同变文等佛教说唱文献抄在一起，为其讲经、斋会等活动服务。伴随曲子词的民间传播，佛教文化也得以在民间传播。所以说曲子词的传播，尤其是佛曲子的传播，促进了寺院佛教文化的传播。

综上所述，随着盛唐时期民间曲子词的广泛传播，后世文学多了一种新的抒情言志的方式。在这种音乐文学的强大影响下，传统音乐艺术和佛教文化得以不断发展。

七、唐代曲子词的海外传播

曲子词是与音乐相结合的文学，受到不同民族语言差异的影响，外国人在接受用汉字书写的词句时首先会遇到困难，与词相配的音乐更不容易掌握。所以中唐之后，能够接受并且学习、模仿、写作曲子词的国家，主要是深受中国文化影响的日本、朝鲜、越南等国。夏承焘在《域外词选》中说道："予往年泛览词籍，见自唐、五代以来，词之流传，广及海外，如东邻日本、北邻朝鲜、南邻越南各邦的文人学士，他们克服文字隔阂的困难，奋笔填词，斐然成章，不禁为之欢欣鼓舞。爰于披阅之际，选其尤精者，共得一百余首。"[①]可见，曲子词在海外也得到了较为广泛的传播。

（一）在日本的传播

日本文学深受中国文学影响，其古典作品基本是追随中国古典文学的脚步发展起来的。

平安时代是日本古代文化史上一个辉煌的时代，是贵族文化占主流的时代。日本贵族是最早掌握汉字和中国文化的一个社会阶层，权力阶级与知识阶层在这个时期自觉地去追求、学习中国文化。日本《文德实录》卷3记载承和五年（838年）太宰少贰藤原岳守检视中国船只，在船上发现了一部《元白诗笔》，竟因此升官，充分说明当时日本上层贵族对获得中国文献典籍的重视程度。[②]平安朝历代天皇非常重视汉文学的学习和文集整理，例如公元814年，嵯峨天皇即位，敕令编撰了《凌云集》和《文华秀丽集》两部汉诗集。大唐风格的文学，成为文学学习的主潮。大江维时应皇太子编撰的《日观集》序文中说："夫贵远贱近，是俗人之常情，开聪掩明，非贤哲之雅操。我朝遥寻汉家之谣咏，不事日域之文章。"[③]概括了当时朝野学习中国文学的盛况。

平安前期，除了中国传统的诗和赋外，杂言诗和中唐兴盛的新文学样式——词，都有了仿作。张志和、刘禹锡、白居易等人创作的曲子词，传至日本后，便唤起了平安诗人仿作的激情。这些曲子词表意朴素、明朗、

① 夏承焘选校，张珍怀、胡树森注释：《域外词选》，书目文献出版社1981年版，前言。
② 参见严绍璗、王晓平：《中国文学在日本》，花城出版社1990年版，第16页。
③ 严绍璗、王晓平：《中国文学在日本》，花城出版社1990年版，第69页。

通俗，音节和句型长短相间，接近日本人的审美趣味，所以得到平安朝野的喜欢。天长四年（827年），良岑安世接受淳和天皇的敕命，和滋野贞主一起，集奈良朝汉诗文之大成，编撰了《经国集》，其中收录的嵯峨天皇模仿中唐诗人张志和而写的《渔歌子》5首，有智子内亲王和滋野贞主的奉和之作7首。这些词都是模拟之作，属于小令。

日本学者神田喜一郎根据《经国集》中所载诗文，指出嵯峨天皇以及有智子内亲王、滋野贞主开创了日本的汉语填词历史。下面一并列出。

嵯峨天皇（786—842年），擅长中国书法、诗文，在位期间极力推崇向唐朝文化学习，诗人张志和的名作《渔歌子》令他欣赏不已，继而模仿写作。

张志和《渔歌子》5首：

西塞山前白鹭飞，桃花流水鳜鱼肥。青箬笠，绿蓑衣，斜风细雨不须归。

钓台渔父褐为裘，两两三三舴艋舟。能纵棹，惯乘流，长江白浪不曾忧。

霅溪湾里钓渔翁，舴艋为家西复东。江上雪，浦边风，笑著荷衣不叹穷。

松江蟹舍主人欢，菰饭莼羹亦共餐。枫叶落，荻花干，醉宿渔舟不觉寒。

青草湖中月正圆，巴陵渔父棹歌连。钓车子，橛头船，乐在风波不用仙。①

5首连作，每首结句第五字都用“不”字。

嵯峨天皇作《渔歌子》，注明杂言。

江水渡头柳乱丝，渔翁上船烟景迟。乘春兴，无厌时，求鱼不得带风吹。

① 仁子：《中华千古名句》，山东教育出版社2019年版，第109页。

渔人不记岁月流，淹泊沿回老棹舟。心自效，常狎鸥，桃花春水带浪游。

青春林下渡江桥，湖水翩翩入云霄。烟波客，钓舟遥，往来无定带落潮。

溪边垂钓奈乐何，世上无家水宿多。闲钓醉，独棹歌，洪荡飘摇带沧波。

寒江春晓片云晴，两岸飞花夜更明。鲈鱼脍，莼菜羹，餐罢酣歌带月行。①

也是5首连作，每首结句第五字都用“带”字，与张志和的是同一种用法。就曲子词的内容和意境来说，模仿和创作自然清新，可见其是真正喜爱和接受这种文学形式，并且学到了原作的精华。夏承焘曾作绝句盛赞嵯峨天皇填词之开创意义：“樱边爵箓迸风雷，一脉嵯峨孕霸才。并世温馗应色喜，桃花泛鳜上蓬莱。”

有智子内亲王是皇女，有文学才华，以此曲调填词，多用典故，与嵯峨天皇唱和，她创作了两首《渔歌子》，如下：

白头不觉何人老，明时②不仕钓江滨。③饭香稻，苞紫鳞④，不欲荣华送吾真。

春水洋洋沧浪清，渔翁从此独濯缨⑤。何乡里，何姓名，潭里⑥闲

---

① ［日］神田喜一郎：《日本填词史话》，程郁缀、高野雪译，北京大学出版社2000年版，第6页。

② 明时：指政治开明之时。

③ 谓渔翁自守清志，不随俗入仕。

④ 典故引自《礼记·少仪》，郑玄注：“谓编束萑苇以裹鱼肉也。”

⑤ 濯缨：指避世隐居，清高自守。典故引自《楚辞·渔父》：“渔父莞尔而笑，鼓枻而去，歌曰：‘沧浪之水清兮，可以濯吾缨；沧浪之水浊兮，可以濯吾足。’”濯，洗涤。缨，系冠之丝带。

⑥ 潭里：指潭府，居宅的雅称。典故出自韩愈《符读书城南》诗：“一为公与相，潭潭府中居。”潭潭，深邃貌。

歌送太平。①

这阕词形式上和张志和的词保持一致，神田喜一郎高度评价此词，认为不论是立意还是措辞，都为才女中之佼佼者。

滋野贞主是平安朝的名儒，文学修养深厚，是当时第一流的饱学之士，也十分喜爱张志和的《渔歌子》，他应和天皇作《渔歌子》5首，如下：

渔父本自爱春湾，鬓发皎然骨性明②。水泽畔，芦叶间，拏音③远去入江边。

微花一点钓翁舟，不倦游鱼自晓流。涛似马，湍如牛，芳菲霁后入花洲。

潺湲绿水与年深，棹歌波声不厌心。砂巷啸，蛟浦吟，山风吹送入单衿。

长江万里接云霓，水事心在浦不迷。昔山住，今水栖，孤竿钓影入春溪。

水泛经年逢一清，舟中暗识圣人生。无思虑，任时明，不罢长歌入晓声。④

他注重恪守词的音律和形式，但用语不够雅致，例如“涛似马，湍如牛”，可以说简陋了。

据神田喜一郎的研究，他们的创作只比张志和的《渔歌子》晚49年。据此，他感叹道：“这在当时来说，传得实在是很快。大概是入唐的朝廷使者中有某一风流文人，他将当时在中国最新流行的作品带回到日本，天皇立即得知，政务余暇时便仿照创作。可以想象的是当时可能连其唱腔也同时传来了；如果那样的唱腔也流传到现在，那才是十分珍贵的无形文化

① 彭黎明、罗姗选注：《日本词选》，岳麓书社1985年版，第3页。

② 指渔父身子骨硬朗。

③ 拏音：“拏”通“桡”，指船桨。这里指划船的声音。

④ 彭黎明、罗姗选注：《日本词选》，岳麓书社1985年版，第5—6页。

遗产。”

日本人也很喜欢白居易的诗词，其《忆江南》词3首很快就传播到了日本。公元9世纪末，日本第一醍醐天皇时期，皇子兼明亲王照此填写曲子词《忆龟山》两首。他填的词是：

忆龟山，龟山久往还。南溪夜雨花开后，西岭秋风叶落间。能不忆龟山？

忆龟山，龟山日月闲。冲山清景栈关远，要路红尘毁誉斑。能不忆龟山。①

这两首词是仿照《忆江南》而写，作于其幽禁时，词中抒发了他的郁闷之情，就抒情性来说，在日本词史上有开创性。

到江户时代，仍有不少词人填写《渔歌子》等小令，但也有一些词人开始写作长调。日本多数填词者不懂曲子词的格调声腔，所以所填词往往不依词律。随着文人们艺术水平的提高、文学修养的加深，词的写作水平也在逐步提高。江户时代后期，词在日本发展迅速，一般知识界普遍都能填词，学习的风格各异，有学习易安体的，有学习姜夔、吴文英的，题材也比较多样，有咏史的，也有咏物的。到明治初年，日本词人的填词走向成熟，出现了名家，其创作也表现出鲜明的个人风格。② 例如词人田追村竹田（1777—1835年），填词69首之多，小令、中调、长调各体兼善。

之后的日本词人，最有代表性的有森川竹磎、高野竹隐和森槐南。

森川竹磎（1830—1901年），汉文学功底深厚，是日本填词史上卓有成就的词人。他填的词音律谐婉，缠绵哀怨。彭黎明、罗姗选注的《日本词选》收其词23首，夏承焘所编的《域外词选》收其词6首。其词《酷相思》如下：“竹里残莺愁暗诉。更鹦鹉、帘前语。记庭院深深鹃叫处，一声也，催春去。两声也，催春去。春梦依稀前度渡，又罗绮、吹尘

① 彭黎明、罗姗选注：《日本词选》，岳麓书社1985年版，第7页。

② 参见严绍璗、王晓平：《中国文学在日本》，花城出版社1990年版，第105页。

路。奈难拾心欢飘似絮。香消也，潇潇雨。魂销也，潇潇雨。”[①]词中妙用“竹”“莺”“鹧鸪”“鹃”“罗绮”“絮”“潇潇雨”等文人墨客的常咏之物，烘托伤春、惜春之情，继而写出了相思之苦。

高野竹隐（1862—1923 年），与森川竹磎经常诗词相和。他精通经史，用笔矫健。《日本词选》收其词 18 首，《域外词选》收其词 8 首，代表性的词如《声声慢・舟自七里滩至厚田》：

> 滩名仿佛[②]，七里空江，高踪谁是同俦。愧我征衫久客，赢得归舟。青山迎送堪画，似当年、汐社风流。沿古岸，有黄芦苦竹[③]，好着羊裘[④]。流水钟声乍近，和寒潮呜咽，搅乱闲愁。谁写孤篷听雨，欹枕惊秋。梦回鸡鸣犬吠，正渔娃、出汲潮头。喜系缆，酹一杯、残月江楼。[⑤]

写出了旅客乘舟归路上的兴致和遐思，蕴含惆怅之感。夏承焘云：“其《声声慢・舟自七里滩至厚田》一首，有‘滩名仿佛，七里空江’句，其地当在日本，而其词正无异于厉氏过泷滩之《百字令》，以风神相似也。”[⑥]指出竹隐填词风格类似厉鹗（樊榭）[⑦]，空灵娴雅，多表现出闲情逸致，但有时夹杂孤寂之感。

---

① 彭黎明、罗姗选注：《日本词选》，岳麓书社 1985 年版，第 173 页。

② 词中述及的七里滩，同传说中严子陵垂钓的地名相仿。典故引自《寰宇记》：“严子陵钓台在桐庐县南大江侧，台下七里滩。”

③ 典故引自白居易诗《琵琶行》：“住近湓江地低湿，黄芦苦竹绕宅生。”

④ 典故引自《后汉书・严光传》“严光字子陵，与光武同游学。及光武即位，乃隐身不见。帝思其贤，令访之。后齐国上言：‘有一男子，披羊裘钓泽中。’帝乃遣使聘之”。

⑤ 典故出自苏轼《念奴娇・赤壁怀古》：“一樽还酹江月。”

⑥ 夏承焘选注，张珍怀、胡树森注释：《域外词选》，书目文献出版社 1981 年版，前言。

⑦ 厉鹗（1692—1752 年），号樊榭、南湖花隐等，钱塘（今浙江杭州）人，清代著名诗人、学者，浙西词派中坚人物。《百字令・月夜过七里滩》：“秋光今夜向桐江，为写当年高躅。风露皆非人世有，自坐船头吹竹。万籁生山，一星在水，鹤梦疑重续。拏音遥去，西卢渔父初宿。心忆汐社沉埋，清狂不见，使我形容独。寂寂冷萤三四点，穿过前湾茅屋。林净藏烟，峰危限月，帆影摇空绿。随风飘荡，白云还卧深谷。”

森槐南（1863—1911年），号槐南小史，通称泰二郎，词风豪放，是日本明治时代首屈一指的词人。黄遵宪称赞其为“东京才子”。夏承焘称其“日本词人为苏、辛派词，当无出槐南右者。而其秾丽绵密之作，亦不在晏几道、秦观之下”[①]。《日本词选》收其词27首，《域外词选》收其词21首。代表词如《满江红·水天花月总沧桑图》：

落叶如鸦，白门[②]外、秋飙萧瑟。咽不断、南朝[③]残照，暮潮如昔。败苑青芜萤闪滟[④]，故宫蔓草虫啾唧。一声声、寒雁渡江来，哀笳急。英雄血，刀锋涩。儿女泪，青衫湿。叹兴亡转瞬，有谁怜惜？月怨花嗔人不管，春荒秋瘦天难必。剩伤心，一片秣陵烟，空陈迹。[⑤]

此词风格沉郁凝重，借怀古抒发激愤之情。

由上述日本词人的写作可以看出，日本从中唐开始输入曲子词，历经几个时代的发展和传播，虽然词人不多，但所作词，无论是倚调填词，还是熟练运用中国文学典故表情达意，都能做到形神兼具，颇有唐代曲子词的风貌，足见其传播效果之可观。日本词人填词的功力也是值得称道的。

（二）在朝鲜的传播

朝鲜和中国自古以来关系密切。隋唐时期，中国和朝鲜之间的音乐交流就比较频繁。朝鲜采用了中国中原地区的乐器，如横笛、箫、铙钹、箜篌、琵琶等，而古代朝鲜的音乐也传入中国。如唐朝宫廷音乐除了来自西域的龟兹乐、高昌乐以外，高丽乐、新罗乐、百济乐也占很重要的位置。

隋唐音乐传入朝鲜的时候，也把一种音乐文学带入了朝鲜。11世纪

① 彭黎明、罗姗选注：《日本词选》，岳麓书社1985年版，第116页。

② 白门：南京旧称。

③ 南朝：似指日本南朝。1335年，日本后醍醐天皇被废黜，逃到京都以南的吉野，与足利尊氏拥立的天皇对抗，形成日本南北朝时代。

④ 闪滟：萤火闪烁若水波。

⑤ 彭黎明、罗姗选注：《日本词选》，岳麓书社1985年版，第116—117页。

末，教坊乐即所谓“唐乐”被引入高丽，高丽开始接触作为“唐乐”歌词的曲子词文学。

隋唐时期，一批批留学中国的朝鲜学者大量采取和借鉴中国文学的体裁，以描写朝鲜的社会和抒发个人情怀。五言、七言的各种体裁，是朝鲜历代文人最爱用、最常用的体裁，诗集也是卷帙浩繁。但“词”这个体裁，朝鲜文人很少涉及。徐居正（1420—1488 年）所编的《东文选》，一首词未选。《东文选》续篇在“杂体”的名目下，收集了 16 首词，但全是同一个词牌《巫山一段云》，而且还被视为“杂体”诗，而没有给予“词”的名称。

在朝鲜能作词的人非常少，高丽睿宗曾作过《万年词》及《临江仙》3 首，诗人李奎报也作过少量词，在词创作上数量多且有代表性的人物是李齐贤（1288—1367 年），他曾侨居中国（元朝）达 26 年之久，填词共有 50 余首，小令、中调、慢词都能作。此后，还有个别朝鲜诗人作过词，但数量不多。

为什么在朝鲜工词者如此少？主要原因可能缘于这是一种新的诗体，没有被广泛认可。加之其对音乐有一定要求，这对于已经习惯于齐言体（绝句、律诗）的朝鲜文人，无疑是有挑战性的。例如高丽睿宗召集诸王与宰相欢宴，他作词 3 首，让群臣应和，但群臣都不敢应对。李朝洪万宗在他的《旬五志（下）》中说：“我东人不解音律，自古不能作乐府歌词。”[①] 这是词在朝鲜难以兴盛的一个原因。

虽然词在朝鲜未得到广泛传播和接受，但它却对朝鲜时调起到催化的作用。某些时调的作者以曲子词为基础，重新创作。例如唐朝盖嘉运[②] 的《伊州歌》[③]，在朝鲜被改成两首时调。

---

① 韦旭升：《中国文学在朝鲜》，花城出版社 1990 年版，第 43 页。

② 盖嘉运：唐朝将军，平定西域后，被封为河西、陇右两镇节度使，曾将著名的《伊州曲》献给唐玄宗，后盛行于宫廷。

③ 伊州歌：乐府曲调名。伊州在今新疆维吾尔自治区哈密市。

《伊州歌》原文为:“打起黄莺儿，莫教枝上啼。啼时惊妾梦，不得到辽西!”

一首时调译成中文如:“郎在千里外，思郎愿逢在梦中。闲倚纱窗暂午休，何处无情黄莺一声啼，惊破我好梦。”另一首时调译成中文如:“打得莺儿高飞起，唯恐它在枝上啼。难得入梦乡，一被它惊起，辽西好梦，休想再继续!”① 可见其继承关系。

盛唐时，乐工歌伎经常把名诗人的诗句配曲演唱，变成曲子词。传播到高丽，也被改编为时调。如王维《送元二使安西》，原诗为:“渭城朝雨浥轻尘，客舍青青柳色新。劝君更尽一杯酒，西出阳关无故人。”此诗在朝鲜被改成时调《渭城》:“渭城朝雨，柳色新，劝君饮此一杯酒，西出阳关，不见故人!”②

张志和的《渔歌子》、李白的《忆秦娥》也被改编为朝鲜时调。如朝鲜诗人尹善道（1587—1671年）所写的时调《渔父四时词》，通过描写渔父悠闲自在的生活，表达诗人高雅的志向。下面列举几首:

前溪晨雾消散，后山阳光灿烂。划船，划船。夜潮已退去，日潮逐次涨。桨声里，桨声里，静静躺。江村群花艳，景色远望更斑斓。

收起钓鱼竿，倚窗赏月亮，抛下锚，抛下锚。夜已深，子规啼，啼声彻夜空。桨声里，桨声里，静静躺。兴味无穷尽，流连逍遥忘归还。

超然物外，渔父生涯。划船，划船。且莫笑渔翁，幅幅图景皆这般。桨声里，桨声里，静静躺。一年四季赏美景，江上秋日第一桩! ③

尹善道汲取了张志和词中第五句重复“不”字的方法，在每篇时调的第二句末尾重复“桨声里，桨声里，静静躺”，使每首时调之间相互关联，

① 韦旭升:《中国文学在朝鲜》，花城出版社1990年版，第76页。

② 韦旭升:《中国文学在朝鲜》，花城出版社1990年版，第80页。

③ 韦旭升:《中国文学在朝鲜》，花城出版社1990年版，第142页。

并增强了韵律。

朝鲜最著名的词人李齐贤，向苏轼、元好问[①]学习，“其词虽动荡开阖，尚有不足，然《念奴娇》之《过华阴》，《水调歌头》之《过大散关》《望华山》，小令如《鹧鸪天》之《饮麦酒》，《蝶恋花》之《汉武帝茂陵》，《巫山一段云》之《北山烟雨》《长湍石壁》等，皆有遗山风格，在朝鲜词人中，应推巨擘矣”[②]。

下面来看看他的两首词：

石室天坛封禅[③]了，青鸟[④]含书，细报长生道。宝鼎光沉仙掌[⑤]倒，茂陵斜日空秋草。百岁真同昏与晓，羽化何人，一见蓬莱岛。海上安期今亦老，从教吃尽如瓜枣[⑥]。

——《蝶恋花·汉武帝茂陵》[⑦]

行尽碧溪曲，渐到乱山中。山中白日无色，虎啸谷生风。万仞崩崖叠嶂，千岁枯藤怪树，岚翠自濛濛。我马汗如雨，修径[⑧]转层空。登绝顶，览元化[⑨]，意难穷。群峰半落天外，灭没度秋鸿。男子平生大志，造物当年真巧，相对孰为雄。老去卧丘壑，说此诧儿童。

——《水调歌头·过大散关》

① 元好问（1190—1257年），号遗山，是宋金对峙时期北方文学的主要代表、文坛盟主，被尊为“北方文雄”。

② 夏承焘选注，张珍怀、胡树森注释：《域外词选》，书目文献出版社1981年版，前言。

③ 典故出自汉武帝在泰山封禅。

④ 典故出自《汉武故事》“七月七日，忽有青鸟，飞集殿前。东方朔曰：‘此西王母欲来。’有顷，王母至，三青鸟夹侍王母旁”。后人称使者为青鸟。

⑤ 典故出自《三辅黄图》“神明台，汉武帝造。上有承露盘，有铜仙人舒掌捧铜盘玉杯，以承云表之露，和玉屑服之，以求仙道”。

⑥ 安期生传说是秦代的仙人。秦始皇与语三日，赐金璧，皆置去。汉武帝时，方士少君谓曰：“臣尝游海上，见安期生，安期生食巨枣，大如瓜。”

⑦ 夏承焘选注，张珍怀、胡树森注释：《域外词选》，书目文献出版社1981年版，第105页。

⑧ 典故引自王僧孺诗《侍宴》：“交枝隐修径，回流影遥阜。”

⑨ 典故引自李白诗《江宁杨利物画赞》：“笔鼓元化，形分自然。”

李齐贤在词方面取得了很大成就。徐居正说李齐贤“北学中原，师友渊源”，因此“乐府，句句字字皆协音律。古之能诗者，尚难之。吾东方语言与中国不同，李相国、猊山、牧隐、李大谏，皆以雄文大手，未尝措手，惟益斋，备述众体，法度森严”[①]。他取得的文学成就和他长期居留中国学习、实践有密切关系。

（三）在越南的传播

公元10世纪始，汉语文学出现在越南文坛上。从公元前秦朝设立象郡到公元968年越南成为独立的封建国家，在这1000多年间，交趾（后称交州、安南）地区大力推行汉字，实行汉文化教育。唐朝时，安南地区研习汉文化已蔚然成风。像唐朝诗人杜审言、刘禹锡等都曾寄寓安南，留有诗作。例如杜审言的《旅寓安南》诗：“交趾殊风候，寒迟暖复催。仲冬山果熟，正月野花开。积雨生昏雾，轻霜下震雷。故乡逾万里，客思倍从来。”[②]

同时，从安南出发，到中国游学的人也很多。唐朝诗人与他们多有交往、酬和。他们学习并创作汉诗，在诗歌形式上，多创作绝句和律诗。词人及词在这个时期没有记载，但就曲子词在中唐后盛行的情况看，来自安南的文人多多少少会接触到这种新的文学形式，只是苦于没有文献证明。安南地区最早的词人是匡越禅师（933—1011年），他的真名是吴真流，法号匡越。他填写的词《王郎归》（《阮郎归》）是安南现存最早的一首词，是他为宋朝使节李觉归国饯行时所写：“祥光风好锦帆张，遥望神仙复帝乡。万重山水涉沧浪，九天归路长。情惨切，对离觞，攀恋使星郎。愿将深意为边疆，分明奏我皇。”[③]这首词在字数上虽不甚规范，但当时的越南文人能写出这样的词已经是难能可贵的了。

越南后世词人最著名的是白毫子，即阮绵审（1819—1870年），字仲

---

① 韦旭升：《中国文学在朝鲜》，花城出版社1990年版，第341页。

② 于在照：《越南文学史》，军事谊文出版社2001年版，第15页。

③ 于在照：《越南文学史》，军事谊文出版社2001年版，第19页。

渊，号椒园，明命皇帝阮福晈第十子，因眉间有白毫，所以以白毫子自号，著有《北行诗集》《仓山诗钞》。他是在中国作品流传最广、声誉最高的越南汉学诗人。夏承焘评价他写词："风格在白石、玉田间，写艳情不伤软媚。"[①]所作之词深得宋词的真谛，善于运用中国文化典故，词句凝练、优美。如《浣溪沙·春晓》：

料峭东风晓暮寒，飞花和露滴阑干，虾须[②]不卷怯衣单。小饮微醺还独卧，寻诗无计束吟鞍，画屏围枕看春山[③]。[④]

《清平乐·早发》：

青鞵[⑤]布袜，不待平明发。未暖轻寒清欲绝，一路晓风残月。春山满眼峥嵘，马蹄乱践云行。拖醉高吟招隐[⑥]，流泉如和新声。[⑦]

《摸鱼儿·得故人远信》：

草萋萋陌头三月，王孙行处遮断[⑧]。青山忆昨日登眺，时节未暖犹寒。风日晚，歌一曲、白云不度横峰半。兴长书短。已暮雨人归，东风花落，回首旧游远。经年别，何处更逢鱼雁？相似日日无限。朝来对客烹双鲤，摘取素书临看[⑨]。心转乱，谁料尚飘零琴剑江湖畔。

---

① 夏承焘选注，张珍怀、胡树森注释：《域外词选》，书目文献出版社1981年版，前言。

② 虾须：帘子。典故出自陆畅诗《帘》："劳将素手卷虾须，琼室流光更缀珠。"

③ 典故引自郭熙《山水训》："真山水之烟岚，四时不同，春山澹冶而如笑。"

④ 夏承焘选注，张珍怀、胡树森注释：《域外词选》，书目文献出版社1981年版，第143页。

⑤ 鞵：鞋。

⑥ 典故引自左思《招隐》诗："杖策招隐士，荒涂横古今。岩穴无结构，丘中有鸣琴。白雪停阴冈，丹葩曜阳林。石泉漱琼瑶，纤鳞或浮沉。非必丝与竹，山水有清音。何事待啸歌，灌木自悲吟。秋菊兼糇粮，幽兰间重襟。踌躇足力烦，聊欲投吾簪。"

⑦ 夏承焘选注，张珍怀、胡树森注释：《域外词选》，书目文献出版社1981年版，第144页。

⑧ 指王孙的行迹被漫漫芳草遮没。

⑨ 典故引自古诗《饮马长城窟行》："客从远方来，遗我双鲤鱼。呼儿烹鲤鱼，中有尺素书。长跪读素书，书中竟何如。上言加餐食，下言长相忆。"双鲤，古时中国对书信的称谓。

天回地转。愿跨海营桥，划岩为陆，还我读书伴。[①]

从以上几首词可以看出，阮绵审对中国古典文化了如指掌，词艺非常娴熟，典故能够信手拈来，又别有韵致，其创作的词与宋词一脉相承，又因为生活环境的差异显得另有新意。

历史上，日本、朝鲜、越南等国用汉语创作的文学作品丰富多样，这些作品烙上了各自的历史文化传统、民族文学传统，具有各自鲜明的特点。就曲子词在这3个国家的传播、接受和发展情况来看，日本词作者最多，作品也相对丰富。朝鲜和越南的词人少，保留下来的作品也相对较少，但这3个国家词人的汉文学艺术修养都较为深厚，日本词人的艺术成就也不低。他们的词都有着唐代曲子词的烙印，故而品读起来多有亲切感，这些都说明了曲子词在海外的传播盛况。

① 夏承焘选注，张珍怀、胡树森注释:《域外词选》，书目文献出版社1981年版，第144页。

第四章　唐代俗诗的传播

第一节　唐代俗诗概述

一、唐代俗诗概念释义

唐代数量众多的俗体诗，简称俗诗，也有人称呼其为白话诗或通俗诗，其显著特点是语言通俗平易、主题明确，常作自由率真之表达。

在唐代俗文学中，俗诗无疑是比较重要的一类，这是因为诗歌是中国古代文学样式中发展历史最为悠久的。自先秦以来，诗歌一直是中国古代文学的主流，汉魏以后文人逐渐成为诗歌创作的主体，这一文学样式才从民间真正走向庙堂。但这并不意味着民间通俗诗歌创作的消逝，它不仅从不曾断绝，并且被文人发扬光大。至唐代，文人诗歌创作得到了空前繁荣，与之相对应的是俗诗的创作也走向繁荣。

唐代俗诗创作繁荣，但不受正统文人的重视，保留下来的作品十分有限，为人熟知的俗诗诗人只有王梵志、寒山、顾况、白居易、元稹等寥寥数人。缘于20世纪初敦煌文献的面世，唐代俗诗才向我们展示出它的面貌，其中最有价值的就是王梵志的诗歌。他的俗诗显示了初唐俗诗创作的成就，对中唐以来元白俗诗的创作有深远影响，对宋代以后的诗歌创作更是影响广远。

唐代社会稳定繁荣，为俗诗传播提供了良好的条件。俗诗传播的主体主要有三类，即文人、百姓、僧人。传播者中一类是创作者，是以文人为主，此外还有王公贵族、百姓、僧侣等；另一类是民间演艺机构或宗教场所的表演者，主要是教坊中的歌舞伎、俗讲僧等。从身份类别上看，可以归为范围更为宽泛的百姓中去。

唐代俗诗的传播媒介主要有口头传唱和文字传播两个方面，传播方式则主要通过乐工歌伎的演唱、僧道的宣唱、文人的酬唱应和、民间的传抄、题刻等，其传播的环境主要有寺院、酒馆旅店、园林、禁苑、市井街衢等。

唐代俗诗通俗明快，质朴无华，与民间谚语歌谣关系密切，深受唐代各个阶层的喜爱。俗诗的传播促进了唐代诗歌的流传和诗风的转变，对后世文人诗歌的创作具有显著的影响。正是唐代俗诗在创作与传播上的繁荣与成功，也进一步促进了词曲、戏剧、弹词、鼓词等通俗文学艺术活动的发展。

唐代是俗文学发展的重要时期，各种俗文学样式在唐代都得到了长足的发展。俗诗作为俗文学中的一种，在唐代更是广泛流传，深入社会各阶层生活，上自帝王贵胄，下至普通百姓，甚至目不识丁的“牛童马走之口”也常常吟诵俗诗。俗诗的作用主要表现在娱乐怡情、讽时教化以及对俗文学的推动，而这种广泛深入的传播必然也深刻影响了人们的心理及社会思潮。

唐代俗诗对后代文化的影响也是深远的。唐代俗诗作家王梵志、寒山、拾得等人的创作，在盛唐诸家的面前或许黯然失色。但是自中唐以来的中国文学出现了明显的通俗化倾向，使唐诗朝着“时俗所重”的方向发展，自晚唐皮日休、杜荀鹤等，直至宋代的王安石、苏轼、陆游、杨万里、范成大等，及至晚清的黄遵宪诸人，都或多或少地创作过俗诗。可以说，唐代俗诗影响了中国俗诗的发展，对后世的其他各体俗文学活动也有重要影响，对宋元明清时期以小说、戏剧、平话、弹词、鼓词等为代表的通俗文学都有重要影响。唐代俗诗也广泛传播到海外，并引起了极大的反响。

二、唐代俗诗总论

（一）唐代俗诗的发展流变

唐代俗诗的发展流变，大体可以分为 3 个阶段。

（1）初唐至盛唐时期。这一时期，俗诗创作蔚为大观，以王梵志、寒山为代表的俗诗作家，通过俗诗创作，扩大了俗诗的影响。随着唐代诗歌在开元、天宝年间的繁荣，以及安史之乱带给唐代社会巨大的灾难，以杜甫为代表的诗人关注现实苦难，用叙事的手法描画社会现实，表现出了对俗诗叙事传统的继承。

（2）大历年间。这一时期唐诗从盛唐诗风向中唐过渡。经历了安史之乱，这一时期的诗人大多从盛唐时期昂扬向上转向内敛含蓄，诗歌表达的是更加内敛的情思。但是在此种诗风之外，顾况的诗歌创作却不同时俗。顾况留存下来的诗歌，受江南民歌的影响痕迹明显，语言通俗明快，与大历诗风完全不同。顾况的诗歌创作中通俗、奇怪的特征对后来的元白诗派和韩孟诗派都产生了一定的影响。

（3）贞元元和年间。此时的唐代面对藩镇割据的重大社会问题，政治改革运动此起彼伏，伴随着的是诗文上的革新运动。其中，元稹和白居易汲取乐府民歌的精华，发起“新乐府运动”。他们创作的诗歌俗化特征更加明显，“元轻白俗”是这一时期俗诗的代表。

（二）唐代俗诗主要作家作品整理介绍

据清人彭定求等编的《全唐诗》和今人陈尚君《全唐诗补编》收录的诗歌数量统计，唐代诗歌存世约达 53000 首，诗人约 3000 位，这个数量远远超过了前代任意一个时期的诗歌数量总和。诗歌和诗人数量的膨胀说明了诗歌创作的繁荣，也预示着唐代俗诗创作的繁荣。

从具体俗诗作家来看，王梵志的诗歌至晚唐已散佚殆尽，主要散见于一些后人的笔记或类书及宗教类作品。后经由敦煌文献整理，才大致保留王梵志诗歌全貌。敦煌文献保存王梵志诗歌有 33 个写本，分别收藏于英国伦敦大英博物馆、俄罗斯圣彼得堡东方研究所、日本奈良宁乐美术馆，当代校注本影响最大的是项楚先生的《王梵志诗校注》。寒山诗歌最早由道士徐灵府在唐文宗大和年间（827—835 年）结集传世。此后经过晚唐五代人编辑，仅为一卷。现存最早版本为明代毛晋汲古阁旧藏，后经清宫天禄琳琅、近人周叔弢递藏，今有由国家图书馆收藏的宋刻本。当代校注本有台湾地区黄山轩《寒山诗笺注》、徐光大《寒山子诗校注》（附拾得诗）、钱学烈《寒山拾得诗校评》、项楚《寒山诗注》等，其中项楚《寒山诗注》价值最大、影响最广。

除去个别作家作品集，目前保存唐代俗诗数量较多的是敦煌文献。自 1900 年敦煌藏经洞被打开之后，除去 90%的佛教典籍和其他宗教文献，还有一定数量的文学作品以及各种文书，其中有很多的诗歌写本。这些保留下来的诗歌写本是唐代俗诗的活化石，也是我们还原唐代俗诗创作的基本依据。透过对这些诗歌写本的分析，我们能够勾勒出唐代俗诗的传播情况。

敦煌文献保留俗诗的整理本，主要有张锡厚先生的《全敦煌诗》，收录敦煌俗诗、歌诀、曲子词等多达 4501 首。徐俊在《敦煌诗集残卷辑考》中收录的唐代诗歌有 1925 首。考虑到两者选取作品标准不同，以及对俗诗的概念界定的差别，两者所收作品数量有一定差距，但是从保留俗诗的角度看，这两部作品集的整理保留了唐代大量的俗诗，也潜藏着唐代俗诗流传的复杂过程。

而俗诗创作数量较多的元白等人的诗歌因保存较好，在此就不再赘述。

第二节　唐代俗诗的传播

一、唐代俗诗的传播环境

唐代俗诗主要在各种宗教场所、娱乐休闲场所、市井之间甚至皇家禁苑等环境中进行传播。市井传播主要指经由普通大众之间进行的随时随地、灵活多样的传播。通俗文艺表演较多的地方也往往就是俗诗得以更广泛流传的环境。

唐代寺院不是一般意义上的宗教活动场所，特别是在寺院中举行的活动，例如讲经、说话、戏弄等讲唱文学表演，其主要功用在于宣扬宗教，但它们的娱乐价值也不应该被忽视。唐代宗教尤其是佛教有世俗化趋势，为招徕听众也经常加入各种俗文化讲唱活动。寺院的讲经、戏弄等讲唱文学活动也是唐代俗诗进行传播的方式之一。百姓聚于寺院广场观看俗讲，其中很多的韵语甚至俗诗便利用口耳相传的形式在百姓间传播开来。除了口耳相传，宗教场所也经常通过一些传抄、题壁、刻镂等方式使俗诗得以传播。

唐代的酒馆旅店也是重要的俗文学艺术活动表演场所，与寺院相比，没有了宗教宣传的意味，但娱乐的功能更加突出，也具有了更多的文化交流的特征。在酒馆旅店中上演的曲艺表演，其中的韵语、俗诗也会通过相同的途径得以传播流行。

此外，唐代的园林和皇家禁苑也都具有以上传播特征，为俗诗的传播提供了便利。

（一）寺观

唐代寺观不单是宗教场所，也是重要的社交、娱乐、游玩、读书、住宿甚至养病的地方。首先，唐代的寺观一般坐落在名山大川或都市之中，寺观经济情况都比较好，有些寺院还有各种产业。寺观一般也都有美化环境的传统。有些寺观还专门培育珍贵的奇花异草，以吸引游客或进行售卖。所以寺观环境一般都比较优美，很多寺观往往花木掩映，竹木扶疏，环境清雅，因此人们都比较醉心于参观游览，而文人更是热衷于此，也自然而然地会在寺院道观留下诗歌、墨宝。其次，唐代的寺院、道观不仅环境清幽美丽，而且往往寺舍较多，也会为读书人或远路之人提供食宿，很多寒门士子也往往会寄居寺观进行学习，以备应考。如白居易《游丰乐招提佛光三寺》："山寺每游多寄宿，都城暂出即经旬。"① 而《莺莺传》中的莺莺一家就暂时寄住普救寺。据《唐会要》记载，"举人试讫，有逼夜纳策，计不得归者，并于光宅寺止宿；应巡检勾当官吏并随从人等，待举人纳策毕，并赴保寿寺止宿"②。唐代的很多读书人也都曾有过读书山林的经历，所以有"终南捷径"之说，所谓"读书山林"其实就是寄居寺观读书。文人长期居留此地，必然会有更多的诗文流传其间。最后，唐代寺观中的很多僧人、道士往往都粗通文墨，有些还是著名的诗人，加之他们长期与来自四面八方的各种过往文人相互交流，其中有很多文人可能还是非常杰出的文坛名人，因而更有机会切磋学习，所以有些僧侣、道士的文学艺术水平还相当高。他们不仅收藏、传播诗词歌赋，也经常进行各种创作。唐代著名的诗僧也很多，如王梵志、寒山、丰干、皎然、拾得、贾岛、灵澈、齐己、贯休等。他们不仅自己创作俗诗，也经常收集、收藏各种图书、文学艺术作品等。文人们也往往喜欢在寺院题壁、题画或留存书法等其他艺术作品，所以寺院也是重要的文化艺术作品宝库，因而自然也会成为俗诗的传播重镇。最为重要的是，寺观是公共场所，人口流动密集，每逢节庆之时，各种娱乐活动异常繁荣、人口流量非常大，各种题壁诗或俗文学艺术活动也夹杂俗诗进行最为广泛的传播活动，所以包括俗诗

---

① 张春林编：《白居易全集》，中国文史出版社 1999 年版，第 675 页。

② 吴宗国：《唐代科举制度研究》，辽宁大学出版社 1992 年版，第 85 页。

在内的俗文学活动传播范围大、影响广泛。

唐代的很多民间技艺表演一般都会在寺院进行，“长安戏场多集于慈恩、小者在青龙，其次在荐福永寿”[①]。此外，在长安中的资圣寺、宝寿寺、菩提寺、景公寺等都有类似的戏场，主要的活动便是俗讲。例如，兴福寺的文溆法师的俗讲轰动一时，成为当时长安中的文化盛事。中晚唐时期，长安大寺院中的俗讲逐渐演变成为一种散韵结合的讲唱艺术形式，这就是所谓的“变文”。它有着一整套较为固定的形式，按照一定的规范和次序，念佛、发愿、开讲、唱经等环节紧密衔接，形成完整的说唱文艺形式。变文形式的成熟，成为俗诗得以传播的重要方式之一。唐代诸多的俗诗也通过变文这种新颖的载体得以在大众中广泛传播。

变文作为佛教俗讲的主要内容，经常在寺院中进行传播，因而伴随变文传播的俗诗的传播场所也以寺院为主。为了说明俗诗与变文的关系，这里姑举一例。长沙窑出土的唐代铜官窑瓷器上有一首诗：“君生我未生，我生君与（已）老。君恨我生迟，我恨君生早。”[②]一般多认为这首诗可能是陶工自己创作，也可能是当时流行的里巷歌谣，但也极有可能是当时的胡夷里巷之曲，其源头可能是从敦煌变文演化而来。仔细考探，可以看出长沙窑出土瓷器上的俗诗套用了敦煌变文中的词话。因为远公故事早在中唐前就已广泛流传，所以在当时社会应是尽人皆知，其中的韵语、俗诗也自然为人所熟知。如果此诗为陶工所作，在社会上风靡，进而影响到话本小说，那陶工的大名当会在其他文献中有所记载。而且他当比远公故事早很多年，否则不可能那么巧、那么快就被远公故事吸收。所以，这很可能是民间学习远公故事中的韵语而创作的。说明唐代俗诗与寺庙变文有着明显的演化关系。当寺庙举行俗讲变文活动的时候，听众听到的那一刹那，俗诗的传播便悄然开始。

① 胡士莹：《话本小说概论》，商务印书馆 2017 年版，第 35 页。

② 曾坤：《新选唐诗三百首》，北岳文艺出版社 2017 年版，第 323 页。

在明确唐代俗诗与变文之间的演化关系之后，只需要看看唐代俗讲变文的盛况，便可以对唐代俗诗传播的环境有清楚的认识。对唐代俗讲的盛况，唐诗对此多有歌咏，姚合《赠常州院僧》“仍闻开讲日，湖上少鱼（渔）船”①，“无生深旨诚难解，唯是师言得正真。远近持斋来谛听，酒坊鱼市尽无人”②。可见当时世人对俗讲的狂热态度。当然寺庙举行俗讲并不是为了俗诗的传播，胡三省说其“徒以悦俗邀布施而已”③。《续高僧传·杂科声德篇》中就说：“世有法事，号曰落花。通引皂素，开大施门；打刹唱举，拘撤泉贝。别请设座，广说施缘，或建立塔寺，或缮造僧务。随物赞祝，其纷若花；士女观听，掷钱如雨。”④百姓在俗讲中得到了心灵上的慰藉，慷慨解囊以布施，僧人的目的固然在此，但是能让听众如此癫狂，除去宗教信仰造就的心理因素外，俗讲的内容能吸引人也很重要。前文提到的文溆和尚，“公为聚众谈说，假托经纶所言，无非淫秽鄙亵之事。不逞之徒，转相鼓扇扶树，愚夫冶妇，乐闻其说，听者填咽”⑤。可见为了得到更多的布施，寺院在举行俗讲的时候也可不以宣扬佛事为唯一内容，有时甚至还加入了“淫秽鄙亵之事”以招徕听众。那么在变文的表演中，插入俗诗以增加效果自然就成了题中应有之义。

白居易是唐代重要的俗诗作者，他经常光顾各种寺院，与很多僧人也都有往来，在他的诗作中常常可以见到这种描述。这无疑促进了唐诗在寺院的传播。而他藏诗寺院也是典型的例子。从大和九年（835 年）起，白居易将自己的文集分藏于天下各大寺院。大和九年《东林寺白氏文集记》中曰：“昔余为江州司马时，常与庐山长老于东林寺经藏中披阅远大师与

① 王启兴主编：《校编全唐诗》中册，湖北人民出版社 2001 年版，第 2394 页。

② 王启兴主编：《校编全唐诗》中册，湖北人民出版社 2001 年版，第 2419 页。

③ （宋）司马光编著：《资治通鉴》卷 243，中华书局 1956 年版，第 7850 页。

④ 胡适：《白话文学史》，安徽人民出版社 2019 年版，第 116 页。

⑤ （唐）赵璘撰，黎泽潮校笺：《〈因话录〉校笺》卷 4，合肥工业大学出版社 2013 年版，第 68—69 页。

诸文士唱和集卷，时诸长老请余文集亦置经藏，唯然心许他日致之……仍请本寺长老及主藏僧，依远公文集例，不借外客，不出寺门，幸甚。”[①]开成四年（839年）《苏州南禅院白氏文集记》中曰：“家藏之外，别录三本，一本置于东都圣善寺钵塔院律库中，一本置于庐山东林寺经藏中，一本置于苏州南禅院千佛堂内。”[②] 开成五年（840年）《香山寺白氏洛中集记》中曰：“夫以狂简斐然之文，而归依支提法宝藏者，于意云何？我有本愿，愿以今生世俗文字之业，狂言绮语之过，转为将来世世赞佛乘之因，转法轮之缘也。”[③]从白居易的本意来说，他希望通过寺院这个环境，将自己的文集流传后世。实际情况就是，寺院也的确成为白居易通俗诗歌传播的主要环境之一。

综上可见，唐代的寺观是俗诗传播的重要环境。通过听众的口耳传播以及各种题壁、抄本等，俗诗得到了广泛的传播。

（二）酒馆旅店

唐代俗诗与燕乐有着天然的联系。在唐代燕乐场合中除去词的演唱之外，俗诗也占有一席之地。

唐代商业发达，人们的流动越来越频繁，特别是行商风气盛行，使得唐代文人的远游范围相较于前代要更加广泛。同时随着帝国统治疆域的扩展，官员的流动范围也越来越广。这些都决定了在唐代，商人、文人、官员成为一股流动的人潮，他们由于各种原因行走在帝国的土地上。在旅途过程中，饮食和住宿永远是旅人的两大主题。于是承担饮食的酒馆和承担住宿的旅店就成了外出之人经常活动的空间。

在这个空间中，出于不同目的的人们就有了共同的审美娱乐需求，使得唐代的酒馆旅店普遍成了俗文艺活动中心。正是因为唐代的酒馆旅店具

---

① 周绍良主编：《全唐文新编》第3部第3册，吉林文史出版社2000年版，第7637页。

② 周绍良主编：《全唐文新编》第3部第3册，吉林文史出版社2000年版，第7640页。

③ 周绍良主编：《全唐文新编》第3部第3册，吉林文史出版社2000年版，第7636页。

有文艺表演的功能，不管地处何方，文人和歌儿舞女始终是酒馆旅店中的主角。而在酒馆旅店的宴乐活动中吟诗作词、歌舞助兴又是主要的娱乐方式，因而造成了酒馆旅店成为诗词歌赋的创作与传播重地。

唐诗中很多诗歌都是在这种宴会的环境中创作出来的，如李群玉《长沙陪裴大夫夜宴》、方干《陪李郎中夜宴》等皆是如此。甚至唐代很多的夜宴都是需要歌伎舞女参与以助兴，白居易曾作诗“公门衙退掩，妓席客来铺。……今夜还先醉，应烦红袖扶”，“楼中别曲催离酌，灯下红裙间绿袍”等。这些诗作描绘了夜宴过程中的种种情致。但需要我们特别注意的是，这些诗作有些缘事而发，有些则是为了应对歌伎而作。例如，白居易的《杨柳枝二十韵》中就提到了为了酬谢歌伎而写诗的事情。

酒馆旅店不仅是文人写诗之地，也是那些有才华的歌伎创作的场所。唐代歌伎主要是通过歌舞表演的方式以达到佐酒娱乐的目的。一方面，他们常常演唱文人的歌诗；另一方面，也有一些歌儿舞女本身也有一定的艺术修养，也会吟诗作赋，或唱和，或自娱，或抒情遣怀，不一而足。《升庵诗话》中记载：“吴二娘，杭州名妓也。有《长相思》一词云：‘深花枝，浅花枝，深浅花枝相并时，花枝难似伊。巫山高，巫山低，暮雨潇潇郎不归，空房独守时。’白乐天诗：‘吴娘暮雨萧萧曲，自别江南更不闻。’又：‘夜舞吴娘袖，春歌蛮子词。’”① 从上面这段记录来看，唐代的歌伎并不是被动地与文人唱和，他们会进行主动的创作，有些优秀的诗词还会得到文人的赞赏，甚至唱和。而他们无论表演还是自创新诗，都是对诗歌的广泛传播。也因为在这种通俗娱乐场所，所以流行的更多是俗诗。

文人和歌伎之间利用诗词歌赋相互交流，无形中为俗诗的传播营造了天然的环境。正是因为双方这种以诗歌为媒介的交流方式，使得唐代俗诗成为双方相互唱和和传播的重要形式。而产生这种形式的环境，则是唐人

---

① 王文才、万光治主编：《杨升庵丛书》卷 6，天地出版社 2002 年版，第 149—150 页。

往来频繁的酒馆旅店。

（三）园林

中国古代园林历史悠久，大体而言，北方多皇家禁苑，南方多私家园林。但无论如何，园林都是古代帝王士大夫悠游休闲之地，这就为文学作品的流传提供了必要的环境。

唐代最著名的公共园林要数曲江。曲江位于长安城的东南角，《太平寰宇记》记载曲江池“其水曲折，有似广陵之江，故名之”①。这里风景秀丽，凡是遇到重要的岁时民俗节日，长安中的达官贵人、贩夫走卒都会去曲江游览。围绕着曲江池，逐渐形成了众多著名的景点。“曲江池，本秦世隑州。开元中疏凿，遂为胜境。其南有紫云楼、芙蓉苑，其西有杏园、慈恩寺。”②每到重大节日，这里游人如织，甚至皇帝都会亲临。唐太宗李世民就喜欢到芙蓉园游玩，中宗、睿宗时逐渐形成了春日游芙蓉园的风气。至玄宗时，皇帝赐宴之处由皇宫改到了曲江。每年的正月晦日、三月上巳、九月重阳都要在曲江赐宴百官。每当此时，曲江人潮汹涌、热闹非凡，正所谓“上巳曲江滨，喧于市朝路”③。

此外，唐代新科进士举行宴会活动的地点也在曲江。唐代进士考试结束以后会举行探花宴。探花宴是新科进士的初宴，是大家推举同科进士中年轻英俊之辈为探花使，遍游长安名园，搜求游赏名贵花卉，以供大家欣赏。探花宴举办的地点就在曲江杏园。唐代诸多诗人对此都有过生动的描绘，“一旦公道开，青云在平地。枕上数声鼓，衡门已如市”④就是杏林初宴时的场景。孟郊《登科后》、姚合《杏园宴上谢座主》等诗歌都是对探花宴的描述。杏园赐宴之后，新科进士还要去大慈恩寺“雁塔题名”。“举

---

① （宋）乐史：《太平寰宇记》卷24，中华书局1985年版，第78页。

② （唐）康骈：《剧谈录》卷下，古典文学出版社1958年版，第57页。

③ （宋）蒲积中编，徐敏霞点校：《古今岁时杂咏》，三秦出版社2009年版，第222页。

④ 王启兴主编：《校编全唐诗》中册，湖北人民出版社2001年版，第3096页。

人既及第，又有曲江会、题名席。”[①]“既捷，列书其姓名于慈恩寺塔，谓之题名会。”[②]考中进士并在雁塔题名于唐代士人来说是莫大的荣耀，白居易就有“慈恩塔下题名处，十七人中最少年”之语，得意之情溢于言表。当然，题名后便是进士关宴中的重要一场——曲江关宴。这场宴会成为长安城的一件盛事，“其日，公卿家倾城纵观于此，有若中东床之选者，十八九钿车珠鞍，栉比而至”[③]。“曲江之宴，行市罗列，长安几于半空。公卿家率以其日拣选东床，车马阗塞，莫可殚述。”[④]一方面是百姓参与其中，一睹新科进士的风采；另一方面则是达官贵人摩拳擦掌、遴选佳婿。不管是哪种情形，此时的曲江池畔必定是人潮汹涌、摩肩接踵，而文人尤其是唐代文人，在这种场合自然是少不了诗酒唱和的，这无疑有利于诗歌的创作与传播。

与此同时，民间艺人也自然不会放弃这个表演献艺的绝佳时机。唐代诗人林宽在《曲江》中写道：“柳絮杏花留不得，随风处处逐歌声。”[⑤]王棨《曲江池赋》说道：“是日也，天子降銮舆，停彩仗，呈丸剑之杂伎（技），间咸韶乐之妙唱。”[⑥]从中可知，在曲江池的宴会中百戏、杂技、唱词等演艺活动十分丰富。丰富多彩的曲艺活动必然会为俗诗的传播流传提供绝佳的环境。

（四）皇家禁苑

相较于公共园林，唐代皇家禁苑的环境较为封闭，百姓很难出入其

---

① （宋）欧阳修、宋祁：《新唐书·选举志》卷49，中华书局1975年版，第1309页。

② （唐）李肇：《唐国史补》卷下，上海古籍出版社1957年版，第56页。

③ （五代）王定保撰，姜汉椿校注：《唐摭言校注》卷3，上海社会科学院出版社2002年版，第60页。

④ （五代）王定保撰，姜汉椿校注：《唐摭言校注》卷3，上海社会科学院出版社2002年版，第47页。

⑤ 夏于全集注：《唐诗宋词全集》第2部，华艺出版社1997年版，第1241页。

⑥ 周绍良主编：《全唐文新编》第4部第1册，吉林文史出版社2000年版，第9184页。

中。不过这并不代表皇家禁苑与俗诗的传播无关。作为皇家园林，其主要功用在于为统治者提供一个休闲娱乐的场所。唐代禁苑区域繁多，所承担的娱乐活动也各不相同。1956 年，在大明宫遗址考古发掘的过程中，发现了“含光殿及毬场等，大唐大和辛亥岁乙未月建”的石志。根据石志上的年代记录，断定为唐文宗大和五年（831 年）十一月。[①] 这段记录说明此处应该是唐大明宫内举行政治活动以及打马球的场所。在大明宫内，类似这样的场所还有很多，例如樱桃园、梨园和葡萄园应该是统治者游乐之地，观德殿、龙首池为宫中庆典祭祀的场所。

在唐代禁苑所有举行娱乐活动的场所中，有一个地方最为特殊，那就是梨园。梨园处于大明宫南面，唐玄宗在这里教导子弟曲艺，男女 300 人，后来号称“梨园弟子”。但梨园并不是只具有曲艺这一种娱乐形式，景龙四年（710 年）二月，唐中宗“御梨园毬场，命文武三品以上抛毬及分朋拔河”[②]。可见，在梨园，除去曲艺表演外还有很多形式的娱乐活动。在这个过程中，曲艺表演人员会利用这些活动吟诗歌赋。这就为俗诗的流传提供了便利条件和环境。

而唐代的皇亲国戚一般也都爱吟诗作赋。自唐太宗开始就有大量诗歌流传，其中很多也是俗艳内容。武则天、唐玄宗等也都是诗文的爱好者。武则天时常邀大臣们一起吟诗作赋。宋之问“诗成得袍”的故事就是明显的例子。玄宗召李白入京，也从一个侧面可以看出诗歌是皇亲贵胄游娱活动的重要项目。这种娱乐为主的场合，虽然主要是奉和应制之诗，但俗诗也自然必不可少。因为唐人对通俗娱乐之类的作品也是非常喜欢的。而著名诗人刘禹锡因赋玄都观之诗被贬之事，也足以说明诗文在皇亲贵戚之间的广泛传播。

此外，唐代也专门有派人去民间搜求图书文献等的制度，这就使得流

---

① 参见中国社科院考古研究所编著:《唐长安大明宫》，科学出版社 1959 年版，第 51 页。

② （宋）司马光编著:《资治通鉴》卷 8，长城出版社 2002 年版，第 2666 页。

传于民间的图书资料及诗文作品有机会进入宫廷禁苑。俗诗也因此有机会更多地进入宫廷禁掖。文人在初入仕途之时如果留在京城，往往会就任校书郎、正字等职级较低的文职。这个职位的任务之一就是去民间搜求各种图书文献，即所谓“出外括访图书”。唐代文人对诗词有一种天生的热情，所以各种流传于民间的俗诗等自然也会被带入皇宫禁掖。

（五）市井传播

除了以上的传播环境外，唐代俗诗因其短小且朗朗上口，更易于记诵，所以也在普通大众中间随时随地灵活多样地进行传播，可以称之为市井传播。它是唐代俗诗传播环境中比较特殊的一个。它不是一个具体的场所地点，而是普通大众之间随时随地的不拘形式的一种传播。普通百姓受身份和生存环境所限，他们接受和传播俗诗的环境，除了上述能够去到的寺院、公共园林外，还应该考虑一个常态的市井环境，即老百姓能够以其居住地为中心，因为对俗诗的共同的喜好，能够方便地和周围的普通人群或者口诵分享，或者相互传抄等。如白居易在《与元九书》中云：“其余诗句，亦往往在人口中……士庶、僧徒、孀妇、处女之口，每每有咏仆诗者。”① 元稹在《白氏长庆集序》中云：“王公妾妇、牛童马牛之口无不道，至于缮写模勒，炫卖于市井，或持之以交酒茗者，处处皆是。”②交流、传播俗诗的人群，可以是社会上层人士，如达官贵人、文人学士，但最广泛的传播还是在民间，普通民众之间的人际传播更是俗诗民间传播的坚实基础。他们因共同的喜好而不自觉地承担了传播功能。他们可能是普通手工业者，可能是商人，可能是乡校的学童，可能是走街串巷卖艺的，可能是居家的丧偶妇女和少女，也可能是牧童、仆役等社会地位更低下的人群，因为他们的喜爱和口耳相传，俗诗在唐代得以传播于市井，荡漾于民间。

---

① 《白居易集》，中国戏剧出版社 2002 年版，第 337 页。

② （唐）元稹著，孙安邦、孙翰钺解评：《元稹集》，三晋出版社 2008 年版，第 164 页。

总之，唐代俗诗的传播环境是多方面的。从宗教场所到酒馆旅店，乃至于园林禁苑，只要有公共性的表演发生，俗诗就有传播的机会。另外，通过民间人际传播，俗诗才会深入唐代社会生活的方方面面，产生的影响也是不可估量的。

二、唐代俗诗的传播主体

唐代俗诗的传播主体主要有文人、百姓和僧人等。总体上看，文人首先是俗诗的创作主体，又是俗诗的传播主体。百姓则更多地承担起了传播主体的角色，他们虽然也可以进行俗诗的创作，但其数量及影响力远远不及文人。至于僧人，他们对俗诗的传播也起到了重要的作用。

（一）文人

文人对俗诗传播的主体性首先表现在他们步入仕途后所从事的工作就与诗歌有关。赖瑞和在《唐代基层文官》中说："唐代士人释褐任第一个官职，主要有两条路可走：（一）到州府任参军；（二）留在长安京城任校书郎、正字。"① 秘书省是当时皇家藏书之地，其长官为秘书监，属官有秘书少监、秘书丞、秘书郎、校书郎和正字。其中，校书郎和正字官职较低，一般是士人初步入官场所担任的官职。那么这两个官职的职掌为何呢？据《唐会要》记载，校书郎和正字主要从事文学收集和整理的工作，他们需要"出外括访图书"。

萧颖士在《登临河城赋并序》中提到自己的舅舅时说道："既而谢策桂林，校书芸阁，道为知已遇，名为海内称，舅氏之力也。天宝元年秋八月，奉使求遗书于人间。"② 可见校书郎和正字是需要到民间搜集文学作品

---

① 赖瑞和：《唐代基层文官》，中华书局 2008 年版，第 14 页。

② （清）董诰等编：《全唐文》卷 322，上海古籍出版社 1990 年版，第 1442 页。

的。这样的例子在唐代很是常见，苏颋《送贾起居奉使入洛取图书因便拜觐》、韦应物《送颜司议使蜀访图书》、钱起《送集贤崔八叔承恩括图书》、卢纶《送耿拾遗沣充括图书使往江淮》等诗作都能反映出这种情况。

正是唐代中央政府经常派校书郎、正字等官员到全国各地去收集文学作品、访求图书，这些官员才会在访求图书的过程中注意保留不同的民间文献抄本。民间流传的俗诗自然也就有机会被收藏，俗诗的流传抄本等也可能随之产生。这些抄本等的流传范围越广，影响就越大，反过来会刺激那些初入仕途的校书郎、正字继续搜求俗诗。文人之于俗诗的传播主体性也随之表现出来。

文人对俗诗的传播还表现在文人对俗诗的欣赏热爱。唐代文人热爱雅文学，也爱俗文学，其中不乏优秀的文学大家。

唐代宴游集会风气盛行。文人群体经常参与宴集赋诗酬唱活动，是诗歌传播不可忽视的群体。诗人创作中出现了大量的以“寄……”“酬……见寄”为题的诗篇，如白居易有《奉和汴州令狐令公二十二韵》《早春同刘郎中寄宣武令狐相公》《雪中寄令狐相公兼呈梦得》《将发洛中枉令狐相公手札兼辱二篇宠行以长句答之》《崔湖州赠红石琴荐焕如锦文无以答之以诗酬谢》，刘禹锡有《洛中逢白监同话游梁之乐因寄宣武令狐相公》，令狐楚有《节度宣武酬乐天梦得》，等等。这些文人都喜欢民间诗歌，刘禹锡更是学习民间的竹枝词进行创作，所以他们之间的俗诗往来自然也少不了。

而白居易、元稹等诗人的通俗诗篇也在文人活动中得到广泛的认同和传播。以白居易为例，他不仅喜爱通俗诗歌，有自己明确的诗歌主张，还努力写作通俗易懂的诗篇，并通过诗人之间的交游、交往、唱和促进俗诗的传播。

在诗歌创作理论上，白居易反对齐梁以来的艳丽诗风，在《新乐府序》中，他提出：“其辞质而径，欲见之者易谕也；其言直而切，欲闻之者深诫也；其事核而实，使采之者传信也；其体顺而肆，可以播于乐章歌曲也。”[①]这里的“质而径”“直而切”“核而实”“顺而肆”，即语言务必质朴通俗，议论须得直白，写事要真，诗歌形式要流畅，能够用来歌唱。他自己在后来的写作中，就是沿着这条道路前进的。白居易一生中来往较多的是当时著名的诗人、文学家，如韩愈、张籍、王建、李绅、裴度、崔群、元稹、刘禹锡等。通过与这些诗人、文学家的唱和，他的通俗诗篇得以在文人群体中广泛传播，并发挥影响。

如白居易在《与元九书》中云：“今所爱者，并世而生，独足下耳。然百千年后，安知复无如足下者出而知爱我诗哉？故自八九年来，与足下小通则以诗相戒，小穷则以诗相勉，索居则以诗相慰，同处则以诗相娱。知吾罪吾，率以诗也。”[②]生动描述了白居易与元稹两人之间的唱和情形。他们二人的唱和，引得“巴蜀江楚间洎长安中少年，递相仿效”[③]。《旧唐书》卷166《元稹传》中云：“江湖间为诗者，复相仿效。”正是通过唱和酬答，使元白二人的通俗诗歌在社会中传播开来。白居易与其他诗人的密切文学活动，都推动了俗诗的传播。

（二）百姓

百姓是唐代俗诗传播的另一个主体。元白的诗歌流传于“牛童马走之口”，王梵志的诗歌流传于寺庙、民间，所以才出现了各种仿写的作品。敦煌文献写本也给我们透露出了百姓参与俗诗传播的部分信息。

敦煌写本S.5648中出现了一些俗诗，与寺庙僧人或者宗教事务关联度不高，内容上的杂驳说明一个问题，俗诗的传播虽然通过寺院这个场所，但传播的主体不尽然是僧人。徐俊、高国藩二位先生注意到了S.5648内容的这种特征。高国藩在《敦煌俗文化学》中就把S.5648写卷上抄录的诗歌认定为寺庙俗诗——戒违遣情诗。高先生认为这些诗歌是当时敦煌

① 丁岚：《白居易》，海南出版社1997年版，第42页。

② 《白居易集》，中国戏剧出版社2002年版，第339页。

③ （唐）元稹著，孙安邦、孙翰钺解评：《元稹集》，三晋出版社2008年版，第164页。

寺庙俗诗的抄写，“唐代敦煌老百姓把他们自己的文学作品，写成带有游乐性与趣味性，以便使自己在忙碌的劳苦后，得到慰藉，或遣性抒怀，表达各种喜怒哀乐。因此这种体裁是有它实际作用的。所以高国藩先生认为，老百姓以及佛教徒在一定程度上写诗是为了‘戒违遣情’”[①]。

徐俊先生在《敦煌诗集残卷辑考》一书中，更多认为这些诗歌是“道情诗”[②]。这是因为唐代诗人在诗歌中多有“道情”的说法，著名的诗人如白居易、张籍、元稹、姚合、皎然、贯休等都创作过含有道情说法的诗歌。而写卷中因笔墨不清，容易将“道”认成“遣”，所以道情的提法在写卷中实际也出现过。特别是皎然、贯休的诗歌中多次出现道情，可见道情诗与佛教关系较为密切。

所谓道情，是一种文艺形式，它是宗教人士在化缘时所唱的一种歌曲，大多表达离尘绝俗之意。《太和正音谱》记载“道家所唱者，飞驭天表，游览太虚，俯视八纮，志在冲漠之上，寄傲宇宙之间，慨古感今，有乐道徜徉之情，故曰道情”[③]，可见道情诗应当与道教联系较为紧密。S.5648抄录《七言道情诗》：“鹤辞林去羽初成，休向人间取次鸣。透出碧霄云外叫，直交天下总闻声。”[④]还有一首五言：“知命愁难入，无亏祸不侵。道高龙虎伏，德重鬼神钦。”[⑤]从内容上看，七言诗确是阐发“飞驭天表，游览太虚，俯视八纮，志在冲漠之上，寄傲宇宙之间”[⑥]的意思，但五言诗却主要在劝导世人，与阐发道教教义有所不同。

唐代道情始于高宗时期的“道曲”“道调”。这些乐曲都是为了祭祀老子而作，后来逐渐为文人乃至下层百姓接受，使得道情不再单纯是为了宣

① 高国藩：《敦煌俗文化学》，上海三联书店1999年版，第497—504页。
② 徐俊：《敦煌诗集残卷辑考》，中华书局2000年版，第330页。
③ 中国戏曲研究院编：《中国古典戏曲论著集成》第1册，中国戏剧出版社1959年版，第49页。
④ 洪帅：《敦煌诗歌词汇研究》，光明日报出版社2013年版，第105页。
⑤ 黄永武主编：《敦煌宝藏》第44册，（台湾）新文丰出版公司1981年版，第1190页。
⑥ 傅惜华：《古典戏曲声乐论著丛编》，音乐出版社1957年版，第18页。

传道教。特别是唐代文人多写道情以赠别友人，表达问候之意。例如，李郢《宿怜上人房》："药裹关身病，经函寄道情。"[①] 陆龟蒙《奉和袭美赠魏处士五贶诗 · 乌龙养和》："养和名字好，偏寄道情深。"[②] 这类诗歌中诗人或抒发胸臆，或歌颂美好品德等，与宗教完全无关。

唐代道情与佛教联系也甚为紧密。僧人皎然诗歌中提及道情的作品多达 8 首。其次是贯休，有 4 首。S.5648 写卷中出现的 2 首道情诗，其中五言诗据徐俊考证，"此诗见《祖堂集》卷九《肥田伏禅师傅》"[③]，作者是僧人释慧光。由此可以推断，在佛教讲经过程中诗歌也被吸纳其中，一方面借助诗歌来表达送别寄情，另一方面逐渐演变为一种说唱文学样式，成为一种宣传宗教的音乐形式。[④]

在了解了 S.5648 写卷中写录的诗歌内容后，我们发现这张写卷中，除去情诗之外还有道情诗。这些道情诗都与宗教，特别是佛教的讲唱艺术形式有关。也正是这个原因，这些诗歌写本才会保存在敦煌石窟中。其中有一个关键的问题，虽然道情与宗教有着密切的联系，但是在唐代道情也不全然是为宗教服务。从 S.5648 写卷中抄录的诗歌内容看，除去道情外还有情诗，无法想象的是僧人会抄录这些情诗。那么抄录这些诗歌的人就并不一定是宗教人士，在当时的环境中，这些诗歌正如高国藩先生所说的那样，是百姓日常生活中为了娱乐和趣味而抄写的俗诗。

（三）僧人

僧人是唐代俗诗传播的又一主体。敦煌藏经洞中发现了大量王梵志的

---

① （清）彭定求等编：《全唐诗》卷 590，延边人民出版社 2004 年版，第 3710 页。

② 周振甫主编：《唐诗宋词元曲全集 · 全唐诗》第 12 册，黄山书社 1999 年版，第 4647 页。

③ 徐俊：《敦煌诗集残卷辑考》，中华书局 2000 年版，第 251 页。

④ 参见张利亚：《唐五代敦煌诗歌写本及其传播、接受》，兰州大学博士学位论文，2017 年。

诗歌，这是因为其诗通俗易懂又直指人心、颇有深意，而且他的诗歌中有很多也是对宗教思想的宣传，所以他的诗歌在当时广受欢迎，因而才能在寺院中被传抄。唐代著名的诗僧还有寒山、拾得、丰干、灵澈、齐己等。他们创作俗诗以抒发个人心性、反映世道人心或阐释宗教思想等。他们不仅创作俗诗也传播俗诗。但这部分诗僧的人数毕竟有限，真正多数的是寺院戏场中举行俗讲的法师。这些法师创作或传播俗诗的目的，相较于寒山、拾得要更加纯粹一些，就是为了要宣传佛教。僧人为了宣传宗教，会主动搜集有助于俗讲的讲义材料。王梵志的诗歌显然属于这一类，其诗被作为宣扬佛教教义的材料被编辑成册，收藏在藏经洞中，置于寺院之中，供香客随手翻阅、传抄或铭记于心。僧人们正是通过这种方式，使俗诗得以在民间传播。

寺院举办的多种形式的俗讲变文活动，其主体就是僧人，而俗讲变文中也会掺杂一些韵语俗诗。于是，俗诗也就在这个环境中得以广泛传播，作为寺院宗教活动主体的僧人自然也就成为俗诗传播的主体。

敦煌写本中记载有大量的僧人偈语、铭赞，从这些语言文字的形式来看，受到唐代格律诗的影响痕迹较重，但从内容上看则与传统的文人诗歌不同，与敦煌曲子词和民歌关系更接近。可以想见，这些僧人并没有受严格的格律诗训练，或者他们根本无心关注诗歌的格律问题。在创作偈语、铭赞的时候，所能依据的似乎更多是变文，特别是变文中的韵语，其本身与诗歌十分接近，而这些僧侣有可能就是变文的说唱者。

“唱导者盖以宣唱法理，开导众心也。……昔佛法初传，于时齐集，止宣唱佛名，依文致礼。至中宵疲极，事资启悟，乃别请宿德升座说法，或杂序因缘，或傍引譬喻。”① 从这段材料可知，僧侣在进行变文说唱的过程中，不可避免地要进行文学化的说唱，如果只是单纯地宣唱佛理，很难达到打动人心的目的，只有“杂序因缘，傍引譬喻”才能达到这个目的。

① 向达：《唐代长安与西域文明》，河北教育出版社 2001 年版，第 302 页。

于是在进行俗讲的过程中必须借助文学化的表达，僧人所说的偈语、铭赞、韵语受其影响也就带有了诗歌的特征。

为了更好地营造俗讲的效果，僧人必定努力学习诗歌技艺，以此招徕信众。敦煌诗歌写本中出现了非常多的僧侣诗歌抄本：

P.2104、P.2105、S.4037《释氏歌偈铭丛抄》存诗 7 首。

P.2641《释道真诗文抄》存诗 5 首。

P.2700《伦人王克茂诗抄》存诗 4 首。

P.3052《敦煌僧同题诗抄》存诗 4 首。

P.3360《释氏歌偈丛抄》存诗 3 首。

P.3720、P.3886、S.4654《悟真受牒及两街大德赠答诗合抄》存诗 6 首。

P.3591《释氏歌偈丛抄》存诗 4 首。

P.4617《释玄本五台山圣境赞》存诗 12 首。

S.4654《莫高窟巡礼题咏诗抄》存诗 5 首。

S.2156《释氏箴偈铭丛抄》存诗 13 首。

这只是其中的一部分，僧侣的写本大致可以分为两类：一类是纯粹的宗教偈赞，这样的写本占大多数，说明僧人对俗讲中偈语、铭赞、韵语使用的重视，需要反复摹写练习；另一类是僧侣个人和友人的歌咏，完全属于诗歌创作。不管是属于哪一种类型，僧人之于俗诗的创作和流传皆具有重要的主体性作用。甚至通过敦煌僧人写本，我们可以看到僧侣也是唐代俗诗传播的有力补充者。如果没有他们的参与，很多俗诗的传播会遇到很大的困难。

三、唐代俗诗的传播对象

唐代俗诗的传播对象非常广泛，上自皇亲国戚，下至普通百姓，甚至目不识丁的孩童，都是俗诗的爱好者。

（一）以文人为主体的仕宦阶层

唐代文学有俗化的倾向，所以文人也常作俗诗。中唐以后，这种风气更盛。顾况就多有俗诗。他作诗不避俚俗，直指现实，注重教化。他著名的诗作《囝》尖锐批判了闽中一带官吏摧残孩童的丑恶行径，沉痛而深刻。元稹、白居易的“元和体”更是典型的俗诗代表。而刘禹锡的竹枝词更是学习民间的歌谣而创作的通俗诗歌。韩愈等虽以怪奇著称，但也有俗化的倾向。他的有些诗歌不仅内容通俗，语言也多用口语甚至虚字。文人之间的俗诗创作自然也会在文人中间广泛传播。

唐代士人为了考中科举，有行卷的风气。行卷内容并没有严格限制，少者 1 卷，只有诗赋数篇；多者长篇累牍。例如，杜牧行卷诗 1 卷、150 篇。皮日休以《皮子文薮》10 卷、200 篇作为行卷，可谓巨著。中唐贞元、元和以后，文人又以传奇小说行卷，因其体包括史才、诗笔、议论，兼备三长，著名的《玄怪录》《续玄怪录》《传奇》等作品皆是如此。《全唐文纪事》卷 118：“尝以《谗书》上郑尚书，上蕲州裴员外，上太常房博士，上秘监韦尚书，可谓汲汲于遇合矣。唐世士子，温卷求知，即贤者不免如是。”[①] 可见唐代文人行卷内容多样，但目的却是很明确——中举。

那么俗诗在行卷风气中的传播也自然就带有了这个目的。例如，范摅的《云溪友议》也是为行卷而作。《云溪友议》中记录了王梵志的诗歌创作，作者范摅显然是把俗诗当作科举行卷内容看待。当王梵志的俗诗在公卿大臣手中传阅的时候，俗诗的传播也就自然而然地完成了。

但是要说通过行卷而传播的俗诗完全是为了功利性的目的也是不对的。在行卷功利性目的的基础之上，自然还有诗歌的审美和品评。《唐语林》记载：“白尚书应举，初至京，以诗谒顾著作况。顾睹姓名，熟视白公，曰：‘米价方贵，居亦弗易。’乃披卷首篇曰：‘咸阳原上草，一岁一枯

① 程千帆：《唐代进士行卷与文学》，中西书局 2019 年版，第 67 页。

荣。野火烧不尽，春风吹又生。’即嗟赏曰：‘道得个语，居即易也。’因为之延誉，声名大振。”①这个故事中需要我们注意的不是白居易行卷以及顾况的反应，而是顾况对白居易《赋得古原草送别》这首诗歌的击节叹赏。从顾况嗟赏的态度可知，行卷过程中对行卷所记录的俗诗具有审美品评的目的。由此可知，在唐代盛行的行卷风气中，俗诗是行卷的内容之一，其传播的对象主要是以文人为主体的官僚阶层，俗诗传播的目的既具有一定的功利性，也有对诗歌最基本的审美和喜爱。

（二）普通百姓

普通百姓是俗诗得以顺利传播的基础，也是俗诗最终被接受的决定因素。唐王朝是一个诗的国度，民间的诗歌受众人数众多，百姓对俗诗的传播热情一直不减。无论贩夫走卒还是妇孺老幼，都喜好俗诗。

对于作为传播对象的百姓，那些风格通俗、语言晓畅的俗诗才能被他们所理解和接受。如俗诗诗人王梵志的诗歌浅显易懂，诗句中运用的词语多数都是老百姓惯用的口语，艺术风格质朴写实，宣扬的佛理、人生观念也符合多数老百姓的认识，能够起到劝诫的作用，所以就其诗歌风格和内容而言，易于被百姓接受。他们不仅接受、喜欢王梵志的俗诗，还通过口耳相传，将其俗诗传播的范围不断扩大。

又比如诗人白居易，他写诗力求通俗平易、明白如话，百姓对他的新乐府诗极少有不理解的地方，加之内容贴近百姓生活实际，所以他的诗不仅在文人群体中传播，在百姓群体中更是广为传播。白居易在《与元九书》中说："自长安抵江西，三四千里，凡乡校、佛寺、逆旅、行舟之中，往往有题仆诗者。士庶、僧徒、孀妇、处女之口，每每有咏仆诗者。此诚雕虫之戏，不足为多。然今时俗所重，正在此耳。"②赵翼

① 马承五主编：《唐宋名家诗词笺评》，华中师范大学出版社1995年版，第167页。

② 《白居易集》，中国戏剧出版社2002年版，第337页。

在《瓯北诗话》卷4《白香山诗》中评价说："盖其得名在《长恨歌》一篇……文人学士，既叹为不可及，妇人女子，亦喜闻而乐诵之，是以不胫而走，传遍天下。"元稹在《白氏长庆集序》中也写出了他与白居易的俗诗受到百姓喜爱的盛况："二十年间，禁省、观寺、邮候墙壁之上无不书，王公妾妇、牛童马走之口无不道，至于缮写模勒，炫卖于市井，或持之以交酒茗者，处处皆是。其甚者，有至于盗窃名姓，苟求自售，杂乱间厕，无可奈何。予尝于平水市中，见村校诸童竞习诗，召而问之，皆对曰：'先生教我乐天、微之诗。'固亦不知予之为微之也。"[①] 上述各例都说明了一个共同的现象，那就是白居易、元稹等诗人的俗诗契合老百姓的喜好，百姓乐于传播。他们既是俗诗的传播对象，也是俗诗的有效传播者。

另外，唐代商业繁荣，长安等繁华都市里茶楼、酒肆众多，乐工歌伎依靠茶楼、酒肆卖艺为生。安史之乱后，原来为帝王、贵族服务的很多优伶亦流落到民间，更加促进了诗人与乐人之间的合作。这些民间乐人既歌唱流行的曲子词，还改编、歌唱诗人们写的流传甚广的诗歌。因为是娱乐场所，所以俗诗可能更多。不少诗人生动描绘过歌楼酒肆中乐人演唱的场面。著名的"旗亭画壁"的故事就是一例。又如韦应物诗："繁丝急管一时合，他垆邻肆何寂然。"[②] 在酒肆中，诗人们写的通俗诗歌通过乐人传唱，传播的机会大为增多。尤其是白居易创作的一些通俗诗歌，因合于流俗而备受乐人的欢迎，传播得更广。他在《与元九书》中说："及再来长安，又闻有军使高霞寓者，欲娉倡妓。妓大夸曰：'我诵得白学士《长恨歌》，岂同他妓哉？'由是增价。又足下书云：到通州日，见江馆柱间有题仆诗者，复何人哉？又昨过汉南日，适遇主人集众乐，娱他宾，诸妓见仆来，指而相顾曰：'此是《秦中吟》《长恨歌》主耳。'"[③] 白居易《闻歌妓

① 陈伯海主编：《历代唐诗论评选》，河北大学出版社 2003 年版，第 120 页。

② 王启兴主编：《校编全唐诗》（上），湖北人民出版社 2001 年版，第 1330 页。

③ 谢永芳编著：《元稹诗全集（汇校汇注汇评）》，崇文书局 2016 年版，第 223 页。

唱严郎中诗因以绝句寄之》“已留旧政布中和，又付新词与艳歌”①，《醉戏诸妓》“席上争飞使君酒，歌中多唱舍人诗”②，充分显示了诗人具有通俗特质的诗歌被民间乐人接受和喜爱的程度。民间乐人和普通百姓都是俗诗的接受者，又通过他们的口耳相传或者演唱，使俗诗在民间得以实现更广泛的传播。

四、唐代俗诗的传播内容

唐代民间僧人俗众和文人创作的俗诗数量多，题材广泛，或直接反映当时的社会时事及现实问题，或宣传佛教思想，或即兴感叹、抒发内心情怀等。这些俗诗展现了唐代丰富的社会生活内容。

（一）反映唐代社会现实问题

俗诗作者多来自底层社会，深谙民间疾苦，他们以细腻的笔触充分反映唐代社会现实问题。

有些俗诗反映了安史之乱后社会动荡、萧条的景象。如《冬出敦煌郡入退浑国朝发马圈之作》：“西行过马圈，北望近阳关。回首见城郭，黯然林树间。野烟暝村墅，初日惨寒山。步步缄愁色，迢迢惟梦还。”③

有些俗诗深切地反映出百姓苦难的现实。“相将归去来，阎浮不可停。妇人应重役，男子从征行。”④男子被征兵作战，妇女在家承担沉重的劳役。战争导致老百姓家破人亡，流离失所。冬季到来，贫困百姓饥寒困

① （清）彭定求等编：《全唐诗》卷585，中州古籍出版社2008年版，第2286页。

② 《中国古代名家诗文集·白居易集》卷1，黑龙江人民出版社2005年版，第239页。

③ 党银平、段承校编著：《隋唐五代歌谣集》，南京师范大学出版社2014年版，第244页。

④ 《唐长孺社会文化史论丛》，武汉大学出版社2001年版，第256页。

苦，白居易在《村居苦寒》中真实描写出他们的苦境："八年十二月，五日雪纷纷。竹柏皆冻死，况彼无衣民。回观村闾间，十室八九贫。北风利如剑，布絮不蔽身。"[①]在贫民无衣无食的绝境中，统治者还为实现个人享乐，大肆浪费、行为奢靡，"披香殿广十丈余，红线织成可殿铺"[②]。而各级官吏为了个人升官发财，不顾百姓死活，"宣城太守加样织，自谓为臣能竭力。百夫同担进宫中，线厚丝多卷不得"[③]。诗人们用通俗朴素的语言描绘出百姓的重重苦难。

有些俗诗揭露社会的尖锐矛盾。如王梵志诗，真实反映贪官污吏恃强凌弱、社会贫富不均、普通百姓赋税徭役沉重等现实。"贫穷田舍汉，庵子极孤凄。……黄昏到家里，无米复无柴。……幞头巾子露，衫破肚皮开。体上无裈袴，足下复无鞋。……如此硬穷汉，村村一两枚。……"[④]（《贫穷田舍汉》）诗歌结尾，诗人还特意强调像这样的穷苦人并不是独此一家。与此相对照，"富饶田舍儿，论情实好事。广种如屯田，宅舍青烟起。槽上饲肥马，仍更买奴婢。牛羊共成群，满圈养肫子……县官与恩泽，曹司一家事。纵有重差科，有钱不怕你"[⑤]（《富饶田舍儿》）。富人田地广博，牛羊婢役成群，粮钱满仓，并能以钱通官，免除差科徭役。两首俗诗内容在对照中，真实地呈现了唐代社会严重的贫富不均，揭露了唐初尖锐的阶级矛盾。

有些俗诗展现唐代司法混乱的现状。如王梵志诗《百姓被欺屈》："百姓被欺屈，三官须为申。朝朝团坐入，渐渐曲精新。断榆翻作柳，判鬼却为人。天子抱冤屈，他于陌上尘。"[⑥]百姓们不幸和痛苦的根源，就在于这

① 《白居易集》，中国戏剧出版社2002年版，第17页。

② 《霍松林古诗今译集》，陕西师范大学出版社2018年版，第186页。

③ 黄勇主编：《唐诗宋词全集》第3册，北京燕山出版社2007年版，第1332页。

④ 樊锦诗主编：《敦煌与隋唐城市文明》，上海教育出版社2010年版，第125页。

⑤ 郭预衡主编：《中国古代文学史长编》二，上海古籍出版社2007年版，第916页。

⑥ 周蒙、冯宇主编：《全唐诗广选新注集评》，辽宁人民出版社1994年版，第83页。

些赃官昏官颠倒是非、索钱取命、欺压百姓。

其他如讽刺商人巧取豪夺、讽刺寄生阶层的俗诗，都能真实反映唐代社会面临的现实问题。

（二）宣传佛教思想

伴随着佛教的传播以及唐代佛教文化的兴盛，有一类俗诗被用来传播佛教思想，作者多为寺僧或佛徒。很多俗诗都省去了作者姓名。这类俗诗用浅近通俗的语言，阐释生死无常，宣传佛法戒规，劝人行善积德、修道成佛。如其中一首佚名俗诗："池台楼观非吾宅，百年还同一宿客；无常忽至即分离，各自东西如路陌。……生斗英雄死论福，贵贱更无别地狱。天堂不是选家门，但使回心修作福。……过去王侯数百千，若个久住得长年；良贱有生皆有死，一朝命尽总虚然。"① 作者借现实习见的人情世态来宣传佛教思想。

有名姓的俗诗诗僧，如王梵志、寒山、拾得等，他们所作的俗诗，其中很大一部分也是为了适应佛教宣传的需要，诗歌的语言通俗流畅，蕴含一定的人生哲理。如王梵志的俗诗《恶事总须弃》："恶事总须弃，善事莫相违。知意求妙法，必得见如来。"②《运命随身搏》："运命随身搏，人生不自觉。业厚即福来，业强福不著。淳善皆安稳，蛊害总煞却。身作身自当，将头来自斫。"③ 宣扬此生种善因，来生才会受福报，其实还是劝人行善。寒山俗诗具有明显的佛家教化劝善的倾向，但同时还表现出洒脱自然、超然物外、不为人情世事所拘的姿态，如其"一住寒山万事休，更无杂念挂心头。闲于石壁题诗句，任运还同不系舟"④。

---

① 刘子瑜：《敦煌变文和王梵志诗》，大象出版社 1997 年版，第 73 页。

② 高国藩：《敦煌民俗学》，上海文艺出版社 1989 年版，第 131 页。

③ 孟庆文主编：《增订注释全唐诗》第 5 册，文化艺术出版社 2007 年版，第 1019 页。

④ 夏于全集注：《唐诗宋词全集》第 3 部，华艺出版社 1997 年版，第 1657 页。

（三）描摹世情，反映民间习俗

这类俗诗多为民间人士所作，多数诗作佚名，内容也很广泛。

有反映民间嫁娶主题的。如敦煌《下女（夫）词》卷，被认为是一组婚礼仪式歌，由男女傧相演唱，使用儿女对答体。其中所载部分俗诗，都是伴随婚礼过程而咏唱的，通过这些俗诗可以想象当时的婚嫁仪式和场面。

如《去帽惑诗》："璞璞一颈花，蒙蒙两鬓遮。少来鬓发好，不用帽或（惑）遮。"①

《去花诗》云："一花却去一花新，前花是假后花真。假花上有衔花鸟，真花更有采花人。"②

《脱衣诗》："山头宝径甚昌扬，衫子背后双凤凰。襦裆双袖双鸦鸟，罗衣接缫入衣箱。"③

《合发诗》："本是楚王宫，今夜得相逢。头上盘龙髻，面上贴花红。"④

《梳头诗》："月里娑罗树，枝高难可攀，暂借牙梳子，筭发却归还。"⑤

有在婚嫁礼俗中训示女儿的俗诗，内容主要是规范待嫁女子的道德和举止。如《崔氏夫人训女文》，作者佚名。部分内容如："教汝前头行妇礼，但依吾语莫相违。好事恶事如不见，莫作本意在家时"⑥；"路上逢人须敛手，尊卑回避莫汤前。外言莫向家中说，家语莫向外人传。姑嫜共语低声应，小郎共语亦如然"⑦；等等。

---

① 高国藩：《敦煌俗文化学》，上海三联书店 1999 年版，第 174 页。

② 高国藩：《敦煌俗文化学》，上海三联书店 1999 年版，第 174 页。

③ 高国藩：《敦煌俗文化学》，上海三联书店 1999 年版，第 174 页。

④ 高国藩：《敦煌俗文化学》，上海三联书店 1999 年版，第 174 页。

⑤ 高国藩：《敦煌俗文化学》，上海三联书店 1999 年版，第 175 页。

⑥ 党银平、段承校编著：《隋唐五代歌谣集》，南京师范大学出版社 2014 年版，第 269 页。

⑦ 党银平、段承校编著：《隋唐五代歌谣集》，南京师范大学出版社 2014 年版，第 269 页。

有的俗诗反映了人情凉薄，如描写封建家庭内部子女忘恩负义、不孝顺父母的俗诗。这类俗诗还不少，说明在唐初这是诗人常见的社会现象。如王梵志俗诗《兄弟义居活》："兄弟义居活，一种有男女。儿小教读书，女小教针补。儿大与娶妻，女大须嫁去。当房作私产，共语觅嗔处。好贪竞盛吃，无心奉父母。外姓能蛆姡，啾唧由女妇。一日三场斗，自分不由父。"①《用钱索新妇》："用钱索新妇，当家有新故。儿替阿耶来，新妇替家母。替人既倒来，条录相分付。新妇知家事，儿郎永门户。好衣我须着，好食入我肚。我老妻亦老，替代不得住。语你夫妻道，我死还到汝。"②《只见母怜儿》："只见母怜儿，不见儿怜母。长大取得妻，却嫌父母丑。耶娘不睬聒，专心听妇语。生时不恭养，死后祭泥土。如此倒见贼，打煞无人护。"③诗人用通俗的语言严厉地讽刺那些娶妇忘娘的逆子的恶行，揭示了世态炎凉。

（四）抒情遣怀

有些俗诗用通俗易懂的语言抒发人生感慨，表达个人体悟，读来耐人寻味，对人生有一定的启发。如寒山诗云："家有寒山诗，胜汝看经卷。书放屏风上，时时看一遍。"④在寒山和尚看来，阅读他的诗篇胜过了看佛经经卷，因为诗篇里有他真实的人生感悟，常看常思，比阅读枯燥乏味的经书获益更多。王梵志诗《城外土馒头》："城外土馒头，馅草在城里。一人吃一个，莫嫌没滋味。"⑤诗人用轻松幽默的语调调侃生死。既然每个人都要走向死亡，何不正视自然规律，以坦然的心态面对它，莫要妄想长生不老。另一首俗诗《梵志翻着袜》："梵志翻着袜，人皆道是错。乍可刺

① 孟庆文主编：《增订注释全唐诗》第5册，文化艺术出版社2001年版，第1016页。
② 孟庆文主编：《增订注释全唐诗》第5册，文化艺术出版社2001年版，第1011页。
③ 孟庆文主编：《增订注释全唐诗》第5册，文化艺术出版社2001年版，第1011页。
④ 安祖朝编注：《天台山唐诗总集》（下），浙江古籍出版社2018年版，第896页。
⑤ 陈耳东编著：《历代高僧诗选》，天津人民出版社1996年版，第56页。

你眼，不可隐我脚。”[①] 在诗人看来，“人皆道是错”，未必就真是错。是让自己的脚舒服重要呢，还是服从众人以美观为第一要务？王梵志认为从实际出发更重要。古代女子社会地位低下，尤其是风尘女子。由于种种原因，她们在社会中被欺侮、被损害，更不要说真正的爱情，所以她们的俗诗也往往表达了愤懑、抑郁的情怀。如鱼玄机《赠邻女》云：“易求无价宝，难得有心郎。”[②] 不同的人有不同的情怀，白居易《赋得古原草送别》诗：“离离原上草，一岁一枯荣。野火烧不尽，春风吹又生。”诗句简单易懂，但深入思考，我们会感受到“原上草”顽强的生命力；若再思考，我们仿佛在“原上草”身上，发现了一种人格的寄寓，一种经历一次次苦难仍能顽强生存的人格。在唐代，俗诗作者多能以小见大，表达他们对人生真理的思考。当这些诗在民间流播时，能够起到很好的教育和启发作用。

五、唐代俗诗的传播媒介与方式

唐代俗诗最主要的传播媒介是口语和文字，其传播方式主要是口耳相传或歌谣传唱，以及抄本、题壁、刻印、书信等。

（一）题壁、书信与传抄、刻印

唐代诗人有题壁的风气，而唐代保留下来的题壁诗非常多，说明这种现象的普遍性。题壁的“壁”指的是墙壁。它可以是寺庙，也可以是旅舍，更可以是酒肆等。

敦煌藏经洞发现的唐代诗歌写卷 P.2492《唐诗文丛抄》，历来受到学者重视。王重民先生认为它是一个诗人别集抄本。此抄本抄录了白居易、元稹、李季兰、岑参 4 位作家的 21 首诗歌，其中抄录白居易诗歌 19 首，

---

① 孟庆文主编：《增订注释全唐诗》第 5 册，文化艺术出版社 2001 年版，第 1043 页。

② （清）彭定求等编：《全唐诗》卷 804，中州古籍出版社 2008 年版，第 4056 页。

余下 3 人各 1 首。从写卷抄录的最晚一首诗歌（白居易《放旅雁》）推断，此写本是在元和十年（815 年）以后抄写的。

白居易生前便将自己的诗集进行整理，分别收藏于家中和寺庙。白氏编辑整理诗集的时间较长，最早自大和二年（828 年）开始，至会昌五年（845 年）才告结束。这 17 年间，白氏诗集屡次修订。而元和十年，白居易的《新乐府》早已完成创作，目前传世的《新乐府》50 首均有题旨小注。但 P.2492 中收录白居易的新乐府诗歌却无一例外，都没有题旨小注。这说明 P.2492 写卷并不是直接抄录白居易诗集，两者分属不同的系统，更能说明诗歌流传途径的不同。

元和十年元稹赴通州任司马，途中见到了流传到通州的两句诗歌，于是寄给白居易，白居易看后知道是自己 10 余年前在长安题给青楼女子阿软的诗歌后，又赋诗一首寄给元稹，即《赠长安妓人阿软绝句》："十五年前似梦游，曾将诗句结风流。偶助笑歌嘲阿软，可知传诵到通州。昔教红袖佳人唱，今遣青衫司马愁。惆怅又闻题处所，雨淋江馆破墙头。"[①]元稹也专门写了一首和诗《见乐天诗》："通州到日日平西，江馆无人虎印泥。忽向破檐残漏处，见君诗在柱心题。"[②]甚至元稹还在寺庙、楼柱上题写白居易的诗歌，如《阆州开元寺壁题乐天诗》。为此白居易也用相同的方式唱和，如《蓝桥驿见元九诗》等。这种题赠题壁诗在唐代文人中是非常多见的，如白居易《武关南见元九题山石榴花见寄》《商山路驿桐树昔与微之前后题名处》、元稹《酬乐天武关南见微之题山石榴花诗》。元稹、白居易自元和五年到元和十年因贬谪曾经往来于蓝武关，屡次路过商山驿，二人在旅店的墙壁上题诗唱和。细查白居易诗集，有《棣华驿见杨八题梦兄弟诗》《有小白马乘驭多时奉使东行至稠桑驿溘然而毙足可惊伤不能忘情题二十韵》《赴杭州重宿棣华驿见杨八旧诗感题一绝》等多首题壁在旅

① 卞孝萱：《唐传奇新探》，商务印书馆 2021 年版，第 299 页。

② 《元稹集》卷 20，中华书局 2010 年版，第 263 页。

店的诗歌。此外，还有诸如《感化寺见元九刘三十二题名处》《留题开元寺上方》《读僧灵澈诗》等多首题壁在寺院中的诗歌。这些题壁诗被来往于此处的迁客、商人、行人有意抄写，作为民间流传本自然就与白居易自己审定编订本分属于不同的系统。所以写卷 P.2492 抄本的内容不会是白居易自编文集，而是通过题壁或抄本或口传等方式得以流传，将其传抄在写卷上。也就是说，在官员过往、贬谪，商人行商，行人旅行的过程中，在酒馆、旅舍、寺观等环境中，墙壁之上被写下的俗诗被文人、商人、旅人等不同的人欣赏并传抄，逐渐形成了俗诗独特的传播媒介。

此外，与题壁的方式一样，俗诗的另一种传播媒介是书信。唐代交通不是非常发达，这就局限了人们的出行。为了加强联系，书信就成为人们交流的最佳形式。文人们寄信写诗以抒发怀抱，酬唱应答。例如，白居易《答张籍因以代书》《以诗代书酬慕巢尚书见寄》《以诗代书寄户部侍郎劝买东邻王家宅》《代书诗一百韵寄微之》等诗作，明确表示是以诗歌的形式代替书信。元、白之间利用诗歌的形式代替书信的例子莫过于《初与元九别后忽梦见之及寤而书适至兼寄桐花诗怅然感怀因以此寄》，诗中写道："殷勤书背后，兼寄《桐花诗》。《桐花诗》八韵，思绪一何深？以我今朝意，忆君此夜心。一章三遍读，一句十回吟。珍重八十字，字字化为金。"[①] 查元稹诗集，有《桐花》《三月二十四日宿曾峰馆夜对桐花寄乐天》等诗歌。显然元、白二人是将诗歌当作书信，通过唱和的方式以存问，所谓"半是君诗半是书"。在元白的诗歌唱和中已经很难分辨何为书信，何为诗歌。通过以诗歌代替书信的方式交流，一方面促进了诗歌的创作，体现出诗人不俗的文化品位；另一方面客观上也扩大了俗诗的传播。原本写在信纸上的语言变为诗歌，俗诗的传播媒介也就变为了书信。

通过人们的欣赏流传，原本记录在墙壁和信纸上的俗诗逐渐摆脱了原有的媒介，进入到了传抄过程。从敦煌写本 P.2492 的内容就可以看出这

① 徐天闵选编，熊礼汇校订：《古今诗选》，武汉大学出版社 2013 年版，第 433 页。

一点。在传抄的基础上，唐代俗诗就进入到了书籍传播的阶段。

唐代是印刷术发展的重要时期，石碑上的拓片逐渐过渡到了雕版印刷。唐代雕版印刷以印刷日历为主，川东节度使冯宿就在奏章上提到："剑南、两川及淮南道皆以版印历日鬻于市。每岁，司天台未奏颁下新历，其印历已满天下。"①由于民间大量刻印日历，使得唐朝政府不得不下令禁止私刻日历的行为。不过这也说明唐代雕版印刷的发达，使得当时社会上有大量印刷品传播。元稹在《白氏长庆集序》中提到："至于缮写模勒，炫卖于市井，或持之以交酒茗者，处处皆是。其甚者，有至于盗窃名姓，苟求自售……"②这里所谓"模勒"就是摹刻，"炫卖"就是售卖。说明当时白居易的诗歌已经被刊刻成图书并在市面上公开售卖。后来白居易还亲自编订抄写自己的文集，分别存放于寺院和子侄辈手中，以便长久保存。可是随着时代的变迁，白居易自编文集多有散佚，现存最早的刻本是南宋绍兴年间所刻的 71 卷本《白氏文集》。

总之，唐代俗诗的文字传播主要有题壁、书信及刻印、传抄等方式。

（二）口传与歌谣

唐代俗诗传播的另一种主要方式是口头传播。元稹与白居易唱和的诗歌"王公妾妇、牛童马走之口无不道"③，充分说明了俗诗广泛的口头流传。唐代诗人甚至以诗能否入歌来品定其价值。可见，俗诗乃至诗歌的传播主要依靠的是吟唱和口传，民间底层百姓对于俗诗的接受也是主要通过这种途径。

敦煌写本 P.2544 中刘长卿诗题作《酒赋》，这首诗在写本 P.2555 中题为《高兴歌》，而这首诗歌在敦煌写本中存有 7 个写本。同样一首诗歌却存在于不同的写本上，甚至诗题还有出入。这说明一个问题，就是诗歌在

---

① （清）董诰等编：《全唐文》，上海古籍出版社 1990 年版，第 678 页。

② 《元稹集》卷 51，中华书局 1982 年版，第 555 页。

③ 《元稹集》卷 51，中华书局 1982 年版，第 555 页。

民间的流传特征。唐代民间社会中，很多的文人诗歌被民间以各种形式加以利用。它们在民间文艺中展现出了不同的面目，承担了不同的角色。刘长卿诗歌的这种现象恰好说明了这个问题。结合唐代诗歌大多配乐演唱的特征，可以断定刘长卿诗歌之所以有7个写本，而且内容还有不同，其主要原因可能就是在跨越地域、时间的传播中，诗歌可能主要通过口耳相传的方式流传开来。

唐代俗诗通过口耳相传的媒介特征还可以从寺院的俗讲看出。前文已经谈到过，俗讲是佛教宣传推广宗教的手段。随着佛教本土化、世俗化的转变，为了吸引信众，佛教寺院在组织俗讲时逐渐把晦涩枯燥的经义等内容转换为通俗易懂、极易传播的俗讲变文等通俗上口的形式。这就造成了唐代一些寺院的俗讲十分有名，会吸引大量的民众参加。而俗讲举行时的基本形态就是主讲法师在台上讲唱，听众在台下聆听。双方靠的是口耳相传的方式沟通。当听众从法师口中听到各种与佛教有关的故事、诗词时，俗诗也随之被听众接受。

总之，唐代俗诗的传播媒介是与俗诗传播的环境和主体密切相关的。环境和主体的特征决定了俗诗的传播媒介主要有文字书写和口传吟唱两种方式。

六、唐代俗诗的传播效果及作用

唐代是俗文学发展的重要时期，各种俗文学样式在唐代都得到了长足的发展。俗诗作为俗文学中的一种，在唐代更是广泛流传，深入社会各阶层生活。上自帝王贵胄，下至普通百姓，甚至目不识丁的“牛童马走之口”也常常吟诵俗诗。俗诗的作用主要表现在娱乐怡情、讽时教化以及对俗文学的推动。而这种广泛深入的传播必然也深刻影响了人们的心理及社会思潮。

（一）传播效果

唐代宗教、文学都有世俗化倾向。人们普遍喜好世俗化娱乐。唐代很多皇帝都喜好通俗文化艺术，其中代表人物便是唐玄宗李隆基。他亲自建立了教坊俗乐机构，并在梨园设置教习，专门训练俗文学艺术人员。据载："太常卿引雅乐，每色数十人，自南鱼贯而进，列于楼下。鼓笛鸡娄，充庭考击。太常乐立部伎、坐部伎依点鼓舞，间以胡夷之伎。"[①]这里上演的"胡夷之伎"就包括民间曲艺。玄宗晚年移居西内，也经常欣赏俗文学表演活动。据《旧唐书》记载，喜好俗文学的不只玄宗。景龙中，中宗引近臣及文学之士宴会。在中宗的宴会上，诸大臣亲自上场搬演种种民间曲艺，足见民间曲艺受到了统治阶层的普遍喜爱。通过对民间曲艺的追捧，俗文学也广泛传播。与此相类，唐代俗诗的传播效果也非常好，在当时广受欢迎。

以王梵志为例，王梵志是一个普通的平民，而且后期生活比较窘迫。但就是这么一个普普通通的平民，他的诗歌却能在西北边陲的敦煌藏经洞中被保留下来，这说明他的作品在佛教禅门广为流传，也说明他的诗歌在当时很多地方都得以流传，所以项楚先生认为王梵志诗歌在唐初就有结集。《林间录》《圆觉经略疏之钞》等佛教典籍中也保留有他的诗歌。此外，王梵志的诗歌还在《云溪友议》《桂苑丛谈》《鉴诫录》等笔记小说中被记载流传，在后代的《诗话总龟》《佩文韵府》等诗文集中被转载，这些都足见他的诗歌广为流传。而现存王梵志诗歌中有些作品被后人认为可能系伪作，也从另一个方面说明了他的诗歌广泛传播并被人们所喜爱和接受。

再看元白诗歌，白居易在《与元九书》中写到了自己的作品广为传播的情形，可见白诗在当时既有广泛的文字传播，也有广泛的口头传播。凡

---

① （后晋）刘昫等：《旧唐书》卷 28，中华书局 1975 年版，第 1051 页。

公共场合，无论乡校、佛寺、逆旅、行舟、军营、官府之中都有题写或传唱，凡人群如士庶、僧侣、孀妇、处女、学童、商人等口中也都会吟诵，职业歌伎也因会演唱白诗中较长的篇目而身价大增。① 可见白诗在全社会广受欢迎。

元稹也提到了他与白居易的“元和体”诗广泛流传的情形：

予始与乐天同秘书，前后多以诗章相赠答……巴、蜀、江、楚间洎长安中少年，递相仿效，竞作新辞，自谓为元和诗……然而二十年间，禁省、观寺、邮候墙壁之上无不书，王公妾妇、牛童马走之口无不道。其缮写模勒，炫卖于市井，或因之以交酒茗者，处处皆是。其甚有至盗窃名姓，苟求自售，杂乱间厕，无可奈何。予尝于平水市中，见村校诸童，竞习歌咏，召而问之，皆对曰：“先生教我乐天、微之诗。”固亦不知予为微之也。又鸡林贾人求市颇切，自云：“本国宰相，每以一金换一篇，甚伪者，宰相辄能辨别之。”自篇章已（以）来，未有如是流传之广者。②

从元稹的记述中我们可以看出，他们的元和体诗既广泛流传于可能没有任何文化的“牛童马走之口”，也广泛流传于乡校、书市及海外等，正所谓“自篇章已（以）来，未有如是流传之广者”。可见其传播效果非常良好，传播面空前广泛。

（二）作用

1. 娱乐、怡情等作用

唐人雅好世俗娱乐，无论王公大臣还是文人雅士都对俗文学活动趋之若鹜。唐代文人经常举行各种诗歌宴舞活动，主题当然是文人诗歌唱和，但唱和的诗歌中既有雅化文人诗，也有俗诗。李群玉《长沙陪裴大夫夜

① 参见白寿彝等主编：《文史英华·文论卷》，湖南出版社 1993 年版，第 196—197 页。

② 《元稹集》卷 51，中华书局 1982 年版，第 555 页。

宴》："东山夜宴酒成河，银烛荧煌照绮罗。四面雨声笼笑语，满堂香气泛笙歌。"[①]唐诗之中对这种笙歌宴舞的描写很多，文人的吟诗唱词自然是此类活动的主要项目。当然也有其他俗文学样式，"元和十年……韦绶罢侍读。绶好谐戏，兼通人间小说"[②]。这里的"小说"，当是指说话这种曲艺形式。元稹和白居易也一起听过小说"一枝花话"，后来白行简根据"一枝花话"改编成唐传奇名篇《李娃传》。韩愈的诗歌《华山女》也是根据作者听到的华山女俗讲而创作出的。可见，当时的士大夫阶层对俗文学也是非常喜爱的。

市民百姓对俗文学的热情更高，据载唐楚州龙兴寺"寺前素为郡之戏场，每日中，聚观之徒，通计不下三万人……寺前负贩、戏弄、观看人数万众"[③]。李冗《独异志》记载："唐贞元中，有乞者解如海……长安戏场中日集数千人观之。"[④]可见在长安戏场上演俗讲时，观者众多，每次都能达到轰动效应。正是因为唐代戏场活动的频繁，使得俗文学通过这些活动而为人所熟知。据《北里志》记载，长安城平康里"其中诸妓，多能谈吐，颇有知书言话者"[⑤]。李商隐《骄儿诗》描述自己幼小的儿子"或谑张飞胡，或笑邓艾吃"，都说明唐代俗文学在民间广为流传。

正因为喜欢世俗娱乐，所以唐人也常常喜欢写作或吟咏俗诗。日本的内田泉之助就认为唐诗"也存在着采用民间口头语言，尝试作自由率直表现的一派。这种风气，由初唐王梵志，中唐顾况提倡，并在元白的元和体中得到了发展"[⑥]。而石田干之助也认为，王梵志是元白平易诗风的先导，

---

① 陈贻焮主编：《增订注释全唐诗》第 1 册，文化艺术出版社 2001 年版，第 106 页。

② （宋）王溥：《唐会要》卷 4《杂录》，中华书局 1955 年版，第 47 页。

③ （宋）李昉等编：《太平广记》卷 394，中华书局 1992 年版，第 3148 页。

④ （唐）李冗：《独异志》卷上，载《丛书集成初编》，中华书局 1980 年版，第 6 页。

⑤ （唐）孙棨：《北里志》，中华书局 1959 年版，第 25 页。

⑥ ［日］内田泉之助：《唐诗的解说与鉴赏》，见张锡厚校辑：《王梵志诗校辑·前言》，中华书局 1983 年版，第 20 页。

“作为先辈的王梵志的名字，唐宋时还有人知道”[①]。

唐代诗歌经常被入乐传唱，在歌舞饮宴之时以恣欢谑。为人所称道的高适、王昌龄、王之涣“旗亭画壁”的故事就是明显的例子。当他们三人于微雪之日共聚旗亭畅饮之时，正好偶遇梨园女子演唱他们的诗歌《哭单父梁九少府》《芙蓉楼送辛渐》《长信怨》《凉州词》等。这些诗歌通俗易懂，脍炙人口。唐代文人反映诗酒娱乐生活的诗歌非常多，如“齐歌送清觞，起舞乱参差”[②]。又如白居易的《醉后题李马二妓》：“行摇云髻花钿节，应似霓裳趁管弦。艳动舞裙浑是火，愁凝歌黛欲生烟。……疑是两般心未决，雨中神女月中仙。”[③]文人与歌伎之间往往少不了诗词吟唱，而在诗酒风流中自然也往往会演唱一些俗艳的诗词。如李白《寄王汉阳》：“南湖秋月白，王宰夜相邀。锦帐郎官醉，罗衣舞女娇。笛声喧沔鄂，歌曲上云霄。”[④]白居易诗云：“公门衙退掩，妓席客来铺。……今夜还先醉，应烦红袖扶。”[⑤]这些诗酒娱乐之词在唐人作品中比比皆是，如白居易《杨柳枝二十韵》中就曾描写了宴饮赋诗的情形：“缠头无别物，一首断肠诗。”[⑥]“何事出长洲，连宵饮不休。……灯火穿村市，笙歌上驿楼。”[⑦]贺朝《赠酒店胡姬》也生动描写了这种情形：“胡姬春酒店，弦管夜锵锵。……上客无劳散，听歌乐世娘。”[⑧]可见文人们的娱乐与俗歌艳词密不可分。

也正是这些伶人、歌伎等使得各种诗歌传唱于广阔天地，很多诗歌才有更多的机会广泛传播、流行。“另有大量的优伶乐工，如宫中歌女许和

① ［日］石田干之助：《隋唐盛世》，见张锡厚校辑：《王梵志诗校辑·前言》，中华书局1983年版，第231页。

② （清）彭定求等编：《全唐诗》卷179，中州古籍出版社2008年版，第850页。

③ （清）彭定求等编：《全唐诗》卷431，中州古籍出版社2008年版，第2229页。

④ （清）彭定求等编：《全唐诗》卷173，中州古籍出版社2008年版，第821页。

⑤ （清）彭定求等编：《全唐诗》卷447，中州古籍出版社2008年版，第2293页。

⑥ （清）彭定求等编：《全唐诗》卷455，中州古籍出版社2008年版，第2350页。

⑦ （清）彭定求等编：《全唐诗》卷447，中州古籍出版社2008年版，第2298页。

⑧ （清）彭定求等编：《全唐诗》卷117，中州古籍出版社2008年版，第547页。

子、念奴，乐工李龟年、李鹤年，宁王府宠姐等，用嘹亮的歌喉把诗人的歌篇上闻达于禁掖，下传唱于四海。”①

白居易的作品在当时为世人所熟知，正所谓“其余诗句，亦往往在人口中……自长安抵江西三四千里，凡乡校、佛寺、逆旅、行舟之中，往往有题仆诗者；士庶、僧徒、孀妇、处女之口，每每有咏仆诗者”②。而歌伎也因为会唱白居易篇幅较长的《长恨歌》而身价大增。歌伎们传播白诗显然为了功利目的，而听歌伎们演唱的人们则更多出于娱乐的目的。

元稹与白居易相酬唱和的元和诗也为人们所普遍喜爱，正如元稹所说，“然而二十年间，禁省、观寺、邮候墙壁之上无不书，王公妾妇、牛童马走之口无不道，至于缮写模勒，炫卖于市井，或持之以交酒茗者，处处皆是。其甚者，有至盗窃名姓，苟求自售，杂乱间厕，无可奈何。予尝于平水市中，见村校诸童竞习诗”③。由此也可以明显看出，商贾以及冒名顶替者售卖或仿冒他们的诗都是为功利目的，而牛童马走之口对他们俗诗的传诵则更多出于娱乐或喜好。

而韩愈等人的诗虽然文字奇崛，但也有一些通俗的作品，其《嘲鼾睡》不时融入口语，内容通俗，描写一位僧人睡觉时鼾声如雷的样子，极尽铺叙夸张之能事，充满了谐谑、调侃的情调，使人读后忍俊不禁。

娱乐之外，很多俗诗也是文人们出于对诗歌的爱好而用来怡情悦性或反映日常琐碎生活的。文人擅长诗歌，雅好诗歌，因而不免会用诗歌表达种种情感、感受，记录种种日常琐碎之事。

中唐时期，顾况的俗诗也都通俗明快、朴质平易，甚至带有民歌风情，如《悲歌一》《山中》《听子规》等。

边城路，今人犁田昔人墓。岸上沙，昔日江水今人家。今人昔人共长叹，四气相催节回换。明月皎皎入华池，白云离离度（渡）

① 李佳：《盛唐诗歌的传播模式》，河北大学硕士学位论文，2000年。

② 白寿彝等主编：《文史英华·文论卷》，湖南出版社1993年版，第196—197页。

③ 《元稹集》卷51，中华书局1982年版，第555页。

霄汉。[①]

野人爱向山中宿，况在葛洪丹井西。庭前有个长松树，夜半子规来上啼。[②]

栖霞山中子规鸟，口边血出啼不了。山僧后夜初出定，闻似不闻山月晓。[③]

寒山也常用通俗质朴的诗歌表达清新淡雅、随遇而安的恬淡情怀。“吾心似秋月，碧潭清皎洁。无物堪比伦，教我如何说”[④]，以通俗的语言表达了澄澈宁静的内心世界。“今日岩前坐，坐久烟云收。一道清溪冷，千寻碧嶂头。白云朝影静，明月夜光浮。身上无尘垢，心中那更忧。”[⑤]在这里，寒山描述了自己与寒岩、清溪、白云，以及明月、青山为伍，毫无世俗尘埃，因而无忧无碍的清净内心。“我今有一襦，非罗复非绮。借问作何色，不红亦不紫。夏天将作衫，冬天将作被。冬夏递互用，长年只这是。”[⑥]在这里，诗人用民歌一样通俗、质朴、生动、浅显的语言，表达了随缘自适、随遇而安的生活态度。这些诗歌都用平易通俗的语言表达了他清净明澈、毫无挂碍、超然世外的心态，可以说是他怡情悦性的随手之作。在他的作品中，这类诗歌还有很多。在这些作品中，他往往都是通过或通俗或淡泊的语言进行表述，于浅切中浑然天成。

与寒山风格相近的拾得的诗歌也更多反映了诗人清雅的心境：“松月冷飕飕，片片云霞起。匼匝几重山，纵目千万里。”[⑦]

同样，白居易的很多闲适诗也是用来怡情悦性或表现世俗闲居之乐的。闲适诗贯穿了白居易的一生。在他的一生中，他用闲适诗纾解忧愤，

---

① 《元稹集》卷 51，中华书局 1982 年版，第 44 页。

② 《元稹集》卷 51，中华书局 1982 年版，第 96 页。

③ 《元稹集》卷 51，中华书局 1982 年版，第 115 页。

④ （清）彭定求等编：《全唐诗》卷 807，中州古籍出版社 2008 年版，第 4065 页。

⑤ （清）彭定求等编：《全唐诗》卷 807，中州古籍出版社 2008 年版，第 4076 页。

⑥ （清）彭定求等编：《全唐诗》卷 807，中州古籍出版社 2008 年版，第 84 页。

⑦ （清）彭定求等编：《全唐诗》卷 807，中州古籍出版社 2008 年版，第 4080 页。

也用闲适诗表达对愉悦心境、适意生活的自觉追求。因此写下了大量通俗浅切、适意恬淡的闲适诗。如其《闲眠》诗“暖床斜卧日曛腰，一觉闲眠百病销。尽日一飧茶两碗，更无所要到明朝”[①]，写慵懒惬意的闲居生活。而《秋游原上》则描写了他和子侄辈在农历七月下旬于乡间秋游，雨后新晴，瓜果喜人，农人友好，充满了和乐宁静的安闲之乐。当他的弟弟来江州看望他的时候，他与弟弟开怀畅饮，并用诗歌表达了欣喜之情，“今旦一尊酒，欢畅何怡怡。此乐从中来，他人安得知”[②]。在《诗解》中，白居易明确表达了他用诗歌怡情悦性的想法，“新篇日日成，不是爱声名。旧句时时改，无妨悦性情。但令长守郡，不觅却归城。只拟江湖上，吟哦过一生”[③]。在《归履道宅》诗中，他用通俗的语言表达了置身世俗之外，闲居和乐的惬意生活：“往时多暂住，今日是长归。眼下有衣食，耳边无是非；不论贫与富，饮水亦应肥。”[④]

唐代俗诗能广泛传播，说明俗诗受到了唐代社会的普遍欢迎，同时俗诗的流传也反过来刺激了唐代社会各阶层对俗文学的热爱。

2. 讽时教化作用

唐代俗诗还有着明显的教化民众、“裨补时阙”的作用。王梵志作为唐代白话诗较早的践行者，其诗就有明显的讽喻劝诫、教化劝世的作用。史籍中关于他的记载不多，只知道他大约是盛唐开元以前人，生活年代应该在初唐时期。王梵志的诗用鲜活的口语写作。这些诗全是五言，词句通俗、明快，质朴无华，很像民歌。王梵志诗的内容较丰富，有反映儒、佛、道各家思想的作品，尤以佛教题材为最，也有大量描写人情世态、劝善刺邪的诗作，如“饶你王侯职，饶君将相官。娥眉珠玉佩，宝马金银鞍。锦绮嫌不着，猪羊死不餐。口中气新断，眷属不相

① （唐）白居易著，顾学颉校点：《白居易集》，中华书局 1979 年版，第 685 页。
② （唐）白居易著，顾学颉校点：《白居易集》，中华书局 1979 年版，第 145 页。
③ （唐）白居易著，顾学颉校点：《白居易集》，中华书局 1979 年版，第 511 页。
④ （唐）白居易著，顾学颉校点：《白居易集》，中华书局 1979 年版，第 610 页。

看"[①]，则揭示了人情的冷暖。再如《贫穷田舍汉》："贫穷田舍汉，庵子极孤凄。……里正追庸调，村头共相催。幞头巾子露，衫破肚皮开。体上无裈袴，足下复无鞋……门前见债主，入户见贫妻。舍漏儿啼哭，重重逢苦灾……"[②]这揭示了穷人悲惨的生活。而《富饶田舍儿》则描写了富人用钱买通官府，逃避各种赋税徭役，"纵有重差科，有钱不怕你"[③]的黑暗现实。《你道生胜死》也揭示了老百姓生不如死的悲惨命运，"十六作夫役，二十充府兵。……长头饥欲死，肚似破穷坑"[④]。总之，他的诗真实反映了当时社会的人情冷暖、世态炎凉，是真实的社会生活画卷。除了真实地反映生活、揭示世俗人情，王梵志还在诗里宣扬因果报应等佛教思想。如《身如圈里羊》："身如圈里羊，命报恰相当。"[⑤]人生在世就如同羊圈中的羊，命报是相对等的，有因就有果。诗中的羊似人，"羊即日日死，人还日日亡"[⑥]，羊和人一样有着生死两面。"有钱多造福，吃着好衣裳。愚人广造罪，智者好思量"[⑦]。诗人以羊喻人，劝诫人们广结善缘，以求得善果。

王梵志诗对佛教禅门有着更直接的影响，寒山、拾得、丰干等是其直接继承者。寒山言其诗"五言五百篇，七字七十九。三字二十一，都来六百首"[⑧]。但寒山死后，桐柏宫道士徐灵府收集成卷的诗仅余300多首，大致有一半已经散佚了。他的诗重在真切地表达自身的情感，随性写心，朴实通俗，除了前面所说的怡情悦性、表现置身世俗之外的超脱宁静以外，他也有很多讽喻劝诫之作，如"东家一老婆，富来三五年。昔日贫

① 张锡厚校辑：《王梵志诗校辑》，中华书局1983年版，第327页。

② 张锡厚校辑：《王梵志诗校辑》，中华书局1983年版，第164页。

③ 张锡厚校辑：《王梵志诗校辑》，中华书局1983年版，第163页。

④ 张锡厚校辑：《王梵志诗校辑》，中华书局1983年版，第157页。

⑤ 张锡厚校辑：《王梵志诗校辑》，中华书局1983年版，第157页。

⑥ 张锡厚校辑：《王梵志诗校辑》，中华书局1983年版，第157页。

⑦ 张锡厚校辑：《王梵志诗校辑》，中华书局1983年版，第158页。

⑧ 徐光大编：《寒山子诗校注：附拾得诗》，陕西人民出版社1991年版，第159页。

于我，今笑我无钱。渠笑我在后，我笑渠在前。相笑倘不止，东边复西边”①。诗以朴实的口语娓娓道来，以家常之语劝诫那些稍微有点富裕马上就嘲笑讥讽穷人的势利小人，让人感觉苦口婆心而又语重心长，就像拉家常一般的劝诫。“玉堂挂珠帘，中有婵娟子，其貌胜神仙，容华若桃李。东家春雾合，西舍秋风起。更过三十年，还成甘蔗滓。”②这首诗用通俗的语言揭示了红颜易逝的自然规律。作为佛门中人，寒山也经常用佛教思想来教化人们，如“猪吃死人肉，人吃死猪肠。猪不嫌人臭，人反道猪香。猪死抛水内，人死掘土藏。彼此莫相啖，莲花生沸汤”③，就是教化人们不要杀生。此外，他还教导人们不要贪财，贪财即是聚祸，而散财则是集福：“贪人好聚财，恰如枭爱子。子大而食母，财多还害己。散之即福生，聚之即祸起。无财亦无祸，鼓翼青云里。”④这种讽时教化类诗歌在寒山诗集中也是比较多见的。

中唐时期“元白诗派”的俗诗除了闲适娱情之外，更有大量针砭时弊、以讽喻劝诫为务的诗歌。这些诗务求妇孺能解，通俗易懂，平易近人。他们的作品不仅当时“童子”可诵，“老妪”能解，就是在今天读起来也朗朗上口，明白如话。其诗力避典雅的书面语，而用口头语或俗语穿插其间，与王梵志诗的口语化特征相一致，是中唐文化转型时期文学世俗化的直观体现。白居易在《与元九书》中，提出了“文章合为时而著，歌诗合为事而作”⑤的创作观点。他希望通过自己的诗歌使天子得闻百姓的疾苦，从而更好地体恤民情、管理国家，即“惟歌生民病，愿得天子知”⑥。在《与元九书》中，他又一次强调诗歌应该发挥“使下人之病苦闻

① 徐光大编：《寒山子诗校注：附拾得诗》，陕西人民出版社 1991 年版，第 65—66 页。
② 徐光大编：《寒山子诗校注：附拾得诗》，陕西人民出版社 1991 年版，第 57 页。
③ 徐光大编：《寒山子诗校注：附拾得诗》，陕西人民出版社 1991 年版，第 79 页。
④ 徐光大编：《寒山子诗校注：附拾得诗》，陕西人民出版社 1991 年版，第 86 页。
⑤ 谢思炜撰：《白居易诗集校注》，中华书局 2006 年版，第 406 页。
⑥ 谢思炜撰：《白居易诗集校注》，中华书局 2006 年版，第 78 页。

于上”[1] 的媒介作用。所以他的诗歌也深刻体现了这种思想。他的《秦中吟》序就明确指出了这种思想倾向：“闻见之间，有足悲者。因直歌其事，命为《秦中吟》。”[2] 其中的《议婚》通过对比的手法指出富家女骄奢而乏女德，贫家女贤惠孝敬，然而富家女在择偶时炙手可热，贫家女却因为家贫无人问津，其原因在于“贫为时所弃，富为时所趋”[3]。这深刻揭示了金钱至上的社会风气。在《轻肥》中，诗人又通过对比揭示了宦官的骄奢跋扈，当他们“意气骄满路……水陆罗八珍”时，正值“是岁江南旱，衢州人食人”[4]。又如他的《红线毯》，开首便标明是“忧蚕桑之费也”。正文中，写织毯的工序、织毯的不易，宣州太守为求功德而催逼织毯。但写这些都不足以表达诗人的忧愤之情，因此诗人在篇末直斥曰：“宣州太守知不知？一丈毯，千两丝！地不知寒人要暖，少夺人衣作地衣！”可谓明白酣畅。而《新丰折臂翁》更以老人悲惨的自残揭露了穷兵黩武的战争带给百姓的深重苦难。类似的讽喻诗在白居易作品中比比皆是，这些诗也是白居易非常重视的作品，对当时和后世都产生了重要的影响。

唐代俗诗的传播也通过俗讲等活动得以更广泛的实现，寺院中举行的俗讲往往也会穿插俗诗、韵语，具体来说就是僧人在进行宗教活动时穿插了大量讲经文、押坐文、经变文等，其中都存在大量的韵文、俗诗。这些韵文就是俗讲说唱中唱的内容，后人认为：“选取佛经中有兴趣或神变的故事用散文或韵文写成，故在宣讲时有说有唱，颇能引人入胜而大收宣传的效果。”[5]

所以唐代寺庙中每当举行俗讲活动往往会产生轰动效应：“含吐抑扬，辩出不穷，言应无尽。谈无常则令心形战栗，语地狱则使怖泪交零，征昔

① 谢思炜撰：《白居易诗集校注》，中华书局 2006 年版，第 406 页。

② 谢思炜撰：《白居易诗集校注》，中华书局 2006 年版，第 154 页。

③ 谢思炜撰：《白居易诗集校注》，中华书局 2006 年版，第 154 页。

④ 谢思炜撰：《白居易诗集校注》，中华书局 2006 年版，第 174 页。

⑤ 《巴宙文存》，（台湾）新文丰出版公司 1985 年版，第 275—276 页。

因则如见往业，核当果则已示来报，谈怡乐则情抱畅悦，叙哀戚则洒泪含酸。于是阖众倾心，举堂室恻怆，五体输席，碎首陈哀，各各弹指，人人唱佛。”① 宗教活动的主要目的是宣传宗教，会通过俗讲等活动教化民众。唐代佛教的兴盛，与佛教广泛通俗的宣讲活动不无关系，而这些宣讲活动也推动了俗诗的传播。

3. 对俗文学的推动作用

唐代俗诗作者以王梵志、寒山、拾得、白居易等为代表。虽然个人创作风格多样，但总体上看这些俗诗风格明快，语言浅显，通俗易懂。王梵志诗歌语言浅俗而犀利，直写现实，极具有讽刺性。如《吾富有钱时》：“吾富有钱时，妇儿看我好。吾若脱衣裳，与吾叠袍袄。吾出经求去，送吾即上道。将钱入舍来，见吾满面笑。绕吾白鸽旋，恰似鹦鹉鸟。邂逅暂时贫，看吾即貌哨。人有七贫时，七富还相报。图财不顾人，且看来时道。”② 这首诗歌通过一个人的富有和贫穷时妻子、子女态度的反差，来说明富贵和贫穷在人们心中的不同地位，所谓嫌贫爱富的普遍社会心理。王梵志诗歌虽浅切但直指人性，诗歌中的人物形象也极为生动。在文人诗歌普遍突出抒情化的环境下，王梵志诗歌还能继承汉魏以来的民歌叙事传统，坚持诗歌中叙事的特征，在中国诗歌史上的价值是显而易见的。

寒山是王梵志之后又一位重要的俗诗作家。与王梵志相比，寒山的诗歌在通俗化的基础上能够兼顾雅调，表现出了文人化的倾向。例如《富儿多鞅掌》：“富儿多鞅掌，触事难祇承。仓米已赫赤，不贷人斗升。转怀钩距意，买绢先拣绫。若至临终日，吊客有苍蝇。”③ 诗歌语言上与王梵志一样，通俗易懂。诗歌也是以俗诗为主，通过刻画人物形象以达到讽刺社会的目的。

---

① 向达：《唐代长安与西域文明》，河北教育出版社 2001 年版，第 303 页。

② （唐）王梵志著，项楚校注：《王梵志诗校注》卷 1，上海古籍出版社 2010 年版，第 12 页。

③ （清）彭定求等编：《全唐诗》卷 806，中州古籍出版社 2008 年版，第 4065 页。

王梵志、寒山、拾得是唐代著名的俗诗作家，他们创作了大量的俗诗。这些俗诗的流传，推动了唐代俗文学的发展，使得俗诗为更多人所接受，从表现手法上又对文人诗歌产生了深远的影响。李白、杜甫等大诗人在广泛汲取前代诗歌营养的同时，同样注重吸纳通俗诗歌乃至民间谣谚通俗明快的优点。李白的歌谣体创作如《箜篌谣》《庐山谣寄卢侍御虚舟》等，兼有民歌率直和文人诗逸美的特点。杜甫晚年的创作风格多样，而其特点之一则是有意在诗歌取材、语言以及表现手法诸方面追求通俗，这也为历代学者所关注。李、杜创作均具有吸纳百家的风范。二位诗坛巨匠不避俚俗且追求通俗之举，对中晚唐诗风产生了不可忽视的影响。

中唐韩愈等人的诗歌创作，一方面呈现突出的险怪之风，另一方面则有追求俚俗的趣尚，更直接影响到晚唐五代诗风。如前所述，韩愈的《嘲鼾睡》等则明显带有俗诗诙谑、调笑的情调。而刘禹锡于巴蜀贬谪之地所作的《竹枝词》，在唐代文人创作中可谓高妙独步。最可注意的无疑是以通俗著称的白居易。白居易的诗歌可谓题材丰富而风格多样，但最突出的是以浅显平易的语言描写各种社会生活的作品。释惠洪《冷斋夜话》记："白乐天每作诗，令一老妪解之。问曰：'解否？'妪曰解，则录之；不解，则易之。故唐末之诗，近于鄙俚。"[①] 虽未必确切，但白居易有意追求通俗，且深受民间通俗诗文的影响，确是事实。李明《敦煌变文与元白平易诗风》一文更认为，元白诗风的转变是唐代文学逐渐世俗化的表现，元白平易诗风的形成更多源自变文等俗文学的影响。[②] 而陈允吉先生更以翔实的材料，分析白居易的名作《长恨歌》曰："这首脍炙人口的杰作出现在文学艺术高度发展的唐代，确有广泛纵深的思想文化背景，同当时方兴未艾的通俗讲唱文学发生过极密切的关系。"[③] 足见俗文学对文人创作的广泛

① （宋）释惠洪等撰，陈新点校：《冷斋夜话》，中华书局1988年版，第17页。

② 参见李明：《敦煌变文与元白平易诗风》，《广西社会科学》2009年第2期。

③ 陈允吉：《从〈欢喜国王缘〉变文看〈长恨歌〉故事的构成——兼述〈长恨歌〉与佛经文学的关系》，《复旦学报（社会科学版）》1985年第3期。

影响，而文人俗诗的创作也促进了俗文学的传播发展。

总之，唐代俗诗以王梵志为重要源头，在寒山、白居易、元稹等人的进一步推动下，使唐诗朝着“时俗所重”的方向发展。自晚唐皮日休、杜荀鹤等，直至宋代的王安石、苏轼、陆游、杨万里、范成大等，及至晚清的黄遵宪诸人，都或多或少地创作过俗诗。可以说，唐代俗诗影响了中国俗诗的发展，对后世的其他各体俗文学形式产生了重要影响。

七、唐代俗诗的传播对后世文化的影响及海外传播

（一）唐代俗诗对后世的影响

唐代俗诗的传播对后世文化的影响极其深远。唐代俗诗作家王梵志、寒山、拾得等人的创作，在盛唐诸家的面前或许黯然失色。但是自中唐以来的中国文学出现了明显的通俗化倾向，特别是宋元明清时期以小说、戏剧、评话、弹词、鼓词等为代表的通俗文学蔚为大观，通俗文学的兴盛离不开俗诗的一份功劳。

黄庭坚对王梵志的论述，说“梵志是大修行人也”[①]。南宋费衮《梁溪漫志》录有王梵志诗歌8首，评价为“词朴而理到”[②]。一般说来，王梵志的诗歌自中唐之后逐渐消失。可从这些记载来看，王梵志的诗歌在南北宋都还没有消失，还有人阅读，王梵志诗歌的传播还在延续。

相比之下，寒山的影响要更大一些，晚唐五代时期寒山诗歌依然流传不衰。贯休《寄赤松舒道士二首》：“子爱寒山子，歌惟乐道歌。”[③] 齐己《渚宫莫问诗一十五首》：“赤水珠何觅，寒山偈莫吟。”[④] 足见当时诗家对

① （宋）黄庭坚著，郑永晓整理：《黄庭坚全集辑校编年》，江西人民出版社2008年版，第1585—1586页。

② （宋）费衮：《梁溪漫志》卷10，上海古籍出版社1985年版，第117页。

③ 黄勇主编：《唐诗宋词全集》，北京燕山出版社2007年版，第2610页。

④ （清）彭定求等编：《全唐诗》卷842，中州古籍出版社2008年版，第5122页。

寒山的熟悉。宋之后寒山的影响依然存在，特别是在诗僧这一群体中。自五代时法师泰钦开拟寒山诗作之风气，之后的善昭禅师和长灵守卓禅师推波助澜，宋代拟寒山诗之大成者，应属慈受怀深禅师。他总共创作拟寒山诗歌148首，整体风格与寒山无二，几乎可以乱真。正是因为慈受的拟作成就高，扩大了寒山诗歌的影响，“寒山体”这种诗歌流派于此产生。这种风气也从禅林蔓延到了士大夫阶层，王安石、苏轼、郑思肖等著名作家都有“寒山体”诗歌的创作。至明代，诗僧中楚石、石树最为推崇寒山，甚至将寒山各体诗歌加以一一对应唱和。梅村居士张守约的《拟寒山诗》艺术成就最大。

白居易俗诗对后世的影响最大，主要就表现在对白居易诗歌“俚俗”的认识上。白居易诗歌语言浅俗，但在俚俗的基础上能构造出超乎俗的意境。就像叶燮《原诗》中说的：“白俚俗处而雅亦在其中。”[①]于是白居易通俗诗歌的传播，影响到了后代诗歌乃至文学的创作。

《韵语阳秋》云：“近观山谷《黔南十绝》，七篇全用乐天……等诗，余用三篇用其诗略点化而已。”[②]可见黄庭坚在进行诗歌创作时，也是将白居易诗歌“点铁成金”了一番。周紫芝《竹坡诗话》：“白乐天《长恨歌》云：‘玉容寂寞泪阑干，梨花一枝春带雨。’人皆喜其工，而不知气韵之近俗也。东坡作送人小词云：‘故将别语调佳人，要看梨花枝上语。’虽用乐天语，而别有一种风味，非点铁成黄金手，不能为此也。”[③]曾季狸《艇斋诗话》：“东坡《梅花》诗云：‘裙腰芳草抱山斜。’即白乐天‘谁开湖寺西南路，草绿裙腰一道斜’是也。”[④]不只黄庭坚善于化用白居易诗歌，苏轼在进行诗歌创作时也会借鉴白居易的诗歌，其主要借鉴的就是白居易诗歌中通俗的艺术特征。张戒《岁寒堂诗话》：“元、白张籍、王

---

① 马玮主编：《白居易诗歌赏析》，商务印书馆2017年版，第39页。

② 丁福保辑：《历代诗话续编》，中华书局1983年版，第309页。

③ （清）何文焕辑：《历代诗话》，中华书局1981年版，第346页。

④ 丁福保辑：《历代诗话续编》，中华书局1983年版，第309页。

建乐府，专以道得人心中事为工，然其词浅近，其气卑弱。……近世苏黄亦喜用俗语。”① 这就直接指出了白居易通俗诗歌与苏轼、黄庭坚诗歌中俗语的关系。

正是苏轼、黄庭坚对白居易诗歌中通俗部分有意识地学习，扩大了白居易俗诗的传播，造成了后代作家对白居易主动的模拟之风。元代西域作家耶律铸就写了诸如《小隐园拟乐天》《阆州海棠溪拟乐天》《自题拟乐天》等模拟白居易的诗歌。其《即日拟乐天作》：“从臾新交与旧游，编排酒令与诗筹。但言误及功名事，便索荒唐改话头。”② 其用语通俗、闲适的心态均是对白居易通俗诗风的模拟。耶律铸的父亲耶律楚材也对白居易赞赏有加。作为元诗的开创者，他写了《慕乐天》：“荆水浑如八节滩，玉泉佳趣类香山。韦编周易忘深意，贝叶佛经送老闲。爽我琴书池五亩，侑人诗酒竹千竿。乐天活计都相似，脂粉独嫌素与蛮。”③ 诗中表达了对白居易人格的喜爱，诗、酒、琴、书、池、竹都是白居易诗歌中经常出现的意象。诗人表达了对这些事物的喜爱，唯一不同的地方就在于作者不喜欢樊素、小蛮这样的家伎。

另一元代诗人马祖常也是模拟白居易的高手，他的七律《用乐天韵因效其题咏闲意》：“缫丝车响雨来稀，罨画图中住翠微。村北村南桑扈叫，家前家后竹鸡飞。青怜藤蔓春牵屋，绿爱荷盘夏剪衣。更忆江天家万里，行逢僧子借船归。”④ 此诗与白居易 65 岁在洛阳任太子少傅分司东都时所写的《闲居春尽》在对仗、诗意恬然闲适方面神似。此外，元代诗人之冠的萨都剌也在积极模拟白居易诗风。白居易一生偏爱咏病诗题材，撰有

① 丁福保辑：《历代诗话续编》，中华书局 1983 年版，第 450 页。

② （元）耶律铸：《双溪醉隐集》卷 6，影印文渊阁四库全书第 1199 册，（台湾）商务印书馆 1986 年版，第 427 页。

③ （元）耶律楚材著，谢方点校：《湛然居士文集》，中华书局 1986 年版，第 254 页。

④ （元）马祖常：《石田文集》卷 3，影印文渊阁四库全书第 1206 册，（台湾）商务印书馆 1986 年版，第 496 页。

78首之多。萨都剌代表作《雁门集》中就有《病中杂咏七首》《病起城东晚步》《病中书怀二首》《病中夜坐》《病中寄上人》等多篇咏病诗，可见是萨都剌对白居易的临摹和学习，更可见白居易俗诗在后世传播的影响。

唐代俗诗的不断传播，特别是在后代被士大夫阶层所喜爱，无疑对俗文学的发展具有深远的意义。一直以来，诗文是雅文学的标志，受到了历代士大夫阶层的重视。尤其到了元明清时期，虽然通俗文学得到了长足的发展，但在士大夫眼中依然是不入流作品，即使偶一为之也不愿署名。但俗诗却是一个特例，它很好地承接了雅、俗文学这两块阵地。后世的士大夫通过俗诗的创作而从雅文学走向俗文学。明清时期通俗文学的兴盛，有一部分原因就是前代俗诗在当时传播并产生了重要影响。

（二）唐代俗诗的海外传播

唐代俗诗不仅影响到宋元明清的俗文学艺术活动，也广泛传播到海外，并引起了极大的反响，这里重点以白居易、寒山俗诗的海外传播作出说明。

1.白居易通俗诗歌的海外传播

据《日本文德天皇实录》记载，白居易诗集传入日本时间很早，在文德天皇父亲仁明天皇在位时就已经得到了白氏诗集。对此白居易自己也知道这个情况，他曾声称："集有五本……其日本、新罗诸国及两京人家传写者，不在此记。"[①]可见白居易在世的时候已经知道自己的诗歌传播到了日本。

日本所传白居易作品中，现存最早的是《白氏文集》神田本。而白居易的诗歌则更是有多个版本，如日本镰仓时代的《白氏文集要文抄》、江户时代的《五妃曲》（选取了白居易诗歌中的《上阳白发人》《李夫人》《陵

---

① （唐）白居易著，朱金城笺校：《白居易集笺校》，上海古籍出版社1988年版，第3916页。

园妾》《昭君怨》《王昭君二首》)。而且白居易的诗歌《新乐府》《秦中吟》《长恨歌》《琵琶行》等名篇还以单行本的方式流传日本。公元9世纪末,日本编纂的《日本国见在书目》中就著录了白居易的《白氏长庆集》。[①] 平安时期编辑的《千载佳句》中收录汉诗1812首,其中白居易一人就占507首,白居易诗歌在日本的传播程度由此可见。

白居易诗歌在日本的传播,自然会带动俗诗在日本的流传。白居易通俗的诗风颇受日本文人的喜爱,村上天皇的儿子具平亲王就说道:“我朝词人才子以《白氏文集》为规摹,故承和以来言诗者,皆不失体裁矣。”[②] 日本平安时期的大学问家菅原道真对白居易更是推崇有加,他的著作《菅原文草》中引用化用白居易诗歌多达500多首。白居易诗歌在日本受欢迎的程度,那波道圆于明万历四十六年曾描述道:“诗文之称于后世,不知其数千家也。至称于当时,则几希矣,况称于外国乎?……在鸡林,则宰相以百金换一篇,所谓传于日本新罗诸国。呜呼,菅右相者,国朝诗文之冠冕也。渤海客睹其诗,谓似乐天,自书为荣……故世不乏人,学非不粹,大凡秉笔之士,皆以此为口实,至若倭歌、俗谣、小史、杂记、暨妇人小子之书,无往而不沾溉斯集中之残膏剩馥,专其美于国朝,何其盛哉!”[③] 可见在平安时期,白居易诗歌在日本兴起狂风一般的浪潮。白居易诗歌质朴的语言、隐逸闲适的思想吸引了日本文人的目光。他们进行汉诗的创作时很自觉地模仿白居易的诗风,甚至连诗歌格律用字都加以细致地模仿。

此外,白居易在朝鲜半岛的传播影响也很大。随着高句丽、百济和新

---

① 参见吴俊奕:《白居易诗歌的海外传播——以日本、韩国为例》,西南大学硕士学位论文,2016年。

② 肖瑞峰:《中国古典诗歌在东瀛的衍生与流变研究》,浙江大学出版社2012年版,第55页。

③ (唐)白居易著,朱金城笺校:《白居易集笺校》,上海古籍出版社1988年版,第3975页。

罗在朝鲜半岛建立，他们纷纷向唐朝学习诗文、典章制度等。《旧唐书·东夷传》中就记载了高句丽向中国学习的情况："俗爱书籍，至于衙门厮养之家，各于街衢造大屋，谓之扃堂，子弟未婚之前，昼夜于此读书习射。其书有《五经》及《史记》《汉书》、范晔《后汉书》《三国志》、孙盛《晋春秋》《玉篇》《字统》《字林》，又有《文选》，尤爱重之。"①

白居易诗歌传播至朝鲜半岛，学界有所谓的"诗入鸡林"之说。元稹在《白氏长庆集序》中就说道："《白氏长庆集》者，太原人白居易之所作……又鸡林贾人求市颇切，自云本国宰相每以一金换一篇，其甚伪者，宰相辄能辨别之。自篇章已（以）来，未有如是流传之广者。"②高句丽学者李奎报（1169—1241年）在《书白乐天集后》中说："予尝以为，残年老境，消日之乐，莫若读白乐天诗……白公诗，读不滞口，其辞平澹和易，意若对面谆谆详告者，虽不见当时事，想亲睹之也，是亦一家体也……其若琵琶行、长恨歌，当时已盛传华夷，至于乐工倡伎，以不学此歌行为耻。"③

虽然白居易在朝鲜半岛的传播影响不及日本，但是白居易诗歌的俗化风格还是引发了韩国文人的模拟风潮。像李奎报、洪宗万等文人纷纷效仿，写出了众多"俚俗"的诗歌。

2. 寒山俗诗的海外传播

寒山在诗家众多的唐代本来并不耀眼，但是在译介的过程中却备受海外的热捧。寒山的译介最初是通过日本输出到西方世界。1954年，阿瑟·韦利（Arthur Waley）将寒山的诗歌翻译发表在美国《相遇》杂志上。1958年，加里·斯奈德（Gary Snyder）翻译了寒山24首诗歌，发表

---

① （后晋）刘昫等：《旧唐书》卷149，中华书局1975年版，第5320页。

② （唐）白居易著，朱金城笺校：《白居易集笺校》，上海古籍出版社1988年版，第3927页。

③ 金宽雄、金东勋主编：《中朝古代诗歌比较研究》，黑龙江朝鲜民族出版社2005年版，第189页。

在《常春藤评论》上，受到了美国读者的追捧。1962 年，波顿 · 华特生（Burton Watson）翻译了寒山诗歌 100 首。以上 3 种寒山诗歌译作是在西方世界影响最大的 3 部，其中以斯奈德的译本最为风行。特别是 20 世纪 60 年代美国“垮掉的一代”（the Beat Generation）最重要的作家杰克 · 克洛厄（Jack Kerouac）在其自传体小说的扉页上写着“献给寒山”（Dedicate to Hanshan）。当时的嬉皮士（Hipsters）经常会唱着“如你乐意，我即寒山；如不乐意，我亦寒山”（“I am Cold Mountain，if you please; I am Cold Mountain，if you don’t please”），走在美国的大街上。寒山诗歌在美国广泛传播并对当时流行文化影响深刻，主要有以下几个原因：其一，美国对禅宗文化的追捧。20 世纪 60 年代，美国兴起了一阵禅宗热潮。人们痴迷于一切与禅宗有关的事物。寒山本身就是僧人，他创作的诗歌禅宗意味较为浓厚，能够满足人们对禅宗的好奇心理。其二，克洛厄将寒山和寒山诗歌译介者斯奈德推为“垮掉的一代”的宗师，恰好斯奈德也是一位喜好禅宗的人士。他与克洛厄对嬉皮士运动有着广泛而深刻的影响。其三，寒山的诗歌与美国现代性有共同之处。比如寒山诗歌对“心”的强调，诗歌主题又以个人或群体的救赎为中心，这些都是当时美国现代社会的普遍心理。1983 年，平诺（Red Pine）翻译了寒山的全部诗歌。美国当代诗人斯坦伯勒（Peter Stambler）也翻译寒山的诗歌并出版译著《遇见寒山》（*Encounter with Cold Mountain: Poems by Han Shan*）。可见这股寒山传播风潮还在继续。

寒山诗歌海外传播还有日本，主要是以文献整理和评注为主。日本现存寒山诗歌计有宽文年间（1661—1872 年）的《首书寒山诗》3 卷，元禄年间（1688—1703 年）的《寒山诗管解》6 卷，严亨年间（1744—1747 年）的《寒山诗阐提记闻》3 卷，文化年间（1804—1817 年）的《寒山诗索赜》3 卷。近代以来又出现了一种注释本，1902 年翻印日本皇宫所藏宋版书，由岛田翰作序。1949 年，岩波书店出版大田悌藏译注《寒山诗》。1958 年，岩波书店又出版矢义高注《寒山》。1972 年，明德出版社出版延原大川《评译寒山诗》。[①] 可见寒山的诗歌自传入日本之后，历经了各个时期持续不断的出版和评注，说明寒山诗歌受到的欢迎和产生的影响。更可以说明，寒山诗歌在日本的传播范围广泛，传播时间持续长久。

寒山诗在朝鲜半岛的传播与影响。朝鲜半岛较早介绍寒山的是高丽的慧谌（1178—1234 年），他的《禅门拈颂说话会本》中多处以寒山作为机锋。1247 年编辑的《南明泉和尚颂证道歌事实》就多次引用寒山诗歌去解释永嘉玄觉禅师的《证道歌》。高丽天顼禅师、普愚禅师对寒山诗歌的传播贡献不在于编辑出版诗集，而在于出于喜爱并推动了一代诗歌创作的风气。高丽的很多诗家，特别是一些诗僧受其影响，纷纷模拟寒山诗歌创作风格，被后代称为“寒拾体”。寒山诗歌在朝鲜半岛的传播主要是通过诗僧的鼓吹，对诗歌创作产生影响，与日本注重寒山诗歌文献整理注释的方式是完全不一样的。

不管是对当地主流文化的影响，还是对文献的整理注释，甚至是诗歌创作的风格等，寒山的俗诗在海外的传播和影响都是多元化的，这说明俗诗在传播过程中的不确定性，也可以说明俗诗的文学价值是跨越文化的，能引起不同文化圈内受众的共鸣。

---

① 日本寒山诗歌出版情况请参见崔小敬：《寒山及其诗研究》，复旦大学博士学位论文，2004 年。

第五章　唐代民谣、谚语、竹枝词的传播

第一节　唐代民谣的传播

一、唐代民谣概述

（一）民谣概念释义

民谣指的是在人民大众间广泛流传的歌谣。关于“谣”的释义，《辞海》以“民间流行的歌谣”作解；《尔雅·释乐》以“徒歌谓之谣”[①]作解。孔颖达（唐代经学家）在《左传正义》中说：“言无乐而空歌，其声逍遥然也。”[②]杨慎（明代文学家）在《丹铅总录》中的说法更清楚明了：“肉言歌者，人声也。出自胸臆，故曰‘肉’言。”[③]由古代典籍资料可见，“谣”的本义指的是人在没有任何乐器相伴奏的纯自在状态下的歌唱。“谣”的广义和“歌”是相通的，“谣”和“歌”可以互换互指。[④]

仔细考究，两者还是有一点细微的差异。总体来说，“谣”和“歌”在以下4个方面呈现出了各自的特质：一是在歌唱形式上，有合乐与不合乐之分。“歌”合乐，是有乐器伴奏的歌唱；“谣”则不合乐，是没有乐器

---

① 李学勤：《十三经注疏·尔雅注疏》，北京大学出版社1999年版，第159页。

② （清）杜文澜辑，周绍良校点：《古谣谚》，中华书局1958年版，第1052页。

③ 杨文生：《杨慎诗话校笺》，四川人民出版社1990年版，第13页。

④ 参见张莹：《中国古代民谣、谚语的概念初探及作品简介》，《名作欣赏》2021年第2期。

伴奏的歌唱，即徒歌。二是思想内容的区别，“歌”表现的主要是人们的生活经历以及他们的原始欲望和主观愿望等，常以抒情的形式出现；“谣”表现的主要是特定历史时期的社会现象、社会体制、民俗风情等，常以叙事的形式出现。三是文学体制的区别，“歌”中常存在叠句叠章的文学形式，并且唱一而叹三，字数较多，篇幅较长；“谣”则常常以简洁、平白的语句进行叙述，句子有长有短，篇幅长短不定。四是文学风格的区别，“歌”在乐器的伴奏下尽显纡徐曲折之美，给听的人以强烈的情绪感染；“谣”在说唱中显得更为简洁质朴，平易近人，直白上口，促使听的人产生更多的理性思考。

因此，从总体分析得知，“歌”和“谣”都是民间诗歌创作的一部分，但“歌”长于抒情，“谣”长于叙事，“歌”的文学色彩和抒情意味都比“谣”要浓厚。

（二）唐代民谣总论

在我国民间古老的文化之中，民谣兴起并传承的时间相当长，传播的空间领域也相当广。在中国历史上，没有哪种文化可以像民谣这般长盛不衰，且在每一个时代都呈现出不同的文化特色和应用方式，体现了民谣易于流传的特点。

隋唐时期的中国，属于我国封建社会的发展过渡时期，也是中国封建社会昌盛繁荣的时期。在中国的历史长河中，这一时期的中国有其一定的特殊性。

在近三百年的中国唐代，政权更替，政治跌宕起伏，宗教兴盛，文化辉煌。政治变革的频繁和文化的兼容并包为民谣在时空上的传播提供了好的时机，使得唐代民谣在展示那一时代的政治史、社会史、文化史时显得游刃有余，在内容上充分体现唐代的社会风貌和历史风貌，极具社会历史研究价值。

唐代民谣的内容庞杂，流传甚广。有在乡野民众间流行普遍的；有在一定的社会阶层和群体中“秘密”流行的；有以公开姿态流传于全国的；有在个别地区悄悄流传着的；有批评时政、褒贬人物的；有反映民众生产、生活的。唐代民谣几乎都带有唐时特定历史阶段和社会环境的气息，都带有唐时人民群众生产、生活的气息。

唐代民谣大体可分为三类：一是政治谶语类民谣，这类民谣体现了一定的社会预示作用。二是对市井贤人进行评价的大众舆论类民谣，这类民谣体现了一定的社会导向作用。三是以科举考试为内容的民谣，这类民谣反映人心，体现民情。

唐代民谣是在灿烂的思想文化的土壤中孕育并兴起的，在社会政治、生产生活等外界环境的作用下迸发，并在一定的社会舆论环境下逐渐流传扩散。

在中国古代社会，谶纬神学思想深入人心，唐代封建统治者更是在政权巩固、政治斗争等重大政治事项中广泛运用，如利用谶言符命夺取江山的李唐王朝、操纵图谶祥瑞巩固政权的武周政权等。加上唐代的佛道信仰和鬼神信仰非常普遍，这些信仰也深入政治统治领域，为封建统治者的政治斗争和政权巩固提供变怪谶应之说，以维护其思想统治。

伴随着政治危机的加剧和社会矛盾的加深，唐代民谣衍生与传播的速度越来越快，民谣在这一时期表现出异常活跃的状态。在皇权之争或者官场斗争中，封建统治者为优化舆论环境，往往会特意安排人制造民谣，这些制造出来的民谣就成了他们的利器，帮助他们达到目的。历史上著名的安史之乱、藩镇割据、黄巢起义等，都有着各种各样的民谣左右，对社会政局、人民生活、时代发展产生了深远影响。

民谣以社会舆论的形式反映了一定时期内人们对社会事务、社会现象的见解和认识，对统治者处理国家事务、执行国家政策、任免国家官员等产生重要影响。唐代民谣的一个非常重要的部分，就是老百姓对社会事务、社会现象、重要人物的评价。在唐代相对宽松的政治环境下，有些统治者也非常重视民情民意。他们参考民谣这一社会舆论形式，衡量官员德行，斟酌国家政策，这时的民谣在无意当中发挥了监察机制的作用。

总之，唐代民谣数量大、类型多，对社会的影响也很深远。这些民谣为我们认识整个唐代社会提供了一个非常好的平台和视角，也为我们研究唐代社会的历史提供了有价值的史料。

（三）唐代民谣作品整理介绍

在唐代，有一个女性参政的政治现象值得大家特别关注，武则天、韦皇后、太平公主以及安乐公主就曾相继将朝政把持于自己手中。武则天改唐为周，成为女皇。韦皇后无才无德，妄图走武则天之路却身败名裂。太平公主和安乐公主也曾经在朝廷权倾一时。之所以会出现女性参政这种现象，和唐代的社会风俗关系很大。“大抵北方受鲜卑统治的影响，礼法束缚比较微弱，妇人有发挥才能的较多机会，成为一种社会风气。”[①]在初唐时代，关于武则天、韦皇后、太平公主、安乐公主的民谣在民间流传，表现当时民众对她们的认识和评价：

讽武、韦、太平、安乐谣

当有女武王者。

桑条韦也，女时韦也，乐！

天子嫁女，皇后娶妇。

黄犊犊子挽纼断，两足踏地鞋𪍿断，城南黄犊犊子韦。

姚宋为相，邪不如正；太平用事，正不如邪。

可怜安乐寺，了了树头悬。

新、旧《唐书·李君羡传》都记载有“当有女武王者”[②]谣。这是贞观初年出现的一句孤立的民谣，这句民谣似乎有预言的意味，预示着“女

① 张三夕：《批判史学的批判——刘知几及其史通研究》，华中师范大学出版社2010年版，第41页。

② 周振甫主编：《唐诗宋词元曲全集·全唐诗》第15册，黄山书社1999年版，第5823页。

武王”日后要成为天子。因为这句谣言，唐太宗还无辜杀害了乳名为“五娘子”的洪州武安人左武卫将军李君羡，造成历史上著名的冤案。实际上，“女武王”含有的意思与唐代谚语“健妇持门户，亦胜一丈夫”[①]的内涵相近，体现的是一种能容纳女性才能发展的宽松的社会环境，而不应看作是日后武则天成为天子的预言先兆。

《新唐书·五行志二》记载有“桑条韦也，女时韦也乐”[②]谣。此谣历来流传有两种解释：一种解释是，“桑条”暗示的是武后，武后被初封时，为彰显自己母仪天下的情怀，曾经不止一次地主持先蚕礼。“韦”和“违”的音相同，“桑条韦也”也就成了唐时民众对武后主持先蚕礼动机的怀疑和讥讽，认为武后主持先蚕礼很违心，不过是在装模作样而已。“女时韦也”是说唐高宗违反了封建礼教，将其父亲的才人纳为妃子，还封为皇后，这种“女时”是大逆不道的，是寻求欢乐痛快和贪恋女色的表现。另一种解释是，这是对韦皇后当兴的预言。据《朝野佥载》中记载：“永徽年以后，人唱《桑条歌》云：‘桑条韦也，女时韦也，乐！’至神龙年中，逆韦应之。谄佞者郑愔作《桑条乐词》十余首进之，逆韦大喜，擢之为吏部侍郎，赏缣百匹。”[③]这首谣的两种不同解释，如果联系当时的社会环境和流传时间来看，和韦皇后当兴的预言似乎没有多大关系，因此第一种解释相对合理一些。

《旧唐书·萧至忠传》记载有“天子嫁女，皇后娶妇”[④]谣。这首谣说的是唐中宗和韦皇后的事情。唐中宗时，他最亲信的宰相是中书令、酂国公萧至忠。当时，韦皇后的表兄是卫尉卿崔无诐。为了让皇亲贵族间的关系紧密相连，唐中宗敕令萧至忠已经死去的女儿同韦皇后已经死去的弟弟

① 波默编写组编：《实用谚语俗语集锦》，辽宁人民出版社 2002 年版，第 142 页。

② 党银平、段承校编著：《隋唐五代歌谣集》，南京师范大学出版社 2014 年版，第 11 页。

③ 张鷟：《朝野佥载》，中华书局 1975 年版，第 785 页。

④ 党银平、段承校编著：《隋唐五代歌谣集》，南京师范大学出版社 2014 年版，第 182 页。

举行冥婚，还让萧至忠将自己的另一个女儿嫁给韦皇后的表兄崔无诐。唐中宗和韦皇后分别为萧家和崔家主婚，“天子嫁女，皇后娶妇”之谣于是在民间流传开来。从这一民谣可以看出，唐中宗和韦皇后的行为和思想都十分的庸鄙，也是非常可笑的。

《新唐书·五行志二》记载有“黄犉犊子挽纼断，两脚踏地鞋䋙断，城南黄犉犊子书”[①]谣。这是一首景龙中流传的咏韦皇后谋篡失算的民谣。韦皇后在景龙四年（710年）六月二日和安乐公主等人勾结起来，将唐中宗李显设法毒害，并以皇太后身份垂帘听政。临淄郡王李隆基在六月二十日举兵发难，将韦皇后以及她的亲党们斩杀，后拥他的父亲李旦为皇帝，即唐睿宗。李隆基彻底剿灭了韦氏集团，平定了韦氏之乱。这首民谣以此为背景，暗指韦皇后谋篡失败的过程，也将韦皇后的家庭出身揭露了出来。“黄犉犊子挽纼断”一句中，“黄犉犊子”就指的是韦皇后，“挽纼断”中的“纼”是指拴牛的绳索，“纼断”则指拴牛的绳索断了，牛失控了，暗藏作乱的意思。“黄犉犊子挽纼断”的意思就是说韦皇后作乱。“两脚踏地鞋䋙断”一句中，“䋙”的意思是指麻线。“两脚踏地鞋䋙断”的意思就是说驾牛的人要将牛制服是很费力气的，鞋带都被挣断了，暗指韦皇后谋篡刚刚成功就很快失败了。“城南黄犉犊子书”一句，是说韦皇后不是出身于正宗的地位显赫的城南韦氏家族，而是出身于假冒的黄犊韦家。

《旧唐书·柳泽传》记载有“姚宋为相，邪不如正；太平用事，正不如邪”[②]谣。在这首谣中，“姚”指的是宰相姚崇，“宋”指的是宰相宋璟，“太平”是指太平公主。太平公主性格沉稳，有谋有略，是武则天最为宠爱的女儿，后因拥立唐睿宗时有很大功劳，得以权倾朝野。当时贿赂之风盛行，用钱买官的现象十分严重，“斜封官”（不经正式手续，于别门降墨敕除官）大量出现。宰相姚崇、宋璟奏请唐睿宗整治这一现象，并给出整

① （宋）欧阳修、宋祁：《新唐书》卷35，中华书局1975年版，第9页。

② 周振甫主编：《唐诗宋词元曲全集·全唐诗》第16册，黄山书社1999年版，第6473页。

治措施。姚崇、宋璟的奏请威胁到太平公主的利益，太平公主找借口将二人赶出朝堂，贬为外州刺史。于是社会上的买官现象更加严重，甚至重加录用“斜封官”。民谣“姚宋为相，邪不如正；太平用事，正不如邪”因此出现并流传。“正”和“邪”既指的是“正封官”和“斜封官”，也指的是品质上的好和坏。

在《新唐书·五行志二》和《太平广记》卷163中，均记载有“可怜安乐寺，了了树头悬”[①]谣。“安乐”指的是安乐公主，她是唐中宗最为宠爱的女儿。安乐公主曾在洛州建“安乐佛庐”，即“安乐寺”，并用重金打造安乐寺，使得安乐寺奢侈豪华、富丽堂皇。安乐公主与母亲韦皇后串通，毒杀了父亲唐中宗。李隆基入宫平乱之时，将正在照镜子修饰眉毛的安乐公主斩首，头颅悬挂于东市。这首民谣表达了民众的无限感慨之情：安乐寺仍像往常一样金碧辉煌，它的主人却身首异地，其头颅被挂在了树上示众。

讽杨贵妃、安禄山谣

生女勿悲酸，生男勿喜欢。

男不封侯女作妃，君看女却是门楣。（“是”一作“作”）

燕燕飞上天，天上女儿铺白毡，毡上有千钱。

义髻抛河里，黄裙逐水流。

唐代李隆基称帝以后，既有过励精图治下的“开元之治”，也有过骄奢淫逸下的“安史之乱”，大唐王朝从繁荣兴盛走向没落衰亡。安禄山后来发起反唐的战争，唐玄宗只得仓促狼狈地逃往蜀地，并被迫无奈赐死杨玉环于马嵬坡。安史之乱后，唐王朝盛世不再，渐起颓势。当时民间产生并流传起了讥讽杨玉环、安禄山的民谣，表达了人们的心声，表现了那个时代社会的动荡和不安。

在乐史《太真外传》和陈鸿的《长恨歌传》中，均记载有“生女勿悲

① 黄勇主编：《唐诗宋词全集》第6册，北京燕山出版社2007年版，第2772页。

酸，生男勿喜欢”[①]、“男不封侯女作妃，君看女却是门楣”[②]两首民谣。天宝年间，唐玄宗宠爱杨玉环，于是爱屋及乌，对杨氏一门照顾有加，使得其家族贵幸无比。杨玉环的三姊都被封为夫人，就连她的堂弟杨钊也当上了宰相，赐名杨国忠。这两首民谣明显是人们对杨玉环的艳羡之词，并不是真正改变中国封建社会在生育上的传统观念、重女轻男。

《新唐书·五行志二》记载有“燕燕飞上天，天上女儿铺白毡，毡上有千钱”[③]谣。唐玄宗所喜爱的蕃将安禄山在天宝十四年（755年）冬十一月发起反唐的战争，并于天宝十五年正月以“雄武皇帝”自称，定国号为“燕”。在这首民谣中，“燕燕”指的是安禄山，“飞上天”是指安禄山为获得唐玄宗和杨玉环的宠信，以认杨玉环为母的方式，达到了自己的目的。这首民谣表现的是安史之乱发生前的社会景象，暗指安禄山的篡权野心。

乐史《太真外传》卷下和《新唐书·五行志》均记载有“义髻抛河里，黄裙逐水流”[④]谣。这首民谣是咏杨玉环的，流传于天宝末年的长安城中。“义髻”，指的是用假发编成的高高的发髻，发髻上一般都配有颤动的金珠，正如白居易的《长恨歌》中所描写的“云鬓花颜金步摇”。“黄裙”道出了杨玉环爱穿黄裙，吸引唐玄宗沉迷于她。“抛河里”“逐水流”是说把假发髻和黄裙都扔到河里面去，表现了人们对杨玉环的无比憎恶之情和对唐玄宗的失望。

黄巢起义谣

金色虾蟆争努眼，翻却曹州天下反。

欲知圣人姓，田八二十一；欲知圣人名，果头三屈律。

黄巢走泰山东，死在翁家翁。

---

① 汪辟疆校录：《唐人小说》，上海古籍出版社1978年版，第117页。

② 汪辟疆校录：《唐人小说》，上海古籍出版社1978年版，第161页。

③ 周振甫主编：《唐诗宋词元曲全集·全唐诗》第16册，黄山书社1999年版，第6488页。

④ 才晓予主编：《二十四史掌故辞典》，中国发展出版社1995年版，第574页。

在唐王朝统治的后期，发生了黄巢起义，这是中国历史上的一次声势浩大的农民起义，对封建统治者形成了巨大的冲击力。这次起义虽最终失败，却加速了唐王朝的灭亡步伐，显示了人民群众力量的强大。黄巢带领起义大军掀起的反唐战争，得到了当时人民群众的支持和拥护。那一时期民间产生并流传的有关黄巢起义的民谣，就忠实地记录了这一切。

《旧唐书·黄巢传》和《新唐书·五行志二》均载有“金色虾蟆争努眼，翻却曹州天下反”[①]谣。据《黄巢传》记载：“黄巢，曹州冤句（今山东菏泽西南）人，本以贩盐为事。乾符（874—879年）中，仍岁凶荒，人饥为盗，河南尤甚。初，里人王仙芝、尚君长聚，盗起于濮阳，攻剽城邑，陷曹、濮及郓州，先有谣言云：‘金色虾蟆争努眼，翻却曹州天下反。’及仙芝盗起，时议畏之。”[②]王仙芝是于乾符元年在长垣（今河南长垣东北）起义的，其时间在黄巢之前，但形成影响力是在乾符二年黄巢起义并响应加入之后。因此可以推测，这首民谣是用来颂扬黄巢义军的。“金色蛤蟆”指的就是黄巢，因为黄巢在长安称帝后，以“金统”为自己的年号，并作《菊花诗》云：“满城尽带黄金甲。”“虾蟆”指的是“蛙”，古人形容英勇无比的勇士时，常用“怒蛙”作比，如在《韩非子·内储说上》中就有“越王勾践见怒蛙而式之”[③]的有名传说。“争努眼”的意思和“睁怒眼”相同。“翻却曹州天下反”是说民间反唐起义的大势是以曹州为起点的。这首民谣生动具体、气势磅礴，在那个动荡不安的时代有吹响起义号角之作用。

在北宋钱易的《南部新书》和元辛文房的《唐才子传》卷8中，均载有“欲知圣人姓，田八二十一；欲知圣人名，果头三屈律”[④]谣。这首民谣出现在黄巢长安称帝以后，是流传于民间的关于起义领袖姓名的民间

① （后晋）刘昫等：《旧唐书》，中华书局1975年版，第5391页。

② （清）杜文澜辑，吴顺东等点校：《古谣谚》，岳麓书社1992年版，第178页。

③ 《韩非子·内储说上七术》。

④ 黄勇主编：《唐诗宋词全集》第6册，北京燕山出版社2007年版，第2762页。

歌谣，由此可见黄巢对民众的体恤和关爱。民众为了表示对黄巢的爱戴和拥护，对其以“圣人”称之。人们用民间文学中拆字格的方式来解析“黄”“巢”二字：“黄”字是用拆字格“田八二十一”来解析的，“巢”字是用拆字格“果头三屈律”来解析的，准确无误地宣扬了起义首领的尊姓大名。《南部新书》和《唐才子传》卷8均将这首民谣认定为“谶语”，认为这是唐代末年的诗人皮日休迫于无奈为黄巢特意创作而成的，因最后一句有暗示黄巢是秃头的嫌疑而被黄巢杀害。据《旧唐书》记载，皮日休曾为新朝廷的翰林学士。又据文献资料考证，皮日休思想进步，对起义军有同情之意，并且是在黄巢起义失败之后去世的，并非死于黄巢之手。因此认为，这首谣即使为皮日休所创作，也是其进步思想发展的必然结果，不应将这首民谣列入“谶”谣之中。

《乐府诗集》记载有“黄巢走泰山东，死在翁家翁”[①]谣。据《乐府诗集》卷89对这首民谣的描述：“按《旧书》中和四年（884年）黄巢既败，以其残众东走，李克用追击，至济阴而还，贼散于兖、郓，黄巢入泰山，至狼虎谷，为其将林言所杀。”据文献资料考证，黄巢是在狼虎谷慷慨自刭的，他的外甥林言在其死后，将其头颅割下，献给了唐将时溥。“死在翁家翁”是说黄巢生于山东，死于山东，“翁”是对年长者的尊称。

二、唐代民谣的传播环境

社会物质生活、精神生活、民俗风情等是唐代民谣产生的源头和背景，不管是政治类民谣还是表现社会现象和著名人物的民谣，都与当时的社会大环境有着密不可分的关系。

政治类民谣多产生于一定的政治背景之下，唐代的政治环境错综复杂，政治矛盾和政治斗争异常激烈，民间流传有许多表现唐代政治环境的

① （宋）郭茂倩编撰：《乐府诗集》卷89，上海古籍出版社2016年版，第1077页。

民谣。如在永徽以后民间传唱的《武媚娘》歌，就体现了武则天与李唐王室的明争暗斗。这首民谣很大概率上是武则天授意为之，好为自己日后的登基做足舆论准备，“武后临朝万万年”[①]可能就是武则天神化自己在政治上的地位，为达到称帝的目的而作。再如在扬州地区招兵买马的徐敬业，蓄意收买对武则天的统治心怀不满的军民、为起兵造反做准备时，有心帮助他的骆宾王暗中拉拢了朝廷中书令裴炎做徐敬业谋反的内应，并特意为裴炎造谣：“一片火，两片火，绯衣小儿当殿坐。”[②]虽然徐敬业的起义造反失败了，但对武则天的统治表示不满的声音并没有消失，如“子母相去离，连台拗倒”[③]、“张公吃酒李公醉”[④]、“侧堂堂，桡堂堂”[⑤]等民谣都非常隐晦地将一些人对武则天统治的不满情绪表达了出来。

揭露社会现象、批判或颂扬人物类的民谣在唐代也为数不少，表现唐代的民风民情和社会民众生活。唐代时所举行的科举考试，是朝廷选拔优秀人才的主要途径，一些反映唐代科举考试风气的民谣在民间流传。如“槐花黄，举子忙”[⑥]，是指考试落第的举人在当年7月后就要忙于构思新作，构思好之后将新作献给考官，求考官拔解。唐代时南方江陵一带文化氛围较为浓厚，民间就有了“琵琶多于饭甑，措大多于鲫鱼”[⑦]等民谣出现。唐代中后期时河北一些镇牙军蛮横骄悍，于是就出现“长安天子，魏府牙军”[⑧]的生动民谣。

---

① 周振甫主编：《唐诗宋词元曲全集·全唐诗》第15册，黄山书社1999年版，第5823页。

② （宋）李昉等编：《太平广记》（下），中国文史出版社2003年版，第738页。

③ （清）杜文澜辑，吴顺东等点校：《古谣谚》，岳麓书社1992年版，第792页。

④ 王中立、王晨编：《山西俗语典故故事》，北岳文艺出版社2020年版，第245页。

⑤ 党银平、段承校编著：《隋唐五代歌谣集》，南京师范大学出版社2014年版，第83页。

⑥ 林之满主编：《中华典故》，中国戏剧出版社2002年版，第23页。

⑦ 周振甫主编：《唐诗宋词元曲全集·全唐诗》第16册，黄山书社1999年版，第6479页。

⑧ 周振甫主编：《唐诗宋词元曲全集·全唐诗》第16册，黄山书社1999年版，第6475页。

唐代时文化环境开放自由，文化氛围较为浓郁，政治对文化发展的束缚较小，人们在思想上没有太大的政治压力，文化事业的发展繁荣昌盛，民间歌谣也呈现出欣欣向荣的景象。在较为宽松的舆论环境下，人们的言论较为自由。加上唐代统治者较为开明的治国策略，对臣民所提出的批评或建议等都持积极鼓励的态度，进一步推动了民谣的发展。如武则天统治时曾放宽选人标准大量招官，结果却招来了许多投机取巧、阿谀奉承者，形成的社会风气极为恶劣。唐人张鷟创作民谣唱“补阙连车载，拾遗平斗量。杷推侍御史，碗脱校书郎”①。后来，沈全更进一步唱“评事不读律，博士不寻章。面糊存抚使，眯目圣神皇”②。为此，沈全被抓。武则天知道了这件事情的原委后，非常淡然地说：“但使卿等不滥，何虑天下人语。”③随后就释放了沈全，并判其无罪。这些对宽松社会风气的形成和人们言论的自由非常有利，为社会舆论的自由奠定了良好的基础，也为民谣的产生、发展、传播提供了合适的土壤。

三、唐代民谣的传播主体

民谣的产生，与民间信仰文化关系密切。唐代的社会风气较为开放，唐代的统治者也非常推崇佛道，唐代社会佛道信仰的氛围于是形成，佛道信仰也就成了唐代社会民谣产生的一个重要原因。有些道士和僧侣抓住人们信仰佛道的心理造谶传谣，以达到自己特定的目的。“僧道传谣不但带有神秘感，而且富含宿命色彩，因为有宗教做掩护，无论在社会上层，还是在普通老百姓中间，其传播的效力比一般人传播影响要更大。”④佛道信仰和民谣的水乳交融，给僧侣和道士制造民谣提供了便利条件，并在唐代

① （宋）洪迈：《容斋随笔》，吉林文史出版社1994年版，第597页。

② （明）冯梦龙评纂，孙大鹏点校：《太平广记钞》第2册，崇文书局2019年版，第456页。

③ （明）冯梦龙评纂，孙大鹏点校：《太平广记钞》第2册，崇文书局2019年版，第457页。

④ 赵瑶丹：《两宋谣谚与社会研究》，中国社会科学出版社2015年版，第292页。

社会产生了重要影响。

如贞观三年（629年）“浮屠法雅坐妖言”[①]案的发生；魏晋南北朝时期“老君当治，李弘应出”[②]的谶言唐代时继续在民间流传。在敦煌出土的遗书中，考古人员发现了多件《洞渊神咒经》道经抄本，此道经对李弘真君的降世大肆宣扬，有“麟德元年七月廿一日奉敕为皇太子于灵应观写”[③]的说法，就是说李弘真君为唐高宗与武后所生之子。

儿童天真烂漫、单纯可爱，其语言往往是发自内心的无意识过滤过的“人心之声”。人们认为出自儿童之口的民谣都有着很深的寓意，即“儿童歌笑，任天而动，自然合节，故其情为真情，其理为至理，而人心风俗即准乎此”[④]。所以，民谣更加容易被人们接受。此外，由于唐代人有着浓厚的谶纬信仰，他们认为荧惑星会化为儿童传谶以表达天意，因此儿童所传唱的民谣有一定的预言性，是一种“鬼神凭托”。唐代潘炎的《童谣赋》中就描述有：“荧惑之星兮列天文，降为童谣兮告圣君。”[⑤]由此可见，荧惑星会化为儿童来传播谶言以传达老天旨意的说法是得到当时社会大多数人的认同的。当然，儿童所传唱的民谣并非都是儿童创作，大部分是成人出于某种目的编创而来，借儿童之口传播到民间而已。在唐代，儿童所传唱的民谣多属谶谣，且大都关乎国家社稷，儿童不可能有此眼界和格局。那么，一定有一些有意为儿童编创民谣的人，这些人大多别有用心，且有一

---

① （宋）欧阳修、宋祁：《新唐书》卷88《裴寂传》，中华书局1975年版，第3738页。

② 北魏寇谦之《老君音诵戒经》：“世间诈伪，攻错经道，惑乱愚民，但言‘老君当治，李弘应出’，天下纵横，反逆者众，称名李弘，岁岁有之。”[《道藏要籍选刊》(8)，上海古籍出版社1995年影印本。] 关于“李弘应出”谶言源流与影响，唐长孺先生《史籍与道经中所见的李弘》一文有详细论述，见《唐长孺社会文化史论丛》，武汉大学出版社2001年版，第176—184页。又隋以前道经中谶言情形，参见钟肇鹏：《谶纬论略》，辽宁教育出版社1991年版；萧登福：《谶纬与道教》，（台湾）文津出版社2000年版。

③ 唐长孺：《魏晋南北朝史论拾遗》，中华书局1983年版，第216页。

④ 吴其南：《童谣与谶纬》，《浙江师范大学学报（社会科学版）》2015年第5期。

⑤ 吴承学：《论谣谶与诗谶》，《文学评论》1996年第2期。

定的社会阅历和见识。

在皇权之争或者官场斗争中，封建统治者为优化舆论环境，往往会特意安排人制造民谣。这些制造出来的民谣就成了他们的利器，帮助他们达到政治目的。封建统治者所传民谣之事大多有文献资料记载，如太平公主、李林甫、肃宗皇后等人的传谣事件。

据《资治通鉴》记载："太平公主以太子年少，意颇易之。既而惮其英武，欲更择暗弱者立之以久其权，数为流言，云'太子非长，不当立'。己亥，制戒谕中外，以息浮议。"① 李隆基是唐睿宗的第三个儿子，并非其长子。在李隆基当上太子之前，唐朝皇帝也并非都是长子，因此一定要立长子为太子的传统在唐代并不存在。可见，这些谣言均是亲近太平公主之人对李隆基合法继承皇帝之位的有意挑唆。

据《旧唐书·李林甫传》载："林甫自以始谋不佐皇太子，虑为后患，故屡起大狱以危之，赖太子重慎无过，流言不入。"②

据《旧唐书·李倓传》记载："时广平王立大功，亦为张皇后所忌，潜构流言，泌因事讽动之。"③ 代宗皇帝李豫即是广平王，在收复两京之事上，李豫和郭子仪功不可没，为唐朝的中兴作出了巨大贡献，得到了唐肃宗的宠爱和欣赏。张皇后和李辅国对李豫立功之举又恨又恐，想将李豫置于死地以免忧患，于是不停地向民众造谣传谣。

在创作和传播谣言的大军中，文人的力量也不可小觑。唐代文人在创作文学作品的过程中，一定程度上受到了民间歌谣的影响，尤其是怨谣对他们的影响颇深，"怨谣直面现实的内容、简短的形式、质朴的风格，使得一些诗人在直接针对具体政治事件和人物时，乐于模仿"④。唐代时，独具风格的文人谣产生并传播开来，如《长恨歌》中的诗句"遂令天下父母

① （宋）司马光编著：《资治通鉴》，中华书局1956年版，第6656—6657页。

② （后晋）刘昫等：《旧唐书》卷106，中华书局1975年版，第3239页。

③ （后晋）刘昫等：《旧唐书》卷41，中华书局1975年版，第3385页。

④ 吕肖奂：《中国古代民谣研究》，巴蜀书社2006年版，第182页。

心，不重生男重生女”[①]，就是诗人白居易从唐代怨谣“生女勿悲酸，生男勿喜欢”[②]直接演化而来的。唐代文人们在作品中对民间歌谣的记录和引用，使得民谣更加为世人所关注，传播的空间更加开阔，传播的力度空前增强。

四、唐代民谣的传播内容与影响

从唐代民谣的内容呈现看，有对统治阶层或褒或贬的民谣、有政治谶语类民谣、有评价社会显赫人物的民谣，也有关于科举考试的民谣。

政治谶语类民谣或预示朝代的改换，或预示新的帝王将相的出现，或预示社会重大事件的发生等，这类民谣中有些和后来发生的历史事实相吻合，得以应验，往往被史册载入，以供后人观之思之。如“当有女武王者”[③]，是贞观初年一首民谣，有武则天将要称帝的预示。如“待钱来，待钱来”[④]是唐朝末年丹阳地区的一首民谣，“钱”指的是钱镠，这首民谣预示了钱镠当政，后来钱镠成为五代十国时期吴越国的创建者。如“羊头山北作朝堂”[⑤]，是唐代景龙年间潞州流传的一首民谣，预示了真命天子从潞州出。唐玄宗曾在潞州任官职，后来果然当上了唐朝的皇帝。如“高昌兵马如霜雪，汉家兵马如日月。日月照霜雪，几何自殄灭”[⑥]是唐贞观十四年时高昌流传的一首民谣，当时唐太宗发动了对高昌的战争。这首民谣预示了高昌必败，后来高昌国国王麹智盛开城门出降。

在褒贬封建统治阶层的民谣中，大多表现了黎民百姓对当地地方官的

---

① 傅正:《七月七日长生殿——〈长恨歌〉艺术表现浅析》,《小说评论》2009 年第 S2 期。

② 汪辟疆校录:《唐人小说》，上海古籍出版社 1978 年版，第 45 页。

③ （后晋）刘昫等:《旧唐书》，中华书局 1975 年版，第 2524 页。

④ （宋）吴处厚:《青箱杂记》，中华书局 1985 年版，第 72 页。

⑤ （宋）欧阳修、宋祁:《新唐书》，中华书局 1975 年版，第 920 页。

⑥ （后晋）刘昫等:《旧唐书》，中华书局 1975 年版，第 5296 页。

态度和看法。如“父母育我田使君，精诚为人上天闻。田中致雨山出云，仓廪既实礼义申，但愿常在不患贫”① 是高宗永徽年间流传于郢州地区的一首民谣，“田使君”指的是当地地方官刺史田仁会，这首民谣对刺史田仁会在烈日下曝晒祈雨、缓解旱灾的举动大加歌颂。如“前得尹佛子，后得王癞獭。判事驴咬瓜，唤人牛嚼沫。见钱满面喜，无镪从头喝。尝逢饿夜叉，百姓不可活”②，是唐代在泽州地区广泛流传的一首民谣，从中可以看出当地百姓将都督府法曹王熊和其前任尹正义放在一起进行比较，对都督府法曹王熊贪赃枉法的不满和愤恨。

在评价社会显赫人物的民谣中，大都是百姓对高官显宦、社会名流们言行举止的议论。如“侯知一不伏致仕，张悰自请起复。高筠不肯作孝，张栖贞情愿遭忧。皆非名教中人，并是王化外物”③，是唐朝武周时期流传于社会的一首民谣。这首民谣中涉及4个人，分别是侯知一、张悰、高筠、张栖贞。这4个人的“官瘾”很大，为了保住自己的官位，侯知一在年老该退休时不愿意退休，并且在朝堂上当着文武百官的面，“踊跃驰走，以示轻便”。张悰、高筠在母亲去世以后不愿意辞官回家为母亲守孝。张栖贞贪赃枉法，被人告发后将要接受其他官员的弹劾和调查，他谎编母亲去世需守孝的理由来逃避弹劾和调查。这4个人为了官位，不讲道德和礼教，引起人们的极端鄙视，称其“兽心人面”。

有关科举考试的民谣在唐代大量出现，这些民谣表现了科举考试中出现的种种社会现象，表达了人们对科举考试的认识和态度。如表现进士一旦中举后便前途不可估量的民谣：“进士初擢第，头上七尺焰光。”④ 如表现明经和进士中举的难易程度的民谣：“三十老明经，五十少进士。”⑤ 如表现

① （后晋）刘昫等：《旧唐书》，中华书局1975年版，第4793页。

② （唐）张鷟：《朝野佥载》，中华书局1979年版，第49页。

③ （唐）张鷟：《朝野佥载》，中华书局1979年版，第93页。

④ （唐）封演撰，赵贞信校注：《封氏闻见记校注》，中华书局2005年版，第17页。

⑤ （五代）王定保：《唐摭言》，上海古籍出版社1978年版，第4页。

科举考试中不公正行为的民谣："座主门生，沆瀣一气。"①

民谣源于一定的社会环境和社会生活，民谣的传播又会对社会形成一定的影响，这些影响有大小之分、消极与积极之分。

政治谶语类民谣对社会的影响最为显著，不管是唐代的统治阶层，还是黎民百姓，都往往将政治谶语视为天意，认为天意如此，不可违背，因此深信不疑，从而使得这类民谣能以很快的速度在社会上广泛传播，并产生深远影响。如唐太宗因"当有女武王者"谣而将李君羡错杀，说明唐代帝王也深受这类民谣的影响，对其持有"宁可信其有，不可信其无"的态度。正因政治谶语类民谣有着巨大的社会影响力，在唐代前期的历次政变当中，政变者从发动政变到取得成功，多伴随着此类民谣的产生和传播，为政变者发动政变提供了合乎天意和情理的依据。如唐中宗时，韦皇后有模仿武则天称帝的意图，但苦于没有舆论造势，没有合情合法的依据，不能够名正言顺地实施自己的野心。迦叶志忠识破了韦皇后的心理，以民谣《桑条韦也》《女时韦也》上表韦后，为韦后日后发动政变奠定顺天应人的基础，后请"进《桑条歌》十二篇，伏请宣示中外，进入乐府"②，进一步加强了韦后政变的舆论势头。一年之后，韦后与安乐公主密谋，毒死唐中宗，临朝改制。

民谣的产生和传播，对人们长期以来形成的道德观和价值观都会形成冲击，影响人们看待事物的角度和处世的方式。歌颂人物高尚行为品质的民谣给民间大众树立了好的榜样，教人从善，引人效仿。嘲讽个人无耻卑劣行径的民谣对世人有警醒之作用，会让世人引以为戒。如唐初流行于社会的民谣"学行可师贺德基，文质彬彬贺德仁"③便是对贺家二兄弟德行和学识的赞扬。此类民谣有助于社会道德水平的提升，有助于社会国民素质的提高。

---

① （宋）钱易：《南部新书》，中华书局2002年版，第71页。

② （后晋）刘昫等：《旧唐书》，中华书局1975年版，第2173页。

③ （后晋）刘昫等：《旧唐书》，中华书局1975年版，第4987页。

民谣的产生和传播，还会引起民间某种社会风气的形成和风靡。如唐玄宗时社会盛行斗鸡之潮，有民谣曰："生儿不用识文字，斗鸡走马胜读书。贾家小儿年十三，富贵荣华代不如。能令金距期胜负，白罗绣衫随软舆。父死长安千里外，差夫持道挽丧车。"① 这首民谣采用叙事的方式，讲的是唐长安地区一个 13 岁的男孩贾昌因为擅长斗鸡而被唐玄宗召入宫内并非常恩宠。唐玄宗封泰山时，贾昌带鸡随驾。贾昌的父亲死后，唐玄宗命其县县官为其准备丧葬用品，并让其丧车乘传洛阳道。从这首民谣的产生和流传可以看出，贾昌因擅长斗鸡而得到皇帝的恩惠和宠爱，斗鸡走马胜于苦读诗书，人们对此行径进行了讥讽和嘲弄。

民谣的产生和传播，也为唐代没有话语权的民间大众间接提供了一条表达想法、参政议政的途径。在唐代，处于社会底层的人民群众没有参与国家政治生活的权利，没有官职的文人士大夫对于国家的治理也是没有发言权的。但是，他们却可以利用民谣的形式制造社会舆论，表达他们对国家政治生活的态度和主张，给统治阶层形成一定的压力和影响，迫使统治阶层听到来自民间的声音，采取一定的措施，更好地治理国家。如那些平民百姓评价地方官员的民谣，就为统治阶层提拔或任免官员提供了一个较为公平真实的参考，对统治阶层调整吏治、维护有序统治有很大的裨益。

五、唐代民谣的传播方式和媒介

民间歌谣最原始的状态是口头表述，最常见的传播方式是口耳相传。无论是统治阶级之间的交流，还是平民百姓之间的交流，或者是统治阶级和平民百姓之间的交流，人类的口头交际是民间歌谣的主要传播方式。民间歌谣的传播不需要特定的时间和地点，只要有口头交流的发生，就有民间歌谣传播的可能性。

---

① （宋）李昉等编：《太平广记》，中华书局 1981 年版，第 3992 页。

民间歌谣口耳相传，传播方式简洁，传播速度惊人，很快就能引起人们的关注，引发社会舆论的产生。或是儿童间的传唱，或是商贩间的议论，或是农人间的闲聊，或是官僚间的交流，民间歌谣往往通过社会成员之间的口耳相传，在社会上产生深远的影响。

民间歌谣口耳相传，具有一定的私密性和保护性，只是人们私自间情感的交流和表达，或爱或恨，或褒或贬，不用文字的形式记录下来，即使是与官方的立场存在差异甚至是完全相悖，也不会给个人带来灾难和祸患。

民间歌谣的语言较为简洁，通俗明了，具有一定的节奏性，易于口耳相传。并且，民间歌谣口耳相传的传播方式，对个人文化素质的要求较低。即使是不识字的市井百姓，也能通过他人之口学会并传播。因此，民间歌谣口耳相传的传播方式，扩大了社会人群的接受层面，引起社会舆论的范围更广。

民间歌谣的传播除了口耳相传的方式之外，还可以通过文字记载的方式进行。在唐代，朝廷官员往往在奏章中引用民间歌谣向皇帝表达对时政、人物的观点和态度。有些朝廷官员甚至组织民众有意采集民间歌谣，以便从民间歌谣中了解民生疾苦，更好地向朝廷提供社会信息，帮助朝廷调整社会秩序，维护其统治。

唐代是诗歌的鼎盛时期，唐代诗人的诗歌或是关乎唐代的政治矛盾，或是关乎唐代的边塞军事，或是宫闱妇怨，或是酬酢应制，或是表现宦海沉浮的，或是表现隐逸生活的。丰富多彩的诗歌内容，极大范围和极大程度地描绘了社会生活，在有意和无意之间，也记载、演绎、传播了民间歌谣。唐代诗人的诗歌对民间歌谣进行了颇多引用和演绎，而伴随着唐代诗歌的传播，诗中所含有的民间歌谣也在社会上广为传唱，并从最初口耳相传的传播方式转换成了文字传播的方式，使得民间歌谣突破了历史的局限性，向后世传播。

唐代的碑刻和题壁，也是民间歌谣传播的重要方式。这种在建筑物上题写民间歌谣的方式，相较于口耳相传和文人作品传播，其来源更加难以捕捉，神秘色彩更为浓郁。碑刻和题壁上的文字显然是人的创作，它以一种表意模糊的语言流传，当遇到一些社会现象、社会事件、有名人物等可做其解释或可与之附会时，这一民间歌谣便会成为社会舆论的中心而流传甚广。很多别有用心的人利用碑刻和题壁传播民间歌谣的方式，制造社会舆论达到自己的目的。传谣者在选择碑刻和题壁的建筑物时，往往以寺庙道观的墙壁为首选，因为唐代社会信仰佛道的风气浓厚，加上去寺庙道观拜佛上香者络绎不绝，为民谣的传播提供了得天独厚的条件。

六、唐代民谣的传播对象与效果

从唐代的政治层面来看，民谣从民间传播给了统治阶层，这是唐代统治者刻意寻找的一种传播方式。下层民众间所流传的民谣，或是体现各个地区不同的民俗风情，或是表达普通民众对统治阶层的态度和看法，或是普通民众内心情感、愿望的表露。唐代统治者出于对百姓疾苦和民俗风情的掌握，以便更好地维持统治秩序，注重对民谣的采集，并根据民谣的内容灵活地调整统治策略，提拔或任免朝廷官员。一旦采集到的民谣带有谋反意味，便立即采取强硬的手段将民谣中所涉及的人物消灭，这样的民谣就成了统治阶级对付政敌的有力武器。

从唐代的文化层面来看，民谣在唐代文人间相互传播。文人既是民谣的传播者，同时又是民谣的接受者。唐代诗人白居易在诗歌创作中常引用或演绎民谣，且数量可观。民谣经白居易的引用或演绎，由通俗走向了雅致，为诗歌增添了趣味性、形象性和生动性，使诗歌更具有艺术感染力，对其他文人的创作影响很大。白居易将民谣中的事项作为自己观点的助力，引谣入诗，表现出唐代文人对民谣的接受、利用和再创作。唐代文人将民谣融入唐诗的创作当中，不仅丰富了唐诗的选材、拓展了唐诗的内容，而且使唐诗的意蕴通俗化，更能为民众所接受，传唱的人更多。

从唐代的民间层面来看，黎民百姓是民谣口耳相传的主力军，由于他们的文化程度普遍较低，又是最容易受到民谣内容影响的受众群体。他们大多处于社会底层，和统治阶层的接触机会很少，对统治阶层的实际情况并不清楚。有关统治阶层的民谣一经流出，不管是褒是贬，都容易使他们形成一种思维定式，将其认定为自己心目中的形象。因此，黎民百姓往往缺乏辨别统治阶层好坏的机会和能力，只是通过民谣才产生对人、事、物的判断，从而人云亦云。在古代，这种定式思维模式极其容易被人利用，特别是在社会动荡不安的时期，更成了有心之人进行舆论攻击、党派倾轧的工具。

第二节　唐代谚语的传播

一、唐代谚语概述

（一）唐代谚语概念释义

关于“谚语”，《尚书·无逸》以“俚语曰谚”① 作解；《礼记·大学》以“谚，俗语也”② 作解；《左传·隐公十一年》以“谚，俗言也”③ 作解；《说文解字》以“谚，传言也，从言，彦声”④ 作解；《说文解字注》以“谚，无非前代故训”⑤ 作解。另外，《汉书·五行志》颜注：“谚，俗所传

① （清）杜文澜辑，吴顺东等点校：《古谣谚》，岳麓书社 1992 年版，第 811 页。
② （清）杜文澜辑，吴顺东等点校：《古谣谚》，岳麓书社 1992 年版，第 812 页。
③ （清）杜文澜辑，吴顺东等点校：《古谣谚》，岳麓书社 1992 年版，第 812 页。
④ （清）杜文澜辑，吴顺东等点校：《古谣谚》，岳麓书社 1992 年版，第 813 页。
⑤ （清）杜文澜辑，吴顺东等点校：《古谣谚》，岳麓书社 1992 年版，第 813 页。

言也”;《国语・越语》韦注:“谚,俗之善谣也”。[①] 杜文澜(晚清著名词家)亦说:“传言者,一时民风土著议论也,故从彦言;若鄙俚淫僻之词,何彦之有!观彦言而可知寓教于文也。”谚语是由民间大众创作并口耳相传,反映民众生产、生活经验、思想智慧的定型化的语言艺术结晶,是民众在长期的生产劳动过程中总结并经过验证的诗意化的生产、生活的经验表述,具有一定的科学性、哲理性、诗意性。

谚语作为民间文学形式的一种,是民众认识天地万物、社会事理,总结生产、生活经验的定型化的短语和句子,体现了不同历史时期民众的价值观念和思想智慧,将人类文明的发展轨迹淋漓尽致地体现了出来。随着时代的进步和社会的发展,随着历史的步伐不断向前迈进,体现人类文明和文化发展的新的谚语将源源不断地出现,这些谚语将与其他民间文学形式一起,共同铸就灿烂的人类文明。

谚语来源于民众生活,其结构简单、句式整齐、节奏和谐、语言生动,语义通俗易懂。谚语和民谣存在相似之处,但民谣大多可以歌唱,故又称“歌谣”,谚语则不能歌唱。民谣以抒情和叙事见长,谚语则体现民众的生产生活经验,以其知识性、哲理性见长。

谚语或是从经典古训中来,民众将“典籍中的话”多次引用,逐渐达到了“普遍化”的效果,凡夫俗子都明白通晓,就变成了谚语。如“少壮不努力,老大徒伤悲”[②]、“当断不断,反受其乱”[③]等都是从“典籍中的话”变成谚语的。谚语也可以是从“合于情理的话”中来,人民群众将明达者所说的有道理的话在生活实践中运用并证明其准确性,当有相同情境的事情发生时,对这些出之于明达者嘴里的话反复引证并传播开来,为人们所熟知,也就变成了谚语。

---

① 张莹:《中国古代民谣、谚语的概念初探及作品简介》,《名作欣赏》2021年第2期。

② 陈洪、乔以钢主编:《中华好诗词900句》,南开大学出版社2018年版,第100页。

③ 《史记・春申君列传》。

（二）唐代谚语总论

谚语产生并流传于人民大众之间，是民众集体创作并表达自己思想、情感和经验的媒介，比较真实和全面地表现了当时当地的风土人情、政治风貌等。在唐代，国家出现了大一统的局面。伴随着唐代社会的发展和风俗景致变化的谚语，是从民间立场考察唐代历史政治和社会风气的最佳媒介。

谚语产生于民众之中，首先反映的便是民众的日常生活。谚语是对民众生活习性的记录，对民众的吃穿住行、生老病死、生产生活、精神信仰等都有淋漓尽致的反映。从历史的角度来看，谚语是对唐代人民生活的反映，可以让我们观赏唐代民众真实生活的生动画面，见证唐代的民风民情。

唐代国富民强，物质条件较为优越。民众在温饱之余，对生活之美有较高的追求。唐代谚语中就有不少反映女性服饰、装扮之美的谚语，充分体现了唐代追求生活之美的社会风气。如谚语“不戴金茎花，不得在仙家”[①]，就写出了唐代妇女流行用金茎花打扮自己的时尚潮流。

唐代民众有崇神信鬼的思想，他们对鬼神特别敬重，深信不疑。信仰鬼魂的谚语如流传于扬州青溪的：“扬州青，是鬼营”[②]。信仰狐神也是显而易见，唐代民众大都将狐神安置于家中，并经常祭祀以启恩，因此有“无狐魅，不成村”[③] 的谚语流传于民间。崇神信鬼的思想进一步演化，就是唐代民众万物皆有灵观念的形成。他们认为自然界的一切现象和社会上的人、事都有着对应的关系，自然界会以它特殊的方式预示个人命运、国家

---

① 曹绣君编，金歌点校：《古今笔记故事》，上海科学技术文献出版社 2020 年版，第 576 页。

② 栾保群：《中国古代的谣言与谶语》，江苏凤凰文艺出版社 2018 年版，第 206 页。

③ （唐）张鷟撰，郝润华、莫琼辑：《朝野佥载辑校》，山东人民出版社 2018 年版，第 170 页。

政治事件等，如谚语“树稼，达官怕”[①]等。

晚唐时的朋党之争致使唐王朝政治败坏，官场上的钩心斗角现象十分严重，流传于长安城的谚语“门生故吏，不牛则李”[②]就道明了当时最有名的牛僧孺和李宗闵的“牛党”官员之多。唐代末年的社会更加黑暗，贪官当道，民不聊生，讽刺官场腐败的谚语也大量出现。

唐代的统治者仍旧倡导科举考试，使得大量出身社会底层的才子被选拔出来，唐代谚语中就有很多反映科举考试情形的，如谚语“三十老明经，五十少进士”[③]、“槐花黄、举子忙”[④]、“及第进士，俯视中黄郎；落第进士，揖蒲华长马”[⑤]等，这些谚语都体现了科举考试在唐代时的重要性。

谚语为唐代的社会生活描绘了一幅生动逼真的风情图，研究和分析唐代谚语，能更好地了解唐代社会风俗民情和唐代的政治生活。

（三）唐代谚语作品整理介绍

自然谚语

冬至长于岁。

要宜麦，见三白。正月三白，田公笑赫赫。

树稼，达官怕。[⑥]

在唐代，人们多是直观地观察自然现象，总结出和大自然相关的谚语。这些谚语有的具有一定的科学性，有的则无科学合理性可言。

《古谣谚》记载有谚语“冬至长于岁”[⑦]。这是景龙年间流传于民间的

① 夏于全集注：《唐诗宋词全集》第3部，华艺出版社1997年版，第1871页。

② （清）杜文澜辑，吴顺东等点校：《古谣谚》，岳麓书社1992年版，第694页。

③ 王启兴主编：《校编全唐诗》（下），湖北人民出版社2001年版，第4301页。

④ 王启兴主编：《校编全唐诗》（下），湖北人民出版社2001年版，第4301页。

⑤ 周振甫主编：《唐诗宋词元曲全集·全唐诗》第15册，黄山书社1999年版，第5831页。

⑥ 夏于全集注：《唐诗宋词全集》第3部，华艺出版社1997年版，第1871页。

⑦ 陈君慧主编：《谚语大全》，北方文艺出版社2014年版，第124页。

一则谚语，唐中宗曾于冬至日亲祀南郊时有所引用。这是说阳气会在冬至过后逐渐回升，白天的时间一天比一天长的道理。直至今日，类似的谚语仍旧在民间流传："过一冬至，长一枣刺；过一腊八，长一杈把；过一年，长一椽。"[①] 这是用"枣刺""杈把""椽"等民众熟悉的事物来作比喻，说明冬至过后白天的时间一天比一天长的道理。

《古谣谚》卷57引《朝野佥载》逸文："要宜麦，见三白。正月三白，田公笑赫赫。"[②] 这是唐代时流传于西北地区的谚语，根据《农政全书》中对"三白"的描述："冬至后第三戌为腊，腊前两三番雪谓之腊前三白。"[③] 这则谚语是说西北地区干旱少雨，小麦在秋末时节播种，来年收获怎样，取决于冬天土壤水分的补充。腊前下雪或是冬月下雪都对小麦的成长非常有好处。在今天，我国西北地区仍旧流传有和这则谚语意思一致的民谣"今冬麦盖三层被，来年枕着馒头睡"[④]，说明唐代的这则谚语是对民间科学经验的总结。

《旧唐书·五行志》记载有谚语"树稼，达官怕"[⑤]。"树稼"是指在异常寒冷的天气里寒霜凝封了树枝的情形。在唐代民间，人们看其和介胄比较相像，称之为"树介"，又称之为"树稼"。"树稼"现象出现时天昏地暗，视野变得模糊，植物表面皆凝霜，显得玲珑剔透，像举办葬礼时的幡幢宝盖，给人阴森恐怖之感，因此有"达官怕"之说。据《旧唐书·五行志》记载，"开元二十九年（741年）十一月二十二日，雨木冰，凝寒冻冽，数日不解，宁王见而叹曰：'树稼达官怕，必有大臣当之。'"[⑥] 宁王即死于当月。这则谚语是人们发挥了想象得出的结果，宁王之死也纯属巧合

① 杨晓慧：《唐代俗文学研究》，陕西师范大学博士学位论文，2012年。
② 杨晓慧：《唐代俗文学研究》，陕西师范大学博士学位论文，2012年。
③ 杨晓慧：《唐代俗文学研究》，陕西师范大学博士学位论文，2012年。
④ 杨晓慧：《唐代俗文学研究》，陕西师范大学博士学位论文，2012年。
⑤ （后晋）刘昫等：《旧唐书》卷37《五行志》，中华书局1995年版，第856页。
⑥ （后晋）刘昫等：《旧唐书》卷37《五行志》，中华书局1995年版，第856页。

而已，毫无科学依据。

社会谚语

鬼门关，十人九不还。

白日无谈人，谈人则害生。昏夜无说鬼，说鬼则怪至。

骑虎者势不得下。

祸不入慎家之门。

《旧唐书·地理志》记载有谚语："鬼门关，十人九不还。"[①]"鬼门关"即是《旧唐书·地理志》所描述的"岭南道容州下，都督府北流州所治，汉合浦县地，隋置北流县，县南三十里，有两石相对，其间阔三十步，俗号鬼门关"[②]。这是对"鬼门关"地理环境和生存环境的形容和描绘，突出了鬼门关的险峻和出入的不易。

《龙城录》[③]卷一记载有谚语："白日无谈人，谈人则害生。昏夜无说鬼，说鬼则怪至。"这是唐代诗人柳宗元所引的一则谚语。当时柳宗元和韩愈等3人在夜晚闲聊，谈论鬼怪狐仙等人间逸事。窗外刮着风下着雪，特别寒冷。突然有一些发光的物体如飞行不定的萤火虫般顷刻就化作千万亮点在室内出现，忽又合为圆镜状，飞渡往来，变幻不定，后大声离去。室内3人当中，韩愈性情刚直，但也面露恐色，其余2人都匍匐于地，遮住眼睛不敢看。事后，柳宗元引谚语就此感慨。唐代时，人们的生活条件相对艰苦，加上科学技术并不发达，人们在生活中遇到的艰难险阻就比较多，不如意之事十之八九，心理相对较为脆弱，因而生此谚语，认为白天说人是自己给自己找是非和麻烦，黑夜说鬼是自己给自己找心理恐惧，所以能避免就尽量要避免。

---

① （后晋）刘昫等：《旧唐书》卷41《地理志》，中华书局1995年版，第1073页。

② 祁连休、程蔷、吕微主编：《中国民间文学史》，河北教育出版社2008年版，第601页。

③ 《龙城录》，又名《河东先生龙城录》，唐代传奇小说，旧题柳宗元撰，但历来学者对此存疑，主要记述隋唐时期帝王官吏、文人士子、市井人物的逸闻奇事。

《新五代史·郭崇韬传》记载有谚语“骑虎者势不得下”，是说骑上老虎的背就很难下来的意思，用来比喻干事情时遇到了麻烦，但又不能停下来，只好硬着头皮做下去的情形。《新五代史·郭崇韬传》记载有郭崇韬做大官后，巴结阿谀之人很多，郭崇韬为避免祸患极力拒绝，于是有人引谚语劝阻他说：“骑虎者势不得下。”① 其原因是：“今权位已隆，而下多怨嫉，一失其势，能自安乎？”② 这里以骑虎之势比喻郭崇韬当时的处境，确切生动。唐代的这一谚语演变至今日，就是成语“骑虎难下”。

《平台秘略论》记载有谚语“祸不入慎家之门”③。这是唐代诗人王勃在总结人生的避祸致福之道时所引用的一则谚语。王勃在《平台秘略论》中提到：“夫陵谷好迁，乾坤忌满。哀乐不同而不远，吉凶相反而相袭。故有全中卒行，用心于不争之场。杜渐防微，投迹于知几之地。昔之善持满者，用此者也。”④ 王勃的意思是说，哀和乐虽然不同，但两者是有联系的。吉和凶虽然相反，但两者是会相因袭的。想要全中卒行，就要在错误或坏事刚刚露出苗头时就及时制止，不让它发展。为讲清楚这个道理，王勃就引用谚语说：“祸不入慎家之门。”即干任何事都要谨慎小心，才能达到“乐”“吉”的境界，避免“哀”“凶”之人生祸患。

二、唐代谚语的传播内容和目的

谚语是民间口耳相传的一种俗语，以既对称又整齐的句式给人们呈现他人的经验总结、事理分析，融知识性、启发性和规劝性于一体。唐代的

① （宋）欧阳修：《新五代史》卷24《郭崇韬传》，中华书局1974年版，第247页。

② （宋）欧阳修：《新五代史》卷24《郭崇韬传》，中华书局1974年版，第247页。

③ 耿文辉编著：《中华谚语大辞典》，辽宁人民出版社1991年版，第419页。

④ （唐）王勃著，谌东飚校点：《王勃集》，岳麓书社2001年版，第92页。

谚语包罗万象，从花、鸟、虫、鱼到雷、电、风、雨，从生产、生活到思想、物质，对社会的各个领域几乎都有所涉及。

在唐代，民间大众对大自然有非常细致的观察和探究，对大自然与人类的关系有了大致的感悟和基本的认识。这些感悟和认识从唐代人们生活的各个方面都能够体现出来。在唐代谚语中，可以看到对农业生产经验进行总结的农事谚语和对生活经验进行总结的生活谚语。如体现农事劳作安排、田地耕种经验、农作物栽植、园艺桑蚕、渔猎纺织、特产风貌、天文地理等方面内容的都属于农事谚语。如蕴含经济、政治、思想、精神、道德、情操等方面内容的都属于生活谚语。当然，在农事谚语中也往往体现出社会生活方面的内容，在生活谚语中也常常伴随着农业生产劳动的场景，两者并没有非常明确的界线。

唐代的农事谚语和生活谚语都是前人或他人领域经验的总结，大都建立在顺应自然和道法自然的基础之上并帮助人们更好地安排自己的人生道路。

不管是唐代的农事谚语还是生活谚语，其产生和传播的宗旨都是在认识、总结自然与人、社会与人的关系以及人类的生存延续等问题，对下一代及他人有劝诫和教育意义，以避免不该有的损失和灾难，目的仍指向了人类的生存延续问题，将前人留下的物质遗产、文化遗产、精神遗产更好地传承和发展下去。

从唐代谚语的传播目的看，一是宣扬以农为本的思想，强调劳动的价值和意义，并鼓励民众团结一致、敢于抗争。农事谚语大都表明唐代社会“以农为本，以商为末”的社会特征。唐代是一个宗法制度和宗族制度同构的时代，强调“三纲五常”为精义的宗法精神，每个社会成员都牢牢凝聚在国家、家族的强大集体之下，这样的文化氛围造就了唐代民众团结一心、忠君报国的精神。唐代谚语往往也体现了唐代民众强烈的团结意识。而当统治者不顾民情、不得民心，民众在不能承受残酷剥削和压迫时，就会与之抗争，有的谚语也是唐代民众反抗精神的体现。

二是实现了统治阶级和民间大众表达理想和心声的目的。在唐代封建社会中，统治阶级从维护自身统治出发，会自发性地收集民间谚语，通过谚语的内容调整治国方针和统治策略，给民间大众提供了下情上达的机会和途径。民间大众则在生产劳动和社会生活中，在反抗剥削和压迫的斗争中，以谚语这种民间文学的形式发出了强烈的“民间声音”。

三是实现了宣扬中华民族传统美德的目的，使之成为人民的行为规范，在无形中调整了社会与人、人与人之间的关系，一定程度上促进了民众良好道德观念的形成。在唐代谚语中，有些是对勤俭节约的赞美，对铺张浪费和懒惰的讽刺；有些是对正直诚实人格的推崇，对虚伪奸诈人格的反对；还有些则反映了民众纯洁高尚的爱情观。

从唐代谚语的传播内容和目的来看，谚语也是民间文化的载体之一。它以通俗易懂、易记易学的形式告诉民众：大自然是神圣伟大的，有它自己的运行规律和特点，我们应顺应天时，道法自然。人类社会也是有着它的社会法则和因果规律的，我们应适应社会环境，遵循社会法则，与他人建立和谐的社会关系。唐代谚语传达了唐代民众的人文观念，体现了唐代民众对人与自然关系的认知。唐代谚语的传播彰显了文化传播的意义和价值。

三、唐代谚语的传播方式和媒介

唐代谚语的产生建立在唐代民众对世态人情以及自然界细致观察的基础之上，在传播于民间的过程中强调其知识性和经验性。唐代民众通过谚语的口耳相传性，以通俗易懂的方式展示人情世故，劝诫民众按规范做人行事。

唐代谚语的来源主要有两种：一是从传统文化中的经典古训中来。“典籍中的话”被民众引用多了，被民众熟知了，自然就推广到了民间，达到了“普遍化”的程度，“愚夫”“愚妇”皆懂，也就自然而然地成了民间谚语。如从古乐府来的“少壮不努力，老大徒伤悲”，从《史记》来的“当断不断，反受其乱”等。二是从聪明智慧者在言谈过程中的一些“合乎情理的话”中来。“出自明达者嘴里”的一些话，民众听起来觉得很有道理，很合乎事物的发展规律，入情入理，在日后生活中遇到此类事情需要处理时，就自然地引证这些“出自明达者嘴里”的合乎情理的话，口耳相传之下也就达到了“普遍化”的程度，成了民间谚语。

考察唐代谚语的传播主体，不难发现农事谚语以农民群众的传承和发扬为主要力量。生活谚语的传承者涉及的社会人群则要广阔得多，不仅有农民群众，还有商贾、学者、官员等各个行当的人们。他们以自己特有的方式，通过不同的媒介，共同传承和发扬着谚语这一民间文化的内涵和精神。

唐代的农民群众观察植物生长、动物繁殖等与农业相关的现象时，大多比较直观和感性，如谚语“冬至长于岁”“要宜麦，见三白。正月三白，田公笑赫赫”“春雨甲子，赤地千里。夏雨甲子，乘船入市。秋雨甲子，禾头生耳。冬雨甲子，牛羊冻死”等，有些是含有科学道理、有规律可循的，有些则需要人们细细辨别、具体问题具体分析。因此，谚语的知识性和劝诫性需要在实践生活中检验后接受。唐代农民群众在田间地头、牛棚羊圈、林间草场等劳动场所辛勤劳作，细致观察，总结农事经验和教训，在劳作的过程中，在农事后的闲谈中，在对农事的安排布置中，以互通有无或代代相传的方式，传承和宣扬了农事谚语。

唐代佛道信仰以及鬼神信仰盛行。唐代的科举制度得到了长足的发展并日趋完善，唐代的贞观之治和开元盛世使得唐代国力强盛，人民生活比较富足。因此，唐代的社会谚语有其特殊的文化背景和民族心理，大多传授的是为人处世之道以及避祸致福的经验。如谚语“骑虎者势不得下”①、

① （宋）欧阳修：《新五代史》卷24《郭崇韬传》，中华书局1974年版，第247页。

"祸不入慎家之门"[①]等，都在以谚语这一通俗易懂的形式告诉人们社会事理。唐代的文人墨客甚至将谚语引入文章之中，如元稹《代谕淮西书》所引谚语"天不可违，时不可失"[②]，是在论人生立身行事的道理。陈子昂《上军国利害事》所引谚语"欲知其人，观其所使"[③]，告诉人们要以礼法处世。在唐代文人墨客们的推动下，谚语从通俗走向高雅和经典，被更多同时代以及后来的人们所接受。唐代的商贾们走南闯北、走街串巷，使得谚语突破了民间的地域局限性，传播到全国各地。唐代的统治阶级为了解民风民情，也主动派官员从民间采集谚语以考察社会，对谚语的传承也有很大贡献。

四、唐代谚语对后世文化的影响

谚语是民众继承和传播对自然和社会认知成果的言语艺术，是对文化进行传承的载体之一，是以口耳相传的形式流传于世并经千锤百炼之后的民族语言的精华。谚语的口耳相传性特征，决定了其在对中国传统文化继承和传播的过程中，必须进行俚俗性的转化和民族性的转化。在完成转化的这一过程当中，广大民众的文化认同感和民族认同感也逐渐建立，从而接受谚语并将谚语世代相传。

谚语是民众思想的表现形式之一。谚语在表达民众思想、传播文化之时，将中国传统文化进行了俚俗性和民族性的转化，因此对传承者的文化水平要求不高。也就是说，中国传统文化已经融会贯通于谚语通俗易懂的语言和简短的句式之中，民众易于理解、接受和传承。

在唐代，中国传统儒家文化有着举足轻重的地位。在儒家思想文化中，讲究"和为贵""和谐""中庸""重义轻利"等。但是底层百姓文化

① 耿文辉编著：《中华谚语大辞典》，辽宁人民出版社1991年版，第419页。

② 容汀编：《中国谚语精粹》，新疆人民出版社2002年版，第183页。

③ （唐）陈子昂：《上军国利害事》，见《陈子昂集》，中华书局1960年版，第186页。

修养尚待提升，不容易理解“不偏之谓之中，不易之谓之庸”[①]、“礼之用，和为贵”[②]、“君子怀德，小人怀土”[③]、“君子喻于义，小人喻于利”[④]、“君子和而不同，小人同而不和”[⑤]等儒家思想文化的表述。而如果在传承的过程中，儒家思想文化俚俗化为民间谚语，用通俗易懂的语言以及简短的句式呈现出来，便能在民间广泛流传。

唐代社会的经济结构是以农业为本，民众具有以农为本的思想，流行于民间的谚语中就有大量的农事谚语。农事谚语的创作者和传播者都是农民，农事谚语是农民群众在农业生产过程中总结生产经验、摸索动植物的生长发育规律的结果，并与二十四节气紧密联系，让后人在简短、生动、形象的语句中学习农业生产的知识和技能。这些农事谚语大多具有科学性，今天的人们仍在广泛学习和使用。

民间谚语的口耳相传性特征，决定了相同思想内容的民间谚语要传播于不同的民族和地域，就要对其进行相应的民族特色性的转化。从谚语的语言风格到谚语的思想内容，都要注重融入传播区域的民族特色，用当地民众喜闻乐见的形式建构民族的文化认同感，使谚语广泛流传于当地，并被认可和接受。

谚语是文化在民间的通俗表现，是文化散播在民间的种子。谚语承载着民众的思想和智慧，世代相传、经久不衰。因此，现代社会下的谚语仍旧有其特殊的价值。如何取其精华、去其糟粕，如何进一步发挥谚语的积极作用，搜集、整理并传播蕴含先进思想和文化的谚语是当下谚语研究的重点，对推进文化的发展有着重要的意义和价值。

---

① （宋）朱熹撰，郭齐勇导读：《四书章句集注》，岳麓书社 2008 年版，第 25 页。

② （宋）朱熹撰，郭齐勇导读：《四书章句集注》，岳麓书社 2008 年版，第 75 页。

③ （宋）朱熹撰，郭齐勇导读：《四书章句集注》，岳麓书社 2008 年版，第 101 页。

④ （宋）朱熹撰，郭齐勇导读：《四书章句集注》，岳麓书社 2008 年版，第 102 页。

⑤ （宋）朱熹撰，郭齐勇导读：《四书章句集注》，岳麓书社 2008 年版，第 201 页。

第三节　唐代竹枝词的传播

一、唐代竹枝词概述

（一）唐代竹枝词概念释义

竹枝词是以浓郁的乡土气息、突出的地方特色、悠长哀婉的情韵为特征的山歌，古代把这种山歌称为“竹枝歌”“竹枝”“竹歌”“竹枝曲”等，后来逐渐演变成了中国诗歌体裁的一种。

对于竹枝词在民间兴起的时间，现在已难以考证。但从现存竹枝词的古籍资料来考察，盛唐时期在中国一些地域已经有竹枝词的传唱和流行踪迹。冯贽（唐五代文学家）在《云仙杂记·竹枝曲》中写道：“张旭醉后唱竹枝曲，反复必至九回乃止。”①可以看出张旭非常熟悉竹枝词，并且在醉酒后反复歌吟，喜欢异常。杜甫也在《奉寄李十五秘书二首》其一中曰：“竹枝歌未好，画舸莫迟回。”②可见，竹枝歌已经融入了杜甫的诗歌创作当中。张旭和杜甫都是盛唐时期的人物，由此可推断在盛唐时期或者更早的时候竹枝词这一诗歌体裁就产生并流传于民间。③

竹枝词最初是以纯民歌的形式存在的，在长江上游地区，即四川东部、河北西部流行甚广。从现存古籍资料来看，唐代的开州、夔州、万州、通州、忠州、渝州等地都有着竹枝歌的最初发展印记。因此，这些地区可视作是竹枝词的发源地。在《乐府诗集》卷 81 中，有“《竹枝》本出巴渝”④ 的记载。据考证，当时的“巴渝”就是今天的四川东部。刘禹锡在《竹枝词九首》的序言中写道：“岁正月，余来建平。里中儿联歌《竹

---

① 任中敏：《唐声诗》（上），商务印书馆 2020 年版，第 115 页。

② 周振甫主编：《唐诗宋词元曲全集·全唐诗》第 5 册，黄山书社 1999 年版，第 1697 页。

③ 参见张莹：《浅析唐代竹枝词的兴起及艺术特点》，《名作欣赏》2020 年第 32 期。

④ （明）胡震亨：《唐音癸签》卷 13，四库全书本。

枝》，吹短笛，击鼓以赴节，歌者扬袂睢舞，以曲多为贤。”[①]其中的“建平”就是指唐代的夔州。北宋乐史在《太平寰宇记》中以“巴之风俗皆重田神，春则刻木虔祈，冬则用牲解赛，邪巫击鼓以为淫祀，男女皆唱竹枝歌”[②]来记载开州风俗；以“聚会则击鼓，踏木牙，唱竹枝歌为乐”[③]来记载通州巴渠县民俗；以“正月七日，乡市士女渡江南娥眉碛上作鸡子卜，击小鼓，唱竹枝歌”[④]来记载万州风俗。《夔州府志》卷一以“渔樵耕牧，好唱竹枝歌”[⑤]来体现重庆开州民俗。由以上这些典籍资料可见，竹枝歌在唐代时的传唱、流行区域应该是在今天川东一带，此地的大人、孩童都会唱竹枝歌，甚至张口便来。

在唐代，人们歌唱竹枝歌有很多方式，如在祭祀婚嫁或迎神赛会时，人们配合乐器的节奏以脚击地起舞，集体齐唱竹枝歌；个人在伤感或高兴时随口吟唱，《云仙杂记·竹枝曲》中所提的张旭即是；还有领唱与和声伴唱相结合的歌唱方式。

竹枝词是地域文化的产物，有着鲜明的地域文化特色，最突出的表现是在创作中大量运用了地方方言和地方俚语。如苏轼在《竹枝歌》的序中说：“竹枝歌本楚声，幽怨恻怛，若有所深悲者。”[⑥]这就突出了竹枝词在语言上所具有的方言俚语特色。孟浩然在《夕次蔡阳馆》中云：“听歌知近楚，投馆忽如归。”[⑦]《华阳国志·巴志》中也写道：“武王克殷，以其宗姬封于巴，爵之以子……其地东至鱼腹，西至僰道，北接汉中，南及黔、涪。”[⑧]

---

① 马茂元、赵昌平选注：《唐诗三百首新编》，商务印书馆 2020 年版，第 400 页。

② 蒋寅、张伯伟主编：《中国诗学》第 6 辑，南京大学出版社 1999 年版，第 119 页。

③ 初晓冬：《巴乡物语》（上），重庆大学出版社 2021 年版，第 178 页。

④ 刘咸炘：《推十书·增补全本·壬癸合辑》第 2 册，上海科学技术文献出版社 2009 年版，第 725 页。

⑤ 李廷锦选析：《历代竹枝词赏析》，广西教育出版社 1992 年版，第 18 页。

⑥ 潘超、丘良任、孙忠铨等编：《中华竹枝词全编》6，北京出版社 2007 年版，第 646 页。

⑦ （宋）王安石撰，张鹤鸣整理：《王安石全集》6，崇文书局 2020 年版，第 46 页。

⑧ 《社会科学研究丛刊》编辑：《历代三峡歌选注》，《社会科学研究丛刊》1982 年版，第 29 页。

其中的“巴”，在周代时曾经是一个诸侯的封国，“巴”人的生活环境较为偏僻，较少受到外来文化的影响，语言自成体系，用方言俚语表达情感，唱竹枝歌最是惬意。朱熹曰：“《竹枝词》，巴渝之遗音，惟峡人善唱。”① 刘禹锡曰：“楚水巴山江雨多，巴人能唱本乡歌。”②

竹枝词在艺术风格上以“怨”见长，不管是诗人创作竹枝词还是人们歌唱竹枝词，“哀怨”之情始终蕴含其中。如唐代诗人顾况在其《竹枝词》中感慨道：“帝子苍梧不复归，洞庭叶下荆云飞。巴人夜唱竹枝后，肠断晓猿声渐稀。”③ 唐代诗人白居易在其《听芦管》中描述，“幽咽新芦管，凄凉古竹枝”④，在其《听竹枝赠李侍御》中描述，“巴童巫女竹枝歌，懊恼何人怨咽多”⑤。由顾况和白居易有关竹枝词的诗歌作品可见，竹枝词是人们抒发幽怨情怀的载体。蕴含在竹枝词中的这种“哀怨”感，深深吸引了在事业上遭遇贬斥的唐代文人们的心，使他们积蓄于胸的“幽怨”情绪能够借由竹枝词的创作发泄出来，从而找到精神上的寄托和心灵上的安慰。因此，在遭遇贬斥的唐代文人笔下，竹枝词从鄙俗逐渐走向雅致，走向诗歌的殿堂。

（二）唐代竹枝词总论

在唐代，竹枝词从粗鄙通俗走向了高贵典雅，登上了诗歌文学的殿堂。据郭茂倩在《乐府诗集》中描述，唐朝时的文人墨客们创作的竹枝词数量有 22 首之多，其中 1 首是由顾况创作而成，2 首是由刘禹锡创作而成，4 首是由白居易创作而成，4 首是由李涉创作而成。《乐府诗集》中所记载的竹枝词和后来《全唐诗》中所引入的完全相同。除此之外，《全

---

① 蒋先伟：《杜甫夔州诗论稿》，巴蜀书社 2002 年版，第 189 页。

② 任中敏：《唐声诗》（下），商务印书馆 2020 年版，第 737 页。

③ 高守德、迟乃义主编：《历代词曲一万首》（上），花山文艺出版社 1997 年版，第 9 页。

④ （清）彭定求等编：《全唐诗》，中华书局 1960 年版，第 4119 页。

⑤ 《中国古代名家诗文集·白居易集》卷 1，黑龙江人民出版社 2005 年版，第 178 页。

唐诗》中还收入了李涉的另一首竹枝词，加上《尊前集》中皇甫松的6首竹枝词，总共有29首。在这29首竹枝词之外，考察《全唐诗》和《全唐诗补编》中与“竹枝”相关的诗句时发现，还有43首诗歌中含有“竹枝”字样，可见竹枝词在唐代的兴盛程度。

竹枝词是在初唐时期慢慢进入文人墨客笔下的，但这一时期的竹枝词创作未成气候，出现的竹枝词作品数量较少。在现存的唐代诗文中，杜甫的《奉寄李十五秘书二首》一诗中最早出现了“竹枝”一词，即“竹枝歌未好，画舸莫迟回”① 诗句。

清代翁方纲在《石洲诗话》卷5中提及文人创作竹枝词之“滥觞”，翁方纲指出：“杜公虽无竹枝，而《夔州歌》之类，即开其端。然而吞吐之大，则非语《竹枝》者所敢望也。”②到目前为止，唐代杜甫的诗歌《夔州歌十绝句》仍被学术界普遍认可为我国现存最早的文人竹枝词。

中唐以后，竹枝词以其独特的文学样式吸引了更多诗人的关注和创作，“竹枝”一词较为频繁地出现在了唐代诗人的诗句中。如于鹄在《巴女谣》中的描写：“巴女骑牛唱竹枝，藕丝菱叶傍江时。”③李益在《送人南归》中的描写：“无奈孤舟夕，山歌闻竹枝。”④

而唐代第一位真正意义上进行文人竹枝词创作的，是中唐时期的诗人顾况。除顾况外，唐代诗人白居易也在元和十四年作诗歌《竹枝词四首》，但对后世的影响不大。

使得竹枝词引起世人瞩目的是中唐诗人刘禹锡，他是创作竹枝词取得成就最高的诗人。刘禹锡被贬为夔州刺史大约是在元和十年，此后他有着23年的巴渝地区生活经验。刘禹锡在巴渝期间，深入了解了巴渝地区的风俗民情和民间文化，特别是竹枝歌。后来他尝试将自己的诗歌创作建立

---

① （清）彭定求等编：《全唐诗》，中华书局1960年版，第2548页。

② 马承五主编：《唐宋名家诗词笺评》，华中师范大学出版社2001年版，第160页。

③ （清）彭定求等编：《全唐诗》卷210，中州古籍出版社2008年版，第1005页。

④ （唐）李益撰，范之麟注：《李益诗注》，上海古籍出版社1984年版，第105页。

在当地竹枝歌的基础之上，引起了其他文人的关注并掀起了竹枝词创作的热潮。竹枝词成为一种单独的文学样式并广泛流传开来。

刘禹锡的竹枝词，将巴渝地区的风俗景致一一纳入笔下，如诗歌中出现有白帝城、白盐山、昭君坊、瞿塘峡之十二滩、巫峡等。刘禹锡的《竹枝词九首》更是将巴渝人民的生活展示得既形象又生动：第一首描写了在白帝城头唱歌的乡人；第四首描写了漂泊在外的深情妇女托船家给丈夫捎信的情景；第五首描写了生活在昭君坊里的女子；第九首描写了在江边取水的女子。恰如《旧唐书》中所述："乃依骚人之作，为新辞以教巫祝。故武陵溪洞间夷歌，率多禹锡之辞也。"①

到了晚唐五代时期，文人们越来越多地仿作竹枝词，"竹枝"一词也愈加频繁地在诗人的诗句中出现，如"楚管能吹柳花怨，吴姬争唱竹枝歌"②，再如"倡楼两岸临水栅，夜唱竹枝留北客"③等。但是，文人的竹枝词创作发展到刘禹锡之后，沿袭前人的成分更大一些，几乎无人超越刘禹锡在竹枝词创作方面的成就。这一时期文人竹枝词创作较之前人变化也比较明显：地域性特征愈发显著，且传播之处突破了巴渝地区。在竹枝词的流传过程中，哀怨凄婉的情调逐渐淡化以至于消失。这一时期有文献资料可考的竹枝词作品不多，只有2首孙光宪的作品和6首皇甫松的作品。

（三）唐代竹枝词作品整理介绍

《夔州歌十绝句》出自唐代诗人杜甫笔下，是以组诗的形式出现的。各首之间在内容上是相互关联的。这10首诗开文人竹枝词创作之"滥觞"，清代翁方纲在《石洲诗话》中评述："《竹枝》本近鄙俚。杜公虽无《竹枝》，而《夔州歌》之类，即开其端。然其吞吐之大，则非语《竹枝》

① （后晋）刘昫等：《旧唐书》第13册，中华书局1975年版，第4201页。

② （清）彭定求等编：《全唐诗》卷522，中州古籍出版社2008年版，第2822页。

③ （清）彭定求等编：《全唐诗》卷382，中州古籍出版社2008年版，第1945页。

者所敢望也。”[①]清代杨伦在《杜诗镜铨》中说：“十首亦《竹枝》词体，自是老境。”[②]

《夔州歌十绝句》

（唐）杜甫

其一

中巴之东巴东山，江水开辟流其间。

白帝高为三峡镇，夔州险过百牢关。

其二

白帝夔州各异城，蜀江楚峡混殊名。

英雄割据非天意，霸主并吞在物情。

其三

群雄竞起问前朝，王者无外见今朝。

比讶渔阳结怨恨，元听舜日旧箫韶。

其四

赤甲白盐俱刺天，闾阎缭绕接山巅。

枫林橘树丹青合，复道重楼锦绣悬。

其五

瀼东瀼西一万家，江北江南春冬花。

背飞鹤子遗琼蕊，相趁凫雏入蒋牙。

其六

东屯稻畦一百顷，北有涧水通青苗。

晴浴狎鸥分处处，雨随神女下朝朝。

其七

蜀麻吴盐自古通，万斛之舟行若风。

① 沈文凡选注：《杜甫诗选注》，吉林文史出版社2000年版，第70页。

② 沈文凡选注：《杜甫诗选注》，吉林文史出版社2000年版，第70页。

长年三老长歌里，白昼摊钱高浪中。

其八

忆昔咸阳都市合，山水之图张卖时。

巫峡曾经宝屏见，楚宫犹对碧峰疑。

其九

武侯祠堂不可忘，中有松柏参天长。

干戈满地客愁破，云日如火炎天凉。

其十

阆风玄圃与蓬壶，中有高堂天下无。

借问夔州压何处，峡门江腹拥城隅。

从内容来看，杜甫的这10首诗分别对夔州的群山、江峡、历史名人、风土人情作出描述，展示了山之形胜、峡之险峻、人杰地灵的夔州风貌。第一首介绍了夔州的地理位置，从地点上突出夔州的“形胜”，以起到对全篇的统领作用。第二首是在第一首的基础上承接而来的，更进一步地将夔州之山高水险描绘出来。第三首从政治方面叙述夔州之兴衰成败。第四、五、六首又转换视角，写夔州自然风光的秀美。第七首描写夔州较为丰富的物产以及较为便捷的水路。第八首对楚王宫作了记叙，并展开了丰富的遐想。第九首对武侯祠特别强调了一番。第十首将全篇作一总结，与第一首相互照应。

第一位在真正意义上写作文人竹枝词的，是中唐诗人顾况。《竹枝曲》是顾况对巴歌竹枝的效仿而作成。

《竹枝曲》

（唐） 顾况

帝子苍梧不复归，洞庭叶下荆云飞。

巴人夜唱竹枝后，肠断晓猿声渐稀。

在这首竹枝词中，顾况以自己所处巴蜀之地的风俗景致和人文典故为载体，将心中的哀苦之情巧妙抒发出来。

唐代诗人白居易于唐宪宗元和十四年（819年）创作了诗歌《竹枝词四首》。白居易当时由江州司马改任忠州（今重庆忠县）刺史，政治上很不得志，心理压抑。这一时期唐王朝加重了对人民的剥削压迫，使得劳动人民的生活困苦不堪。白居易通过创作竹枝词，一方面表现了劳动人民生活的困苦和精神的疲惫，另一方面也抒发了自己苦闷抑郁的情怀。

《竹枝词四首》

（唐）　白居易

其一

瞿塘峡口水烟低，白帝城头月向西。

唱到竹枝声咽处，寒猿暗鸟一时啼。

其二

竹枝苦怨怨何人？夜静山空歇又闻。

蛮儿巴女齐声唱，愁杀江楼病使君。

其三

巴东船舫上巴西，波面风生雨脚齐。

水蓼冷花红簇簇，江篱湿叶碧凄凄。

其四

江畔谁人唱竹枝？前声断咽后声迟。

怪来调苦缘词苦，多是通州司马诗。

这四首诗从内容来看，第一首诗写诗人自己在深夜听到凄凉哀怨的竹枝歌。第二首诗写诗人于夜静之际细听竹枝歌，断断续续的竹枝歌不绝于耳，打破了夜静空山中诗人的沉寂之感。第三首诗中诗人细致地描绘了自己在江楼上所看到的雨雾中的“竹枝”歌乡，充满了新鲜的乡土气息。第四首诗写作者在江畔听唱竹枝歌，始悟其曲调之凄苦，因所唱多为通州司马之“词苦”诗。因此，白居易的《竹枝词四首》组诗，在语言的流畅通俗、平白易懂之下，并不失真情和率直。

但是，白居易并不专注和执着于创作竹枝词，其流传于世的竹枝词数量较少，对后世影响不大。

公元822年（唐穆宗长庆二年）正月至公元824年（长庆四年）夏，刘禹锡任夔州刺史。在此期间，他创作了诗歌《竹枝词二首》。

《竹枝词二首》

（唐） 刘禹锡

其一

杨柳青青江水平，闻郎江上踏歌声。（“踏歌声”一作“唱歌声”）

东边日出西边雨，道是无晴却有晴。（“却有晴”一作“还有晴”）

其二

楚水巴山江雨多，巴人能唱本乡歌。

今朝北客思归去，回入纥那披绿罗。

这两首诗从内容来看，第一首诗是在描写青年男女的美好爱情。诗人将一个初浴爱河的少女在“杨柳青青”、江平如镜的温暖春日里听到意中人歌声后产生的心理活动描写得惟妙惟肖。这首诗以春日多变的天气状况造成双关的语境，以“晴”寓“情”，尽显含蓄之美，将女子含羞不露的心理描写得既自然又贴切。“东边日出西边雨，道是无晴却有晴”已经成为人们喜爱的经典诗句，在社会上广为流传。第二首诗写诗人在频繁的江雨和巴人的歌唱声中，内心涌动的怀乡之情愈发强烈，多年贬谪远任的失意苦楚之情也阵阵袭来。

唐穆宗长庆二年（822年），刘禹锡在夔州任刺史时创作诗歌《竹枝词九首》。刘禹锡非常喜欢流传于夔州地区的竹枝歌，他在精神上以创作《九歌》的屈原为榜样，将夔州地区流行的竹枝歌曲谱融入他的诗歌创作中，作成了诗歌《竹枝词九首》。从体裁来看，这首诗和中国传统的七言绝句基本一致，但典故运用得少，白描运用得多，语言清新活泼、流畅生动，带有浓厚的民歌气息。

《竹枝词九首》

（唐）刘禹锡

其一

白帝城头春草生，白盐山下蜀江清。

南人上来歌一曲，北人莫上动乡情。

其二

山桃红花满上头，蜀江春水拍山流。

花红易衰似郎意，水流无限似侬愁。

其三

江上朱楼新雨晴，瀼西春水縠文生。

桥东桥西好杨柳，人来人去唱歌行。

其四

日出三竿春雾消，江头蜀客驻兰桡。

凭寄狂夫书一纸，信在成都万里桥。

其五

两岸山花似雪开，家家春酒满银杯。

昭君坊中多女伴，永安宫外踏青来。

其六

城西门前滟滪堆，年年波浪不能摧。

懊恼人心不如石，少时东去复西来。

其七

瞿塘嘈嘈十二滩，此中道路古来难。

长恨人心不如水，等闲平地起波澜。

其八

巫峡苍苍烟雨时，清猿啼在最高枝。

个里愁人肠自断，由来不是此声悲。

其九

山上层层桃李花，云间烟火是人家。

银钏金钗来负水，长刀短笠去烧畬。

这九首诗从内容来看，将巴渝人民的日常生活展示得生动形象：乡人在白帝城头唱歌（其一）、妇人漂泊在外托船带信给丈夫（其四）、昭君坊里生活的女子（其五）、女子取水于江边（其九）。这九首诗是在尽力展示创造力之美，流露出了诗人对劳动人民生活的赞美之情，也表现了诗人悠远旷达的心境。

在刘禹锡贬谪夔州之时，他将自己和巴山楚水的劳动人民融为一体，欣赏这里的自然风光，了解这里的风俗民情。他的诗情被这里劳动人民美好的生活日常所触发，艺术情趣得以陶冶和提升，艺术视野得以开阔，艺术表现力有了很大的突破和进步。在竹枝词创作的艺术成就上，几乎无人可以和刘禹锡相提并论。

二、唐代竹枝词的传播区域

从唐代文人的竹枝词创作中，可以发现巴渝地区的风俗景致、风土人情是竹枝词的兴起与发展的源头。就如刘禹锡在《杂曲歌辞·竹枝》中所云："杨柳青青江水平，闻郎江上唱歌声。东边日出西边雨，道是无晴却有晴。楚水巴山江雨多，巴人能唱本乡歌。今朝北客思归去，回入纥那披绿罗。"①其中，"本乡歌"指的就是流行于巴渝地区的竹枝词。从这首诗可以看出，巴渝地区的男子对流行于本地的竹枝词非常熟悉和喜爱，经常用吟唱竹枝词的方式向所爱的姑娘表达情意。又如于鹄在《巴女谣》中所云："巴女骑牛唱竹枝，藕丝菱叶傍江时。不愁日暮还家错，记得芭蕉出槿篱。"②这

① 林孔翼、沙铭璞辑：《四川竹枝词》，四川人民出版社 1989 年版，第 156 页。

② （清）彭定求等编：《全唐诗》，中华书局 1960 年版，第 3508 页。

首诗更是淋漓尽致地表现了巴地女子对竹枝词的喜爱和熟悉程度。再如刘商在《秋夜听严绅巴童唱竹枝歌》中所云："巴人远从荆山客，回首荆山楚云隔。思归夜唱竹枝歌，庭槐叶落秋风多。……来时十三今十五，一成新衣已再补。鸿雁南飞报邻伍，在家欢乐辞家苦。"① 可见巴地儿童表达思念家乡的情感时吟唱的也是竹枝词。由此可以推断，在巴渝地区，竹枝词是人民群众生活的一部分，他们表达情感时往往借助于对竹枝词的吟唱。

在巴渝地区，竹枝词不仅可以用来表达人们的离愁别绪和悲苦之情，而且在龙舟赛会和祛病除魔的赛神仪式中也必用之。如李昉在《太平广记》中记载："赵燕奴者，合州石镜人也，居大云寺地中……每斗船驱傩，及歌《竹枝词》较胜，必为首冠。市肆交易，必为牙保。常髡发缁衣，民间呼为赵师。"② 其中"合州石镜"指的是今天巴渝地区的合川、垫江一带。李昉在《太平广记》中记载的便是竹枝词在巴渝地区"斗船驱傩"时的运用情况。

蜀地位于巴渝地区的上游，巴渝和蜀地地理上相近，发生文化交流和碰撞的机会很多，相互间的文化濡染自然而然地发生。蜀地的人们也将竹枝词的作用发挥到了极致，往往也是用竹枝词来表情达意、寄托情感。如唐代诗人武元衡在《送李正字之蜀》中所云："已献甘泉赋，仍登片玉科。汉官新组绶，蜀国旧烟萝。剑壁秋云断，巴江夜月多。无穷别离思，遥寄竹枝歌。"③"蜀国"就是古代的四川。这首诗是诗人用竹枝词的形式表达自己和友人间的相思之情。竹枝词便充当了友人间情感的见证和载体。

竹枝词的流传区域除巴渝和蜀地之外，还有三峡。如唐代诗人王周在《再经秭归二首》中云："总角曾随上峡船，寻思如梦可凄然。夜来孤馆重来宿，枕底滩声似旧年。秭归城邑昔曾过，旧识无人奈老何。独有凄清难

① （清）彭定求等编：《全唐诗》，中华书局 1960 年版，第 4133 页。

② （宋）李昉等编：《太平广记》，中华书局 1961 年版，第 265 页。

③ 周振甫主编：《唐诗宋词元曲全集 · 全唐诗》第 6 册，黄山书社 1999 年版，第 2339 页。

改处，月明闻唱竹枝歌。"① 这是诗人抒发在三峡的秭归城，于月明之夜听竹枝词吟唱的感触和情思。

竹枝词的传播区域还延伸到了楚地，如诗人顾况在《竹枝曲》中云："帝子苍梧不复归，洞庭叶下荆云飞。巴人夜唱竹枝后，肠断晓猿声渐稀。"② 诗人许浑在《下第怀友人》中云："独掩衡门花盛时，一封书信缓归期。南宗更有潇湘客，夜夜月明闻竹枝。"③ 诗人于武陵在《客中》亦提到："楚人歌竹枝，游子泪沾衣。异国久为客，寒宵频梦归。一封书未返，千树叶皆飞。南过洞庭水，更应消息稀。"④ 可见，竹枝词在楚地的流行程度不亚于巴渝等地区。

顺着长江流域，长江下游地区也成了竹枝词的传播区域。如诗人杜牧在《见刘秀才与池州妓别》中云："远风南浦万重波，未似生离别恨多。楚管能吹柳花怨，吴姬争唱竹枝歌。金钗横处绿云堕，玉箸凝时红粉和。待得枚皋相见日，自应妆镜笑蹉跎。"⑤ 诗中所提及的"池州"，是现在安徽西南部的一个重要港口城市。诗中所提及的"吴"，指的是现在江浙一带。由此可见，长江下游地区也是竹枝词的传播区域。

另外，竹枝词还传播到了江西地区。如殷尧藩在《送沈亚之尉南康》中云："行迈南康路，客心离怨多。暮烟葵叶屋，秋月竹枝歌。孤鹤唳残梦，惊猿啸薜萝。对江翘首望，愁泪叠如波。"⑥"南康"在唐代时属于江西地区，可见竹枝词在江西地区也有踪迹。

---

① 周振甫主编：《唐诗宋词元曲全集·全唐诗》第14册，黄山书社1999年版，第5608页。

② (清) 彭定求等编：《全唐诗》，中华书局1960年版，第2970页。

③ 周振甫主编：《唐诗宋词元曲全集·全唐诗》第10册，黄山书社1999年版，第4001页。

④ 周振甫主编：《唐诗宋词元曲全集·全唐诗》第11册，黄山书社1999年版，第4474页。

⑤ 周振甫主编：《唐诗宋词元曲全集·全唐诗》第10册，黄山书社1999年版，第3898页。

⑥ 黄勇主编：《唐诗宋词全集》第4册，北京燕山出版社2007年版，第1574页。

在唐代，竹枝词也为长安人民所熟悉和吟唱。如白居易在《曲江感秋二首》中云："夜听竹枝愁，秋看滟堆没。近辞巴郡印，又秉纶闱笔。晚遇何足言，白发映朱绂。销沉昔意气，改换旧容质。独有曲江秋，风烟如往日。"[①] 这首诗中的"曲江"和现在的曲江指的是同一个地方。白居易在诗歌中借听竹枝词之愁苦音，感慨人生之不得志。再如诗人孟郊在《教坊歌儿》中云："十岁小小儿，能歌得朝天。六十孤老人，能诗独临川。去年西京寺，众伶集讲筵。能嘶竹枝词，供养绳床禅。能诗不如歌，怅望三百篇。"[②] 这首诗中的"西京"就是现在的西安。这首诗描述了唐代时"西京"地区的老人、小儿皆会吟唱竹枝词的情形，可见竹枝词也普遍流传于以长安为代表的北方地区。

三、唐代竹枝词的传播内容

唐代文人创作竹枝词，或是抒发悲苦之意、哀怨之情，或是倾吐羁旅之愁、思念之苦，表现出了极其强烈的抒情色彩。正如刘禹锡在《纥那曲》中所描述的古《竹枝》特色为"竹枝无限情"[③]。白居易在《听芦管》中写道："幽咽新芦管，凄凉古竹枝。"[④] 苏轼在《竹枝歌》自序中所云："（竹枝歌）幽怨恻怛，若有所深悲者。"[⑤] 竹枝词所呈现出来的浓郁的抒情色彩得到了众多文人的肯定和欣赏。

唐代竹枝词中以爱情为题材的作品很多，大都表达青年男女之间对爱情的向往和追求，以及深深的思恋之情。如刘禹锡以诗句"杨柳青青江水

① 周振甫主编：《唐诗宋词元曲全集·全唐诗》第8册，黄山书社1999年版，第3138页。

② 周振甫主编：《唐诗宋词元曲全集·全唐诗》第7册，黄山书社1999年版，第2752页。

③ （宋）郭茂倩编撰，聂世美、仓阳卿校：《乐府诗集》，上海古籍出版社2016年版，第989页。

④ （清）彭定求等编：《全唐诗》，中华书局1960年版，第4119页。

⑤ 邓立勋编校：《苏东坡全集》卷3，黄山书社1997年版，第865页。

平，闻郎江上踏歌声。东边日出西边雨，道是无晴却有晴”①，对女子复杂而又多情的内心情感进行描写。这首诗情景交融，情韵深婉，给后人留下很开阔的想象空间。

唐代竹枝词抒发失意之情和思乡愁旅的作品也不在少数，大都表达文人们在政治生活中遭到贬谪后身居巴山蜀水凄凉地的失意之情和愁苦心境。如白居易的《竹枝词》：“江畔谁人唱竹枝？前声断咽后声迟。怪来调苦缘词苦，多是通州司马诗。”②“竹枝苦怨怨何人？夜静山空歇又闻。蛮儿巴女齐声唱，愁杀江楼病使君。”③ 又如刘禹锡的《竹枝词》：“城西门前滟滪堆，年年波浪不能摧。懊恼人心不如石，少时东去复西来。”④“瞿塘嘈嘈十二滩，人言道路古来难。长恨人心不如水，等闲平地起波澜。”⑤再如李涉的《竹枝词》：“十二峰头月欲低，空濛江上子规啼。孤舟一夜东归客，泣向春风忆建溪。”⑥

竹枝词以其凄凉的格调、悲苦的情感形成激荡人心的力量，在声情并茂中令人们“愁绝”甚至“掩泣”，将其强烈的抒情特色体现得淋漓尽致。

唐代文人在竹枝词的创作中，客观真实地刻画了当地的风土民情、风俗景致，使作品体现出了强烈的现实主义色彩和鲜明的地方色彩。唐代诗人刘商在诗歌《秋夜听严绅巴童唱竹枝歌》中对巴童“曲中历历叙乡土”的情形进行了生动描写。刘禹锡曾因被贬斥而在重庆巫山地区久居。他对当地流行的竹枝词进行仿作，刻画这一地区的风俗景致和风土人情。宋代黄庭坚在《豫章黄先生文集》中对刘禹锡的竹枝词大加称赞：“道风俗而不俚，追古昔而不愧。比之子美《夔州歌》，所谓同工而异曲也。”⑦

---

① 周振甫主编：《唐诗宋词元曲全集·全唐诗》第1册，黄山书社1999年版，第265页。
② （清）彭定求等编：《全唐诗》卷441，中州古籍出版社2008年版，第2249页。
③ （清）彭定求等编：《全唐诗》卷441，中州古籍出版社2008年版，第2249页。
④ 王利器等辑：《历代竹枝词》，陕西人民出版社2003年版，第2—3页。
⑤ 王利器等辑：《历代竹枝词》，陕西人民出版社2003年版，第3页。
⑥ 雷梦水等编：《中华竹枝词》，北京古籍出版社1997年版，第3335—3336页。
⑦ 雷梦水等编：《中华竹枝词》，北京古籍出版社1997年版，第3332页。

唐代文人们不仅以竹枝词这一文学形式体现不同地域的风土民俗，还在竹枝词的创作中表现出了对社会底层民众艰苦生活的深切同情和对封建统治者腐朽没落生活的无比痛恨，使得其竹枝词作品在现实主义的基础上充满了人性的光辉，是后人借鉴和传承的典范。

四、唐代竹枝词的传播方式和媒介

巴渝地区是竹枝词的发源地，蜀地、三峡地区、两湖之地、江南之地、古长安都是竹枝词的传播区域。

首先，竹枝词的广泛流传和从事商业贸易活动的商人有着密不可分的关系。巴渝地区的造船业较为发达，是当时全国重要的造船中心，这种得天独厚的条件使得巴渝地区的船运商业有着坚实的物质基础。由于巴蜀地区的地理位置较为特殊，三峡地区也是危滩险途，随着商业贸易的进一步发展，聚集于巴蜀之地做生意的本地商人或外地商人，大都喜欢合起伙来，共同进行商业贸易活动，把商业风险降到最低。唐代诗人张籍在诗歌《贾客乐》中写道："金陵向西贾客多，船中生长乐风波。欲发移船近江口，船头祭神各浇酒。停杯共说远行期，入蜀经蛮远别离。"① 在唐代，随着商业贸易的日渐兴盛，巴蜀地区的夔州、益州、忠州、彭州等地经济发展迅速，逐渐成为商业都会城市。益州更是脱颖而出，成了当时全国经济最为发达的地区之一。唐代诗人刘禹锡在诗歌《堤上行三首》中云："酒旗相望大堤头，堤下连樯堤上楼。日暮行人争渡急，桨声幽轧满中流。江南江北望烟波，入夜行人相应歌。桃叶传情竹枝怨，水流无限月明多。春堤缭绕水徘徊，酒舍旗亭次第开。日晚上楼招估客，轲峨大艑落帆来。"② 刘禹锡在诗中对奔波于巴渝之地做生意的外来商人们的情感生活进行了描

---

① （清）彭定求等编：《全唐诗》，中华书局 1960 年版，第 4287 页。

② （清）彭定求等编：《全唐诗》，中华书局 1960 年版，第 4110—4111 页。

写。诗歌写这些外来商人们夜晚时分在江边休息，听到当地人吟唱竹枝词时，思乡之情阵阵袭来，于是跟唱竹枝词，并将表达自己情思的竹枝词带回到自己的故乡，使得竹枝词在这些外地商人的故乡广为流传开来。

往来于巴蜀之地的商人们通常采用水上运输的方式流通货品，而唐代时的三峡地区以滩险浪急闻名于世，船只航行于这一地段时异常危险。唐代诗人李群玉就曾在《云安》中云："滩恶黄牛吼，城孤白帝秋。水寒巴字急，歌迥竹枝愁。树暗荆王馆，云昏蜀客舟。瑶姬不可见，行雨在高丘。"①唐代诗人李白也曾在《荆州歌》中云："白帝城边足风波，瞿塘五月谁敢过。"②这正是三峡地区危滩险途令人心寒胆战的真实写照。商人们冒着失去生命的危险从事贸易活动，加上远离亲人、故土，离愁别绪常常涌上心头。他们借吟唱竹枝歌的方式缓解愁绪，寄托情感。他们沿长江而下，竹枝词便被他们带出了巴渝，广泛流传于长江流域。

其次，竹枝词的广泛传播，也与贬官到巴渝地区的文人们息息相关。竹枝词从俗而雅，从乡野之歌登上诗坛，与刘禹锡等唐代文人的努力分不开。唐代文人们着迷于竹枝词的内容、形式和艺术魅力，仿作竹枝词并将竹枝词推向更高的艺术境界，吸引了更多的文人墨客欣赏模仿。由此，竹枝词在诗坛上有了一席之地并得到了有效的传承，由民间的口头文学转变成了案头文学。

竹枝词的逐渐兴起并引起其他文人的关注，要归功于白居易和刘禹锡的竹枝词创作。白居易和刘禹锡的竹枝词创作，与他们遭贬被逐后长期生活于巴渝地区有很大的关系。巴渝地区的生活经历，使他们有机会和巴渝地区的普通民众亲密接触，亲身感受到巴渝人民生活的艰辛和不易，深深地同情和理解巴渝人民。他们能听出和体会到流传于巴渝地区竹枝词的悲苦之音、凄苦之情，这种情愫正好契合了他们遭贬被逐后的低落心境，使

---

① （清）彭定求等编：《全唐诗》，中华书局1960年版，第6585页。

② （清）彭定求等编：《全唐诗》，中华书局1960年版，第1692页。

得他们不由自主地被巴渝地区的竹枝词所吸引，创作竹枝词来抒发抑郁不得志的情怀，来表现巴渝人民的生活和情感。

刘禹锡创作的《竹枝词九首并序》《竹枝词二首》，充分融入了巴人竹枝词的精华，通过描写爱恋情思和三峡景物，表达乡愁思绪和遭到贬斥之后的懑屈愤慨之情。刘禹锡在《竹枝词九首并序》中云："四方之歌，异音而同乐。岁正月，予来建平。里中儿联歌竹枝，吹短笛，击鼓以赴节。歌者扬袂睢舞，以曲多为贤。聆其音，中黄钟之羽，其卒章激讦如吴声，虽伧伫不可分，而含思宛转，有《淇澳》之艳音。昔屈原居沅湘间，其民迎神，词多鄙陋，乃作为《九歌》。到于今荆楚歌舞之，故余亦作《竹枝》九篇，俾善歌者扬之，附于末。后之聆巴歈，知变风之自焉。"①刘禹锡的这段序言体现了竹枝词的特点所在：一是将诗歌、音乐、舞蹈融为了一体，给人以优美之感；二是具有浓厚的地方特色，民歌的意味较强；三是不避方言俚语，甚至有意识地运用方言俚语。除此之外，刘禹锡在创作精神上以屈原为榜样，使得竹枝词产生了巨大的社会影响和文化影响。刘禹锡以"俾善歌者扬之""知变风之自焉"为竹枝词创作的目的，对竹枝词的发展和传播有极大的促进作用。

刘禹锡的"竹枝词"作品内容丰富、题材广泛，不仅有对巴渝地区的风俗景致、民风民情的描写，还有对唐代社会政治生活的描写。刘禹锡的"竹枝词"作品在语言表述上"既有竹枝民歌的通俗自然，清新活泼，又抛弃了民歌中的'鄙陋'之词，改变了其全用方言俚语随口创作的特点，用文人的语言、诗歌的语言去表现，使竹枝词俚而不俗，逐渐由通俗走向雅化并把它引入文坛，更便于竹枝词的保存和流传"②。刘禹锡的"竹枝词"作品在音律上也非常讲究，或是根据词来配音，或是在词的音律上表现歌曲的面貌。以上这些，都是刘禹锡区别于其他竹枝词诗人的显著

① （清）彭定求等编：《全唐诗》，中华书局 1960 年版，第 4112 页。

② 叶培森：《论刘禹锡〈竹枝词〉的艺术特色》，《安徽文学》2008 年第 5 期。

特点。

白居易脍炙人口的“竹枝词”作品也不少，如《至江陵已来》《舟中示舍弟五十韵》《江州赴忠州》《郡楼夜宴留客》《九日题涂溪》等。白居易所作“竹枝词”的风格是“言直而切”“辞质而径”。他以坦白率直的语言在诗歌中描写自己听巴人唱竹枝词的感受和心得，如“怪来调苦缘词苦，多是通州司马诗”①，“蛮儿巴女齐声唱，愁杀江楼病使君”②等，其中之情使人感动，语言自然质朴、别具一格。

巴渝地区秀美的景致、淳朴的民风民情、感人的竹枝词歌谣，对文人墨客们产生了巨大的吸引力。刘禹锡和白居易的竹枝词创作，又以其生活气息的浓郁、地域色彩的鲜明、意境的优美动人，使得竹枝词这种文学样式大放异彩，在中国文学史上独具魅力，也使得竹枝词冲出了巴渝地区，在长江流域和中原地区广泛流传。

五、唐代竹枝词对后世文化的影响

从唐代开始兴起的文人竹枝词创作，题材内容从相对狭窄到丰富多彩，从对各地风土民情的吟咏到讽议时政，不仅讲究通俗易懂的语言艺术，而且有着生动盎然的生活情致以及悲天悯人的情怀。竹枝词从俚俗走向高雅，自有其高深精妙之处。

唐代文人的竹枝词创作对后世文化的影响很大。一方面，从文学样式来看，它是崭新的，这种新的文学样式对后世众多文人产生了强烈的吸引力，使他们满腔热情地投入到竹枝词的艺术创作中去，由此产生了大量的竹枝词作品，竹枝词的艺术成就也达到了一个新的高度。这不仅起到了丰

① （宋）郭茂倩编撰，聂世美、仓阳卿校：《乐府诗集》，上海古籍出版社2016年版，第978页。

② （宋）郭茂倩编撰，聂世美、仓阳卿校：《乐府诗集》，上海古籍出版社2016年版，第978页。

富中国古代文学创作的作用，而且影响到后世通俗文学的创作。清邱炜萱在《五百石洞天挥麈》中云：“由上古‘三百篇’而作乐府，由汉魏齐梁而近体，而竹枝，而词，而曲，而传奇，其道亦屡变矣。”① 由此可见，邱炜萱将竹枝词看作中国古代诗歌发展过程中的一个环节，认为竹枝词在中国古代诗歌发展史上具有承上启下的作用，即竹枝词继承了诗经、乐府的优良传统，开启了词曲的发展历程，可见竹枝词在后人心目中的位置。另一方面，后世“派生出了一些‘木’名加‘枝词’的诗体，如‘杨柳枝词’、‘柳枝词’、‘桔枝词’”② 等，与唐代竹枝词对后世文化的影响不无关系。在唐宋之后，特别是到了清朝，竹枝词还衍生出了“渔唱”“杂咏”“衢歌”“纪事诗”等众多名目来，甚至有人模拟竹枝词，创作或记时事或咏风土的《桃枝词》《桂枝词》《松枝词》《樱枝词》《枣枝词》等。在内容表述上，这些作品与竹枝词差异不大。在艺术上，这些作品不讲究格律，因此没有引起人们的过多关注。

竹枝词以其强烈的艺术感染力和独特的艺术形式引起文人们的高度关注。在他们的创作实践下，竹枝词历经唐、宋、元、明、清五个朝代，艺术特色越来越突出，艺术成就越来越高，成为中国文学的一朵奇葩。

---

① （清）邱炜萱：《五百石洞天挥麈》，见姜智主编：《〈戏曲艺术〉二十年纪念文集·戏曲文学·戏曲史研究卷》，中国戏剧出版社2000年版，第489页。

② 彭秀枢、彭南均：《竹枝词的源流》，《江汉论坛》1982年第12期。

第六章　唐代俗赋、词文的传播

第一节　唐代俗赋的传播

一、唐代俗赋概述

（一）唐代俗赋概念释义

唐代的俗赋，就是深受老百姓喜爱的民间赋。之所以称其为俗赋，主要根据的是俗赋的特点——主讲故事和传说，用通俗口语和对话写就，喜用谐语作夸张描写，句式散漫，协韵宽泛，代表了一种与传统文人赋相区别的文体。它是辞赋与民间文学相结合的产物。将这类民间赋归为赋的大类，是因为在写作特质上，它们都符合赋的特征，即直接叙述和抒写。郑玄在《周礼》中注明："赋之言铺，直铺陈今之政教善恶。"①

在汉代，从汉武帝到建安时代，是一个辞赋的时代，出现了众多辞赋家。他们的写作具有恢宏的体制、过度夸张的铺写，代表人物有司马相如、东方朔、班固、张衡、左思等，充分体现了大量铺陈的特点。例如《子虚赋》："云梦者，方九百里，其中有山焉。其山则盘纡茀郁，隆崇嵂崒。岑崟参差，日月蔽亏。交错纠纷，上干青云。罢池陂陀，下属江河。其土则丹青赭垩，雌黄白坿，锡碧金银，众色炫耀，照烂龙鳞。其石则赤

① 尹贤选：《古人论诗创作》（增订本），中国书籍出版社2020年版，第88页。

玉玫瑰，琳缗琨吾，瑊玏玄厉，碝石碔砆。”① 物产地势无不毕叙，语言华美，用典讲究，代表了文人赋的特征。

俗赋概念的提出，最早来自林庚在《中国文学简史》中所言，唐中期“赋的体裁也一度活跃，这时的赋既非汉朝人咏物的辞赋，也非六朝抒情的骚赋，而是一种以叙说故事为主的俗赋”②。程毅中认为，敦煌写卷中除了变文之外，还有一部分是叙事体的俗赋，如《韩朋赋》《燕子赋》等。它在演述故事上和变文是相同的，只是在形式上还保存着杂赋的格局。③ 这是继续提出俗赋的概念。之后，不断有学者深入研究俗赋，提出不同的观点，强化其民间色彩。如马积高先生在《赋史》中亦称，所谓俗赋，是指清末从敦煌石室发现的，用接近口语的通俗语言写的赋和赋体文。此种俗赋的出现，同唐代都市文化的繁荣和变文的流行有密切的关系，在赋史上也有其渊源。另外，郑振铎、容肇祖、傅芸子先生也将俗赋称为“小品赋”“白话赋”“民间赋”。④

（二）唐代俗赋总论

俗赋的句式自由灵活，篇幅短小，语言还特别浅近通俗，即使是现代读者，阅读起来也丝毫没有困难。汉以来文士们作赋有意识、自觉地追求文辞华丽，推崇体制宏大、铺张扬厉，曹丕在《典论·论文》中鲜明地提出“诗赋欲丽”的观点。而唐代俗赋的多数作者们不求巨丽，使用的语言近乎民间百姓的口语。例如《龙门赋》云：“石为龛，金为像，半隐半见遥相望。下有水，上有山，一登一弄不能还。”“可怜寒食风光好，光景不留人渐老。勿谓行乐长若思，盛衰恰似河边草。”⑤《丑妇赋》：“可羞可耻，

① 费振刚、仇仲谦译注：《司马相如文选译》，巴蜀书社1991年版，第4页。

② 赵成林：《唐赋分体叙论》，湖南大学出版社2009年版，第148页。

③ 参见刘进宝：《敦煌学记》，浙江古籍出版社2021年版，第60页。

④ 参见伏俊琏：《敦煌俗赋的文学史意义》，《中州学刊》2002年第2期。

⑤ 颜廷亮主编：《敦煌文学》，甘肃文学出版社1989年版，第137页。

难生难死；甚没精神，甚没举止。”①与我们现在的口语其实差距不大，易于传播和接受。

另外，敦煌遗书中的俗赋演绎了许多诙谐故事，塑造了夸张的人物形象，在某种意义上符合民间文化的特征。如《丑妇赋》将丑妇的丑陋形象描写得十分夸张：“有笑兮如哭，有戏兮如嗔。眉间有千般碎皱，项底有百道粗筋。贮多年之垢污，停累月之重皴。”②翻译过来就是：“这位丑妇，笑得比哭还难看，讲话聒噪，好像骂人一般。眉头上耸起千万道皱纹，脖颈上像男子般暴起许多青筋。不讲卫生，身上都是垢泥，手上脚上有许多裂口。”生活中很少有女性是这样不堪入目的，文学中如此丑化女性的描写也极为罕见。这种夸张和怪异来自民间文学滑稽戏谑的本色，以丑感表达调侃的意味，达到诙谐幽默的喜剧效果。《晏子赋》源自《晏子春秋》，为了切合民间百姓的欣赏需求，特意将《晏子春秋》中个子不高的晏子夸大为既矮又丑：“面目青黑。且唇不附齿，发不附耳，腰不附踝，既貌观瞻，不成人也。”③但晏子面丑心不丑，灵活机智，巧于应对，作者以晏子外形和内心的对比、晏子和梁王言语上的交锋，创造出戏剧性的艺术效果。其他俗赋如《驾幸温泉赋》《燕子赋》《茶酒论》等，讲故事妙趣横生，语言夸张又风趣幽默，能针砭时弊，也充满戏剧色彩。

也正是上述原因，俗赋具备了广泛的民间基础，广受百姓欢迎。

（三）唐代俗赋作品整理介绍

我们现在所看到的俗赋，主要来自敦煌遗书。伏俊琏先生在《俗情雅韵——敦煌赋选析》一书中列举了18篇赋，其中17篇赋被认为是俗赋。这些俗赋叙事完整、语言通俗，具有清晰的民间文学特征。与汉代辞赋相

① 伏俊琏编著：《俗情雅韵——敦煌赋选析》，甘肃人民出版社2000年版，第45页。

② 伏俊琏编著：《俗情雅韵——敦煌赋选析》，甘肃人民出版社2000年版，第45页。

③ 吴卸耀、李文韬编：《汉语词汇化语法化例释》，上海大学出版社2021年版，第224页。

比，这些俗赋没有那么高雅富丽，但其强大的民间传播力使其从产生之日起，就深深浅浅地影响着文人赋的创作，并对后世的小说、戏曲、说唱文学的民间发展产生直接的或间接的影响。这正如郑振铎先生所言："'草野文学'……并不是永久安分地'株守'一隅的，也不是永久自安于'草野'的粗鄙的本色的。他们自身常在发展，常在前进。一方面，他们在空间方面渐渐地扩大了，常由地方性的而变为普遍性的；一方面他们在质的方面，又在精深地向前进步，由'草野'的而渐渐地成为文人学士的。这便是我们的文学不至永远被拘系于'古典'的旧堡中的一个重要原因。"①

敦煌遗书内保存的赋，主要收藏在巴黎、伦敦、圣彼得堡等地的博物馆。从敦煌遗书整理出的 20 多篇赋，产生时代和作品风格均较为复杂。除去先唐赋 5 篇，称得上是俗赋的，分别为刘希夷《死马赋》、高适《双六头赋送李参军》、白行简《天地阴阳交欢大乐赋》，以及伏俊琏先生整理收集的 17 篇俗赋：刘瑕《驾幸温泉赋》、刘长卿《酒赋》、张侠《贰师泉赋》、何蠲《渔父歌沧浪赋》、卢竧《龙门赋》、赵洽《丑妇赋》、王敷《茶酒论》，以及无名氏的《月赋》《秦将赋》《子灵赋》《佚名赋》《晏子赋》《韩朋赋》《燕子赋（甲、乙）》《孔子项讬相问书》《齖新妇文》。这些俗赋的语言，有四言、五言、六言、七言，还有杂言和骚体式句子。句式并不整齐和统一，体现了民间语言随性自由的特征。四言的句式，如《燕子赋（甲）》"仲春二月，双燕翱翔，欲造宅舍，夫妻平章。东西步度，南北占详"②。五言的句式，如《子灵赋》"闺人重芳羡，诘旦开花钿。手里金剪刀，裁作双飞燕。欲起势无力，思君声不断。为有衔泥心，具转合云还"③。六言的句式，如"车轰轰而海沸，枪戢戢而星攒"④。更多的是各种句式错杂在一起，例如《驾幸温泉赋》"开元改为天宝年，十月后兮腊

① 郑振铎：《中国文学简史》，台海出版社 2018 年版，第 7 页。

② 廖宇：《道教时日禁忌探源》，巴蜀书社 2017 年版，第 76 页。

③ 伏俊琏编著：《俗情雅韵——敦煌赋选析》，甘肃人民出版社 2000 年版，第 71 页。

④ 伏俊琏编著：《俗情雅韵——敦煌赋选析》，甘肃人民出版社 2000 年版，第 1 页。

月前。办有司之供具，道驾幸于温泉。天门阊开，路神仙之辒塞；銮舆划出，驱甲仗而阑阓。然后雨师泼地，风伯行吹。红旗闪天，火幕填烟。青一对兮黄一队，熊踏胸兮豹擎背”①。这些俗赋的作者在四字句式的基础上，多使用散句，灵活使用陈述、感叹、疑问、反问、排比、对偶等多种句式，灵活转换，摆脱了一般辞赋板重句式的格套，获得了表达内容需要的自由。②

二、唐代俗赋的传播内容和目的

敦煌俗赋的传播内容，张锡厚先生作了如下总结："它已不再局限于羁旅思乡、风花雪月以及宗教宣传的狭隘主题，代之而起的则是因事立题、缘事而发、充满现实性的内容。它们分别从不同侧面描写人物、铺陈故事，比较深刻地揭示出社会生活和人情世态中的各种矛盾与内在危机，大胆讴歌为国为民建功立勋的英雄行为，有力地谴责枉杀无辜的残暴行为和非正义的战争，进而激发人们胸怀激烈、仰攀高尚的道德情操，比之演绎佛理禅机的空洞说教，更能起到感化民众鼓舞士气的作用。"③

据此，我们可以看出敦煌俗赋大体上是铺陈故事的，例如《晏子赋》、《韩朋赋》及《燕子赋（甲、乙）》4篇。这4篇俗赋都是用散韵相间的句式讲述故事、散文句式描述情节、韵文句式用于人物对话。这类俗赋主要通过讲诵来传播故事，具有浓厚的戏剧性。如《韩朋赋》重点讲述韩朋夫妇忠贞不渝的爱情，当叙述宋王使者骗取新妇时，作者采用主客问答、铺陈叙事的形式。"使者下车，打门而唤。朋母出看，心中惊怕。即问唤者：'是谁使者？'使者答曰：'我是宋国之使，共朋同友。朋为功曹，我为主簿。朋有私书，来寄新妇。'阿婆回语新妇：'如客此言，朋今事官，且得

① 颜廷亮主编：《敦煌文学》，甘肃人民出版社1989年版，第144页。

② 参见张鸿勋：《敦煌俗文学研究》，甘肃教育出版社2002年版，第331页。

③ 赵成林：《唐赋分体叙论》，湖南大学出版社2009年版，第153页。

胜途。’贞夫曰：‘……马蹄踏踏，诸臣赫赫。上下不见邻里之人，何况千里之客。客从远来，终不可信。巧言利语，诈作朋书。朋言在外，新妇出看。阿婆报客，但道新妇，病卧在床，不胜医药。’承言谢客，劳苦远来。使者对曰：‘妇闻夫书，何故不喜？必有他情，在于邻里。朋母年老，不能察意。’新妇闻客此言，面目变青变黄：‘如客此语，道有他情。即欲结意，反失其理。遣妾看客，母失贤子。从今以后，姑亦失妇，妇亦失姑。’”① 这段对话细致生动地将使者的阴险、韩母的不明事理、新妇的聪明等不同人物性格完全表现出来，令人难忘。

另一类俗赋主要以诙谐调侃的文辞，达到讽喻现实的目的，比较典型的如《驾幸温泉赋》，既写出了天子驾幸骊山温泉仪仗的奢华无度，也反映了底层知识分子仕途不济、命运多舛的可悲现实；既展示了天子田猎、封赏的壮观场面，也嘲讽了士兵们争功、百官谄媚的丑态。《丑妇赋》则尽情夸张描绘丑妇外貌的丑陋，进而揭示其内心的恶毒。《秦将赋》对战争场面进行惨绝人寰的描写，对普通士兵寄予深切同情，对统治者为私利滥杀无辜的行为深刻谴责。

不管是铺叙故事，还是以诙谐手法讽喻现实，上述这些俗赋最终的目的都是通过讲诵人的表演，达到娱乐大众、感化大众、陶冶道德的目的。

三、唐代俗赋的传播主体

根据俗赋通俗浅白的艺术风格，以及铺叙故事、传说，调笑诙谐的内容特点，加之其发现于远离中原文化中心的敦煌地区，可以推测，其传播主体主要是文化层次不高的民间人士，其创作是为了满足老百姓的欣赏需求。还有一类传播主体应该是底层文人，他们刻意弃雅从俗，满足大众的娱乐目的。我们可以从有作者署名的俗赋中看出一二。例如，《驾幸温泉

① 伏俊琏编著：《俗情雅韵——敦煌赋选析》，甘肃人民出版社2000年版，第87—88页。

赋》作者署名“进士刘瑕”。《酒赋》被发现时，首题“酒赋一本江州刺史刘长卿撰”。《龙门赋》被发现时，首题“龙门赋河南县尉卢竧撰”，无尾题。《贰师泉赋》被发现时有三个写卷：其中一写卷末题“贞明六年庚辰岁二月十九日龙兴寺学郎张安人写记之耳”，另一写卷首题“贰师泉赋一首，乡贡进士张侠撰”，另一写卷末题“戊子年四月十日学郎员义写书故记”[①]。《渔父歌沧浪赋》署名“前进士何蠲撰”。还有不少姓名与身份皆已不详的无名作者，他们都是俗赋的传播者。

唐时，民间应该有不少吟诵俗赋的诵者，还有不少抄写俗赋的书写者。他们都是敦煌俗赋的有效传播者，资料有限，不见其名。他们和俗赋的作者共同促进了俗赋的民间传播。

四、唐代俗赋的传播方式

目前所看到的敦煌俗赋，其传播方式基本上是两种：一种是通过讲诵或讲唱的方式在民间传播；另一种则是通过抄写的方式流传四方。

很多俗赋是民间娱乐演出的脚本。例如《燕子赋》开头：“此歌身自合，天下更无过；雀儿和燕子，合作《开元歌》。”[②]其中“此歌身自合”，是说赋中的燕子和雀儿所讲的内容和声乐相配，表明这篇赋是应和一定节奏的歌的，目的是通过讲和唱，满足听众的娱乐需求。[③]《酒赋》在敦煌写卷中题名不一样，有的称“酒赋”，有的称“高兴歌”，有的称“高兴歌酒赋”。任二北先生和项楚先生都认为它属于歌辞，但从《酒赋》体物铺陈的特点来断定，确为赋，其所具有的歌行化的特征，也表明了它适用于演唱活动。《茶酒论》虽然没有复杂的故事情节，却通过茶与酒的激烈争论，表现了不同阶级的思想感情，充满戏剧色彩，具有很明显的唐代

① 伏俊琏编著：《俗情雅韵——敦煌赋选析》，甘肃人民出版社2000年版，第23页。

② 伏俊琏编著：《俗情雅韵——敦煌赋选析》，甘肃人民出版社2000年版，第130页。

③ 参见张鸿勋：《敦煌俗文学研究》，甘肃教育出版社2002年版，第329页。

俳优戏脚本和表演技艺“论议”底本的特色。其他俗赋如《孔子项讬相问书》《齖新妇文》等，既有故事情节，也有明显的论辩色彩，在敦煌写卷中大都与一些讲诵文体抄在一起，也充分表明它们的“讲诵”性质。所以通过以上例证可以看出，讲唱或讲诵是唐代俗赋民间传播的重要方式。

抄写是俗赋传播的另一重要方式。在敦煌遗文中，《晏子赋》存有8个写卷：P.2564、P.3460、P.3716、P.3821、P.2646、S.6332、S.5752及圣彼得堡藏卷1483号。其中P.2564、P.3716两个写卷首尾完整，P.3821、P.3460、S.6332三个写卷首全尾残，P.2647仅存6行，S.5752仅存赋题。[①]《韩朋赋》有6个写本，《龙门赋》有4个写卷，《秦将赋》有3个残卷，《燕子赋（甲）》有9个写卷，《燕子赋（乙）》有1个写卷，《孔子项讬相问书》有16个汉文写卷和3个藏文写卷。《丑妇赋》有2个写卷，其中P.3716卷内容完整，有题记“天成五年庚寅岁五月十五日敦煌伎术院礼生张儒通写”。《茶酒论》存有6个写卷，其中P.2718卷末有题记：“开宝三年壬申岁正月十四日知术院弟子阎海真自手书记。”另外，P.3910卷末题：“癸未年二月六日净土寺弥赵员住右手书。”[②]多个写本抄写同一篇俗赋，只能说明这篇俗赋广为传播。这些俗赋在民间传抄的过程中，既成了民间乐人讲唱的底本，也成了一些人阅读的底本，所以造成源流驳杂的现象。

五、唐代俗赋的传播对象

根据受众的特征，我们把唐代俗赋的传播对象分为3个群体：一类是民间普通百姓；一类是文人群体；一类是帝王和贵族。

民间老百姓接受俗赋，是出于无功利的娱乐需求。我们看到敦煌遗书中所存的俗赋，多数故事通俗浅显、语言诙谐幽默、富于节奏、篇幅短

---

① 伏俊琏编著：《俗情雅韵——敦煌赋选析》，甘肃人民出版社2000年版，第103页。

② 伏俊琏编著：《俗情雅韵——敦煌赋选析》，甘肃人民出版社2000年版，第158页。

小，显然创作者并未将俗赋当作一种严肃庄重的文学事业来进行，娱乐民间的特征很明显。而诙谐通俗也是民间文化的一个基本特征。唐代俗赋的这一特征很适合民间诵习、口耳相传。唐代诗人王梵志诗云："如即教诵赋，女即学调梭。"[①]学习"调梭"就是学习纺织，这是平民女子的生活必备技能。"诵赋"与"调梭"并列，说明诵赋是平民子弟必备的技艺。这足以说明俗赋的传播对象首先是平民百姓。敦煌遗书中保存的不少俗赋，也充分说明在唐代俗赋在民间还是普遍流行的。唐代俗文学繁荣，来自民间、服务民间，俗赋应当和其他俗文学一样，传播的首要对象就是平民百姓。

唐代之前，赋体文学更多的是迎合宫廷需求，也满足骚人雅士的需求。班固在《两都赋序》中云："赋者，古诗之流"，"或以抒下情而通讽喻，或以宣上德而尽忠孝"。[②]从汉赋开始，颂扬国君、润色国家伟业就是赋的一项主要功能和创作主题。司马相如、东方朔、枚皋、扬雄、班固、张衡等，所创作的赋基本上难以脱离颂扬社稷宗庙或帝王本人的范围。除了颂扬和教化之外，文人群体还借赋体文学托物言志：或抒写雄才大略的才干和志气抱负；或寄寓自己高洁的人格；或表达退让守拙的人生态度。但民间诙谐俗赋从没有消失，反而在不同的时代影响和吸引文人群体去关注它。不少文人尝试弃雅从俗、创作俗赋，就这样，俗赋在文人群体中获得了一定程度的认同。如楚有宋玉作《登徒子好色赋》，汉有司马相如作《美人赋》，曹植模仿民间俗赋作《鹞雀赋》，六朝有潘岳《丑妇赋》等，都以调侃语气，游戏笔墨。唐代俗文学发展繁荣。文人群体，尤其是底层文人接触俗赋的机会更多。他们不仅接受了民间俗赋，还有不少人积极地创作俗赋。上述我们列举过敦煌俗赋的作者，例如"进士刘瑕""江州刺史刘长卿""河南县尉卢竧""乡贡进士张侠""前进士何蠲"等，

① 《王梵志·寒山诗全集》，海南出版社 1992 年版，第 15 页。

② 陈宏天等主编：《昭明文选译注》，吉林文史出版社 1988 年版，第 18 页。

都是文人。他们创作俗赋，充分说明俗赋对文人群体的传播影响很大。

唐代俗赋也在宫廷传播。唐代不少帝王热爱音乐，精通乐器，喜爱民间文艺，民间艺术在宫廷中时常演出。这从本书所阐述的曲子词在宫廷中的传播情况可见一斑。俗赋是可以唱、可以诵的，诙谐生动，具有生动的表演效果，能够以幽默的言辞博取帝王的欢心，能够在宫廷生活中调节气氛、排忧解难。朝廷宴饮、帝王出游，几乎都离不开俳优表演助兴或文人即兴作赋，这为俗赋在宫廷中的传播提供了机会。①例如唐时郑棨《开天传信记》卷三有记载："天宝初，上游华清宫。有刘朝霞者，献《驾幸温泉赋》，词调倜傥，杂以俳谐，文多不载。"②刘朝霞就是作者刘瑕。赋中有"今日是千年一遇，叩头莫五角六张"一句，玄宗以其不雅，命改去，而刘瑕却不愿更改。③从此例可以看出俗赋在唐宫廷中的传播。因为帝王的喜好，宫廷之外的皇族以及依附于他们的文人群体，也接受了俗赋这种民间文学。

综上，唐代俗赋具有广泛的传播基础，传播对象涉及宫廷和民间。但总体看，俗赋所描写的题材偏狭小、诙谐，切近下层人民的生活，可以取乐于君王，但取乐于万民才是它的真正目的。也正因如此，俗赋才在唐代有广泛的传播基础，才能流传到偏远的敦煌地区，并被记载下来流传后世。

六、唐代俗赋的传播影响

唐代以后，民间娱乐日益多样化，戏曲、唱词等民间文学发展迅速，俗赋逐渐退出历史舞台。但俗赋的影响力并未消失，它附着在变文、小说、戏曲等其他通俗文艺之上，在民间继续传播。

俗赋对唐五代流行民间的变文产生了直接影响。变文是僧侣向信众通

① 参见赵成林：《唐赋分体叙论》，湖南大学出版社2009年版，第78页。

② 赵成林：《唐赋分体叙论》，湖南大学出版社2009年版，第155页。

③ 参见张鸿勋：《敦煌俗文学研究》，甘肃教育出版社2002年版，第329页。

俗宣传的文体，通过讲一段唱一段的形式宣传神变故事。除此以外，变文也演唱历史故事和民间传说。被现代学者收在《敦煌变文集》一类书里的变文，明显地接受了俗赋铺张扬厉风格的影响，如《伍子胥变文》中整齐有韵的铺叙文句显然是受到当时赋文的影响，整篇散说之中夹有赋体。例如介绍伍子胥之父："楚之上相，姓伍名奢，文武附身，情存社稷。手提三尺之剑，清（请）讬六尺之躯。万邦受命，性行淳直，议（仪）节忠贞，意若风云，心如铁石，恒怀匪懈，宿夜兢兢。事君□致为美，顺而成之；主若有僣，犯颜而谏。"① 描写伍子胥奔吴途中为江所阻："芦中引领，回首寂然。不遇泛舟之宾，永绝乘楂之客。唯见江乌出岸，白露（鹭）鸟而争飞；鱼鳖纵横，鸬鸿芬（纷）泊。又见长洲浩汗，漠浦波涛，雾起冥昏，云阴叆叇。树摧老岸，月照孤山，龙振鳖惊，江沌作浪。若有失乡之客，登岫岭以思家；乘查（楂）之宾，指参辰而为正。"② 这段变文明显地表现出其与辞赋的密切关系。另外，该故事情节的展开与铺陈，如伍子胥如何从楚国逃亡到吴国，进入吴国后又怎么被害死的经历，尤其是作者生动地铺叙浣纱女"抱石投河"和渔人"覆船而死"助子胥逃亡的细节，产生浓重的悲剧效果，显然也受到俗赋铺叙故事的影响。

俗赋在语言技巧上、布局上包括满足听众心理上又影响着宋以后的话本小说。郭绍虞先生在《赋在中国文学史上的位置》一文中指出："小说与诗歌之间本有赋这一种东西，一方面为古诗之流，另一方面其述客主以首引、又本于《庄》《列》寓言，实为小说之滥觞。"③ 宋代话本小说、元明之后章回小说描写人物外表、行动和环境时，往往采用赋体来丰富其语言表现，如描写景物和人物时常用一些赋体骈俪文字。如，描写女子之貌常常写成："真个生得：绿云堆发，白雪凝肤。眼横秋水之波，眉插春山之黛……步鞋衬小小金莲，玉指露纤纤春笋。"这就有俗赋浅白押韵的语言

① 王重民等编：《敦煌变文集》，人民文学出版社 1957 年版，第 1 页。

② 王重民等编：《敦煌变文集》，人民文学出版社 1957 年版，第 12—13 页。

③ 郑振铎：《中国文学研究》，上海书店出版社 1981 年版，第 59 页。

特色。不仅如此，俗赋对话本小说整个的叙述和布局也有深刻的影响。小说要吸引听众，必须得注意讲故事的叙事程序以及详略安排，矛盾的产生、发展、高潮及结局，都要通过必要的渲染、铺排来紧紧抓住听众的耳朵。这些在讲故事的唐代俗赋中已经得到鲜明的体现。比如，《韩朋赋》情节详略得当，起伏跌宕。而韩朋夫妻悲剧性的结局，在赋中被淋漓渲染，唤起民间听众强烈的同情，紧紧抓住了他们的情感。宋代之后的小说倾向于铺叙好事多磨、苦尽甘来、有情人历经波折和苦难终成眷属等，也是迎合了听众的期待心理。

俗赋与后世戏曲之间的关系也很密切。俗赋的讲唱结合的艺术形式、通俗诙谐的艺术风格、铺叙故事的手法，都对民间戏曲有直接的影响。20世纪50年代末，任半塘先生在《唐戏弄》一书中，认为戏剧文体乃是赋体形式的进一步演变与发展。他认为“戏剧文体”，“大抵首尾是文，中间是赋，实开后来讲唱与戏剧中曲白相生之机局，亦散文与韵文之间，一种极自然之配合也。赋以铺张为靡，以诙诡为丽，渐流为齐梁初唐之俳体。其首尾之文，初以议论为便，迨转入伎艺，乃以叙述情节为便，而话本剧本之雏形备矣”①。俗赋中常见的客主论辩用对话体，个人化的四言、七言句式抒情片段，被民间曲艺借鉴吸收后，前者可以展示人物间的戏剧冲突、推动情节发展，后者可以表现戏中人物的性格、情感和心理。另外，宋元时期的戏曲演出场地多为勾栏瓦舍，或是神庙戏楼，或是茶馆，场地很简陋，可以想象，布景没有或者很简单，除了演员的虚拟表演外，还得借助剧中人物朗诵赋文铺叙故事，加强情节描绘，弥补场景的不足，足见俗赋对民间戏曲的影响不小。

俗赋虽然在后世消失了，但那种韵散相间、有诵有讲有唱的体制，却通过后来的词话、戏曲、话本小说延续下来，成为民间百姓熟知的艺术形式。

---

① 任半塘:《唐戏弄》，作家出版社1958年版，第741页。

七、唐代俗赋的海外传播

唐代，赋也同其他文学一样，向周边邻国流播，为周边受汉文化辐射的国家所接受，影响并且产生了一批作品。如王思豪先生认为："赋体文学作为中国所独有的一种文体样式，经过一代代赋家的经营……开始向周边邻国流播，对朝鲜、韩国、日本、越南等国产生了重要影响，形成了汉文化圈中的赋学创作热潮。"[①]

在朝鲜半岛，自高丽王朝时期起直到李朝末期，均陆续有人采用辞赋体裁写文章。10世纪高丽光宗开始设科举时，考试项目还包括赋，所以辞赋在高丽文人中具有重要的地位。曹虹先生在其著作《中国辞赋源流综论》[②]中专设"域外篇"，对朝鲜赋家的辞赋创作进行研究，肯定域外赋家对中国文学典范的接受，虽有模拟的痕迹，但也能体现出自身的领悟与创作力，显示出相当的水准，并以此来反观中国辞赋文化性格与审美魅力。詹杭伦先生撰写的《韩国（高丽、李朝）科举考试律赋举隅》[③]一文对高丽和李朝科举考试中使用的律赋做了举例分析，并论及李朝用于科举考试的六言赋体；又撰写《韩国"酒赋"与中国有关赋作之比较》[④]一文，指出历史上的韩国文人与中国文人一样，有近似的生活方式，喜欢饮酒赋诗、登高作赋，因而韩国与中国都流传下来一批"酒赋"类作品。

越南同中国的关系更为密切，使用汉字的历史更为长久。受中国影响，越南也是诗赋的国度。以汉文为语言载体的越南诗赋创作历经千年，涌现了众多作家和大量的作品，取得了辉煌的成就。越南的汉文赋模仿中

---

① 王思豪：《新世纪以来赋学研究的开拓与反思》，《济南大学学报（社会科学版）》2017年第4期。

② 参见曹虹：《中国辞赋源流综论》，中华书局2005年版，第145页。

③ 参见詹杭伦：《韩国（高丽、李朝）科举考试律赋举隅》，《西南民族大学学报（人文社会科学版）》2012年第1期。

④ 参见詹杭伦：《韩国"酒赋"与中国有关赋作之比较》，《中文学术前沿》2012年第2期。

国，篇章结构、遣词造句等十分相像。王昆吾先生在《越南本〈孔子项橐问答书〉谫论》中强调说，越南俗赋注重叙事，多以汉代的历史事件为题材。例如《韩王孙赋》之韩信、《张留侯赋》之张良。其俗赋传承了中国俗赋的文风，诙谐幽默，押韵形式自由，具有讲唱的色彩。例如《生农熟农问答辞》用谐谑手法讽刺世情，风格接近敦煌俗赋。[①]《孔子项讬相问书》在敦煌所有俗赋中，传本最多，流传最广，唐后期也辗转传播到越南、日本。在越南，王昆吾先生经过考查，认为至少保存了3篇孔子、项讬（橐）相问的故事。一题为《孔子项橐问答书》，一无题，另一篇题为《昔仲尼师项橐》。这3篇俗赋在主要情节、人物对话、表现手法、篇幅等方面有较多相似之处，显示了越南俗赋与敦煌俗赋《孔子项讬相问书》之间的密切关系。

敦煌俗赋传播到日本后，也对日本文学产生了重要的影响，其中两本俗赋流传最明显。其一是《孔子项讬相问书》，该俗赋在平安时代及其之后的多部文学作品中都留下了翻译改编的痕迹。如《今昔物语集》《宇治拾遗物语》《世俗谚文》《三教指归注》《和歌童蒙抄》等日文作品中，都记载和演绎了孔子和小儿的故事。《今昔物语集》卷10震旦[②]部第九《臣下孔子路遇童子问答》中，所载的故事与敦煌本相问书中所载多数故事情节相同，如孔子和小儿论避车、论作戏，问姓名、问无等，显示了对来自中国俗赋的接受和继承。日本现代学者牧野和夫在纪念敦煌藏经洞发现100周年国际学术研讨会上介绍了日本历史民俗博物馆本《源氏供养三十六歌仙开眼供养表白/明法抄/孔子论》，其中的故事也与敦煌本相问书大体相近。[③]另外，在日本的佛教类图书中也记载有孔子和小儿故事。另一篇敦煌俗赋《晏子赋》东传日本后，题作《宴（晏）子传》，是日本

---

① 参见王昆吾：《从敦煌学到域外汉文学》，商务印书馆2003年版，第131页。

② 震旦：指中国。

③ 参见王晓平：《唐土的种粒——日本传衍的敦煌故事》，宁夏人民出版社2005年版，第67页。

人根据敦煌本所载的故事写成的，故事接近敦煌本，但不是全部照搬，而是根据日本人的生活常识对他们不了解的事物做了一些改编，更便于日本民间理解和接受。詹杭伦先生还对日本的赋体创作加以研究，对生活年代相当于中国的唐文宗大和八年（834 年）至唐僖宗乾符六年（879 年）间的、都良香的律赋创作进行考察，认为都良香可以写作限韵而且限时完成的律赋，但尚不是中晚唐八字韵脚的标准格式，都良香及与他唱酬的渤海国上流文人的律赋，已经达到中唐初年唐朝一般参加科举考试的文人赋作的写作水平。①

唐代俗赋来自民间，不仅在中国广泛传播，而且翻山跨海，伴随着唐代繁荣的经济文化交流活动，远播海外。经过海外文学家的继承、改编，又在其民族文学中焕发出新的光彩。

第二节　唐代词文的传播

一、唐代词文概述

词文也是唐代民间讲唱文学的一种，是在我国古代民间歌谣的基础上形成的一类通俗文学，其名源于敦煌文书《季布骂阵词文》，该文体基本上全篇为纯韵文唱词，偶尔杂以散说，唱词基本都是七言，其间不再穿插说白。用韵灵活自由，或一韵到底，或中间换韵，或邻韵通押，不避重韵。其篇幅一般较长，故事曲折，长于抒情。表演者为“词人”。

敦煌遗书中留存的词文并不多，就传播内容看，都是通过讲唱的方式演绎历史或民间故事的。现在能看到的唐代词文有《大汉三年季布骂阵词

① 参见詹杭伦：《日本平安朝学者都良香律赋初探》，《古代文学理论研究》2011 年第 32 辑。

文》《季布诗咏》《百鸟名》《董永（拟名）》等。这些词文基本上是由纯韵文唱词组成的，仅有的几句说白，主要起到交代前文的作用，或者充当前后唱词之间的过渡。词文中的唱词以七言为主，间杂六言或五言，例如《季布诗咏》中绝大多数唱词是七言的，只有两句五言，如“恰至三更半，楚王然始觉”，还有一句四言“天丧奈何”；用韵方面自由灵活，体现出民间唱词的特点。

二、唐代词文传播概况

中唐前，社会政治、经济发展繁荣，民间文化生活丰富多彩，由于变文、俗讲、传奇小说、曲子词等民间俗文学的广泛传播和影响，加上文人们对七言歌行的重视，使得以七言唱词为主体的民间词文得到发展。敦煌所遗词文中，以《大汉三年季布骂阵词文》最为典型，我们就以此篇为例，谈谈词文的传播情况。

《大汉三年季布骂阵词文》取材于汉代历史，以楚汉相争为故事背景，但主体故事写的不是纵横捭阖的战争场面，而是季布运用个人智慧求得自保的故事。词文有 640 句，写作中心放在季布形象以及他的命运上。作为汉高祖昔日的敌人，在大汉获得政权后，面对汉高祖的严令缉拿，季布依靠聪明才智，以及对人性的细致洞察，在一次次危难中，抓住不同对手的弱点，为己所用，终于摆脱了困境，化险为夷。如听到汉高祖派朱解捉拿自己时，季布“点头微笑两眉分。‘若是别人忧性命，朱解之徒何是伦。见论无能虚受福，心粗阙武又亏文’”。他巧妙利用朱解的愚钝，接近汉高祖。又利用汉高祖的爱民之心——初得天下，担心数次严命捉拿季布而骚扰地方，以及忧惧之心——担心逼迫太紧，季布投奔戎狄后“结集狂兵侵汉土，边方未免动烟尘”，使自己在斗争中取得主动，获得胜利。几个主人公，无论是汉高祖，还是季布、周氏、朱解、萧何、夏侯婴，性格都简单、鲜明，没有复杂难解的人性，而且故事情节刻意营造得一波三折、悬念迭出，能够很好地调动听者的情绪。结局皆大欢喜，符合一般百姓的审美心理，所以这篇词文应该深受民间说唱艺人和百姓的喜爱。

传播该词文的人，大致可以分为两类。一类是作者，根据词文写作的特质，如语言浅近通俗、对话多，故事扣人心弦，刻意夸张季布的机智，将一个朝廷重犯刻画成凭借个人之力战胜强大对手的智者、勇者，以满足民间的期待心理，可以推断作者为社会地位不高、熟知大众喜好的下层文人。另一类就是表演的艺人，他们在戏场酒肆、市井街衢，通过自己声情并茂的讲唱吸引百姓，直接推动该词文的民间传播。

就目前可见的研究资料看，该词文的传播方式主要有两种：一种是口头传播，即通过民间艺人的讲唱传播，如该词文末尾，艺人自道“具说汉书修制了，莫道词人唱不真”，词人就是讲唱的艺人；另一种是文字传播，即通过抄写的方式保留下词文的文本。在敦煌遗书中现存有 10 个抄卷，即 P.2648、P.2747、P.3197、P.3386、P.3697，S.1156、S.2056、S.5439、S.5440、S.5441。这 10 个抄卷都没有署名，说明了抄写者社会地位应该不高。

《大汉三年季布骂阵词文》采用七言诗体，富于韵味，适于艺人讲唱。故事取材于百姓熟悉的历史题材，但又不完全一致，不仅生动，作者还进行了符合大众期待心理的增添修饰，突出了弱者战胜强者的传奇色彩，满足了大众的浪漫想象和娱乐需求，能在偏远的敦煌地区留下 10 个抄本，也尽可以想象其在中原地区的广泛传播，由此可以说明在唐代时词文在民间是深受百姓欢迎的。

从演唱者角度来看，词文大致有两类，一是只供一人吟唱的词文，如《大汉三年季布骂阵词文》《百鸟名》《董永》等；二是供两人或多人对唱的词文，如《悉达太子修道因缘词》《下女夫词》等。后世一部分只唱不说的词话、弹词、大鼓书唱词等的体式与此类似，后人推测多渊源于此。

参考文献

一、古籍

（春秋）孔丘著，陈书凯编译：《孝经》，中国纺织出版社 2007 年版。

（汉）毛亨传，（汉）郑玄笺：《毛诗》，山东友谊出版社 1990 年版。

（汉）郑玄：《周礼郑氏注》，山东友谊出版社 1992 年版。

（汉）司马相如著，费振刚、仇仲谦译注：《司马相如文选译》，巴蜀书社 1991 年版。

（汉）许慎：《说文解字》，中华书局 1998 年版。

（魏）王弼、（晋）韩康伯注，（唐）孔颖达疏：《周易正义》，（台湾）艺文印书馆 1982 年版。

（晋）常璩：《华阳国志》，齐鲁书社 2010 年版。

（晋）陈寿：《三国志》，中华书局 2009 年版。

（南朝宋）刘义庆：《幽明录》，文化艺术出版社 1988 年版。

（梁）萧统：《昭明文选》，上海古籍出版社 1986 年版。

（南朝梁）释慧皎：《高僧传》，中华书局 1992 年版。

（唐）赵璘：《因话录》，上海古籍出版社 1957 年版。

（唐）李时人编校，何满子审定：《全唐五代小说》，陕西人民出版社 1998 年版。

（唐）释道宣撰，郭绍林点校：《续高僧传》，中华书局 2014 年版。

（唐）郑处诲：《明皇杂录》，中华书局 1994 年版。

（唐）张鷟：《朝野佥载》，上海古籍出版社 1980 年版。

（唐）韦绚著，阳羡生点校：《刘宾客嘉话录》，上海古籍出版社 2000 年版。

（唐）崔令钦等：《教坊记 · 北里志 · 青楼集》，古典文学出版社 1957 年版。

（唐）慧立、彦悰著，孙毓棠等点校：《大慈恩寺三藏法师传》，中华书局 1983 年版。

（唐）段成式：《酉阳杂俎》，中华书局 1985 年版。

（唐）李肇：《唐国史补》，上海古籍出版社 1957 年版。

（唐）岑参著，陈铁民、侯忠义校注：《岑参集校注》，上海古籍出版社 2004 年版。
（唐）温庭筠撰，刘学锴校注：《温庭筠全集校注》，中华书局 2007 年版。
（唐）刘禹锡著，瞿蜕园校点：《刘禹锡全集》，上海古籍出版社 1999 年版。
（唐）魏徵、令狐德棻：《隋书》，中华书局 1982 年版。
（唐）郑棨撰：《开天传信记》，中华书局 1985 年版。
（唐）苏鹗：《杜阳杂编》，中华书局 1958 年版。
（唐）房玄龄：《晋书》，中华书局 1974 年版。
（唐）高彦休：《阙史》，中华书局 1985 年版。
（唐）戴孚撰，方诗铭辑校：《广异记》，中华书局 1992 年版。
（唐）李绰编：《尚书故实》，中华书局 1985 年版。
（唐）李冗：《独异志》，上海古籍出版社 1995 年版。
（唐）郭湜：《开元天宝遗事十种》，上海古籍出版社 1985 年版。
（唐）韩愈著，阎琦校注：《韩昌黎文集注释》，三秦出版社 2004 年版。
（唐）皇甫枚：《三水小牍》，辽宁电子图书有限责任公司 2000 年版。
（唐）孟棨：《本事诗》，上海古籍出版社 1991 年版。
（唐）白居易等：《白氏六帖事类集》，文物出版社 1987 年版。
（唐）朱景玄撰，温肇桐注：《唐朝名画录》，四川美术出版社 1985 年版。
（唐）吉师老：《看蜀女转〈昭君变〉》，见《全唐诗》下册，上海古籍出版社 1986 年版。
（唐）段安节：《乐府杂录》，中华书局 1985 年版。
（唐）刘知几撰，（清）浦起龙释：《史通通释》，上海古籍出版社 1978 年版。
（唐）韩愈：《昌黎先生集》，商务印书馆 1920 年版。
（唐）范摅：《云溪友议》，古典文学出版社 1957 年版。
（唐）王维、孟浩然著，田怿编：《王维·孟浩然诗全集》，海南出版社 1992 年版。
《柳宗元集》，中华书局 1979 年版。
（唐）白居易著，谢思炜选注：《白居易诗选》，中华书局 2005 年版。
（唐）白居易著，严杰编选：《白居易集》，凤凰出版社 2014 年版。
《韦应物·刘长卿诗全集》，海南出版社 1992 年版。
（唐）王建著，王宗棠校注：《王建诗集校注》，中州古籍出版社 2006 年版。
《李白全集》，上海古籍出版社 1996 年版。
（唐）张说：《张燕公集》，中华书局 1985 年版。
（唐）薛用弱：《集异记》，中华书局 1980 年版。
（唐）李白著，（清）王琦注：《李太白全集》，中华书局 1977 年版。
《张籍·王建诗全集》，海南出版社 1992 年版。
（唐）康骈：《剧谈录》，古典文学出版社 1958 年版。
《元稹集》，中华书局 1982 年版。

（唐）王梵志著，项楚校注：《王梵志诗校注》，上海古籍出版社 2010 年版。

（唐）白居易著，马玮主编：《白居易诗歌赏析》，商务印书馆国际有限公司 2017 年版。

（唐）张鷟撰，郝润华、莫琼辑校：《朝野佥载辑校》，山东人民出版社 2018 年版。

（唐）封演：《封氏闻见记》，中华书局 1985 年版。

（唐）李益撰，范之麟注：《李益诗注》，上海古籍出版社 1984 年版。

《刘禹锡集》，中华书局 1990 年版。

（唐）王勃著，谌东飚校点：《王勃集》，岳麓书社 2001 年版。

（唐）郭湜：《高力士外传》，见《笔记小说大观》3 编，（台湾）新兴书局有限公司 1977 年版。

（唐）沈既济：《任氏传》，中华书局 1991 年版。

（唐）赵崇祚集，（明）汤显祖评，刘崇德、徐文武点校：《花间集》，河北大学出版社 2006 年版。

（唐）元结编：《箧中集》，（台湾）商务印书馆 1986 年版。

（唐）冯贽：《云仙杂记》，明刻本。

（唐）封演：《封氏闻见记》，文渊阁四库全书本。

（唐）白居易：《白氏长庆集》，四部丛刊本。

（唐）元稹：《元氏长庆集》，景印文渊阁四库全书。

（五代）王仁裕纂：《开元天宝遗事》，中华书局 1985 年版。

（五代）王定保：《唐摭言》，中华书局上海编辑所 1959 年版。

（五代）王定保：《唐摭言》，上海古籍出版社 1978 年版。

（五代后蜀）赵崇祚辑，杨鸿儒注评：《花间集》，浙江古籍出版社 2013 年版。

（宋）孙光宪撰，林青、贺军平校注：《北梦琐言》，三秦出版社 2003 年版。

（宋）陆游撰，李剑雄、刘德权点校：《老学庵笔记》，中华书局 1979 年版。

（宋）吴曾：《能改斋漫录》，商务印书馆 1941 年版。

（宋）吴处厚撰，李裕民点校：《青箱杂记》，中华书局 1985 年版。

（宋）陈师道：《后山居士诗话》，中华书局 1985 年版。

（宋）王灼著，胡传淮、刘安遇校辑：《王灼集校辑 · 碧鸡漫志》，巴蜀书社 1996 年版。

（宋）胡仔：《苕溪渔隐丛话》，商务印书馆 1937 年版。

（宋）沈括著，李文泽译注：《梦溪笔谈选译》，巴蜀书社 1991 年版。

（宋）乐史：《太平寰宇记》，中华书局 1985 年版。

（宋）黄震：《黄氏日钞》，上海古籍出版社 1987 年版。

（宋）李昉等编：《太平广记》，中华书局 1992 年版。

（宋）司马光编著：《资治通鉴》，中华书局 1956 年版。

（宋）苏轼著，邓立勋编校：《苏东坡全集》，黄山书社 1997 年版。

（宋）钱易：《南部新书》，中华书局 2002 年版。

（宋）赞宁：《宋高僧传》，中华书局 1987 年版。

（宋）宋敏求：《唐大诏令集》，商务印书馆 1959 年版。

（宋）宋敏求：《长安志》，中华书局 1991 年版。

（宋）王溥：《唐会要》，中华书局 1955 年版。

（宋）张礼撰，史念海、曹尔琴校注：《游城南记校注》，三秦出版社 2006 年版。

（宋）王谠：《唐语林》，古典文学出版社 1957 年版。

（宋）王谠撰，周勋初校证：《唐语林校证》，中华书局 1987 年版。

（宋）黄伯思撰：《宋本东观余论》，中华书局 1988 年版。

（宋）李昉等编：《文苑英华》，中华书局 1966 年版。

（宋）郭知达：《九家集注杜诗》，（台湾）商务印书馆 1983 年版。

（宋）郭茂倩编撰：《乐府诗集》，上海古籍出版社 2016 年版。

（宋）欧阳修：《新五代史》，中华书局 1974 年版。

（宋）委心子撰，金心点校：《新编分门古今类事》，中华书局 1987 年版。

（宋）朱熹：《四书章句集注》，中华书局 2010 年版。

（宋）李昉等：《太平御览》，景印文渊阁。

《集注分类东坡先生诗》，四部丛刊本。

（宋）张齐贤：《洛阳缙绅旧闻记》，知不足斋丛书本。

（宋）黄庭坚：《豫章黄先生文集》，上海书店 1989 年影印本。

（宋）王灼著，岳珍校：《碧鸡漫志校正》，巴蜀书社 2000 年版。

（宋）赵彦卫：《云麓漫钞》，中华书局 1996 年版。

（宋）赞宁撰，范祥雍校注：《宋高僧传》，上海古籍出版社 2014 年版。

（宋）惠洪等撰，陈新点校：《冷斋夜话》，中华书局 1988 年版。

（宋）黄庭坚著，郑永晓整理：《黄庭坚全集辑校编年》，江西人民出版社 2008 年版。

（宋）费衮：《梁溪漫志》，上海古籍出版社 1985 年版。

（宋）许颉：《许彦周诗话》，商务印书馆 1935 年版。

（宋）严羽：《沧浪诗话》，中华书局 1985 年版。

（宋）王钦若等筹编：《册府元龟》，中华书局 1960 年版。

（元）耶律铸：《双溪醉隐集》，影印文渊阁四库全书，（台湾）商务印书馆 1986 年版。

（元）马祖常：《石田文集》，影印文渊阁四库全书，（台湾）商务印书馆 1986 年版。

（元）耶律楚材著，谢方点校：《湛然居士文集》，中华书局 1986 年版。

（元）萧士赟：《分类补注李太白诗》，四部丛刊初编影印本。

（明）凌濛初：《初刻拍案惊奇》，江西美术出版社 2012 年版。

（明）凌濛初：《二刻拍案惊奇》，江西美术出版社 2012 年版。

（明）冯梦龙：《醒世恒言》，江西美术出版社 2012 年版。
（明）冯梦龙：《喻世明言》，江西美术出版社 2012 年版。
（明）胡震亨：《唐音癸签》，四库全书本。
（明）胡应麟：《少室山房笔丛》，上海书店出版社 2001 年版。
（明）陶宗仪：《说郛三种》，上海古籍出版社 1988 年版。
（明）杨慎：《词品》，上海古籍出版社 2009 年版。
（清）赵翼著，马亚中等注：《瓯北诗话》，凤凰出版社 2009 年版。
（清）况周颐原著，孙克强辑考：《蕙风词话》，中州古籍出版社 2003 年版。
（清）永瑢等：《四库全书总目》，中华书局 1965 年版。
（清）董诰等：《全唐文》，中华书局 1983 年版。
（清）彭定求等编：《全唐诗》，中州古籍出版社 2008 年版。
（清）丁福保辑：《历代诗话续编》，中华书局 1983 年版。
（清）邱炜：《五百石洞天挥麈》，光绪二十五年（1899 年）刻本。
（清）陈廷敬、王奕清等编：《康熙词谱》（上），岳麓书社 1997 年版。
（清）翁方纲：《石洲诗话》，（台湾）广文书局 1971 年版。
（清）杜文澜辑：《古谣谚》，中华书局 1958 年版。
（清）段玉裁：《说文解字注》，中华书局 1988 年版。
（清）段玉裁注，徐灏笺：《说文解字注笺》，岳麓书社 2021 年版。
（清）纪昀：《景印文渊阁四库全书》，（台湾）商务印书馆 1986 年版。
（清）冯浩：《玉溪生诗集笺注》，上海古籍出版社 1979 年版。
（清）恩成修、刘德铨纂：《道光夔州府志》，巴蜀书社 1992 年版。
（清）袁枚：《小仓山房诗文集》，中华书局 1927 年版。
（清）阮元校刻：《十三经注疏》，中华书局 1980 年版。
《大正藏》，（台湾）联经出版社 1998 年版。

二、近人著述

白寿彝等主编：《文史英华・文论卷》，湖南出版社 1993 年版。
柏明：《唐长安太平坊与实际寺》，西北大学出版社 1994 年版。
《巴宙文存》，（台湾）新文丰出版公司 1985 年版。
曹虹：《中国辞赋源流综论》，中华书局 2005 年版。
王亚荣编著：《大兴善寺》，三秦出版社 1986 年版。
陈祚龙：《敦煌学园零拾》，（台湾）商务印书馆 1986 年版。
陈钧：《俗文学的概念与特征》，见中国俗文学学会编：《俗文学论》，黑龙江人民出版社 1987 年版。
陈尚君辑校：《全唐诗补编》，中华书局 1992 年版。

陈贻焮主编:《增订注释全唐诗》，文化艺术出版社 2001 年版。

程毅中:《唐代小说史话》，文化艺术出版社 1990 年版。

陈汝衡:《说书史话》，作家出版社 1958 年版。

陈允吉、胡中行:《佛经文学粹编》，上海古籍出版社 1999 年版。

陈宏天等主编:《昭明文选译注》，吉林文史出版社 1988 年版。

党银平、段承校编著:《隋唐五代歌谣集》，南京师范大学出版社 2014 年版。

段宝林、祁连休主编:《民间文学词典》，河北教育出版社 1988 年版。

丁如明、李宗为、李学颖等校点:《唐五代笔记小说大观》，上海古籍出版社 2000 年版。

范文澜:《中国通史简编》第三编第一册，人民出版社 1965 年版。

伏俊琏、徐正英主编:《古代文学特色文献研究》第一辑，上海古籍出版社 2016 年版。

伏俊琏:《敦煌文学总论》，甘肃教育出版社 2013 年版。

伏俊琏编著:《俗情雅韵——敦煌赋选析》，甘肃人民出版社 2000 年版。

傅芸子:《正仓院考古记白川集》，辽宁教育出版社 2000 年版。

傅惜华编:《古典戏曲声乐论著丛编》，音乐出版社 1957 年版。

范伯群、孔庆东主编:《通俗文学十五讲》，北京大学出版社 2003 年版。

方立天:《中国佛教哲学要义》，中国人民大学出版社 2005 年版。

高国藩:《敦煌曲子词欣赏》，南京大学出版社 2001 年版。

高国藩:《敦煌俗文化学》，上海三联书店 1999 年版。

郭庆光:《传播学教程》，中国人民大学出版社 2011 年版。

郭预衡主编:《中国古代文学史长编 · 隋唐五代卷》，北京师范学院出版社 1993 年版。

郭箴一:《中国小说史》(上)，商务印书馆 1998 年版。

耿占军:《唐代长安的休闲娱乐文化》，西安地图出版社 2000 年版。

胡敬署、陈有进、王富仁等主编:《文学百科大辞典》，华龄出版社 1991 年版。

胡士莹:《话本小说概论》，中华书局 1980 年版。

胡明伟:《中国早期戏剧观念研究》，学苑出版社 2005 年版。

侯忠义:《隋唐五代小说史》，浙江古籍出版社 1997 年版。

黄霖、韩同文选注:《中国历代小说论著选》(修订本)，江西人民出版社 2000 年版。

黄征、张涌泉校注:《敦煌变文校注》，中华书局 1997 年版。

黄勇主编:《唐诗宋词全集》，北京燕山出版社 2007 年版。

黄永武主编:《敦煌宝藏》，(台湾)新文丰出版公司 1986 年版。

金宽雄、金东勋主编:《中朝古代诗歌比较研究》，黑龙江朝鲜民族出版社 2005 年版。

姜昆、倪锺之主编:《中国曲艺通史》，人民文学出版社 2005 年版。

姜伯勤:《变文的南方源头及敦煌的唱导法匠》，见饶宗颐主编:《华学》第1期，中山大学出版社1995年版。

姜彬:《对俗文学的再认识》，见中国俗文学学会编:《俗文学论》，黑龙江人民出版社1987年版。

邝健行主编:《中国诗歌与宗教》，香港中华书局1999年版。

赖瑞和:《唐代基层文官》，中华书局2008年版。

林德保、李俊等注:《详注全唐诗》，大连出版社1997年版。

雷梦水等编:《中华竹枝词》，北京古籍出版社1997年版。

龙沐勋:《词学季刊·创刊号》，上海民智书局1933年版。

龙榆生:《中国韵文史》，上海古籍出版社2002年版。

《鲁迅全集》，人民文学出版社1963年版。

鲁迅校录:《唐宋传奇集》，齐鲁书社1997年版。

鲁迅:《中国小说史略》，东方出版社1996年版。

李剑国、陈洪主编:《中国小说通史》，高等教育出版社2007年版。

李宗为:《唐人传奇》，中华书局1985年版。

李剑国:《唐五代志怪传奇叙录》，南开大学出版社1993年版。

李剑国:《宋代志怪传奇叙录》，南开大学出版社1997年版。

李学勤主编:《十三经注疏》，北京大学出版社1999年版。

刘大钧、林忠军:《周易经传白话解》，上海古籍出版社2006年版。

刘大杰:《中国文学发展史》，上海人民出版社1976年版。

刘子瑜:《敦煌变文和王梵志诗》，大象出版社1997年版。

林庚:《中国文学简史》（上），文艺联合出版社1954年版。

吕肖奂:《中国古代民谣研究》，巴蜀书社2006年版。

马积高:《赋史》，上海古籍出版社1987年版。

潘吉星编著:《中国造纸史话》，商务印书馆1998年版。

彭黎明、罗姗:《日本词选》，岳麓书社1985年版。

钱仲联、傅璇琮、王运熙等编:《中国文学大辞典》，上海辞书出版社2000年版。

任半塘:《唐声诗》，上海古籍出版社2006年版。

任半塘:《唐戏弄》，作家出版社1958年版。

任中敏:《敦煌曲研究》，凤凰出版社2013年版。

任二北:《敦煌曲初探》，上海文艺联合出版社1955年版。

任中敏:《唐声诗》，凤凰出版社2013年版。

任中敏编著:《敦煌歌辞总编》，凤凰出版社2014年版。

孙楷第:《沧州集》，中华书局1965年版。

孙楷第:《中国通俗小说书目》，人民文学出版社1982年版。

孙建军等主编:《〈全唐诗〉选注》，线装书局2002年版。

宋先伟主编:《寒山拾得诗》,大众文艺出版社 2004 年版。
尚恒元、彭善俊编著:《二十五史谣谚通检》,山西人民出版社 1986 年版。
沈文凡选注:《杜甫诗选注》,吉林文史出版社 2000 年版。
汤用彤:《隋唐佛教史稿》,中华书局 1982 年版。
陶敏、陶红雨校注:《刘禹锡全集编年校注》,岳麓书社 2003 年版。
唐长孺:《魏晋南北朝史论拾遗》,中华书局 1983 年版。
王国维:《敦煌发现唐朝之通俗诗及通俗小说》,商务印书馆 1920 年版。
《王国维戏曲论文集》,中国戏剧出版社 1957 年版。
汪辟疆校录:《唐人小说》,上海古籍出版社 1978 年版。
《汪辟疆文集》,上海古籍出版社 1988 年版。
王重民、王庆菽、向达等编:《敦煌变文集》,人民文学出版社 1957 年版。
王重民:《敦煌遗书论文集》,中华书局 1984 年版。
王重民辑:《敦煌曲子词集》,商务印书馆 1950 年版。
王亚荣编著:《大兴善寺》,三秦出版社 1986 年版。
王易:《词曲史》,东方出版社 1996 年版。
王文才、万光治主编:《杨升庵丛书》(六),天地出版社 2002 年版。
王利器辑录:《历代笑话集》,上海古籍出版社 1981 年版。
王利器等辑:《历代竹枝词》,陕西人民出版社 2003 年版。
王昆吾:《隋唐五代燕乐杂言歌辞研究》,中华书局 1996 年版。
王昆吾:《从敦煌学到域外汉文学》,商务印书馆 2003 年版。
王晓平:《唐土的种粒——日本传衍的敦煌故事》,宁夏人民出版社 2005 年版。
《王水照自选集·文体丕变和宋代文学新貌》,上海教育出版社 2000 年版。
王炎平:《槐花黄,举子忙:科举与士林风气》,东方出版社 1998 年版。
温儒敏编:《中西比较文学论集》,北京大学出版社 1988 年版。
韦旭升:《中国文学在朝鲜》,花城出版社 1990 年版。
吴同瑞、王文宝、段宝林:《中国俗文学概论》,北京大学出版社 1997 年版。
吴庚舜、董乃斌编著:《唐代文学史》(下),人民文学出版社 1995 年版。
吴熊和、沈松勤选注:《唐五代词三百首》,岳麓书社 1994 年版。
万明校注:《明钞本〈瀛涯胜览〉校注》,海洋出版社 2005 年版。
向达:《唐代长安与西域文明》,重庆出版社 2009 年版。
夏承焘选校,张珍怀、胡树森注释:《域外词选》,书目文献出版社 1981 年版。
许顗:《许彦周诗话》,商务印书馆 1935 年版。
夏承焘:《唐宋词论丛》,古典文学出版社 1956 年版。
萧欣桥、刘福元:《话本小说史》,浙江古籍出版社 2003 年版。
项楚:《敦煌变文选注(增订本)》,中华书局 2006 年版。
徐俊纂辑:《敦煌诗集残辑考》,中华书局 2000 年版。

徐光大:《寒山子诗校注附拾得诗》，陕西人民出版社 1991 年版。

《续修四库全书》编纂委员会:《续修四库全书·集部·诗文评类》，上海古籍出版社 1995 年版。

肖瑞峰:《中国古典诗歌在东瀛的衍生与流变研究》，浙江大学出版社 2012 年版。

严绍璗:《中日古代文学关系史稿》，湖南文艺出版社 1987 年版。

严绍璗、王晓平:《中国文学在日本》，花城出版社 1990 年版。

《杨义文存》，人民出版社 1998 年版。

袁行霈主编:《中国文学史》，高等教育出版社 2005 年版。

郑振铎:《中国文学史》(上)，北京联合出版公司 2014 年版。

郑振铎:《中国俗文学史》，商务印书馆 2010 年版。

于在照:《越南文学史》，军事谊文出版社 2001 年版。

丁岚编著:《白居易》，海南出版社 1997 年版。

赵成林:《唐赋分体叙论》，湖南大学出版社 2009 年版。

赵瑶丹:《两宋谣谚与社会研究》，中国社会科学出版社 2015 年版。

赵景深:《曲艺丛谈》，中国曲艺出版社 1982 年版。

赵仁珪主编:《唐五代词三百首》，吉林文史出版社 2002 年版。

周楞伽辑注:《裴铏传奇》，上海古籍出版社 1980 年版。

周振甫主编:《唐诗宋词元曲全集》，黄山书社 1999 年版。

周勋初:《唐人笔记小说考索》，江苏古籍出版社 1996 年版。

周贻白编著:《中国戏剧史》，中华书局 1953 年版。

周绍良、白化文主编:《敦煌变文论文录》，上海古籍出版社 1982 年版。

张颢瀚主编:《古诗词赋观止》(上)，南京大学出版社 2015 年版。

张锡厚:《敦煌赋汇》，江苏古籍出版社 1996 年版。

张鸿勋:《说唱艺术奇葩——敦煌变文选评》，甘肃人民出版社 2000 年版。

张鸿勋:《敦煌俗文学研究》，甘肃教育出版社 2002 年版。

张锡厚辑:《王梵志诗研究汇录》，上海古籍出版社 1990 年版。

中国科学院考古研究所编著:《唐长安大明宫》，科学出版社 1959 年版。

中国戏曲研究院编:《中国古典戏曲论著集成》，中国戏剧出版社 1959 年版。

曾昭岷等编撰:《全唐五代词》，中华书局 1999 年版。

朱子南主编:《中国文体学辞典》，湖南教育出版社 1988 年版。

朱易安等主编:《全宋笔记》，大象出版社 2003 年版。

朱祖谋校:《尊前集》，江西人民出版社 1984 年版。

朱金城笺校:《白居易集笺校》卷 9，上海古籍出版社 1988 年版。

周叔迦:《法苑谈丛》，上海辞书出版社 1999 年版。

周蒙、冯宇主编:《全唐诗广选新注集评》，辽宁人民出版社 1994 年版。

三、外文译著

[美] 梅维恒:《唐代变文——佛教对中国白话小说及戏曲产生的贡献之研究》，杨继东、陈引驰译，中西书局 2011 年版。

[美] 谢弗:《唐代的外来文明》，吴玉贵译，中国社会科学出版社 1995 年版。

[美] 梅维恒:《绘画与表演》，王邦维、荣新江等译，北京燕山出版社 2000 年版。

[美] 卡伦·霍尔奈:《神经症与人的成长》，张承谟等译，上海文艺出版社 1996 年版。

[日] 释圆仁:《入唐求法巡礼行记》，上海古籍出版社 1986 年版。

[日] 神田喜一郎:《日本填词史话》，程郁缀等译，北京大学出版社 2000 年版。

[日] 前野直彬主编:《中国文学史》，骆玉明等译，上海古籍出版社 1995 年版。

[日] 远藤嘉基:《日本灵异记》，东京岩波书店 1978 年版。

[日] 村上哲见:《唐五代北宋词研究》，杨铁婴译，陕西人民出版社 1987 年版。

[韩] 闵宽东:《中国古典小说在韩国之传播》，学林出版社 1998 年版。

[高丽] 释子山夹注，查屏球整理:《夹注名贤十抄诗》，上海古籍出版社 2005 年版。

四、期刊论文

艾丽辉:《中国古代通俗小说的滥觞——唐代敦煌话本》，《辽宁教育学院学报》2001 年第 11 期。

陈衍德:《试论唐后期奢侈性消费的特点》，《中国社会经济史研究》1990 年第 1 期。

陈海涛:《敦煌变文与唐代俗文学的关系》，《社科纵横》1994 年第 4 期。

陈东有:《社会经济变迁与通俗文学的发展——明嘉靖后文学的变异与发展》，《江西社会科学》2005 年第 6 期。

陈颖姮:《变文说唱的交流机制》，《湛江师范学院学报》2007 年第 4 期。

陈允吉:《从〈欢喜国王缘〉变文看〈长恨歌〉故事的构成——兼述〈长恨歌〉与佛经文学的关系》，《复旦学报（社会科学版）》1985 年第 3 期。

陈平原:《江湖仗剑远行游——唐宋传奇中的侠》，《文艺评论》1990 年第 2 期。

陈怀利、樊庆彦:《唐代话本小说娱乐功能探析》，《湖南师范大学社会科学学报》2010 年第 5 期。

程国赋:《结构的转换——唐代小说与后世戏曲相关作品的比较研究》，《南京大学学报（哲学·人文科学·社会科学版）》2002 年第 1 期。

程毅中:《关于变文的几点探索》，《文学遗产》1961 年第 10 期。

车锡伦:《中国宝卷的形成及其演唱形态》，《敦煌研究》2003 年第 2 期。

车锡伦:《中国宝卷的渊源》，《敦煌研究》2001 年第 2 期。

崔际银:《唐诗与唐人小说用诗流程之互观》，《陕西师范大学学报（哲学社会科学版)》2008年第2期。

翟翠霞:《汉唐俗赋浅说》,《西南民族学院学报(哲学社会科学版)》1999年第S6期。

成松柳、彭琼英:《唐代娱乐文化与唐传奇演变》,《船山学刊》2011年第1期。

戴笑诺、马光华、于艺璇:《中国最早的官府书院:长安大明宫之集贤殿书院——唐朝的出版社及国家图书馆考》,《大众文艺》2018年第18期。

傅正:《七月七日长生殿——〈长恨歌〉艺术表现浅析》,《小说评论》2009年第S2期。

傅才武:《文人与诗妓——诗妓在诗词传播中的作用探微》,《湖北民族学院学报(哲学社会科学版)》2000年第1期。

伏俊琏:《敦煌俗赋的类型与体制特征》,《南京大学学报(哲学·人文科学·社会科学版)》2007年第4期。

伏俊琏:《论变文与讲经文的关系》,《敦煌研究》1999年第3期。

伏俊琏:《试谈敦煌俗赋的体制和审美价值——兼谈俗赋的起源》,《敦煌研究》1997年第3期。

伏俊琏:《敦煌俗赋的文学史意义》,《中州学刊》2002年第2期。

伏俊琏:《论"俗讲"与"转变"的关系》,《北京图书馆馆刊》1997年第4期。

高人雄:《多民族文化交融促进了唐代文学繁荣》,《新疆社科论坛》2007年第2期。

高月:《雅与俗的二度转变——论唐代文人竹枝词的发展演变》,《重庆邮电大学学报(社会科学版)》2008年第5期。

韩秉方:《〈香山宝卷〉与中国俗文学之研究》,《北京科技大学学报(社会科学版)》2007年第3期。

何丽娜:《李商隐诗歌对词体创作观念和审美意蕴的影响》,《哈尔滨工业大学学报(社会科学版)》2011年第7期。

黄仁生:《论唐传奇在中国文学史上的演进与贡献》,《复旦学报(社会科学版)》2011年第1期。

黄崇浩:《"竹王崇拜"与〈竹枝词〉》,《黄冈师专学报》1999年第1期。

胡杨:《论唐代寺院讲经变文的产生及对中国古代白话小说的影响》,《晋中学院学报》2007年第6期。

金英镇:《论寒山诗对韩国禅师与文人的影响》,《宗教学研究》2002年第4期。

李映辉:《唐代佛教寺院的地理分布》,《湘潭师范学院学报(社会科学版)》1998年第4期。

李正宇:《敦煌学郎题记辑注》,《敦煌学辑刊》1987年第1期。

李正宇:《敦煌俗讲僧保宣及其〈通难致语〉》,《社科纵横》1990年第6期。

李正宇:《唐宋时代的敦煌学校》,《敦煌研究》1986年第1期。

李德辉:《水陆交通与唐人诗文的传递》,《湖南文理学院学报(社会科学版)》

2004年第1期。

李娟、叶帮义：《〈李娃传〉与〈杜十娘怒沉百宝箱〉结尾之比较》，《学语文》2010年第3期。

李作霖：《唐传奇的叙事成规》，《湖南社会科学》2010年第4期。

李剑国：《唐传奇校读札记（二）》，《文学遗产》2010年第5期。

李小荣：《关于唐代的俗讲与转变》，《九江师专学报》2000年第4期。

李小荣：《略论敦煌变文中的孝亲思想》，《盐城师范学院学报（人文社会科学版）》2000年第2期。

李明：《敦煌变文与元白平易诗风》，《广西社会科学》2009年第2期。

李向菲：《敦煌变文中有关天命的词语集释》，《甘肃联合大学学报（社会科学版）》2012年第5期。

刘彦钊：《唐代传奇小说简论》，《山西师大学报（社会科学版）》1985年第1期。

刘廷乾：《中国古代小说对东亚小说影响的序列及模式》，《明清小说研究》2015年第3期。

刘惠萍：《在书面与口头传统之间——以敦煌本〈舜子变〉的口承故事性为探讨对象》，《民俗研究》2005年第3期。

刘再生：《古代乐人介绍唐代的"音声人"》，《中国音乐》1984年第4期。

吕肖奂：《唐代文人谣刍议》，《四川大学学报（哲学社会科学版）》2004年第1期。

廖奔：《从梵剧到俗讲——对一种文化转型现象的剖析》，《文学遗产》1995年第1期。

马丽娅：《俗赋传播的途径与方式》，《艺术百家》2009年第5期。

马丽娅：《试论汉魏六朝以后俗赋的传承》，《淮海工学院学报（人文社会科学版）》2003年第4期。

孟晋：《唐代长安休闲娱乐文化的盛衰及影响》，《商丘师范学院学报》2002年第4期。

墨白：《"酒"在古典戏曲中的艺术表现功能》，《文艺评论》2017年第11期。

彭雪华：《唐代佛教文化对目连变文的影响》，《前沿》2010年第18期。

彭秀枢、彭南均：《竹枝词的源流》，《江汉论坛》1982年第12期。

史念海：《古代音乐戏曲杂耍与古都文化》，《陕西师大学报（哲学社会科学版）》1995年第2期。

宿白：《隋唐长安城和洛阳城》，《考古》1978年第6期。

孙岩：《论唐传奇是"小说的自觉"》，《名作欣赏》2011年第2期。

邱昌员：《简论唐代的小说读者》，《赣南师范学院学报》2003年第1期。

王景科：《文学作品与作家人格》，《发展论坛》1999年第8期。

王文宝：《民俗语言在俗文学作品中的重要地位》，《民俗研究》1997年第4期。

王庆菽：《宋代"话本"和唐代"说话"、"俗讲"、"变文"、"传奇小说"的关系》，

《社会科学》1982 年第 1 期。

王永平：《唐代长安的庙会与戏场——兼论中古时期庙会与戏场的起源及其结合》，《河北学刊》2008 年第 6 期。

王振芳：《白居易所作墓志铭简论》，《洛阳师范学院学报》2004 年第 6 期。

王宜早：《论打油诗》，《南京社会科学》2004 年第 12 期。

王伟：《唐代长安传奇小说创作嬗变之空间解读与群体分析》，《中南大学学报（社会科学版）》2016 年第 6 期。

王文宝：《民俗语言在俗文学作品中的重要地位》，《民俗研究》1997 年第 4 期。

王运熙：《中国中古文人对俚俗文学与时俗文学的态度》，《中山大学学报（社会科学版）》2009 年第 1 期。

王子今：《竹枝词的文化品质》，《中国投资》2009 年第 7 期。

王骧：《唐代历史谣谚选释》，《镇江师专学报（社会科学版）》1992 年第 3 期。

王思豪：《新世纪以来赋学研究的开拓与反思》，《济南大学学报（社会科学版）》2017 年第 4 期。

王赛时：《唐代的夜生活》，《东岳论丛》2000 年第 4 期。

伍晓蔓：《从〈庐山远公话〉看早期话本的文学渊源》，《宗教学研究》2005 年第 2 期。

吴怀东、余恕诚：《论传奇小说对中晚唐诗歌的影响》，《合肥师范学院学报》2008 年第 3 期。

吴金夫：《唐代是我国戏剧发展的重要时期》，《汕头大学学报》1987 年第 1 期。

吴其南：《童谣与谶纬》，《浙江师范大学学报（社会科学版）》2015 年第 5 期。

吴承学：《论谣谶与诗谶》，《文学评论》1996 年第 2 期。

吴大顺：《古代文学传播研究现状及文学传播学构建》，《中北大学学报（社会科学版）》2018 年第 2 期。

谢桃坊：《再论宋代民间词》，《贵州社会科学》1987 年第 4 期。

薛若邻：《目连戏的思想内涵与民俗特征》，《文艺研究》1994 年第 5 期。

熊海音：《唐人小说与大众文化》，《湖北大学学报（哲学社会科学版）》1996 年第 3 期。

徐海容：《论唐传奇对碑志的文体渗透》，《社会科学家》2017 年第 7 期。

项楚：《敦煌本句道兴〈搜神记〉本事考》，《敦煌学辑刊》1990 年第 2 期。

徐志啸：《敦煌文学之“变文”辨》，《中国文学研究》1997 年第 4 期。

姚春华、苏珊珊：《试论旗亭与唐代文言小说》，《内蒙古农业大学学报（社会科学版）》2010 年第 6 期。

颜廷亮：《关于〈燕子赋〉（甲）的写本年代问题》，《北京图书馆馆刊》1998 年第 2 期。

阳建雄：《论唐代小说的诗化现象》，《社会科学辑刊》2008 年第 1 期。

伊赛梅：《唐代幕府与唐代文言小说的创作与传播》，《福建广播电视大学学报》

2014年第3期。

杨文榜：《论唐传奇小说兴起与繁荣的原因》，《扬州教育学院学报》2004年第2期。

杨昭全：《中国古代小说在朝鲜之传播及影响》，《社会科学战线》2001年第5期。

杨晓慧、刘运尧、韩钰莅：《都市繁荣与晚唐五代俗词发展探析》，《唐都学刊》2019年第6期。

杨晓慧、伏漫戈：《王梵志诗旨管窥》，《宝鸡文理学院学报（社会科学版）》2018年第6期。

杨晓慧：《唐代寺院作为俗文化活动中心之原因考探》，《陕西师范大学学报（哲学社会科学版）》2015年第5期。

叶培森：《论刘禹锡〈竹枝词〉的艺术特色》，《安徽文学（下半月）》2008年第5期。

尤红娟、杨晓慧：《唐代曲子词的传播方式与媒介》，《西安文理学院学报（社会科学版）》2019年第4期。

尤红娟：《论唐代曲子词的创作者》，《西安文理学院学报（社会科学版）》2017年第5期。

尤红娟：《唐代曲子词的传播环境论》，《西安文理学院学报（社会科学版）》2016年第4期。

于向东：《敦煌变文讲唱的道具及其表演方式》，《艺术百家》2009年第5期。

俞钢：《论唐代文言小说繁荣与科举制度盛行的关系》，《上海师范大学学报（哲学社会科学版）》2007年第3期。

袁凤琴：《诗中有"戏"——唐人绝句戏剧性因素初探》，《中国戏剧》2007年第7期。

余恕诚：《论小说对李商隐诗歌创作的影响》，《文学遗产》2009年第3期。

曾永义：《中国戏曲的形成》，《福建艺术》2009年第2期。

曾云：《唐代俗谚正误三则》，《敦煌学辑刊》1997年第2期。

曾永义：《戏曲研究的几个关键性问题》，《福建艺术》2009年第2期。

张淑华：《试论唐代任侠小说兴盛原因》，《西北工业大学学报（社会科学版）》2000年第1期。

张莹：《中国古代民谣、谚语的概念初探及作品简介》，《名作欣赏》2021年第2期。

张莹：《浅析唐代竹枝词的兴起及艺术特点》，《名作欣赏》2020年第32期。

张广达：《唐代的中外文化汇聚和晚清的中西文化冲突》，《中国社会科学》1986年第3期。

张弓：《唐代佛寺群系的形成及其布局特点》，《文物》1993年第10期。

张丹阳：《教坊曲〈文溆子〉考》，《中国音乐学》2014年第3期。

章培恒：《经济与文学之关系》，《学术月刊》2006年第5期。

张天虹：《从"市"到"场"——唐代长安庙会的兴起与坊市制度的破坏》，《首都师范大学学报（社会科学版）》2010年第6期。

张跃生：《佛教文化与唐代传奇小说》，《华中理工大学学报（社会科学版）》1997

年第 2 期。

詹福瑞:《文化研究：寻找中国古代文学研究的最佳思维》,《文艺研究》1997 年第 3 期。

詹杭伦:《韩国“酒赋”与中国有关赋作之比较》,《中文学术前沿》2012 年第 2 期。

詹杭伦:《日本平安朝学者都良香律赋初探》,《古代文学理论研究》2011 年第 32 辑。

詹杭伦:《韩国（高丽、李朝）科举考试律赋举隅》,《西南民族大学学报（人文社会科学版)》2012 年第 1 期。

赵一霖:《从精怪小说看唐人小说创作的娱乐诉求》,《学术交流》2010 年第 4 期。

郑炳林、李强:《唐代佛教寺院地理分布的缉补——兼评〈唐代佛教地理研究〉》,《世界宗教研究》2006 年第 3 期。

钟书林:《敦煌李陵变文的考原》,《西北大学学报（哲学社会科学版)》2007 年第 2 期。

周侃:《唐代中后期宫廷宴飨与乐舞、百戏表演场所考察——以勤政楼、花萼楼、麟德殿、曲江为考察中心》,《中华戏曲》2008 年第 2 期。

周晓琳、胡安江:《寒山诗在美国的传布与接受》,《西南政法大学学报》2008 年第 2 期。

钟海波:《敦煌讲唱文学中的佛教文化》,《唐都学刊》2004 年第 3 期。

中国科学院考古研究所西安工作队:《唐青龙寺遗址发掘简报》,《考古》1974 年第 5 期。

朱迪光:《唐传奇中情爱婚姻作品的结构因素及其组合模式》,《衡阳师专学报（社会科学)》1996 年第 4 期。

朱丹:《浅谈顾况诗歌的艺术特色及其对韩孟、元白诗派的影响》,《商情（教育经济研究)》2007 年第 4 期。

五、学位论文

白军芳:《唐传奇中的女性形象》，陕西师范大学硕士学位论文，2000 年。

鲍震培:《中国俗文学史论》，华东师范大学博士学位论文，2004 年。

陈依雯:《唐代小说的传播与接受》，南京大学博士学位论文，2016 年。

程国赋:《唐代小说嬗变研究》，南京大学博士学位论文，1994 年。

崔小敬:《寒山及其诗研究》，复旦大学博士学位论文，2004 年。

葛永海:《古代小说与城市文化》，上海师范大学博士学位论文，2003 年。

韩洪波:《唐代变文对明清神魔小说的影响》，河南大学硕士学位论文，2010 年。

洪畅:《论中国古代市民阶层审美文化的发生、发展及其特点》，广西师范大学硕士学位论文，2006 年。

樊庆彦：《古代小说与娱乐文化》，山东大学博士学位论文，2008年。

冯淑华：《〈唐声诗〉研究》，首都师范大学硕士学位论文，2003年。

冀运鲁：《〈聊斋志异〉叙事艺术之渊源研究》，上海大学博士学位论文，2010年。

柯卓英：《唐代的文学传播研究》，陕西师范大学博士学位论文，2006年。

雷艳红：《唐代君权与皇族地位研究——以储位之争为中心》，厦门大学博士学位论文，2002年。

李拜石：《敦煌说唱文学与古代信息传播》，西北师范大学硕士学位论文，2007年。

李佳：《盛唐诗歌的传播模式》，河北大学硕士学位论文，2000年。

李锦：《唐代幽默文学研究》，陕西师范大学博士学位论文，2006年。

梁建华：《元代婚恋剧与唐代爱情传奇作品的比较研究》，首都师范大学硕士学位论文，2000年。

刘子芳：《唐代寓言赋的艺术特色及地位研究》，广西师范大学硕士学位论文，2008年。

汤君：《敦煌曲子词地域文化研究》，四川大学博士学位论文，2003年。

王早娟：《唐代长安佛教文学研究》，陕西师范大学博士学位论文，2010年。

王巧玲：《唐代小说的史料价值》，华东师范大学硕士学位论文，2005年。

武彬：《唐传奇中的佛、道观》，陕西师范大学博士学位论文，2008年。

吴小永：《唐曲江园林文化活动述略》，西北大学硕士学位论文，2009年。

吴俊奕：《白居易诗歌的海外传播——以日本、韩国为例》，西南大学硕士学位论文，2016年。

徐芳：《陇右文化与唐传奇》，陕西师范大学硕士学位论文，2009年。

宇恒伟：《唐宋时期印度佛教的中国民间化研究》，西北大学博士学位论文，2009年。

杨晓慧：《唐代俗文学研究》，陕西师范大学博士学位论文，2012年。

俞钢：《唐代文言小说与科举制度》，上海师范大学博士学位论文，2004年。

俞晓红：《佛教与唐五代白话小说》，上海师范大学博士学位论文，2004年。

赵成林：《唐赋分体研究》，武汉大学博士学位论文，2005年。

张桂琴：《明清文言梦幻小说研究》，东北师范大学博士学位论文，2006年。

张同利：《长安与唐小说》，南开大学博士学位论文，2009年。

张介凡：《论唐代文学观念与小说创作》，华南师范大学硕士学位论文，2002年。

张利亚：《唐五代敦煌诗歌写本及其传播、接受》，兰州大学博士学位论文，2017年。

周兴泰：《唐赋叙事研究》，上海大学博士学位论文，2010年。

后 记

在本书付梓之时，作为本书主编及主要撰著者，我终于可以暂时卸下部分重担。本书是我和同事们通力合作的结果，我们齐心协力，在保质保量完成繁重的教学科研任务的同时，完成学校发展必要的各种评估、申报准备等工作之余，放弃了无数的节假日，熬过了无数的难眠之夜，超负荷透支身心之后，终于迎来了这部书稿。个中艰辛难以言表。其中，绪论、第一章由本人撰写，第二章由李向菲老师和本人共同撰写，第三章和第六章由尤红娟老师撰写，第四章由苏羽老师、尤红娟老师和本人共同撰写，第五章由张莹老师撰写，在此对他们的辛勤付出再次表示衷心感谢！本书的出版也受到了西安文理学院主管领导、文学院主管领导、古代文学重点学科主管领导和相关部门的大力支持，在此一并表示衷心感谢！

杨晓慧

2024 年 10 月